Penny Vincenzi

Septemberrosen

Roman

Aus dem Englischen
von Angelika Bardeleben

Scherz

Für Paul

Besuchen Sie uns im Internet:
www.scherzverlag.de

Die Originalausgabe erschien unter dem Titel
«Forbidden Places» bei Orion Books Ltd., London

Taschenbuchausgabe Scherz Verlag, Bern, München, Wien, 2002

ISBN 3-502-51860-2
Umschlaggestaltung: ja DESIGN, Bern: Julie Ting & Andreas Rufer
Umschlagbild: Carlos Navajas / Imagebank, Zürich
Gesamtherstellung: Ebner & Spiegel, Ulm

Septemberrosen

Die Autorin

Penny Vincenzi, geb. 1946, begann ihre Karriere bei *Vogue* und *Cosmopolitan* und machte sich mit großen und in England äußerst erfolgreichen Romanen einen Namen. Sie lebt mit ihrem Mann und ihren vier Töchtern in Surrey, England.
Bei Scherz ist erschienen: «An jenem Sommermorgen» (1995).

Prolog
24. Juni 1995

Ich werde sie heute dazu bringen, daß sie es uns erzählt. Sie hat es jetzt fünfzig Jahre lang vor uns geheimgehalten, und ich denke, das ist nun wirklich lange genug.»

Diese Worte erklangen deutlich hörbar im Palmengarten des Hotel Ritz und bewirkten, daß mehrere Gespräche mitten im Satz, wenn nicht sogar mitten im Wort steckenblieben und einige Tassen laut scheppernd auf die dazugehörigen Untertassen gesetzt wurden. Die Frau, die diese Worte gesprochen hatte, mit ihrer klaren, melodischen und überaus kultivierten Stimme, trug einen eleganten weißen Hosenanzug aus Seide und saß auf einem der vergoldeten Stühle. Als sie sich plötzlich der Wirkung ihrer Worte auf die anderen Gäste bewußt wurde, lächelte sie ihrer Gesprächspartnerin befriedigt zu. Diese war ein wenig konservativer, aber ebenfalls außerordentlich elegant gekleidet: Sie trug ein schwarzes Wollkleid, und eine enge Perlenkette schmückte ihren schlanken Hals. Sie begegnete dem Blick ihres Gegenübers und sagte dann: «Nun, Clarissa, du hast sie die ganzen Jahre bearbeitet, aber ohne jeden Erfolg. Und überhaupt, spielt das wirklich eine Rolle? Wie du schon sagtest, es sind jetzt fünfzig Jahre vergangen. Besser, man läßt die Dinge einfach auf sich beruhen, denke ich.»

«Ich mag es nicht, wenn ich nicht genau informiert bin», sagte Clarissa. «Geheimnisse machen mich nervös. Und fünfzig Jahre alte Geheimnisse machen mich sogar noch nervöser.»

«Das heißt also, du selbst hast keine?» fragte Florence leichthin.

«Ich?» erwiderte Clarissa mit weit aufgerissenen braunen Augen und treuherzigem Lächeln und sah Florence an. «Natürlich nicht. Ich erzähle allen immer alles, ganz bestimmt. Ich kann überhaupt nichts für mich behalten. Das solltest du doch wissen, Florence.»

«Mag sein», sagte Florence nachdenklich.

«Und was soll das schon wieder heißen?»

«Nichts. Überhaupt nichts.» Sie ignorierte die Frage. «Ich dachte nur gerade, daß wir alle drei ziemlich ereignisreiche Kriegsjahre hinter uns haben. Meinst du nicht auch? Keine von uns dreien hat es besonders leicht gehabt. Wir haben eine Menge interessanter Geschichten erlebt und viele Geheimnisse miteinander geteilt.»

«Nun ja, du und ich, wir kannten unsere gegenseitigen Geheimnisse», sagte Clarissa. «Grace hat ihres für sich bewahrt. Ich glaube, sie ist es uns schuldig – oh, sieh mal, da kommt sie gerade.»

Clarissa stand auf und winkte der Freundin zu. «Grace, hier sind wir!»

«Hallo, Clarissa, Florence!» rief Grace aus, umarmte die beiden Frauen, setzte sich auf einen der Stühle und zerrte an ihren Handschuhen. «Tut mir leid, daß ich so spät komme. Als ich durch den Park fuhr, bin ich im Verkehr steckengeblieben.»

«Setz dich, Liebes», sagte Clarissa, «und trink eine Tasse Tee. Oder sollen wir Champagner bestellen? Ich finde, es ist dem Anlaß angemessen, meinst du nicht? Wir winken mal den hübschen jungen Kellner da herbei und bestellen uns welchen.»

«Champagner!» rief Florence aus. «Clarissa, es ist erst halb fünf!»

«Ich weiß, ich weiß. Aber ich finde, einer der wenigen Vorzüge unseres außerordentlich hohen Alters ist es, genau das tun zu können, was wir gern tun wollen. Und genau jetzt in diesem Moment hätte ich gern ein Glas Champagner.»

«Ja», sagte Florence, «nur weil du glaubst, das würde Grace heute zum Reden bringen. Koste es, was es wolle.»

«Ach, tatsächlich?» fragte Grace. «Worüber denn eigentlich?»

«Du weißt worüber», sagte Clarissa, «du weißt es ganz genau. Und ich glaube, nach fünfzig Jahren bist du es uns wirklich schuldig, dein –»

«Wie hübsch dein Hosenanzug ist, Clarissa», unterbrach Grace ihre Freundin. «Wo hast du ihn gekauft?»

«Du gehst mir furchtbar auf die Nerven», stellte Clarissa fest. «Bei Harvey Nichols, wenn du es unbedingt wissen willst.»

«Ja, will ich. Ich möchte solche Dinge einfach wissen. Dann habe ich das Gefühl, daß ich noch immer auf dem laufenden bin. Ich bin nie ganz darüber hinweggekommen, daß ich die Landpomeranze mit den Kleidercoupons war, während du in deiner Uniform herumstolziert bist und phantastisch aussahst.»

«Na ja, ich muß zugeben, du hast tatsächlich häufig etwas unscheinbar ausgesehen», sagte Florence und griff mit ihrer schmalen, wohlmanikürten Hand nach einem Keks.

«Danke, Florence. Und du wußtest genau, wie du es anstellen mußtest, daß ich mich noch unscheinbarer fühlte.»

«Kinder, Kinder», sagte Clarissa, «laßt uns nicht streiten. Jedenfalls nicht hier. Grace, du bekommst das erste Glas Champagner.»

«Danke», sagte Grace, «aber ich glaube, ich sollte dich warnen, Clarissa, ich habe nicht die Absicht, irgend etwas auszuplaudern, falls Florence recht hat und du mich tatsächlich unbedingt zum Reden bringen möchtest.»

«Also hör mal», rief Clarissa aus, «welchen Schaden könnte das denn jetzt noch anrichten, wenn du uns alles erzählst? Und überhaupt, du tust, als ob wir es rumerzählen würden.»

«Ich würde es vielleicht nicht weitererzählen, Clarissa», bemerkte Florence, «aber du doch ganz bestimmt. Jedem, der es hören will.»

«Wie häßlich von dir, so etwas zu behaupten», entgegnete Clarissa. «Natürlich würde ich das nicht tun. Wer will denn schon dem Geschwätz einer alten Frau zuhören?»

«Jeder hört dir zu», sagte Florence munter, «schließlich hat man gar keine andere Wahl.»

«Wenn du im Unterhaus redest, Florence, dann bist du hoffentlich ein bißchen taktvoller», sagte Clarissa, «obwohl das vermutlich nicht gerade ein Ort ist, wo es darum geht, taktvoll zu sein. Wenn ich so mit meinen Aktionären reden würde, dann bekäme ich ganz schön Schwierigkeiten. Nun ja, wie ich schon sagte, Grace, die Zeit ist reif.»

«Aber warum?» fragte Grace. «Warum gerade jetzt?»

«Weil heute ein besonderer Tag ist. Fünfzig Jahre lang haben wir uns jedes Jahr am gleichen Tag hier in diesem Restaurant getroffen. Das war wirklich eine hübsche Idee. Wir haben keinen einzigen ausgelassen, nicht wahr, was auch immer geschah?»

«Außer in dem Jahr, als Florence ihren Wahlfeldzug veranstaltete und wir alle hinfuhren, um ihr zu helfen», meinte Grace.

«Und in dem Jahr, als Grace mit all ihren Schülern an diesem wunderbaren Festival in Irland teilnahm und wir hinfuhren, um ihre Musik zu hören», sagte Florence, «und vergiß nicht das Jahr, als du in New York warst und deine Firma dort eröffnet hast. Wir sind alle zusammen das Empire State Building hinaufgefahren.»

«Ja, schon gut, schon gut», sagte Clarissa, «du beweist damit nur, daß ich recht habe. Wir haben es immer geschafft, das Treffen abzuhalten, und wir haben uns immer sehr nahegestanden. Ob Erfolge oder Niederlagen, Kummer oder Glück – wir haben alles miteinander geteilt. Und dennoch hütet Grace noch immer ein Geheimnis. Ich weiß mit absoluter Sicherheit, daß es ein Geheimnis gibt, ein großes. Ich finde, das ist ganz schön gemein von dir.»

«Tja, tut mir leid», sagte Grace. «Tut mir leid, wenn du denkst, ich wäre gemein. Aber ich kann's dir trotzdem nicht erzählen.»

«Aber –»

«Entschuldigt mich», sagte Florence, «das ist zwar alles schrecklich spannend, aber ich muß unbedingt mal telefonieren, um rauszufinden, wie die Abstimmung ausgegangen ist. Ich komme gleich wieder zurück. Bitte verrat ihr noch nichts, Grace, ja?»

«Weißt du, Clarissa», sagte Grace und beobachtete, wie Florence in Richtung des Foyers und der Telefonkabinen verschwand, und in ihren blauen Augen zeigte sich plötzlich eine erstaunliche Entschlossenheit. «Ich war nicht die einzige mit einem Geheimnis, oder? Wir hatten alle welche. Und du würdest doch auch nicht wollen, daß ich versuche, dir deines zu entlocken, oder?»

«Nein, aber das ist etwas ganz anderes», entgegnete Clarissa mit einem charmanten Lächeln, und plötzlich überzog eine leichte Röte ihre noch immer schöne, glatte Haut. «Meines ist ... nun ... persönlicher.» Sie warf einen Blick über ihre Schulter, um sicherzugehen, daß Florence noch nicht zurückkehrte. «Es könnte noch immer Schmerzen bereiten, wenn man es erzählte. Deine Geschichte – jedenfalls das, was wir darüber wissen – war eine von der Sorte, über die sie Filme machen. Unglaublich aufregend. Ein Ehemann, der –»

«Nein, es ist durchaus nichts Besonderes», unterbrach Grace sie mit einem gleichermaßen charmanten Lächeln. «Ein Geheimnis ist ein Geheimnis. Und ich habe damals versprochen, meines niemandem zu verraten, und das habe ich auch nicht getan. Und ich werde es auch in Zukunft nicht tun.»

Kapitel 1
Frühling 1938

Das erste, was Grace tat, als sie ihrem zukünftigen Mann zum ersten Mal begegnete, war, in Tränen auszubrechen. Nicht, weil er etwas Unfreundliches zu ihr gesagt hätte, ganz im Gegenteil, sie war mit ihrem Rad gestürzt und hatte sich dabei ziemlich weh getan. Zudem waren ihre Einkäufe aus dem Fahrradkorb auf die Straße gefallen.

Zum Teil hatte sie sich den Unfall selbst zuzuschreiben, zum Teil Miss Parkins' Scotchterrier, der, darüber war man sich im Dorf einig, eigentlich immer an der Leine geführt werden sollte, jedenfalls in der High Street. Er hatte eine Katze aus dem Metzgerladen schleichen sehen und sie gejagt. Grace, die sich nicht wirklich auf die Straße konzentrierte, sondern sich die Haut von den warmen Sonnenstrahlen des Spätfrühlings wärmen ließ und den blühenden Kirschbaum bewunderte, dessen Zweige über die Gartenmauer des Pfarrhauses hingen, stieß mit ihm zusammen. Dem Scotchterrier war nichts passiert, wenn er auch wütend aufgejault hatte, aber Grace hatte sich zwei aufgeschlagene Knie, eine böse Schürfwunde am Ellbogen sowie den Zorn von Miss Parkins zugezogen, die ihr empört erklärte, sie solle doch schauen, wo sie hinfahre. Grace war zu wohlerzogen und zu sanftmütig, um mit ihr zu streiten, und zudem zu intelligent, um nicht zu erkennen, daß die alte Dame zumindest teilweise recht hatte. Aber als sie benommen wieder aufstand, die gereizte Miss Parkins neben sich, und versuchte, den Schmerz ihrer brennenden Knie tapfer hinunterzuschlucken, hörte sie einen Wagen neben sich halten und eine tiefe Männerstimme fragen: «Ist alles in Ordnung mit Ihnen?» Grace blickte in das Gesicht eines sehr gutaussehenden Mannes empor (später war sie erstaunt, wieviel sie in jenem Moment wahrnahm: dichtes blondes Haar, strahlende blaue Augen, fein geschwungener Mund, leicht gebräunte Haut) und dann wieder hinab auf ihren staubigen Rock, ihre blutenden Knie und die Pfütze aus Eiern und Zucker auf der Straße und begann – jetzt mit einem Gefühl noch größerer Scham – zu weinen.

«Kommen Sie, ich helfe Ihnen», sagte er und stieg aus seinem Wagen, einem hübschen kleinen MG, stellte das Fahrrad wieder auf, lehnte es gegen die Wand des Metzgerladens, nahm dann ihre Hand, führte sie zu der hölzernen Bank, die man davor aufgestellt hatte, und wartete, bis sie sich hingesetzt hatte. Grace sah zu ihm auf und versuchte zu lächeln, während sie die Tasche ihres Kleides nach einem Taschentuch durchwühlte. Der freundliche Mann gab ihr sein eigenes und begutachtete dann ihr Fahrrad.

«Alles in Ordnung», sagte er. «Keine gravierenden Schäden.»

«Natürlich nicht», sagte Miss Parkins, «so schlimm war der Sturz ja nun auch wieder nicht. Tut mir leid, daß Max dir ins Fahrrad gelaufen ist, Grace, aber für die Katze des Metzgers kann man mich nun wirklich nicht verantwortlich machen.»

«Nein, natürlich nicht», bestätigte der Mann und lächelte sie mit seinem ganzen Charme an.

Miss Parkins fühlte sich dadurch ganz offensichtlich geschmeichelt und bot an, Grace die Eier zu ersetzen; Grace schüttelte den Kopf und nahm dankbar einen Schluck aus dem Wasserglas, das der Metzger ihr herausgebracht hatte.

«Also», sagte der Mann, kehrte wieder zu der Bank zurück und setzte sich neben sie, «bitte erlauben Sie mir, daß ich Sie nach Hause begleite. Sie sehen ziemlich blaß aus. Oh, übrigens –» er streckte ihr die Hand hin «– darf ich mich vorstellen: Charles Bennett.»

«Guten Tag», sagte Grace und ergriff zaghaft die ausgestreckte Hand. Eine angenehme Hand, dachte sie, sehr kräftig und trocken. «Grace Marchant.»

«Wohnen Sie in Westhorne?»

«Ja. Direkt am Dorfrand. Neben dem Anger.»

«Dann muß ich darauf bestehen, Sie nach Hause zu bringen. Kommen Sie. Ich werde Ihr Fahrrad schieben. Sie sind nicht in der Verfassung, zu fahren. Ich werde nur meinen Wagen irgendwo parken, und dann machen wir uns auf den Weg.»

Grace hatte mit Charles Bennett eine gewaltige «Eroberung» gemacht – jedenfalls war das der Ausdruck, den Grace' Mutter benutzte, als sie beim Abendessen ihrem Mann den Vorfall erzählte.

«Er ist der Sohn von Clifford Bennett, weißt du? Dem Anwalt in Shaftesbury. Und außerdem ist er selbst Anwalt in einer Kanzlei in London. Sie sind sehr reich, und sie wohnen in The Priory, dem schönsten Haus drüben in Thorpe Magna. Seine Mutter ist eine Adlige.» Mr. Marchant suchte den Blick seiner Tochter und zwinkerte ihr verständnisvoll zu. «Ihre Tochter, das heißt Charles' Schwester, war, soviel ich weiß, eine sehr bekannte Debütantin. Sie wohnt in London und hat einen Barrister geheiratet. Die Hochzeit war einfach gigantisch.»

«Mutter», sagte Grace lachend, «wer hat dir denn das alles erzählt?»

«Das weiß doch jeder, Kind. Das gehört zum Allgemeinwissen. Und Charles ist nicht verheiratet. Ein reicher Junggeselle, der sein Leben genießt.»

«Mutter, ich glaube, es ist wirklich nicht sehr wahrscheinlich, daß ich Charles Bennett heiraten werde, wenn du das meinen solltest», sagte Grace. «Ich würde mir da an deiner Stelle keine großen Hoffnungen machen.»

Im selben Augenblick klingelte das Telefon.

Betty Marchant stürzte zum Apparat. Sie konnten ihre liebenswürdige, klangvolle Stimme aus dem Flur hören. Frank Marchant sah seine Tochter an und hob die Augenbrauen; dann kam Betty wieder herein. Ihr Gesicht war gerötet, und ihre Augen strahlten.

«Er ist es», sagte sie triumphierend.

«Wer?»

«Charles Bennett natürlich. Er hat dich angerufen, Grace. Also los, geh schnell ans Telefon, Kind. Laß ihn nicht warten.»

Als sie den Telefonhörer ans Ohr hob, lächelte Grace noch immer. «Wie haben Sie meine Nummer herausgefunden?» fragte sie.

«Mit der Hilfe von Mrs. Boscombe.»

«Ich verstehe.»

Mrs. Boscombe war die Dame der örtlichen Telefonvermittlungszentrale. Nicht nur versorgte sie jeden, den sie für würdig befand, mit der Telefonnummer jedes anderen Dorfbewohners, sondern sie richtete auch Botschaften aus und gab Informationen weiter, die sie beim Belauschen der Gespräche mitbekommen hatte.

«Ich rufe an, um zu fragen, wie es Ihnen geht», sagte Charles.

«Danke, gut. Und danke, daß Sie so freundlich zu mir waren.»

«Es war mir ein Vergnügen. Schauen Sie, ich hätte da noch ein Anliegen. Ich meine, wenn Ihnen die Knie nicht mehr allzusehr weh tun. Hätten Sie Lust, am Sonntagnachmittag auf ein Tennisspiel hierherzukommen?»

«Oh», sagte Grace und fühlte, wie eine leichte Panik ihr Herz ergriff. «Ich weiß nicht… ich meine, ich spiele leider nicht sehr gut.»

«Nun ja, wir sind eigentlich auch keine besonders guten Spieler. Meine Schwester und ihr Mann werden übers Wochenende herkommen. Sie wohnen in London und sind ziemlich aus der Übung. Aber es wäre wirklich sehr nett, wenn Sie kommen. Sagen Sie doch bitte ja.»

«Na gut... vielen Dank», sagte Grace. «Das klingt sehr verlokkend.»

«Also dann, etwa um drei? Ich freue mich.»

Grace ging zögernd ins Eßzimmer zurück, versuchte, ihrer Stimme einen normalen Klang zu verleihen, und berichtete ihren Eltern, was Charles gesagt hatte. Sie wußte, von diesem Moment an bis zu dem Tag, an dem sie sich mit einem anderen Mann verloben würde, wäre ihre Mutter in Gedanken nur noch bei den Vorbereitungen für die Hochzeit mit Charles Bennett.

Grace war neunzehn Jahre alt. Sie hatte eine kleine Mädchenschule in der Nähe von Salisbury besucht, einen guten Abschluß gemacht und dann, auf Drängen ihrer Eltern, eine Sekretärinnenausbildung absolviert, obwohl sie sich sehnsüchtig wünschte, Karriere in der Musikwelt zu machen. Sie war eine begabte Klavierspielerin, konnte sehr hübsch singen und spielte auch wunderbar Geige, aber ihre Eltern hatten erklärt, es sei hoffnungslos, in dieser Branche eine Arbeit zu bekommen, sie sei ohnehin ein Mädchen und würde bald heiraten, dann könnte sie ja jederzeit in einem Laienorchester mitwirken oder bei einer kleinen Theateraufführung. Grace haßte den Gedanken an irgendwelche Amateuraktivitäten, sie wollte eine Sache richtig machen oder überhaupt nicht, aber zugleich wußte sie, daß sie, um Musikerin zu werden, sehr durchsetzungsfähig und willensstark sein müßte, und die Tatsache, daß sie bereits an der ersten Hürde, dem Widerstand ihrer Eltern, scheiterte, bedeutete zweifellos, daß ihr die eine ebenso wie die andere Eigenschaft völlig fehlten – und wahrscheinlich auch das Talent.

Frank Marchant war Filialleiter bei einer Bank in Shaftesbury, einigermaßen wohlhabend, aber ohne die Art von Ehrgeiz, die ihn in seiner Karriere weitergebracht hätte. Zum Kummer von Grace' Mutter, die ihrerseits sehr ehrgeizig war. Betty hatte Frank viele Jahre lang angetrieben, ihn gedrängt, sich um diesen oder jenen Job zu bewerben, hatte seine wichtigsten Kunden bewirtet und unterhalten, denn schließlich sehnte sie sich nach einem größeren und repräsentativeren Haus, als es das efeubewachsene Cottage in Westhorne war, in dem sie wohnten, und nach ein wenig beeindruckenderen Haushaltshilfen als Mrs. Hobbs, die täglich vorbeikam, und Mr. Hobbs, der manchmal in ihrem Garten arbeitete. Sie wünschte sich einen Mann, mit dem sie ein wenig mehr angeben könnte, und eine Eintrittskarte zu der Gesellschaft, zu der sie, wie sie fand, eigentlich gehörte. Sie sehnte sich danach, zu großen Dinnerparties und zu den Festen des Tennisclubs eingeladen zu werden und solche Feste selbst zu geben, und sie wollte die Tanzveranstaltungen besuchen, über die auf den Seiten des *Tatler* berichtet wurde, teilweise um ihrer selbst willen und teilweise, damit ihre Tochter in jene Gesellschaftsschicht einheiraten und ihrerseits deren Privilegien genießen konnte.

Wie die Dinge lagen, war Betty Marchant bewußt, daß sie, obwohl sie ein sehr angesehenes Mitglied der Dorfgemeinschaft war, Vorsitzende zahlreicher wohltätiger Stiftungen und angesehen als Ehefrau eines Filialleiters einer renommierten Bank, den gesellschaftlichen Aufstieg nicht geschafft hatte und ihn auch jetzt nicht mehr schaffen würde. Aber was Grace betraf, so hatte sie die Hoffnung noch nicht aufgegeben.

Grace hatte einen Job als zweite Sekretärin des Hauptgeschäftsführers eines Transportunternehmens mit Sitz in der Nähe von Shaftesbury; sie mochte ihn nicht, im Grunde haßte sie ihn, und bis jetzt war noch nirgendwo die Ausweichmöglichkeit in Form einer Ehe aufgetaucht, von der ihre Eltern sich so viel erhofften, aber sie war schließlich auch erst neunzehn und hatte zweifellos noch ein wenig Zeit. Obwohl die Ehe für jedes Mädchen als die einzige in keiner Hinsicht zweifelhafte Karriere angesehen wurde, war Grace dieser Gedanke bisher nicht besonders verlockend erschienen. Die Rolle einer Ehefrau bestand darin, jedenfalls soweit sie es am Beispiel ihrer Mutter beobachten konnte, eine Menge recht ermüdender Pflichten zu übernehmen, jeden Wunsch ihres Mannes zu erfüllen und jeder seiner Anweisungen zu folgen.

Grace war außerordentlich hübsch; sie hatte rotgoldenes Haar, dunkelblaue Augen, eine kleine, gerade Nase und einen sinnlichen, klassisch geschwungenen Mund. Sie war ziemlich groß und sehr schlank, wobei ihr kleiner Busen ihr ein wenig Kummer machte, hatte schöne Beine und sehr hübsche Hände, angenehme Umgangsformen, ein heiteres, umgängliches Naturell und war, hinter der Fassade ihrer Schüchternheit, von großer Feinfühligkeit und Klarsicht.

Sie war ein Einzelkind; ihre Eltern waren maßlos stolz auf sie, obwohl sie gern einen Sohn gehabt hätten. Ihre Mutter pflegte mit einem Lächeln zu sagen, daß eine Tochter einem ein Leben lang gehöre und man sich später an den Enkelkindern erfreuen könne. Aber mittlerweile war Grace bereits weit über neunzehn und hatte noch immer keinen festen Freund, geschweige denn, daß ein Vater für die Enkelkinder in Sicht gewesen wäre, und Betty Marchant begann – wenn sie auch lieber tot umgefallen wäre, als es vor sich oder anderen zuzugeben – sich allmählich Sorgen zu machen.

Frank Marchant bestand darauf, sie am Sonntag zum Haus der Bennetts zu fahren; Grace hätte, wie sie betonte, auch gern das Fahrrad genommen, aber Mrs. Marchant war entsetzt gewesen und hatte gesagt, dann würden die Bennetts möglicherweise noch denken, sie hätten nicht einmal einen Wagen, und deshalb müsse Frank Grace selbstverständlich hinfahren.

«Ich wünschte, du würdest mir das Autofahren beibringen», sagte Grace, «dann wäre ich unabhängiger.» Aber ihr Vater entgegnete, dafür bliebe noch genügend Zeit und zudem sei dies doch eine gute Gelegenheit, einmal in Ruhe ein Gespräch miteinander zu führen. Grace und ihr Vater genossen die gemeinsamen Fahrten sehr; denn wenn Betty zugegen war, dann war es selten, daß einer von ihnen einen Satz überhaupt zu Ende bringen konnte.

The Priory war ein gepflegter Landsitz im Stil Queen Annes am Rande von Thorpe Magna, umgeben von einer sehr hohen gewundenen Backsteinmauer.

Frank Marchant hielt mit seinem Morris vor dem prunkvollen Portal, und Grace stieg mit ihrem Tennisschläger in der Hand aus und fühlte sich plötzlich schrecklich allein.

Sie ging die gewundene Auffahrt hinauf, betrachtete die hohen Fenster, die breite Eingangstüre des Hauses, die Glyzine, die daneben emporwuchs und vom oberen Teil des Hauses herunterhing, beäugte vorsichtig den schwarzen Labrador, der ihr entgegensprang, und betrachtete die drei Autos, die neben dem Haus geparkt waren: Charles' grüner MG, ein flotter roter Morris, der vermutlich seiner Schwester gehörte, die in der Stadt wohnte, und ein sehr eleganter Mercedes. Hinter der Auffahrt beugte sich ein älterer Mann, vermutlich der Gärtner, über ein Blumenbeet.

«Guten Tag», rief er ihr zu, und sie nickte nur leicht, wie man normalerweise einem Gärtner zunickt, vor allem in einem Haus wie diesem, und dann dachte sie, daß es sicher hart für ihn war, an einem Sonntag zu arbeiten.

Sie zog am Strang der Glocke, hörte ihren Klang durch das Haus hallen, und der Mann rief ihr zu: «Sie sind alle hinten auf den Tenniscourts, sie werden Sie nicht hören, gehen Sie am besten hier lang.»

«Danke», erwiderte Grace und ging zögernd weiter voran in seine Richtung, noch immer ein wenig beunruhigt durch den Hund, der sie nicht aus den Augen ließ; aber plötzlich öffnete sich die Eingangstür, und Charles trat ihr entgegen.

«Hallo! Tut mir leid, ich hab Sie nicht gehört. Wir waren gerade dabei, uns einzuspielen. Magnus, komm sofort her. Sitz. Sitz, hab ich gesagt. So ein dummer Köter. Wo ist Ihr Wagen?»

«Ich bin mit meinem Vater gekommen», sagte Grace verlegen. «Er hat mich hier abgesetzt.»

«Ah.» Charles wirkte ebenfalls ein wenig verlegen, bemüht, nicht überrascht auszusehen. «Also, dann kommen Sie mal mit.»

«Ihr Gärtner sagte gerade –»

«Wer? Der ist heute nicht da. Oh, Sie meinen Dad. Kommen Sie, ich stelle Sie ihm vor.» Er lachte erneut ein wenig verlegen und führte sie hinüber zu dem Mann, der sich gerade wieder über das Blumenbeet beugte.

«Vater, darf ich dir Grace Marchant vorstellen?»

Clifford Bennett richtete sich lächelnd auf. Er war sehr groß – größer als sein Sohn –, weißhaarig, und er hatte dieselben durchdringenden blauen Augen.

«Sie müssen die junge Dame in Not sein, von der wir schon so viel gehört haben», sagte er und streckte ihr seine Hand hin. «Clifford Bennett. Guten Tag.»

«Guten Tag», sagte Grace errötend, entsetzt, daß sie fast an ihm vorbeigegangen wäre, ohne ihn zu beachten, und betete insgeheim, daß Charles ihren Fauxpas nicht zur Sprache bringen würde.

Er tat es nicht. «Kommst du zu uns rüber, Vater?»

«Nein, nein, ich muß noch diese Beete hier in Ordnung bringen. Schreckliche Jahreszeit für den Garten, Unkraut wächst zehnmal schneller als Blumen. Sie mögen Gärten, meine Liebe?»

«Ich liebe sie», sagte Grace, «ich liebe sie wirklich. Eines Tages hätte ich gern einen eigenen Garten mit einer kleinen Mauer darum, voller Rosen und wunderbaren Kletterpflanzen...»

Sie errötete aufs Neue, überrascht, daß er bereit war, sich mit ihr zu unterhalten. Sie hoffte nur, daß er sie nicht albern fand.

«So einen haben wir hier auch, obwohl ich nicht weiß, ob er schön genug für Sie wäre, er wurde ein bißchen vernachlässigt, fürchte ich. Charles kann ihn Ihnen später zeigen. Oder vielmehr: Ich werde ihn Ihnen selbst zeigen. Kommen Sie zu mir, wenn Sie mit Ihrem Spiel fertig sind.»

«Danke», sagte Grace.

«Also dann», sagte Charles. «Jetzt stell ich Ihnen mal die Leute da hinten vor.»

Charles' Mutter war groß und hager, «vom Scheitel bis zur Sohle eisengrau», wie Grace später ihrem Vater erzählte, sie hatte eine strenge Stimme und begrüßte sie, als wolle sie sie in einem Vorstellungsgespräch in die Mangel nehmen. Wo genau wohnte sie, welchen Beruf hatte ihr Vater? Als Grace ihre zweite Frage beantwortet hatte, nickte sie kurz und wandte sich ihrer Tochter zu, als wollte sie andeuten, daß das Vorstellungsgespräch damit zu Ende war.

Die Tochter, Florence, war noch unangenehmer: Sie war auch groß, dunkelhaarig und hatte das gleiche hagere Gesicht, die gleichen langen Beine und die gleiche Stimme. Ihre Nägel waren lang und rot lackiert, ihr Mund groß und mit Lippenstift in derselben Farbe angemalt. Sie war offensichtlich nicht der Meinung, daß Grace es wert sei, sich mit ihr zu unterhalten, lächelte sie deshalb nur flüchtig an und begann dann, ihrer Mutter in allen Einzelheiten ein Haus zu beschreiben, das sie und ihr Mann irgendwo in der Nähe des Sloane Square kaufen wollten. Nur ihr Mann machte einen freundlichen Eindruck und bemühte sich, Grace das Gefühl zu geben, daß sie willkommen sei. Sein Name war Robert, und er war sehr groß und kräftig gebaut, trug glattes, zurückgestrichenes Haar, hatte eine erstaunlich helle Haut und helle Augen und eine lange, eindrucksvolle Nase, an der er im wahrsten Sinne des Wortes hinunterzuschauen pflegte. Aber er schien sehr nett zu sein, lächelte sie freundlich an und war, wie er ihr erzählte, ein absolutes As im Tennis.

«Gib nicht so an, Robert», sagte Florence mit einem Blick auf Grace' graue Tennisschuhe, die von ihrer Mutter an jenem Morgen verzweifelt geweißt worden waren. «Mädchen, die auf dem Land leben, sind immer großartige Tennisspielerinnen. Vermutlich, weil sie jeden Tag spielen. Oder ziehen Sie Golf vor, Miss Marchant?»

«Bitte nennen Sie mich Grace. Nein, ich spiele nicht Golf. Und ich bin auch im Tennis nicht besonders gut, jedenfalls spiele ich bestimmt nicht jeden Tag. Ich habe gar nicht genügend Zeit dazu.»

«Ach nein, natürlich nicht», sagte Florence. «Charles sagte ja, Sie hätten einen Job.» Aus ihrem Mund klang es so, als wäre ein Job eine ziemlich häßliche Krankheit.

Es folgte ein Moment des Schweigens, dann sagte Charles: «Kommen Sie, wir spielen uns ein bißchen warm, okay? Grace, haben Sie den Mut, mit mir zu spielen?»

Zu ihrer eigenen Überraschung war Grace keine schlechtere Spielerin als Florence und erheblich besser als Robert, der tatsächlich eine absolute Niete war. Sie gewann jedenfalls den Eindruck, daß er nicht bereit war, sich besonders einzusetzen, sondern das Tennisspielen eher als ziemlich albern betrachtete. Sie und Charles, der in der Tat recht gut und voller Begeisterung spielte, gewannen den ersten Satz, und dann schlug Charles vor, daß sie mit Robert spielen sollte. Florence, offensichtlich verärgert, begann, außerordentlich hart und hinterhältig zu spielen. Trotzdem verloren Grace und Robert nur sehr knapp.

«Sie sind wirklich sehr gut», sagte Charles und führte sie zurück zu den Stühlen am Rande des Tenniscourts. «Ich kann gar nicht glauben, daß Sie nicht viel trainieren.»

«Ich habe in der Schule öfters gespielt», sagte Grace – womit sie allerdings einen Fehler beging.

«Und wo sind Sie zur Schule gegangen?» hakte Mrs. Bennett ein. «Ich finde, es ist wirklich wunderbar, daß die Mädchen heute einfach in eine öffentliche Schule gehen. Ich wäre selbst nur allzu gern gegangen, aber natürlich wurde ich zuhause unterrichtet, und in der Tat sind eine Menge unserer Freunde noch immer nicht der Ansicht, daß man Töchter aus dem Haus schicken sollte, obwohl ich bei Florence darauf bestanden habe. Es erweitert den Horizont ganz ungemein, finde ich.»

«Ich bin auf die St. Catherine's in der Nähe von Salisbury gegangen», sagte Grace. «Eine ganz kleine Schule. Fast familiär. Sie haben wahrscheinlich noch nie davon gehört.»

«Nein, ich glaube nicht», erwiderte Mrs. Bennett vorsichtig. «Ich bin mit den örtlichen Schulen nicht besonders vertraut. Florence ist auf die St. Mary's gegangen, die allerdings nicht so besonders familiär war. Ein bißchen zu nüchtern, fand ich. Vielleicht hätte sie sich in einer Schule wie der Ihren wohler gefühlt...» Ihre Stimme verlor sich; offensichtlich war sie der Ansicht, daß Florence sich dort ganz bestimmt nicht wohler gefühlt hätte.

«Kommt, wir trinken eine Tasse Tee», schlug Charles ein wenig zu forsch vor.

Nach dem Tee, den sie auf der Terrasse hinter dem Haus einnahmen und der von einem uniformierten Hausmädchen serviert wurde, genau dem Typ Hausangestellte, von dem Betty Marchant träumte, bestand Mr. Bennett, der an Grace ganz offensichtlich Gefallen gefunden hatte, darauf, ihr das kleine, von einer Mauer umschlossene Gärtchen zu zeigen. Es war bezaubernd – eine kleine verträumte Welt. Es gab Kletterhortensien, die an den Mauern zu blühen begannen, die Büsche und Sträucher standen dicht an dicht, und der Boden war bedeckt von dicken Polstern von dunklen und blaßblauen Blumen, die die backsteingepflasterten Wege überwucherten. Inmitten dieses kleinen Paradieses stand eine alte Steinbank.

«Oh, wie hübsch!» rief Grace aus. «So wunderbar abgelegen, wirklich eine kleine Welt für sich.»

«Genau deshalb gefällt es mir hier auch», sagte Mr. Bennett, «und wissen Sie, was ich manchmal mache? Ich setze mich abends mit einem großen Glas Whisky und der Zeitung hierher und habe das Gefühl, vor der Welt und allen Problemen in Sicherheit zu sein.»

Grace dachte, wenn sie mit Muriel Bennett zusammenleben müßte, dann würde sie wahrscheinlich genau dasselbe tun – und zudem noch ein dickes Schloß an der Pforte anbringen.

«Bleiben Sie doch zum Abendessen, wenn Sie möchten», sagte Muriel Bennett, als sie aus dem kleinen umgrenzten Garten zurückkehrten.

«Nein, wirklich, das ist sehr freundlich», sagte Grace, «aber meine Eltern erwarten mich. Dürfte ich wohl meinen Vater anrufen, um ihn zu bitten, mich abzuholen?»

«Nein, unter gar keinen Umständen», sagte Charles. «Ich werde Sie natürlich nach Hause bringen. Aber vielleicht möchten Sie trotzdem anrufen? Oder machen Ihre Eltern sich keine Sorgen?»

«Das wäre sehr freundlich. Wenn Sie sicher sind –»

«Aber ja doch, folgen Sie mir.»

Er führte sie durch eine Terrassentür ins Wohnzimmer, das trotz eines schönen Kamins und sehr hübscher Möbel erheblich weniger elegant war, als sie erwartet hatte, und dann in einen Flur, wo das Telefon auf einem niedrigen Tisch neben einem sehr hohen Stapel alter Exemplare der Zeitschrift *Country Life* stand.

«Da ist es», sagte er. «Rufen Sie nur an. Aber warten Sie –» er zögerte einen Moment «– wir könnten vielleicht eine kleine Spazierfahrt machen, bevor ich Sie nach Hause bringe. Natürlich nur, wenn es Ihren Eltern recht ist.»

«Ja, sicher», sagte Grace, erleichtert, daß er sie nicht so schnell wie möglich loswerden wollte. «Ja, ich werde sie fragen.»

Sie fuhren schweigend vom Haus fort, den schmalen, von hohen Hecken umsäumten Wegen entlang. Der Abend war warm und sonnig. «Ich dachte, wir fahren mal zum Schloß hinauf», sagte Charles. «Hätten Sie Lust?»

«Ja. Ja, gern.»

Das Old Wardour Castle war eine alte Ruine, die auf dem Kamm eines Hügels über das schöne Gebäude hinausragte, das im achtzehnten Jahrhundert erbaut worden war, um das alte Schloß zu ersetzen. Seine Mauern waren weitgehend erhalten, und es wirkte gegen den abendlichen Himmel erhaben und streng.

«Ein schönes altes Gemäuer, nicht wahr?» sagte Charles. «Wenn ich von der Schule heimkam, dann bin ich immer als erstes auf meinem Pony an diesen Ort geritten.»

«Ich bin nach Shaftesbury und in Richtung der hellen Lichter gefahren», sagte Grace. «Mit dem Bus», fügte sie hinzu und lachte.

«Nehmen Sie sich das, was meine Mutter redet, nicht so zu Herzen», sagte er plötzlich. «Sie kann nichts dafür, daß sie ein solcher Snob ist. Sie wurde eben so erzogen. Aber im Grunde ist sie ein wunderbarer Mensch.»

«Natürlich nehme ich mir das nicht zu Herzen», sagte Grace, was nicht ganz der Wahrheit entsprach. «Ich fand sie sehr nett. Und Ihren Vater auch. Es war sehr freundlich von ihm, mir seinen Garten zu zeigen.»

«Ja, Sie haben ihm ganz offensichtlich gefallen. Und dem guten alten Robert auch. Er hat ein bißchen was von einem Schürzenjäger. Florence hat es nicht ganz leicht mit ihm.»

«Tatsächlich?» fragte Grace. Es kam ihr so vor, als war es eher Robert, der es nicht ganz leicht hatte.

«Ja. Das hätte ich Ihnen eigentlich nicht sagen dürfen. Aber Sie haben etwas an sich», fuhr er fort und sah sie aufmerksam an, «das einen einlädt, solche Geständnisse zu machen. Mein Vater hat das offensichtlich auch so empfunden.»

«Wirklich?» Grace fühlte, daß sie errötete.

«Ja.» Er lächelte sie an. «Haben Sie Zeit für einen Drink?»

«Ja. Warum nicht? Das wäre sehr nett.»

Sie tranken ein Glas Wein in einem Pub in der Nähe, und dann fuhr Charles sie nach Hause.

«Ich würde Sie gern hereinbitten, aber –»

«Nein. Nein, natürlich nicht. Ich muß zurück. Meine Mutter erwartet mich, und außerdem muß ich morgen sehr früh raus. Wenn man für seinen Vater arbeitet, dann gibt es keine Möglichkeit, herumzutrödeln. Und im Moment haben wir wirklich eine Menge Fälle zu bearbeiten.»

«Sind Sie gern Anwalt?» fragte Grace.

«Ja, es macht mir Spaß», sagte Charles, «und vor allem in einer kleinen Stadt wie Shaftesbury. Die Kanzlei wird natürlich eines Tages mir gehören, und ich freue mich schon darauf. Vor allem auf das Büro in London.»

«Wie oft fahren Sie nach London?» fragte Grace.

«Oh, leider nicht sehr oft. Vater fährt jede Woche ein paar Tage hin, und dann ist es meine Aufgabe, daheim alles unter Kontrolle zu behalten. Aber ich hoffe, daß ich später eine Menge Zeit dort verbringen werde. Ich möchte ein paar wichtige Veränderungen vornehmen.»

«Was für Veränderungen?»

«Ach Gott, darüber möchten Sie doch bestimmt nichts wissen. Jetzt sollte ich Sie aber wirklich reingehen lassen. Herzlichen Dank, daß Sie heute hergekommen sind. Es war ein sehr schöner Nachmittag.»

«Danke für die Einladung», erwiderte Grace.

Er schüttelte ihr die Hand, und sie stieg aus dem Wagen; über ein Wiedersehen wurde nicht gesprochen. Grace schloß die Haustür auf; sie fühlte sich leicht, aber gleichzeitig ein wenig deprimiert.

«Bevor du etwas sagst», hielt sie ihrer Mutter entgegen, die schon in heller Aufregung im Flur wartete, «ich glaube nicht, daß er mich besonders gern mag. Seine Mutter ist eine alte Hexe, und seine Schwester betrachtet mich als ihrer so völlig unwürdig, daß ich nicht einmal das Recht habe, mich mit ihr im selben Zimmer aufzuhalten.» Grace versuchte, zu lächeln.

«Wie entsetzlich unhöflich», sagte Betty Marchant. Auf ihren Wangen bildeten sich zwei rote Flecken, sie war augenscheinlich verärgert. «Tja, unter solchen Umständen bin ich natürlich *nicht* damit einverstanden, daß du in diese Familie hineinheiratest.»

«Mutter», sagte Grace müde, «ich versichere dir: Es steht absolut nicht zur Debatte, daß ich in diese Familie hineinheirate. Es sei denn, ich würde mit dem alten Mr. Bennett durchbrennen.»

«Grace, du weißt, daß ich solches Gerede nicht mag», sagte Betty Marchant entrüstet.

Clifford Bennett war in seinem Arbeitszimmer und hörte sich die Neun-Uhr-Nachrichten an, als das Telefon im Flur klingelte. «Ich nehm schon ab», rief er Muriel zu. «Wahrscheinlich ein Mandant, der ziemlichen Kummer hat. Ich habe ihm gesagt, er könne heute abend anrufen.»

Fünf Minuten später trat er ins Wohnzimmer, wo Muriel am Kamin saß und an ihrem neuesten Gobelin arbeitete; ein eigener Entwurf, in Anlehnung an das Familienwappen ihres Vaters.

«Ich muß morgen früh nach London fahren, meine Liebe. Ich werde den ersten Zug nehmen.»

«Den ersten Zug! Warum in aller Welt? Und warum am Montag, du hast doch nie –»

«Ich hab dir doch gesagt: Ich habe einen Mandanten, der ziemlichen Kummer hat. Ich möchte ihn gleich morgen früh treffen.»

«Clifford, ich meine wirklich, es wäre Zeit, daß du etwas weniger arbeitest», sagte Muriel. «Du wirst nächstes Jahr sechzig. Du hast doch gesagt, du würdest dich allmählich aus dem Londoner Büro zurückziehen und es nach und nach in Charles' Hände geben, aber davon habe ich bisher noch keine Anzeichen gesehen.»

«Ich weiß, meine Liebe, ich weiß. Aber dies ist eine äußerst interessante Sache. Mein Mandant hat sich vor zweieinhalb Jahren eine Lebensversicherung vorzeitig auszahlen lassen und –»

«Clifford, du stehst mir im Licht. Also, dann fahr, wenn du mußt. Aber ich denke, du wirst in Zukunft etwas kürzer treten müssen.»

«Okay, meine Liebe, ich werde es versuchen.» Er hielt einen Moment inne und nahm einen Schluck von seinem Whisky. «Nett, die Kleine heute nachmittag, fandest du nicht?»

«Wer, die kleine Marchant? Vermutlich ganz akzeptabel. Ein bißchen… gewöhnlich. Ich wünschte, Charles' würde sich ein passendes Mädchen suchen und endlich ein wenig häuslich werden. Amanda Brighton beispielsweise, sie ist charmant und außerordentlich hübsch, und sie macht auf dem Pferderücken eine ausgezeichnete Figur.»

«Meine Liebe, ich hoffe, Charles sucht bei seiner zukünftigen Ehefrau auch noch nach anderen Qualitäten. Ich persönlich würde Grace Marchant als Schwiegertochter entschieden vorziehen.»

«Über *die* Möglichkeit möchte ich noch nicht einmal nachdenken», sagte Muriel und schüttelte den Kopf. «Ich kann mir genau vorstellen, wie ihre Mutter ist. Anscheinend näht sie den Leuten Vorhänge.»

«Muriel, wirklich!» sagte Clifford verärgert. «Ich werde jetzt ein bißchen an diesem Fall arbeiten. Heute nacht werde ich im Ankleidezimmer schlafen, damit ich dich morgen früh nicht störe. Gute Nacht, meine Liebe.»

Er ging in sein Arbeitszimmer zurück und rief die Nummer in London an, um zu bestätigen, daß er am nächsten Morgen eintreffen würde.

«Ich glaube nicht, daß ich das wiederholen möchte», sagte Robert Grieg und trat, als der Wagen endlich in die Straße nach London einbog, entschlossen auf das Gaspedal.

«Was wiederholen?» fragte Florence.

«Den ganzen Weg fahren, nur für ein Wochenende. Es ist zu weit, und ich bin am nächsten Morgen völlig erschöpft.»

«Aber Robert, wir tun das doch nun wirklich nicht sehr oft. Das letzte Mal war an Ostern, und wir hätten auch noch länger bleiben können. Du warst es, der nicht –»

«Tja, meine Liebe, leider finde ich es nach einem Tag bereits reichlich ermüdend. Im Grunde fühle ich mich auf dem Land nie besonders wohl.»

«Robert, du besuchst doch auch die Whites. Oder die Bedfords. Und sie leben auch auf dem Land.»

«Nun ja, mag sein, sie haben schließlich auch etwas mehr zu bieten. Sie veranstalten immer eine richtige Dinnerparty, und es sind viele Leute in unserem Alter da. Die Unterhaltung bei dir zu Hause besteht darin, daß wir uns die Ansichten deiner Mutter über das Leben anhören und deinem Vater bei der Gartenarbeit zusehen.»

«Das ist aber nun wirklich unfair!» rief Florence aus. «Sie laden sehr häufig Leute zum Abendessen ein, und du kannst immer Tennis spielen, wenn du willst.»

«Florence, ich hasse Tennis, wie du inzwischen wissen müßtest. Und die Gäste sind wohl kaum die anregendsten. Denk doch bloß mal an diese komische Kleine heute.»

«Sie war in Ordnung.»

«Du hast dich ihr gegenüber nicht so verhalten, als ob du sie in Ordnung fändest, wenn ich das mal so deutlich sagen darf. Aber darum geht es jetzt nicht. Also, können wir jetzt mit dieser Diskussion aufhören? Sie ist extrem langweilig. Und ich möchte wirklich nicht noch mehr Wochenenden da unten verbringen. Verstanden?»

«Was soll ich sagen, wenn … sie uns einladen?»

«Tja, dann erfindest du eben eine Ausrede. Sie müssen doch einsehen, daß der Weg sehr weit ist.»

Florence hörte auf zu streiten. Sie hatte die Vorzüge des Schweigens schätzen gelernt.

Kapitel 2
Sommer 1938

Grace gewann mehr und mehr den Eindruck, verliebt zu sein. Sie hatte in letzter Zeit eine Menge Liebesromane verschlungen, auch das Buch, das augenblicklich in aller Munde war, *Vom Winde verweht*, und versucht, das, was die Heldinnen jener Romane empfanden, mit ihren eigenen Gefühlen zu vergleichen. Sie durchlebte augenblicklich ein ganzes Spektrum ihr bisher unbekannter Gefühle: Unruhe, wenn ein Treffen mit ihm bevorstand, ein wunderbares, warmes Glück und Geborgenheit, wenn sie zusammen waren, und eine eigentümliche Zärtlichkeit, wenn er ihre Hand hielt, sie einfach nur ansah und nichts sagte. Sie ließ sich auch gern von ihm küssen; das war sehr viel angenehmer als damals, als ihre ersten Freunde es getan hatten; sie hatte das Küssen, ehrlich gesagt, immer ein wenig abstoßend gefunden, jedenfalls die Sache mit der Zunge.

Bei Charles war es anders; seine Lippen waren fest und stark, und sie fühlte, wie sie unwillkürlich sehr heftig darauf reagierte, nicht nur mit ihrem Mund, sondern mit ihrem ganzen Körper; es war unmöglich, dies zu erklären, aber auch ihn schien ihre Reaktion tief zu berühren. Hinterher zog er sich immer ein wenig von ihr zurück, sei es auf den Sitzen des Wagens oder auf der Wiese in der Nähe des Schlosses, und sah sie einfach nur an, schaute ihr ganz tief in die Augen, und sie fühlte eine wunderbare, alles überflutende Zärtlichkeit und eine Art Aufruhr in ihrem tiefsten Inneren. Sie vermutete, daß es wohl das war, was man empfand, nur noch intensiver, wenn man es wirklich «tat» – jedenfalls hatten sie dieses Wort benutzt, wenn sie darüber in der Schule gesprochen hatten. Sie dachte in diesen Tagen ziemlich viel daran, es «zu tun»; zum ersten Mal konnte sie sich vorstellen, es wirklich zu wollen, und die zaghaften, verlegenen Beschreibungen ihrer Mutter ergaben in ihrem Kopf allmählich einen Sinn.

Charles hatte ihr natürlich nicht ausdrücklich gesagt, daß er sie liebte; sie wußte nur, daß er ihr sehr zärtlich und romantisch erschien, wenn sie zusammen waren. Aber sein Verhalten war von Anfang an, um es milde auszudrücken, unberechenbar gewesen. Zunächst waren da die langen Tage nach dem Tennismatch, als sie ganz sicher war, daß sie ihn nie wiedersehen und nie wieder von ihm hören würde. Dann, am Donnerstagabend, als sie gerade den Saum eines Kleides umnähte, dessen Länge allmählich ziemlich unmodern wurde, klingelte das Telefon.

«Hallo», sagte er. «Hier spricht Charles Bennett» – als ob es nötig gewesen wäre, ihr das zu sagen – «hätten Sie vielleicht Lust, am Freitag mit mir ins Kino zu gehen?»

Sie hatte für den Bruchteil einer Sekunde antworten wollen, daß sie zu viel zu tun habe, weil man bei Männern angeblich nicht den Eindruck erwecken darf, man habe ständig Zeit für sie, aber sie wußte, daß sie dazu nicht die Kraft hatte, und dankte ihm für die Einladung und sagte, sie käme sehr gern mit.

Sie saßen im Kino in Shaftesbury, umgeben von Paaren, die sich küßten oder zumindest Händchen hielten. Er wirkte sehr verkrampft und fuhr sie dann hinterher nach Hause und plauderte über Belangloses mit ihr, und sie dachte verzweifelt, daß er sie bestimmt nicht besonders mochte und sie gewiß nicht attraktiv fand, als er den Wagen anhielt, sich zu ihr herüberbeugte und sagte: «Du bist so hübsch, Grace, darf ich dich küssen?»

Sie erwiderte nichts, sondern lächelte nur ein wenig. Er küßte sie sehr sanft und sagte dann: «Und was machst du morgen?», und sie erwiderte: «Überhaupt nichts!», und er sagte, er würde sie gern zum Abendessen einladen.

Sie gingen ins Grosvenor in Shaftesbury, das sehr teuer und elegant war. Sie selbst war dort noch nie gewesen, und nach einem Sherry und zwei Gläsern Wein fühlte sie sich ziemlich beschwipst, und als er sie an jenem Abend im Wagen küßte, war es ganz anders als zuvor.

«Ich hoffe, das ist schön für dich», flüsterte er zärtlich und küßte sie dann aufs Neue. Das war das erste Mal gewesen, daß sie jene seltsame Erregung irgendwo ganz tief in ihrem Inneren gespürt hatte.

Und so hatte alles begonnen. Aber es war nicht so einfach und unbeschwert, wie es ihre Freundinnen zu kennen schienen. Es gab Zeiten, in denen sie manchmal zehn Tage lang überhaupt nichts von ihm hörte, und andere, wo er sie fast jeden Abend sehen wollte. Er äußerte sich immer ziemlich vage, was seine Abwesenheiten betraf;

sehr häufig mußte er natürlich beruflich nach London fahren, aber es gab andere Zeiten, wo er da war, aber dennoch keinen Versuch machte, mit ihr Kontakt aufzunehmen. Sie sah seinen MG Tag für Tag vor dem Büro in Shaftesbury stehen und fühlte sich niedergeschlagen und krank. Krank vor Kummer und krank vor Eifersucht. Sie neigte offensichtlich zur Eifersucht; dies war, wie sie wußte, ein kleiner Fehler in ihrem sonst so liebenswerten Naturell. Dies war zum Teil auf ihr mangelndes Selbstbewußtsein zurückzuführen, aber auch auf ihren Wunsch, im Herzen ihrer Mitmenschen einen besonderen Platz einzunehmen. Gegenwärtig überkam sie dieses Unbehagen ziemlich häufig, verursacht durch Charles Bennetts gedankenloses Verhalten.

Zu Anfang war sie jedesmal überzeugt, daß er ganz einfach das Interesse an ihr verloren hatte, daß er mit einer anderen jungen Frau ausging, wahrscheinlich sogar mit mehreren; schließlich war er ein sehr attraktiver Heiratskandidat, es gab für ihn absolut keinen Grund, sich in irgendeiner Weise an sie zu binden. Manchmal wurde sie wütend, schwor, daß sie sich nie mehr mit ihm treffen würde, und wollte es nicht hören, wenn ihre Mutter und ihre Freundinnen ihr sagten, er spiele mit ihr herum und sie solle ihm zeigen, daß sie sich damit nicht abfinden würde. Und manchmal verteidigte sie ihn, vor sich selbst ebenso wie vor den anderen, und sagte, sie seien eben einfach gern zusammen, hätten Spaß miteinander, aber warum sollte sich deshalb einer gegenüber dem anderen verpflichtet fühlen?

Aber sie mochte ihn wirklich gern, und sie war gern mit ihm zusammen; es war schwierig, nein zu sagen, es nur aufgrund ihres Stolzes zu riskieren, ihn zu verlieren, vor allem, wenn er dann erklärte, es täte ihm leid, daß er nichts von sich habe hören lassen, er sei in London gewesen oder ganz einfach sehr beschäftigt. Es war leichter, ihm zu glauben, und es gab ganz gewiß keine Hinweise darauf, daß es da andere Mädchen gab – jedenfalls nicht, soweit sie es wußte, dachte sie traurig, wenn sie beunruhigt war, weil sie seit einer Woche oder länger nichts von ihm gehört hatte. Sie war neugieriger, was die Freundinnen betraf, die er in der Vergangenheit gehabt hatte, aber er wirkte sehr verschlossen, wenn sie versuchte, ihn danach zu fragen. Sie bemühte sich, nicht weiter darüber nachzudenken, und das, was sie bekam, zu genießen und ihren Stolz zu bewahren.

Sie gingen beide gern ins Kino, er nahm sie in die neuesten Filme mit; Musik mochte er überhaupt nicht, was sie traurig fand, aber sie gingen gelegentlich in Bath ins Theater. Ferner machten sie Ausfahrten mit dem Wagen, und er hatte angefangen, ihr ein paar erste Fahrstunden zu geben, was wunderbar war, denn wenn es irgend etwas gab, was sie davon überzeugte, daß sie ihm mehr bedeutete als nur ein bißchen angenehmer Zeitvertreib, dann war es die Großzügigkeit, mit der er ihr sein geliebtes Auto anvertraute. Und sie saßen beide gern in Pubs und unterhielten sich. Grace fand, daß er spannende Geschichten erzählen konnte, Fälle seines Vaters und sogar eigene, und interessierte sich für seine Kindheit, die sehr glücklich gewesen sein mußte, und seine Schulzeit in Harrow – «eine großartige Schule, ein wirkliches Privileg, sie besucht zu haben». Und dann führte er sie mindestens einmal im Monat zum Abendessen aus, in sehr teure Restaurants, und sagte ihr, sie wäre das netteste, das hübscheste und das interessanteste Mädchen, das er kenne, und auf dem Heimweg küßte er sie im Auto. Hinterher lag sie im Bett und dachte, was für ein Glück sie doch habe, und fragte sich, warum sie sich nach mehr sehnte, da das, was sie hatte, doch schon so schön war.

Und Charles war nicht nur romantisch, charmant und aufmerksam, sondern ein wirklicher Gentleman; seine Küsse waren leidenschaftlich und hingebungsvoll, aber er hatte nie versucht, etwas anderes zu tun, etwas, das unanständig gewesen wäre. Wenn sie spät abends im Auto allein waren, dann hatte sie nie Angst, daß sein Temperament mit ihm durchgehen würde (eine Möglichkeit, die ihre Freundinnen und ihre Mutter angedeutet hatten). Manchmal, wenn sie sich eng an ihn schmiegte, spürte sie seine Hand auf ihrem Oberschenkel, was auf angenehme Weise verwirrend war, aber das geschah nur durch den Stoff ihres Kleides hindurch, denn er hatte nie versucht, es hochzuschieben oder aufzuknöpfen. Einmal hatte er angefangen, ihren Hals zu küssen, und hatte seinen Mund hinunter zu ihrem Halsausschnitt wandern lassen – das Gefühl war einfach himmlisch –, als er sich plötzlich zurücklehnte und sagte: «Verzeih mir, Grace, es ist nur, weil du so hübsch bist.»

Danach sah und hörte sie zehn oder vierzehn Tage lang nichts von ihm. Und wie sehr sie sich auch sagte, es sei nicht wichtig – sie fühlte sich tief verletzt.

Sie machte sich auch weiterhin Sorgen, was den sozialen Unterschied zwischen ihnen betraf, und eines Abends, nachdem sie beim Abendessen ein paar Gläser Wein getrunken hatte und er in jener Woche zweimal mit ihr ausgegangen und ganz besonders aufmerksam gewesen war, sagte sie einfach: «Charles. Kann ich dich etwas fragen?»

«Ja», antwortete er. «Ja, natürlich.»

«Also ... hast du manchmal das Gefühl, daß ich ein wenig anders bin? Anders als du?»

«Was meinst du denn damit?» fragte er zurück und betrachtete sie erstaunt.

«Charles, du mußt doch wissen, was ich meine. Deine Familie ist sehr viel ... »

«Sehr viel was?»

O Gott, wie sollte sie es ausdrücken? Alle Wörter, die ihr einfielen, klangen so dumm, Wörter wie «kultivierter» und «vornehmer». Wenn sie sie benutzte, wirkte sie bestenfalls beschränkt und schlimmstenfalls neurotisch. Schließlich entschied sie sich für «wohlhabender», da das zweifelsfrei feststand.

«Ja, das weiß ich», sagte er und lächelte sie charmant an. «Aber es ist nicht dein Fehler, meiner ist es auch nicht. Wir können nur unsere Väter dafür verantwortlich machen. Jedenfalls denke ich nie darüber nach, wenn du das meinen solltest. Jetzt komm und gib mir einen Kuß.»

Sie hatte den Eindruck, daß er ganz genau wußte, was sie meinte, sich aber entschieden hatte, es zu ignorieren. Sie versuchte, nicht mehr darüber nachzudenken. Aber es gelang ihr nicht. Nicht ganz.

Ende Juli war ihr Geburtstag. Ein riesiger Blumenstrauß wurde ins Haus geliefert, gelbe und weiße Rosen, die ihre Mutter in eine derartige Aufregung versetzten, daß Grace einen Lachanfall bekam. Am Abend lud Charles sie zum Essen ein, in ein sehr teures Restaurant auf dem Lande, in der Nähe von Tisbury, in dem sie noch nie zuvor gewesen waren. Als sie in der Bar saßen und Sherry tranken, überreichte er ihr eine kleine Schachtel. «Herzlichen Glückwunsch zum Geburtstag, Grace», sagte er, und sie wäre fast in Ohnmacht gefallen, da sie dachte, es wäre ein Ring. Als sie dann die Schachtel öffnete und sah, daß es ein Korallenhalsband war, verspürte sie einen kurzen, aber heftigen Stich der Enttäuschung. Auf der Karte stand: «Für den hübschesten Hals, den ich kenne.»

Sie hatte sehr viel gegessen und getrunken, und auf dem Heimweg mußte er den Wagen anhalten, weil ihr übel wurde; sie stieg aus und ging ein Stück die Straße hinunter. Er saß da und betrachtete sie, und dann kam er hinter ihr her, nahm sie in die Arme und sagte: «Ich kann mir das Leben ohne dich nicht mehr vorstellen, Grace. Du bist das beste, was mir je passiert ist.»

Es war alles sehr romantisch, aber selbst nach diesem Abend tauchte er für mehr als eine Woche unter. Und wieder fiel es ihr schwer, zu glauben, daß er sie am Ende nicht doch für eines der Mädchen, mit denen er aufgewachsen war, fallengelassen hatte.

Dann kam gegen Ende des Sommers eine sehr schlimme Zeit, als er für ein paar Wochen nach Südfrankreich fuhr, um Freunde seiner Eltern zu besuchen. Jede Stunde seiner Abwesenheit war qualvoll für Grace, die sich vorstellte, daß er mit einem ganzen Schwarm hinreißender Mädchen am Strand lag. Aber nachdem er zurückgekehrt war, kam er sofort vorbei, um sie zu besuchen. Er sah wunderbar aus, braungebrannt und erholt, und hatte ihr eine Flasche französisches Parfüm mitgebracht. Er sagte, er habe sie vermißt und sehr viel an sie gedacht.

Die anderen schlimmen Tage waren die, an denen sie nach The Priory mußte, um sonntags Tennis zu spielen oder gelegentlich zu einem Cocktail zu erscheinen. Gewöhnlich waren dies zwanglose Zusammenkünfte im kleineren Kreis, nur Charles' Familie und einige Freunde der Bennetts. Grace kamen sie alle ziemlich unnahbar vor. Sie fragte sich manchmal, warum nur so selten jüngere Leute kamen und ob Charles sie vielleicht absichtlich von seinen Freunden fernhielt, weil er sich ihrer in irgendeiner Weise schämte oder sich mit ihr nicht wohl fühlte. Einmal brachte sie das Thema Charles gegenüber zur Sprache, und er lachte und sagte, sie bilde sich all das nur ein und er würde sie den Leuten lieber nach und nach vorstellen, weil sie so schüchtern sei. «All meine Freunde, die dich kennengelernt haben, finden, daß du sehr nett und sehr hübsch bist. Du machst dir wirklich unnötig Sorgen», sagte er und küßte sie.

Am meisten Angst machte ihr eine große Geburtstagsparty für Mr. Bennett Anfang August, die seine Mutter in einem großen Zelt im Garten gab. «Bitte, Grace, komm», sagte Charles, als sie Einwände erhob und sagte, sie könne nicht teilnehmen, «es wird bestimmt lustig. Ich möchte, daß alle sehen, wie hübsch du bist.»

Grace verbrachte die nächsten drei Wochen abwechselnd in Sorge und dann wiederum erfüllt von übermütigem Stolz, da sie sich sagte, es müsse etwas zu bedeuten haben, daß Charles sie überhaupt dabeihaben wollte. Wenn sie bei einem so wichtigen familiären Anlaß dabeisein sollte, war er gewiß nicht nur darauf aus, nur ein paar unterhaltsame Stunden mit ihr zu verbringen.

Als es dann soweit war, erkannte Grace sehr rasch, daß das schlichte weiße Seidenkleid, das ihre Mutter ihr für das große Fest genäht hatte, mit seinen kleinen Flügelärmeln und seinem Taschentuchsaum, ganz einfach nicht elegant genug war, daß alle anderen in glänzendem Satin oder besticktem Taft gekommen waren, in langen, tief ausgeschnittenen Kleidern, die wohlgeformte Brustansätze und nackte Schultern enthüllten, mit funkelndem, ganz offensichtlich wertvollem Schmuck behängt. Sie ging durch das Haus und in das Zelt hinein, ein riesiges Zelt, gefüllt mit Blumen und Tischen und Bediensteten in weißen Jacketts mit Tabletts voller Drinks und einer Musikband und diesen vielen jungen Mädchen, die schön waren und schwatzten und lachten, und diesen stattlichen Männern, die sich alle untereinander kannten, alle zu demselben privilegierten Kreis gehörten. Obwohl sie an Charles' Seite war, fühlte sie, *wußte* sie, daß jeder sie beobachtete und die Leute einander fragten, ob Charles es wohl ernst mit ihr meine und wie das denn überhaupt möglich sei.

Sie wäre in diesem Augenblick geflohen, wenn er sie nicht zu seiner Mutter hinübergeführt hätte, die sehr förmlich, aber höflich war, und zu dem lieben alten Mr. Bennett, der sich ihr gegenüber absolut reizend verhielt und ihr ins Ohr flüsterte, sie sei bei weitem das hübscheste Mädchen auf seinem Geburtstagsfest. Eigentlich, so dachte sie, als er sie auf die Tanzfläche führte und mit ihr auf erstaunlich schwungvolle Art einen Foxtrott tanzte, sah er überhaupt nicht alt aus mit seinem dichten weißen Haar, seinen wunderbaren blauen Augen und seinem gebräunten Gesicht. Es war das erste Mal, daß sie ihn in etwas anderem als seiner ausgebeulten alten Gartenkleidung gesehen hatte, und seine exzellent geschnittene Smokingjacke zeigte eine wundervoll schlanke Figur und ließ ihn sehr vornehm wirken.

«Tja», sagte er, «unser Charles ist offensichtlich sehr von Ihnen eingenommen. Wir hören in diesen Tagen von nichts anderem.»

Grace freute sich über seine Worte. Sie und Mr. Bennett hatten drei Tänze miteinander getanzt. Er blieb lachend stehen und nahm ihren Arm. «Ich bin wirklich zu alt für so etwas», sagte er und wischte sich die Stirn mit seinem Taschentuch ab, «aber ich tanze mit Begeisterung.»

«Aber Sie machen es doch ganz ausgezeichnet», sagte Grace.

«Sie dürfen einem alten Mann nicht so schmeicheln.»

«Ich schmeichle Ihnen nicht, und Sie sind kein alter Mann.»

«Ich fürchte doch. Heute werde ich neunundfünfzig. Ich muß Ihnen wie Ihr eigener Großvater vorkommen.»

«Natürlich nicht. Es muß wunderbar für Sie sein», fügte sie hinzu, als er sie zum Tisch zurückführte, «an Ihrem Geburtstag von all Ihren Freunden umgeben zu sein, von Menschen, die Sie lieben.» Er warf ihr einen sehr seltsamen Blick zu und sagte: «Tja, Grace, das muß es wohl.» Dann lächelte er sie an, auf einmal ziemlich traurig, küßte ihre Hand, führte sie zu Charles und sagte ihm, wie glücklich er sich schätzen könne, sie zu haben.

Später erblickte sie ihn einen Moment lang allein; er stand am Tennisplatz und rauchte eine Zigarre, und sie fragte Charles, ob sie nicht einmal hinübergehen und nachschauen sollten, ob mit ihm alles in Ordnung sei, und Charles sagte, dem alten Knaben ginge es gut, seine Mutter möge nur keine Zigarren, er würde sich auf Festen immer davonstehlen, um eine zu rauchen. Da auch noch andere Männer auf der Party Zigarren rauchten, konnte Grace nicht einsehen, warum dies notwendig sein sollte, aber sie hakte nicht weiter nach, zumal die Band gerade einen langsamen Walzer spielte und Charles sie sehr eng an sich drückte.

«Du siehst wunderschön aus», sagte er. «Ich bin so stolz auf dich.»

Florence und Robert kamen mit erheblicher Verspätung zu der Party. Grace war nicht wenig erstaunt darüber, denn Charles hatte gesagt, daß dies ein alljährliches, von allen respektiertes Familientreffen war, aber es stellte sich heraus, daß Florence sich in letzter Minute nicht wohl gefühlt hatte und sie um ein Haar überhaupt nicht gekommen wären. Robert meinte, daß sie die Fahrt besser nicht hätte machen sollen. Grace überlegte, ob Florence vielleicht schwanger sei, mochte sie aber nicht fragen. Florence war sehr blaß und sogar noch unfreundlicher als das letzte Mal, als sie sich begegnet waren, aber Robert war das genaue Gegenteil: Er kam zu ihr herüber und erklärte, wie froh er sei, sie wiederzusehen, und forderte sie später zum Tanzen auf. Es war ein Walzer, und er zog sie beunruhigend eng an sich. Grace machte sich Sorgen, daß Florence es bemerken könnte, aber diese redete die ganze Zeit mit ihrer Mutter und warf keinen einzigen Blick in Richtung Tanzfläche.

«Ich finde», sagte Robert und lächelte zu Grace hinab, wobei sein Blick über ihr Gesicht wanderte und an ihren Lippen hängenblieb, «Sie sind das beste, was dieser Familie seit langem passiert ist. Wenn ich das mal so offen sagen darf.»

Grace wußte nicht recht, was sie darauf erwidern sollte, deshalb lächelte sie etwas verlegen und konzentrierte sich auf das Tanzen. Schließlich führte er sie an ihren Tisch zurück und sagte, er fühle sich leider nicht wohl. Wenig später ging sie ins Haus und zur Toilette, und da ihr sehr heiß war, wanderte sie danach für ein paar Minuten im Garten herum, um ein wenig frische Luft zu schnappen. Plötzlich erblickte sie Robert, dessen Gesicht im Mondlicht wachsbleich erschien; er hastete in Richtung der Rosenbüsche, und ohne es zu wollen, hörte sie das unverkennbare Würgen. Sie hatte den Eindruck, daß sein Unwohlsein allein auf den Genuß von allzuviel Champagner zurückzuführen war.

Sie hatte erwartet, eines von zahlreichen Mädchen zu sein, die von Charles persönlich eingeladen worden waren, aber offensichtlich hatte man sie für diesen Abend als seine Begleiterin vorgesehen. Er tanzte mehrmals mit ihr, und in den Pausen dazwischen entdeckte sie zu ihrer Überraschung, daß sie sehr begehrt war. Mehrere von Charles' Freunden forderten sie zum Tanzen auf und erklärten, sie hätten schon sehr viel von ihr gehört, einige von ihnen waren zwar freundlich, aber ein klein wenig herablassend, und ihr fiel nichts ein, was sie zu ihnen hätte sagen können, aber einer unter ihnen, den Charles ihr als «mein Blutsbruder Laurence» vorstellte, war wirklich charmant, sehr höflich und aufmerksam, und er tat zumindest so, als wäre er an dem, was sie zu sagen hatte, interessiert.

«Warum Blutsbruder?» fragte sie, und er antwortete, sie hätten zusammen die höhere Schule besucht. «Alles ziemlich düster, so war das damals, gegen Ende des Krieges, scheußliches Essen, und die Lehrer so alt wie Methusalem.» Eines Tages war Charles von einem der Lehrer verprügelt worden, und Laurence hatte ihn im Garten gefunden, wo er zusammengekrümmt und schluchzend hinter einer Hecke lag. Charles hatte ihn gezwungen zu schwören, daß er niemandem erzählen würde, daß er geweint hatte, und Laurence hatte es geschworen, daraufhin den Zweig eines Brombeerstrauches abgebrochen und ihrer beider Finger mit einem Dorn gestochen, und dann hatten sie ihr Blut feierlich vereint, um die Bedeutung ihrer Abmachung zu unterstreichen.

Die Party endete damit, daß alle um das Zelt herum und durch den Garten eine Polonaise tanzten; Clifford führte die Schlange an, und nur Muriel sah dem Spektakel mit kaum kaschierter Mißbilligung zu. Grace, die sich vor Robert und hinter Laurence eingereiht hatte, hatte das Gefühl, eine mysteriöse Grenze überschritten zu haben, und wenn sie sich auch weiterhin im Zusammensein mit Muriel, Florence und denen, die ihnen ähnlich waren, wie gelähmt fühlte, so gehörten die beiden doch jetzt inzwischen wenigstens nicht mehr zu den Schrecken, die ihr unbekannt waren; auch sie schienen manchen geheimen Kummer zu haben, so wie alle anderen Menschen auch.

Zudem stellte sie fest, daß sie mittlerweile die Tatsache akzeptierte, daß Charles' Werben um sie ein wenig unberechenbar ausfiel. Ihm lag ganz offensichtlich viel an ihr, und er schämte sich ihrer nicht. In Zukunft würde sie ihr Glück einfach mehr genießen.

Rückblickend hatte Grace den Eindruck, daß in jenem Sommer ein Schlußstrich gezogen worden war unter all das, was als leicht, vergnüglich oder sicher galt. Angst senkte sich lähmend über das Land; überall redete man vom Krieg. Sie und ihre Mutter saßen jeden Abend am Eßtisch und hörten zu, was ihr Vater sagte. Er sprach von der Unvermeidlichkeit des Krieges; und dann stellten sie die Neun-Uhr-Nachrichten ein und hörten dasselbe noch einmal. Wenn Hitler in der Wochenschau auf der Kinoleinwand erschien, dann wurde er ausgepfiffen; häufig war davon die Rede, daß es nötig sei, Kinder und alte Leute aufs Land zu schicken. Charles kam aus London zurück und erzählte, in den großen Parks würden Schützengräben ausgehoben, man ließe Sperrballons über London aufsteigen, als Abschreckung gegen Luftangriffe, man stelle Fliegerabwehrgeschütze auf und im ganzen Land würden riesige Truppenverbände verschoben. Eines Tages kam Grace von der Arbeit heim und sah ihre Mutter in Tränen aufgelöst; auf dem Tisch im Eingangsraum lagen drei Gasmasken, abstoßende, widerwärtige Dinger mit riesigen Augen und Schnauzen, die die Häßlichkeit des Krieges zu symbolisieren schienen. Sie wußte nicht, wie sie ihre Mutter trösten sollte.

Auch sie selbst hatte Angst. Es gab eine Menge Aufruhr; in einer der Zeitungen las sie einen Artikel, in dem der Tod von mehr als einer halben Million Menschen durch einen Bombenangriff auf London und der Zusammenbruch von Recht, Gesetz und medizinischer Versorgung angekündigt wurden. Sie zeigte Charles den Artikel; er küßte sie und zerriß ihn. «Das Nachdenken und Planen überlaß lieber uns, Grace. Dafür sind wir da.»

«Wer?» fragte sie gereizt.

«Die Männer», erwiderte er, offensichtlich erstaunt.

In solchen Momenten hatte sie das Gefühl, ihn überhaupt nicht zu kennen.

Aber die allgemeine Verwirrung hatte zugleich auch etwas Aufregendes an sich. Grace erkannte ihre große Zuneigung für Charles. Wenn es einen Krieg gäbe, so dachte sie, dann würde er fortgehen müssen, er würde in Gefahr geraten, vielleicht sogar getötet werden; die bloße Möglichkeit – die aber tatsächlich in weiter Ferne lag – verstärkte die Gefühle, die sie für ihn empfand. Sogar vor Muriel Bennett hatte sie jetzt weniger Angst – in Anbetracht eines Krieges kam sie ihr fast unwichtig vor.

Florence warf zum ungefähr hundertsten Mal einen prüfenden Blick auf den Eßtisch, auf die Kerzen, die Blumen, die Sitzordnung. War jedes Glas wirklich makellos sauber? Dies war ein äußerst wichtiges Abendessen, wie Robert immer wieder betont hatte. Mein Gott, das beschränkte Hausmädchen hatte die Fischmesser auf die falsche Seite gelegt. Die Türglocke läutete.

Es war Charles. Er lächelte sie ein wenig unsicher an. «Hallo, Florence, kann ich hereinkommen?»

«Oh, Charles. Du meine Güte. Ja, sicher. Warum nicht? Komm rein.»

«Du siehst nicht so aus, als wärest du besonders begeistert, mich zu sehen.»

«Doch... doch, Charles. Natürlich. Aber wir haben heute abend eine schrecklich wichtige Einladung, Roberts Kunden, weißt du, und –»

«Ich wollte ohnehin nicht bleiben. Jedenfalls jetzt nicht. Ich werde heute abend mit ein paar alten Freunden ausgehen. Aber ich wollte fragen, ob ich heute bei euch übernachten könnte.»

«Übernachten? Ich weiß nicht, Charles. Sieh mal –»

«Florence, was zum Teufel ist los? Ich verspreche, daß ich mich ganz leise hereinschleiche. Ich werde nichts Unpassendes zu euren feinen Freunden sagen; sie werden mich nicht einmal zu sehen bekommen, wenn du es nicht willst.»

«Charles, darum geht es doch gar nicht.»

«Also, wo ist dann das Problem? Du hast doch bestimmt eine Menge Platz. Und es ist nur für eine Nacht.»

«Kannst du nicht in Vaters Apartment übernachten?»

«Nein, deshalb bin ich ja hier. Ich hab ihn gefragt, und er hat sich schrecklich aufgeregt, sagte, er hätte dort ein wichtiges Treffen. Er war ein bißchen komisch, wenn ich mir's recht überlege. Er scheint augenblicklich nicht ganz er selbst zu sein.»

«Oh», sagte Florence.

«Es klingt nicht so, als würde dich das besonders interessieren.»

Florence sammelte sich und lächelte ihn an. «Tut mir leid, Charles, ich habe im Augenblick furchtbar viel im Kopf. Schau mal, das klingt jetzt unhöflich, ich weiß, aber ich werde wirklich nicht viel Zeit haben, mich mit dir zu unterhalten oder dergleichen. Robert nimmt diese Anlässe immer schrecklich wichtig; alles muß perfekt sein. Nun ja, es sind schließlich seine Kunden.»

«Ja, das hast du schon gesagt. Klingt gar nicht nach Robert; er macht sonst eigentlich nicht so einen verbissenen Eindruck.»

«Mag sein, er hat halt in letzter Zeit sehr hart gearbeitet», erklärte Florence. «Er –» Ein Wagen fuhr draußen vor. «Weißt du, Charles, du solltest besser gehen, wenn es dir nichts ausmacht.»

«Ja, ich bin schon weg. Florence, ist alles in Ordnung? Du siehst ein bißchen seltsam aus.»

«Natürlich ist alles in Ordnung. Hier, ich gebe dir meinen Schlüssel, dann kannst du dir selbst die Tür öffnen. Das ist besser, glaube ich...»

Ein Schlüssel wurde im Schloß herumgedreht, und Sekunden später trat Robert ein. Er las im Gehen eine Zeitung, schaute nicht einmal auf, sondern brüllte nur wütend: «Florence!»

«Robert, ich bin doch hier», erwiderte Florence.

Endlich sah er auf, starrte sie mit grimmiger Miene und durchdringendem Blick unverwandt an, aber dann bemerkte er Charles und begann sofort zu lächeln. Er streckte ihm die Hand hin.

«Charles! Schön, dich zu sehen. Was machst du hier?»

«Ich versuche, mir einen Schlafplatz für die Nacht zu sichern, wenn das möglich ist. Keine Angst, Florence hat mir die Sache mit eurer Dinnerparty erklärt, ich werde mich nicht blicken lassen.»

«Sei nicht albern. Warum setzt du dich nicht zu uns? Es wird bestimmt lustig. Florence, ich hoffe, du hast Charles nicht das Gefühl gegeben, daß er hier nicht willkommen ist. Das wäre wirklich unmöglich von dir und würde mich verdammt wütend machen. Hast du eine Smokingjacke dabei, alter Junge? Wenn nicht, dann ist es auch nicht schlimm, ich könnte –»

«Nein, wirklich, ich kann heute abend nicht dabeisein», sagte Charles. «Aber trotzdem, Robert, vielen Dank.»

«Ein wilder Junggesellenabend, vermute ich», sagte Robert und lachte. «Du Glücklicher. Meine Erinnerungen an derartige Nächte sind ziemlich verblaßt. Florence, ist mein Tee fertig?»

«Nein, tut mir leid. Entschuldige», stotterte Florence. «Ich werde ihn dir sofort holen.»

«Danke, Florence. Es ist doch nicht zuviel verlangt, Charles, eine

Tasse Tee am Ende eines langen Arbeitstages, was? Hast du Lust, mit mir nach oben in den Salon zu gehen? Das mache ich immer, wenn ich nach Hause komme. Ich setze mich hin, lese meine Zeitung und trinke eine Tasse Tee. Oder jedenfalls *würde* ich das gerne tun.» Er lächelte Florence an.

Florence verließ eilig das Zimmer; als Charles mit Robert nach oben ging, hörte er, wie sie dem Mädchen zurief, es solle Mr. Grieg rasch einen Tee machen. Es kam ihm vor, als klinge ihre Stimme ein wenig zittrig.

«Das hast du gut gemacht, Schatz», sagte Robert, nachdem die Tür sich hinter ihrem letzten Gast geschlossen hatte, und gab Florence einen flüchtigen Kuß. «Großartiger Abend. Und der alte Foster war offensichtlich sehr von dir eingenommen. Geh schon mal rauf; ich nehme noch einen letzten Drink und lese ein paar Sachen durch.»

Während sie in ihrem Bett lag und darauf wartete, daß Robert in ihr Schlafzimmer kam, erleichtert über seine Zufriedenheit und das Gelingen ihrer Dinnerparty, hörte Florence, wie ein Taxi vorfuhr, die Eingangstür vorsichtig geöffnet wurde und Charles die Treppe nach oben schlich. Es war mittlerweile recht spät, fast zwei Uhr. Sie fragte sich, was er wohl gemacht hatte. Wahrscheinlich in irgendeinem Nightclub gesessen und sich betrunken, vermutete sie. Sie war einigermaßen erleichtert, daß er manche Nächte noch immer in der Stadt verbrachte, jetzt, da er häufig mit dieser langweiligen Grace Marchant zusammen war. Sicher, sie war wirklich lieb, aber man konnte sich nicht erklären, was er in ihr sah. Dennoch schien Charles sehr viel glücklicher zu sein, als er es jahrelang zuvor gewesen war. Sie mochte ihn sehr gern; er war ein Goldstück. Sie empfand ein leises Bedauern, daß sie so unfreundlich gewesen war; am Morgen würde sie versuchen, es wiedergutzumachen. Es war nur schwierig zu erklären, ohne dabei allzuviel preiszugeben. Das war alles.

Kapitel 3
Herbst 1938

Als Charles sie fragte, ob sie ihn heiraten wolle, geriet Grace im ersten Moment in Panik. Sie hatte keine Ahnung, warum sie so reagierte, da doch das, was geschah, genau das war, wovon sie seit Monaten geträumt hatte. Sie saß in einer Ecke des Speisesaals eines exklusiven Restaurants, starrte ihn an und hörte die Worte: «Willst du mich heiraten?» Anstatt sich zu freuen und sich in seine Arme zu werfen, empfand sie eine tiefe Angst, sie hatte das Gefühl, als habe das Leben sie jeder Kontrolle beraubt, und wollte am liebsten aufstehen und wegrennen.

«Grace», sagte er, «Liebling, ist alles in Ordnung? Du siehst sehr blaß aus.» Und langsam konnte sie die verschwommenen Gegenstände um sie herum wieder deutlicher erkennen. Sie wurde ruhiger und lächelte ihn an, um ihn zu bitten, er möge noch einmal wiederholen, was er gesagt hatte, und das tat er dann auch, mit einem liebevollen Lachen, und nahm dabei ihre Hand.

«Grace, mein Liebling», sagte er, «ich liebe dich. Möchtest du mich heiraten?»

Und noch immer gab sie ihm keine Antwort. «Aber warum?» fragte sie und wurde sich im selben Moment bewußt, wie dumm und unpassend das klang; und er sah sie ein wenig verletzt an und erwiderte: «Ich hab dir doch gesagt, warum. Ich liebe dich.»

«Charles, was um Himmels willen hat deine Mutter dazu gesagt», fragte sie, «als du es ihr erzählt hast? War sie wütend?»

«Warum sollte sie wütend sein?» Er sah sie erstaunt an. «Und im übrigen hab ich es ihr noch gar nicht gesagt, meinem Vater auch nicht. Ich wollte erst einmal wissen, wie du darüber denkst. Aber ich weiß es leider immer noch nicht», fügte er hinzu, führte ihre Hand an seine Lippen und küßte sie zärtlich. «Es läuft nicht gerade so, wie ich es mir vorgestellt hatte. Tja, dann werde ich jetzt wohl besser aufgeben und nach Hause gehen.»

«O Charles, Charles», stammelte sie, weinend und lachend zugleich. Sie erkannte, wie albern sie gewesen war: «Natürlich werde ich dich heiraten. Es wäre wunderbar, dich zu heiraten. Ich liebe dich.»

«Tja, das bedeutet dann wohl, daß ich dir dies hier geben kann», sagte er, zog eine kleine Schachtel aus der Jackettasche und schob sie quer über den Tisch zu ihr hinüber. «Und dies», er winkte dem Kellner, der strahlend mit einem Eiskübel und einer Flasche Champagner herbeieilte, die er schwungvoll öffnete. Die Leute, die am Nachbartisch saßen, lächelten ihnen wohlwollend zu. Grace öffnete die Schachtel, und darin lag ein sehr schöner Ring aus Platin mit einem viereckigen Saphir in der Mitte, umsäumt von vielen winzigen Diamanten.

«Er ist wunderschön, wirklich wunderschön», stammelte sie und verdrängte die leichte Enttäuschung, daß sie den Ring nicht mit ihm zusammen aussuchen konnte, nicht gefragt worden war, was sie sich wünschte.

«Ich bin so froh, daß er dir gefällt. Ich fand, er ist etwas ganz Besonderes. Wenn er dir nicht paßt, dann kannst du ihn ändern lassen. Versuch doch mal, Liebling, laß mich ihn sehen.»

Grace steckte sich den Ring an den Finger; er paßte ihr nicht, er war zu groß für sie, und der Stein wirkte zu massig an ihrer kleinen Hand, aber sie lächelte noch einmal mit tränennassen Augen und sagte: «Danke, Charles, er ist wunderbar, wirklich wunderbar.»

Als Grace es ihren Eltern daheim erzählte, hatte sie tatsächlich den Eindruck, daß ihre Mutter gleich ohnmächtig werden würde. Ihr Gesicht wurde wachsbleich, und sie ließ sich schwer atmend auf einen Stuhl fallen.

«O Grace», sagte sie schließlich mit atemloser Stimme, «o meine Lieben.»

«Gleich fängt sie an zu weinen», sagte Frank, stand auf, kam zu ihnen herüber und schüttelte Charles die Hand. «Ich kann Ihnen gar nicht sagen, wie froh ich bin, mein Junge. Wirklich froh. Gib mir einen Kuß, Grace. Euch beiden meine herzlichsten Glückwünsche.»

«Frank», sagte Betty, «du darfst Charles nicht so nennen. Er ist kein Junge.» Und sie brach in Tränen aus.

«Wißt ihr», sagte Frank, «ich habe schon eine Flasche auf Eis gelegt. Ich werde sie mal holen.»

«Du hast was?» rief Grace aus. «Willst du damit sagen, daß du es wußtest?»

«Tja, natürlich wußte ich es», sagte Frank. «Charles hat es genau so gemacht, wie es sich gehört; er ist zu mir gekommen und hat um deine Hand angehalten. Schließlich ist er ein wohlerzogener junger Mann.»

«Du hast es also gewußt, bevor ich es wußte!» rief Grace entrüstet.

«Schatz, tu nicht so, als wäre das ein Verbrechen», sagte Charles. «Das war erst heute nachmittag, und ich hätte es mir nicht im Traum einfallen lassen, dich zu fragen, ohne zuerst die Erlaubnis deines Vaters eingeholt zu haben.» Er ging zu ihr hinüber und legte seinen Arm um ihre Schultern. «Es macht dir doch nichts aus, oder?»

«Nein», sagte Grace. «Nein, natürlich nicht.» Sie lächelte ihn zaghaft an. «Ich bin nur ein bißchen... überrascht, das ist alles.»

«Natürlich, Liebes, natürlich bist du das», sagte Betty und wischte sich ihre Freudentränen von der Wange. Dann trat sie ein wenig ängstlich auf Charles zu. «Das sind wir alle. Äh... darf ich dir einen Kuß geben, Charles? Jetzt, da du... ein Mitglied der Familie sein wirst?»

«Aber gewiß doch», sagte er und beugte sich zu ihr hinab, «und ich finde, wenn ich das sagen darf, daß das eine äußerst nette Familie ist, in die ich da gerate. Ich habe wirklich sehr viel Glück gehabt.»

Betty schloß die Augen, und ein Ausdruck von fast seliger Entrücktheit zeigte sich auf ihrem Gesicht; Grace dachte, daß sie aussähe, als knie sie am Altar, um die Heilige Kommunion zu empfangen. Sie verdrängte hastig diesen respektlosen Gedanken und ergriff das Glas Champagner, das ihr Vater ihr reichte. «Danke, Daddy.»

«Herzliche Glückwünsche», sagte Frank noch einmal. «Euch beiden alles Gute. Das sind wirklich wunderbare Neuigkeiten.»

«Laß uns doch den Ring sehen», sagte Betty. «Oh, wie schön. Ist er nicht schön, Grace?»

Später, sehr viel später, als Charles gegangen war, saß Grace mit ihrer Mutter im Wohnzimmer.

«Wir müssen bald mit den Vorbereitungen anfangen», sagte Betty. Ihr Gesicht war von dem Champagner und der Aufregung gerötet, und der Puder auf ihren Wangen zeigte Tränenspuren. «Wann dachtet ihr denn, daß die Hochzeit stattfinden sollte, Liebes?»

«Wir haben noch nichts festgelegt», antwortete Grace. «Nicht so richtig. Charles meinte, recht bald, wegen der politischen Lage auf dem Kontinent und so, aber –»

«Also vor dem Frühling geht es nicht», erklärte Betty entschlossen.

«Warum denn nicht? Wir haben doch erst Oktober.»

«Nun, Liebes, weil ich so viel vorzubereiten habe, es gibt wirklich einiges zu tun, und außerdem sind kurze Verlobungszeiten nicht sehr... nun... passend.»

«Um Gottes willen, warum denn nicht?» fragte Grace amüsiert.

«Weil... weil die Leute denken... denken könnten, daß ihr... daß ihr heiraten müßt», sagte Betty und wurde feuerrot.

«O Mutter, wirklich», seufzte Grace. Dann begann sie zu kichern. «Mein Gott, was für ein Gedanke. Es wäre allein schon deshalb lohnend, es mal zu probieren, um alle Leute zum Reden zu bringen.»

«Grace, bitte!»

«Entschuldige. Aber im Ernst, ich weiß nicht, ob wir wirklich sechs Monate warten wollen. Nehmen wir mal an, es gibt tatsächlich Krieg. Wir können unsere Hochzeit doch ganz still und im kleinen Kreis feiern.»

«Im kleinen Kreis!» rief Betty aus, und ihre Stimme stieg um mindestens eine Oktave. «Natürlich kannst du nicht im kleinen Kreis feiern. Was für eine Vorstellung! Eine Verbindung mit so einer Familie bedeutet –»

«Mutter, sie sind schließlich nicht Mitglieder des Königshauses», sagte Grace.

Sie lag bis spät in der Nacht wach und ließ die Ereignisse des Abends Revue passieren, wobei sie ihre Ängste entschlossen verdrängte und sich immer wieder in Erinnerung rief, was Charles gesagt hatte, daß er sie liebe. Sie träumte von der Hochzeit, schreckte aber vor der Vorstellung zurück, am nächsten Tag Muriel gegenübertreten zu müssen – Charles hatte ein gemeinsames Mittagessen arrangiert und erklärt, er würde es ihnen beim Frühstück mitteilen –, und dachte, wie schön es sein würde, Cliffords Schwiegertochter zu sein. Sie stellte sich vor, ein Baby zu bekommen, Mutter zu sein, und fragte sich, wo sie wohl wohnen würden. Daß Charles mit ihrem Vater gesprochen hatte, bevor er sie selbst fragte, verwirrte sie noch immer; das Ganze schien auf seltsame Weise eine Vereinbarung zwischen den beiden Männern gewesen zu sein, zu der sie nichts zu sagen hatte, und ihre Mutter, der man vorher ebenfalls nichts gesagt hatte, schien diese Tatsache zu akzeptieren. Es war jener letzte Gedanke, der sie mehr als jeder andere beschäftigte, bis sie schließlich um vier Uhr morgens einschlief.

Charles holte sie mittags ab, um sie nach The Priory zu bringen. Er sah ein wenig blaß und übermüdet aus; wahrscheinlich hatte er ebenfalls nicht besonders gut geschlafen.

«Was ... was haben sie gesagt?» fragte sie.

«Oh, sie waren natürlich sehr erfreut», antwortete er rasch und lächelte sie an. «Mein Vater plant, einmal in der Woche mit dir zu gärtnern.»

«Und deine Mutter?» Grace spürte ein unangenehmes Ziehen in ihrer Brust.

«Nun, sie ist natürlich sehr glücklich», sagte er. «Sie mag dich wirklich gern; du mußt dir ihretwegen nicht so viele Gedanken machen. Sie freut sich darauf, dich heute zu sehen.»

«Gut», sagte Grace.

Die Bennetts warteten im Wohnzimmer und hatten sich zu beiden Seiten des Kamins aufgestellt. Muriel trug ein beigefarbenes Jerseykleid mit diamantenbesetzten Spangen am Halsausschnitt. Clifford hatte seine unförmige Gärtnerkleidung gegen ein Tweedjacket und Flanellhosen eingetauscht. Er trat auf sie zu und umarmte sie herzlich. «Sehr erfreut, meine Liebe», sagte er, «ich könnte nicht zufriedener sein. Herzliche Glückwünsche.»

«Danke», sagte Grace, umfing ihn mit beiden Armen und küßte ihn auf die Wange.

«Grace, meine Liebe» – Muriels Stimme, gewollt liebenswürdig, unterbrach die herzliche Umarmung – «meine Glückwünsche. Wir freuen uns ja so sehr.»

Grace löste sich widerwillig aus Cliffords Armen und wandte sich Muriel zu, die lächelte und ihr die Hand hinhielt. Grace ging ein paar Schritte auf sie zu und ergriff die ausgestreckte Hand. Sie war eiskalt, genauso wie die Grace zum Kuß hingehaltene Wange.

«Clifford hat eine Flasche Champagner an die Kälte gestellt; wir müssen diesen freudigen Anlaß doch feiern. Clifford, würdest du bitte ... »

Clifford drückte auf den Klingelknopf neben dem Kamin; wenig später trat das Hausmädchen mit einem Tablett und Gläsern ein. Die junge Frau lächelte Grace vorsichtig an.

«Also», sagte Clifford, ließ den Korken knallen und füllte den Champagner in die Gläser, wobei er erst Grace und dann Muriel ein Glas reichte, «auf Grace und Charles, viel Glück.»

«Danke, Vater», sagte Charles. Er sah noch immer sehr erschöpft aus, lächelte erst Grace zu und danach, ein wenig unsicher, seiner

Mutter. Sie lächelte zurück, aber Grace, die sie beobachtet hatte, war schockiert über die völlige Teilnahmslosigkeit in ihrem Blick.

Das Essen war schrecklich anstrengend. Sie saßen im Eßzimmer, in dem es trotz eines lodernden Kaminfeuers eiskalt war, und nahmen eine mehrgängige Mahlzeit zu sich. Grace saß mit dem Rücken zum Feuer und fühlte sich immer unwohler: Sie hatte große Schwierigkeiten, zu essen, und noch größere, sich zu unterhalten. Muriel stellte ihnen ein paar höfliche Fragen, ob sie sich schon auf einen Hochzeitstermin geeinigt hätten, ob Charles den Text für die Gesellschaftsspalte im *Telegraph* und in *The Times* vorbereitet habe und wann Grace voraussichtlich ihren Job kündigen werde.

«Ich... ich weiß es nicht», stotterte Grace. «Ich hatte noch gar nicht darüber nachgedacht. Es ist alles ein wenig überraschend gekommen», fügte sie hinzu und lächelte, um die Spannung ein wenig zu dämpfen.

«Für uns auch», sagte Muriel, und dann, nach einer kaum merklichen Pause, «allerdings eine äußerst angenehme. Aber Sie werden ihn doch sicher aufgeben? Ich meine Ihren Job.»

«Tja, ich weiß es nicht. Ich hatte noch gar nicht darüber nachgedacht.»

«Meine Liebe, das ist aber doch ganz selbstverständlich. Es gibt so viel zu tun: die Hochzeit planen, ein Haus suchen und einrichten... übrigens, was das betrifft, Charles, das Mill House in Thorpe St Andrews steht zum Verkauf. Sehr passend, möchte ich meinen, du erinnerst dich vermutlich daran. Du warst doch damals auf Geraldines Hochzeit, natürlich, ich erinnere mich, daß du sagtest, es gefiele dir dort, man könnte ein Pferd halten und sogar wieder mit der Jagd beginnen...»

Und was ist mit mir? dachte Grace. Was ist mit mir? «Erzählen Sie mir davon», sagte sie zu Muriel. «Dieses Haus, wie sieht es aus?»

«Oh», sagte Muriel und wandte sich ihr nur ganz kurz zu, als wolle sie andeuten, daß ihre Meinung zu dieser Angelegenheit kaum einer Erwägung wert war, «es ist ein entzückendes Haus, ich dachte, Sie würden es kennen. Siebzehntes Jahrhundert, ein wunderschöner Garten und» – sie wandte sich wieder Charles zu – «Platz für einen Tenniscourt. Das würde dir doch gefallen, oder? Charles, ich werde mal für dich mit George Wetherby reden; ich sag ihm, du hättest Interesse.»

«Vielleicht», schlug Grace tapfer vor, «könnten wir hinüberfahren und es uns heute nachmittag mal anschauen, Charles. Nach dem

Lunch. Und sehen, ob es uns beiden gefällt. Bevor deine Mutter mit irgend jemandem redet.»

«Ja, natürlich», sagte Muriel kühl. «Eine gute Idee.»

Endlich war das Essen vorüber; sogar Clifford Bennett wirkte erleichtert, als sie aufstanden. «Ich muß jetzt in den Garten, entschuldigt mich bitte», sagte er. «Die Tage werden kürzer, es gibt eine Menge zu tun.»

«Ja, vermutlich», erwiderte Muriel. «Wenn es denn sein muß. Maureen, wir nehmen den Tee im Wohnzimmer. Und bitte sagen Sie Cook, daß das Essen sehr gut war.»

«Ja, das war es, es hat wirklich sehr gut geschmeckt», bestätigte Grace und lächelte Maureen zu. «Ich freue mich schon auf das Kochen», sagte sie zu Muriel, als sie sich vor den Kamin setzten. «Das macht mir wirklich Freude.»

«Oh, tatsächlich?» erwiderte Muriel. «Gewiß, gute Köche sind heutzutage schwer zu finden, vielleicht werden Sie eine Weile lang ohne einen auskommen müssen, aber ich muß Sie warnen: Charles ißt sehr gern und –»

«Meine Mutter», entgegnete Grace abwehrend, «hat immer selbst gekocht. Ihr macht es ebenfalls sehr viel Freude.»

«Wirklich?» sagte Muriel. «Wie interessant. Wobei mir einfällt, meine Liebe, Sie müssen recht bald einmal Ihre Eltern mitbringen. Ich freue mich so sehr darauf, sie kennenzulernen.»

«Ja, natürlich, ich bin sicher, daß sie sehr gern kommen werden», sagte Grace und spürte, wie ihr Mut sank. Von all den Prüfungen, die sie noch zu bestehen hatte, erschien ihr ein Treffen zwischen ihren Eltern und den Bennetts die schlimmste zu sein.

«Ich wußte gar nicht, daß du so gern reitest», sagte sie zu Charles, als sie an jenem Nachmittag nach Thorpe St Andrews und zum Mill House hinüberfuhren. Mit einem Anflug leiser Unruhe wurde sie sich bewußt, daß es bezüglich Charles tatsächlich eine Menge Dinge gab, die sie noch nicht wußte.

«O ja. Ich bin früher sehr viel geritten und bin mit Begeisterung zur Jagd gegangen. Aber es nimmt sehr viel Zeit in Anspruch, also hab ich's wieder gelassen. Aber vielleicht besorge ich mir wieder ein Pferd, das kann sein. Wenn wir verheiratet sind. Ich könnte dir auch das Reiten beibringen.»

«Wenn du meinst», sagte Grace zweifelnd.

Das Mill House war sehr hübsch. Es lag mitten im Herzen des

kleinen Dorfes Thorpe St Andrews und war ein hohes Backsteinhaus, das gewaltige Mühlrad noch immer intakt, mit einem wunderschönen Garten und einer großen Pferdekoppel dahinter.

«Möchtest du hineingehen?» fragte Charles. «Die Wetherbys sind reizend. Ich bin sicher, daß es ihnen nichts ausmachen würde.»

«Nein, nein», sagte Grace. «Ein andermal. Aber es gefällt mir sehr. Es ist wirklich hübsch.»

«Gut, vielleicht –»

«Ja, vielleicht», sagte sie und reckte den Hals, um ihn zu küssen.

Am Ende der bedrückenden Zusammenkunft, bei der ihre Eltern in The Priory im Salon saßen und ihr Vater versuchte, Muriel Bennett für sich einzunehmen, während ihre Mutter Clifford Bennett über ein Glas Sherry hinweg spitzbübisch zulächelte, sagte Muriel plötzlich: «Tja, also, vielleicht sollten wir jetzt über die Hochzeit selbst reden. Was hatten Sie denn gedacht, Mrs. Marchant, wo Sie den Empfang geben wollen?»

«Oh, bitte nennen Sie mich doch Betty. Nun ja, wir haben natürlich darüber gesprochen, und wir dachten, daß vielleicht der Golfclub –»

«Der Golfclub», sagte Muriel. «Ah, der Golfclub.» Die Wörter klangen in ihrem Mund außerordentlich giftig. «Ja, das wäre natürlich sehr nett. Sie haben vermutlich zuhause nicht genügend Platz.»

«Nein, eigentlich nicht», erwiderte Betty. Dies waren die schwierigsten Worte, die sie jemals über ihre Lippen gebracht hatte. «Aber ich –»

«Nun, ich bin sicher, daß der Golfclub sehr nett wäre», sagte Muriel noch einmal. Es entstand eine Pause, und dann fuhr sie fort: «Also, bitte nehmen Sie es mir nicht übel, Mrs. ... Betty, aber wir haben uns überlegt, ob Sie sich vielleicht mit dem Gedanken anfreunden könnten, den Empfang hier zu geben. Wir haben doch so viel Platz, und wir könnten ein Zelt aufbauen lassen, vor allem wenn wir die Hochzeit in den Mai verlegen.»

Grace spürte, daß heftige Wut sie wie eine heiße Welle durchströmte. Sie stand auf, so daß alle sie ansahen, und sagte so gelassen wie möglich: «Das ist sehr freundlich, Mrs. Bennett, aber ich möchte die Hochzeit nicht noch weiter rausschieben. Und ich glaube, der Golfclub wäre wirklich sehr hübsch, findest du das nicht auch, Charles?»

Charles war ganz offensichtlich peinlich berührt.

«Grace, meine Liebe, sollten wir nicht doch wenigstens einmal in Erwägung ziehen, den Empfang in The Priory zu geben? Mutter hat ganz recht, wir haben dort so viel Platz. Zudem wäre es praktischer und –»

«Charles», sagte Grace, «du kannst es in Erwägung ziehen, wenn du möchtest. Ich werde es nicht tun. Ich weiß, warum deine Mutter den Empfang in The Priory stattfinden lassen möchte, und aus denselben Gründen möchte ich das eben nicht. Wenn du mich heiraten willst, dann kannst du mich im Golfclub heiraten.»

Sie war selbst erstaunt über ihren Mut. Sie wußte ganz genau, wenn Charles selbst The Priory vorgeschlagen hätte, dann hätte sie möglicherweise zugestimmt. Und sie wußte, daß ihre Mutter, nachdem sie sich von der Demütigung erholt hatte, entzückt gewesen wäre. Aber ihr neuer Status machte ihr Mut, und außerdem wußte sie, daß sie Muriels eisernem Willen irgendwann einmal Widerstand entgegensetzen mußte, wenn sie sich nicht völlig von ihr beherrschen lassen wollte.

«Nun ja», sagte Charles vorsichtig. «Wir werden sehen.»

«Nein», entgegnete Grace. «Wir werden nicht sehen.»

Sie hatten später einen ziemlich ausgedehnten Streit deswegen. Charles machte mit ihr eine Spazierfahrt im Wagen, sie parkten in der Nähe des Schlosses, und Grace verteidigte ihren Standpunkt und ihre Eltern, sagte, sie liebe sie und sei stolz auf sie. Charles sagte, das habe nicht das geringste mit dem Empfang zu tun, Grace entgegnete, aber natürlich habe das etwas damit zu tun und sie könne nicht glauben, daß er das nicht erkennen könne, und außerdem würde sie sich keinesfalls von Muriel Bennett bevormunden lassen. Charles entgegnete, seine Mutter bevormunde sie nicht, sondern versuche vielmehr, ihr zu helfen, und er verbitte sich entschieden eine solche Unterstellung. Grace sagte, er könne es abstreiten, wie er wolle, sie wisse, daß seine Mutter sie nicht möge und über die Heirat nicht glücklich sei. Charles warf ihr vor, sie sei neurotisch und mache sich lächerlich, und daraufhin brach Grace in Tränen aus und sagte, wenn er eine Frau, die neurotisch und lächerlich sei, nicht heiraten wolle, dann solle er sich lieber eine andere suchen.

In dem Moment startete Charles den Wagen und fuhr sie ohne ein weiteres Wort zu sagen nach Hause; sie stieg aus, lief hinein und brach in den Armen ihrer Mutter erneut in Tränen aus, und nachdem sie ein paar Minuten lang geschluchzt, sich aber geweigert hatte, Betty zu sagen, was geschehen war, ging sie nach oben, lag lange Zeit wach und fragte sich immer wieder, ob diese Ehe ein Fehler war, ob sie ihr ganzes Leben damit verbringen würde, sich Charles zu unterwerfen, und ob sie ihn wirklich genug liebte – und er sie. An jenem Abend, so empfand sie es, hatte sie einen neuen Charles kennengelernt, einen Mann, der sehr viel arroganter, sehr viel weniger sensibel war, als sie es sich vorgestellt hatte. All ihre früheren Zweifel und Ängste lebten wieder auf – angesichts der langen Pausen zwischen ihren Treffen, angesichts seiner Zurückhaltung, über sich selbst und seine früheren Beziehungen zu sprechen. Sie lag da und betrachtete den Ring an ihrem Finger, der ihr noch immer nicht besonders gefiel, und überlegte sich ernsthaft, ob sie ihn nicht besser zurückgeben sollte.

Am nächsten Morgen fühlte sie sich so deprimiert, daß sie nicht zur Arbeit ging. Ihr Vater ging in die Bank, und Betty, weiß vor Angst und Sorge, widerstand der Versuchung, sie auszufragen, sagte ihre Teilnahme an einem Treffen des Frauenvereins von Westhorne ab, einem Verein, deren Vizepräsidentin sie war, und begann, mit wilder Entschlossenheit einen Teig zu kneten, als es an der Tür klingelte.

«Ich geh schon», rief Grace.

Vor der Tür stand Charles mit einem gigantischen Blumenstrauß. «Kann ich hereinkommen?» fragte er.

«Ja», sagte sie. «Ja, natürlich.»

Sie führte ihn ins Wohnzimmer; er setzte sich in einen der Ohrensessel neben dem Kamin und betrachtete sie, die Blumen noch immer in der Hand, mit prüfendem Blick.

«Sieh mal», sagte er, «du hast die ganze Sache schrecklich mißverstanden.»

«Tatsächlich?» gab Grace zurück.

«Ja, tatsächlich. Niemand von uns möchte dich verletzen – und am wenigsten ich. Meine Eltern mögen dich sehr gern. Und sie haben gewiß nicht die Absicht gehabt, deine Eltern zu kränken. Es ist nur einfach eine Tatsache, daß dieses Haus», er deutete mit einer kreisenden Handbewegung auf das Wohnzimmer, «ganz einfach nicht geräumig genug ist für einen großen Hochzeitsempfang.»

«Wir könnten ja einen kleinen Hochzeitsempfang geben», meinte Grace.

«Liebling, wir können keinen kleinen Empfang geben. Du weißt, daß wir das nicht können. Dann wären furchtbar viele Leute gekränkt.»

Grace schwieg.

«Also schien es eine bessere Idee zu sein, die Hochzeit in unserem Haus zu feiern, wo es gewiß sehr viel hübscher wäre als beispielsweise im Golfclub.»

«Aber Charles –»

«Laß mich bitte aussprechen. Bitte. Ich bin noch immer dieser Ansicht. Es wäre wunderbar für mich, wenn der Empfang in dem Haus stattfände, wo ich aufgewachsen bin. Ich hasse die Vorstellung, in irgendeiner fremden Umgebung zu heiraten. Aber ich liebe dich und möchte dich nicht verletzen, wenn es dir also so furchtbar wichtig ist, dann kann die Hochzeit stattfinden, wo immer du willst, im Geräteschuppen deines Vaters meinetwegen, wenn du möchtest.»

«O Charles», sagte Grace, und ihr Entschluß, ihre Hochzeit und ihre Beziehung noch einmal zu überdenken, geriet in Anbetracht seiner Nachgiebigkeit ins Wanken, «Charles, ich –»

In dem Augenblick ließ er den Blumenstrauß einfach auf den Fußboden fallen und sprang auf; er breitete die Arme aus, und sie warf sich an seine Brust. Er umarmte sie, und sie fühlte sich wieder geborgen und besänftigt und dachte, daß er am Ende vielleicht doch recht haben könnte, aber in dem Augenblick trat Betty mit einem Tablett ins Zimmer, entschuldigte sich und ging, das Tablett noch immer in der Hand, rückwärts wieder hinaus. Charles ließ Grace los, lief zu Betty hinüber, nahm ihr das Tablett aus der Hand und sagte: «Bitte, Mrs. Marchant, bitte kommen Sie doch herein und setzen Sie sich zu uns.»

«Oh», sagte Betty, «aber ich möchte euch nicht stören.»

«Sie stören nicht», erwiderte er. «Sie stören nie. Sie sind eine vorbildliche Schwiegermutter.»

Bettys Gesicht überzog sich vor Freude mit einer leichten Röte.

Am Ende setzten Charles und die Bennetts sich natürlich durch; die Argumente waren einfach zu schlagkräftig, und Betty war ohnehin bereits halbwegs überredet.

«Es ist schließlich auch Charles' großer Tag, meine Liebe», sagte sie zu Grace, «und unser Haus *ist* einfach nicht groß genug. Mein Gott, hätten wir damals doch nur das Manor House in Norton Bradley gekauft; wir standen kurz davor, weißt du, vor ungefähr zehn Jahren, es wäre für diesen Zweck wirklich wunderbar geeignet gewesen.»

Grace stimmte ihr zu. Aber da sie das Haus nun einmal nicht gekauft hatten und um weiteren Diskussionen aus dem Weg zu gehen, hörte sie sich schließlich selbst sagen, daß es wirklich sehr viel vernünftiger wäre, den Hochzeitsempfang doch in The Priory stattfinden zu lassen, und blieb mit dem Gefühl zurück, daß sie mit beträchtlichem Geschick in eine Ecke hineinmanövriert worden war, in der sie im Grunde nicht sein wollte.

«Meine Schwester kommt ein paar Tage zu Besuch», sagte Charles eines Abends zu Grace. «Anscheinend geht es ihr nicht besonders gut. Vielleicht ist sie schwanger», fügte er lächelnd hinzu. «Wird ja schließlich auch Zeit. Das wird auf jeden Fall sehr nett; seit unserer Verlobung haben wir sie nicht gesehen.»

Grace bemühte sich, eine freudige Miene aufzusetzen, und hoffte, daß Florence, sollte sie tatsächlich schwanger sein, dadurch ein wenig freundlicher war.

Florence kam am Freitagabend mit dem Zug an; Muriel holte sie ab und bestand dann darauf, daß sie sofort ins Bett ging, bevor sie beim Abendessen Charles und Grace mitteilte, daß Florence tatsächlich schwanger war. «Im Frühling. Leider kein sehr gutes Datum, was die Hochzeit betrifft. Vielleicht müssen wir den Termin ein bißchen verschieben.»

Grace ging am nächsten Morgen noch einmal nach The Priory hinüber. Florence lag im Frühstückszimmer auf dem Sofa und rang sich ein schwaches Lächeln und einen halbherzigen Glückwunsch zur Verlobung ab. «Es wird ohnehin Zeit», sagte sie. «Wir dachten alle, daß er nie häuslich würde, daß ihn nie eine bekäme.»

Grace bemühte sich, das Gefühl zu verdrängen, die letzte in einer langen Reihe von Mädchen zu sein, die von Charles in Betracht gezogen worden waren, und lächelte Florence an. «Danke», sagte sie, «und dir ebenfalls herzliche Glückwünsche. Wie fühlst du dich?»

«Schrecklich», sagte Florence, «aber vielen Dank. Ich werde das bestimmt nicht so schnell wiederholen.» Sie sah in der Tat schlecht aus, sehr blaß und abgespannt, mit dunklen Ringen unter den Augen; beim Lunch stocherte sie bedrückt in ihrem Essen herum, klagte, es sei ihr zu heiß, herrschte ihre Eltern und Charles ungeduldig an, und selbst Robert blieb am Telefon nicht verschont.

Er tat Grace sehr leid.

Alle waren dabei, sich zum Tee um den Tisch herum niederzulassen, als man das Knirschen von Reifen auf dem Zufahrtsweg hörte und dann das laute Läuten der Glocke; Maureen trat ein und sagte: «Es sind Mr. und Mrs. Compton Brown, Madam.» In der Eingangshalle hörte man hastige Schritte, und dann öffnete sich die Tür. Eine außerordentlich hübsche junge Frau erschien, in einen Fuchspelz gehüllt und mit einem kecken schwarzen Hut, den sie sich schräg in die Stirn geschoben hatte, gefolgt von einem jungen Mann in einem recht auffälligen Tweedanzug.

«Muriel, meine Liebe», rief das Mädchen aus, lief auf Muriel zu und schloß sie in die Arme, «und Charles, mein Schatz, und Florence. Und Sie müssen Grace sein. Wie nett, Sie kennenzulernen.»

«Clarissa, meine Liebe!» sagte Muriel. «Wie schön, dich zu sehen, und Jack – wie geht es dir?» Ihr Gesicht hatte sich mit einer leichten Röte überzogen, und sie lächelte vor Freude; dies war das erste Mal, daß Grace bemerkte, daß Muriel offen ihre Gefühle und so etwas wie Herzlichkeit zeigte. Charles dagegen, so bemerkte sie, wirkte recht verlegen und angespannt; Clarissa, wer auch immer sie sein mochte, war offensichtlich nicht eine Frau, die ihm besonders sympathisch war.

«Es geht uns beiden gut, wir sind auf dem Weg zurück nach London. Wir haben meine liebe alte Patentante besucht, und dann sagte ich zu Jack, daß wir, um euch zu besuchen, nur einen ganz kleinen Umweg machen müßten, nicht wahr, Jack, und daß ich euch unbedingt sehen möchte, und hier sind wir nun also. Und wo ist denn nun eigentlich mein ganz spezielles Herzblatt?»

«Ich bin hier», sagte Clifford, der gerade hereinkam und Clarissa in seine Arme schloß. «Du böses Mädchen, warum bist du nicht früher mal vorbeigekommen?»

«Ach, weißt du, es ist so weit von London hierher. Tja, Florence weiß das auch sehr gut, nicht wahr, Schätzchen? Und natürlich waren wir nicht da, als eure wunderbare Party stattfand. Wir haben so viel zu tun, es ist kaum zu glauben, wir haben gerade ein neues Haus gekauft, wunderschön, am Campden Hill Square. Ihr müßt alle kommen und es euch anschauen, wir werden eine riesige Party feiern, wenn es fertig ist. Ich lasse mir von diesem ganzen Blödsinn von wegen Krieg und dergleichen einfach keine Angst machen.»

Jack ging zu Grace hinüber und reichte ihr die Hand. «Guten Tag. Ich bin Jack Compton Brown.» Er gefiel ihr; er sah außerordentlich gut aus, mit sehr dunklem Haar und tiefblauen Augen.

«Guten Tag.» Es fiel ihr nichts ein, was sie sonst noch hätte sagen können, also stand sie einfach da und lächelte ihn an.

«Herzliche Glückwünsche», sagte er, «zu Ihrer Verlobung. Wir waren so froh, als wir die Anzeige lasen. Clarissa wollte eigentlich schreiben, aber sie ist... nun ja, sie ist sehr beschäftigt.»

«Das ist schon in Ordnung», erwiderte Grace. «Wir haben ohnehin einen Berg von Briefen bekommen. Ich bin noch immer dabei, sie zu beantworten.»

«Jack, komm und unterhalt dich ein bißchen mit mir! Es ist so nett, euch zu sehen!» Selbst Florence klang ein wenig fröhlicher. Wer auch immer diese Leute sein mochten, dachte Grace, sie waren der Familie offensichtlich sehr wichtig.

Clarissa kam zu Grace herüber und gab ihr einen Kuß. «Das darf ich doch, oder? Ich kenne Charles schon so lange. Es ist so nett, Sie kennenzulernen.»

Sie war ganz außerordentlich hübsch, mit blondem Haar und braunen Augen und einer samtweichen, hellen Haut. Mittlerweile hatte sie ihren Pelz abgelegt; sie trug ein blaues Wollkleid, war sehr schlank und hatte, wie Grace neidisch bemerkte, einen üppigen Busen und lange, wohlgeformte Beine.

«Ich freue mich, Sie kennenzulernen», brachte Grace mit schwacher Stimme hervor.

«Ich vermute, Charles hat Ihnen von mir erzählt», sagte Clarissa und setzte sich neben sie.

«Nun ja... ein wenig», sagte Grace vage. Es kam ihr ziemlich unhöflich vor zu erwidern, das sei nicht der Fall.

«Oh», sagte Clarissa. Jetzt war sie an der Reihe, unsicher dreinzuschauen, sogar zu erröten.

«Oh, ich verstehe. Nun, das macht nichts. Dumm von mir. Es ist ja inzwischen auch schon eine ganze Weile her, nicht wahr, Florence?»

«Was?» fragte Florence. «Mein Gott, mir ist furchtbar übel. Ich glaube, ich muß mich wieder übergeben.»

«Warum denn, Liebes? Du bist doch nicht etwa schwanger? Mein Gott, das ist ja wunderbar. Jack, Florence ist schwanger, ist das nicht aufregend? Schätzchen, wo ist denn der zukünftige Vater?»

«Er ist in London», sagte Florence. Sie klang ein wenig verärgert. «Er konnte nicht herkommen.»

«Wie aufregend. Und wann kommt es? Ich möchte alles darüber hören, für welche Namen ihr euch entschieden habt, alles. Könnte ich nicht Patin werden? Das wäre herrlich, bitte, sag doch ja...»

Clarissa schien das Thema absichtlich gewechselt zu haben; Grace war dankbar, daß nun nicht mehr über sie selbst geredet wurde.

«Ihr müßt beide zum Abendessen bleiben», sagte Muriel. «Ich bestehe darauf. Bleibt über Nacht, wenn ihr wollt, dann braucht ihr nicht mehr zu fahren.»

«Wie lieb von dir», sagte Clarissa, «aber wir müssen wirklich zurück. Doch vielleicht dürfen wir bald einmal wiederkommen? Und, Florence, ich werde dich häufig in London besuchen und ein paar Babyschühchen für das Kleine stricken.»

«Bitte, tu das», sagte Florence. «Ich würde mich wirklich freuen, vor allem über deine Gesellschaft.»

Die Schwangerschaft, so dachte Grace, schien Florence tatsächlich sanfter zu stimmen.

Sie blieben etwa eine Stunde lang, und dann stand Clarissa auf. «Komm, Jack, mein Schatz, wir müssen fahren, der Weg ist so weit. Clifford, mein Lieber, ich wäre dir so dankbar, wenn du uns bei unserem kleinen Garten in der Stadt ein wenig beraten würdest. Er ist winzig, eigentlich mehr eine Art Hinterhof, aber süß. Was würdest du vorschlagen? Am Montag kommt ein Mann vorbei, um mit mir über Büsche und dergleichen zu reden – hast du irgendwelche Bücher oder so?»

«Oh, eine ganze Menge», sagte Clifford. «Komm mal mit in mein Arbeitszimmer; ich suche dir ein paar heraus. Ein kleiner Stadtgarten, laß mich mal überlegen...»

Er stand auf und ging mit Clarissa an seinem Arm aus dem Zimmer. Nach einigen Minuten stand Charles ebenfalls auf und folgte ihnen. Grace sah ihn fortgehen, fühlte sich ein wenig bedrückt und versuchte ohne großen Erfolg, sich auf das zu konzentrieren, was Jack ihr erzählte, eine ausführliche Schilderung einer Ferienreise nach Frankreich.

Zehn Minuten später kam Clifford herein; er lächelte und schüttelte mit gespielter Verzweiflung den Kopf, offensichtlich über etwas, das Clarissa gesagt oder getan hatte. «Was für ein verrücktes Huhn!» sagte er. «Jack, du weißt, was du zu tun hast, sie möchte fahren!»

«In Ordnung», sagte Jack und sprang auf. «Ja, wir müssen los. Auf Wiedersehen, Grace, ich hoffe, ich werde Sie bald wiedersehen.»

«Ich begleite Sie hinaus», sagte Grace und ging mit ihm zum Wagen; Clarissa und Charles waren nicht dort. Sie wandte sich um und ging bedrückt ins Haus zurück, durchquerte die Eingangshalle, und dann, plötzlich, sah sie sie, sie standen mit dem Rücken zu ihr im Frühstückszimmer vor dem Fenster und unterhielten sich sehr angeregt.

«... mich schrecklich gefühlt», sagte Clarissa, «so dumm und taktlos.»

«Tja, tut mir leid», erwiderte Charles, «aber –»

«Charles, du hättest es ihr wirklich sagen sollen. Schon vor langer Zeit. Ich kann es einfach nicht begreifen. Und was ist mit deinen Eltern? Gewiß haben sie –»

«Clarissa, ich *wollte* es doch tun. Ganz bestimmt. Mein Vater hat mich auch dazu gedrängt. Aber es ist ein bißchen schwierig, jetzt, da die Sache schon so lange läuft.»

«O Charles.» Sie seufzte, reckte den Hals und küßte ihn flüchtig auf die Wange. «Du bist wirklich hoffnungslos. Ich glaube, das war der Grund, warum ich mich in dich verliebt habe...»

«Clarissa! Liebling, wo bist du?» Jack hatte die Eingangshalle betreten, er hatte Grace im Türrahmen des Frühstückszimmers stehen sehen und Charles und Clarissa am Fenster. Grace drehte sich abrupt um, errötete heftig und ging dann rasch den Flur hinunter in den Garderobenraum. Heiße Tränen brannten in ihren Augen; das, was gesagt worden war, empfand sie als ebenso demütigend wie die Tatsache, beim Lauschen ertappt worden zu sein.

«Tut mir leid, mein Engel», rief Clarissa. «Ich komme schon. Charles und ich hatten uns nur noch so viel zu erzählen. Bis bald, Charles. Ich werde mich noch rasch von deiner Familie verabschieden. Wo ist denn Grace? Sie ist so reizend...»

«Ich weiß es nicht», sagte Charles. Seine Stimme klang ein wenig besorgt. «Ich weiß es wirklich nicht. Grace! Grace, Liebling, wo bist du?»

Grace, die, den Kopf in den Händen vergraben, auf der Toilette saß, dachte, sie müsse Jack Compton seine Freundlichkeit vergelten – und wenn das das letzte wäre, was sie täte.

«Tut mir leid», sagte sie zu Charles, als sie zu den anderen zurückkehrte. «Ich wußte nicht, daß sie bereits aufbrechen wollten.»

«Kein Problem, Liebling. Geht es dir gut? Du siehst ein wenig blaß aus.»

«Ja. Ja, es geht mir gut. Weißt du, eigentlich würde ich gern heimgehen, wenn es dir nichts ausmacht, und nicht zum Abendessen bleiben. Ich habe furchtbare Kopfschmerzen. Kann ich wohl meinen Vater anrufen, damit er mich abholt?»

«Liebling, das tut mir leid. Setz dich doch erst mal einen Augenblick an den Kamin und warte, ob es nicht besser wird. Ich hole dir eine Aspirintablette.»

Florence lag noch immer auf dem Sofa, die Augen geschlossen. Sie sah Grace an und seufzte. «Das tut mir wirklich leid.»

«Nein, nicht nötig», erwiderte Grace, und dann, fast verzweifelt: «Clarissa ist sehr hübsch.»

«Ja. Sehr.»

«Charles hat sie nie erwähnt. Sind sie ... sind sie alte Freunde?»

«Großer Gott», sagte Florence. «Wie dumm von ihm. Ich kann es gar nicht glauben. Ja, sie kennen sich schon ziemlich lange, aber sie waren nicht nur befreundet. Er war mit ihr verlobt. Allerdings ist das inzwischen mehr als zwei Jahre her. Tut mir leid, Grace, ich dachte wirklich, er hätte es erwähnt.»

Zum ersten Mal nahm Grace echte Freundlichkeit in Florence' Augen wahr. Freundlichkeit und Mitgefühl.

Kapitel 4
Winter 1938 – Frühling 1939

Sie erklärte Charles, sie wolle die Verlobung lösen.

Sie saß in seinem Wagen vor dem Haus ihrer Eltern und sagte mit ruhiger Stimme, wenn er ihr etwas derart Wichtiges vorenthalten habe, dann könne sie ihm in keiner, überhaupt keiner Hinsicht mehr vertrauen.

Charles war offensichtlich bestürzt. Er wurde blaß, umklammerte krampfhaft das Lenkrad und sagte wieder und wieder, es täte ihm leid, er habe immer beabsichtigt, es ihr zu erzählen, auch seine Eltern hätten gesagt, das müsse er unbedingt tun, er hätte es natürlich tun sollen, bevor er ihr überhaupt den Heiratsantrag gemacht habe, aber es sei mit der Zeit immer schwieriger geworden und nun schon so lange her, fast zwei Jahre, und ja, er sei in Clarissa verliebt gewesen, aber es hätte mit ihnen beiden nie funktioniert, sie hätten die Beziehung im beiderseitigen Einvernehmen beendet und daraufhin sehr gelitten, aber die Entscheidung sei richtig gewesen. «Aber das ist doch inzwischen schon zwei Jahre her», sagte er. «Es ist vorbei. Du glaubst doch wohl nicht, daß ich noch immer in sie verliebt bin.»

«Das ist nicht der Punkt, Charles», erwiderte Grace, «sondern vielmehr, daß du es mir vorenthalten hast. Du hättest es mir doch sagen können. Ich habe dich viele Male gefragt, nach deiner Vergangenheit und deinen früheren Freundinnen.»

«Ja, ich weiß. Tut mir leid, ich hab es einfach nicht geschafft, es dir zu erzählen. Ich habe keine Erklärung dafür. Auf jeden Fall habe ich für sie keinesfalls dieselben Gefühle gehabt wie für dich», fügte er hinzu, «das mußt du mir glauben.»

«Charles», sagte Grace, «ich finde es allmählich schwierig, dir überhaupt noch etwas zu glauben. Warum hast du die Beziehung denn nun eigentlich beendet?»

«Ich hab's dir doch schon gesagt. Wir haben die Entscheidung gemeinsam getroffen. Wir haben einfach erkannt, daß es nicht klappen würde mit uns beiden.»

«Ich verstehe. Und nachdem ihr jene Entscheidung getroffen hattet, hat nie wieder jemand die Sache zur Sprache gebracht?»

«Natürlich wurde noch darüber gesprochen. Und meine Eltern waren sehr betrübt.»

«Ja», sagte Grace langsam, «das waren sie ganz gewiß. Sie haben sie offensichtlich sehr ins Herz geschlossen und fanden sie viel passender...» Eifersucht nagte an ihr; sie wußte, daß sie die Dinge nur noch schlimmer machte, aber sie konnte nichts dagegen tun.

«O Grace, sei nicht albern. Bitte fang nicht wieder damit an.»

«Charles, ich fange mit gar nichts an. Es ist dein Verhalten, das alles beendet hat.»

Drei Tage lang weigerte sie sich, ihn zu sehen oder mit ihm am Telefon zu sprechen. Sie fühlte sich gedemütigt und zutiefst unglücklich. Sie erklärte ihren Eltern nichts, sagte nur, sie und Charles hätten sich gestritten und sie wolle nicht darüber reden.

Sie brachte es nicht über sich, es irgend jemandem zu erzählen. Sie war deshalb so unglücklich, weil sie erkannte, daß Clarissa genau die Person war, von der man erwarten würde, daß Charles sie heiratete, und daß sie selbst offensichtlich nur die zweite Wahl war. Wäre Clarissa unscheinbar gewesen, dann hätte sie besser damit umgehen können. Aber eine so hinreißende, elegante ehemalige Verlobte – damit konnte ihr schwaches Selbstwertgefühl einfach nicht fertig werden.

Sie war nur froh, daß sie es rechtzeitig herausgefunden hatte.

Ein paar Tage später saß sie nachmittags in ihrem Büro, als das Telefon klingelte.

«Grace? Hier spricht Clifford Bennett, meine Liebe. Ich würde mich gern mal mit Ihnen unterhalten.»

«Oh», sagte Grace. «Ja, ich verstehe. Ich bin aber nicht ganz sicher –»

«Sehen Sie», sagte er, «ich weiß, daß Sie unglücklich sind, und das überrascht mich nicht. Aber Charles ist auch furchtbar unglücklich, und ich dachte, es wäre vielleicht hilfreich, wenn ich... also, was meinen Sie, könnten wir uns mal treffen? Nachdem Sie mit der Arbeit fertig sind? Ich bin heute in Shaftesbury, wie wäre es mit dem Grosvenor? Der Nachmittagstee dort ist sehr zu empfehlen.»

«Mr. Bennett, ich weiß wirklich nicht –»

«Ich dachte, es könnte hilfreich sein», sagte er. «Ich meine, es könnte Ihnen helfen, zu verstehen... Bitte, kommen Sie.»

Er klang so aufrichtig besorgt, so warmherzig und wohlwollend, daß es ihr unmöglich war, ihm seine Bitte abzuschlagen.

«Ja gut, ich komme», sagte Grace. «Danke.»

Clifford saß in der Lounge des Grosvenor neben dem Kamin. Als sie hereinkam, stand er auf und küßte sie, bat sie, sich zu setzen, und sagte, daß er den Tee bereits bestellt habe. Grace sah ihn unsicher an.

«Ich weiß, daß es mich eigentlich nichts angeht», sagte er, «aber ich mag Sie sehr gern und weiß, daß Charles Sie liebt.»

«Weiß er, daß Sie hier sind?» fragte Grace. «Denn dann –»

«Um Gottes willen, nein. Aber ich habe mich mit ihm unterhalten. Ich konnte kaum glauben, daß er so dumm war, Ihnen etwas so Wichtiges nicht mitzuteilen.»

«Ja», sagte Grace. Ihr fiel ein Stein vom Herzen, denn er schien Verständnis dafür zu haben, daß sie so unglücklich war.

«Wer hat es Ihnen erzählt, daß ich es herausgefunden habe? Etwa Charles?»

«Nein, Florence. Sie war sehr wütend auf Charles.»

«Ah», sagte Grace. Der Gedanke, daß die ganze Familie Mitleid mit ihr empfand, war ihr eher unangenehm als tröstlich.

«Die Sache ist die», sagte Clifford, «daß er Clarissa schrecklich gern mochte.»

«Ja», erwiderte Grace matt, «das kann ich mir vorstellen.»

«Und er war furchtbar traurig und verzweifelt, als es zu Ende war.»

«Warum ging es zu Ende?» fragte Grace.

«Oh, nichts Schlimmes, das kann ich Ihnen versichern. Sie stellten ganz einfach fest, daß sie nicht zueinander paßten. Sie ist ein Stadtmensch, wissen Sie, und er liebt das Leben auf dem Lande. Sie ist sehr extrovertiert, und er ist ziemlich schüchtern, wie Sie ebenfalls wissen. Und», fügte er hinzu und betrachtete sie aufmerksam, «vielleicht nicht ganz so reif, wie es den Anschein hat. Auf jeden Fall waren die beiden vernünftig genug, zu erkennen, daß es nicht funktionieren würde. So sehr sie auch ineinander verliebt waren.»

«Und das waren sie?» fragte Grace.

«Ja, das waren sie wirklich. Es wäre dumm, Ihnen etwas anderes zu erzählen. Aber ich kann Ihnen noch etwas sagen. Er ist auch in Sie sehr verliebt. Er braucht Sie. Vermutlich betrachten Sie sich irgendwie als Lückenbüßerin, aber das sind Sie nicht.»

«Nicht?» fragte Grace.

«Nein, Sie sind es nicht», sagte er mit fester Stimme und tätschelte sanft ihr Knie. «Natürlich sind Sie es nicht. Schauen Sie, hier kommt der Tee. Soll ich Ihnen einschenken? Bitte, jetzt hören Sie mir einmal zu», fuhr er fort und reichte ihr eine Tasse. «Ich betrachte Sie als etwas ganz Besonderes, und Muriel tut das ebenfalls, darf ich Ihnen versichern. Wirklich etwas ganz Besonderes. Wir sind über die Verlobung sehr glücklich. Und ich glaube, daß Sie für Charles eine Menge tun können. Das glaube ich wirklich.»

«Tatsächlich?» sagte Grace zweifelnd. «Manchmal kommt es mir vor, als wäre es genau umgekehrt, als wäre es vor allem er, der etwas für mich tut.»

«Nun, das ist sehr dumm von Ihnen, so etwas zu denken, wenn ich das einmal so offen aussprechen darf», erklärte Clifford. «Sehr dumm. Sie haben Charles eine Menge Selbstvertrauen vermittelt. Clarissa, so sehr wir sie auch lieben, hat sein Selbstvertrauen eher zerstört.»

«Oh», sagte Grace. Plötzlich fühlte sie sich ein wenig erleichtert. Sie lächelte Clifford zu. «Das ist sehr freundlich von Ihnen.»

«Überhaupt nicht», sagte er. «Sehr eigennützig. Ich möchte, daß Sie ein Mitglied meiner Familie werden. Und ich hoffe wirklich, daß Sie sich nicht wegen so etwas von Charles trennen wollen. Also ... ich muß los. Danke, daß Sie gekommen sind. Wie auch immer Sie sich entscheiden, ich habe mich sehr über unser Treffen gefreut.»

Grace stand auf und gab ihm einen Kuß. «Danke», sagte sie. «Sie sind wirklich sehr freundlich. Der perfekte Schwiegervater. Und Vater.»

«Nein», sagte er seufzend. «Ich fürchte leider, daß das nicht der Fall ist.»

Charles überreichte Grace den Schlüssel zum Mill House, es sollte eine Geste der Versöhnung sein.

«Nicht schlecht», sagte sie lachend.

«Nun ja, es gehört uns noch nicht ganz. Aber wir haben eine Option darauf. Die Wetherbys sind nicht da; wir können es uns mal anschauen.»

Das Haus war wunderschön: hohe, sonnendurchflutete Räume, eine großartige Aussicht von jeder Seite und das ständige Rauschen des Mühlenbachs. Die Küche und das große Schlafzimmer waren an der Seite des Hauses, wo der Bach vorbeifloß, und das Wasser plätscherte und gurgelte unter den Fenstern entlang; Grace öffnete das Schlafzimmerfenster, und eine vorbeitreibende Ente schaute zu ihr empor, überrascht, sie dort zu sehen. «Das ist ja, als wohnte man auf einem Boot», rief Grace aus. «Es ist wunderbar hier.»

«Wollen Sie mit mir zusammen darin wohnen, Miss Marchant?»

«Ja, Charles, ich will. Und es gibt keine Geheimnisse mehr? Nirgendwo?»

«Keine Geheimnisse mehr. Nirgendwo. Und niemals wieder.» Er küßte sie. «Ich liebe dich.»

«Ich will dir mal was sagen», bemerkte er, als sie wieder wegfuhren, «das Haus ist für Kinder äußerst gefährlich. Wir müssen den Bach gut einzäunen. Und zwar rechtzeitig.»

«Ja, das werden wir machen», stimmte Grace ihm zu. Daß Charles das Thema Kinder angeschnitten hatte, machte sie ein wenig nervös. Für den nächsten Tag hatte sie einen Termin bei einer Frauenärztin der Klinik von Salisbury abgemacht; sie hatte allen erzählt, sie müsse sich nach Porzellan und Bettwäsche umschauen.

Sie war ein wenig über sich selbst erstaunt, daß sie die Entscheidung getroffen hatte, sich in der Klinik beraten zu lassen; seltsamerweise war es ein Gespräch mit Florence gewesen, das den Anstoß dazu gegeben hatte.

«Um Himmels willen», hatte Florence gesagt, während sie blaß und matt auf dem Sofa lag, «das solltest du wirklich machen, Grace. Keinesfalls sofort ein Kind. Unabhängig davon, was Charles will. Das ist keine gute Idee.»

Bei diesen Worten wurde Grace sich bewußt, daß sie noch gar nicht darüber nachgedacht und auch nicht mit Charles besprochen hatte, ob und wie bald sie Kinder haben wollten; der Gedanke, das Thema zur Sprache zu bringen, machte sie nervös. Sie wußte, daß man heutzutage von den Frauen erwartete, daß sie sich um die Verhütung kümmerten, und das schien in der Tat eine sehr viel bessere Idee zu sein, als die ganze Angelegenheit dem Schicksal zu überlassen; vielleicht ging er sogar davon aus, daß sie das ohnehin tun würde. Also hatte sie sich die Telefonnummer der Klinik herausgesucht und einen Termin abgemacht.

Die Ärztin, deren Name Dr. Phillips war, war erheblich weniger vertrauenerweckend, als Grace erwartet hatte, und nachdem Dr. Phillips sich mit ihr über ihren allgemeinen Gesundheitszustand, ihre Periode und das Datum der Hochzeit unterhalten hatte, fragte sie sie auch, ob sie schon mit ihrem Verlobten über Geburtenkontrolle gesprochen habe.

«Nein», sagte Grace schüchtern. «Nein, leider nicht.»

«Das sollten Sie aber», sagte Dr. Phillips. «Es ist sehr wichtig. Und es gibt absolut keinen Grund, sich deswegen zu schämen. Haben Sie sich denn mit ihm überhaupt über die sexuelle Seite Ihrer Beziehung unterhalten?»

«Nein», sagte Grace errötend. «Nein, noch nicht.»

«Das sollten Sie aber tun. Es spart Ihnen später eine Menge Probleme. Nun ja, mögliche Probleme», fügte sie hinzu, da sie Grace' entsetztes Gesicht sah. «Es ist wirklich keine gute Idee, zu heiraten, ohne sich mit diesen Dingen auseinandergesetzt zu haben. Sind Sie Jungfrau?»

«Ja», sagte Grace.

«Und er?»

«Nein. Nein, bestimmt nicht. Er ist gesund, und er ist zweiunddreißig.»

«Das muß nicht unbedingt etwas zu bedeuten haben», sagte Dr. Phillips grimmig, «obwohl es zugegebenermaßen heutzutage unwahrscheinlich ist. Also, die sicherste Methode zur Geburtenkontrolle ist das Pessar. Schon davon gehört?»

«Nein», sagte Grace.

»Nun, es ist ein Ding, das Sie sich überstülpen, innerlich natürlich. Man kann es nicht sehen, es stört nicht beim Geschlechtsverkehr, ist zu ungefähr fünfundneunzig Prozent sicher und bedeutet, daß Sie die Verantwortung für die ganze Angelegenheit selbst übernehmen können. Sehr viel besser als die alte Art. Aber Sie können es nicht benutzen, solange Sie noch Jungfrau sind; also sollten Sie mich nach Ihrer Hochzeitsreise noch einmal aufsuchen. Außer natürlich, Sie möchten sofort eine Familie gründen. Was ich nicht empfehle, ganz gewiß nicht bei der augenblicklichen weltpolitischen Lage. Wahrscheinlich wird Ihr Verlobter sich auf der Hochzeitsreise selbst um die Angelegenheit kümmern, aber Sie können sich nicht wirklich darauf verlassen, Männer sind bekanntermaßen egoistisch und verantwortungslos. Also werde ich Ihnen eine Scheidenspülung mitgeben und dann…»

Grace verließ die Klinik bewaffnet mit einem seltsam aussehenden Gummiding, einem kleinen Buch mit dem Titel *Die eheliche Liebe*, erweitertem Wissen und dem Entschluß, mit Charles über alles zu sprechen.

Charles war ganz offensichtlich schockiert, als sie das Thema eines Abends anschnitt. Sie waren in The Priory, in dem Zimmer, das er als sein Arbeitszimmer bezeichnete und das eigentlich ein recht unordentliches zweites Wohnzimmer war.

«Liebling, was für eine Frage», sagte er und bemühte sich krampfhaft, zu lächeln. Dann stürzte er einen ziemlich großen Scotch in einem Zug herunter und goß sich sofort einen zweiten ein. «Nein, natürlich bin ich keine Jungfrau mehr. Wie in aller Welt bist du denn auf die Idee gekommen?»

«Tja, ich wußte es ja nicht», sagte Grace. «Woher hätte ich es wissen sollen? Aber ich hatte es auch nicht angenommen.»

«Du lagst richtig mit deiner Vermutung. Natürlich.»

Er lächelte und nahm noch einen Drink; dann schwiegen sie beide.

«Aber wir haben noch nie... noch nie darüber geredet», sagte Grace. «Ich dachte, vielleicht –»

«Grace, Darling, es gibt nicht viel, worüber da zu reden wäre. Ganz bestimmt nicht. Ich liebe und respektiere dich. Das ist alles, was du wissen mußt. Ich freue mich auf unsere Hochzeitsnacht – mehr als ich es in Worten ausdrücken kann. Und du brauchst dir keine Sorgen zu machen, ich werde mich um alles kümmern.»

«Was meinst du damit?»

«Nun, ich meine» – er warf ihr einen verlegenen Blick zu – «ich werde dafür sorgen, daß wir nicht gleich ein Baby bekommen. Noch nicht. Jedenfalls nicht in der nächsten Zeit.»

«Ich habe mich auch darum gekümmert, Charles.»

«Du hast was?»

«Ich war in einer Klinik bei einer Frauenärztin. Wir haben über Empfängnisverhütung gesprochen.»

«Und... warum?»

«Was für eine Frage», sagte Grace und versuchte, amüsiert dreinzuschauen, als ob dies ein völlig alltägliches Gespräch sei. «Weil es wichtig ist, deshalb.»

«Mag sein, daß es wichtig ist», sagte Charles, «aber ich glaube nicht, daß es zu den Dingen gehört, über die du dir Gedanken machen solltest.»

«Aber warum denn nicht, Charles?» entgegnete Grace, deren Mut wuchs, wie es immer der Fall war, wenn er sie bevormundete. «Natürlich mache ich mir ebenfalls darüber Gedanken. Du bist mir doch nicht böse, oder?»

«Nein, böse nicht gerade», sagte er. «Aber ein bißchen enttäuscht. Ich hatte gedacht, daß du mich wenigstens erst einmal fragst.»

«Dich fragen? Wonach denn?»

«Ob es mir etwas ausmacht, daß du eine Frauenärztin aufsuchst. So etwas ist eine sehr, sehr persönliche Angelegenheit.»

«Charles, natürlich ist es das. Aber ich verstehe nicht, warum du nicht möchtest, daß ich –»

«Über so etwas ... Intimes mit einer Fremden zu reden! Natürlich möchte ich das nicht.»

Er war offensichtlich sehr verärgert. Grace legte ihre Hand auf seinen Arm. Er schüttelte sie ab.

«Charles, bitte! Was ist los?»

«Oh», sagte er, «wenn du es nicht selbst spürst, dann hat es keinen Sinn, darüber zu reden. Laß uns besser das Thema wechseln.»

Wenig später fuhr er sie nach Hause und gab ihr nur einen sehr flüchtigen Kuß auf die Wange. Grace war über seine Reaktion ziemlich verwirrt, kam dann aber zu dem Schluß, daß sie wohl seinen männlichen Stolz verletzt hatte und sich dafür entschuldigen sollte. Er akzeptierte die Entschuldigung, war aber offensichtlich ein oder zwei Tage lang noch ziemlich verärgert; schließlich gelang es ihm, über die Angelegenheit zu lachen, und er erklärte: «Du bist doch ein moderneres Mädchen, als ich gedacht habe», sagte er und küßte sie. «Und ich bin ein bißchen altmodisch.»

Der männliche Stolz, so dachte Grace, ist offensichtlich sehr leicht zu verletzen; sie fragte sich, ob Clarissa wohl zu den Frauen gehörte, die die Geburtenkontrolle dem Mann überlassen. Es kam ihr ziemlich unwahrscheinlich vor.

Grace hörte Ende November auf zu arbeiten. Sie hatte insgeheim große Vorbehalte; der Monat Mai schien noch sehr weit entfernt zu sein, und obwohl sie einsah, daß sie während der nächsten fünf Monate recht beschäftigt sein würde – die Renovierungsarbeiten im Mill House mußten überwacht und das Hochzeitskleid angepaßt werden, sie mußte sich um die Auswahl der Brautjungfern kümmern, mußte die Einladungen verschicken, die Geschenke in Empfang nehmen und Dankesbriefe schreiben –, wäre sie, hätte sie die Wahl gehabt, lieber bis Weihnachten geblieben. Aber sowohl ihre Mutter als auch Muriel hatten ihr erklärt, das sei unmöglich, also hatte sie in ihrer gutmütigen Art nachgegeben.

Sie stand im Büro ihres Chefs und trank einen Schluck von dem süßen Wein, den er zu diesem Anlaß spendiert hatte, holte sich ein Stück von dem Kuchen, den eine der anderen jungen Frauen gebakken hatte, nahm das Hochzeitsgeschenk von ihren Kolleginnen in Empfang – ein besticktes Tischtuch mit einem Satz passender Stoffservietten – und hörte, wie ihr Chef in seiner Rede sagte, wie sehr er sie vermissen werde und was für eine gute, angenehme Arbeitskraft sie gewesen sei. Als sie in die Runde der lächelnden, freundlichen Gesichter blickte, fühlte sie sich sehr traurig: wegen des Verlusts der Freundschaft und der Gespräche und des gemeinsamen Lachens, aber auch ihrer Unabhängigkeit. Sie hatte nicht gewußt, wie wichtig ihr diese Unabhängigkeit gewesen war, bis sie jetzt von ihr Abschied nehmen mußte. Von jetzt an wäre sie von einem anderen Menschen abhängig: nicht nur finanziell, sondern auch im Hinblick auf ihren sozialen Status. Jede Rolle, jede Position, die sie innehaben würde, wären abhängig von seiner Rolle und seiner Position. Sie wünschte sich sehnlichst, ihn zu heiraten, freute sich darauf, seine Frau zu sein und zur gegebenen Zeit Mutter zu werden, aber im Grunde ihres Herzens wollte sie auch noch etwas anderes sein: sie selbst.

Sie wollte gerade das Büro verlassen, um sich mit Charles vor dem Kino zu treffen, als das Telefon klingelte.

«Tut mir leid, Grace, ich kann heute abend nicht kommen. Etwas Schreckliches ist passiert», sagte Charles mit bebender Stimme.

Florence hatte eine Fehlgeburt gehabt.

Robert hatte um etwa fünf Uhr angerufen. Seine Stimme klang sehr bekümmert. Er war nach Hause gekommen und hatte Florence zusammengekrümmt am Fuße der Treppe vorgefunden; sie hatte eine leichte Gehirnerschütterung, und die Wehen hatten bereits eingesetzt. Das Hausmädchen war nicht dagewesen, also hatte ihr niemand helfen können, als es geschah. Florence konnte sich an kaum etwas erinnern, nur, daß sie die Treppe von oben bis unten hinuntergestürzt war. «Ich erinnere mich, daß ich mich ein wenig schwindlig fühlte», sagte sie immer wieder, «und danach... weiß ich nichts mehr.»

Muriel fuhr sofort nach London, um Florence im Krankenhaus zu besuchen; nach ein paar Tagen kam sie sichtlich erschüttert zurück.

Florence sei nicht nur tiefunglücklich über den Verlust des Babys, sagte sie, sondern leide auch unter furchtbaren Kopfschmerzen. Sie sehe erschreckend aus; ein gewaltiger Bluterguß auf der einen Seite ihres Gesichts und ein schlimm geschwollenes Auge. «Das arme Kind, sie tut mir so leid. Und der gute Robert war ganz außer sich. Seitdem er sie gefunden hat, ist er kaum eine Sekunde von ihrer Seite gewichen.»

Das verlorene Baby war ein Junge gewesen; die Ärzte hatten versucht, Florence Mut zu machen, hatten erklärt, es gebe keinen Grund, warum sie nicht wieder ein Kind haben könne, sobald es ihr besser ging, aber Florence entgegnete, dies sei das allerletzte, was sie wolle.

«Vermutlich wird sie später, wenn es ihr besser geht, ihre Meinung ändern», sagte Clifford. Er war ebenfalls sichtlich betroffen und hatte nach London reisen und Florence besuchen wollen, aber Muriel hatte ihm erklärt, Robert habe große Schwierigkeiten, sich mit dem traurigen Ereignis abzufinden, und da die Ärzte ohnehin gesagt hatten, Florence brauche absolute Ruhe, halte Robert es für besser, wenn seine Frau einige Wochen lang keinen Besuch bekomme.

«Das kann ich verstehen», sagte Grace voller Mitgefühl für Florence, aber auch für Robert. «Ich würde mich gewiß genauso fühlen. Wahrscheinlich würde ich am liebsten ein tiefes Loch graben und mich darin verkriechen.»

Muriel wollte, daß Florence nach The Priory käme, um sich nach ihrem Krankenhausaufenthalt dort zu erholen, aber Florence weigerte sich. «Robert meint, wir sollten jetzt beisammenbleiben und uns gegenseitig unterstützen, und ich bin auch seiner Meinung. Vielleicht später.»

«Was für ein Glück für sie, ihn zu haben», sagte Charles. «Ein feiner Kerl, dieser Robert.»

Charles machte sich Sorgen wegen der Hochzeitsreise.

«Ich hoffe, das geht in Ordnung», sagte er. «Ich wäre natürlich gern mit dir ins Ausland gefahren, aber ich glaube nicht, daß das jetzt möglich sein wird. Deshalb habe ich an Schottland gedacht. Nicht so besonders romantisch, aber –»

«Schottland wäre wunderbar», sagte Grace. Sie dachte so ungern über die Zeit nach der Hochzeit nach, daß sie einverstanden gewesen wäre, wenn er ihr eine Hochzeitsreise mitten in die Sahara vorgeschlagen hätte.

Sie machte sich noch immer Sorgen, weil sie das Gefühl hatte, ihn nicht wirklich zu kennen. Es war nicht nur der Schock wegen Clarissa, als weitaus beunruhigender empfand sie seine grundsätzliche

Abneigung, etwas über sich selbst zu erzählen. Wenn bestimmte Themen angeschnitten wurden, wenn sie ihm persönliche Fragen stellte, etwa, was ihn glücklich mache, was traurig, wovor er, wenn überhaupt, Angst habe, wie seine Kindheit wirklich gewesen sei, wie er sich gefühlt habe, als man ihn ins Internat schickte, antwortete er zunächst einsilbig und wechselte dann abrupt das Thema. Sie mußte sich schließlich mit der Antwort zufriedengeben, daß Männer nicht gern über solche Dinge reden; dies war nicht gerade befriedigend, aber mehr war nicht aus ihm herauszubekommen. Aber sie hatten ja noch ein ganzes Leben lang Zeit, um einander kennenzulernen.

«Manchmal mache ich mir ein wenig Sorgen, daß dieses liebe Mädchen Charles tatsächlich heiraten will», sagte Clarissa unvermittelt.

Sie und Jack saßen im Salon ihres Hauses am Campden Hill Square. Das hübsche Zimmer lag im ersten Stock, und die Fenster gaben den Blick auf den Platz frei; es war von einem sehr teuren und modernen jungen Innenarchitekten eingerichtet worden.

Jack stand auf, füllte aufs Neue ihre Champagnergläser, stellte die Flasche wieder auf den Sofatisch und reichte Clarissa eines der Gläser. «Ich glaube eigentlich nicht, daß du dir ihretwegen so große Sorgen machen mußt», sagte er. «Hinter ihrer Schüchternheit kann ich einen starken Willen spüren. Ich bin sicher, daß sie zurechtkommen wird.»

«Wirklich?» sagte Clarissa. Sie nahm gedankenverloren einen Schluck aus ihrem Champagnerglas. «Wie feinfühlig du doch bist, Liebling. Ich hätte das in einer Million Jahren nicht herausgefunden.»

«Tja, ich habe schon ein bißchen mehr Zeit damit verbracht, die Menschen zu beobachten, als du», sagte Jack und lächelte ihr zu, «und entsprechend weniger, sie dazu zu bewegen, mir nachzuschauen.»

«Jack! Soll das eine Kritik sein?»

«Absolut nicht. Es ist eine Beobachtung. Nur eine Beobachtung. Und im übrigen, du tust so, als wäre Charles ein Monster. Was er ganz gewiß nicht ist. Oder versuchst du gerade, mir auf Grund deiner intimen Kenntnisse mitzuteilen, daß er es doch ist?»

Seine Stimme klang ein wenig gereizt. Clarissa warf ihm einen wachsamen Blick zu. Sie und Jack hatten beide eine «Vergangenheit», wie sie es nannten; sie hatten sich dies schon zu Beginn ihrer Beziehung gegenseitig eingestanden, ganz so, wie ein modernes junges Paar es tun sollte. Sie machte sich ebensowenig Gedanken über Jacks frühere Liebhaberinnen wie über die Kleidung, die er getragen, oder die Wagen, die er gefahren hatte, aber sie wußte, daß er eifersüchtig war, wenn er es auch nicht zeigen mochte, und daß er Schwierigkeiten hatte, ihr recht bewegtes Vorleben gänzlich zu ignorieren, vor allem die Tatsache, daß sie vor ihm mit zwei anderen Männern verlobt gewesen war. Freddy Macintosh, der erste Verlobte, war leichter abzutun – er lebte in Schottland, sie sahen ihn nur selten –, aber Charles gehörte zu ihrem gemeinsamen näheren Bekanntenkreis und war der Bruder ihrer besten Freundin.

«Es gibt wirklich nichts, worüber du dir Sorgen machen müßtest, mein Schatz», sagte Clarissa. «Zunächst einmal ist es jetzt über zwei Jahre her, seit wir die Sache beendet haben, es ist also inzwischen fast nicht mehr wahr, und zweitens glaube ich nicht, daß ich ihn jemals wirklich geliebt habe.»

«Und warum hast du dich dann mit ihm verlobt?»

«Ach, ich weiß es nicht», sagte sie. «Ich habe es schon vergessen. Weil er einfach da war, nehme ich an. Ich war furchtbar jung und dumm. Nicht so, wie ich heute bin. Nein, ganz anders.»

Sie lächelte Jack verschmitzt an und prostete ihm zu.

«Auf uns, mein Liebling, und darauf, wie sehr wir uns lieben. Laß uns auf die beiden keine Zeit und Energie mehr verschwenden.»

«Du hast damit angefangen.»

«Ich weiß, und es tut mir leid. Mir fällt eigentlich kein Thema ein, das noch langweiliger wäre. Ich habe dir einen sehr viel besseren Vorschlag zu machen. Laß uns ins Bett gehen. Dies ist schließlich unsere Lieblingszeit.»

«Ja, genau», sagte er und lächelte sie an. «Wir machen uns ein bißchen Appetit aufs Abendessen.»

Sie hatten sich auf einer Cocktailparty kennengelernt; sie hatte ihn gesehen und im selben Augenblick gewußt, daß sie ihn haben mußte, hatte sich bewußt zu der Gruppe neben ihn gesellt und damit begonnen, auf ihre sehr auffällige Art Küßchen zu verteilen, zu reden und zu lachen. Und er bemerkte sie natürlich sofort, gesellte sich ebenfalls zu der Gruppe, lächelte sie an und reichte ihr die Hand. Er war ein dunkler Typ, dunkelhaarig mit hinreißenden blauen Augen und einer klassisch geraden Nase, und selbst sein Händedruck war irgendwie sinnlich, nicht hart, sondern fest, warm und außerordentlich angenehm. Sie ließ ihre kleine weiße Hand sehr lang in seiner liegen, und er sagte: «Guten Tag, ich bin Jack Compton Brown» und lächelte sie an – es war ein hinreißendes Lächeln –, und danach war es keine Frage mehr, in welche Richtung sich die Dinge entwickeln würden. Drei Monate später waren sie verlobt. Und nach inzwischen fast einem ganzen Jahr Ehe waren sie noch immer hoffnungslos ineinander verliebt.

Er war jung, jünger als er aussah, erst vierundzwanzig, reich, charmant, amüsant. Er arbeitete als Börsenmakler und lebte in einem kleinen, sehr hübschen Haus in Kensington, war ein ausgezeichneter Tennisspieler, ein guter Reiter und wußte hübsche Frauen mehr als alles andere zu schätzen. Er und Clarissa hatten beide eine verblüffend unkomplizierte Einstellung zum Leben, wußten sinnliche und materielle Freuden außerordentlich zu schätzen und erkannten mit einer gewissen Dankbarkeit, daß sie beide vom Glück ganz ungewöhnlich gesegnet waren. Und all das zusammengenommen machte sie zu einem perfekten Paar. Es schien wirklich eine Ehe zu sein, die im Himmel geschlossen worden war. Und bis jetzt hatte sich nichts daran geändert.

Am selben Sonntagabend saßen Grace und Charles zusammen mit Clifford und Muriel im Eßzimmer von The Priory und stellten die Gästeliste zusammen. Muriel erklärte gereizt, sie wisse nicht, wie sie es jemals schaffen sollten, unter fünfhundert zu bleiben, als das Telefon klingelte. Maureen trat ein. «Es ist Ihre Sekretärin, Sir», sagte sie, «aus dem Büro in London.»

Clifford sprang auf und stieß mit einer erschreckend heftigen Bewegung den Stuhl zurück. «Ach ja», sagte er, «dieser Fall, von dem ich dir erzählt habe, Muriel, komplizierte Sache. Es ist so komplex, ich werde wirklich –»

«Ja, ja», erwiderte Muriel ungeduldig. «Geh nur, Clifford, und bring es hinter dich. Wir sind an den Details nicht interessiert.»

«Natürlich. Bitte entschuldigt mich.»

Er war lange fort; offensichtlich, dachte Grace, ging es bei dem Anruf tatsächlich um eine komplizierte Sache.

«Ich hätte jetzt gern ein Glas Bier», sagte Charles plötzlich, schob seine Liste beiseite und rieb sich die Augen. «Das ist wirklich verdammt anstrengend. Kann ich einem von euch beiden etwas bringen?»

«Ein Kaffee würde mir jetzt guttun», sagte Muriel. «Charles, bitte doch Maureen, uns ein wenig Kaffee zu machen.»

«Ich gehe schon», sagte Grace. «Ich will mir ohnehin ein Glas Wasser holen.»

Clifford Bennetts Arbeitszimmer lag an dem Flur, der in die Küche führte; die Tür stand halb offen. Als sie daran vorbeiging, warf sie einen Blick hinein. Er lehnte sich in seinem Sessel zurück, einen Fuß auf seinem Schreibtisch, und lachte in die Sprechmuschel hinein. Sie hatte ihn nie so glücklich und entspannt gesehen; seine Londoner Sekretärin hatte eindeutig einen sehr positiven Einfluß auf ihn.

Erst nach längerer Zeit gesellte er sich wieder zu ihnen, und dann auch nur, um gute Nacht zu sagen und Muriel mitzuteilen, daß er sehr früh am nächsten Morgen nach London fahren werde.

Kapitel 5
Frühling 1939

Mittlerweile träumte Grace mindestens dreimal in der Woche von der bevorstehenden Hochzeit. Das Hochzeitskleid war aus Wildseide, mit tiefem Ausschnitt und langen Ärmeln, die über den Handknöcheln sehr schmal zusammenliefen, einer nur ein ganz klein wenig nach unten verschobenen Taille und einem leicht gebauschten Rock, der nach hinten in einer Schleppe endete. Grace trug einen kleinen Kopfschmuck, ein Perlendiadem, das Muriel ihr großzügigerweise geliehen hatte, und einen langen, bestickten Spitzenschleier. Im Arm hielt sie einen sehr großen Strauß weißer und gelber Rosen. Im Wagen hinter ihr fuhren der Pfarrer und der kleine Chor, alle damit beschäftigt, die Kirchenlieder zu üben, und darauf folgte der dritte Wagen, in dem ihre Eltern, die Bennetts und Florence saßen – und sich schrecklich miteinander stritten. In weiter Ferne stand Charles und winkte, und mit ihr im Wagen saß Robert, der ihre Hand hielt und ihr sagte, es gäbe nichts, worüber sie sich Sorgen machen müßte.

Sie erzählte Charles von dem Traum, und er sagte ihr, dies sei nur ihr Unterbewußtsein, in dem sie offenbar eine Menge verdrängter Ängste beherberge, und sie erwiderte mit einem Seufzer, sie habe schon für ihr Bewußtsein genug Dinge, die sie ängstigten, ohne daß ihr Unterbewußtsein ebenfalls seinen Teil dazu beitragen müsse.

Sie wußte, warum sie die Sache mit Robert geträumt hatte, denn es hatte da noch ein anderes Vorkommnis gegeben, das sie sehr berührt, aber im Unterbewußtsein offensichtlich beunruhigt hatte.

Florence und er waren im Februar für ein langes Wochenende nach The Priory gekommen; Florence sah noch immer sehr krank aus und schien es auch wirklich zu sein. Sie war viel zu mager, sehr blaß und müde, und Robert machte sich sichtlich Sorgen um sie und weigerte sich, sie länger als eine Minute allein zu lassen.

Er begrüßte Grace herzlich, umarmte sie und sagte ihr, sie sehe sehr hübsch aus.

«Danke», sagte Grace. «Die Sache mit Florence tut mir leid. Sie wird sich sicher bald besser fühlen und den Wunsch haben, es noch einmal zu versuchen. Schließlich ist es ja nicht so, daß irgend etwas auf Dauer nicht in Ordnung wäre.»

«Nein», erwiderte er, «aber sie scheint mir gegenüber merkwürdig feindselige Gefühle zu hegen. Das ist das, was mich am meisten bekümmert. Es kommt mir vor, als würde sie mir in irgendeiner Form die Schuld an der Sache geben. Vielleicht, weil ich nicht dort war, nicht auf sie aufgepaßt habe. Ich weiß es nicht.»

«Wie traurig», sagte Grace, «aber ich vermute, das ist ein Teil ihrer Depression. Meine Mutter hatte einmal eine Fehlgeburt, sie sagte, sie sei hinterher ein Jahr lang deprimiert gewesen und habe alle Menschen, einschließlich meines Vaters, verabscheut.»

«Tatsächlich?» fragte er. «Nun ja, das ist in gewisser Weise tröstlich. Es ist das hilfreichste, was mir im Zusammenhang mit dieser ganzen unseligen Angelegenheit gesagt worden ist.»

Sie gingen im morgendlichen Sonnenschein im Garten spazieren; plötzlich legte er seinen Arm um ihre Schultern und zog sie an sich. «Du bist ein wunderschönes Mädchen, Grace», sagte er, «eine solche Bereicherung für die Familie.» Und er küßte sie sehr sanft auf die Lippen; nur ein brüderlicher Kuß, nichts weiter, aber sie fühlte sich dennoch nicht ganz wohl dabei. Auf der anderen Seite mochte sie ihn jetzt sogar noch mehr; er war so warmherzig und freundlich, so ganz anders als Florence und Muriel.

Betty hatte sich ihre Kleidung, ein himbeerfarbenes Seidenkostüm, selbst geschneidert und sich dazu in London einen marineblauen Hut gekauft; Grace' Vater hatte sich bei seinem Schneider einen neuen Cutaway machen lassen. Muriel verkündete mit fester Stimme, sie würde genau das tragen, was sie auch zu Florence' Hochzeit getragen hatte: ein recht streng wirkendes braunes Wollkostüm und dazu einen sogar noch dunkleren Hut.

«Es ist so gut wie neu, es war sündhaft teuer, und ich kann Verschwendung nicht ausstehen. Und wer wird mich denn überhaupt anschauen?»

Grace sagte höflich, sie sei sicher, eine Menge Leute würden das tun, und war zugleich sehr verletzt, daß Muriel es als Verschwendung betrachtete, sich zur Hochzeit ihres Sohnes ein neues Kleidungsstück zu kaufen, aber die Sache schien es nicht wert zu sein, sich darüber zu streiten.

Laurence, der Blutsbruder, sollte Charles' Trauzeuge werden.

«Mein Vater hält sich vernünftigerweise aus allem heraus», sagte Charles lachend zu Grace. «Er verbringt mehr Zeit in London als je zuvor. Arbeitsüberlastung, so nennt er das.»

«Und deiner Mutter macht das nichts aus?» erkundigte sich Grace.

«Ich glaube, sie ist zu beschäftigt, um sich darum zu kümmern», sagte Charles. «Sie sagt nur manchmal, sie hoffe, er werde uns keine Unannehmlichkeiten bereiten, indem er noch vor der Hochzeit einen Herzanfall bekommt.»

«Das hoffe ich auch», sagte Grace erschrocken.

«Schatz, sei nicht albern», erwiderte Charles und küßte sie. «Er ist kerngesund. Sein Herz ist so stark wie das eines jungen Löwen.»

Schließlich kam man auf dreihundertfünfzig Gäste: Charles' Eltern hatten einhundertfünfzig eingeladen, Charles auch einhundertfünfzig, Grace und ihre Eltern zusammen fünfzig.

Die meisten von Franks und Bettys Freunden hatten es als durchaus logisch bezeichnet, daß der Hochzeitsempfang auf The Priory stattfinden sollte, aber einige wenige waren doch ein wenig enttäuscht. Manchmal, wenn Grace ihre Mutter hörte, wie sie mit gezwungen fröhlicher Stimme beteuerte, wie außerordentlich freundlich Muriel doch sei, wie großzügig es von ihr wäre, ihr Haus zur Verfügung zu stellen, wünschte sie sich, daß sie sich durchgesetzt und auf dem Golf Club bestanden hätte.

Grace hatte entschieden, daß sie keine erwachsenen Brautjungfern haben wollte. Sie hatte die beiden kleinen Enkelinnen von Bettys bester Freundin Marion als Blumenkinder ausgewählt, beide hatten die obligatorischen blonden Locken und blauen Augen und sollten in rosafarbene Spitze gekleidet werden. Muriel fand dies ein bißchen zu bescheiden und meinte, sie hätte auf jeden Fall gern noch ein paar kleine Jungen dabei, aber Grace entgegnete, nein, sie kenne keine kleinen Jungen und sie sei nicht bereit, irgendwelche Kinder, die sie nicht kenne, nur der Form halber einzuladen. Sie war ein wenig überrascht, sich selbst das sagen zu hören; je näher die Hochzeit heranrückte, desto schwieriger fand sie es, sich gegen Muriel zu behaupten.

Sie wurde von all den üblichen Ängsten geplagt: Charles würde nicht auftauchen, ihre Mutter würde während des Gottesdienstes so laut schluchzen, daß sie damit alles andere übertönte, sie selbst würde stolpern und ihren Blumenstrauß fallen lassen und nicht mehr wissen, was sie sagen mußte. Eines Nachts träumte sie, ihr Unterhöschen sei auf dem Weg zum Altar zu Boden gerutscht. Charles dagegen schien sich überhaupt keine Sorgen zu machen.

Die Nervosität im ganzen Land entsprach ihrer eigenen: Chamberlains Ende März gegebene feste Zusage, daß Großbritannien, um die Unabhängigkeit Polens zu garantieren, in den Krieg eintreten werde, wurde als gleichbedeutend mit einer Kriegserklärung angesehen. Der Londoner *Evening Standard* fragte die Bewohner der Hauptstadt, was sie tun würden, wenn man plötzlich eine Bombe auf sie fallen ließe, und obwohl offiziell nicht sehr viel unternommen wurde, war sich jedermann der drohenden Gefahr bewußt und fürchtete sich davor. Die Atmosphäre war ganz und gar nicht günstig für den Schritt in ein neues Leben.

Anfang April entschloß sich Grace, nach London zu fahren. Sie hatte noch immer keinen Hut, den sie zu dem hellblauen Seidenkostüm tragen konnte, das sie in Salisbury gekauft hatte, und der *Vogue* hatte sie entnommen, daß sie wahrscheinlich etwas Passendes bei Harvey Nichols in Knightsbridge finden würde.

«Wahrscheinlich ist Harvey Nichols ziemlich teuer, aber ich heirate nur einmal», sagte sie fröhlich zu ihrer Mutter.

Grace kam um elf Uhr an der Waterloo Station an und nahm dann die Untergrundbahn nach Knightsbridge. Nach allem, was sie gehört und gelesen hatte, erwartete sie, London in einem Zustand militärischer Bereitschaft vorzufinden, mit Soldaten in Uniform, Panzern auf den Straßen und Sandsäcken in den Türrahmen. Was sie sah, waren Schaufenster voller hübscher Sommerkleider und Straßen voller wohlgekleideter Menschen, die offensichtlich vor allem an das dachten, was sie als nächstes kaufen oder essen wollten, und was sie spürte, war eine Atmosphäre der Sorglosigkeit. Alles wirkte sehr viel ruhiger und sicherer, als Grace gedacht hatte. Sie ging zu Harvey Nichols und entschied sich schließlich für einen kecken Strohhut in Himbeerrot; er war tatsächlich sehr teuer, aber sie wußte, daß er Charles gefallen würde.

Sie kaufte sich für den großen Tag auch ein wenig Make-up und ging dann in die Wäscheabteilung, wo sie weiteres Geld für ein rosafarbenes Satinnachthemd und ein daunengefüttertes Bettjäckchen ausgab; beides war natürlich ein Luxus, aber es würde ihr Selbstbewußtsein auf der Hochzeitsreise heben und Charles deutlich machen, daß er eine attraktive Frau geheiratet hatte, eine, die sehr viel strahlender und verführerischer war, als er es sich möglicherweise selbst vorgestellt hatte. Schließlich, ein wenig schockiert über sich selbst, beschloß sie, wenigstens beim Mittagessen etwas zu sparen, bestellte sich ein Sandwich und machte danach noch einen Spaziergang durch den Hyde Park, bevor sie wieder zur Waterloo Station zurückfuhr.

Sie saß am Flußufer und beobachtete, wie die Menschen an ihr vorbeiruderten, und schlenderte dann den Rotten Row entlang und bewunderte die Pferde mit ihren elegant gekleideten Reitern. Das erinnerte sie an Charles und ihren Entschluß, ihn nach der Hochzeit wieder zum Reiten zu ermutigen, und während sie weiterging und an ihn und an die Hochzeit dachte, die nun so bald bevorstand, dachte sie auch, wie froh sie doch sei und wieviel Glück sie im Leben habe. Ihre Nervosität und ihre Angst hatten sich in der sorglosen Atmosphäre dieses sonnigen Tages verflüchtigt, und sie hätte sich gewünscht, noch eine Weile länger in London bleiben zu können.

Sie hatte sich gerade entschlossen, wieder zur Waterloo Station zurückzugehen und den Zug nach Hause zu nehmen, und wollte eine Straße überqueren, als sie Florence vor der Station der Untergrundbahn stehen sah. Sie wartete und warf einen Blick auf ihre Uhr. Sie trug ein sehr elegantes cremefarbenes Kostüm und eine Pelzstola, aber keinen Hut; ihr dunkles Haar fiel auf ihre Schultern. Sie sah hübsch aus, offensichtlich wieder völlig genesen, wenn auch sehr dünn. Natürlich, ihr Haus befand sich ja ganz in der Nähe, dachte Grace und wollte gerade ihre Aufmerksamkeit auf sich lenken, winken, die Straße überqueren, als jemand, ein Mann, sich Florence näherte. Grace konnte nicht deutlich sehen, wie er aussah, erkannte aber, daß es gewiß nicht Robert war. Er hatte sehr helles Haar und war groß und schlank. Er nahm Florence' Hand, hob sie an die Lippen und drückte rasch einen Kuß darauf. Grace bemerkte, wie Florence' Gesicht sich veränderte, sich aufhellte, sah sie lächeln – ein strahlendes Lächeln. Grace sah zunächst verwirrt, dann schockiert und schließlich fast ungläubig zu, wie sie zusammen die Straße überquerten, auf ihre Seite herüberkamen, ein kleines Stück zusammen weitergingen – weder sprachen, noch sich berührten, aber dennoch eindeutig miteinander verbunden waren – und dann im Hyde Park Hotel verschwanden.

Während des ganzen Heimwegs fühlte Grace sich krank; nicht nur in Anbetracht dessen, was sie gesehen hatte, sondern auch, weil ihr die Bedeutung des Gesehenen und die Folgen für sich selbst schwer auf dem Herzen lasteten. Sollte sie es jemandem erzählen? Wem sollte sie es erzählen? Was würde geschehen, wenn sie es täte? Vor allem war sie unglücklich um Roberts willen, der immer so freundlich und warmherzig und wegen der Fehlgeburt so bestürzt gewesen war, so besorgt wegen Florence' Depression, so voller unbegründeter Schuldgefühle. Aber sie dachte auch an die Bennetts und daran, wie schockiert sie sein würden, an Charles, der seine Schwester liebte und bewunderte, und sie dachte an Florence, an ihre Arroganz und Kälte, und überlegte, daß sie, wenn sie es wollte, nicht nur deren Verhalten, sondern auch deren Ehe mit einem reichen, charmanten und treuen Mann schlagartig ein Ende setzen könnte.

«Na, war der Tag erfolgreich, Liebling?» fragte Charles. Er erwartete sie auf dem Bahnhof von Salisbury. «Hast du einen Hut für dich gefunden?»

«Ja», sagte Grace und bemühte sich, ihn freundlich anzulächeln.

«Ist er in jener Schachtel? Kann ich ihn mal sehen?»

«Ja. Wenn du es wirklich möchtest.»

«Natürlich. Aber ich weiß nicht, ob ich es darf. Grace, geht es dir gut? Du scheinst irgendwie verändert zu sein.»

«Ja», sagte sie und lächelte entschlossen, da sie in derselben Minute entschieden hatte, daß es nichts gab, was sie tun oder sagen könnte, um die Dinge zu verbessern, sie hatte erkannt, daß sie durch Reden alles nur verschlimmern würde und daß es sie ohnehin nichts anging, was Florence tat, auf welche Weise sie sich selbst, ihrem Leben und ihrer Ehe schadete. «Es geht mir gut, danke. Aber ich will dir etwas sagen, Charles. Ich wäre für dieses Großstadtleben bestimmt nicht geschaffen. Es ist herrlich, wieder heil und sicher in Wiltshire zu sein. Hier gefällt es mir sehr viel besser.»

«Mir auch», sagte er und küßte sie zärtlich, «mir auch. Vor allem, wenn du hier bist.»

«O Charles», sagte Grace und spürte wie eine Welle von Liebe und Bedauern oder sogar Schuldgefühlen sie durchströmte, weil sie ihm, aus welchem guten Grund auch immer, nicht die Wahrheit mitteilte. Sie ließ ihre Pakete zu Boden fallen und umarmte ihn stürmisch. «O Charles, ich werde niemals jemand anderen lieben als dich.»

«Grace, mein Liebling», sagte er und schaute mit einem sanften, zärtlichen Lächeln zu ihr hinab: «Ich bin sehr froh, das zu hören, aber es gibt keinen Grund, deshalb zu weinen.»

Sie bekamen herrliche Geschenke: Bettwäsche, Tischwäsche, Porzellan, silberne Bestecke und auch einige praktische Dinge: einen schönen Satz Kupferpfannen für die Küche, sechs Gartenstühle und einen elektrischen Mixer. Florence und Robert schenkten ihnen zwei bildschöne silberne Leuchter, von denen vor allem Charles begeistert war; jedes Mal, wenn Grace sie anschaute, sah sie im Geiste Florence' Gesicht aufleuchten, als sie dem Mann in Knightsbridge die Hand gab, und dies machte es ihr unmöglich, sich von ganzem Herzen darüber zu freuen.

Die Bennetts schenkten ihnen einen sehr schönen antiken Eßtisch und einen Scheck über einen sehr hohen Betrag, und von Betty und Frank erhielten sie die Anzahlung für das Haus. Letzteres war erstaunlich großzügig und bewirkte, daß Grace in Tränen ausbrach, aber ihr Vater küßte sie und sagte, sie hätten seit ihrer Geburt für diesen Zweck ein wenig Geld zur Seite gelegt und würden sich unglaublich freuen, daß sie in einem so schönen Haus wohnen würde. «Und im übrigen», sagte er, als sie nicht aufhörte zu protestieren, «gibt es mir das Gefühl, daß ich dadurch einen etwas größeren Beitrag zu eurer Ehe leiste.» Es zeigte Grace deutlich, wie ausgeschlossen ihre Eltern sich fühlten, so sehr sie auch versuchten, diese Tatsache zu verbergen.

Und Clarissa und Jack schenkten ihnen einen Fotoapparat, den sie selbst vorbeibrachten. Die beiden waren an einem Sonntag in Bath gewesen, um Clarissas Patentante zu besuchen, die krank gewesen war und die Clarissa über alle Maßen liebte, und fuhren auf dem Rückweg zum Lunch nach The Priory. Grace, die diesem Besuch mit genauso großer Nervosität entgegengesehen hatte wie ihrer Hochzeit, hatte angedeutet, daß sie zum Lunch möglicherweise nicht da wäre, weil ihr die Situation peinlich sei, aber Charles war darüber nicht nur entsetzt, sondern sichtlich wütend gewesen.

«Natürlich mußt du kommen. Clarissa und Jack wären sonst sehr verletzt. Übrigens findet Clarissa es bestimmt nicht peinlich.»

Was völlig stimmte; Clarissa redete während des Mittagessens fast ununterbrochen und brachte sie alle zum Lachen.

Charles fragte sie, ob sie Florence besucht habe, wie sie es versprochen habe, und Clarissa sagte, sie habe sie häufig gesehen und es ginge ihr sehr viel besser, obwohl sie schrecklich dünn sei, die Ärmste. Grace war nicht sicher, ob es nur Einbildung war, aber hatte Clarissas Stimme nicht plötzlich etwas unsicher geklungen? Durchaus möglich, dachte sie, wobei ihre eigene Unsicherheit und ihre Feindseligkeit gegenüber Clarissa sich zu einem harten, festen Knoten irgendwo in ihrer Brust zusammenballten; es war sehr wahrscheinlich, daß Clarissa in Florence' Geheimnis eingeweiht war, es genoß und ihr half, Robert zu betrügen, Alibis zu erfinden und die Affäre zu ermöglichen. Das war etwas, was sie zweifellos aufregend und äußerst spannend fände.

Nach dem Mittagessen fragte Clarissa, ob sie zum Mill House hinüberfahren und es sich ansehen könnten: «Es klingt, als wenn es wunderhübsch wäre. Ich bin ganz krank vor Neid.»

«Natürlich können wir das tun», sagte Charles, «wir müssen uns ohnehin das große Badezimmer noch einmal anschauen, um zu sehen, wie weit sie mit dem Bodenbelag sind, nicht wahr, Grace?»

«Ja, sicher, warum nicht?» erwiderte Grace, und dann, da sie sich unfähig fühlte, noch eine weitere Stunde lang Clarissas sprühendes Temperament zu ertragen: «Wenn es dir nichts ausmacht, dann werde ich hierbleiben. Ich habe schreckliche Kopfschmerzen.»

«Oh, du Ärmste!» rief Clarissa. «Ich habe ganz ausgezeichnete Tabletten in meiner Handtasche, ich trage sie immer gegen meine Migräne bei mir. Du mußt zwei davon nehmen, Grace, dann geht es dir in Nullkommanichts besser.»

«Das ist schon in Ordnung», sagte Grace, «ich nehme ein paar von meinen eigenen. Danke», fügte sie hinzu, da sie Charles' leicht vorwurfsvolle Miene gesehen hatte, «aber ich möchte wirklich lieber hierbleiben. Ihr seid doch nicht lange fort, oder?»

«Nein, vermutlich nicht sehr lange», sagte Charles sichtlich gereizt. «Dann werde ich mir den Fußbodenbelag eben allein anschauen. Ist sonst noch etwas zu erledigen, während wir dort sind?»

«Nein, nein, es ist alles in Ordnung», sagte Grace. «Ich hoffe, das Haus gefällt dir, Clarissa.»

Es gefiel Clarissa tatsächlich. Als sie zurückgekehrt waren, stürmte sie in den Salon, wo Grace saß und so tat, als läse sie die *Country Life*, und warf sich neben sie auf das Sofa.

«Wie himmlisch! Was hast du doch für ein Glück. Ich habe Jack schon gesagt, das Haus allein würde uns schon zu begeisterten Landbewohnern machen. Ihr werdet uns hoffentlich häufig zu euch einladen, nicht wahr?»

«Ja, natürlich», sagte Grace und versuchte, nicht allzu abweisend zu klingen.

Clarissa sah sie forschend an. «Grace, ist alles in Ordnung mit dir?»

«Ja», sagte Grace. «Danke.»

«Nein, du hast irgend etwas. Was ist es? Bitte, sag es mir. Ist es wegen mir und Charles? Dafür hätte ich wirklich vollstes Verständnis. Ich war so schockiert und wütend, als ich herausfand, daß er es dir nicht gesagt hatte. Männer sind so furchtbar beschränkt, nicht wahr? So gedankenlos und beschränkt.»

«Einige Männer schon», sagte Grace. «Aber nein, wirklich, Clarissa, es geht mir gut. Danke.»

«Gut. Weil ich unbedingt möchte, daß wir Freundinnen werden. Und ich versichere dir: Zwischen uns ist seit Jahren nichts gewesen. Seitdem ich mich damals von ihm getrennt habe.»

«Ich dachte, es wäre in beiderseitigem Einvernehmen geschehen», sagte Grace. «Eure Trennung, meine ich.»

«Ach so, ja, natürlich, so war es», bestätigte Clarissa rasch. «Aber weißt du», fügte sie mit einem kleinen Lachen hinzu, «man hat ja schließlich seinen Stolz.»

Grace sah zu ihr hinüber und bemerkte ein leichtes Erröten ihrer hellen Haut und eine leichte Anspannung in ihren hübschen braunen Augen. Und dann sagte sie, sehr ernst, so, als sei sie plötzlich ein ganz anderer Mensch: «Es ist nicht ganz leicht, mit ihm umzugehen, Grace. Das solltest du wissen.»

«Ja», sagte Grace beiläufig, obwohl sie sich danach sehnte, mehr zu erfahren, genau nachzufragen, was sie meinte, aber dazu war sie zu stolz, «ja, ich weiß es. Natürlich weiß ich es.»

«Gut», sagte Clarissa rasch. «Dann ist es ja in Ordnung. Jetzt werde ich mich mal auf die Suche nach meinem lieben Jack machen, und dann fahren wir zurück in das verrußte London.» Sie stand lächelnd auf. «Ich sehe dich dann auf der Hochzeit, Grace. Du wirst wunderbar aussehen; ich kann es gar nicht erwarten.»

Grace lächelte ihr schwach zu und begleitete sie in die Eingangshalle hinaus.

Sie sah tatsächlich wunderbar aus. Alle sagten das. Sie konnte es sogar selbst sehen, als sie sich in dem langen Spiegel in ihrem Schlafzimmer anschaute, voller Ehrfurcht vor dem bezaubernden Geschöpf, zu dem sie geworden war, ein wenig größer und so schlank in dem weich fließenden Rock ihres Kleides, mit ihrem rotgoldenen Haar, das unter dem Diadem hochfrisiert worden war. Als sie in ihrem Kleid die Treppe im Bridge Cottage hinabstieg und ihre Eltern, die Brautjungfern und die Mutter der Brautjungfern anlächelte, die alle zu ihr emporschauten, brach ihre Mutter in Tränen aus. «O Grace», sagte sie, «o Grace. O mein liebes Kind.»

Später, als alle gegangen waren und sie mit ihrem Vater allein im Haus war und darauf wartete, zur Kirche abgeholt zu werden, gab er ihr einen Kuß. «Ich bin so stolz auf dich», sagte er und schneuzte sich heftig. «So unglaublich stolz.»

«Vater», sagte Grace sanft, «ich bin auch sehr stolz auf dich. Und auf Mutter. Und danke für alles. Für alles, was ihr für mich getan habt.»

Die kirchliche Trauung war in jeder Hinsicht perfekt. Es war ein strahlender, warmer Maitag; der Sonnenschein strömte golden zu den Fenstern herein. Als Grace die Kirche betrat, stolperte sie nicht; lächelnd und gelassen schritt sie am Arm ihres Vaters, und der Ausdruck auf ihrem Gesicht, als sie Charles ansah, brachte sogar Muriel Bennett dazu, nach ihrem Taschentuch zu tasten, und veranlaßte Clifford, mit der Hand rasch über seine Augen zu streichen.

Und als sie aus der Kirche hinaus in den Sonnenschein trat, sah der Fotograf, wie sie sich Charles zuwandte und sich in seine Arme schmiegte, und einen kurzen Augenblick lang gab es für die beiden auf der ganzen Welt keine anderen Menschen mehr.

Der Empfang war großartig, der Champagner erlesen, das Essen wunderbar, und die Reden waren sehr lustig (vor allem die von Frank Marchant, so sagten alle), und die Atmosphäre war erfüllt von Glück, von Wohlwollen und von Freude; niemand, nicht ein einziger Gast, war mißgelaunt oder kritisch, so daß Grace sich fragte, wie sie sich jemals auch nur einen Augenblick lang hatte Sorgen machen können. Durch den glücklichen Nebel ihrer Gefühle hindurch bemerkte sie ständig kleine Szenen, die sie ebenso überraschten wie beglückten: Clarissa, die ihren Arm in den ihres Vaters geschoben hatte; Clifford Bennett, der sich sehr ernst und liebenswürdig mit ihrer Mutter unterhielt; Florence, die mit den kleinen Brautjungfern tanzte; Laurence, der sie umarmte und ihr sagte, er sei so schrecklich neidisch auf Charles, daß er es kaum ertragen könne, ihn anzuschauen; Robert, der Tante Ada mit liebenswürdiger Höflichkeit zu einem Stuhl geleitete, bevor die Reden begannen; Jack, der mit dem Fotoapparat, der ihnen zur Hochzeit geschenkt worden war, einige schöne Momente für immer festhielt.

Und dann schließlich war alles vorbei, und sie war tatsächlich, endgültig und unglaublicherweise Mrs. Charles Bennett.

Kapitel 6
Sommer 1939

Eine Weile lang war alles perfekt gelaufen; sie waren in seinem MG davongefahren, und das letzte, was sie gesehen hatte, als der Wagen aus der Zufahrt hinausfuhr, war ihre Mutter, die in ihr Taschentuch weinte. Nachdem sie eine halbe Meile die Straße entlanggefahren waren, hatte Charles den Wagen angehalten und sie sehr heftig geküßt, aber schließlich war er auch ein wenig betrunken gewesen, und dann fuhren sie weiter, nach Salisbury, was noch ziemlich weit war, und nahmen von dort aus den Zug nach London.

Sie waren allein in dem Abteil, und Charles ließ die Jalousie herunter und begann, sie erneut zu küssen, und zunächst erwiderte sie seine Küsse, aber dann wurde ihr ein wenig übel – von all dem Champagner und der Aufregung –, er bemerkte es, lehnte sich zurück und fragte ein wenig gereizt: «Ist alles in Ordnung mit dir?»

«Ja», antwortete sie vorsichtig, «ja, alles in Ordnung, ich bin nur ein bißchen müde.» «Oh, das tut mir leid, Liebling», aber es klang nicht so, als wenn es ihm wirklich leid täte, und dann schlief er ein und begann zu schnarchen.

Sie saß daneben und spürte, wie das Gefühl von Glück und Geborgenheit sich verflüchtigte.

Sie verbrachten die Nacht in London, im Hotel Dorchester; dies war Cliffords persönliches Hochzeitsgeschenk für sie und Charles gewesen; er hatte gemeint, sie verdienten es, ihr Leben als Ehepaar stilvoll zu beginnen. Während sie in dem großen Bett lag, das offensichtlich für leidenschaftliche Liebesnächte gemacht worden war, erinnerte sie sich an seine Worte und fühlte, daß das, was zwischen ihr und Charles geschehen war, wohl kaum etwas mit Liebe zu tun hatte.

Sie streckte die Beine über den Rand des Bettes, stand sehr vorsichtig auf und ging auf Zehenspitzen ins Badezimmer. Darin stand ein Stuhl; sie legte sich das Bettjäckchen um die Schultern (der Kauf war wohl doch eine ziemliche Verschwendung gewesen) und setzte sich. Sie sah ins Schlafzimmer und zu dem reglosen Haufen in dem großen Bett hinüber: ein zufriedener, entspannter Charles. Nun, das war in Ordnung, das war gut. Nicht ganz so in Ordnung war, daß er so egoistisch und so wenig einfühlsam war. Das bereitete ihr in der Tat sehr großes Unbehagen.

Charles hatte ein Abendessen bestellt, das Grace nicht wirklich gewollt hatte; ihr war ein wenig übel davon geworden, und sie war noch immer aufgeregt und auch sehr nervös. Charles aß mit gutem Appetit drei Gänge und trank eine Menge Rotwein, und dann begann die Band zu spielen, sie tanzten eine Weile lang, und danach sagte er: «Zeit, zu Bett zu gehen, Mrs. Bennett» und küßte sie, und plötzlich hellte sich ihre Stimmung wieder auf, sie fühlte sich ein wenig glücklicher. Sie gingen in ihr Zimmer hinauf, und er sagte etwas verlegen: «Geh du als erste.» Sie ging ins Badezimmer und wusch sich hastig, putzte sich die Zähne, bürstete sich die Haare und besprühte sich mit ihrem Eau de Cologne, und dann streifte sie das rosafarbene Satinnachthemd über und kehrte ins Schlafzimmer zurück und schlüpfte sehr rasch ins Bett. Charles hatte sich inzwischen ausgezogen; er trug einen recht auffällig gestreiften Pyjama. Auch er verschwand für kurze Zeit im Badezimmer und kam wenig später wieder zurück, lächelte sie an und knipste dann sein Nachttischlämpchen aus. Grace war darüber ein wenig enttäuscht; sie hatte sich auf ein liebevolles Gespräch gefreut, auf zärtliches Küssen und Streicheln, aber sie sagte sich, daß sie dafür reichlich Zeit hätten, rutschte ein wenig im Bett herunter und schmiegte sich dann in Charles' Arme.

«O Grace», sagte er, und seine Stimme klang etwas ungeduldig, «Grace, ich habe lange auf dich gewartet.» Und danach hatte er sich über sie gebeugt und mit ihr geschlafen, und nachdem er fertig gewesen war, war er eingenickt; und von Anfang bis Ende war es ihr so vorgekommen, als spiele sie selbst überhaupt keine Rolle.

Sie hatte natürlich in gewisser Weise sehr viel Glück; sie konnte das durchaus erkennen. Er hatte ganz genau gewußt, was er zu tun hatte, hatte ihr rasch und geschickt das Nachthemd ausgezogen, sie eine Weile lang geküßt, bevor er seine Aufmerksamkeit ihren Brüsten zuwandte, diese sehr geschickt streichelte und küßte, womit er Gefühle bei ihr hervorrief, die sehr viel heftiger waren als die, welche sie in den Monaten ihrer Verlobungszeit empfunden hatte. Dann war er mit seinen Händen zu ihren Schenkeln hinuntergewandert, hatte ihren Bauch und ihre Pobacken gestreichelt, und dann, ein wenig zärtlicher, hatte er seine Hand zwischen ihre Beine geschoben, suchend, streichelnd, forschend, aber sehr behutsam; und danach war er kurz von ihr heruntergerollt, hatte nach etwas, was neben dem Bett lag, getastet (vermutlich ein Präservativ), sich dann ihr wieder zugewandt und ihr freundlich, aber mit fester Stimme befohlen: «Jetzt entspann dich, Schatz, entspann dich einfach.» Und danach kniete er plötzlich über ihr, und sie konnte ihn spüren, seinen Penis, der, zunächst sanft und dann fester, in sie eindrang, und sie war nicht ängstlich, aber doch ein wenig zurückhaltend gewesen, und er hatte noch einmal gesagt: «Entspann dich, entspann dich einfach» und war dann immer tiefer in sie eingedrungen, während er sie gleichzeitig küßte. Und es tat ihr natürlich weh, aber nicht so sehr, wie sie es erwartet hatte; er machte seine Sache geschickt und gut. Und dann spürte sie, wie es langsam angenehmer wurde, er bewegte sich schneller und heftiger, und sie versuchte, ihm zu folgen, sich seinem Rhythmus anzupassen, aber zugleich hatte sie Angst, etwas Falsches zu tun, und plötzlich spürte sie, wie er sehr, sehr tief in sie eindrang, und sie wollte weitermachen, sich von ihren Gefühlen tragen lassen, und dann kam ein Vibrieren und Pulsieren, nicht von ihr selbst, sondern von ihm, und sie lag ganz still, und danach – und sie würde diesen Augenblick ihr ganzes Leben lang nicht vergessen – sagte er: «Gut, Liebling, sehr gut», rollte von ihr herunter, küßte sie kurz, fragte sie, ob es ihr gut ginge, und als sie dies bejahte, sagte er erneut: «Gut, Liebling, sehr gut», küßte sie nochmals und schlief sofort ein.

Und Grace lag in dem großen Bett, ließ in Gedanken noch einmal alles an sich vorüberziehen und fragte sich, da es tatsächlich sehr viel angenehmer und sehr viel weniger schmerzhaft gewesen war als alles, was man von einem ersten Mal erwarten konnte, was ihre Mutter und ihre verheirateten Freundinnen ihr angedeutet hatten und was den Büchern zu entnehmen war, die Dr. Phillips ihr gegeben hatte, warum sie sich so verlassen fühlte, so einsam und sogar ein wenig traurig. Und dann wurde ihr bewußt, daß Charles zwar äußerst geschickt gewesen war, daß er während des ganzen Akts aber nicht ein einziges Mal von Liebe geredet und nicht einmal den Eindruck erweckt hatte, daß Liebe irgend etwas damit zu tun hatte.

Am nächsten Morgen war er ungewöhnlich gut gelaunt und lächelte sie über seine Teetasse hinweg an.

«Guten Morgen, Mrs. Bennett», sagte er, «ich hoffe, Sie haben gut geschlafen.»

«Ja», sagte Grace rasch, «natürlich. Danke.»

Er beugte sich zu ihr und küßte sie. «Gut. Ich auch. Hübsches Bettjäckchen, Liebling. Laß es mich dir ausziehen.»

Und danach spielte sich dasselbe noch einmal ab, derselbe routinierte Geschlechtsakt, begleitet von demselben Mangel an Interesse für ihre Reaktionen und Bedürfnisse. Es war, so dachte sie, als wäre sie ein ziemlich kompliziertes Auto, das er sehr vorsichtig handhabte, oder ein noch nicht eingerittenes Pferd, mit dem er sehr geschickt umzugehen verstand. Sie versuchte, sich auf ihre Gefühle und ihre körperlichen Reaktionen zu konzentrieren und auf die Tatsache, daß sie ganz einfach für sein Geschick und seine Sorgfalt dankbar sein sollte.

Und schließlich war es erst der Anfang, dachte sie, als sie später in ihr Bad eintauchte und an ihrem Körper hinunterblickte, der doch augenscheinlich eine gewisse Begabung zur Lust hatte, wenn auch nur sehr verhalten. Es würde fast mit Gewißheit besser werden, persönlicher, sanfter. Und immerhin schien Charles selbst zufrieden zu sein.

Während ihrer vierzehntägigen Hochzeitsreise schien von morgens bis abends die Sonne. Sie wanderten sehr viel, unterhielten sich ein wenig, aßen reichlich, schmiedeten Zukunftspläne; und jeden Abend schlief Charles mit ihr. Als sie wieder nach Haus fuhren, hatte sie mehrere Orgasmen gehabt. Sie hatte, das sah sie natürlich ein, ganz außerordentlich viel Glück; zugleich war es genau dieser Punkt, die sexuelle Seite ihrer Beziehung, der ihr Sorgen machte. Sie wollte, daß man ihren Körper fragte, was er sich wünschte, anstatt es ihm vorzuschreiben. Aber Charles ließ keinen Zweifel daran, daß dies sein Bereich war und daß er über alles die Kontrolle zu haben wünschte. Er ließ keine Diskussion zu und erstickte alle Ansätze dazu schon im Keim; ihr Körper gehörte ihm, mußte ihm ohne Diskussion, ohne Kommentare oder Wünsche überlassen werden. Wenn sie zusammen schliefen, gab es keinen Platz für irgendeine Aktivität oder gar Verweigerung von ihrer Seite.

Und so lernte sie ihn in jenen zwei Wochen besser kennen als in dem ganzen vergangenen Jahr.

Der Sommer war herrlich. Tag für Tag schien die Sonne und zerstreute die über allem lastende Furcht vor dem Krieg. Grace war im großen und ganzen zufrieden und damit beschäftigt, Mill House einzurichten. Sie freute sich an ihrem Garten und bemühte sich sehr, sich auf das Leben als verheiratete Frau einzustellen: auf Charles' Nörgeleien, was das Essen betraf, mit denen sie sich zuvor nicht hatte auseinandersetzen müssen, auf sein fast unerträgliches Schnarchen, auf seinen Unwillen, irgend etwas, was mit seiner Arbeit zusammenhing, mit ihr zu besprechen, und auf seine stillschweigende Annahme, daß sie davon ohnehin nichts verstünde – ebensowenig von der politischen Situation in Europa. Sie fand sich mit Muriels Angewohnheit ab, ohne Ankündigung bei ihnen zu erscheinen und Mahlzeiten, Getränke, Aufmerksamkeit zu erwarten, und ebenso mit Charles' Forderung, sehr viel häufiger Gäste einzuladen, als sie selbst es sich wünschte – jedenfalls zu jenem frühen Zeitpunkt, als sie sich ihrer Fähigkeiten hinsichtlich Dinnerpartys, Cocktailpartys und dem Beherbergen von Gästen noch so unsicher fühlte. Sie hörte sich geduldig die ständigen Beteuerungen ihrer Mutter an, wieviel Glück sie doch gehabt habe, vor allem mit ihrer Putzhilfe, ihrem Koch, ihrem Hausmädchen und ihrem Gärtner, und ebenso ihre nervtötenden Fragen, ob Grace das eheliche Leben genieße, ob Charles glücklich sei und, was am allerschlimmsten war, ob sie sich auch ganz wohl fühle – eine Anspielung darauf natürlich, ob sie möglicherweise schwanger war.

Da sie stets daran gedacht hatte, sich ihr Pessar einzusetzen, war sie sicher, daß dies nicht der Fall war.

Und von dem Akt, durch den sie es hätte werden können, blieb sie weiterhin enttäuscht.

Keuchend und stöhnend, den vibrierenden, rauhen Klang eines überwältigenden Orgasmus hinausschreiend, während ihr Körper langsam in eine zuckende Beruhigung hineinglitt, wandte Florence den Kopf, lächelte zärtlich in das Gesicht ihres Liebhabers, der neben ihr in den Kissen lag, nahm seine Hand, küßte sie und küßte dann noch zärtlicher jeden einzelnen Finger.

«Ich liebe dich», sagte sie. «Ich liebe dich so sehr.»

«Ich liebe dich auch. Du bist schöner und vollkommener als alles, was mir je begegnet ist.»

«Wohl kaum vollkommen», entgegnete Florence, betrachtete ihn aufmerksam und dachte, wie schön er war mit seinem blonden Haar, seinen nußbraunen Augen, seiner sonnengebräunten Haut, seinem breiten, strahlenden Lächeln. Sie war keinesfalls schön, noch nicht einmal besonders gutaussehend, und sie wußte, daß sie es nicht war.

Sie war in der Überzeugung aufgewachsen, daß sie unscheinbar war, ihre Mutter hatte, so lange Florence sich erinnern konnte, ständig Anspielungen in dieser Richtung gemacht, welch ein unglücklicher Umstand es doch sei, daß Charles das gute Aussehen habe, das helle Haar und die blauen Augen, während sie, Florence, mit ihrem dunklen Haar, ihrer fahlen Haut und ihrem riesigen Mund die häßliche Schwester sei. Und zugleich hatte sie, wie sie selbst wußte, nichts von Charles' Charme, von seiner aufgeschlossenen, heiteren Art, die so sehr der ihres Vaters ähnelte; sie war schüchtern, sogar ein wenig gehemmt und ähnelte dadurch sehr viel stärker ihrer Mutter.

Giles lächelte. «Doch, du bist es. Für mich bist du vollkommen. Sexy und klug und hübsch und absolut vollkommen.» Er beugte sich vor und küßte ihren flachen Bauch, wanderte mit seinem Gesicht nach unten, küßte ihre Oberschenkel, vergrub sein Gesicht in ihrem Schamhaar und küßte sie auch dort.«Du schmeckst wunderbar. Der Geschmack der Liebe.»

«O Gott», sagte Florence. «O Gott, Giles, was sollen wir nur tun?»

«Was willst *du* tun, Florence? Es ist deine Entscheidung. Ich bin hier. Ich warte. Ich bin bereit für dich. Für mich ist es leicht.»

«Ja», sagte sie, «ja, es ist leicht für dich. Schrecklich leicht.»

Sie setzte sich plötzlich auf, nahm seinen Kopf in ihre Hände und schaute ihm tief in die Augen. «Ich denke andauernd, ich könnte es schaffen und bin mutig genug, und dann schaue ich ihn an und weiß, daß ich es nicht bin. Es ist so schwer zu verstehen.»

«Ich glaube, ich verstehe es», sagte er, «jedenfalls bemühe ich mich, es zu verstehen. Aber ich liebe dich so sehr, und ich möchte dich bei mir haben.»

«Ich weiß, ich weiß», sagte sie und starrte hinaus in den hellen, sonnigen Tag, «und ich möchte bei dir sein. Ich sehne mich so sehr danach. Aber… Himmel, es ist alles so schwierig, alles. Vor allem jetzt, wo so viel vom Krieg die Rede ist. Ich meine… o Gott, ich kann es noch nicht einmal aussprechen.»

«Ich glaube, ich weiß, was du meinst», sagte er sehr ernst. «Du brauchst es nicht zu sagen. Und ich glaube nicht, daß es schlecht ist, das zu denken.»

«Giles, natürlich ist es schlecht, aber ich kann dennoch nicht anders.»

Sie hielt inne, lehnte sich in den Kissen zurück und sah ihn prüfend an. Dann streckte sie die Hand aus und streichelte seine Wange.

«Du mußt mir ein wenig Zeit lassen, Giles. Ich brauche Zeit, um nachzudenken, um alles zu planen. Zeit, Ruhe und Frieden.»

«Frieden», sagte er, «wird schon bald ein Luxus sein.»

«Ich möchte gern, daß wir Florence und Robert ein paar Tage zu uns einladen», sagte Charles. «Was hältst du davon, Liebling?»

«Warum nicht, das wäre nett», erwiderte Grace vorsichtig. «Aber ich dachte, Florence hätte gesagt, Robert sei noch immer schrecklich beschäftigt.»

«Wir können sie ja wenigstens fragen», sagte Charles. «Ich mache mir noch immer Sorgen um Florence. Obwohl sie auf unserer Hochzeit ganz glücklich und zufrieden wirkte.»

«Ja», sagte Grace. «Ja, das stimmt. Also gut. Ich frage sie. Gib mir noch ein paar Tage.»

«Aber wozu?» fragte Charles. «Das Haus sieht wunderbar aus, du hast reichlich Personal, und ich sehe keinen Grund, die Sache hinauszuschieben. Vielleicht sollte ich sie selbst fragen.»

«Nein, nein, das ist schon in Ordnung. Es ist nur, daß ich das Gefühl habe, es könnte für sie hier ziemlich langweilig sein. Sie führen in London ein so aufregendes Leben und –»

«Ach, sei nicht albern», sagte er, «wir können ihnen ja auch einiges an Unterhaltung bieten. Hier wird eine Menge Tennis gespielt, und am Samstag geben wir eine Dinnerparty. Wir können die Frasers einladen; wir sind ihnen noch eine Einladung schuldig. Es ist wichtig, so etwas nicht allzu lange hinauszuschieben, Grace. Mutter führt über solche Dinge immer Buch – nicht nur darüber, wer wann gekommen ist und wer neben wem saß, sondern auch, wem sie eine Einladung schuldig ist.»

«Ja», sagte Grace und bemühte sich, ihrer Stimme einen gelassenen Klang zu geben, «ja, ich weiß. Sie hat es mir gesagt.»

«Also, dann ruf sie bitte an. Sie werden bestimmt alle gut miteinander auskommen.»

«Ja, bestimmt», sagte Grace. «Ich werde mich darum kümmern.» Und dann versuchte sie, da sie ihm gerade eine Freude bereitet hatte, den günstigen Moment zu nutzen, und sagte: «Charles, glaubst du, wir könnten es uns, nachdem ich Autofahren gelernt habe, leisten, ein Auto für mich zu kaufen? Ich würde mich so sehr freuen, und ich könnte dich manchmal in Shaftesbury besuchen; wir scheinen nie mehr ins Kino zu gehen und auch nicht mehr in den Pub, nichts mehr dergleichen.»

«Nun ja, schließlich haben wir jetzt unser eigenes Heim», entgegnete er und klang aufrichtig überrascht. «Was willst du damit sagen, Grace?»

«Ich will überhaupt nichts damit sagen», erwiderte sie mit fester Stimme, «nur, daß es schön wäre, wenn ich ein bißchen beweglicher und unabhängiger wäre.»

«Ehrlich gesagt, weiß ich nicht, warum das nötig sein sollte», sagte er. «Die Lebensmittelhändler liefern alle ins Haus, du hast hier reichlich zu tun, und wir gehen recht häufig aus. Ich hoffe, du willst mir nicht andeuten, daß du dich langweilst.»

«Nein, natürlich nicht», sagte Grace und versuchte, sich ihre Gereiztheit nicht anmerken zu lassen, «aber genau das ist der Punkt. Ich kann nur aus dem Dorf fort, wenn ich mit dir zusammen bin. Oder wenn ich mein Fahrrad nehme. Aber ich kann wohl kaum mit dem Fahrrad den ganzen Weg bis nach Shaftesbury fahren.»

«Ich kann mir wirklich nicht vorstellen, warum du das Dorf verlassen solltest», entgegnete Charles.

«Ich möchte es gern, weil ich mich manchmal ein wenig einsam fühle», sagte Grace. «Ich habe hier nicht viele Freunde, Charles. Ich ... nun, manchmal vermisse ich sogar meinen Job.»

«Ich muß sagen», sagte Charles, und sein Gesicht verfinsterte sich, «das kommt mir ein wenig beleidigend vor, daß es dir nicht als ausreichend erscheint, dich um unser Heim und um mich zu kümmern.»

«Charles, sei nicht albern», sagte Grace. «Natürlich sorge ich sehr gern für dich. Aber es ist für mich hier manchmal ein wenig einsam. Das mußt du einsehen.»

«Nein, eigentlich nicht», sagte Charles, «um so mehr müßte es dich doch freuen, wenn hier ein paar Leute zu Besuch kommen.»

«Ja, natürlich, du hast recht», sagte Grace, die es vermeiden wollte, ihn noch mehr zu reizen. «Es tut mir leid, Charles, ich hatte nicht die Absicht, dich zu kränken. Aber» – sie wagte trotz allem noch einmal den Versuch – «ich würde dennoch gern ein Auto zur Verfügung haben. Stell dir nur einmal vor, daß irgendein Unglück passiert.»

«Na gut, meinetwegen», sagte er. Er ließ sich durch eine Entschuldigung immer erstaunlich leicht besänftigen. «Vermutlich könnte ich dir noch ein paar zusätzliche Fahrstunden geben. Und danach können wir uns Gedanken über ein Auto für dich machen. Das ist eine ziemlich große Anschaffung, Grace.»

Grace war über seine letzte Bemerkung überrascht; Geldmangel war gewöhnlich das letzte, was ihn beschäftigte. Vielleicht war es der Krieg, denn in diesen Zeiten war alles auf den Krieg zurückzuführen.

Manchmal hatte sie das Gefühl, daß Charles sich langsam, aber unausweichlich in jemanden verwandelte, den sie eigentlich nicht besonders mochte. Er war niemals übermäßig einfühlsam gewesen, aber wenigstens einigermaßen fürsorglich; jetzt behandelte er sie in zunehmendem Maße mit kalter Herablassung, die sich auch in seinem Verhalten im Bett zeigte. Dadurch, daß er sie geheiratet hatte – schien er ihr zu signalisieren –, hatte er seine Pflichten erfüllt; er hatte ihr ein Heim, gesellschaftliches Ansehen und finanzielle Sicherheit verschafft, und sie sollte für ihr Glück dankbar sein. Wenn er müde war oder schlecht gelaunt, dann machte er einen nur sehr halbherzigen Versuch, sich zusammenzunehmen; wenn er allein sein oder sich nach dem Abendessen in sein Arbeitszimmer zurückziehen wollte, wenn er am Samstagmorgen eine Runde Golf oder Tennis spielen wollte, dann zog er ihre Bedürfnisse oder Pläne kaum in Betracht. Wenn er geschäftlich nach London fahren mußte, dann teilte er ihr das ohne Diskussion mit; wenn er ein Geschäftsessen hatte und nicht nach Hause kommen konnte, dann erzählte er es ihr häufig erst am Morgen des gleichen Tages. Tatsächlich, dachte Grace, als sie eines Nachmittags einen ihrer einsamen Waldspaziergänge machte, vor sich einen langen Abend, an dem sie nur das Radio zur Gesellschaft hatte, verhielt er sich die meiste Zeit so, wie er sich im Bett verhielt: gedankenlos, selbstgefällig und – Grace bemühte sich, das treffende Wort zu finden – taktlos.

Auf der anderen Seite war er die meiste Zeit noch immer sehr großzügig – sie bekam regelmäßig ausreichend Haushaltsgeld und auch eine feste Summe für neue Kleidung –, und er erzählte ihr häufig, wie stolz er auf sie sei und wie sehr er sie liebe, lobte das, was sie im Haus und im Garten bewirkt hatte, und erzählte, jedenfalls in der Öffentlichkeit, gern und häufig, daß er der glücklichste Mann in Wiltshire, wenn nicht in England sei.

«Robert ist schrecklich beschäftigt; ich sagte dir ja schon, daß ich den Eindruck hatte, er müsse augenblicklich sehr viel arbeiten», sagte Grace, die sehr erleichtert war, daß Florence und Robert die Einladung abgelehnt hatten und sie nicht das ganze Wochenende lang so tun mußte, als wüßte sie nicht, daß Florence eine Affäre, wenn nicht gar eine längere außereheliche Beziehung hatte. «Wir könnten ja Clarissa und Jack einladen», schlug Grace vor und war selbst überrascht über ihren Mut. Sie wollte Charles unbedingt beweisen, daß sie ihre Pflichten als Gastgeberin und Unterhalterin seiner Freunde keinesfalls zu vernachlässigen beabsichtigte, aber zu ihrer Überraschung erklärte Charles in ziemlich schroffem Ton, daß er das nicht für eine sehr gute Idee halte.

«Warum denn nicht, Charles? Ich dachte, du magst die beiden?»

«Ja, das tue ich auch, aber ich möchte nicht, daß sie über Nacht hierbleiben», sagte er. «Sie sind durch und durch Stadtmenschen; ich glaube, wir haben ihnen hier einfach nicht genug zu bieten.»

Da dies genau das Gegenteil von dem war, was er über den Besuch von Robert und Florence gesagt hatte, war Grace ein wenig verwirrt, aber da sie selbst eigentlich auch nicht wollte, daß die beiden kamen, beließ sie es dabei.

Während der wunderbare, warme Sommer verstrich, wurde immer offensichtlicher, daß der Krieg unvermeidlich war. Anfang August traf das Innenministerium Anordnungen für eine Verdunklungsübung, welche für die Menschenmengen, die sich am Piccadilly versammelt hatten, zu einer ziemlichen Enttäuschung geriet, denn nicht alle Lichter gingen aus und das Timing war ganz und gar nicht präzise, aber man betrachtete das Ereignis als einen wichtigen Meilenstein.

Am 24. August wurden die Reservisten einberufen, und am nächsten Tag unterschrieb Großbritannien einen förmlichen Beistandspakt mit Polen.

Es geschah am 4. September. Nicht die Kriegserklärung, das war am Tag zuvor gewesen, und nicht Chamberlains heisere Stimme im Radio, die erklärte: «Wir befinden uns nun im Kriegszustand», auch nicht die Ankündigung in der Kirche, als Grace und Charles mit Clifford und Muriel in ihrer Bank saßen und der Kirchendiener mit einem Stück Papier den Gang entlangeilte und der Pfarrer auf die Kanzel stieg und sagte: «Meine Freunde, wir sind ab heute mit Deutschland im Krieg. Ich denke, wir sollten jetzt alle nach Hause gehen. Gott segne uns.» Es war auch nicht das quälende Mittagessen, bei dem Pläne gemacht und Möglichkeiten und Gefahren erörtert wurden – Charles und Robert würden eingezogen, London evakuiert werden, in jedem Zug wurden bereits Tausende von Kindern aus London hinaustransportiert, und Florence sollte kommen und bei ihnen wohnen. Es war auch nicht der Bericht in den Neun-Uhr-

Nachrichten, daß es bereits eine Warnung vor einem Luftangriff auf die Hauptstadt gegeben hatte (wegen eines französischen Bomberflugzeugs, das sich verirrt hatte) und daß die Menschen in ihre Schutzräume gelaufen waren und mit bewundernswerter Tüchtigkeit getan hatten, was sie tun sollten. Es ging auch nicht darum, daß Mr. Larkin, der Bewohner des Dorfes, der für Vorsichtsmaßnahmen gegen Luftangriffe verantwortlich war und die Verdunklungsvorkehrungen überprüfen sollte, an die Tür von Mill House klopfte, und es war auch nicht die Stimme von Clarissa, die freudig erregt ankündigte, daß Jack am nächsten Morgen als Soldat antreten werde und sich für die Royal Air Force entschieden habe, und es ging auch nicht um die Tatsache, daß Charles sich entschlossen hatte, sich den Royal Fusiliers, dem alten Regiment seines Vaters, anzuschließen, und auch nicht darum, daß er in jener Nacht auf eine ungewöhnlich zärtliche und seltsam traurige Weise mit Grace schlief, die sie tief berührte. Für Grace begann der Krieg mit dem Anruf Muriels, die ihr mit einer vor Schmerz rauhen Stimme mitteilte, daß Clifford einen Herzanfall gehabt hatte, daß er im Krankenhaus sei und wahrscheinlich nicht überleben werde.

«Ich begleite dich», sagte Charles, «ich werde dich hinfahren. Möchtest du noch heute abend zu ihm?»

«Ja, ja, auf jeden Fall will ich hin», sagte Muriel. «Wir können im Apartment übernachten. Obwohl es dort oben sehr gefährlich sein wird. Wir müssen ihn aus London herausbekommen, Charles, wenn es möglich ist. Bei der ersten Gelegenheit. Florence ist auch dieser Meinung. Sie war schon im Krankenhaus, aber sie lassen sie nicht zu ihm.»

«Ja, natürlich müssen wir das», sagte Charles.

Sie fuhren sofort nach The Priory; als sie ankamen, war Muriel scheinbar ruhig, aber sehr blaß, und ihre Hände zitterten. Grace umarmte sie kurz und war beunruhigt über die starke nervöse Anspannung in ihrem schmächtigen Körper.

«Wo war er», fragte Charles, «als er den Herzanfall hatte? Im Büro?»

«Nein», antwortete Muriel. «Nein. Im Apartment in der Baker Street.»

«War er allein?»

«Nein», sagte Muriel, «nein, anscheinend war jemand bei ihm. Jemand, der dann den Krankenwagen rief.»

«Und wer war es? Jemand aus dem Londoner Büro?»

«Ich weiß nicht, ob die Person eine Angestellte aus dem Londoner Büro war oder nicht», sagte Muriel gereizt. «Ich kenne die Namen der Angestellten nicht.»

«Und wie hieß sie? Die Betreffende, die den Krankenwagen rief?»

«Saunders», sagte Muriel. «Mrs.» – es fiel ihr schwer, das Wort auszusprechen – «Mrs. Mary Saunders.»

«Ach so, keine Angestellte. Vermutlich war sie eine Mandantin», sagte Charles leichthin.

«Ja. Ja, vermutlich», sagte Muriel.

«Tja, ich denke, wir sollten jetzt fahren. Grace, du bleibst bitte hier.»

«Ich möchte mitkommen», sagte Grace.

«Grace, du kannst *nicht* mitkommen. In London ist es schrecklich gefährlich, du scheinst dir dessen nicht im klaren zu sein, das Bombardement kann jeden Augenblick beginnen und ebenso die Angriffe mit Giftgas. Mutter, vergiß deine Gasmaske nicht. Nein, Grace, ich möchte in jedem Fall, daß du hierbleibst. Und wofür sollte es gut sein, daß du mitkommst?»

«Es wäre hilfreich», sagte Grace. «Jedenfalls für mich selbst. Und möglicherweise auch für Muriel – ich weiß es nicht. Wenn ihr alle bombardiert oder mit Gas vergiftet werdet, dann wäre ich lieber bei euch. Und ich würde gern Clifford sehen.»

«Grace, es tut mir leid, aber das kommt überhaupt nicht in Frage», sagte Charles. «Ich möchte, daß du hierbleibst; hier ist es sicherer. Es muß auch jemand die Dinge hier im Auge behalten.»

«Welche Dinge?» sagte Grace. «Und ich habe dir doch gesagt, daß ich hier nicht bleiben möchte, auch wenn es sicherer ist. Wenn du mich nicht im Wagen mitnehmen willst, Charles, dann komme ich eben im Zug nach. Also kannst du mich auch gleich mitnehmen.»

Charles funkelte sie wütend an. Sie bekam fast Angst vor ihm. «Grace», sagte er und seine Stimme klang sehr bedrohlich, «Grace, ich wiederhole –»

Und dann schaltete Muriel sich ein. «Aber um Himmels willen, Charles», sagte sie, «wenn sie kommen möchte, dann laß sie doch kommen. Vielleicht schafft sie es sogar, sich ein wenig nützlich zu machen.»

Charles' wütendes Gesicht zu sehen entschädigte Grace für die Kränkung, die Muriel ihr zugefügt hatte. Aber sie hatte sich mittlerweile an die unverbesserliche Taktlosigkeit ihrer Schwiegermutter gewöhnt.

Sie kamen kurz nach zwei Uhr in London an; sie waren eine endlos lange Zeit in völliger Dunkelheit gefahren, ohne auch nur einen schwachen Schimmer ihrer eigenen Scheinwerfer. Sie sahen nur die weiß gestrichenen Bordsteine, die ihnen, während sie in Richtung Stadt fuhren, den Weg wiesen. Die Straßen waren kaum befahren, abgesehen von einer großen Anzahl Armeelastwagen; Grace empfand die Atmosphäre als alptraumhaft. Sie hatten fast erwartet, die Zufahrtsstraßen nach London mit Stacheldraht versperrt zu finden, Bombenexplosionen zu hören, aber abgesehen von der Dunkelheit und der ungewöhnlichen Ruhe hätte dies auch jede andere Nacht in den letzten zwanzig Jahren sein können. Sie erreichten London über Clapham, Vauxhall, Lambeth; der Palast, in tiefe Dunkelheit gehüllt, wirkte jetzt kleiner, weniger imposant.

Als sie das Spital erreichten, hielt ein Posten sie am Tor an und leuchtete mit seiner Taschenlampe kurz in den Wagen hinein.

«Mein Vater ist hier», sagte Charles. «Er ist sehr krank. In welche Richtung sollen wir fahren?»

«Dort entlang, Sir. Lassen Sie Ihren Wagen da drüben.»

«Danke», sagte Charles.

Grace stieg erleichtert aus; sie hatte den ganzen Weg auf dem Rücksitz gesessen, und ihr war ständig übel gewesen.

Muriel blickte die Fassade des Krankenhauses hinauf; in ihrem Gesicht zeigte sich nicht nur Kummer und Erschöpfung, sondern nackte Angst.

Clifford lag in einem kleinen Zimmer im ersten Stock. Sie wurden von einem Pförtner hinaufgeführt und auf dem Treppenabsatz von einer Krankenschwester begrüßt.

«Ah, Mrs. Bennett.» Die Krankenschwester kam ein paar Schritte auf sie zu. «Sie sind sicher erschöpft nach ihrer langen Reise. Wie tapfer von Ihnen, herzukommen.» Sie lächelte ihnen flüchtig zu. Grace fand sie sympathisch.

«Es kommt mir hier eigentlich sehr ruhig vor», sagte Charles. «Wir erwarteten ... tja, ich weiß nicht recht, was.»

«Tja, so geht es allen. Ich persönlich glaube, daß eine ganze Menge Hysterie im Spiel ist. Mrs. Bennett, ich kann Ihnen jedenfalls mitteilen, daß der Gesundheitszustand ihres Mannes ... nun ja ... stabil ist. Aber er ist sehr krank.»

«Ach so», sagte Muriel, nur ein Zucken ihrer Mundwinkel deutete darauf hin, daß sie sehr nervös war.

«Tja, ich kann natürlich keine Prognose stellen», sagte die Schwester, «Sie müssen morgen früh mit dem Arzt sprechen, aber ich kann Ihnen sagen, daß es ihm nicht schlechter geht als zu dem Zeitpunkt, als er eingeliefert wurde, möglicherweise sogar ein wenig besser. Das ist doch immerhin etwas.»

Muriel nickte stumm. Zwei Tränen rollten ihr die Wangen hinunter. Grace ergriff spontan ihre Hand und drückte sie; Muriel zeigte keine Reaktion.

«Kann ich ihn sehen?» fragte Muriel.

«Ja, aber nur einen Augenblick lang. Sie müssen sich darauf einstellen, daß er Sie nicht erkennt. Ich brauche Ihnen sicher nicht zu sagen, daß Sie ihn keinesfalls beunruhigen dürfen.»

«Natürlich nicht», sagte Muriel, und die Schwester geleitete sie in das Krankenzimmer.

Später saßen sie im Zimmer der Krankenschwester; sie hatte für alle Tee gekocht. Muriel schien sehr gefaßt zu sein.

«Äh ... ich glaube, eine Mrs. Saunders hat den Krankenwagen gerufen», sagte sie.

«Ja, das ist richtig. Sie hat seither ein paarmal angerufen.»

«Haben Sie ihre Telefonnummer?» fragte Muriel. «Oder eine Adresse? Damit wir uns bei ihr bedanken können.»

«Nein, tut mir leid», sagte die Schwester. «Keine Telefonnummer und auch keine Adresse.»

«Tja», sagte Charles schließlich, «vielleicht, wenn sie wieder anruft, Schwester, könnten Sie sie danach fragen. Damit wir ihr danken können. Und jetzt ... nun, wir sind alle sehr müde, und ich weiß nicht, ob es irgendeinen Sinn hat, hierzubleiben, oder ob wir jetzt in das Apartment meines Vaters in der Baker Street fahren sollten. Vielleicht können Sie uns einen Rat geben ...»

«Ich glaube wirklich, Sie sollten sich ein wenig ausruhen», sagte die Schwester. «Ich habe nicht den Eindruck, daß augenblicklich akute Lebensgefahr besteht. Mr. Bennett ist ein sehr robuster Mann, aber natürlich werden wir Sie sofort anrufen, wenn irgendeine Veränderung eintritt. Sie können morgen früh noch einmal herkommen und sich mit Dr. Mackie unterhalten, er ist der zuständige Kardiologe. Bis dahin wissen wir wahrscheinlich auch Genaueres.»

Sie brachten Muriel zu Bett; Grace machte ihr eine Tasse heiße Milch mit Whisky und trug sie zu ihr hinein. Sie lag auf dem Bett und starrte an die Decke, aber sie schien etwas entspannter zu sein.

Grace stellte das Glas Milch auf den Nachttisch, beugte sich über sie und streichelte ihre Hand. «Versuch, dir keine Sorgen zu machen», sagte sie. «Er wird bestimmt wieder gesund werden.»

«Ja», sagte Muriel, «vermutlich.» Und nach einer Pause fügte sie, offenbar mit einiger Überwindung, hinzu: «Danke, daß du gekommen bist, Grace. Ich weiß das durchaus zu schätzen.»

«Das habe ich gern getan», erwiderte Grace.

Muriels tiefe Traurigkeit berührte und überraschte sie; sie hatte in der Beziehung zwischen ihrer Schwiegermutter und ihrem Schwiegervater kaum jemals etwas anderes als eine distanzierte Höflichkeit wahrgenommen, vor allem von Seiten Muriels. Grace vermutete, daß eine langjährige Ehe schließlich solche Gefühle erzeugte, eine kaum mehr wahrnehmbare Zuneigung und eine gegenseitige Abhängigkeit, die, wenn sie gefährdet war, starke Ängste hervorrief. Sie hoffte, daß ihre eigene Ehe ein wenig mehr Substanz haben möge.

Sie war nie zuvor in dem Apartment in der Baker Street gewesen. Es war sehr elegant, im viktorianischen Stil eingerichtet, etwa so, wie nach ihrer Vorstellung ein Herrenclub eingerichtet war, mit sehr viel Mahagoni und Leder. Wenn Clifford dort krank geworden war, dann hatte die Frau, die bei ihm gewesen war, offenbar sehr sorgfältig aufgeräumt; es gab keine Spur von Unordnung, die Betten waren frisch gemacht, die ganze Wohnung in untadeligem Zustand.

Charles zeigte Grace das zweite Schlafzimmer und bat sie, Tee zu machen, während er Florence anrief. «Sie wird uns morgen früh im Krankenhaus treffen», sagte er. «Sie klang sehr bedrückt. Die arme Florence. Sie hatte ein schlimmes Jahr.»

«Ja», sagte Grace, «wirklich sehr schlimm.»

Charles sah sie prüfend an. «Das klang nicht sehr teilnahmsvoll», sagte er. «Ich weiß, daß du Florence nicht magst, Grace, aber ich wünschte, du würdest dir wenigstens ein wenig Mühe geben.»

«Ich mag Florence wirklich sehr gern», entgegnete Grace müde. «Wenn hier irgend jemand gegen irgend jemanden eine Abneigung hegt, dann ist das Florence, und zwar gegen mich. O Charles, laß uns nicht anfangen zu streiten. Ich bin so müde und so traurig. Dein Vater macht mir schreckliche Sorgen. Der Ärmste, er ist immer so freundlich.»

Und zu ihrer eigenen Überraschung brach sie in Tränen aus.

Charles setzte sich neben sie und legte seinen Arm um sie. «Liebling, wein doch nicht. Es tut mir leid. Du warst wunderbar. Ich bin so froh, daß du am Ende mitgekommen bist; es war doch richtig. Mutter scheint jetzt sehr… sehr gefaßt zu sein.»

«Ja», sagte Grace, «ja, in der Tat. Charles, was meinst du, wer Mary Saunders ist?»

«Ich hab's dir doch schon gesagt, eine Mandantin», sagte Charles leichthin. «Ich werde morgen früh herausfinden, um wen es sich handelt. Und mich bei ihr bedanken.»

«Ja», sagte Grace, «ja, natürlich.»

Sie sprach nicht aus, worüber sie auf dem ganzen Weg nach London nachgedacht hatte: daß die mysteriöse Mrs. Mary Saunders für Clifford Bennett möglicherweise mehr war als nur eine Mandantin. Sie glaubte auch, daß es dies war, was Muriel Angst machte.

Kapitel 7
Herbst 1939

Linda Lucas stand an der Sperre zum Bahnsteig und versuchte verzweifelt, ihre Tränen zurückzuhalten. Sie hatte das Gefühl, als würde ihr das Herz aus dem Leibe gerissen, aber es gelang ihr zu lächeln und mit ihrem Taschentuch den beiden mageren kleinen Gestalten nachzuwinken, die rasch von der Menge verschluckt wurden. Der ältere der beiden drehte sich um, das Gesicht angespannt in dem Bemühen, nicht zu weinen, und hielt mit vor Verzweiflung weit aufgerissenen Augen nach ihr Ausschau.

«Auf Wiedersehen, David. Sei brav. Paß auf Daniel auf. Wir werden euch bald besuchen.»

Er konnte sie nicht hören, aber er konnte sie sehen, lächeln sehen, und das munterte ihn ein wenig auf. Sie war froh, daß sie sich ihren guten Mantel angezogen und sich das Haar hübsch frisiert hatte; Jungen waren gern stolz auf ihre Mütter, selbst, wenn sie erst fünf und drei Jahre alt waren. Und sie wollten so sein wie ihre Väter.

«Ich werde nicht weinen», hatte der kleine Daniel gesagt, als er an jenem Morgen beim Frühstück auf den Knien seines Vaters saß, «du weinst doch auch nicht, Dad, oder? Nur Mädchen weinen.»

«Weißt du», hatte Ben Lucas geantwortet, dessen braune Augen so sehr denen seines Sohnes ähnelten. Er hatte den Jungen zärtlich und nachdenklich angesehen, «ich habe auch schon geweint. Ich habe geweint, als mein eigener Dad starb. Wenn man weint, braucht man sich nicht zu schämen. Nicht, wenn es wirklich wichtig ist. Jetzt muß ich aber gehen. Ihr macht ein bißchen Ferien auf dem Lande, und wir sehen euch dann an Weihnachten.»

«Klingt so, als dauerte das noch ziemlich lange», hatte David gesagt und mißmutig seinen Teller mit ungegessenem Toastbrot von sich gestoßen.

«Eigentlich nicht. Die Zeit wird sehr schnell vergehen. Und ihr werdet bestimmt viel Spaß haben. Und eine Menge zu erzählen. Auf Wiedersehen, Daniel, gib mir einen Kuß. Und du auch, David.»

Ben war rasch davongegangen und hatte sich beim Gehen die Nase geschneuzt. Es war Bens Zärtlichkeit gewesen, in die Linda sich anfangs verliebt hatte. Er war ein sanfter und liebevoller Mann. Linda erinnerte sich gern an jenen Tanzabend, an dem sie ihn kennengelernt hatte. Eigentlich hatte sie es damals auf einen anderen Jungen abgesehen gehabt, der hatte sie aber schmählich im Stich gelassen. Und so hatte sie eingewilligt, als Ben Lucas sie zum Tanzen aufforderte. Es war nicht ganz einfach gewesen, da er mindestens fünfundzwanzig Zentimeter größer war als sie, und er hatte sie gleich recht eng an sich gezogen, da ein Walzer gespielt wurde und die Tanzfläche überfüllt war. Danach hatten sie sich an einen Tisch gesetzt und geplaudert.

«Ich arbeite für eine Versicherungsgesellschaft. Als Buchhalter. Aber ich wollte eigentlich gern Lehrer werden», hatte er ihr erzählt.

«Und warum bist du es nicht geworden?»

«Weil ich die Schule verlassen mußte. Mein Vater ist schwer krank, Tuberkulose. Ich muß ihn und meine Mutter finanziell unterstützen.»

Seine Stimme hatte sehr liebevoll geklungen, nicht im geringsten ärgerlich. Das hatte ihr gefallen.

Drei Wochen später hatte er ihr gesagt, daß er sie liebe. Und kurz darauf hatten sie geheiratet.

«Ich weiß, daß er anders ist», hatte sie zu all ihren Freundinnen gesagt, die überrascht und sogar schockiert gewesen waren über diese Verbindung: die lebenslustige, kapriziöse Linda und dieser ruhige, schüchterne, noch nicht einmal gutaussehende junge Mann. «Anders und wunderbar. Ich möchte gern mit ihm zusammensein. Immer.»

Als sie zum ersten Mal zusammen geschlafen hatten, war es wunderbar gewesen, und zwar fast sofort, und schöner, als sie es sich in ihren kühnsten Träumen vorgestellt hatte.

Aber das Leben war nicht leicht gewesen für sie. Sie waren bei Bens Eltern eingezogen, in deren kleines Haus. Sein Vater war an Tuberkulose erkrankt, und seine Mutter hatte sich als schrecklich schwierige, äußerst anspruchsvolle Frau entpuppt, die Linda gegenüber sehr kritisch und vor Eifersucht voller Feindseligkeit war. Anfangs hatte Linda sie gehaßt und zu Bens großem Kummer lautstark mit ihr gestritten. Erst nach dem Tod von Bens Vater begannen sie, sich vorsichtig miteinander anzufreunden.

Linda hatte es nie geschafft, jemandem auf befriedigende Weise zu erklären, warum sie Ben so sehr liebte oder warum sie zusammen so glücklich waren, denn sie hätten nicht unterschiedlicher sein können. Er war ruhig und zurückhaltend, sie dagegen laut und quicklebendig; er war nachdenklich und sie impulsiv, er war ernst und einfühlsam, sie übermütig und respektlos. Linda fühlte sich wohl, wenn sie das Haus voller Leute hatte, während Ben sich immer auf einige stille Stunden mit ihr allein freute. Aber beide liebten ihre Söhne über alles, ertrugen geduldig Bens Mutter und waren einander von ganzem Herzen zugetan. Diese einfache Tatsache wog schwerer als die beträchtlichen Probleme, mit denen sie zu kämpfen hatten – finanzielle Schwierigkeiten, beengte Wohnverhältnisse und häufig unvereinbare Bedürfnisse. Ihr Zusammenleben war immer wieder beglückend.

Und jetzt wurden sie voneinander getrennt, und das war schwieriger und schmerzlicher als alle Probleme, die sie jemals zuvor gehabt hatten.

«Hör auf zu weinen», sagte David. «Hör auf, Daniel, oder die Dame kommt zurück und wird wieder sauer.»

«Kann ich nicht», sagte Daniel. «Ich will zu Mama. Ich will meine Mama.»

«Tja, du kannst deine Mama nicht haben. Sie ist in London. Und da ist es gefährlich; die Stadt wird bombardiert», fügte David hinzu. Er hatte beabsichtigt, Daniel Mut zu machen, aber die Absicht schlug fehl; Daniel begann, noch lauter zu weinen.

«Sei still», sagte David. «Sie kommt.»

Sie kam tatsächlich; man hörte Schritte auf der Treppe zum Dachboden, und das Gesicht der Frau tauchte auf: erschöpft, gereizt und gerötet von der Anstrengung.

«Was ist denn das für ein Lärm hier? Ich habe euch doch gesagt, daß ihr schlafen sollt!»

«Ja, Miss. Tut mir leid, Miss. Mein Bruder hat ein bißchen Heimweh, Miss.»

«Tja, mag sein, aber es würde ihm nicht guttun, wenn er zuhause wäre, oder? Bei den vielen Bomben. Ihr habt Glück, daß ihr hiersein könnt. Jetzt seid still, alle beide. Oder ich muß meinen Mann wekken, damit er hier nach dem Rechten schaut.»

«Ja, Miss.»

Als sie gegangen war, streckte David den Arm aus und ergriff die Hand seines kleinen Bruders. «Paß auf, es wird noch ganz schön», sagte er. «Jetzt hör auf zu weinen. Es ist lustig auf dem Land. Alle sagen das.»

«Aber ich mag es hier nicht», erwiderte Daniel. Er war jetzt ruhiger, vom Weinen erschöpft. Er schlief ein, während er Davids Hand hielt. David schlief nicht ein; er lag in seinem Bett, schaute in die Abenddämmerung hinaus und versuchte, tapfer zu sein und daran zu denken, daß er der ältere von ihnen beiden war und mit seinen fünf Jahren dem anderen ein Vorbild sein mußte. Er bemühte sich, nicht daran zu denken, wie er seine Mutter an der King's Cross Station verlassen mußte, wie er sie verzweifelt umarmt hatte, nicht fähig war, sich von ihr loszureißen, von ihrer Wärme, dem sicheren, vertrauten Geruch, der von ihr ausging, und wie er dann zur Seite treten mußte, damit Daniel sie küssen konnte, und zusah, wie sie ihn an sich drückte und versuchte, nicht zu weinen. Sie hatte so hübsch ausgesehen in ihrem blaßblauen Mantel, sehr viel hübscher als all die anderen Mütter. Und dann kam die dicke Dame mit der Baskenmütze, diejenige, die zuvor ihre Namen in dem Buch abgehakt hatte, und gab jedem von ihnen eine Tragtasche und sagte: «So, jetzt kommen alle Kinder hinter mir her», und Mutter sagte: «Sei tapfer, David, sei ein tapferer Junge», und er schluckte den Kloß in seinem Hals runter, weil er wollte, daß seine Mutter stolz auf ihn war, und hielt Daniels Hand ganz fest. Dann gingen sie in einer Gruppe anderer Kinder davon; alle hatten ein Schild mit ihrem Namen an der Brust und ihren Rucksack und ihre Gasmaske auf dem Rücken. Schließlich hatte er sich umgewandt, als man sie in den Zug einsteigen ließ, der sie zu diesem weit entfernten Ort bringen sollte, und er konnte seine Mutter unter den Menschen, die sich da gegen die eisernen Pforten drückten, kaum noch erkennen, aber wenigstens sah er ihren blaßblauen Arm winken, dann wurde er in einen Waggon geschoben, wobei er Daniels Hand noch immer fest umklammert hielt, und als er sich umdrehte, waren alle Plätze am Fenster besetzt, und er konnte seine Mutter nicht mehr sehen.

Sie waren den ganzen Tag gereist, zunächst im Zug und dann im Bus, und schließlich hatten sie alle in dieser Halle gewartet, bis sie von ihren Pflegemüttern, wie sie genannt wurden, ausgewählt und in ihr neues Zuhause gebracht wurden. Einige der Frauen hatten ganz nett ausgesehen, aber ihre Pflegemutter hatte ein böses, ernstes, dickes Gesicht. David wußte, daß sie in einer Hinsicht Glück gehabt hatten: Sie waren nicht getrennt worden. Zwei andere Jungen waren gewaltsam auseinandergerissen und in entgegengesetzte Richtungen geschickt worden; beide hatten bitterlich geweint. Die Dame, die Daniel und David aufnahm, ihr Name war Mrs. Harris, brachte sie zu ihrer Unterkunft; es war ein kleines, ziemlich schmutziges Cottage am Ende einer Straße. Sie zeigte ihnen, wo die Toilette war und ihr Zimmer, ein Kämmerchen auf dem Dachboden mit Matratzen auf dem Fußboden, und erklärte ihnen, daß man von ihnen erwarte, daß sie für ihren Unterhalt arbeiteten. David wollte deshalb nicht mit ihr streiten, aber er wußte, daß sie jede Woche sieben Pfund und sechs Schilling für jeden von ihnen bekam, er hatte gehört, wie sein Dad das gesagt hatte, und er erwiderte tapfer, daß David erst drei sei, zu klein, um zu arbeiten, und sie sagte, jedenfalls nicht zu klein, um ein bißchen im Haus zu helfen. «Ihr könnt euch auch im Garten nützlich machen. Mein Mann arbeitet auf der Farm, da gibt es auch immer sehr viel zu tun.»

Sie hatte auch die beiden Geldstücke an sich genommen, die ihr Vater ihnen an jenem Morgen gegeben hatte, «für den Notfall». David versuchte, ihr das zu erklären, aber sie sagte, sie brauche das Geld für all die besonderen Anschaffungen, die sie habe machen müssen. Das war sehr schwierig zu akzeptieren, und noch schwieriger wurde es, als sie Daniels Nuckeltuch fortnahm, die alte Serviette, die er brauchte, um einzuschlafen. Sie sagte, sie sei schmutzig und sie würde so etwas in ihrem Haus nicht dulden. Jedenfalls hatte sie nicht die beiden kleinen abgegriffenen Teddybären gefunden, die ihre Mutter ihnen ganz unten in ihre Rucksäcke gesteckt hatte, sonst hätte sie sie ihnen wahrscheinlich auch noch fortgenommen.

Und dann hatte sie ihnen ihr, wie sie es nannte, Abendessen vorgesetzt, ein paar Scheiben Brot und Marmelade und einen Becher Tee, und sie dann ins Bett geschickt. Es war erst kurz nach fünf Uhr nachmittags gewesen...

Charles war fort; er war in Sandhurst, wo er seine Grundausbildung bei der Armee absolvierte. Er würde zwei oder drei Monate dort verbringen, bevor man ihn zu seinem Bataillon schickte. Er hatte sich den Royal Wiltshires als Leutnant angeschlossen, und man hatte ihm versichert, daß er innerhalb weniger Monate zum Hauptmann, möglicherweise sogar zum Major befördert werden würde.

Grace war sehr traurig, aber zugleich schrecklich stolz auf ihn: Er hatte keinen Tag lang gezögert, jedenfalls nachdem für Clifford keine unmittelbare Lebensgefahr mehr bestand. Am Abend bevor er ging, hatte sie im Bett eine Weile lang in seinen Armen geweint und sich, nachdem er mit ihr geschlafen hatte, an ihn geklammert, um irgend etwas zu haben, an das sie sich erinnern konnte, und hatte ihm dann am nächsten Morgen tapfer nachgewinkt. Danach ging sie wieder ins Haus zurück und wanderte unglücklich hin und her, aber das hatte nicht nur damit zu tun, daß Charles jetzt fortgegangen war.

Es war inzwischen Mitte Oktober; Clifford war zuhause, in einem Krankenzimmer, das Muriel im Erdgeschoß eingerichtet hatte. Sie hatte eine Krankenschwester eingestellt, die ihn pflegte. Er war noch immer sehr schwach, erholte sich aber zusehends. Grace hielt sich lange und häufig dort auf, las ihm vor, plante mit seiner Hilfe Verschönerungen des Gartens oder saß einfach bei ihm und nähte, während er Radio hörte. Er liebte die Musik ebensosehr wie sie, und sie wählte gern im dritten Programm klassische Konzerte aus, von denen sie wußte, daß sie sie beide genießen würden, oder sie machte für sie beide sehr liebevoll ein Tablett mit Tee und Keksen und einer kleinen Blumenvase zurecht, als wenn es etwas zu feiern gäbe. Dies schien Muriel ganz und gar nicht zu gefallen, aber keiner von beiden kümmerte sich darum.

Charles hatte den Morgen nach ihrer Ankunft im Londoner Büro verbracht und unter anderem versucht, mit der mysteriösen Mary Saunders Kontakt aufzunehmen, hatte die Akten der Firma durchgesehen, jedoch, wie er seiner Mutter später erzählte, nichts gefunden. «Die Schwester im Krankenhaus wird es für uns herausfinden.»

Wer Mary Saunders war, blieb allerdings weiterhin unklar, denn auch die Schwester fand nichts über sie heraus. «Ein Rätsel», sagte Charles zu Muriel, «aber offensichtlich hatte sie beruflich mit ihm zu tun; vielleicht war sie eine Schreibkraft oder dergleichen.»

Er sah sehr viel weniger zuversichtlich und heiter aus, als er klang; Muriel akzeptierte die Erklärung, aber Grace nicht.

«Charles», sagte sie an jenem Abend, nachdem Muriel ins Bett gegangen war. «Was meinst du, wer ist diese Mary Saunders? Du glaubst doch nicht… daß sie… möglicherweise…» Ihre Stimme verebbte.

Charles funkelte sie wütend an. «*Was* glaube ich nicht?» fragte er gereizt. «Worauf willst du hinaus, Grace?»

«Ach nichts», sagte sie rasch.

«Doch.»

«Nun ja, ich habe mich nur gefragt, ob sie… nun ja, ob sie vielleicht…»

«Wenn du anzudeuten versuchst, daß zwischen meinem Vater

und dieser Frau irgendeine fragwürdige Beziehung besteht, Grace, dann möchte ich dich sehr ernsthaft bitten, von solchen Gedanken Abstand zu nehmen.»

Sie hatte ihn noch nie so wütend gesehen; er flößte ihr geradezu Angst ein. «Nein, natürlich nicht», stammelte sie, «natürlich nicht.»

«Gut. Denn ich würde es nicht nur für außerordentlich geschmacklos halten, daß du so etwas über meinen Vater denkst, sondern es würde auch meine Mutter sehr traurig machen.»

«Charles, es ist ja schon gut», sagte Grace. «Laß uns die ganze Sache vergessen. Es tut mir leid, wenn du das gedacht hast. Ich meine, wenn du dachtest, daß ich es gedacht hätte.»

«Du redest Unsinn», erklärte Charles. «Ich möchte, daß wir dieses Gespräch jetzt beenden.»

«Ja, natürlich», sagte Grace.

Aber ihr Verdacht wurde dadurch nicht entkräftet.

Robert hatte sich nicht freiwillig zum Dienst in der Armee gemeldet; natürlich werde er gehen, wenn man ihn einziehen wolle, aber bis dahin, so sagte er zu Muriel, wolle er weiter in London arbeiten. Florence sei noch immer ein wenig angegriffen; er wolle sie nicht allein lassen, habe schrecklich viel Arbeit, und es bedürfe schließlich auch einer ganzen Menge Mut, in der Hauptstadt zu bleiben.

Grace amüsierte sich insgeheim ein wenig darüber; wenn Florence noch immer ihre Affäre hatte, dann wünschte sie sich gewiß nichts sehnlicher, als daß Robert weit fort wäre.

Nachdem ihr Vater wieder zuhause war, kam Florence für einige Tage zu Besuch; Muriel sagte, sie wünsche sich, daß Florence ständig bei ihnen wohne, denn in London sei es zu gefährlich. Es schien aber in Wirklichkeit gar nicht gefährlich zu sein; die Menschen machten sich über ihre eigene anfängliche Ängstlichkeit lustig, da die Bomben und die Gasangriffe ausblieben und die Vorschriften täglich lächerlicher erschienen.

Kinos, die geschlossen worden waren, begannen, wieder zu öffnen; Abdeckfolien wurden für die Scheinwerfer von Autos ausgegeben, und der Gebrauch von Taschenlampen wurde offiziell erlaubt, vorausgesetzt, ihre Lichter wurden mit zwei Schichten Seidenpapier bedeckt.

Florence sah besser aus als je zuvor, dachte Grace, nicht mehr so mager, aber sie war noch immer sehr nervös und schrak jedesmal, wenn das Telefon klingelte, heftig zusammen.

«Was willst du machen», fragte Grace sie, «wenn Robert eingezogen wird? Bei deiner Mutter wohnen?»

«Ich weiß es nicht», antwortete Florence vage. «Vielleicht bleibe ich in London. Ich möchte gern fürs Rote Kreuz arbeiten. Eine meiner Freundinnen sagte, sie sei sicher, daß sie mich gern beschäftigen würden.»

«Florence, du bleibst keinesfalls allein in London», befahl Muriel mit strenger Stimme. «Ich hätte dann keinen Augenblick mehr Ruhe. Du kannst sicher auch hier unten für das Rote Kreuz arbeiten, wenn du dich nützlich machen willst.»

«Mutter, ich weiß wirklich nicht, was ich tun werde», entgegnete Florence. «Clarissa sagte, ich könnte bei ihr wohnen, wenn ich wollte, ich brauche also nicht allein zu sein.»

«Und das ist genauso ein Blödsinn», entgegnete Muriel. «Ihr werdet nicht bloß deshalb sicherer sein, weil ihr beiden zu zweit seid. Was hat Clarissa denn überhaupt vor? Ich dachte, sie würde auch zu ihrer Mutter ziehen.»

«Sie redet davon, Marinehelferin zu werden», sagte Florence, «aber Jack ist wohl dagegen.»

«Das überrascht mich nicht», erklärte Muriel, «obwohl ich mir nicht vorstellen kann, daß das Clarissa davon abhalten wird.» Wie immer, wenn sie über Clarissa redete, bekam ihre Stimme einen weicheren Klang.

«Was *ich* gerne tun würde», sagte Grace, die sich ein wenig ausgeschlossen fühlte, «ist, ein paar von den evakuierten Kindern aufzunehmen.»

Es folgte ein Schweigen. Dann sagte Muriel: «Was für eine gräßliche Vorstellung.»

«Warum?» entgegnete Grace. «In unserem Haus ist eine Menge Platz, und es gibt so viele Kinder, die ein Zuhause brauchen. Die armen Kleinen», fügte sie hinzu. «Sie sahen so verloren aus. Ich habe neulich eine ganze Busladung ankommen sehen; einige von ihnen waren wirklich winzig, klammerten sich an ihre Brüder oder Schwestern und versuchten, nicht zu weinen.»

«Meine Liebe, sehr viele der Kinder kommen aus den widerwärtigsten Slums», sagte Muriel. «Ich habe gehört, daß sie fast alle Läuse haben und ins Bett machen, und Mrs. Tucker hat erzählt, daß die beiden, die ihre Tochter aufgenommen hat, ihre Notdurft einfach… nun ja… auf dem Fußboden verrichten. Auf solche Kinder können wir im Mill House wohl verzichten.»

«Nun, ich vermute, man könnte ihnen sehr leicht beibringen, die Toilette zu benutzen», sagte Grace mit fester Stimme, «und mit den Läusen würde man auch rasch fertig werden. Ich hatte nur den Eindruck, daß dies etwas ist, womit ich mich nützlich machen könnte.»

«Nun ja, möglicherweise wäre Charles damit einverstanden», sagte Muriel und sah Grace an, als hätte sie selbst Läuse, «aber ich möchte es sehr bezweifeln.»

«Ich wüßte nicht, was Charles damit zu tun haben soll», sagte Grace. «Er ist ohnehin nicht da.»

«Natürlich hat Charles etwas damit zu tun», entgegnete Muriel. «Es ist sein Haus, in das du diese Geschöpfe bringst. Und wenn er Urlaub hat und heimkommt, dann möchte er seine Ruhe haben. Er würde nicht begeistert sein, sein Haus in ein Kinderheim verwandelt zu sehen.»

Grace schwieg. Aber am nächsten Tag rief sie im Rathaus in Shaftesbury an und fragte nach den Einzelheiten des Evakuierungsplanes.

Nach sechs Wochen in Sandhurst kam Charles auf einen zweitägigen Urlaub nach Hause; er sah müde und ein wenig schmal aus, aber er war guter Laune und hatte eine Menge lustiger Geschichten über sein neues Leben zu erzählen.

«Eigentlich gefällt es mir», sagte er zu Grace, während sie beim Abendessen saßen. «Wunderbarer Kameradschaftsgeist, weißt du. Fast wünschte ich mir, ich hätte bei der Armee Karriere gemacht.»

«Um Himmels willen», sagte Grace.

«Ich sehe mich im Rang eines Generalmajors. Wie würde dir das gefallen, Schatz? Die Lady des Regiments zu sein. Nein, das ist nicht richtig, das klingt so, als wärst du das Flittchen der Kompanie.»

Er war ziemlich betrunken; wahrscheinlich hätte er etwas so Ordinäres nicht gesagt, wenn er nüchtern gewesen wäre. Er hatte während des Abendessens bereits mehr als eine Flasche Rotwein getrunken, davor zwei sehr große Gin Tonics. Er ergriff ihre Hand und führte sie an seine Lippen. «Du hast mir gefehlt», sagte er. «Du hast mir wirklich gefehlt.»

«Du hast mir auch gefehlt», sagte Grace der Wahrheit entsprechend.

«Komm, Liebling, wir trinken jetzt eine Tasse Kaffee, und dann gehen wir früh ins Bett.»

«Ja. Ja, natürlich.»

In der Küche stieß sie unwillkürlich einen leisen Seufzer aus; der Sex mit Charles war, wenn er getrunken hatte, sogar noch langweiliger als sonst. Wenn er noch ein paar Gläser Brandy trinken würde, dann könnte er möglicherweise einfach einschlafen... Sie verdrängte, schockiert über sich selbst, diesen Gedanken sofort. Ihr Mann war sechs Wochen lang nicht zuhause gewesen, und nun verweigerte sie ihm seine ehelichen Rechte. Was für eine Ehefrau war sie?

Wie sie bereits befürchtet hatte, war der Sex in jener Nacht mechanischer und gefühlloser denn je. Sie begann, sich deswegen Sorgen zu machen, zu befürchten, daß sie Charles keine Lust mehr bereitete; sie versuchte sogar, das Thema zur Sprache zu bringen, aber er brachte sie davon ab, erklärte, daß es nicht ihre Aufgabe sei, in dieser Hinsicht etwas zu tun, daß dies sein ureigenster Bereich wäre und daß alles in Ordnung sei. Danach wälzte er sich zur Seite und schlief ein. Wenn sie unter ihm lag, fühlte sie sich mehr und mehr wie ein gut abgerichtetes Tier, das tat, was sein Herr ihm befahl.

«Ich frage mich», sagte sie und lächelte Charles über den Frühstückstisch hinweg an, «ob du nicht Lust hättest, deine Eltern zum Mittagessen zu uns einzuladen. Ich habe ein großes Stück Rindfleisch, und ich vermute, dein Vater würde gern davon probieren und auch gern mal wieder zu uns herauskommen. Inzwischen ist er ja wieder gesund genug.»

«Warum nicht?» sagte er und lächelte zurück. Er schien anzunehmen, daß sie in der gestrigen Nacht vollkommen glücklich gewesen war. «Ich hab einen ziemlich schweren Kopf heute morgen. Ich werde vielleicht einen Spaziergang machen. Willst du mitkommen, Liebling?»

«Nein, ich glaube, ich bleibe lieber hier und bereite das Mittagessen vor», sagte Grace. «Sonst wäre ich gern mitgekommen; ich gehe so gern spazieren. Wobei mir gerade einfällt, Charles, ich hätte gern einen Hund. Ich würde mich dann weniger einsam fühlen. Und sicherer», fügte sie hinzu.

«Gute Idee. Nur besorg dir bitte etwas Anständiges, einen Labrador oder dergleichen. Es hat keinen Sinn, sich irgendeinen Straßenköter anzuschaffen.» Was er damit andeuten wollte, war offensichtlich: daß sie imstande war, sich irgendeinen häßlichen Mischling zu holen, der nicht seinen aristokratischen Vorstellungen entsprach. «Ich werde meine Mutter bitten, dir beim Auswählen zu helfen.»

«Ja, in Ordnung», sagte Grace. Sie hätte gern einen Cockerspaniel gehabt, sie wollte keinesfalls einen Hund, den Muriel als passend betrachten würde, aber sie war über sein Einverständnis so erleichtert, daß sie ihm nicht widersprach. «Ich werde heute mit ihr darüber reden.»

«Grace möchte einen Hund haben, Mutter», sagte Charles beim Essen. Das Rindfleisch war ein wenig zu stark durchgebraten, und Grace fürchtete, daß er das bemängeln würde. «Ich habe gesagt, du würdest ihr helfen, einen auszusuchen. Ich meine, wenn es dir nichts ausmacht.»

«Natürlich», sagte Muriel. «Gute Idee. Am besten nimmst du einen Labrador, Grace, einen schwarzen, wie Marcus. Joan Durrants Hündin ist ein herrliches Tier. Sie hat gerade geworfen; wir könnten also in dieser Woche mal rübergehen und uns die Welpen anschauen. Ich werde mit ihr reden.»

«Ich hätte eigentlich lieber einen langhaarigen Hund», entgegnete Grace und bemühte sich, eher selbstbewußt als trotzig zu klingen. «Ich dachte an einen Spaniel oder einen Setter.»

«Solche Hunde bleiben ewig im Dickicht hängen und sind andauernd schmutzig. Setter sind dumme Geschöpfe, die ständig herumstreunen. Nein, du bekommst einen von Joans Welpen. Ideal für deine Zwecke, und Charles mag sie auch gern», entgegnete Muriel.

«Aber –»

«Grace, mein Schatz, wenn es irgend etwas gibt, worüber Mutter Bescheid weiß, dann sind es Hunde», schaltete Charles sich ein. «Ich möchte, daß du dich von ihr beraten läßt. Joans Welpen sind immer kerngesund. Niemals irgendwelche Hüftprobleme oder dergleichen.»

«Aber ich mag schwarze Labradors eigentlich nicht besonders», sagte Grace in dem verzweifelten Bemühen, sich doch noch durchzusetzen. «Ich hätte wenigstens gern einen sandfarbenen, wenn es schon –»

«Grace, mein Schatz, es wird auch mein Hund sein», unterbrach sie Charles in einem Tonfall, der das Gespräch endgültig beendete.

Grace erzählte Clifford beiläufig, daß sie daran denke, nach London zu fahren, um einige Einkäufe zu machen, und fragte ihn, ob es irgend etwas gebe, was sie dort für ihn besorgen könnte. Sie hatte mit der Frage nichts Besonderes beabsichtigt, aber dann fiel ihr ein, daß er möglicherweise eine Nachricht an die mysteriöse Mary Saunders übermitteln oder einen Brief an sie schicken wollte.

Sie hatte recht: Clifford sah sie einen Augenblick an und sagte dann: «Nett von dir, meine Liebe, aber ich habe eigentlich alles, was ich brauche. Es gibt da nur eine Sache ... ich würde dich gern um einen kleinen Gefallen bitten.»

«Ja?» sagte Grace.

«Ich habe einen Brief, den ich gern zur Post bringen würde. Er ist an eine meiner Mandantinnen. Wenn Muriel den Eindruck gewinnt, ich täte etwas, was ... nun, was irgendwie entfernt mit Arbeit zu tun hat, dann würde sie mich sofort im wahrsten Sinne des Wortes hinter Schloß und Riegel setzen. Ob ich –» er zögerte «ob ich dich wohl bitten dürfte, das für mich zu tun?»

«Ja, natürlich», sagte Grace und lächelte ihn an. «Das ist überhaupt kein Problem. Möchtest du ihn mir jetzt geben?»

«Ja, gern. Wenn es dir recht ist. Aber bitte kein Wort davon zu Muriel.»

«Natürlich nicht», sagte Grace. «Und Clifford, wenn du ... nun ja, wenn du dringende Briefe erwartest, dann kannst du sie auch an unsere Adresse hier schicken lassen. Das wäre völlig in Ordnung.»

«Reizend von dir, meine Liebe. Ich möchte dich damit lieber nicht behelligen, aber vielleicht in einem dringenden Fall ... vielen Dank jedenfalls. Also ... hier ist er. Ganz korrekt mit einer Briefmarke versehen, wie du siehst.»

Er gab ihr den Brief; wie sie erwartet hatte, war er an Mrs. Mary Saunders adressiert. Sie wohnte in Hammersmith.

Sie war ziemlich sicher, daß die Beziehung zu dieser Frau über das rein Geschäftliche hinausging, aber wenn das die Version war, mit der Clifford sich wohl fühlte, dann hatte sie nicht die Absicht, ihn in Verlegenheit zu bringen. Ihm zu erlauben, sie als Postbotin einzusetzen, erschien ihr als eine kleine Entschädigung für die Freundlichkeit, die er ihr gegenüber gezeigt hatte.

Charles bekam über Weihnachten eine Woche Urlaub; danach sollte er nach Frankreich versetzt werden. Er hatte versprochen, am Tag vor dem Weihnachtsabend zuhause zu sein, aber er rief am selben Morgen an und sagte, daß er noch einen weiteren Tag lang bleiben müsse. «Ich bin so schnell wie möglich wieder bei dir, Schatz.»

«Aber Charles», sagte Grace leicht gereizt, «das sind fast zwei zusätzliche Tage.»

«Grace, es ist Krieg. Ich versichere dir, ich bin genauso enttäuscht wie du.»

Sie freute sich auf dieses Weihnachtsfest. Muriel hatte Florence und Robert überredet, zu kommen, und hatte auch – Grace vermutete, auf Cliffords Vorschlag hin – ihre Eltern am ersten Weihnachtstag zum Essen eingeladen. Selbst wenn sich Spannungen ergeben sollten, würde sie sich doch wenigstens keine Sorgen machen müssen, daß sie allein wären.

Sie war gerade dabei, den kleinen Baum zu schmücken, den sie eine Woche vor Weihnachten gekauft und im Flur aufgestellt hatte, als das Telefon klingelte. Janet, das Hausmädchen, kam und sagte ihr, es sei Mrs. Grieg.

«Wer? Hallo? Oh, Florence!» sagte Grace überrascht.

Florence hatte sie noch nie angerufen und auch nie den geringsten Versuch gemacht, ihre kühle Reserviertheit abzulegen.

«Hallo, Grace, wie geht's dir?»

«Gut. Wirklich gut, Florence. Und dir?»

«Auch gut, danke.» Ihre Stimme klang ein wenig verlegen. «Schau mal, Grace, ich habe mich gefragt, ob ich… nun, ob ich dich um einen Gefallen bitten dürfte.»

«Ja, warum nicht?» sagte Grace vorsichtig.

«Könnte ich für ein paar Tage nach Weihnachten bei euch im Mill House wohnen? Allein, denn Robert muß zurück, er ist schrecklich beschäftigt, und ich würde gern ein bißchen länger auf dem Land bleiben, aber ich glaube nicht, daß ich Mutter im Augenblick lange um mich haben könnte.»

«Oh», sagte Grace. Sie wußte nicht recht, wie sie reagieren sollte.

«Nun ja, sie redet ständig darüber, daß ich bei ihr wohnen soll, wenn Robert fort ist; es geht mir allmählich wirklich auf die Nerven. Ich dachte, wenn ich ihr sagte, ich will Charles und dich besuchen, dann würde sie es mir nicht übelnehmen. Wäre das in Ordnung?»

«Ja. Ja, vermutlich», sagte Grace. Sie war über diese Bitte völlig verblüfft; die Geschichte klang so unwahrscheinlich, und Florence schien von ihrer Mutter niemals auch nur im geringsten Notiz zu nehmen. Grace konnte sich nicht vorstellen, daß Florence sich durch Muriel beeinflussen oder stören ließe. Auf der anderen Seite fiel ihr kein Grund ein, warum Florence nicht ein paar Tage lang bei ihnen wohnen sollte; wenn sie noch immer ihren Geliebten hatte, dann würde sie doch gewiß so rasch wie möglich nach London zurückkehren wollen.

«Vielen Dank. Ich komme dann am Abend des zweiten Weihnachtsfeiertages, wenn ich darf. Tja, dann auf Wiedersehen, Grace. Ich freue mich, dich wiederzusehen», fügte sie hinzu, und es war so deutlich spürbar, daß sie irgendwelche Hintergedanken hatte, daß Grace fast laut gelacht hätte.

«Ja, ich freue mich auch, Florence. Also dann bis Weihnachten.»

«Ja. Oh, übrigens, es kann sein, daß ich euch ein wenig erschrekken werde. Ich habe mir das Handgelenk verstaucht, denn ich bin gestern auf der vereisten Treppe ausgerutscht. Und auf meiner Stirn prangt ein dicker Bluterguß. So was Blödes. Auf Wiedersehen, Grace.»

«Wiedersehen, Florence. Es tut mir leid, daß –»

Aber Florence hatte schon aufgelegt. Sie schien in der Tat dazu zu neigen, irgendwelche Stufen und Treppen hinunterzustürzen, dachte Grace.

Charles kam schließlich am ersten Weihnachtstag um halb zwei Uhr nachmittags in The Priory an. Er sah ein wenig abgekämpft aus, war aber sehr gut gelaunt. Er war noch immer in Uniform und umarmte und küßte Grace ganz ungewöhnlich zärtlich, bevor er ein Geschenk nach dem anderen aus dem Kofferraum seines Wagens hervorholte. Während des Mittagessens redete er fast ununterbrochen, und danach verteilte er seine Geschenke: ein seidenes Halstuch für Grace, eines für ihre Mutter, Zigarren für ihren Vater, Parfüm für Florence und Muriel, einen Schlips für Robert und ein juristisches Sachbuch für seinen Vater.

«Charles, wie großzügig von dir», sagte Clifford und betrachtete sein Buch mit sichtlicher Freude. «Sie müssen dich ja wirklich ganz ordentlich bezahlen in der Armee. Bist du schon zum Brigadekommandeur befördert worden, mein Junge?»

«Nein, aber wenn wir nach Frankreich versetzt werden, werde ich immerhin Major», sagte Charles. «Wie findest du das, Grace, mein Schatz? Bist du nicht stolz auf mich?»

«Wahnsinnig stolz», sagte Grace. «Charles, wo hast du nur all diese schönen Sachen gekauft? Ich dachte, die Läden wären leer.»

«Oh», sagte er vage, «in London. Vor Monaten. Man hat dort für das Regiment ein Dinner gegeben.»

«Gut für das Regiment», sagte Grace und lächelte ihn an. Sie hatte ihm noch nicht gesagt, daß Florence bei ihnen wohnen würde.

Florence war während des Essens sehr still, aber sie schien guter

Dinge zu sein. Robert war ihr gegenüber äußerst aufmerksam; er schnitt ihr Essen vor und fragte sie ständig, ob ihr Handgelenk schmerzte. Der Bluterguß auf ihrer Stirn verblaßte allmählich, aber sie hatte, wie Grace bemerkte, auch noch einen zweiten Bluterguß auf ihrer Kniescheibe, die ihr offensichtlich so weh tat, daß sie humpeln mußte. Der Sturz schien sehr schlimm gewesen zu sein.

Während sie alle im Salon saßen und ihren Tee tranken, klingelte es an der Eingangstür. Clifford sah Grace an, zwinkerte ihr zu und sagte: «Ich geh schon hin.»

Dann verließ er das Zimmer, und plötzlich hörte man Lachen und ein leises Jaulen, und dann kam er wieder zur Tür herein, mit einem kleinen, zappelnden Geschöpf im Arm, das von einer Wolldecke bedeckt war.

«Also», sagte er, «dies hier ist gerade angekommen. Grace, meine Liebe, es ist für dich. *Sie* ist für dich, sollte ich vielmehr sagen, ich möchte sie nicht beleidigen. Hier ist sie, ein Ausdruck meiner Dankbarkeit für die vielen Konzerte, die du für mich im Radio gefunden hast. Fröhliche Weihnachten.»

Und dann legte er Grace ein kleines, seidiges, kupferfarbenes Geschöpf in den Arm; es zitterte ein wenig, aber als sie es zärtlich streichelte und sich lachend darüber beugte, um es auf den Kopf zu küssen, reckte es den Hals, schnupperte ein wenig und leckte ihr dann vorsichtig die Nase.

«Sie heißt Maplethorpe Bougainvillea», sagte Clifford, «aber vermutlich ziehst du einen kürzeren Namen vor.»

«Oh», sagte Grace und schaute durch einen Tränenschleier hindurch zu ihm auf. Sie hatte nicht mehr zu hoffen gewagt, daß ihr Wunsch nach einem Hund sich tatsächlich erfüllen würde. «O Clifford, sie ist wunderschön. Vielen, vielen Dank. Ich werde sie» – sie suchte krampfhaft nach etwas Taktvollem, etwas Freundlichem, das auf irgendeine Weise die Gereiztheit, die Charles zweifellos empfand, aufwog – «Charlotte nennen. Ja, genau, Charlotte, so daß sie nie ihren Herrn, den Major, vergessen wird, wenn er fort ist.»

«Du wirst viel Ärger mit ihr haben», sagte Muriel mürrisch, aber sogar ihre Gesichtszüge wurden weicher, als das kleine, zappelnde Wesen aus Graces' Armen auf den Boden glitt und auf sie zutapste. Schließlich nahm Charles, milde gestimmt durch mehrere Gläser Portwein, die kleine Hündin in die Arme und schlief dann, nachsichtig lächelnd, mit ihr auf der Brust neben dem Kamin ein.

«Was für ein schönes Weihnachtsfest», sagte Betty, als sie und Frank sich eine Stunde später die Mäntel anzogen. «Herzlichen Dank, daß du uns eingeladen hast, Muriel. Laßt uns hoffen und beten, daß im nächsten Jahr um diese Zeit der Krieg vorüber sein wird.»

Kapitel 8
Herbst 1939 – Frühling 1940

Charles war wieder fortgefahren, und Grace war sehr betrübt gewesen, als der MG am Ende der Straße verschwunden war. Er würde noch einmal nach Haus kommen, bevor er nach Frankreich versetzt wurde, aber nur für vierundzwanzig Stunden; der Krieg, der bis Weihnachten in so weiter Ferne gelegen hatte, war plötzlich zu einer schmerzlichen und erschreckenden Realität geworden.

Sie ging zurück ins Haus, rief Charlotte und setzte sich mit ihr im Arm in den großen Sessel vor das Kaminfeuer im Wohnzimmer. Sie fühlte sich sehr einsam.

«Grace! Ist alles in Ordnung?»

Es war Florence, die gerufen hatte. Ihr Gesichtsausdruck, als sie Grace sah, war besorgt und liebevoll. Grace war überrascht.

«Ja. Ja, sicher», sagte sie. Sie hatte keine Lust, mit Florence über ihre intimsten Gefühle zu reden.

«Kann ich dir etwas zu trinken holen? Eine schöne Tasse Tee, wie Maureen sagen würde? Eine Zigarette?»

«Nein. Nein, danke», sagte Grace. Sie richtete sich gerade auf und setzte Charlotte auf den Teppich, wo diese sich prompt niederhockte und eine Pfütze machte.

«Ach», meinte Florence geistesabwesend. «Solltest du es nicht vielleicht aufwischen?»

Grace holte ein Putztuch, tupfte die Pfütze trocken und versuchte, ohne großen Erfolg, den Teppich zu säubern. «Versuch's mal mit Sodawasser», schlug Florence von ihrem Platz auf dem Sofa aus vor, als das Telefon klingelte.

«Ich geh schon hin», sagte sie und sprang auf.

Nach einem kurzen Gespräch kam sie mit einem leicht verlegenen Gesichtsausdruck zurück. «Grace, wäre es dir recht, wenn ich morgen tagsüber ausginge? Das war Clarissa, anscheinend geht es ihrer Patentante nicht besonders gut, und sie bat mich, sie zu besuchen. Sie wohnt in Bath. Du weißt, wie sehr sie an ihr hängt.»

«Oh. Natürlich», sagte Grace. Plötzlich erschien ihr Florence' Besuch völlig einleuchtend; hätte sie Muriel eine solche Geschichte aufgetischt, dann hätte diese darauf bestanden, sie zu begleiten. «Ja, ich weiß. Natürlich ist es mir recht. Ich bin manchmal ganz gern allein.»

«Gut. Leider kann ich mit diesem blödsinnigen Handgelenk ja nicht allein fahren, aber Mrs. Hartington, so heißt die Patentante, schickt mir ihren Chauffeur herüber. Ist das nicht reizend von ihr? Bist du sicher, daß es dir nichts ausmacht, und du meinst nicht, daß ich schrecklich unhöflich bin?»

«Nein, natürlich nicht», sagte Grace ein wenig schroff. «Nein, du mußt auf jeden Fall hinfahren. Das ist ja wirklich sehr freundlich von dir, Florence.»

Florence warf ihr einen prüfenden Blick zu, aber Grace lächelte. Sie hatte Lust, sie zu fragen, ob sie sie begleiten könne, nur, um sie ein wenig zu ängstigen.

Es gab kaum einen Zweifel, daß zu dem kleinen Ausflug tatsächlich auch ein Besuch bei der Patentante gehörte; ein sehr schöner hellgrauer Bentley fuhr am nächsten Morgen die Zufahrt zum Mill House hinauf, und ein uniformierter Chauffeur kam an die Tür und fragte nach Mrs. Grieg.

«Auf Wiedersehen, Grace», sagte Florence und gab ihr einen flüchtigen Kuß. «Bis heute abend.»

Sie muß sehr aufgeregt gewesen sein, dachte Grace. Florence hatte ihr noch nie zuvor einen Kuß gegeben.

Es war nach dem Fünf-Uhr-Tee, als das Telefon klingelte. Florence war am Apparat, ihre Stimme klang angespannt.

«Grace, ich bin's. Weißt du, ich bin ein bißchen in Schwierigkeiten. Bei der Verdunkelung heute abend kann der Chauffeur mich nicht zurückbringen, und natürlich fahren auch keine Busse. Also werde ich hierbleiben. Ist dir das recht?»

«Florence, natürlich ist mir das recht», sagte Grace. «Tu, was immer du tun möchtest.»

Es folgten ein paar Sekunden des Schweigens, in denen Florence offensichtlich über diesen letzten Satz nachdachte, dann sagte sie: «Ich weiß nicht, was du meinst, Grace, es geht nicht darum, was ich tun möchte. Ich kann heute abend einfach nicht zurückkommen.»

«Nein», sagte Grace. «Das hast du ja gesagt.»

Wieder folgten einige Sekunden des Schweigens, und dann sagte

Florence: «Tja, auf Wiedersehen, Grace. Bis morgen früh dann. Oh, übrigens, wenn Robert, aus welchem Grunde auch immer, anruft und mit mir reden will, könntest du es ihm dann bitte erklären? Aber er ruft bestimmt nicht an. Wiedersehen, Grace.»

Florence hatte aufgelegt, noch bevor Grace nach der Telefonnummer fragen konnte.

Sie ging in die Küche und goß sich, was ganz ungewöhnlich für sie war, einen doppelten Whisky ein. Der Gedanke daran, was Florence riskierte, ängstigte sie. Angenommen, Robert riefe doch an, angenommen, er versuchte, Mrs. Hartington zu erreichen; schließlich konnte es nicht so schwierig sein, ihre Telefonnummer herauszufinden. Clarissa wußte sie ganz bestimmt, vielleicht sogar Muriel. Und dann wäre Florence möglicherweise gar nicht da. Ob wohl Clarissas Patentante für sie eine Lüge erfinden würde? Grace fürchtete den ganzen Abend lang, daß das Telefon klingeln würde und Robert am Apparat wäre, aber glücklicherweise blieb es still.

Bis zum nächsten Morgen, als Robert tatsächlich anrief.

«Ich habe ihm gesagt, du wärest in Shaftesbury zum Einkaufen», sagte Grace schroff, als Florence endlich gegen Mittag zurückkam, nervös, verlegen und mit der Erklärung, eine liebe Freundin von Mrs. Hartington habe sie am Ende der Straße abgesetzt. «Ich weiß nicht, warum ich für dich lügen sollte, Florence, aber ich habe es getan. Also nimm bitte zur Kenntnis, was ich Robert gesagt habe, wenn du mit ihm redest.»

«Grace», sagte Florence zögernd. «Grace –»

«Sieh mal, Florence», erwiderte Grace, «es ist mir egal, was du machst. Zufällig habe ich dich einmal in London mit einem anderen Mann gesehen. Aber es ist mir nicht egal, wenn ich deinetwegen lügen muß. Und am allerwenigsten ist es mir egal, wenn du mich wie eine Idiotin behandelst. Also tu das in Zukunft bitte nicht mehr, weil ich es nicht bin.»

Es folgte ein langes Schweigen; dann sagte Florence langsam und zögernd, als wäre es außerordentlich schwierig, Worte zu finden: «Grace ... bitte ... ich glaube, ich sollte versuchen, dir zu erklären –»

«Es wäre mir lieber, wenn du das nicht tätest», sagte Grace.

«Grace», sagte Florence, und ihre Stimme klang unbeschreiblich traurig, während ihr hartes Gesicht plötzlich weich und verletzlich wirkte, «Grace, du verstehst es nicht. Du kannst es nicht verstehen.»

Noch am selben Nachmittag fuhr sie ab, ohne daß eine der beiden das Thema noch einmal zur Sprache gebracht hätte.

«Bist du sicher, daß wir richtig gehandelt haben?» fragte Ben. «Ich bin nicht sicher, ob das der Fall ist, Linda, jedenfalls nicht mehr. Es ist hier oben doch überhaupt nicht gefährlich.»

«Ja, bis wir bombardiert werden», sagte Linda. «O Ben, ich weiß es wirklich nicht. Im Augenblick scheint alles in Ordnung zu sein, gewiß. Aber wenn du erst einmal in Frankreich bist oder wo auch immer. Was ist dann?»

«Ja, sicher, ich weiß. Aber die Vorstellung, daß ihr alle drei zusammen seid, gefällt mir besser.»

«Auch wenn Bomben vom Himmel fallen?»

«Linda, sie werden nicht vom Himmel fallen. Besonders nicht, wenn ich in Frankreich bin.»

«Nein», sagte Linda, «du wirst sie höchstpersönlich zurückhalten, nicht wahr, Ben Lucas?»

Ben seufzte, stand auf, ging zum Fenster hinüber und schaute die schmale Straße hinunter, wo David und Daniel mit mehreren anderen kleinen Jungen Football spielten. «Es war schrecklich», sagte er, «als sie das erste Mal nach Hause kamen. Sie wirkten so ... verändert. Der kleine Daniel war sehr nervös und David ganz still. Jetzt endlich geht es ihnen ein bißchen besser, sie sind ein bißchen fröhlicher, und nun schicken wir sie wieder zurück.»

«Wir brauchen sie natürlich nicht zurückzuschicken», sagte Linda. «Natürlich nicht. Aber sie sahen doch gesund aus. Du hast es selbst gesagt. Daniel ist sogar sieben Zentimeter gewachsen und redet ständig von seinem Kaninchen, und sie sind beide ganz braun. Du weißt doch, wie Kinder reden, wie gern sie Geschichten erfinden und versuchen, Mitleid zu erwecken. Wenn diese Leute wirklich so schlimm sind, wie sie sagen, dann würden die beiden nicht so gut aussehen.»

«Nein», sagte Ben plötzlich, «nein, mein Entschluß steht fest. Sie bleiben hier. Sie gehören hierher. Zu uns. Ich möchte, daß du die Frau im Rathaus aufsuchst und ihr sagst, daß sie nicht zurückfahren.»

«Na gut», sagte Linda, «wenn du es so möchtest. Du bist ihr Vater. Aber wenn die Bomben auf unsere Köpfe fallen, dann mach mir bitte keine Vorwürfe.»

«Nein, bestimmt nicht», sagte Ben. Er ging zu ihr hinüber, nahm sie in die Arme und küßte sie.

Grace war gerade von einem Spaziergang mit Charlotte zurückgekehrt, als sie das Telefon klingeln hörte. Als sie die Hand nach dem Hörer ausstreckte, hörte das Klingeln auf; sie nahm ihn trotzdem ab und sprach mit Mrs. Boscombe.

«War das ein Ortsgespräch, Mrs. Boscombe?»

«Ja, meine Liebe, von Mr. Bennett. Er ist aber nicht zuhause, er ist in seinem Büro in Shaftesbury. Eigentlich sollte er ja nicht arbeiten. Soll ich Sie mit ihm verbinden?»

«Ja, bitte», sagte Grace.

«Sofort. Und wie geht es dem Major?» Charles' zweite Beförderung war bereits in aller Munde; das war Mrs. Boscombe zu verdanken.

«Es geht ihm gut, danke. Er kommt nach Hause.»

«Ja, meine Liebe, ich weiß. Am nächsten Wochenende, nicht wahr? Bevor er nach Frankreich geht. Und soweit ich verstanden habe, wird Mr. Grieg auch bald eingezogen.»

«Ja, das stimmt», sagte Grace. Manchmal dachte sie, Adolf Hitler könnte sich glücklich schätzen, wenn er eine direkte Telefonverbindung zu Mrs. Boscombe hätte. Sie schien über äußerst detaillierte Kenntnisse der Truppenbewegungen der halben britischen Armee zu verfügen.

«Clifford? Hier ist Grace.»

«Ah, Grace, ja.» Er klang ein wenig verlegen. «Einen Moment, meine Liebe, ich mache nur die Tür zu.»

Es folgte eine Pause, dann sagte er: «Tja, weißt du, es gab hier ein paar Aufregungen. Meine... nun, meine Mandantin, Mrs. Saunders, hat mich zuhause angerufen, und Muriel war... nun ja, sie war ziemlich verärgert. Also werde ich für ein paar Tage nach London fahren und in dem Apartment wohnen. Ich wollte es dir nur sagen, das ist alles.»

«O Clifford», sagte Grace. Also hatte sie recht gehabt. Offensichtlich war Mary Saunders sehr viel mehr als nur eine Mandantin. «Es tut mir so leid. Gibt es irgend etwas, was ich tun kann?»

«Nein, danke», sagte er. «Aber mach dir keine Sorgen, es wird sich mit der Zeit alles wieder beruhigen. Vielleicht könntest du Muriel in ein oder zwei Tagen mal anrufen, um zu sehen, wie es ihr geht.»

«Ja... gewiß», sagte Grace zögernd.

«Nun gut, dann sage ich dir erst einmal Lebewohl. Solltest du mal nach London kommen, dann mußt du mich natürlich besuchen.»

«Ja, natürlich», sagte Grace noch einmal. «Du wohnst in der Baker Street, nicht wahr?»

«Ja, sicher. Und noch einmal vielen Dank für dein Mitgefühl. Ich weiß es sehr zu schätzen.» Als Grace den Hörer auflegte, fühlte sie sich sehr deprimiert. Er würde ihr fehlen.

«Er geht fort!» sagte Florence. «Endlich geht er fort. Am Samstag. Ich kann es gar nicht glauben. Lädst du mich zum Abendessen ein? In ein richtig elegantes Restaurant, beispielsweise ins Ritz? Und spendierst mir literweise Champagner?»

«Nein», sagte Giles. «Bestimmt nicht.»

«Geizhals!»

«Überhaupt nicht. Ich werde dich ins Bett schleppen und dich von morgens bis abends lieben, und wir können unseren Champagner dort trinken. Klingt das nicht verlockender?»

«Überredet», sagte Florence.

«Du siehst schlimm aus», sagte er und strich ihr über das Haar. «So dünn. Dünn und blaß. Und wie in aller Welt bist du zu diesem Bluterguß an der Schulter gekommen?»

«Ich hab's dir doch erzählt. Ich bin im Badezimmer ausgerutscht.»

«Du bist verdammt unvorsichtig. Findest du nicht, daß du ein bißchen viel trinkst?»

«Möglicherweise», sagte Florence. «Wenn du in meiner Situation wärst, würdest du auch trinken.»

«Jetzt werde ich jedenfalls in der Lage sein, mich um dich zu kümmern.»

«Bis du selbst eingezogen wirst», bemerkte Florence nüchtern. «Mein Gott, ich weiß nicht, was schlimmer ist, kein Krieg und Robert zuhause oder Krieg und ihr beide weit fort.»

Kapitel 9
Frühling – Sommer 1940

Charles saß im Wohnzimmer und sah Grace an; sein Gesicht war wie versteinert. Dies war sein letzter Urlaub zuhause, bevor er nach Frankreich versetzt wurde.

«Ich kann es einfach nicht glauben», sagte er. «Ich glaube es nicht, und ich kann es nicht glauben.»

«Du brauchst es nicht zu glauben», sagte Grace. «Aber er ist fort.»

«Er hat meine Mutter verlassen?»

«Ja, er ist gegangen. Jedenfalls für den Augenblick. Ja, das ist richtig.»

«Wenn er fort ist, dann ist er fort», sagte Charles. «Ich bin sicher, daß meine Mutter es nicht zulassen wird, daß er noch einmal zurückkehrt. Und das sollte sie auch nicht. Und es ist wegen dieser Mary Saunders, hast du gesagt?»

«Ja, in gewisser Weise. Ja. Nun, offensichtlich hatte er eine Art... Affäre mit ihr. Und deine Mutter hat es herausgefunden. Ich habe das ohnehin seit einiger Zeit vermutet.»

«Warum?» Er sah sie wütend an.«Warum hast du das vermutet?»

«Weil er mit ihr zusammen war, als er den Herzanfall hatte. Ich konnte einfach nicht glauben, daß sie eine Mandantin ist. Es erschien mir einfach absurd.»

«Aha, ich verstehe», sagte Charles. «Du glaubtest also, das Recht zu haben, ein derartiges Urteil zu fällen, ja? Ich muß sagen, ich bin sehr schockiert über dich, Grace. *Sehr* schockiert.»

«Aber warum?» fragte sie verdutzt. «Solche Dinge passieren schließlich. Ich bin nicht dumm. Deine Eltern sind wohl kaum das ideale Paar, oder?»

«Und was willst du damit sagen?»

«Was ich gesagt habe. Sie kommen nicht sehr gut miteinander aus. Deine Mutter ist nicht sehr nett zu ihm.»

«Und wundert dich das?» sagte Charles. «Wenn sich solche Sachen abspielen?»

Grace schwieg. Sie wollte ihn nicht noch mehr reizen, indem sie sagte, die Dinge verhielten sich möglicherweise gerade umgekehrt.

«Mein Gott, ich bin entsetzt», sagte Charles. «Vor allem über deine Einstellung, Grace.»

«Warum? Was hat meine Einstellung damit zu tun?»

«Du scheinst auf eine sehr merkwürdige Weise für ihn Partei zu ergreifen. Ihm sein Verhalten zu verzeihen. Das hätte ich nie von dir gedacht.»

«O Charles, bitte! Das ist wirklich unfair. Ich bin einfach realistisch, das ist alles. Ich habe schon früher versucht, mit dir darüber zu reden, aber du wolltest es nicht.»

«Mag sein», sagte er. «Ich bin nicht sicher, ob ich diese Art schätze, Grace.» Er warf ihr einen kalten Blick zu. «Wie dem auch sei, wie geht es meiner Mutter? Ich muß sofort zu ihr. Die arme Frau. Wenn er nach London gegangen ist, dann werden ihnen wahrscheinlich ein paar Bomben auf den Kopf fallen. Unter den gegebenen Umständen ein sehr wünschenswerter Ausgang der Geschichte.»

«Charles!» sagte Grace.

«Es stimmt doch! Mein Gott, was für eine Demütigung für die arme Frau!»

«Ja, das ist es», sagte Grace.

Sie wollte nicht weiter darüber reden. Sie konnte verstehen, daß Charles über das Verhalten seines Vaters verärgert war. Verärgert und schockiert. Was sie nicht verstehen konnte, war die Reaktion, die er ihr gegenüber zeigte. Sie fragte sich auch, wie Charles es aufnehmen würde, daß seine Schwester eine außereheliche Beziehung hatte, und dachte ein wenig amüsiert, daß die Familie, in die sie so wenig selbstbewußt hineingeheiratet und die sie lange Zeit als so beängstigend perfekt angesehen hatte, sich in der Realität als überaus fehlerhaft erwies.

Charles kam blaß und mit verschwollenen Augen von The Priory zurück; er sah aus, als hätte er geweint. Und es war noch etwas anderes an ihm, was Grace beunruhigte, etwas Düsteres und Ruheloses.

«Ich liebe dich», sagte er in jener Nacht zu ihr, als er sich ihr in der Dunkelheit zuwandte. «Ich liebe dich sehr, Grace. Dich und nur dich. Ich möchte, daß du das nicht vergißt, niemals. Was auch immer geschieht.»

«Ich werde es nicht vergessen», sagte Grace. «Ganz bestimmt nicht.»

Überall in England wurden in diesen Tagen ähnliche Liebeserklärungen und ähnliche Versprechen abgegeben. Der Krieg hatte begonnen. In der Rückschau wunderten sich die Menschen darüber, daß sie jemals der Meinung gewesen waren, es gäbe irgend etwas, worüber sie sich zu beklagen hätten, jetzt, da die Angst von jeder Straße, jedem Haus, jeder Familie Besitz ergriffen hatte, und der Glaube und die Hoffnung aller Engländer konzentrierten sich auf Winston Churchill, der am 10. Mai Premierminister geworden war, an dem Tag, an dem Deutschland in Belgien und Holland einmarschierte. Grace saß mit Muriel vor dem Radio und lauschte, als er sagte, er habe seinen Landsleuten nichts anzubieten außer «Blut, Arbeit, Tränen und Schweiß», und sie aufforderte, um jeden Preis für den Sieg zu kämpfen, trotz aller Schrecken und wie lang und hart der Weg dorthin auch sein möge. Und trotz ihrer Furcht stimmte die Rede Grace zuversichtlich.

Sie war jetzt wirklich einsam, auf eine qualvolle Weise einsam. Clifford fehlte ihr sehr, und Muriel war wohl kaum eine Freundin, an der man sich das Herz wärmen konnte. Grace hatte sehr viel Mitleid mit ihr, fühlte sich aber in Anbetracht von Muriels stolzer Unnahbarkeit völlig hilflos. Ihre Mutter drängte sie, die Türen von Mill House zu verschließen und nach Hause zu kommen, aber sie weigerte sich hartnäckig; dies hier sei jetzt ihr Zuhause, sagte sie, und es stimmte, sie liebte ihr Heim, und im übrigen sollte sie dort sein, wenn Charles irgendwann einmal Heimaturlaub bekäme.

Die meisten der Leute, die sie und Charles zu Beginn ihrer Ehe eingeladen hatten, einige Nachbarn und seine Freunde aus Kindheitstagen und aus seinen Zeiten als Junggeselle, und die ihre Einladungen erwidert hatten, als er noch zuhause war, ignorierten Grace jetzt weitgehend. Früher hatten sie beide Einladungen zu Dinnerparties, Cocktailparties oder zu einem Tennismatch bekommen; jetzt, da sie allein war, bekam Grace gelegentlich eine Einladung zum Fünf-Uhr-Tee, aber gewöhnlich entschuldigte man sich, beteuerte, daß sie bald einmal vorbeikommen müsse, sobald Charles Heimaturlaub bekomme und man Zeit habe. Grace wußte, daß sie nicht wirklich zu ihnen gehörte, nicht in ihren Kreis paßte, beim Abendessen eine langweilige Gesprächspartnerin war und als Gast auf einer Cocktailparty fast schon ein Grund, sich zu schämen. Sie war einerseits erleichtert, weil sie viele von ihnen nicht mochte, aber zugleich war sie sehr verletzt, auch wenn sie sich bemühte, es nicht zu sein. Sie wurde ganz offensichtlich übergangen, und obwohl alle behaupteten, es würden augenblicklich kaum noch Einladungen gegeben, wußte sie doch, daß das nicht der Fall war, wenn die Feste auch bescheidener ausfielen als zuvor. Muriel fragte sie häufig in ziemlich taktloser Weise, ob sie zu diesem oder jenem Fest ginge, und sie mußte dann verneinen. Besonders unangenehm war es ihr, daß sie gelegentlich dann noch eine Einladung erhielt, eindeutig auf Muriels Betreiben hin. Gewöhnlich nahm sie diese dann an, alles war angenehmer als ein weiterer langer, unausgefüllter Tag. Es war auch nicht gerade von Vorteil, daß sie so viel jünger war als die meisten von Charles' Freunden; die Ehefrauen waren meistens in den Dreißigern, mit zwei oder drei Kindern, und hatten ganz andere Interessen. Aber Grace war vor allem deshalb eine Außenseiterin, weil sie war, wer sie war und was sie war; man war bereit gewesen, um Charles' willen Zugeständnisse zu machen, aber nicht um ihretwillen.

Muriel, die kaum jemanden an sich herankommen ließ – etwas, wofür Grace aufrichtig dankbar war –, lud sie etwa einmal in der Woche förmlich ein, mit ihr und ihren Freunden zu Mittag oder zu Abend zu essen, aber auch solche Einladungen waren keine reine Freude. Muriel war an diesen Tagen Grace gegenüber sogar noch weniger freundlich, und Grace wußte warum, denn abgesehen davon, daß sie noch immer als reichlich unpassende Ehefrau für Charles angesehen wurde, verdächtigte man sie nun, daß sie von Cliffords Affäre seit langem gewußt oder gar insgeheim diese unterstützt habe.

Grace hatte einige Anläufe gemacht, eine Beschäftigung zu finden; sie hatte angeboten, bei Wohltätigkeitsaktionen behilflich zu sein und in verschiedenen Komitees aktiv zu werden, aber die Tatsache, daß sie nicht Auto fahren konnte, war äußerst hinderlich, da die Treffen häufig in weit entfernten Dörfern stattfanden. Einige Zeit lang war sie regelmäßig zum Gottesdienst gegangen, aber nachdem sie an mehreren Sonntagen hintereinander den Gottesdienstbesuchern tapfer zugelächelt hatte und demonstrativ langsam an ihnen vorbeigegangen war, wenn sie sich vorm Portal unterhielten, doch nie ein Wort an sie gerichtet wurde, entwickelte sie sogar eine Abneigung gegen die Kirchenbesuche.

Und so kam es, daß sie die meiste Zeit allein war. Sie hatte Charlotte zur Gesellschaft und hatte ihre Hühner zu füttern und plante, sich eine Ziege anzuschaffen. Sie hatte sich ein Klavier gekauft und verbrachte viele Stunden mit dem Klavierspiel, und sie war noch immer entschlossen, einige evakuierte Kinder aufzunehmen. Die Schwierigkeit war nur, daß es jetzt keine aufzunehmen gab. Die meisten von ihnen waren nach London zurückgekehrt.

Dennoch waren die Tage endlos lang, und durch die hellen Abende, eine Folge der «Sommerzeit», kamen sie ihr noch länger vor. Sie hätte sich nur allzugern, wie Clarissa, den Marinehelferinnen angeschlossen, aber Charles hatte sich nicht erweichen lassen: Er wollte, daß sie zuhause blieb und auf ihn wartete. Sie hatte das Gefühl, daß sie ihm Gehorsam schuldete, da er für sie und sein Land sein Leben opferte.

Jetzt war er irgendwo in Frankreich, sie wußte nicht genau wo; sein Bataillon war kurz in Belgien einmarschiert, dann aber sofort zurückgeschickt worden. Sie wachte jeden Morgen auf und wußte, daß ein weiterer Tag erfüllt von lähmender Furcht und Einsamkeit vor ihr lag.

Robert war ebenfalls in Frankreich, bei den Royal Engineers. Giles, der auf einem Kriegsschiff in Dartmouth seine Ausbildung erhielt, war fünf Wochen nach ihm eingezogen worden. Er war nicht unmittelbar in Gefahr, aber es gab etwas anderes, was Florence entsetzlich ängstigte. Ihre Periode, die immer so regelmäßig kam, war ausgeblieben.

Im Apartment in der Baker Street saß Clifford und hörte sich die Berichte über die von den Deutschen belagerten, an den Stränden der Normandie gestrandeten Truppen an. Er wußte, daß sein Sohn wahrscheinlich unter den Soldaten war und daß er erst nach vielen Tagen erfahren würde, ob Charles in Sicherheit war. Er wußte auch, daß Muriel vor Kummer und Sorge gewiß das Herz schwer war und daß sie beide jetzt eigentlich zusammenhalten sollten, und er fragte sich, nicht zum ersten Mal, ob er die richtige Entscheidung getroffen hatte.

Linda Lucas war im Pub. Sie wußte, daß sie eigentlich nicht im Pub sein, sondern vielmehr mit ihrer Schwiegermutter daheim am Radio sitzen sollte, aber die Angst, daß Ben, der jetzt gewiß an den Stränden von Frankreich mit Granaten beschossen wurde, irgend etwas geschehen sein könnte, war so schlimm, daß sie sie nur mit Alkohol und in Gesellschaft anderer Menschen dämpfen konnte. Sie würde böse Vorwürfe zu hören bekommen, wenn sie nach Hause käme, aber das war ihr gleichgültig. Manchmal hatte sie Lust, auf Bens Mutter loszugehen und sie zu verprügeln, wenn diese sich ständig über die Jungen beklagte und darüber, wie wild sie waren – schließlich war es nicht ihre Schuld, daß ihre Schule geschlossen worden war und erst jetzt wieder öffnete, wobei nur die Hälfte der Lehrer noch unterrichteten, und es war, soweit sie es beurteilen konnte, auch nicht ihre Schuld, daß die Brotpreise wieder gestiegen waren, daß der Zucker rationiert wurde und die Butter demnächst auch, und gewiß war es auch nicht ihre Schuld, daß England jetzt alle seine Verbündeten verloren hatte.

«Um Himmels willen», sagte Janice, Lindas Freundin, «demnächst drehst du noch völlig durch, Linda. Du solltest diesen Job in der Munitionsfabrik annehmen, um aus dem Haus zu kommen. Sie brauchen dringend Leute. Ich jedenfalls gehe morgen dort vorbei. Man wird ganz gut dafür bezahlt, und es macht Spaß. Meine Freundin Heather ist ganz begeistert davon; sie lachen dort immer so viel.»

«Ja, vielleicht», sagte Linda. «Das Problem ist nur... Wer soll auf die Kleinen aufpassen?»

«Ich dachte, die Alte hätte gesagt, sie würde es machen.»

«Ja, das dachte ich auch, aber jetzt weigert sie sich und behauptet, das sei nicht in Ordnung, die Frauen trieben sich herum, während sie eigentlich zuhause bei ihren Familien sein sollten.»

«Du kannst Schichtarbeit machen», sagte Janice. «Was ist mit der Nachtschicht? Dadurch könntest du der Alten wunderbar aus dem Weg gehen.»

«Ich werde darüber nachdenken. Aber sie wird Ben schreiben und es ihm wahrscheinlich erzählen. Ich möchte nicht, daß er traurig ist.»

«Oh, darüber würde ich mir keine Sorgen machen», sagte Janice leichthin, «sie sind nicht hier, und wir müssen unsere eigenen Entscheidungen treffen. Willst du noch einen Drink, Linda? Mensch, sieh mal die beiden dort drüben. Glaubst du, es sind Norweger? Oder Holländer? Manchmal hat dieser Krieg doch so einige Vorteile. Komm, wir fragen sie mal –»

«Nein, ich denke, ich gehe jetzt besser nach Hause», sagte Linda mit einem Seufzer. «Mein Gott, wenn Ben auch irgendwo an der Küste ist... Glaubst du, daß ich ihn jemals wiedersehen werde?»

«Natürlich», sagte Janice. «So wie ich Ben kenne, schlägt er sich überall durch.»

Ständig klingelte das Telefon. Jedesmal dachte Grace, es sei entweder Charles, der sagte, daß er in Sicherheit sei, oder jemand aus Whitehall, der sagte, er sei es nicht. Aber es war weder das eine noch das andere. Ihre Mutter rief fast jede Stunde an, um nachzufragen, ob sie irgend etwas gehört hatte. Muriel rief fast alle zwei Stunden an und Clifford jeden Morgen und jeden Abend. Hinzu kam, daß Mrs. Boscombe sich jedesmal, wenn sie ein Ferngespräch vermittelte oder eine Nachricht durchgab, ebenfalls erkundigte.

Am Morgen des 3. Juni, als die Rettungsaktion praktisch vorbei war und die Männer an der Küste verschifft wurden und damit in Sicherheit waren und als die Schlagzeilen aller Zeitungen vom Wunder von Dünkirchen sprachen, war noch immer keine Nachricht von Charles eingetroffen. Muriel hatte Grace angerufen, um ihr zu sagen, daß Robert am Leben sei, allerdings durfte er nicht auf Urlaub nach Hause kommen, sondern wurde sofort zu seiner Einheit in Yorkshire geschickt.

Grace war gerade draußen im Garten damit beschäftigt, die rosa Kletterrosen am Zaun der Pferdekoppel hochzubinden, als sie das Telefon klingeln hörte. Es klingelte eine lange Zeit. Sie sah auf die Uhr; es war gewiß Clifford. Es war fast Mittag; er pflegte immer um diese Zeit anzurufen. Sie versuchte, das Klingeln zu ignorieren, dem Anrufer dadurch zu signalisieren, daß es keine Neuigkeiten gäbe, aber schließlich siegte seine Hartnäckigkeit. Sie strich sich müde das Haar aus dem Gesicht, betrat das Haus und ging zögernd in die Eingangshalle, um den Hörer abzunehmen. Es war Mrs. Boscombe, und ihre Stimme war sehr laut und aufgeregt.

«Ich habe ihm gesagt, daß Sie zuhause sind, meine Liebe, und ich habe ihm gesagt, daß ich es Ihnen sagen würde. Ich wußte, daß Sie nicht aus dem Haus gehen würden, ohne es mir zu sagen; das machen Sie nie.»

«Mrs. Boscombe», sagte Grace und hielt sich, in dem Bemühen, nicht ohnmächtig zu werden, am Tisch fest, «*wem* haben Sie gesagt, daß Sie mir etwas sagen würden?»

«Dem Major, meine Liebe. Er ist gesund, es geht ihm gut. Er ist wieder in England; sie haben ihn nach Sussex geschickt, aber er wird Sie anrufen, wenn er dort hinkommt; er läßt Ihnen seine herzlichsten Grüße ausrichten. Geht es Ihnen gut, meine Liebe? Sie weinen doch nicht etwa, oder?»

«O Mrs. Boscombe», sagte Grace, die in der Tat gleichzeitig lachte und weinte, «es geht mir gut, wirklich, ganz ausgezeichnet. Könnten

Sie bitte meine Mutter und Mrs. Bennett anrufen und es ihnen sagen? Ich werde mich später bei ihnen melden.»

Charles rief am selben Abend an, er klang fröhlich. «Es war alles ein bißchen anstrengend, Schatz, tut mir leid, aber ich konnte dich vorher nicht benachrichtigen. Aber ich habe am nächsten Wochenende Urlaub. Ich liebe dich.»

«Ich liebe dich auch, Charles», sagte Grace. «Ich liebe dich so sehr. Ich sehne mich danach, dich wiederzusehen.»

Sie hatte bereits entschieden, was sie tun würde, wenn er heimkäme.

«Du siehst entsetzlich aus, Liebling», sagte Giles. «Ist alles in Ordnung mit dir?»

«Danke», sagte Florence. «Nein, es ist gar nichts in Ordnung.»

Er war für eine Woche zuhause, dann mußte er sich wieder auf sein Schiff begeben, und meinte resigniert: «Gott allein weiß, wann ich dich je wiedersehen werde.»

Sie hatte unbedingt tapfer sein, ihm nicht seinen Urlaub verderben, ihn nicht mit ihren Sorgen belastet wieder zurückschicken wollen, aber sie fühlte sich so krank und verängstigt und ihr war so anhaltend übel, daß sie es einfach nicht für sich behalten konnte. Sie mußte es ihm sagen.

«Was ist los? Ist Robert –»

«Nein, nein, er ist noch immer oben in Yorkshire. Was zum Teufel machen sie dort oben eigentlich, wofür soll eine Truppe in Yorkshire denn gut sein?»

«Was weiß ich. Übungen vermutlich. Die ganze Armee ist die Hälfte der Zeit der reinste Sauhaufen, scheint mir. Aber natürlich wird von uns erwartet, daß wir so etwas nicht sagen.»

«Nein», sagte Florence. Sie sah ihn an und dann an ihrem Bauch hinunter. An ihrem flachen Bauch, der sich bald wölben, anschwellen, sich runden und sie Robert verraten würde.

«Liebling, was ist? Irgend etwas ist doch los, oder?»

«Ja», sagte Florence. «Ja, Giles.» Sie sah ihn an, atmete tief ein und sagte dann, zögernd und voller Widerwillen: «Ich bin schwanger.»

Es folgte ein langes Schweigen.

«O Jesus», sagte er dann. «O Liebling, es tut mir so entsetzlich leid.» Er war sehr blaß geworden; in seinem Blick lagen Angst und Mitgefühl.

«Ist das alles?» fragte Florence. Die ständige Übelkeit machte sie gereizt.

«Was?»

«Empfindest du nicht sonst noch irgend etwas?»

«Was meinst du damit?»

«Ich meine… bist du nicht vielleicht auch ein bißchen glücklich, stolz oder froh?»

«O Florence, natürlich bin ich das. Natürlich. Nun ja, vermutlich habe ich wohl auch das Recht, es zu sein, ich meine –»

«Natürlich», sagte Florence, «Robert wurde fast acht Wochen vor dir eingezogen. Das ist das Beängstigende daran, daß… mein Gott, deshalb weiß ich nicht –» Plötzlich begann sie laut zu schluchzen. Zitternd umklammerte sie ihn mit beiden Armen. «Was soll ich nur machen, Giles, was kann ich nur machen?»

«Liebling, beruhige dich doch. Jetzt steigere dich nicht in etwas hinein. Wir müssen die ganze Angelegenheit in Ruhe durchdenken. Jetzt hör mir zu, Florence, hör mir gut zu», sagte er beschwörend, als ihr Schluchzen immer lauter und fast hysterisch wurde. «Es gibt bestimmte Dinge, die grundsätzlich wichtig sind. Ich liebe dich. Du liebst mich. Dies ist unser Baby. Wir wollten immer zusammensein. Das Ganze ist doch nicht so schrecklich. Ich werde für euch sorgen, für dich und das Baby.»

«Giles», sagte Florence, atmete tief ein und bemühte sich, normal zu sprechen, «Giles, es ist Krieg. Du mußt wieder zu deinem Schiff zurück. Du kannst nicht für mich sorgen. Es ist unmöglich. Und Robert wird heimkommen, und er wird es erfahren. Er ist jetzt in diesem verdammten Yorkshire. Dort oben wird er bestimmt nicht fallen.»

«Man kann nie wissen», sagte Giles. «Man kann nie wissen, was das Schicksal bereithält.»

«Giles, hör auf. Das ist entsetzlich.»

«Ich wette, du hast auch daran gedacht.»

«Natürlich nicht», sagte Florence und verdrängte die Erinnerung an die vielen Tage, an denen sie am Telefon gesessen und gehofft hatte, daß es klingeln und man ihr mitteilen möge, daß Robert vermißt, daß er tot sei. «So bösartig bin ich nicht.»

«Nun ja», sagte er, «hast du schon einmal überlegt… nun ja, du weißt, was ich meine…»

«Natürlich habe ich das», sagte Florence, «ziemlich intensiv sogar. Aber ich habe kein Geld. Und du auch nicht. Und es kostet sehr viel. Sehr viel. Es sei denn, man nimmt eine Stricknadel und tut es selbst.»

«Florence, Liebling, bitte hör auf. Versprich mir, daß du das niemals tun wirst. Versprich mir, daß du es überhaupt nicht tun wirst. Ich weiß nicht, warum ich an so etwas gedacht habe.»

«Ich weiß es», sagte sie nüchtern. «Ich weiß es ganz genau.»

Ben war unverletzt. «Nicht einmal ein Kratzer», sagte er fröhlich am Telefon. «Mir geht's wirklich prima. In ein paar Wochen bin ich wieder zuhause.»

«Und dann?»

«Dann... ich weiß es nicht.»

«Augenblicklich sagt jeder, daß die Deutschen in England einmarschieren werden», sagte Linda ängstlich, «jetzt, da sie direkt auf der anderen Seite des Kanals stehen.»

«Mag sein, daß es solche Gerüchte gibt», sagte Ben mit fester Stimme, «aber es wird nicht geschehen. England ist eine Insel. Wir werden uns schon verteidigen. Mach dir keine Sorgen, mein Herz. Ich bin bald wieder zuhause. Ist mit Mutter alles in Ordnung?»

«Ja, alles in Ordnung», sagte Linda.

«Gut. Ich liebe dich. Gib den Jungen einen Kuß von mir.»

«Ich liebe dich auch, Ben.»

Es schien nicht der richtige Augenblick zu sein, ihm von ihrem Job zu erzählen.

«Schatz!» sagte Charles. «Doch nicht jetzt! Nicht mitten am Nachmittag!»

Er schaute ein wenig verdutzt, sogar ein wenig peinlich berührt drein, aber er lächelte.

«Warum in aller Welt denn nicht?» sagte Grace. Sie lächelte ihn an und hoffte, daß er sie in diesem Moment als eine selbstbewußte, attraktive Frau wahrnahm, die sich danach sehnte, mit ihrem Mann ins Bett zu gehen. Charles lächelte zurück, stand auf und streckte ihr die Hand hin. «Mein Gott, was für ein Glück ich doch habe», sagte er.

Dies ist an diesem Wochenende bereits das dritte Mal, dachte Grace, es wird ganz bestimmt klappen. Sie lag unter ihm und versuchte, sich auf die liebevollen Gefühle zu konzentrieren, die sie für ihn hegte. Sie konnte fühlen, wie er immer tiefer in sie eindrang, konnte ihn stöhnen und keuchen hören; danach spürte sie seine Anspannung und dann, dann, das wunderbare Pulsieren, als er zum

Höhepunkt kam. Bitte, lieber Gott, bitte, bitte, laß es geschehen, mach, daß es diesmal geklappt hat, betete sie, während er sich vorsichtig von ihr schob, sie küßte, ihr sagte, daß er sie liebe, und dann krümmte sie sich, zog die Beine an, so, wie sie es irgendwo gelesen hatte, um sie alle bei sich zu behalten, die Millionen von Spermien, ihnen auf den Weg zu helfen.

«O Gott», sagte er und lächelte sie an, «ich möchte nicht wieder fortgehen. Geht es dir auch gut? So ganz allein hier?»

«Mir geht es gut», sagte sie, «wirklich gut. Natürlich bin ich einsam, aber es geht mir gut. Ich meine, ich würde gern –»

«Nein», sagte er, «nein, Liebling. Das möchte ich nun wirklich nicht. Im Krankenhaus helfen, ja, oder eine ehrenamtliche Tätigkeit, die dir Spaß macht, aber die Vorstellung, daß meine Frau in der Armee ist, ist mir zuwider. Tut mir leid, sie gefällt mir einfach nicht. Ich möchte, daß du hier bist und auf mich wartest.»

«Ich weiß», sagte Grace, und ihre Stimme klang sanft und beschwichtigend, während sie zugleich entsetzt war über seinen Egoismus, daß er sie zwang, allein zu bleiben, trotz der Langeweile und Frustration, die sie empfand.

Aber da er selbst sein Leben riskierte, sich solchen schrecklichen Erlebnissen aussetzte, konnte sie wohl kaum mit ihm streiten. Dünkirchen hatte ihn verändert. Er war stiller, was kaum verwunderlich war; er hatte Blutvergießen, Grauen und Schrecken gesehen, er hatte gesehen, wie seine Kameraden ertranken und erschossen wurden, und hatte selbst andere Menschen getötet. Sie versuchte, ihn zu ermutigen, darüber zu reden, da sie das Gefühl hatte, daß ihm das helfen könnte, aber er lächelte sie nur an und sagte, er wolle es am liebsten vergessen, es nicht noch einmal durchleben, das sei die einzige Möglichkeit, damit fertig zu werden, und sie respektierte seine Bedürfnisse und bedrängte ihn nicht weiter. Aber dadurch bekam sie noch mehr als sonst das Gefühl, ausgeschlossen, zur Seite geschoben zu werden, ohne jede Möglichkeit, sein Leben mit ihm zu teilen.

Charles hatte ihr deutlich signalisiert, daß er nicht wollte, daß sie zum jetzigen Zeitpunkt schwanger würde, aus demselben Grund, warum er nicht wollte, daß sie arbeitete; er hatte all das an jenem Wochenende noch einmal sehr klar ausgesprochen. «Mir gefällt die Vorstellung nicht, daß unsere Kinder geboren werden und aufwachsen, während ich nicht hier bin. Das verstehst du doch, oder?»

«Natürlich verstehe ich das», sagte Grace. Sie wollte nicht mit ihm diskutieren, damit er keinen Verdacht schöpfte, sie nicht zu fragen begann, ob sie «die nötigen Vorkehrungen getroffen» habe, wie er das Einsetzen des Pessars beschrieb.

Er fuhr früh am nächsten Morgen wieder fort. Ein Fahrer seiner Einheit kam, um ihn abzuholen und ihn nach Salisbury zu bringen.

Grace winkte ihm nach, mit einem fröhlichen Lächeln auf den Lippen, ging in das stille, leere Haus und weinte lange und bitterlich; dann trocknete sie sich entschlossen die Tränen und ging zum Telefon, um ihren Vater anzurufen. Sie hatte sich vorgenommen, die nächsten paar Monate, während das Baby sich entwickelte, Autofahren zu lernen.

Kapitel 10
Juli 1940

«Ich werde mich dem Frauenhilfsdienst der Marine anschließen», sagte Clarissa, «ich habe mich endgültig dazu entschlossen. Churchill hat uns erzählt, wir sollten an den Küsten und in den Straßen und überall sonst gegen sie kämpfen, und ich dachte, ich könnte meinen Teil dazu auf dem Oberdeck beitragen. Oder wie auch immer man das nennt.»

Sie lächelte Jack mit ihrem strahlendsten, hinreißendsten Lächeln an. Er lächelte zurück.

«Also würde es dir nichts ausmachen? Denn ich glaube wirklich nicht, daß ich einfach nur hier herumsitzen, nichts tun und mir um dich Sorgen machen könnte. Ich würde verrückt werden.»

«Natürlich macht es mir nichts aus. Ich bin ein sehr moderner Ehemann.»

«Ja, ich weiß.»

Sie saßen im Garten ihres Hauses am Campden Hill Square, es war ein idyllischer, friedlicher Abend, der Himmel wolkenlos und tiefblau, die Luft voller Vogelgezwitscher. Der Krieg schien weit, weit entfernt zu sein.

«Nein, ich werde sehr stolz auf dich sein», sagte Jack und nahm ihre Hand, «und ich weiß, du wirst auf deine wunderbare und sehr tapfere Art kämpfen. Mit unserer Hilfe wird der Krieg wahrscheinlich bis Weihnachten beendet sein; du auf See und ich in der Luft.»

«Auf jeden Fall. Wahrscheinlich sogar noch früher.»

«Und die Uniform ist wirklich sehr schmuck. Aber ich nehme an, das spielt für dich überhaupt keine Rolle.»

«Natürlich nicht», sagte Clarissa entrüstet, «außer daß ich nicht einmal im Traum daran denken würde, mich dem Women's Royal Army Corps anzuschließen – dieses schreckliche Braun. O mein Gott, ich kann es gar nicht glauben, daß du morgen schon wieder fortgehst. Ich kann es noch nicht einmal ertragen, daran zu denken.»

«Nun, dann denken wir besser nicht daran.»

«Leichter gesagt als getan. Außer... weißt du, wir könnten doch einfach ins Bett gehen, oder?»

«Ja. Dagegen ist nichts einzuwenden.»

Und sie gingen nach oben und verbrachten mehrere Stunden damit, die Gedanken an den nächsten Tag sehr wirkungsvoll zu zerstreuen, ebenso an den übernächsten und an alle Tage, die sie voneinander getrennt und in Gefahr sein würden.

Keiner von beiden hörte, daß im Flur zwei Stockwerke tiefer das Telefon unablässig klingelte.

Grace wachte auf und spürte, daß ihr schrecklich übel war. Sie konnte es kaum glauben. Ja, ohne Zweifel, ihr war übel. Also war es passiert; sie hatte es geschafft: Sie war schwanger.

Wie wunderbar. Sie konnte es nicht fassen: ein Baby! Etwas, was ihr ganz gehören würde, was sie liebhaben und umsorgen würde, was ihre Einsamkeit beenden und ihrem Leben einen Sinn geben würde. Sie stand sehr vorsichtig auf und ging zur Toilette, wobei sie mit Hilfe ihrer Finger nachrechnete. Das Kind würde im März geboren werden. Ein Frühlingsbaby. Es könnte den ganzen Sommer lang im Kinderwagen unter dem Apfelbaum liegen, sich die zarte Haut im Schatten bräunen lassen, sie könnte es mit Charlotte, die um sie herumsprang, in den Straßen spazierenfahren, in dem großen Kinderwagen, ihrem eigenen großen Kinderwagen, den ihre Mutter, wie sie immer betonte, für ihre Enkelkinder aufbewahrt hatte. Alles war perfekt.

Sie überlegte, wo sie es wohl zur Welt bringen würde: wahrscheinlich zuhause. Es muß sehr viel schöner sein, sein Baby zuhause zu bekommen, nicht in irgendeinem Krankenhaus oder in einer privaten Entbindungsklinik. Und ihre Mutter könnte ihr zur Seite stehen. Ihre Mutter! Wann sollte sie es ihr sagen? Vielleicht im Augenblick noch nicht, wahrscheinlich erst, wenn sie beim Arzt gewesen war, Betty würde sich so schrecklich aufregen. Und es war eigentlich ein wenig zu früh, um zum Arzt zu gehen, ihre Periode war erst vier Tage überfällig. Sie war ein wenig überrascht, daß ihr zu einem so frühen Zeitpunkt schon übel war, aber in allen Büchern, die sie gelesen hatte, stand, daß jede Schwangerschaft anders verlief. Oh, wenn sie es nur Charles erzählen könnte; vielleicht könnte und sollte sie es bald tun. Er war noch nicht fort, sondern noch immer irgendwo an der Südküste stationiert. Er hatte gesagt, er würde vielleicht noch einen weiteren Kurzurlaub bekommen, bevor er fortging. Er telefonierte recht häufig mit ihr; vielleicht würde sie es ihm sagen, wenn er in den nächsten Tagen anrief. Er würde sich sicher schrecklich freuen – natürlich erst, wenn er den anfänglichen Schock überwunden hatte, sie müßte ihm sehr vorsichtig klarmachen, daß dies einfach ein «Unfall» gewesen war.

Mein Gott, sie war nicht gerade angenehm, diese Übelkeit. Grace stand vorsichtig auf und dachte einen Moment lang, sie müßte sich tatsächlich übergeben. Das war zwar nicht der Fall, aber sie beschloß, sich noch einmal hinzulegen, bevor sie nach unten ging, um sich eine Tasse Tee zu machen. Sie hatte heute morgen eine Fahrstunde; sie würde sie absagen. Man mußte sehr vorsichtig sein, wenn man zum ersten Mal schwanger war, sich ruhig verhalten. Sie sah an ihrem Körper, an ihrem flachen Bauch hinab, betastete ihn zärtlich und dachte darüber nach, welch ein Wunder darin heranwuchs; dann ging sie zurück ins Schlafzimmer, zog die Vorhänge auf und beobachtete die Vögel, die an dem blauen Himmel kreisten, lauschte dem Rauschen des Mühlenbachs und dachte über Namen nach. Sie hatte das Gefühl, daß sie in ihrem ganzen Leben noch nie so glücklich gewesen war. Obwohl Charles fort war.

«Verdammter Mist, Bens Urlaub ist gestrichen worden», sagte Linda. Sie war den Tränen nahe. «Ich habe keine Ahnung, wann er mal wieder nach Hause kommt.»

«Tja, es ist Krieg», sagte Bens Mutter. «Was erwartest du? Und fluch nicht. Die Armee wird sich nicht gerade nach deinen persönlichen Bedürfnissen richten, mein Kind. So war es auch das letzte Mal, nur sehr viel schlimmer. Harold ist während des ganzen Krieges nur dreimal nach Haus gekommen. Ben ist wie in einem Feriencamp, so kommt es mir vor. Du solltest dankbar sein. Es wird natürlich schlimmer werden –»

«Ach, halt doch den Mund!» fauchte Linda sie an, unfähig, sich noch länger zu beherrschen. «Sag bitte nichts, okay? Ich habe mich so sehr auf sein Kommen gefreut; ich bin schrecklich enttäuscht, und alles, was dir dazu einfällt, ist, daß ich dankbar sein sollte.»

Linda ging hinaus und schlug die Tür hinter sich zu. Hätte sie es nicht getan, so dachte sie, dann hätte sie ihrer Schwiegermutter wahrscheinlich eine Ohrfeige verpaßt. Sie sah auf ihre Armbanduhr: Es war erst zwölf. Die Jungen würden erst in ein paar Stunden wieder zuhause sein. Sie wußte, was sie jetzt zu tun hatte. Sie würde Arbeit in der Fabrik annehmen, das würde sie tun. Sie mußte etwas

Vernünftiges mit ihrem Leben anfangen. Sie war schließlich erst fünfundzwanzig.

«Mrs. Compton Brown!»

Die beiden jungen Mädchen, die neben Clarissa im Büro der Young Men's Christian Association saßen, stießen einander in die Seite und sahen zu, wie sie aufstand und zum Vorstellungsgespräch durch die Tür ging. Sie hatten sie während der letzten Stunde sehr genau gemustert: ihre elegante Kleidung, ihr blondes Haar, frisch gelockt, ihre langen Fingernägel, leuchtendrot lackiert, ihr sorgfältig aufgetragenes Make-up, ihre Zeitschrift, ihre Stimme, ja, ganz besonders ihre Stimme; beim Klang ihrer Stimme hatten sie sich grinsend angeschaut. Aber das war es, was schließlich den Ausschlag gegeben hatte – ihr Name: Compton Brown. Damit war die Sache erledigt, sie war damit als verwöhnt, nutzlos, arrogant abgestempelt. Diese aufgedonnerte Lady wollte sich bei der Armee einschreiben, damit sie sich selbst besser fühlte, aus Neugier die Slums besuchen, sehen, wie die andere Hälfte der Menschheit lebte.

Wenn Mrs. Compton Brown und sie selbst zufällig an derselben Stelle arbeiten sollten, so dachten May Potter und Sandra Hardy, die beiden achtzehnjährigen Mädchen, dann würden sie sie schon zur Räson bringen. Sie würde bald lernen, wie das Leben wirklich war. Dafür würden sie schon sorgen. Frauen wie Mrs. Compton Brown brauchten auf jeden Fall einen Dämpfer.

Hätten sie gewußt, daß Captain Compton Brown seit Tagesanbruch sein kleines, schrecklich reparaturanfälliges Flugzeug zur Verteidigung des englischen Königs und des Königreichs zum vierten Mal in den Himmel aufsteigen ließ, und hätten sie gesehen, wie zwei seiner besten Freunde und Kameraden in ihren brennenden Flugzeugen abgeschossen wurden und daß Mrs. Compton Brown hinter der Fassade ihrer angenehmen Stimme und ihres hinreißenden Lächelns vor Kummer fast krank war, dann wären sie möglicherweise weniger aggressiv gewesen – wenn auch nur ein bißchen.

«O Clifford», sagte Michael Whyte und betrachtete seinen Freund nachdenklich und voller Wohlwollen. Sie saßen in den dunklen Ledersesseln im Eßraum des Reform Clubs. «Du bist augenblicklich wirklich nur noch ein Schatten deiner selbst. Das Junggesellenleben bekommt dir offensichtlich überhaupt nicht.»

«Nein, nicht besonders gut», sagte Clifford mit einem Seufzer, «aber das ist alles meine eigene Schuld.»

«Das ist niemals ein sehr tröstlicher Gedanke», entgegnete Michael Whyte. «Die fragliche Dame, ist sie völlig aus deinem Leben verschwunden?»

«Ich fürchte ja», sagte Clifford. «Und wer könnte es ihr verdenken? Schauspielerinnen, vor allem junge Schauspielerinnen, die Karriere machen wollen, brauchen Freunde, die ihnen weiterhelfen, und nicht alte, verknöcherte Rechtsanwälte, die ihre besten Jahre schon lange hinter sich haben. Nein, für Mary Saunders war ich nur ein kleines, flüchtiges Abenteuer, fürchte ich, obwohl sie in der Nacht, als ich meinen Herzanfall hatte, sehr gut zu mir war. Aber ich glaube, als sie merkte, daß ich nicht bereit war, ihr in London eine Wohnung zu finanzieren, wurde ihr bewußt, daß es nicht sinnvoll wäre, sich weiter mit mir abzugeben.»

«Du meinst, sie hat darauf spekuliert?» fragte Michael Whyte amüsiert.

«Aber gewiß. Weißt du, du mußt jemanden schon sehr mögen, um dich zu einer derartigen Investition zu entschließen. Aber so verliebt war ich in Miss Saunders nun auch wieder nicht. Und was dann geschah, war schließlich der Beweis, daß ich recht hatte.»

«Und was nun?» fragte Michael Whyte und befaßte sich mit dem komplizierten Ritual des Zigarrenanzündens. «Wieder zurück zu Muriel?»

«Ich fürchte, das geht nicht», sagte Clifford. «Ich bin in The Priory nicht willkommen. Muriel ist kein Mensch, der leicht vergißt. Nein, ich muß die Sache jetzt hier ausbaden, während ich mir überlege, was ich tun könnte.»

«Wie wär's mit Arbeit?»

«Tja, ich bin natürlich praktisch im Ruhestand. Ich habe hier oben noch einige Mandanten. Und ich habe Glück, daß ich das Apartment benutzen kann. Aber ich kann nicht ewig darin wohnen bleiben. Immerhin», sagte er, und plötzlich überzog wieder das typische strahlende Lächeln sein Gesicht, «kann ich hier eine Menge Konzerte besuchen und, wann immer ich will, Radio hören.»

«Hmmm», sagte Michael Whyte. Er schien nicht gänzlich überzeugt zu sein. «Was ist mit deiner Tochter? Sie ist doch bestimmt in London, kannst du sie nicht gelegentlich besuchen?»

«Ja, sicher, sie ist in London», sagte Clifford mit einem Seufzer, «aber ich fürchte, sie sieht mich in demselben schlechten Licht wie ihre Mutter. Das macht mir großen Kummer. Ich habe übrigens den Verdacht, wir könnten einander sehr gut trösten.»

«Warum braucht sie Trost?»

«Ihre Ehe ist ganz und gar nicht das, was sie sein sollte. Zumindest vermute ich das. Ich hoffe und bete, daß ich unrecht habe, aber ich habe irgendwie Angst, daß da... nun ja, sogar Gewalt mit im Spiel sein könnte.»

Grace lag im Liegestuhl im Garten und hing ihren Gedanken nach, als sie bemerkte, daß Charlotte nicht da war. Die Hündin war inzwischen sehr gehorsam und fast immer, ob nun beim Spaziergang oder im Hause, an der Seite ihrer Herrin, so daß Grace ein wenig nachlässig geworden war und nicht mehr ständig nach ihr schaute. Sie setzte sich in ihrem Liegestuhl auf und rief nach ihr, wartete auf das Rascheln in den Büschen, das bedeutete, daß Charlotte sich näherte. Sie pfiff und rief noch einmal nach ihr, stand dann ein wenig zögernd auf – es war so warm, so friedlich, und sie war gerade dabei gewesen, im Geist das Kinderzimmer zu planen – und hielt, nun doch ein wenig ängstlich, Ausschau nach dem rostbraunen Wildfang, der sich sonst immer mit großen Sätzen näherte. Aber Charlotte war weit und breit nicht zu sehen. Vielleicht war sie ins Haus getrottet, vielleicht war es zu heiß für sie gewesen, aber dort war sie auch nicht, nicht in der Küche und nicht an dem Platz, wo sie nachmittags immer am liebsten lag.

Grace spürte, wie sich ihr Magen verkrampfte. Charlotte war sehr jung, möglicherweise hatte sie ein Kaninchen gesehen und war ihm durch den Zaun über die Felder hinterhergerannt. Sie hatte das schon zuvor ein paarmal getan, war aber immer wieder zurückgekommen.

Grace ging hinunter zum Zaun und rief noch einmal und dann immer wieder nach Charlotte, inzwischen etwas weniger hoffnungsvoll. Schließlich ging sie, als Charlotte noch immer nicht kam, zur Pforte, unter der, auch wenn sie geschlossen war, ein junger Hund leicht hindurchkriechen konnte, und schaute ängstlich auf die Straße hinunter. Natürlich war es wenig wahrscheinlich, daß sie überfahren worden war; es gab hier nur wenig Verkehr, und ohnehin kannte jeder ihren Hund, wenn etwas passiert wäre, dann hätte jemand angerufen und es ihr gesagt.

Das Klingeln des Telefons ließ sie zusammenzucken; sie lief eilig zum Apparat.

«Mrs. Bennett?»

«Ja, hier spricht Mrs. Bennett.»

«Hier ist die Polizeistation, Mrs. Bennett. Constable Johnson. In Thorpe Magna. Ihre Hündin ist hier bei uns, jedenfalls sagt Miss Parkins vom Postamt, sie gehöre Ihnen. Wir haben sie von der Straße geholt.»

«Oh», sagte Grace, der vor Schreck die Beine zitterten, «recht herzlichen Dank. Ich habe überall nach ihr gesucht. Es tut mir so leid, sie ist einfach ausgerissen.»

«Außerdem, Mrs. Bennett», fuhr der Constable fort, «muß ich Ihnen mitteilen, daß sie verletzt ist.»

«Verletzt? Wieso?»

«Tja, sie ist leider von einem Auto angefahren worden. Es ist wahrscheinlich nichts Ernstes, jedenfalls glaube ich das nicht, aber ihr Bein ist möglicherweise gebrochen. Können Sie vorbeikommen und sie holen?»

«Ich... es geht leider nicht», sagte Grace. «Sehen Sie, ich kann nicht...» Mein Gott, sie mußte fahren lernen, das war wirklich dringend notwendig, jetzt mehr denn je zuvor.

«Tja, ich weiß nicht, was ich dazu sagen soll», sagte Constable Johnson. «Wir können unser knappes Benzin nicht für einen Hund vergeuden, ebensowenig unsere Leute, vor allem da jetzt die Hälfte von ihnen nicht mehr da ist.»

«Hören Sie», sagte Grace, «ich werde den Tierarzt anrufen und ihn bitten, nach Charlotte zu sehen.» Der Gedanke, daß Charlotte irgendwo verletzt lag, ohne daß sich jemand um sie kümmerte, weil sie, Grace, so verantwortungslos gewesen war, machte ihr angst. «Ich rufe Sie zurück.»

«In Ordnung», sagte Constable Johnson, «ich werde mich für den Augenblick um sie kümmern.»

John Roberts, der Tierarzt, war beschäftigt. «Er ist draußen in Haywards und hilft bei der Geburt eines Kalbes, Mrs. Bennett, und danach muß er noch drei weitere Hausbesuche machen. Ich werde sehen, was ich tun kann, aber ich kann mir wirklich nicht vorstellen, daß...» Die Frau des Tierarztes, Audrey Roberts, machte unmißverständlich klar, daß ein verletzter junger Hund auf der Liste eines vielbeschäftigten Tierarztes recht weit unten angesiedelt war.

«Nun ja... dann beunruhigen Sie ihn bitte nicht. Ich werde mir etwas anderes einfallen lassen. Vielen Dank. Ob er sich wohl ihr Bein einmal anschauen würde, wenn ich sie später vorbeibringe?»

«Kann sein», sagte Audrey Roberts mürrisch.

Es gibt nur eine Möglichkeit, dachte Grace; sie würde den Wagen nehmen und selbst hinfahren müssen. Muriel war nicht da; sie war für ein paar Tage zu Besuch bei einer Freundin in Cornwall, also konnte sie sie nicht darum bitten. Sie würde den Wagen nehmen und die zweieinhalb Meilen nach Thorpe Magna hineinfahren, Charlotte abholen und sie zum Tierarzt bringen. Der Gedanke ängstigte sie, aber sie konnte die Hündin nicht stundenlang verletzt in der Polizeistation liegen lassen. Charles hatte ihr mittlerweile einige Fahrstunden gegeben, sie wußte, was sie zu tun hatte. Wenn sie sehr, sehr vorsichtig fuhr, dann würde es überhaupt kein Problem geben. Wenn ihr nur nicht so übel wäre. Und wenn es nur nicht so heiß wäre.

Natürlich hatte sie nichts anderes verdient; wenn sie genügend auf Charlotte aufgepaßt hätte, dann wäre das alles nicht passiert.

Der Wagen – der Gedanke, wie ärgerlich Charles wäre, wenn er wüßte, daß sie einfach seinen Wagen nahm und aus welchem Grund, verursachte ihr noch stärkere Übelkeit – war glücklicherweise nicht in der Garage, sondern in der Einfahrt, und er stand in der richtigen Richtung. Sie konnte inzwischen wirklich recht gut fahren, ihr Vater hatte es auch gesagt, nur Parken und Zurücksetzen bereiteten ihr noch Schwierigkeiten. Mit ein bißchen Glück würde sie weder das eine noch das andere tun müssen.

Grace griff zum Telefonhörer und sagte Mrs. Boscombe, sie wäre mindestens eine Stunde lang fort, atmete dann tief durch, ging zum Wagen und stieg hinein. Sie rief sich noch einmal ins Gedächtnis, was sie tun mußte. Der Wagen sprang leicht an, und es gelang ihr, den ersten Gang einzulegen und sehr langsam und vorsichtig aus der Einfahrt hinauszufahren. Kein Fahrzeug kam ihr entgegen; sie atmete tief ein, trat ein wenig stärker aufs Gaspedal, ließ unter lauten Stottergeräuschen den Gang kommen – wenigstens würgte sie den Wagen nicht ab – und lenkte ihn sanft und mit einem Gefühl des Triumphs auf die Straße.

Es war leicht. Wirklich leicht. Der Wagen rollte vorwärts – zwar nur langsam, aber das spielte keine Rolle –, nach einigen Sekunden schaltete sie in den zweiten Gang. Sie nahm undeutlich wahr, daß ein Fahrzeug ihr freundlich hupend entgegenkam und dann an ihr vorbeifuhr. Grace lächelte und versuchte behutsam, in den dritten Gang zu schalten, was ihr aber nicht gelang. Aber der Wagen fuhr auch im zweiten. Es würde eine Weile lang dauern, bis sie dort war, aber das machte nichts. Sie hatte bereits die Außenbezirke von Lower Thorpe erreicht; Magna war jetzt nur noch zwei Meilen entfernt. Sie würde es ohne Schwierigkeiten schaffen. Das Fahren machte ihr Spaß. Sie hatte schon seit langer Zeit nicht mehr ein solches Glücksgefühl gehabt.

Der einzige schlimme Augenblick kam, als sie an The Priory vorbeifuhr. Sie hatte solche Angst, daß Muriel unerwartet heimgekommen sein könnte und aus dem Haus treten und sie sehen würde, daß ihr Fuß kräftig aufs Gaspedal drückte und sie viel zu schnell nach vorn und um die Kurve schoß; nur mit großer Mühe gelang es ihr, den Briefkasten zu umfahren. Und jetzt hatte sie nur noch ungefähr eine halbe Meile vor sich und mußte durch die Straßen der kleinen Stadt fahren, aber es war früher Nachmittag, alles war friedlich und sie war fast am Ziel. Vor ihr lag schon die Polizeistation. Sie hatte es geschafft.

«Ich dachte, Sie hätten kein Auto», sagte Constable Johnson.

«Äh... ja, ich habe mir eins geliehen», sagte Grace. «Danke. Wie geht es meiner Hündin?»

«Ganz gut», sagte Constable Johnson. «Ich habe sie in eine Zelle gebracht.»

Ein klägliches Winseln drang aus dem kleinen Raum mit dem vergitterten Fenster, der dazu diente, die wenigen Kriminellen von Thorpe Magna zu beherbergen. Grace ging hinein und ließ sich neben der Kiste, in die Constable Johnson zunächst eine Wolldecke und dann Charlotte gelegt hatte, auf die Knie nieder. Charlotte schaute zu ihr auf, hörte sofort auf zu winseln und versuchte, aus der Kiste zu klettern, fiel jedoch laut aufjaulend wieder zurück.

«Ja, es ist gebrochen», stellte Constable Johnson fest. «Ich hatte es mir schon gedacht. Am besten bringen Sie sie zu John Roberts, Mrs. Bennett.»

«Ja, das werde ich machen», sagte Grace, «und zwar sofort.» Sie hob die Kiste hoch, und Charlotte leckte ihr quer über das Gesicht. «Danke, daß Sie sich um sie gekümmert haben; das war sehr nett von Ihnen.»

«Ich habe mich nicht um sie gekümmert», sagte Constable Johnson. «Ich habe keine Zeit, mich um entlaufene Haustiere zu kümmern.»

«Auf jeden Fall vielen Dank», sagte Grace. «Was für ein Glück, daß Sie zufällig die Kiste und die Wolldecke in der Zelle hatten.»

Sie lächelte ihn charmant an, und er wurde rot.

«Komm, wir fahren jetzt nach Hause, Charlotte.»

Erst als sie Charlotte auf den Rücksitz gelegt hatte, wurde ihr bewußt, daß sie den Wagen zurücksetzen mußte.

Möglicherweise wäre alles gut gegangen, wenn nicht Miss Parkins aus dem Postamt ihr zugewinkt hätte. Grace war so sehr damit beschäftigt, zurückzulächeln und zu winken und den Eindruck zu erwecken, daß sie eine routinierte Autofahrerin war, daß ihr Fuß auf der Kupplung ausrutschte, der Wagen zurückschoß und in den Laternenpfahl krachte. Sie saß mit zurückgelehntem Kopf und geschlossenen Augen da und überlegte, was in aller Welt sie nun tun könnte, als eine Stimme neben ihr sagte: «Grace, kann ich dir irgendwie helfen? Was zum Teufel ist hier los?»

Es war Robert.

Clarissa lief summend die Eingangsstufen zu ihrem Haus am Campden Hill Square hinauf. Die Aussicht auf ihr neues Leben beschwingte sie. Sie hatte zusammen mit drei alten Freundinnen zu Mittag gegessen, hatte den neuesten Klatsch gehört und bei Harrods einen wunderhübschen blaßblauen Strohhut gefunden, den sie zur Hochzeit ihrer Busenfreundin Lily Maitland tragen wollte. Er war sehr teuer gewesen, aber das war ihr egal. Sie war gerade dabei, ihre Handtasche nach den Haustürschlüsseln zu durchwühlen, als sie eine Gestalt wahrnahm, die auf der Kellertreppe hockte.

Ihre erste Reaktion war, rasch ins Haus zu laufen und die Polizei zu rufen, da sie vermutete, dies sei ein Landstreicher oder ein Einbrecher, aber als sie sich die Person genauer ansah, sah diese zu ihr auf. Es war eine Frau: Florence.

«Clarissa! Bin ich froh, daß du zurück bist!»

«Florence! Was in aller Welt machst du hier? Komm, laß mich dir helfen; du siehst schrecklich aus. Was ist denn bloß passiert?»

Florence sah in der Tat schrecklich aus; aschgrau im Gesicht, zerzaust und erschöpft. Sie trug einen Regenmantel und flache Schuhe und umklammerte einen kleinen Aktenkoffer. Sie sah Clarissa an und brach laut schluchzend in Tränen aus.

Clarissa öffnete die Eingangstür, nahm sie bei der Hand und führte sie durch das Haus in die Küche. «Es tut mir leid, Dorothy hat heute frei, sonst hätte sie dich hereingelassen. Sie kommt gleich zurück und kann uns etwas zum Abendessen machen. Du siehst aus, als könntest du es gebrauchen. Setz dich; ich mache uns ein bißchen Tee. Oder möchtest du etwas Stärkeres? Gin?»

Florence schüttelte den Kopf. «Tee wäre sehr viel besser.»

«Gut. In Ordnung. Liebes, du zitterst ja. Ist dir kalt?»

«Nein», sagte Florence mit klappernden Zähnen.

«Hier, nimm eine Zigarette. Vielleicht sollte ich doch den Arzt holen. Fühlst du dich krank?»

«Ja», sagte Florence und versuchte, sich zur Ruhe zu zwingen. Sie zündete sich die Zigarette an, die Clarissa ihr angeboten hatte, und sog dankbar daran. «Ja, ich fühle mich tatsächlich krank. Ich fühle mich entsetzlich. Die ganze Zeit. Aber nur, weil ich schwanger bin.»

«Du bist schwanger! Florence, was ist los, warum versteckst du dich auf dem Treppenabsatz? Weiß Robert es?»

«Nein», sagte Florence. «Noch nicht. Aber wenn er es weiß... nun ja, deshalb habe ich mich ja versteckt.»

«Florence, ich verstehe nicht, was du damit sagen willst. Du mußt es mir erklären.»

Es folgte ein Schweigen. «Es ist nicht von Robert», sagte Florence dann, jedes einzelne Wort nur mit Mühe hervorbringend.

«Ah», sagte Clarissa. Sie sah ihre Freundin nachdenklich an. «Nun... wessen... ich meine, du brauchst es mir nicht zu erzählen, aber...»

«Doch, ich muß es dir erzählen. Es wird eine Erleichterung sein, es dir zu erzählen. Der Vater ist niemand, den du kennst. Er heißt Giles. Giles Henry. Er ist Musiker und spielt in einem Nachtclub Klavier. Er ist sehr gut. Ich meine, er hatte eine Ausbildung in klassischer Musik, aber wie dem auch sei, wir sind seit langem zusammen. Länger als ein Jahr.»

«Wie aufregend. Aber sag mir bitte, das andere Baby, war das auch von –»

«O Gott, nein, es war von Robert.»

«Florence, was für ein Durcheinander. Was wirst du machen? Einen Abbruch –»

«Das geht nicht, Clarissa. Ich habe kein Geld. Jedenfalls kein eigenes. Und Giles hat natürlich auch keines.»

«Ich werde dir das Geld leihen, wenn du möchtest.»

«O Clarissa, das könnte ich nicht annehmen. Das könnte ich wirklich nicht.»

«Natürlich könntest du das. Du brauchst es nur zu sagen.»

Florence seufzte. «Es ist... wahrscheinlich zu spät.»

«Du mußt dich morgen von jemandem beraten lassen», sagte Clarissa mit fester Stimme, «kennst du jemanden?»

«Nein. Nein, niemanden.»

«Aber ich kenne jemanden. Bunty. Bunty Levinson, weißt du? Sie hatte mindestens drei Abtreibungen. Ich ruf sie gleich mal an. Aber ich weiß noch immer nicht, warum du bei mir auf der Treppe gesessen hast.»

«Weil Robert nach Hause gekommen ist», sagte Florence. «Er ist gestern abend eingetroffen. Ich hab dich ununterbrochen anzurufen versucht, ich war völlig verzweifelt. Warst du denn nicht hier?»

«Wir waren hier», sagte Clarissa und lächelte, als sie sich an den gestrigen Nachmittag erinnerte, «aber wir hatten schrecklich viel zu tun. Und ... nun ja, ich vermute, wir haben das Telefon ganz einfach überhört. Es tut mir leid, Florence, aber wo warst du denn inzwischen?»

«Ich habe die Nacht in einer billigen Absteige verbracht», sagte Florence, «und dann bin ich heute morgen hierhergekommen und habe die ganze Zeit auf dich gewartet. O mein Gott, Clarissa, ich habe solche Angst. Wo, glaubst du, könnte er sein?»

«Ich weiß es nicht, zuhause vermutlich.»

«Wenn er hierherkommt, dann sagst du es ihm doch nicht etwa?» Florence begann wieder zu schluchzen und umklammerte Clarissas Hand. «Schwör mir, daß du es ihm nicht erzählen wirst.»

«Natürlich nicht. Aber ich weiß nicht, warum du so schreckliche Angst hast. Es sei denn ...» Sie sah Florence prüfend an und fürchtete sich fast davor, die Frage auszusprechen, «ich meine, er ... nun ja ... er schlägt dich doch nicht, oder?»

Florence sah sie an, stand dann auf, ging hinüber zum Fenster und schaute hinaus auf den Abendhimmel.

«Doch», sagte sie schließlich mit sehr leiser Stimme, «doch, er schlägt mich. Er schlägt mich ständig. Er verliert die Beherrschung und prügelt auf mich ein. Er hat mich die Treppe hinuntergestoßen, als ich ... als ich ... nun, das war der Grund, warum ich das Baby verlor.»

«O mein Gott», sagte Clarissa, «Florence, warum hast du nichts davon gesagt? Warum in aller Welt hast du niemandem etwas davon erzählt?»

«Ich konnte es nicht», sagte Florence. «Ich konnte es wirklich nicht. Ich habe niemals irgend jemandem etwas davon erzählt. Nicht einmal Giles.»

«Aber warum nicht? Ich verstehe es nicht. Warum denn nicht?»

«Ich konnte es einfach nicht, Clarissa, niemand, der nicht etwas

Ähnliches durchgemacht hat, kann das verstehen. Man hat die ganze Zeit Angst und schämt sich, als wäre es irgendwie die eigene Schuld. Und Robert ist so schlau. Ich bin sicher, daß mir niemand geglaubt hätte.»

«Ich hätte dir geglaubt», sagte Clarissa und nahm sie in die Arme. «Ganz bestimmt.»

«Ich weiß. Ich weiß es ja, aber ... Es ist so schwer zu erklären. Du hast die ganze Zeit das Gefühl, wenn du es nicht zugibst, dann passiert es auch nicht. Und meistens tut es ihm hinterher schrecklich leid, er sagt dann, er würde es nie wieder tun, er liebe mich. Aber er ist sehr, sehr gewalttätig. Und sehr gefährlich. Ich wünschte nur, ich wüßte, wo er jetzt ist.»

Kapitel 11

Sommer – Herbst 1940

Das ist wirklich sehr freundlich von dir», sagte Grace.

Sie lächelte Robert zu; er war gerade zur Tür hereingekommen, nachdem er Charlotte vom Tierarzt abgeholt hatte. Ihr Bein war eingegipst, aber ansonsten war sie sehr munter und humpelte auf der Suche nach etwas Eßbarem in der Küche herum.

«Es war mir ein Vergnügen. Wirklich. Und der Typ kommt morgen vorbei, um den Wagen abzuholen und ihn zu reparieren. Es ist wirklich kein großer Schaden entstanden. Ich war sehr beeindruckt von deinen Fahrkünsten.»

«O Robert, hör auf! Ich bin ein hoffnungsloser Fall.»

«Überhaupt nicht. Du warst sehr geschickt. Du wirst wahrscheinlich bald ohne Schwierigkeiten Auto fahren können.»

«Nun ja, wie auch immer. Das Abendessen ist fertig. Ich hoffe, du magst Eintopf.»

«Ich liebe Eintopf. Ich liebe die einfachen, herzhaften Gerichte. Florence kennt sich sehr gut mit diesen eher exotischen Sachen aus, aber sie bringt nie etwas zustande, was so gut riecht.»

«Tja, ich hoffe, daß es auch gut schmeckt», sagte Grace. «Setz dich, Robert. Kann ich dir einen Drink holen? Ich glaube, wir haben alles da.»

«Ich hätte gern einen Gin Tonic. Aber ich werde mir vorher mal kurz die Hände waschen, wenn es dir recht ist.»

«Natürlich, sicher. Ich habe deine Tasche in das Zimmer neben dem Bad gestellt.»

«Lieb von dir. Ist es auch wirklich in Ordnung, wenn ich bleibe? Daß Florence und Muriel nicht da sind, hat mich völlig durcheinandergebracht. Was für ein dummes Mißverständnis.»

«Selbstverständlich kannst du bleiben!»

Grace lächelte ihn ein wenig verlegen an. Sie hielt es für äußerst unwahrscheinlich, daß Florence bei Muriel war, aber wenn ihre Schwägerin Robert das erzählt hatte, dann sollte sie, Grace, es besser vermeiden, irgendwelche Andeutungen zu machen. Sie wollte sich nicht in die Sache hineinziehen lassen. Ihre Abneigung gegen Florence war an jenem Nachmittag erheblich gewachsen, und Robert war so freundlich, so sanft, so einfühlsam gewesen, hatte ihr geholfen, ihre Probleme gelöst und den in den Laternenpfahl gerammten Wagen an den Straßenrand gefahren. Und er war sichtlich besorgt um Florence und traurig, daß er in diesen kostbaren sieben Urlaubstagen nicht bei ihr sein konnte, nachdem er den langen Weg von London nach Wiltshire gefahren war, um bei ihr zu sein.

Nach dem Abendessen saßen sie im Salon; Grace nähte, Robert las die Zeitung. Es war so schön, jemanden im Haus zu haben; sie sah immer wieder zu ihm hinüber und lächelte. Er führte ein paar Telefonate, um herauszubekommen, wo Florence sich aufhielt, «nur für den Fall, daß sie noch immer nicht in Cornwall ist», aber ohne Erfolg. Er rief auch bei Clarissa an, aber das Hausmädchen sagte ihm, sie sei ausgegangen.

«Ich werde einfach morgen früh nach London zurückfahren müssen und zusehen, ob ich sie finde. Ein langer Weg. Ich bin so dankbar, daß ich nicht schon heute abend zu fahren brauche, Grace. Ich hoffe, ich bringe nicht deinen guten Ruf in Gefahr, wenn ich hier so einfach ohne Anstandsdame bei dir übernachte.»

«Sei nicht albern, Robert. Ich habe keinen guten Ruf, denn ich bin das unbeliebteste Mädchen in Wiltshire. Oder jedenfalls hier in der näheren Umgebung.» Sie hörte selbst die Bitterkeit in ihrer Stimme.

«Grace, das kann ich wirklich nicht glauben.»

«Du brauchst es nicht zu glauben, Robert, es ist wahr. Ich bin eine Außenseiterin.»

«Aber warum?» Er schaute so aufrichtig bestürzt drein, daß sie sich getröstet fühlte.

«Nun ja... sagen wir mal, ich gehöre nicht zum Clan. Und sie lassen mich auch nicht hinein.»

«Ich verstehe es noch immer nicht, fürchte ich.» Grace sah ihn an und fragte sich, ob er es wirklich nicht verstand oder nur höflich sein wollte. «Robert, es ist ganz einfach. Ich habe in eine höhere Gesellschaftsschicht hineingeheiratet. Und das... nun ja, das macht das Leben nicht gerade einfach.»

«Grace, wirklich, das ist doch absurd.»

«Nein, es stimmt. Es ist lieb von dir, mich so anzuschauen, Robert, aber es stimmt. Charles' Freunde meinen, ich sei es nicht wert, daß sie mich ohne ihn einladen. Sie waren ausgesprochen nett zu mir, wenn sie es sein mußten, aber jetzt, da sie mich offen meiden dürfen, tun sie es.»

«Tja», sagte er, «ich bin schockierter, als ich es in Worten ausdrükken kann.»

«Danke, Robert.»

«Vielleicht darf ich dir sagen», fügte er hinzu, «daß du mehr wert bist als alle zusammen. Wirklich.»

«Es ist lieb von dir, das zu sagen. Ich weiß es sehr zu schätzen.»

Er stand auf und kam zu ihr herüber; seine Augen waren sehr sanft, sehr teilnahmsvoll, als er sie ansah. «Diese ganze Angelegenheit kommt mir ziemlich beschämend vor. Wenn es irgend etwas gibt, was ich tun kann...»

«Ich fürchte nicht», sagte sie lachend. «Ich vermute mal, wenn ich fünfzig Jahre lang eine Bennett war, dann werden sie anfangen, mich zu akzeptieren. Bis dahin... nun ja...»

Robert schaute weiterhin zu ihr hinunter; dann beugte er sich zu ihr hinab und küßte sie auf den Mund. «Ich wiederhole», sagte er, «du bist mehr wert als alle zusammen. Ich glaube, daß du ein ganz wunderbarer Mensch bist, Grace. Etwas ganz Wunderbares.»

Grace saß da und sah unverwandt zu ihm empor; plötzlich wurde sie sich bewußt, daß sie ganz allein im Haus waren, daß sie Robert sehr gern mochte, daß Florence sie ablehnte und sie selbst wahrscheinlich schon viel zu viel ausgeplaudert hatte. Sie lächelte verlegen, stand auf und sagte: «Mein Gott, ich bin so müde, Robert. Würdest du es mir verzeihen, wenn ich jetzt ins Bett gehe? Brauchst du noch irgend etwas? Sag es mir bitte, ansonsten...»

«Nein», sagte er. «Nein, nichts. Nur eine Ehefrau.» Er seufzte schwer. Sie merkte, wie eine Welle von Zärtlichkeit sie durchströmte. «Noch einmal vielen Dank. Gute Nacht, Grace.»

Sie lag lange Zeit wach und dachte über ihn nach; er schlief ihr gegenüber auf der anderen Seite des Flurs. Sie war nicht sicher, was sie eigentlich empfand; es war wohl vor allem eine schreckliche Wut auf Florence.

Einige Stunden später wachte sie auf; was sie geweckt hatte, war ihr zunächst unklar, aber dann wurde sie sich mit Schrecken bewußt, daß sie Schmerzen hatte, vertraute, unangenehme Schmerzen im Unterleib. «O Gott», flüsterte sie, «lieber Gott, bitte nicht.»

Sie hatte Angst, nachzusehen, und blieb deshalb einfach liegen; schließlich mußte sie aber doch aufstehen. Auf dem Bett, wo sie gelegen hatte, war ein großer roter Fleck, und auch ihr Nachthemd war beschmutzt.

Ein schreckliches Gefühl von Verlust nahm von ihr Besitz. Sie hatte Lust, laut zu jammern und zu klagen, mit den Fäusten wütend gegen die Wände zu schlagen. Es war nicht fair, ihr Baby, das einzige auf der Welt, was wirklich ihr gehörte, existierte überhaupt nicht, war nicht ein lebendiges, wachsendes Geschöpf, sondern ein hormonelles Durcheinander, eine Verzögerung, ein Irrtum.

Sie setzte sich auf den Rand des Bettes und weinte lange; dann ging sie ins Badezimmer und nahm eine Binde aus dem Schrank. Die Krämpfe waren sehr schlimm; sie würde aufstehen, sich ein heißes Getränk machen und eine Aspirintablette nehmen müssen.

Sie schlich zum Treppenabsatz und dann die Treppe hinunter. Charlotte folgte ihr, auf drei Beinen humpelnd.

Die Küche war warm und tröstlich; Grace setzte den Kessel auf und nahm zwei Aspirintabletten aus dem Röhrchen. Sie war gerade dabei, sie herunterzuspülen, als die Tür vorsichtig geöffnet wurde; Robert kam leise herein.

«Hallo», sagte er. «Ich konnte nicht schlafen. Ich habe gehört, daß du hier unten herumgeisterst. Ist alles in Ordnung mit dir?»

«Ja. Ja. Es geht mir gut», sagte Grace. «Ich habe nur … ein bißchen Kopfschmerzen.»

«Das tut mir leid», sagte er, und dann sah sie, daß er den Fleck bemerkt hatte. Beschämt und mit hochrotem Kopf setzte sie sich auf einen Stuhl und raffte das Nachthemd unter ihren Beinen zusammen. Er lächelte, sah ihr bekümmertes und verlegenes Gesicht, kam zu ihr herüber und streichelte ihren Kopf. «Laß mich den Tee machen.»

Er war so freundlich, so zärtlich … Charles war bei solchen Gelegenheiten immer ein wenig peinlich berührt und ungeduldig. Sie begann erneut zu weinen.

«Weißt du», sagte er, «dafür gibt es aber wirklich keinen Grund. Hier, jetzt trinkst du eine Tasse Tee.»

«Es gibt einen Grund», sagte sie und trank gehorsam einen Schluck. «Ich dachte … ich dachte, ich wäre schwanger. Ich wollte unbedingt schwanger werden. Weil Charles nicht hier ist. Ich hatte mir so sehr ein wenig Gesellschaft gewünscht. Jemanden, der zu mir gehört. Und jetzt … nun ja, das war's vermutlich.»

«Es gibt immer ein nächstes Mal», sagte er lächelnd.

«Wenn er Urlaub bekommt. Ich bin nicht sicher, daß das der Fall sein wird. Und ich glaube ohnehin nicht, daß ich ... o Robert, es tut mir so leid. Ich benehme mich wirklich unmöglich», sagte Grace, angesichts seiner Freundlichkeit nicht länger verlegen oder beschämt, «du bist so nett. Was kann ich tun, um dir zu danken?»

«Nichts», sagte er und schenkte sich eine zweite Tasse Tee ein. «Es war mir ein Vergnügen. Außer natürlich, mir sofort mitzuteilen, wenn du herausfindest, wo Florence ist. Das machst du doch, nicht wahr? Versprichst du es mir?»

«Ich verspreche es dir», sagte Grace.

Bunty Levinsons Gynäkologe hatte die Untersuchung beendet und sagte Florence, sie könne sich wieder anziehen; als sie in sein Büro zurückkehrte, sah er sie über seinen Schreibtisch hinweg betrübt an.

«Es tut mir sehr leid, Mrs. ... Smith», sagte er, «aber es gibt wirklich nichts, was ich für Sie tun kann. Ihre Schwangerschaft ist zu weit fortgeschritten. Sie müssen fast schon im vierten Monat sein. Und solche Eingriffe mache ich grundsätzlich nicht. Es tut mir leid. Wenn Sie mich bitte jetzt entschuldigen würden. Ich habe noch eine Patientin.»

«Ja, natürlich», sagte Florence. «Ich verstehe vollkommen. Aber könnten Sie nicht –»

«Meine Rechnung für die Untersuchung und Beratung beläuft sich auf einhundert Pfund», sagte er. «Sie können beim Hinausgehen bezahlen. Auf Wiedersehen, Mrs. Smith.»

«Einhundert Pfund!» rief Clarissa aus. «Dafür, daß er nichts getan hat! Der unverschämte Kerl!»

«Es tut mir so leid», sagte Florence.

«Das ist schon in Ordnung, Liebes. Es macht mir nichts aus. Ich bin nur furchtbar wütend. Und was machen wir jetzt?»

«Ich weiß es nicht», sagte Florence. «Ich weiß es wirklich nicht.»

«Robert hat heute morgen bereits angerufen. Er ist gestern abend sehr spät zurückgekommen und anscheinend nach Wiltshire gefahren. Gott weiß, wie er an das Benzin herangekommen ist.»

«Robert kann überall an alles herankommen», sagte Florence traurig. «Er hat irgendeine Lüge erfunden, sich von irgend jemandem irgendwelche Coupons ergaunert, den Leuten von der Armee erzählt, ich wäre krank oder sonst irgend etwas.»

«Tja, das ist sein Charme ... Er hat eine ganze Menge davon. Allerdings von einer Art, die mir ziemlich unheimlich ist. Auf jeden

Fall hat die arme alte Dorothy zu einer Notlüge gegriffen und gesagt, ich würde eine Freundin besuchen. Aber ich glaube nicht, daß wir ihn noch einen weiteren Tag hinhalten können. Er sagte, sie solle mir ausrichten, daß er auf dem Wege hierher sei. Wir müssen dich irgendwo hinbringen. Irgendwo, wo es sicher ist.» Sie sah Florence nachdenklich an. «Wie wäre es mit Grace?»

«Das könnte ich nicht. Ich war wirklich nicht besonders nett zu ihr. Sie mag mich nicht. Und wir haben uns an Weihnachten ein bißchen gestritten. Sie... nun ja, sie hat mich einmal in London mit Giles zusammen gesehen. Ich glaube wirklich nicht, daß sie mich aufnehmen würde.»

«Ich glaube doch. Das arme Kind. Mein Gott, sie tut mir so leid. Aber wir können uns ihretwegen jetzt nicht den Kopf zerbrechen.» Sie hielt inne und sah Florence nachdenklich an. «Florence, wie wär's mit deinem Vater?»

«Mein Vater!»

«Ja. Bei ihm wärst du ganz bestimmt sicher.»

«Clarissa, das könnte ich nicht. Das verstehst du nicht.»

«Liebes, was ist los mit dir? Natürlich verstehe ich das. Er tut nur das, was du auch tust. Was ist so kompliziert daran?»

«Ich... habe ihm einige ziemlich unangenehme Sachen gesagt», erklärte Florence zögernd. «Ich kann ihn jetzt nicht um Hilfe bitten. Ich kann es einfach nicht.»

«Natürlich kannst du das. Dafür sind Väter doch da. Hast du seine Telefonnummer?»

«Ja, hab ich. Es ist das Apartment in der Baker Street, aber –»

«Gib sie mir», sagte Clarissa entschlossen. «Ich werde mich darum kümmern. Dies ist ein Notfall. Du mußt das tun, was notwendig ist.»

Clifford stand mit weit ausgebreiteten Armen auf der Türschwelle des Chiltern Court, als Clarissa und Florence aus dem Taxi stiegen. Der Pförtner eilte auf die Straße, salutierte und nahm ihre Tasche.

«Mein liebes Kind», sagte Clifford, «mein liebes, liebes Kind. Komm rein. Florence, dies ist Jerome. Jerome, dies ist meine Tochter Florence, und dieses schöne Geschöpf ist Clarissa Compton Brown.»

Florence warf sich in seine Arme und küßte ihn stürmisch. «O Gott, ich hab dich so sehr vermißt, du böser alter Mann», sagte sie. «Und wo ist Robert? Wißt ihr, wo er ist?»

«Er ist auf dem Weg zu unserem Haus. Wahrscheinlich hat er letzte Nacht in einem Hotel geschlafen. Dorothy sagt, er sei nach Wiltshire hinuntergefahren und habe Florence gesucht. Wir haben ein paar Anrufe von ihm bekommen, aber er hat keine Nummer hinterlassen. Keine Ahnung, warum», fügte sie hinzu.

«Solche Leute sind sehr verschlagen», sagte Clifford. «Wahrscheinlich dachte er, wenn du wüßtest, wo er ist, dann könntest du entsprechend reagieren.»

«Was für Leute?» fragte Florence müde.

«Psychopathen, mein Schatz. Du bist mit einem verheiratet.»

«O nein», sagte Florence. Ihre Augen wirkten plötzlich zutiefst betrübt. «Er ist kein Psychopath.»

«Florence, jetzt fang nicht noch an, Mitleid mit ihm zu haben», fuhr Clarissa ungeduldig dazwischen. «Er *ist* ein Psychopath, Clifford hat völlig recht, und wenn du ihn jetzt auch noch bemitleidest, dann hilft dir das bestimmt nicht weiter. Also, Clifford, keiner kennt diese Nummer hier, außer Muriel natürlich.»

«Und die hat sich bestimmt nach Kräften bemüht, sie zu vergessen», sagte Clifford, «und Grace kennt sie.»

«Grace! Mein Gott, ja natürlich. Die liebe Grace», sagte Clarissa gedankenverloren, «aber sie wird jedenfalls nicht wissen, daß Florence bei dir ist, und solange sie es nicht weiß, brauchen wir sie nicht in die Sache hineinzuziehen. Robert wird in drei Tagen wieder zu seinem Regiment zurückkehren müssen. Wenn wir Florence bis dahin verstecken können, dann wird alles gut, wir können in Ruhe überlegen, was wir tun wollen. Hast du wirklich genug Platz für sie, Clifford? Es kommt mir hier ziemlich sicher vor.»

«Es *ist* sicher», sagte Clifford leichthin. «An Jerome kommt niemand vorbei. Meine hervorragende Haushälterin, Mrs. Peterson, ist augenblicklich immer noch damit beschäftigt, das unbenutzte Zimmer für dich herzurichten. Ich war bei Harrods, mein Schatz, und habe neue Bettwäsche gekauft.»

«Das brauchtest du doch nicht», sagte Florence. Die Scham bewirkte, daß sie nur einsilbig antwortete.

Später, als Clarissa gegangen war, bot Clifford ihr einen Drink an.

«Vermutlich darfst du jetzt keinen Alkohol trinken. Wenn nicht, dann trink ich für dich mit. Ich merke, daß ich augenblicklich eine Menge davon brauche.»

«Nein, ich würde sehr gern etwas trinken», sagte Florence. «Danke. Ein Sherry wäre gut. Lebst du hier allein, Daddy?»

«Ja, allerdings. Frei wie ein Vogel.»

«Ah, ich verstehe», sagte Florence.

«Nein, wahrscheinlich verstehst du es nicht», sagte Clifford leichthin. «Aber laß uns über diese Dinge jetzt nicht reden. Florence, mein Liebling, wie traurig die Umstände, unter denen wir uns wiedersehen, auch sein mögen, ich kann dir nicht sagen, wie schön es ist, dich wieder bei mir zu haben. Und wieviel glücklicher ich mich fühle.»

Florence sah ihn an und lächelte; ein warmes, zärtliches Lächeln. «Es ist schön, wieder hierzusein», sagte sie, «und es tut mir leid, daß ich dir diese Sachen gesagt habe. Wirklich, sehr leid.»

«Verständlich und mittlerweile vergessen. Längst vergessen.»

«Nein», sagte Florence. «Ich hatte kein Recht dazu. Nicht das geringste. Vor allem nicht unter den gegebenen Umständen. Es ist nur, daß... nun ja...»

«Ich weiß. Der eigene Vater sollte keine Schwächen haben. Laß uns einfach nicht mehr darüber reden. Wir haben wichtigere Dinge zu besprechen. Beispielsweise, was wir für dich tun können.»

«Ja», sagte Florence, «und was in aller Welt sollen wir Mutter sagen?»

«Vielleicht», sagte Clifford, «sollten wir dafür auch Clarissas Hilfe in Anspruch nehmen.»

Nachdem Robert gegangen war, ließ Grace sich in einen Sessel fallen und weinte lange. Sie war noch immer sehr traurig über die Schwangerschaft, die sich als ein Irrtum erwiesen hatte, mehr noch als über die Einsamkeit und die Aussicht auf noch mehr Einsamkeit. Nicht nur, daß sie, wie es schien, im Bett ziemlich gefühlskalt war, sie war auch noch unfruchtbar. Wenn sie zu dem damaligen Zeitpunkt nicht schwanger geworden war, dann würde sie es sicher niemals mehr werden. Sie konnte nicht recht erkennen, wie sie die nächsten Monate oder gar Jahre überstehen sollte, ohne irgendein Ziel, ohne Gesellschaft, ohne jemanden, für den sie sorgen könnte, abgesehen von einem jungen Hund. Einem jungen Hund mit einem gebrochenen Bein, dachte sie und lächelte Charlotte durch ihre Tränen hindurch an; und selbst Charlotte würde sie nicht haben, wenn nicht Clifford gewesen wäre.

Der liebe Clifford. Sie fragte sich, wie es ihm wohl ginge. Sie wagte es nicht, ihn oft anzurufen, denn Charles hätte sie fragen können, warum die Telefonrechnung so hoch war. Nicht, daß er in der nächsten Zeit die Telefonrechnung selbst bezahlen würde oder daß er sie überhaupt zu Gesicht bekäme, alle diese Pflichten hatte nun sie übernommen: Rechnungen begleichen, mit den Handwerkern reden, die Dinge im Haushalt regeln. Sie war sich nicht ganz sicher, woher in diesen Tagen das Geld kam, Charles hatte ihr einfach versichert, daß das Haushaltsgeld weiterhin auf ihr Konto überwiesen werden würde und daß die Firma ihn weiterhin bezahle. Sie fragte sich manchmal, wie das möglich war, jetzt, da Clifford nicht länger für Bennett & Bennett arbeitete, aber als sie versucht hatte, das Thema gegenüber Muriel zur Sprache zu bringen, hatte ihre Schwiegermutter ihr geantwortet, sie werde weiterhin alles Geld abheben, das sie brauche. Grace tat also das, was man von ihr erwartete, und stellte keine weiteren Fragen. Wie üblich.

Und sie machte ihre Sache gut, jedenfalls bis jetzt, dachte sie mit einem Gefühl des Stolzes. Sie war nicht völlig hilflos, und sie hatte Auto fahren gelernt. Dieser Gedanke bewirkte, daß sie sich besser fühlte; es mußte doch etwas, irgend etwas geben, was sie tun konnte. Etwas, was Charles nicht verboten hatte oder dem gegenüber er keine Vorbehalte äußern würde.

Sie seufzte und stellte das Radio an; sie hörte gerade noch den Schluß von *Musik für die Hausfrau* und einen Musikwunsch für «all die jungen Frauen, die bei den Landmädchen in Buckleighfast und den umgebenden Farmen in South Devon so hervorragende Arbeit leisten». Die Landmädchen! Vielleicht war das etwas, was sie tun könnte. Sie hatte das Charles gegenüber nie erwähnt, hatte es noch nicht einmal erwogen, deshalb hatte er es ihr natürlich auch nicht verboten, und die Arbeit kam ihr außerordentlich passend vor. Sie könnte wahrscheinlich auf der Farm am Ende der Straße arbeiten, Butter, Käse oder sonst irgend etwas herstellen. Dann hätte sie Gesellschaft, Spaß, würde mit anderen gemeinsam etwas leisten und etwas Nützliches tun.

Ihre Mutter wollte heute zum Mittagessen herüberkommen; sie würde sie danach fragen. Betty wußte alles über diese Dinge.

Betty war allerdings nicht besonders begeistert.

«Schatz, sie arbeiten so schwer. Ich habe sie gesehen; es ist nicht wirklich eine Arbeit für jemanden wie dich.»

«Aber ich brauche wenigstens keine Maschinen auseinanderzunehmen, was ich beim Women's Royal Army Corps machen müßte. Mutter, ich muß irgend etwas tun. Sonst drehe ich noch durch.»

Betty warf ihr einen vorsichtigen Blick zu. «Ich wünschte, du würdest heimkommen und bei uns wohnen. Dann wärst du nicht so einsam.»

«Mutter, das kann ich nicht. Du weißt, daß ich es nicht kann. Dies hier ist mein Zuhause. Ich habe hier meine Verpflichtungen.»

«Ja, sicher, meine Liebe. Natürlich hast du deine Verpflichtungen. Weißt du, ich fahre morgen mit dem Bus nach Shaftesbury, sollen wir uns nicht dort treffen? Wir können uns einen schönen Tag machen und mit deinem Vater zusammen zu Mittag essen und zum Rathaus hinuntergehen und sehen, was wir in Erfahrung bringen können. Ich weiß nur nicht, was Charles –»

«Charles ist nicht hier», sagte Grace mit fester Stimme.

Im Rathaus, im Rekrutierungsraum, hingen eine Menge Plakate, in denen die Vorzüge des Dienstes bei den Marinehelferinnen und anderen Hilfsorganisationen angepriesen wurden – und die Arbeit der Landmädchen. Auf einem Plakat war eine lange Reihe von jungen Frauen zu sehen, die alle quer durch ein Kornfeld rannten und über das ganze Gesicht strahlten. Von diesem Bild fühlte sich Grace mehr als von allen anderen angesprochen.

«Haben Sie Kinder?» fragte die Rekrutierungsbeamtin.

«Nein», sagte Grace und bemühte sich, sie selbstbewußt anzulächeln. «Nein, ich habe keine.»

«Tja, das ist die Hauptsache. Und Sie haben zuhause keinen Ehemann?»

«Nein. Er ist im Krieg. Deshalb möchte ich gern helfen.»

«Tja, ich weiß wirklich nicht…»

«Schauen Sie», sagte Grace, «Sie brauchen mir nur zu sagen, was ich tun soll. Dann werde ich es tun. Es ist mir egal, was es ist, Schweineställe ausmisten oder was auch immer.»

«Tja, also, das würden Sie gewiß tun müssen. Aber es ist nicht möglich, die Arbeit hier zu tun, wo Sie zuhause sind.»

«Warum denn nicht?» fragte Grace erstaunt. «Das scheint doch sehr naheliegend zu sein. Mit all den Farmen, die hier in der Nähe sind, und all den jungen Männern, die fortgehen.»

«Ja, ich weiß, aber die Vorschriften lauten, daß Sie irgendwo weit entfernt von ihrem Wohnort arbeiten müssen.»

«Wie weit?» fragte Grace, dachte an eine Tagesreise nach Wells oder Taunton und machte sich bewußt, was für eine Zeitverschwendung das doch sei.

«Nun, Sie würden wahrscheinlich nach Yorkshire gehen müssen.»

«Yorkshire! Aber warum denn? Ich verstehe nicht –»

«Das sind die Vorschriften», sagte die Rekrutierungsbeamtin fröhlich. «Dann gewöhnen sich die Mädchen besser ein und nehmen die Sache ernster. Und die Gefahr, daß sie gleich wieder weglaufen, wenn es ein wenig anstrengend wird, ist geringer.»

«Aber das würde bedeuten, daß ich irgendwo anders wohnen müßte.»

«Ja, offensichtlich.» Die Frau wurde immer ungeduldiger. – «Sie würden in einer Jugendherberge wohnen. Zusammen mit den anderen Mädchen. Und deshalb –»

«Oh», sagte Grace. Sie fühlte sich plötzlich sehr matt. Noch ein weiterer Plan, der an der Realität scheiterte. Sie sah die Rekrutierungsbeamtin durch einen Tränenschleier hindurch an.

«Es tut mir leid», sagte sie und suchte in ihrer Handtasche nach einem Taschentuch, «ich bin nur so enttäuscht. Ich wollte –»

«Schauen Sie», sagte die Rekrutierungsbeamtin, ihre Stimme klang plötzlich sehr viel freundlicher, «schauen Sie, es gibt etwas anderes, was Sie tun könnten. Für die Landmädchen. Wenn Sie Lust dazu haben. Und offen gesagt, ich glaube, daß es sehr viel passender für Sie und für Ihre Lebenssituation wäre.»

Sie meint, ich wäre zu vornehm, um die richtige Arbeit zu machen, dachte Grace und schneuzte sich die Nase. Wenn sie wüßte...

«Können Sie Auto fahren?»

«Ja. Ja, gewiß», sagte Grace entschlossen.

«Und... Sie haben vermutlich ein wenig Zeit?»

«Ja. Eine Menge Zeit.»

«Also gut. Wir brauchen für die Landmädchen dringend Repräsentantinnen.»

«Repräsentantinnen?»

«Ja. Die Arbeit wird leider nicht bezahlt, aber sie ist sehr wichtig. Sie bekämen einen bestimmten Benzinzuschuß, obwohl wir es natürlich vorziehen, wenn Sie, soweit möglich, ein Fahrrad benutzen.» Sie warf Grace einen strengen Blick zu.

«Ja, natürlich.»

«Die Repräsentantinnen besuchen die Mädchen in den Jugendherbergen, gehen Beschwerden nach, achten darauf, daß sie unter anständigen Bedingungen leben und dergleichen.»

«Sind die Bedingungen denn schlecht?» fragte Grace neugierig.

«Nein. Nein, natürlich nicht. Nun ja, nur in sehr seltenen Fällen», fügte die Frau hastig hinzu. «Aber die Mädchen bekommen natürlich Heimweh, bilden sich manche Dinge ein und steigern sich oft in die Vorstellung hinein, sie wären schlechter dran, als sie es in Wirklichkeit sind. Es ist in der Tat eine sehr wichtige Aufgabe, dafür zu sorgen, daß sie zufrieden sind, das kann ich Ihnen versichern. Was halten Sie davon?»

«Ich denke, das wäre wunderbar», sagte Grace spontan.

«Gut. Dann werde ich der Sekretärin des Landkreises Ihren Namen geben, und sie setzt sich mit Ihnen in Verbindung. Sie hat natürlich das letzte Wort, was die Auswahl der Repräsentantinnen angeht, aber ich bin sicher, sie wird sehr froh sein, Sie zu haben.»

«Danke», sagte Grace. «Recht herzlichen Dank.»

Kurz nachdem sie wieder zuhause angekommen war, klingelte das Telefon. Es war Mrs. Boscombe. «Der Major hat angerufen. Er ruft später noch einmal an. Ungefähr um sieben. Er klingt sehr munter. Kein Grund, sich seinetwegen Sorgen zu machen.»

«Gut», sagte Grace. «Danke.»

«Sie bat Mrs. Boscombe, sie zu Clifford durchzustellen. Sein Telefon klingelte lange Zeit; vielleicht war er ausgegangen, dachte Grace. Schließlich wurde der Hörer abgenommen, und eine Stimme sagte zögernd «Hallo», aber es war nicht Clifford, es war auch nicht Mary Saunders. Die Stimme gehörte Florence.

Grace legte den Hörer sofort wieder auf; ihr Herz klopfte wie wild. Was sollte sie jetzt tun? Und was zum Teufel machte Florence dort? Sie und Clifford hatten sich, seitdem er The Priory verlassen hatte, völlig voneinander entfremdet; sie hatte ihm einige sehr unangenehme Sachen gesagt, wie Muriel mit einiger Befriedigung berichtet hatte, und sich seither geweigert, ihn zu sehen. Sie versteckte sich, so vermutete Grace mit einem Gefühl der Verachtung und des Widerwillens. Sie versteckte sich vor Robert und hatte Angst, ihm gegenüberzutreten. Der arme Robert, er war der freundlichste Mensch, dem sie seit langer Zeit begegnet war. Und sie hatte versprochen, ihm zu helfen. Sie war es ihm schuldig, ihm seine Freundlichkeit zu vergelten, und natürlich wünschte sie sich sehr, daß sie dazu Gelegenheit hätte. Florence verdiente alles, was sie bekam. Alles.

Das Telefon in Roberts Haus wurde sofort abgenommen; nicht von ihm, sondern von dem Hausmädchen.

Nein, Major Grieg sei nicht zuhause, er sei mit einigen Freunden ausgegangen, würde aber um neun Uhr zurück sein, und er habe ausdrücklich gesagt, daß er dann alle Anrufe erwidern würde. Dürfe sie fragen, wer die Anruferin sei?

«Mrs. Bennett», sagte Grace mit fester Stimme. «Mrs. Charles Bennett. Er hat meine Nummer.»

«Danke, Mrs. Bennett.»

Charles rief etwa eine halbe Stunde später an.

«Liebling, wie geht es dir?»

«Gut, danke», sagte Grace. Aber eigentlich wünschte sie sich verzweifelt, ihm ihr Herz ausschütten und ihm sagen zu können, daß dem nicht so war.

«Du hast mir so gefehlt», sagte Charles.

«Du hast mir auch gefehlt.»

«Ich bin abkommandiert worden. Das heißt, *wir* sind abkommandiert worden.»

«Oh», sagte Grace und fühlte sich niedergeschlagener als je zuvor.

«Wir gehen nach Nordafrika. In einer Woche. Mehr kann ich dir nicht sagen.»

«O Charles, nein...»

«Hör mal, Schatz, du mußt jetzt tapfer sein. Wir müssen alle tapfer sein. Aber ich habe einen kurzen Urlaub. Sieh mal, ich kann nicht zu dir kommen, keine Zeit, keine Benzinration, nichts. Ich möchte, daß du nach London fährst und wir uns dort treffen. Meinst du, du könntest das schaffen?»

«Ja, natürlich», sagte Grace ein wenig gekränkt.

«Braves Mädchen. Wir können natürlich nicht ins Apartment, weil mein Vater dort ist, aber wir könnten über Nacht in einem Hotel wohnen. Das Basil Street, dachte ich. Es ist wirklich sehr nett dort. Und uns ein bißchen verwöhnen. Schließlich wird das für eine lange Zeit das letzte Mal sein. Ich sehne mich danach, dich wiederzusehen, Liebling.»

Robert kam kurz vor neun Uhr abends wieder nach Hause. Das Hausmädchen richtete ihm die einzige Nachricht aus. «Mrs. Bennett hat angerufen, Sir. Sie sagte, Sie kennen die Nummer.»

«Ja, gewiß. Danke. Ich gehe in mein Arbeitszimmer.»

Er durchblätterte sein Adreßbuch und suchte nach Grace' Nummer. Er hatte schon die Hand ausgestreckt, um den Hörer abzunehmen, als das Telefon klingelte. Es war seine Mutter; sie hatte ihm anscheinend eine Menge mitzuteilen und redete unablässig. Schließlich verabschiedete er sich ungeduldig und legte den Hörer auf. Jetzt endlich konnte er Grace anrufen.

«Grace? Grace, hier spricht Clifford. Wie geht es dir, meine Liebe?»

«Gut, Clifford. Danke.»

«Sehr schön. Bitte hör mir mal zu. Florence wohnt hier bei mir.»

«Ja. Ich weiß. Ich hatte sie vorhin am Apparat.»

«Grace, sie hat große Schwierigkeiten.»

«Tatsächlich?» sagte Grace.

«Ja. Tatsächlich. Sehr große Schwierigkeiten. Robert ist... tja, sagen wir mal, er ist nicht der, der er zu sein scheint. Ich hatte es schon seit einiger Zeit vermutet.»

«Ich verstehe nicht, was du meinst», sagte Grace.

«Nun ja... oh, Gott, das ist wirklich ziemlich kompliziert. Er hat sie geschlagen, war... regelrecht gewalttätig. Ziemlich gewalttätig.»

«O Clifford, das ist doch bestimmt nicht wahr. Das kann ich nicht glauben.»

«Grace, es *ist* wahr. Du mußt es mir glauben. Auf jeden Fall ist Florence hier bei mir, und es ist sehr wichtig, daß er das nicht erfährt. Er muß morgen zu seinem Regiment zurück, und dann ist sie in Sicherheit. Wenn er also zufällig mit dir Kontakt aufnehmen und dich fragen sollte, ob du weißt, wo sie ist, würdest du dann bitte –»

«Du willst, daß ich ihn anlüge?» sagte Grace. Sie war selbst erschrocken, wie hart ihre Stimme klang.

Es folgte ein Schweigen. Dann sagte Clifford: «Ja. Ja, vermutlich. Ich darf nicht zulassen, daß er sie hier findet. Es wäre sehr gefährlich für sie. Ich bitte dich, meinen Wunsch zu respektieren, Grace.»

Grace zögerte. Wenn jemand, irgend jemand sonst auf der Welt ihr eine solche Bitte vorgetragen hätte, dann hätte sie sie ihm abgeschlagen. Aber sie mochte Clifford viel zu gern; es gab zu viel, was sie ihm verdankte.

«In Ordnung», sagte sie. «Ich werde es nicht tun. Auf Wiedersehen.»

«Auf Wiedersehen, meine Liebe. Und vielen Dank.»

Kaum hatte sie aufgelegt, rief Robert an.

«Grace! Wie geht es dir? Fühlst du dich besser?»

«Ja. Ja, danke, Robert.»

Er war so sanft, so liebevoll; es konnte einfach nicht wahr sein, daß er gewalttätig war, Florence geschlagen hatte...

«Gut», sagte er. «Und vergiß nicht: Es gibt immer noch ein nächstes Mal.»

«Ja. Natürlich.»

«Ich habe die Stunden, die wir gemeinsam verbrachten, sehr genossen. Es war wunderschön.»

«Ja. Ja, das war es wirklich. Und noch einmal vielen Dank für alles, was du getan hast.»

«Es war mir ein Vergnügen. Du hattest mich angerufen?»

«Ja. Ja, ich hatte dich angerufen.»

«Aus einem bestimmten Grund?»

Es folgte langes Schweigen. Grace war noch immer unschlüssig, sehnte sich danach, ihm zu helfen, ihr Versprechen zu halten. Aber sie hatte auch Clifford ein Versprechen gegeben, einige Minuten zuvor. Sie konnte es nicht brechen.

«Nein», sagte sie schließlich. «Nein, eigentlich nicht. Nur, um dir viel Glück zu wünschen und mich von dir zu verabschieden. Schick mir eine Postkarte.»

«Wie lieb von dir.» Es folgte noch einmal ein Schweigen. «Und das war wirklich alles, Grace?»

«Ja. Ja, das war alles.»

«Keine Nachrichten von Florence?»

«Nein. Nein, leider nicht.»

«Nun ja, das macht nichts. Ich bin bis morgen früh hier; ich nehme den ersten Zug. Mittags muß ich mich wieder bei meiner Einheit melden. Also ist es noch immer nicht zu spät. Ich bin ihretwegen so besorgt, ich fürchte sehr, daß ihr etwas passiert sein könnte, und kann vor lauter Sorgen nicht schlafen. Ich liebe sie so sehr, Grace, so sehr.»

«Robert… »

«Ja, Grace?»

Draußen in der Eingangshalle jaulte Charlotte kläglich auf; sie war auf dem gebohnerten Fußboden ausgerutscht, und das gebrochene Bein schmerzte sie. Grace bat Robert, am Apparat zu bleiben, legte den Hörer daneben und ging hinüber, um sie zu trösten. Sie versuchte, Zeit zum Überlegen zu gewinnen. Aber sie wußte: Sie durfte Clifford nicht verraten. Natürlich glaubte sie kein Wort davon, daß Robert gewalttätig sei. Er hatte Florence möglicherweise bedroht, mit gutem Grund, wenn er herausgefunden hatte, was hinter seinem Rücken geschah; aber er hatte sie gewiß nicht geschlagen. Grace würde nie, niemals etwas anderes glauben. Aber sie hatte Clifford ein Versprechen gegeben. Und sie liebte ihn mehr als alle anderen.

Sie ging zum Telefon zurück und nahm den Hörer wieder auf. «Tut mir leid, Robert. Mein verletzter Hund.»

«Wie geht es ihr? Diesem drolligen kleinen Geschöpf.»

«Es geht ihr gut. Danke. Ja, das ist alles, Robert. Paß gut auf dich auf. Und besuch mich, wenn du wieder einmal daheim bist. Ich bin sicher, daß es Florence gutgeht. Mach dir ihretwegen keine Sorgen.»

«In Ordnung, Grace. Ich werde es versuchen. Alles Gute.»

«Liebling, Liebling. O Gott, danke! Wo bist du, was machst du?»

Clarissa stand in der Eingangshalle ihres Hauses in London und versuchte sich vorzustellen, was Jacks Aufgabe war: er stieg mutterseelenallein in jenem winzigen Flugzeug in die Lüfte, Tag für Tag, immer und immer wieder, und kehrte dann zurück, um aufzutanken und erneut in den Himmel emporzusteigen, der erfüllt war von Lärm und Feuer und Tod.

«Es geht mir gut, meine Funksprüche kommen noch immer durch.»

«O Jack, Liebling, paß gut auf dich auf. Sorg dafür, daß dir nichts passiert.»

«Ich versprech es dir. Weißt du, man hat mir gesagt, daß ich im August ein wenig Urlaub bekomme. Du bist noch nicht bei den Marinehelferinnen?»

«Nein, aber bald. Mach dir keine Sorgen. Um mit dir zusammensein zu können, werde ich einfach desertieren.»

«Verdammt. Ich muß los. Ein Alarmstart. Wiedersehen, Liebling, ich liebe dich.»

«Ich liebe dich auch.»

Charles' Urlaub war kein Erfolg. Grace empfand ihre Reise nach London als alptraumhaft, und im Vergleich mit dem unheimlichen Frieden, der bei ihrem letzten Besuch geherrscht hatte, spürte sie deutlich, wie sehr sich die Atmosphäre verändert hatte. Es gab noch immer keine unmittelbare Gefahr, keine Bombardements, aber die Stimmung war angespannt; überall waren Wegweiser zu den Schutzräumen, und in den Läden fand man kaum etwas zu kaufen. Laden- und Bürofenster waren verrammelt, Sandsäcke lagen übereinandergestapelt vor den Türen, und in den Seitenstraßen spielten Kinder, deren Schulen geschlossen worden waren.

Sie und Charles aßen in einer Atmosphäre angespannten Schweigens zu Abend; es fiel ihr absolut nichts ein, was sie ihm hätte erzählen können. Sie hatte keine Neuigkeiten zu berichten, hatte niemanden besucht, und wollte keine Dinge aussprechen, die Florence betrafen, ganz zu schweigen seinen Vater, und ihre Pläne konnte sie auch nicht mit ihm diskutieren. Sie bat ihn, ihr von seinen Erlebnissen zu berichten, was er dann auch tat, aber die Geschichten waren unendlich ermüdend, handelten von militärischen Übungen und den Verdiensten seiner Männer; zugleich war er, im Hinblick auf den nächsten Tag, offensichtlich ein wenig nervös, da dies ein Abschied für längere Zeit sein würde.

Ganz unvermittelt sagte er: «Meine Mutter scheint zu glauben, daß du Kontakt zu meinem Vater hast.»

«Oh, tatsächlich?» sagte Grace und fragte sich verärgert, wie Muriel dies herausgefunden haben könnte, warum sie es Charles erzählt und es ihr gegenüber nicht erwähnt hatte. «Ja, das stimmt.»

«Und warum?»

«Er ruft mich manchmal an, um in Verbindung zu bleiben. Um zu sehen, wie es mir geht», fügte sie hinzu. «Es gibt nicht viele Leute, die das tun. Er macht sich deinetwegen große Sorgen.»

«Das», sagte er entschieden, «ist äußerst verwerflich. Er hat kein Recht, über dich mit der Familie in Kontakt zu bleiben. Er nutzt deine Gutmütigkeit nur aus, Grace, und das darfst du nicht zulassen.»

«Es tut mir leid.»

«Wenn er dich anruft, dann wirst du nicht mit ihm sprechen, und du wirst auch in Zukunft keinen Kontakt mehr mit ihm haben. Ist das klar?»

«Ich weiß nicht recht, Charles. Eigentlich ... Willst du damit sagen, du verbietest es mir?»

«Ja. Ja, das tue ich.»

Grace schwieg; sie sah einen ernsten Streit herannahen, dem sie sich ganz und gar nicht gewachsen fühlte. Es spielte keine große Rolle; vielleicht würde es eine Rolle spielen, wenn Charles zuhause wäre, aber er war es nicht.

Es folgte ein langes, unangenehmes Schweigen, dann sagte Charles: «Wollen wir uns die Nachrichten anhören? In unserem Zimmer ist, soviel ich weiß, ein Radio.»

Nach den Nachrichten, die sich trostlos anhörten und in denen von der fortgesetzten Bombardierung der Küste die Rede war, von deutschen Kampfflugzeugen, die fast überall gesichtet worden waren, und von der Bombardierung eines Zerstörers in der Nähe von Dover, stellte Charles das Gerät ab und sagte: «Tja, das war's. Gehen wir ins Bett, Schatz?»

«Ja», sagte Grace und versuchte zu lächeln, während sie innerlich vor dem Gedanken zurückschreckte. «Ja, gehen wir ins Bett.»

Sie lag wartend da und empfand fast etwas wie Haß gegen ihn, auch gegen sich selbst. Als es vorbei war, drehte sich Charles schweigend um und schlief sofort ein.

Am nächsten Tag versuchte sie, mit ihm zu reden, ihm zu erklären, wie einsam sie sich fühlte, wie nutzlos ihr Leben ihr erschien, aber er schien sie nicht zu verstehen. Sie sagte noch einmal, daß sie sich gern den Hilfsdiensten anschließen wolle – wobei sie bewußt die Landmädchen nicht erwähnte –, aber er saß nur da und sah sie mit unbewegter Miene an.

«Du weißt, was ich über all diese Dinge denke»; das war alles, was er dazu sagte. «Ich verstehe nicht, warum du darauf beharrst. Sicher, ich bin im Augenblick nicht da, Grace, aber du bist noch immer meine Frau. Es würde mir meine Situation sehr erschweren, wenn ich das Gefühl hätte, daß du meinen Wünschen zuwiderhandelst.»

«Aber Charles, warum kann ich nicht deine Frau sein und etwas tun, um zu helfen?»

«Grace», sagte er, «deine Pflicht besteht darin, *mir* zu helfen. Zuhause zu sein, dort, wo ich dich haben möchte. Mir scheint, daß ein wenig Einsamkeit kein sehr hoher Preis dafür ist.»

Grace gab es auf.

Am nächsten Tag begleitete sie ihn zur Victoria Station, um sich von ihm zu verabschieden. Sie fühlte sich wie betäubt, nicht einmal wirklich unglücklich, und fragte sich, was mit ihr los war.

«Mein Gott, er ist ausgebrochen!» rief Linda aus.

Die Sirenen heulten mitten am Nachmittag. Sie, Bens Mutter und die Jungen liefen in den Schutzraum der Andersons hinunter.

Sie hatten alle große Angst. Die deutsche Luftwaffe war die Themse hinaufgeflogen, ein ganzes Geschwader von Flugzeugen, so viele, daß der Himmel schwarz davon war, sagte der Aufseher ihnen hinterher. Das Ziel waren die Hafenanlagen, weit weg von Acton, wo sie selbst sich befanden, aber sie konnten den Lärm hören, das endlose Brummen der Flugzeuge und dann die schrecklichen Bombenexplosionen. Erst bei Morgengrauen ertönte die Entwarnungssirene. Für diesmal war es vorbei; aber es würde wieder passieren.

«Ich werde die Jungen zurückschicken», sagte Linda, «wieder zurück aufs Land. Dorthin, wo es sicher ist.»

Während sie im Morgengrauen den Eimer mit heißem Seifenwasser füllte, dachte Clarissa, daß sie sich ihr Leben als Marinehelferin eigentlich anders vorgestellt hatte. Sie hatte sich selbst auf dem Deck eines Zerstörers gesehen, adrett und schmuck in einer schönen Uniform, neben einem hinreißenden Kapitän, der sich ihr zuwenden und sagen würde: «Gut gemacht, Erster Offizier Compton Brown, Sie haben uns geholfen, eine große Schlacht zu schlagen.»

Und jetzt war sie Marinehelferin, trug einen widerwärtigen Overall, wohnte in einem häßlichen Gebäude im Norden von London, schlief auf einer schrecklich unbequemen Liege und war für die Vier-Uhr-Schicht verantwortlich, was bedeutete, daß sie jeden Tag die Treppe scheuern und dafür sorgen mußte, daß die siebenundvierzig anderen Mädchen rechtzeitig aufstanden. Das war ihre Hauptaufgabe, und sie war unangenehmer als alles andere, was sie zu tun hatte. Die alte Vettel, die sie am Ende des ersten Tages in ihre Pflichten eingewiesen hatte, hatte ihr gesagt, sie sähe aus wie jemand, der andere Leute auf Trab bringen könne; Clarissa hatte sich in jenem Augenblick fast geschmeichelt gefühlt und ihr sogar bescheiden zugestimmt. Jetzt, da sie neben den Liegen der Mädchen stand, die noch fest schliefen, und sie zunächst freundlich anredete, dann schüttelte und ihnen schließlich befahl, endlich aus den Betten zu kommen, um dann einen Schwall von Beschimpfungen über sich ergehen zu lassen, hätte sie alles dafür gegeben, nicht die Anführerin zu sein. Die meisten der Mädchen waren recht nett; einige allerdings waren abscheulich. Mädchen aus dem Arbeitermilieu, die es als ihre Pflicht ansahen, ihr und anderen, die aus ihrer Gesellschaftsschicht kamen, das Leben schwerzumachen.

«Oh, entschuldigen Sie bitte», hatte irgendeine May Potter zu ihr gesagt (Clarissa erinnerte sich dunkel an sie von dem Tag des Interviews, als sie mit einer Freundin dagesessen und geflüstert hatte – die Freundin war anscheinend nicht genommen worden), und ihre Stimme hatte einen sarkastischen Unterton, als sie höflich anfragte, ob Clarissa mit dem schmutzigen Wasser fertig sei, das sie im Waschbecken, das sie sich am ersten Abend teilen mußten, stehengelassen hatte. «Es tut mir unendlich leid, Madam, ich nehme an, zuhause läßt das Hausmädchen das Wasser für Sie ab.»

«Nein», sagte Clarissa mit ihrem charmanten Lächeln, «eigentlich tue ich das selbst. Und mache auch selbst mein Bett. Na ja, jedenfalls, wenn sie ihren freien Abend hat.»

Sie hatte es als Scherz gemeint, aber der war danebengegangen. Von dem Moment an hatte sich eine kleine Gruppe, angeführt von May, zusammengeschlossen, die sie ständig «die Gräfin» nannte, ihren Akzent nachahmte und ihre Art zu gestikulieren, wenn sie sprach.

Clarissa, die nie in ihrem Leben mit Unfreundlichkeit konfrontiert gewesen war, deren fröhliches Naturell ihr alle Wege geebnet hatte, sogar in der Schule, war darüber zunächst erstaunt, dann schockiert und verletzt. Macht nichts, sagte sie zu sich selbst, als sie begann, die erste Stufe abzuschrubben, und ihr Blick mißmutig die dreiundzwanzig anderen hinunterglitt, dies würde nur für sechs Wochen sein. Sie konnte es durchhalten; sie würde es auf jeden Fall durchhalten. Wenn Jack täglich mehrmals sein Leben riskierte, dann könnte sie wohl mit ein bißchen Spott fertig werden.

«Ihr könnt», hatte die Aufseherin zu den Mädchen gesagt, als sie am ersten Abend im Empfangsraum des Mill Hill gesessen hatten, «euch glücklich schätzen, eine ganz besondere Aufgabe erfüllen zu dürfen. Die Marinehelferinnen sind die beste weibliche Hilfstruppe. Es ist ein großes Privileg, ihr angehören zu dürfen. Es ist eine große Ehre, und es wird noch lange, nachdem dieser Krieg vorbei ist, eine schöne Erinnerung sein. Einmal eine Marinehelferin, immer eine Marinehelferin.»

Sie hatte danach noch einiges in diesem Sinne von sich gegeben, aber nichts davon, so dachte Clarissa, als sie angewidert ihren Scheuerlappen auswrang, schien etwas damit zu tun gehabt zu haben, eine Reihe von Stufen zu scheuern. Das einzige, was ihr wirklich Spaß machte, war, das Marschieren und Salutieren zu lernen; das jedenfalls schien dem Leben als Marinehelferin, so, wie sie es sich vorgestellt hatte, immerhin ein wenig zu ähneln.

Wenigstens war Jack in Sicherheit – für den Augenblick jedenfalls. Er hatte die Schlacht um Großbritannien überlebt, war ihr Held, einer der wenigen, denen, wie Mr. Churchill gesagt hatte, so viele so vieles schuldeten. Man hatte ihm einen Orden verliehen, und er war jetzt für kurze Zeit in einem vergleichsweise friedlichen Gebiet.

«Oh! Ach Gott, das tut mir aber schrecklich leid!» rief ihre Peinigerin May Potter; sie hatte es geschafft, auszurutschen und dabei dem Eimer einen Tritt zu versetzen, so daß er die Treppe von oben bis unten hinunterschepperte. «Das tut mir ja so leid. Ich wünschte, ich könnte dir aufwischen helfen, aber ich muß jetzt erst mal Frühstück machen.»

Clarissa warf May über ihren Scheuerlappen hinweg einen müden Blick zu und lächelte sie dann zuckersüß an. «Hau ab», zischte sie. «Scher dich zum Teufel.»

May sah sie entsetzt an, und dann zeigte sich zum ersten Mal ein Ausdruck von Respekt in ihren blaßblauen Augen.

«Es tut mir tatsächlich leid», war alles, was sie sagte, aber Clarissa wußte, daß sie fürs erste gewonnen hatte – keinen Krieg, auch nicht eine Schlacht, aber einen kleinen Zweikampf. Sie lächelte die Aufseherin fröhlich an, die ihr befahl, niederzuknien und die Schweinerei aufzuwischen. Clarissa hatte das kleine Zwischenspiel ganz außerordentlich genossen.

Florence mußte Muriel am Ende doch von ihren Problemen erzählen. Sie hatte es aber geschafft, ihre Schwangerschaft vor ihr geheimzuhalten – sie war noch immer sehr dünn, und der leicht gewölbte Bauch war nur sichtbar, wenn sie nackt war. Sie erklärte ihrer Mutter lediglich, sie und Robert hätten Probleme gehabt, er habe sie bedroht und sie wolle ihm, bis er außer Landes sei, aus dem Weg gehen. Muriel erwiderte, sie sei nicht auf den Kopf gefallen, es ermüde sie, daß man sie offenbar so einschätze, und fragte sehr genau nach, um welche Probleme es sich handelte. Florence erzählte ihr widerwillig, sie habe ein Verhältnis mit jemand anderem gehabt, aber Robert wisse es nicht und jene Tatsache habe mit seinem beängstigenden Verhalten nichts zu tun. Muriel, die Florence natürlich heftig verurteilte, ließ sich dennoch überreden, ihm zu sagen, Florence sei mit ihr in Cornwall gewesen; er glaubte ihr offensichtlich nicht, aber es gab nichts, was er daran ändern konnte. Er war nach Gibraltar abkommandiert worden und würde in zehn Tagen das Land verlassen; weitere Urlaubsansprüche hatte er nicht. Florence redete mit ihm, sagte, wie leid es ihr täte, ihn verpaßt zu haben; sie sei jetzt in The Priory und wohne bei ihrer Mutter.

Robert schien dies zu akzeptieren, sagte ihr, er liebe sie, diktierte ihr eine Adresse, an die sie Briefe schicken konnte, erklärte, er würde ihr häufig schreiben und freue sich darauf, sie bei seinem nächsten

Urlaub zu sehen. Ein wenig verwirrt in Anbetracht seiner Milde und Freundlichkeit versprach Florence kleinlaut, sie würde ihm selbstverständlich schreiben, und nachdem sie sicher sein konnte, daß er schon mindestens vier Tage auf See war, verließ sie Wiltshire und fuhr zurück nach London.

Sie fühlte sich unendlich erschöpft; nicht nur aufgrund ihrer Schwangerschaft, sondern auch, weil endlich die Anspannung und Angst von ihr abgefallen waren und weil sie über die Trennung von Giles tief bekümmert war. Sein Schiff würde in einer Woche in See stechen; er hatte ein Urlaubsgesuch eingereicht, aber verheirateten Offizieren wurde Vorrang gewährt. Sie hatte wenig Hoffnung, ihn in den nächsten Monaten zu sehen – *wenn* sie ihn überhaupt jemals wiedersehen würde, dachte sie in ihren dunkelsten Momenten.

Sie fühlte sich nicht nur unglücklich, sondern so, als könnte sie sich nicht einmal daran erinnern, wie es war, glücklich zu sein.

Kapitel 12
Winter 1940/41

Schwanger!» rief Muriel aus. «Aber das verstehe ich nicht!»

«Es gibt da nicht viel zu verstehen, Mutter», sagte Florence. Sie bemühte sich, gelassen zu bleiben.

«Ich dachte, du und Robert, ihr hättet so große –»

«Nun ja, aber solche Dinge passieren trotzdem.»

«Tja, solange das Kind wenigstens von Robert ist. Ich möchte mir nicht ausmalen –»

«Natürlich ist es Roberts Kind», sagte Florence müde. «Jedenfalls meine ich, ich sollte hierherkommen und jetzt, da er fort ist, bei euch wohnen. Natürlich nur, wenn es dir recht ist», fügte sie hinzu.

«Sicher ist es mir recht. Ich habe dich seit Monaten gedrängt, hierherzuziehen. Es wäre sehr angenehm für mich, ein wenig Gesellschaft zu haben. Ich glaube nicht, daß irgend jemand wirklich weiß, wie einsam ich war.»

Florence empfand es als schwierig, mit ihrer Mutter auszukommen, mit ihr zu leben, und schreckte in gewisser Weise vor dem, was ihr bevorstand, zurück, aber sie mochte sie dennoch gern und erkannte in gewissen Momenten, daß sie Muriel in mancher Hinsicht ähnelte. Sie war wie ihre Mutter fähig, hart zu arbeiten, war ebenso realistisch und klarsichtig, hatte dieselbe taktlose, schroffe Art und war ebenso schüchtern – was von allen als Unfreundlichkeit interpretiert wurde. Florence beneidete Charles und ihren Vater glühend um ihren lockeren, einnehmenden Charme. Sie hatte sich unter anderem deshalb in Giles verliebt, weil er gesagt hatte: «Ich weiß nicht, warum du solche Angst hast, du selbst zu sein.» Er hatte sie damit so präzise charakterisiert, hatte so deutlich gezeigt, daß er sie und ihre Schwierigkeit, sich zu entspannen, verstand, und ebenso ihr Unvermögen, sich selbst zu akzeptieren, zu glauben, daß irgend jemand gern mit ihr zusammen war und sich anhören wollte, was sie zu sagen hatte.

Es waren jene Schwächen und jene innere Unsicherheit gewesen, die sie bewogen hatten, Robert Griegs Heiratsantrag anzunehmen, obwohl sie gewußt hatte, daß sie ihn nicht liebte. Und natürlich war sie froh gewesen, daß jemand sie davor bewahrt hatte, mit damals immerhin schon achtundzwanzig Jahren eine alte Jungfer zu werden.

«Tja, weißt du», sagte Muriel, «wenn du kommen willst, dann komm so rasch wie möglich. Sag mir, wann der Zug eintrifft, und ich hole dich in Salisbury ab.»

«Ich brauche ein paar Tage, um hier im Haus alles zu regeln», sagte Florence. «Ich komme am Montag, wenn es dir recht ist.»

«Ja, warum nicht. Ich werde dein Zimmer vorbereiten lassen. Ich weiß allerdings nicht recht, wo wir das Baby einquartieren sollen», fügte sie hinzu, als wäre The Priory ein kleiner Bungalow und nicht ein Haus mit acht Schlafzimmern. «Und natürlich ist das Kindermädchen seit langem im Ruhestand; du wirst mit allem allein fertig werden müssen.»

Florence sagte, das würde schon in Ordnung gehen, und legte den Hörer auf.

«Mrs. Bennett?»

«Ja, am Apparat.»

«Mrs. Bennett, man hat mir Ihren Namen gegeben; Sie sind bereit, evakuierten Kindern Unterkunft zu gewähren. Ist das richtig?»

«Ja», sagte Grace, lächelte in den Apparat und fühlte sich plötzlich schrecklich nervös. «Ja, das ist richtig. Ich kann gut zwei aufnehmen, möglicherweise sogar drei. Würde Ihnen das weiterhelfen?» Nachdem Charles das Land verlassen hatte, hatte sie ihre Adresse hinterlegt und erklärt, sie sei bereit, im Mill House evakuierte Kinder aufzunehmen.

«Das wäre außerordentlich hilfreich. Vielen Dank. Heute trifft ein Zug voller Kinder ein. Könnten Sie vielleicht am späten Nachmittag nach Shaftesbury kommen? Die Kinder sind dann im Rathaus. Sie können sich zwei davon abholen.»

«Wollen Sie damit sagen», stammelte Grace, «daß wir uns die Kinder selbst aussuchen?»

«Ja, natürlich.»

«Es klingt ein bißchen, als wäre es ein Viehmarkt. Die armen kleinen Geschöpfe.»

«Tja, Mrs. Bennett, wir haben Krieg. Und die Kinder haben großes Glück, daß sie hierherkommen können.»

Sie standen da, hielten sich an den Händen und beobachteten, wie die Leute hereinkamen. Bei weitem nicht so viele wie beim letzten Mal, und auch nicht so viele nette, ein paar von ihnen hatten richtig böse Gesichter, wie die alte Schachtel dort drüben. Sie würden bestimmt diejenigen sein, die übrigblieben, David konnte das deutlich erkennen; entweder wollten die Leute große Jungen haben, die ihnen auf der Farm halfen, das wußte David inzwischen, oder hübsche kleine Mädchen. Die Kleine mit den Locken war schon weg, und das kleine Biest in Rosa, das dastand und schmollte, würde auch bald weg sein. Eine große, dicke Frau trat auf sie zu und sah sie streng an.

«Zwei sind zuviel», sagte sie, «und sie sehen nicht gerade sehr kräftig aus, aber der Größere könnte vermutlich im Haus helfen. Ich nehme ihn; er kann sich nützlich machen.»

«Aber ich möchte bei meinem Bruder blieben, Miss», protestierte David. Es klang wie ein Verzweiflungsschrei; Daniel klammerte sich ängstlich an seine Hand. «Die andere Dame sagte, ich könnte –»

«Die andere Dame hatte kein Recht, dergleichen zu sagen. Dies ist kein Erholungsurlaub», sagte die Aufseherin scharf. «Ihr habt großes Glück, daß ihr hier seid, sicher vor den Bomben. Also, jetzt komm, nimm deine Sachen und verabschiede dich von deinem Bruder. Du wirst ihn bestimmt manchmal sehen, zum Beispiel in der Schule.»

«Aber...» Die Tränen begannen zu fließen. David schluckte, bemühte sich, sie zu verbergen. Wie würde er dies ertragen können, ohne seine Mutter, sein Heim, seine Freunde oder Daniel?

«Jetzt fang um Himmelswillen nicht an zu heulen. Such deine Sachen zusammen und –»

«Entschuldigen Sie bitte!» Die Stimme klang liebevoll und besorgt. David schaute auf und sah eine sehr viel jüngere Dame vor sich stehen; sie lächelte, und sie hatte schönes, gelocktes, rotgoldenes Haar und trug ein hübsches, geblümtes Kleid. Sie erinnerte ihn ein wenig an seine Mutter.

«Entschuldigen Sie. Vielleicht würde es Ihnen helfen, wenn *ich* die beiden hier nehme? Ich wollte ohnehin zwei haben, und sie könnten dann zusammen sein.»

«Nein, unmöglich», sagte die dicke Frau. «Ich habe mir diesen Jungen hier bereits ausgesucht. Sie müssen eben zwei andere nehmen.»

«Aber sie sind Brüder. Sie möchten zusammenbleiben. Und sie sind noch so klein.»

«Nun hören Sie mal gut zu», sagte die dicke Frau, «ich habe meine Wahl bereits getroffen, und ich lasse mich nicht davon abbringen. Er ist klein, gewiß, aber dann ißt er wenigstens nicht so viel. Ich hatte gehofft, einen kräftigen Jungen zu finden, der mir ein wenig helfen könnte, aber dieser hier ist besser als gar nichts. Ich muß jetzt nach Hause; es wird bald dunkel werden, und mein Mann wartet draußen im Lieferwagen.»

Plötzlich brach David in lautes Schluchzen aus. Er war nicht sicher, warum, aber er hatte das Gefühl, es würde helfen. Er schob verstohlen einen Fuß vor und trat Daniel kräftig gegen den Knöchel. Daniel brach gehorsam ebenfalls in Tränen aus.

«Um Himmels willen», rief die Frau, «das kann ich mir nicht antun. Ich nehme lieber die da», entschied sie und zeigte auf ein großes Mädchen, das in der Ecke stand. «Sie sieht nicht aus, als würde sie Schwierigkeiten machen. Los, komm mit. Viel Vergnügen mit diesen beiden hier.»

Sie wandte sich um und rauschte davon. Die hübsche Dame stand mit einem Siegerlächeln da und schaute auf die beiden kleinen Jungen hinunter. «Gut gemacht», sagte sie. «Wie heißt ihr?»

«David, Miss. David Lucas. Dies ist mein Bruder Daniel.»

«Und wie alt seid ihr?»

«Sechs, Miss. Daniel ist gerade vier geworden.»

«Also, würdest du gern mit mir kommen, David?»

«Ja, Miss. Kann Daniel auch mitkommen?»

«Ja, natürlich kann er das. Was für eine Frage.»

Die Aufseherin kam zu ihnen herüber. «Werden Sie auch wirklich mit den beiden fertig, Mrs. Bennett? Wenn nicht, dann kann Mrs. Carter den jüngeren Knaben nehmen.»

«Natürlich werde ich mit ihnen fertig. Sie müssen zusammenbleiben, es wäre unmenschlich, sie zu trennen.»

«Mrs. Bennett, wir haben Krieg. Wir müssen alle Opfer bringen. Selbst die Kinder. Aber wenn Sie es schaffen... also, hier sind ihre Hefte für die Essensration. David, hast du deine Gasmaske?»

«Ich hab sie verloren, Miss. Im Zug.»

«Tatsächlich? Mein Gott! Und was machst du, wenn es heute nacht einen Gasangriff gibt? Hm?»

«Ich weiß nicht, Miss. Sterben?»

Er suchte den Blick der hübschen Dame und hoffte, das richtige geantwortet zu haben; er hätte schwören können, daß sie ihm zuzwinkerte.

Grace nahm die Kinder bei der Hand und führte sie nach draußen.

«Mensch!» rief David, als sie langsam die Einfahrt hinauffuhren. «Mensch, ist das vornehm hier!»

Grace lachte. «Nicht besonders. Es heißt Mill House. Schau, dort ist der Bach.»

«Ja, Miss. Und was macht er, Miss?»

«Nun ja, inzwischen nicht mehr sehr viel», sagte Grace, «aber früher hat er das Mühlrad angetrieben, sieh mal, dort drüben, und das hat dann die Körner gemahlen und daraus Mehl gemacht, glaube ich.»

David schwieg. Die Erklärung überforderte ihn ein wenig.

«Ist das Ihr Hund?» sagte David und trat ein paar Schritte zurück.

«Ja. Sie heißt Charlotte. Sie ist sehr lieb. Komm mal her und sag guten Tag, Charlotte.» Aber David hatte sich hinter seinen Bruder gestellt und schaute sich ängstlich um.

«Sieh mal, Daniel, Hühner. Die andere Dame hatte auch Hühner. Aber wir durften keine Eier essen.»

«Warum in aller Welt denn nicht?»

«Sie sagte, für welche wie uns gäbe es keine.»

«Nun, hier könnt ihr Eier essen. Wo wohnte diese andere Dame?»

«In Yorkshire, Miss.»

«Oh», sagte Grace.

Sie waren hungrig; sie gab ihnen gekochte Eier, Brot, Butter und Äpfel.

«Das war gut», sagte Daniel und lächelte sie zum ersten Mal an.

«Haben Sie auch Kinder, Miss?»

«Kinder? Nein», sagte Grace, «nein. Aber *ihr* werdet jetzt meine Kinder sein, nicht wahr? Würde euch das gefallen?»

Später hörte sie das stille, erstickte Weinen, das aus dem kleinen Zimmer drang, in dem sie schliefen. Sie ging hinein. Daniel schlief fest, aber David lag, das Gesicht in seinem Kopfkissen vergraben, auf dem Bauch; sein kleiner Körper wurde vom Schluchzen heftig geschüttelt.

Grace ging zum Bett hinüber und streichelte ihn sanft übers Haar; er steckte sofort den Kopf unter das Kissen.

«David! Wein doch nicht.»

Schweigen.

«Möchtest du mit mir hinunterkommen?»

Noch mehr Schweigen.

«Nun, wenn du hinunterkommen möchtest, ich bin in der Küche.»

An jenem Abend kam er nicht, auch am nächsten nicht, aber sie hörte ihn immer wieder in seinem Bett weinen. Tagsüber schien es ihm ganz gut zu gehen; er war ein wenig zerstreut, aber fröhlich. Sie wollte ihnen bis zum Montag Zeit lassen, um sich einzugewöhnen, bevor sie sie zur Schule schickte. Sie waren sehr lieb und folgten ihr zusammen mit Charlotte auf Schritt und Tritt; sie hatte das Gefühl, jetzt drei kleine Hunde im Haus zu haben. Am Morgen machten sie sehr ordentlich ihre Betten und gaben sich sehr große Mühe, ihr zu gefallen. Daniel fütterte gern die Hühner, und sie erzählte ihm, daß sie sich eine Ziege anschaffen wollte, was er sehr aufregend fand. Er schien ruhiger zu sein und weniger Heimweh zu haben als David, der still und in sich gekehrt war; wie sehr sie sich auch bemühte, er sprach kaum mehr als unbedingt nötig.

In der dritten Nacht nach ihrer Ankunft hörte sie wieder das erstickte Weinen und betrat das Zimmer der beiden; David versteckte sich wie immer unter den Bettüchern und tat so, als schliefe er. Es war sehr kalt, deshalb hatte sie die Fenster und die Fensterläden fest geschlossen. Die Luft im Zimmer war stickig, und es roch unverkennbar nach Urin.

Am Morgen schickte sie Daniel zum Eier einsammeln, dann setzte sie sich auf das alte Sofa vor dem Küchenfenster und klopfte auf den Platz neben sich.

«Komm, David, setz dich neben mich. Ich möchte mit dir reden.»

«Ja, Miss.»

«David ... ich wollte dir nur sagen ... wenn ... nun ja, wenn einer von euch beiden ... ins Bett macht, das ist wirklich nicht schlimm, weißt du. Daniel ist noch sehr klein, und es ist für jeden Menschen sehr traurig, von zuhause fortgehen zu müssen. Ich habe früher auch manchmal ins Bett gemacht. Also wenn ihr ... tja, wenn er also ins Bett gemacht hat, oder wenn du meinst, das könnte passieren, dann wäre es besser, ich würde eine Gummimatte auf die Matratze legen. Ich muß heute die Bettwäsche wechseln, und wenn ich die Betten dann wieder überziehe, dann würde ich die Matte einfach drunterlegen. Dann wäre es kein Problem. Okay? Und jetzt sage ich dir, worüber ich mich wirklich mit dir unterhalten möchte. Über eure Mama. Meinst du nicht, ihr solltet ihr mal schreiben? Darüber würde sie sich bestimmt freuen.»

David nickte stumm, dann schob er seine Hand in ihre. «Danke», das war alles, was er sagte.

«Erzähl mir doch mal etwas über deine Mama und deinen Papa.»

«Meine Mama ist sehr hübsch. Sie heißt Linda. Sie kann sehr gut singen. Sie ist lustig. Sie fehlt mir», sagte er und brach plötzlich in Tränen aus.

Grace breitete die Arme aus. «Komm. Komm her, David.»

«Die Sache ist die», sagte David und rutschte ein wenig verlegen zu ihr hinüber, «die andere Dame, in dem anderen Haus... sie hat uns verprügelt, wenn wir... wenn Daniel ins Bett gemacht hat. Es war schrecklich. Sie war schrecklich.»

«Weißt du, ich werde keinen von euch beiden verprügeln. Mach dir deshalb keine Sorgen. Das ist überhaupt nicht schlimm. Und was ist mit deinem Dad? Erzähl mir von ihm.»

«Er ist fortgegangen, um zu kämpfen. Und was ist mit deinem?»

«Mit wem? Oh, du meinst meinen Mann. Er macht dasselbe. Er ist sehr nett. Er hat helles Haar und blaue Augen. Und er ist groß. Er sieht gut aus. Er fehlt mir sehr», sagte sie mit einem heftigen Seufzer. Es stimmte, er fehlte ihr wirklich.

«Mein Dad sieht auch gut aus», sagte David, «aber er hat dunkles Haar, so wie ich. Er würde dir gefallen», fügte er hinzu und sah sie prüfend an, «ganz bestimmt. Und du würdest ihm auch gefallen.»

«Den Kindern scheint es gutzugehen», sagte Linda zu ihrer Schwiegermutter. «Heute morgen habe ich einen Brief von David bekommen. Und einen von der Frau, bei der sie wohnen. Sie klingt sehr nett. Ihr Name ist Grace Bennett. Sie schreibt, sie und Daniel wollten sich jetzt eine Ziege anschaffen und sie bringe ihm das Klavierspielen bei. Hör mal, er schreibt: ‹Das Haus ist sehr groß, und der Garten ist so groß wie ein Kornfeld.›»

«Klavierstunden, ein großes Haus», sagte ihre Schwiegermutter. «Die Frau setzt ihnen Rosinen in den Kopf. Wenn ich du wäre, dann würde ich gut aufpassen, Linda. Wohin gehst du?»

«Ich gehe aus», sagte Linda, «und red nicht so dummes Zeug. Wie sollte ich aufpassen? Wenn du mich fragst: Sie haben verdammt viel Glück gehabt. Ich bin dieser Grace sehr dankbar. Ich werde ihr schreiben. Jetzt gehe ich in den Pub, und wenn die Sirene heult, dann komme ich sofort zurück, okay?»

«Ja. In Ordnung», sagte Bens Mutter und sah sie finster an. Linda schaute ebenso finster zurück. Aber im Grunde kamen sie jetzt besser miteinander aus – durch ihre Angst, die Schwierigkeiten, die Entbehrungen und die gemeinsame Entschlossenheit, sich nicht unterkriegen zu lassen, fühlten sie sich enger miteinander verbunden als je zuvor.

Linda hätte es gewiß nicht gern zugegeben, aber sie amüsierte sich glänzend. Ben war nach Liverpool abkommandiert worden und war in Sicherheit; sie brauchte sich um ihn keine Sorgen zu machen. Und London war voller Soldaten, die Urlaub hatten, Soldaten und Flieger der Luftwaffe, die meisten von ihnen sehr einsam, die glücklich waren, hübschen jungen Frauen, die ihnen schmeichelten und sagten, wie tapfer sie seien, einen Drink spendieren zu dürfen. Mindestens einmal in der Woche fuhren sie und Janice nach West End, ins Vergnügungsviertel; sie wußten, daß es gefährlich war, sogar ein bißchen verrückt, aber wie Janice immer sagte, man mußte die guten Gelegenheiten beim Schopf packen und sich amüsieren, solange es möglich war.

Die Atmosphäre in den Pubs und Bars dort war phantastisch; jedermann war bester Stimmung und wollte sich amüsieren, es war möglicherweise die letzte Chance. Die Mädchen wurden zum Tanzen, in Nachtclubs und ins Kino eingeladen. Wenn ein Film vorbei war, dann war die Nacht noch lange nicht zu Ende. Die Typen hofften natürlich, auf ihre Kosten zu kommen, wie Janice es formulierte, aber die meisten waren mit einem Kuß und einer Umarmung zufrieden. Zuerst hatte Linda ein paar Gewissensbisse, aber es gelang ihr, sich selbst zu überzeugen, daß Ben nicht traurig über etwas sein konnte, was er nicht wußte. Und im übrigen dachte sie nicht im Traum daran, mit irgendeinem der Soldaten wirklich aufs Ganze zu gehen, auch nicht, wenn er wirklich gut aussah.

Die Arbeit in der Fabrik machte ihr ebenfalls Spaß. Nachdem sie mehrere Wochen lang eingearbeitet worden war, bestand sie ihre Prüfung und machte eine Zehn-Stunden-Schicht, alle zwei Wochen abwechselnd tagsüber oder nachts.

Und jetzt, da sie wußte, daß es den Jungen gutging, konnte sie es sich auch gutgehen lassen. Sich ein bißchen amüsieren. Nicht zu glauben, daß das im Krieg möglich war.

Clarissa und Jack hatten beide zu Weihnachten Urlaub bekommen. Dem Schicksal und allen Widerständen zum Trotz entschlossen sie sich, ihn zuhause in London zu verbringen. Jack war wieder an die Südküste, nach Kent, abberufen worden.

«Wenn wir bombardiert werden, dann ist das in Ordnung», sagte Clarissa. «Dann gehen wir wenigstens gemeinsam.»

Ihr Leben war augenblicklich voller Abenteuer. Sie war nach Portsmouth abkommandiert worden und Fahrerin geworden. Sie sauste im Land herum, wurde Marinehelferin Compton Brown genannt und arbeitete unter äußerst schwierigen und gefährlichen Bedingungen, häufig in der Nacht. Sie sonnte sich in ihrer neuen Position, achtete nicht auf die Gefahren und war ständig in einem Zustand freudiger Erregung; oft war sie kaum fähig zu schlafen, selbst nach einer langen Fahrt.

Das Haus der Marinehelferinnen in Portsmouth war ein großes Privatgebäude, das requiriert worden war; die Kammer, in der sie schlief, war sehr viel kleiner als die im Mill Hill, und jetzt, da ihnen allen ihre Aufgaben zugeteilt worden waren und sie sich ihr Nachtlager aufgeschlagen hatten und miteinander plauderten, empfanden sie ein Gefühl tiefer Kameradschaft.

Zunächst, als sie entdeckt hatte, daß May Potter ebenfalls nach Portsmouth versetzt worden war, war sie entsetzt gewesen, da sie angenommen hatte, wenn sie Mill Hill hinter sich ließe, könne sie May und ihre ständigen Quälereien für immer vergessen. May war Köchin. «Mein Gott», hatte Clarissa zu einem der anderen Mädchen gesagt, «ich hoffe, sie tut mir kein Gift in mein Essen. Oder spuckt hinein», fügte sie hinzu.

May war noch immer sehr feindselig, als sie im Haus der Marinehelferinnen eintrafen, aber nach einigen Tagen schien ihre Aggressivität ein wenig nachzulassen; sie war blaß und schaute sehr müde aus, und zweimal bemerkte Clarissa, als sie auf ihrem Weg zum Badezimmer an ihr vorbeikam, daß sie weinte. Dann, eines Abends, als Clarissa aufstand, um zur Toilette zu gehen, hörte sie ein ersticktes Schluchzen, das sie seit den Tagen in Mill Hill nicht gehört hatte; sie ging dem Geräusch nach, und es führte sie an Mays Bett.

Clarissa, die schon immer ein weiches Herz gehabt hatte, setzte sich neben den bebenden, schluchzenden Körper und streckte vorsichtig ihre Hand aus. «Hau ab», hörte sie May sagen.

«O May, sei doch vernünftig», sagte sie. «Was ist? Was ist los mit dir?»

«Du verstehst das nicht», sagte May.

«Vielleicht doch. Komm, sag es mir. Hast du Heimweh?»

«Nein.»

«Probleme mit deiner Arbeit?»

«Nein.»

«May, nun komm schon. Ich würde dir gern helfen.»

Langsam, widerwillig tauchte Mays Kopf aus den Bettüchern auf. «Was geht dich das überhaupt an?» fragte sie verärgert und schneuzte sich die Nase mit dem Taschentuch, das Clarissa ihr hingehalten hatte.

«Sagen wir mal, ich habe ein gewisses Interesse an dir», erklärte Clarissa fröhlich. Und dann, als einige Mädchen zischten, sie sollten leise sein, schlug sie vor: «Laß uns hinausgehen, zur Toilette. Hier können wir uns nicht unterhalten.»

«Okay. Hast du Zigaretten?»

«Ich glaube, ja. Ich hol sie und komm dir dann nach.»

May saß auf dem Stuhl im Badezimmer; sie sah blaß aus und preßte die Hand auf ihren Bauch. Sie nahm die Zigarette, die Clarissa ihr reichte, und sog gierig daran. «Du siehst ein bißchen mitgenommen aus», sagte Clarissa teilnahmsvoll, «hast du deine Tage?»

«Nein», sagte May müde, «hab ich nicht. Das ist ja das Problem. Wenn du es genau wissen willst.»

Clarissa hörte lange Zeit schweigend zu, während May ihr schniefend ihre Geschichte erzählte. Sie hatte Urlaub gemacht und sich, wie sie es nannte, mit ihrem Freund ein bißchen amüsiert, der allerdings kurz danach nach Ägypten abkommandiert worden war. «Er hat mir kein einziges Mal geschrieben», sagte sie und drückte ihre Zigarette im Waschbecken aus, «der Mistkerl. Dem mach ich die Hölle heiß, wenn er zurückkommt.»

«Tja, das wird dir auch nicht viel weiterhelfen. Es könnte noch Jahre dauern. Wie lange bist du überfällig?»

«Ich hätte sie schon vor über zwei Wochen kriegen müssen.»

«Hast du irgendwelche Vorsichtsmaßnahmen getroffen?»

«Klar haben wir das. Für wie blöd hältst du mich eigentlich?» fragte May gereizt.

«Ist dir übel?»

«Nein.»

«Tun dir die Brüste weh?»

«Nein. Was soll das denn jetzt sein? Ein Verhör?»

«May, ich versuche, dir zu helfen.»

«Entschuldige», sagte May.

«Ich wette, du bist gar nicht schwanger», sagte Clarissa. «Ich wette, du hast dich da nur so hineingesteigert.»

«Wieso? Bestimmt nicht», sagte May wütend. «Wie sollte ich das machen?»

«Das kann leicht passieren. Bestimmt. Na ja, jedenfalls mußt du einen Test machen lassen.»

«Einen was?»

«Einen Schwangerschaftstest. Das ist ganz einfach. Du mußt nur eine Urinprobe in die Klinik bringen.»

May war nicht schwanger. Eine Woche später kehrte sie abends wieder strahlend in das Haus der Marinehelferinnen zurück, nachdem sie sich ein paar Stunden hatte beurlauben lassen, um in die Klinik zu fahren. «Du hattest recht», sagte sie zu Clarissa, «es war nur in meinem Kopf.»

«Ich hab's dir doch gesagt», sagte Clarissa. «Gut.»

May warf ihr einen verlegenen Blick zu. «Tut mir leid», sagte sie, «ich war ein bißchen fies zu dir. Ich fühle mich jetzt ziemlich schlecht. Du warst wirklich sehr nett zu mir, und ich verdiene das eigentlich gar nicht.»

Von dem Augenblick an wurden sie und May die besten Freundinnen. May zog sie zwar immer noch häufig auf und nannte sie «die Gräfin», aber sie wurden unzertrennlich und hatten, darüber waren sie sich beide einig, mehr gemeinsam als die meisten anderen Mädchen, vor allem die Fähigkeit, das, was das Leben ihnen an Gutem in den Schoß warf, sorglos zu genießen.

Clarissa kam am 22. Dezember in London an und verbrachte den Tag damit, Einkäufe zu machen. Die Oxford Street und die Regent Street waren voller Menschen. «Es war alles so wunderbar normal», erzählte sie Florence am Abend, als diese sie anrief, um ihr fröhliche Weihnachten zu wünschen. «Abgesehen von der Tatsache, daß es natürlich nichts zu kaufen gab. Ich werde heute mal deinen lieben alten Dad besuchen. Er ist schrecklich einsam. Er kommt am ersten Weihnachtstag zum Essen vorbei. Es geht ihm so verdammt schlecht, dem armen Schatz. Manchmal frage ich mich, ob –»

«Mutter würde sich darauf niemals einlassen», sagte Florence mit fester Stimme, «und es wäre schrecklich; niemand würde sich mit ihm unterhalten.»

«Grace würde das bestimmt tun», sagte Clarissa. «Wie geht es ihr?»

«Sie ist furchtbar kratzbürstig», sagte Florence. «Jedenfalls mir gegenüber. Sie hat zwei süße kleine evakuierte Kinder aufgenommen und hilft freiwillig bei den Landmädchen.»

«Wie geht's deinem Baby, Florence? Wann kommt es eigentlich?»

«Im Februar, glaube ich. Ich bin nicht ganz sicher. Ich werde es in einer kleinen Klinik in der Nähe von Shaftesbury zur Welt bringen. Ich habe ziemlich Angst, weißt du ... ich bin nicht so tapfer wie du.»

«Quatsch», sagte Clarissa. «Ich bin überhaupt nicht tapfer. Also, meine Süße, ich wünsche dir ein schönes Weihnachtsfest.»

«Schön wird es wohl nicht gerade werden. Grace' langweilige Eltern kommen, sie selbst auch, und Mutter mußte die Flüchtlinge, wie sie sie nennt, natürlich auch einladen.»

«Ich dachte, sie wären so süß.»

«Ja, sie sind süß, aber Mutter behandelt sie, als hätten sie irgendeine ekelhafte Krankheit und redeten in einer fremden Sprache; sie spricht nicht direkt mit ihnen, sondern nur über Grace.»

«Klingt ziemlich übel. Tja, abgesehen von den Stunden, in denen dein Dad bei uns ist, werden wir wohl die ganze Zeit im Bett verbringen.»

«Was hast du für ein Glück», sagte Florence.

Kapitel 13
Frühling 1941

Grace fühlte sich sehr viel glücklicher. Sie war noch immer einsam, machte sich noch immer ständig Sorgen wegen Charles, war noch immer verletzt, wenn sie darüber nachdachte, daß sie keine Freunde hatte, aber ihre Situation hatte sich verbessert. Sie liebte ihre Arbeit bei den Landmädchen; es machte ihr Spaß, sich die Geschichten der jungen Frauen anzuhören, über die Farmer, die versuchten, sich an sie heranzumachen, über einen, der mit der Reitpeitsche auf eine von ihnen hatte losgehen wollen, die sie ihm dann aber aus der Hand gerissen und ihn selbst damit geschlagen hatte. Sie tröstete die Mädchen, die Heimweh hatten – und einige von ihnen waren sehr unglücklich und körperlich kaum in der Lage, die harte Arbeit zu leisten, die ihnen aufgetragen wurde. Grace hatte wenigstens das Gefühl, ein Ziel im Leben zu haben, eine Aufgabe, die darüber hinausging, für sich selbst zu sorgen und das Haus in Ordnung zu halten.

Die beiden Jungen machten ihr viel Freude; sie liebte sie mit einer Hingabe, die ihr manchmal selbst Sorgen bereitete. Sie vermutete, daß das deshalb der Fall war, weil sie, abgesehen von Charlotte, sonst nichts hatte, was sie lieben konnte. Natürlich gab es Probleme; Daniel machte noch immer ins Bett; er haßte die Schule und geriet fortwährend in Schwierigkeiten, prügelte sich mit den anderen Jungen, die sich über seinen Londoner Akzent lustig machten – und obwohl er so klein war, wußte er seine Fäuste sehr geschickt einzusetzen –, und ärgerte, aus einer permanenten Abwehrhaltung heraus, die nette Miss Merton, während er es zugleich nicht schaffte, seinen Rechenschieber richtig zu benutzen, was dann dazu führte, daß er noch mehr geneckt wurde. David fühlte sich verpflichtet, seinen Bruder zu verteidigen, und geriet in Schwierigkeiten, weil er sich mit Jungen prügelte, die jünger waren als er selbst; er war sehr intelligent und wurde gehänselt, weil er angeblich ein Streber war. Auf der anderen Seite war er bei den anderen Kindern ziemlich beliebt, und als er zum Sprecher der Klasse ernannt wurde, hatte niemand etwas dagegen, wie Grace von Miss Merton erfuhr. «Und er mag Musik, nicht wahr? Ich habe ihn vor ein paar Tagen dabei überrascht, wie er wirklich sehr hübsch Klavier spielte.»

«Ja», sagte Grace, «ich habe ihm Unterricht gegeben.»

«Sie spielen Klavier, Mrs. Bennett?» fragte Miss Merton.

«Ja.»

«Wissen Sie», sagte Miss Merton, «ich habe die Absicht, Tanzunterricht zu geben. Ich hatte im College Tanzkurse belegt, denn ich wollte Tänzerin werden. Aber dann bin ich zu groß geworden.»

Nicht nur zu groß, dachte Grace, und bemühte sich, sich Miss Mertons achtzig Kilo auf der Tanzfläche nicht allzu lebhaft vorzustellen.

«Nur kann ich leider nicht beides, Tanzen und Klavierspielen. Hätten Sie nicht vielleicht Lust, an einem Nachmittag in der Woche für mich zu spielen?»

«Mit Vergnügen», sagte Grace. «Wirklich, das würde mir große Freude bereiten. Vielen Dank.»

Die Tanzstunden wurden auf den Mittwochnachmittag gelegt: Meistens hüpften die Kinder nur herum, aber Miss Merton brachte ihnen auch ein paar Gesellschaftstänze bei und sagte allen Mädchen, die Interesse hatten, sie würde ihnen gern ein paar Ballettfiguren zeigen.

Muriel, die für die Arbeit der Landmädchen nur Verachtung übrig hatte und Grace sagte, die Mädchen seien ohnehin ignorant und faul und man solle es am besten den Farmern überlassen, sich um sie zu kümmern, billigte wenigstens das Klavierspiel. «Wirklich tüchtig von dir», sagte sie, «daß du versuchst, ein bißchen Kultur ins Leben dieser Mädchen zu bringen.»

Da Muriels kulturelle Interessen sich darin erschöpften, sich am Sonntag im Radio das Palm Court Orchestra anzuhören, fand Grace diese Aussage einigermaßen erheiternd, aber sie lächelte ihrer Schwiegermutter nur liebenswürdig zu und schwieg.

«Gut, sehr gut», sagte Miss Merrow, die Hebamme, und legte das Hörrohr zur Seite, das sie an Florence' Bauch gehalten hatte. «Dem Baby geht es hervorragend. Schöner, kräftiger Herzschlag, ich wette, daß das ein Junge ist da drinnen.»

«Ich hoffe es», sagte Florence.

«Der Kopf ist noch nicht ins Becken gerutscht, das ist nicht ungewöhnlich, nicht beim ersten Kind. Aber er liegt richtig, also sollte es keinerlei Probleme geben.» Sie lächelte Florence an. «Irgendwelche Fragen?»

«Ja... nein. Eigentlich nicht. Das heißt... nun ja, wie lange wird es noch dauern, was meinen Sie?»

«Mindestens sechs Wochen. Das war doch das Datum, das wir errechnet hatten, oder? Vielleicht kommt es auch früher, es ist ziemlich groß, aber das ist bei einem ersten Kind sehr ungewöhnlich. Wahrscheinlich eher später, fürchte ich.»

«Und woran merke ich, wann es anfängt?»

«Tja, Sie werden es schon merken», sagte Miss Merrow lachend. «Daran besteht kein Zweifel. Natürlich könnte es sein, daß die Fruchtblase platzt. Aber wahrscheinlich werden die Wehen ganz normal einsetzen.»

«Oh...ja», sagte Florence, «die Wehen. Miss Merrow, kann ich irgend etwas gegen die Schmerzen bekommen?»

«Ja, wenn Sie wollen», sagte Miss Merrow. «Lachgas. Machen Sie sich wegen der Schmerzen keine Sorgen, Mrs. Grieg. Es wird alles ganz normal verlaufen. Und wenn das Baby dann auf der Welt ist und in Ihren Armen liegt, dann wissen Sie, daß es die Schmerzen wert war. Glauben Sie mir.»

«Ja», sagte Florence. «Ja, gewiß.»

Aber eigentlich fiel es ihr ziemlich schwer, das zu glauben.

Mr. Jacobs, der einzige verbliebene Seniorpartner bei Bennett & Bennett hatte Muriel und Grace gebeten, ihn in Shaftesbury in seinem Büro aufzusuchen. Er hatte erklärt, er habe etwas mit ihnen zu besprechen, was ein wenig kompliziert sei. Grace folgte Muriel in Mr. Jacobs' elegantes Büro und fühlte sich ein wenig nervös.

«Beeilen Sie sich doch bitte, Mr. Jacobs», sagte Muriel von oben herab. «Ich hoffe, die Unterredung wird nicht allzu lange dauern. Ich bin sehr beschäftigt, wie Sie wissen.»

«Ja, natürlich», sagte Mr. Jacobs. Es tut mir leid, daß ich Ihre kostbare Zeit beanspruchen muß. Sehr leid. Aber... nun ja... Wie Sie wissen, in Abwesenheit Ihres Mannes... in Abwesenheit Ihrer beiden Männer... hatten wir nur sehr wenige Mandanten, die auch nur recht selten kamen. Unser Einkommen ist beträchtlich gesunken.»

«Wirklich?» fragte Muriel. Ihr Gesicht wirkte sehr angespannt.

«Ja. Und ich fürchte... tja, ich fürchte, Ihre privaten Bezüge waren für die Firma eine starke Belastung.»

«Wie ärgerlich», sagte Muriel. «Aber ich kann nicht sehen, was wir daran ändern könnten.»

«Tja, die Sache ist die, Mrs. Bennett... die Daueraufträge können nicht länger ausgeführt werden. Nun ja, jedenfalls nicht in diesem Umfang.»

Grace war plötzlich hellwach. Das einzige, worüber sie, seitdem Charles fort war, nie nachgedacht hatte, war Geld; es war ihr stetig zugeflossen, sie hatte sich ihre Bedürfnisse erfüllen, die Lebensmittel, ihre Kleidung, Licht und Heizung bezahlen können, ebenso wie ihre Bediensteten.

«Und in welchem Umfang?» fragte Muriel.

«Tja, Mrs. Bennett, ich würde sagen, die Ausgaben müßten um fünfzig Prozent reduziert werden – bei Ihnen beiden.»

«Fünfzig Prozent!» rief Muriel aus. «Ich fürchte, das ist völlig undiskutabel. Jedenfalls soweit es mich selbst betrifft. Meine Schwiegertochter kann... nun ja... wahrscheinlich durchaus mit weniger auskommen. Aber ich kann es nicht. Meine Tochter wohnt bei mir zuhause, und ich werde bald ein Enkelkind zu ernähren haben. Ich versichere Ihnen, Mr. Jacobs, Sie werden sich etwas anderes ausdenken müssen, um Bennett & Bennett solvent zu halten. Wenn Sie mich jetzt bitte entschuldigen würden, ich bin außerordentlich beschäftigt, wie ich Ihnen schon sagte.»

«Aber... Mrs. Bennett, es ist leider nicht ganz so einfach», sagte Mr. Jacobs, dessen Mut in Anbetracht ihrer Reaktion sichtlich wuchs. «Das Geld ist einfach nicht da. Was auch immer wir machen. Das Einkommen der Firma ist auf dem Nullpunkt. Wenn ich mich nicht im Laufe dieses Jahres aus der Firma zurückziehen würde, dann würde mir das große Sorgen machen. Aber ich habe meine Rente und –»

«Ich glaube nicht, daß wir an Ihren persönlichen Plänen großes Interesse haben», sagte Muriel, «und mein Mann hat gewiß eine Pensionskasse. Wir... ich kann vermutlich daraus Geld entnehmen.»

«Natürlich können Sie das, Mrs. Bennett, aber auch da handelt es sich um eine sehr viel geringere Summe, als Sie es sich möglicherweise vorstellen. Und natürlich habe ich nicht das Recht, darüber zu verfügen. Sie werden es mit ihm selbst abklären müssen.»

«Das steht leider außer Frage», sagte Muriel. «Ich wiederhole es noch einmal, Mr. Jacobs, Sie werden uns einen anderen Vorschlag unterbreiten müssen. Und wenn Sie uns jetzt bitte entschuldigen würden...»

Mr. Jacobs stand auf und sah Grace hilflos an. Sie lächelte ihm zu.

Während sie im Empfangsraum darauf wartete, daß Muriel aus der Toilette zurückkam, sagte sie: «Es tut mir leid. Meine Schwiegermutter scheint nicht ganz zu verstehen, worum es geht. Ich werde darüber nachdenken, vielleicht auch mit meinem Schwiegervater reden... Haben Sie –»

«Ich habe es versucht, Mrs. Bennett. Er hat mir versprochen, über die Angelegenheit nachzudenken. Aber er kam mir ein wenig distanziert vor.»

Grace empfand dies als seltsam, so ganz und gar nicht typisch für Clifford; er war sonst so wenig distanziert, so bemüht, für alle zu sorgen. Sie würde ihn anrufen und sich mit ihm unterhalten.

Sie hatte, so wie Muriel offensichtlich auch, das Gefühl, daß da irgendein Irrtum vorlag.

«Clifford? Clifford, hier spricht Grace.»

«Grace! Hallo, meine Liebe, wie geht es dir?»

«Sehr gut, danke. Und dir?»

«Nun ja, du weißt ja. Ich werde ein bißchen älter. In London ist es nicht sehr friedlich. Aber ich gehe sehr häufig ins Konzert, das Angebot ist wunderbar, du wärst erstaunt, und das hält mich in Schwung.»

«Clifford, es tut mir leid, dich damit zu belästigen, aber wir waren heute morgen bei Mr. Jacobs. Er sagte, daß... nun... daß es ein Problem mit dem Geld gebe. Die Firma ist in Schwierigkeiten, sie macht augenblicklich keinen Profit.»

«Ja. Ja, er hat es mir gesagt. Die Mandanten sind alle fort. Das ist wohl kaum überraschend.»

Das war seltsam; ganz und gar nicht die Reaktion, die sie erwartet hatte. «Ja, aber Clifford, es ist nicht genügend Geld für Muriel da. Und für mich auch nicht, aber das ist nicht so wichtig. Ich werde vermutlich eine Lösung finden. Aber sie ist... nun ja, sie braucht natürlich Geld, und jetzt ist Florence bei ihr, und das Baby wird bald –»

«Ja, das Baby. Wann genau soll es kommen? Geht es Florence gut?»

«Ja, sehr gut. Es kommt im nächsten Monat, glaube ich. Aber sie brauchen dringend Geld, und ich frage mich, was wir in dieser Sache tun sollen.»

«Ja, meine Liebe, ich weiß es auch nicht. Ich weiß es wirklich nicht.»

«Und wie steht es mit der Kanzlei in London?»

«Was? Ach so. Nein, hier ist auch nicht viel zu holen, fürchte ich. Jedenfalls nicht für mich. In diesem Teich sind augenblicklich nur ziemlich kleine Fische. Ich habe Glück, daß ich das Apartment benutzen kann. Die Zeiten sind sehr schwierig. Nun ja, das weißt du natürlich.»

«Ja. Ja, ich verstehe. Clifford, geht es dir wirklich gut?» Seine seltsame Zerstreutheit erschien ihr besorgniserregender als die finanzielle Situation selbst.

«Natürlich geht es mir gut. Mach dir um mich bitte keine Sorgen.»

«Nein, natürlich nicht. Na dann, auf Wiedersehen, Clifford. Du paßt doch gut auf dich auf, oder? Ißt du ordentlich?»

«Natürlich passe ich auf mich auf. Mir geht's prächtig. Und du paßt auch auf dich auf, Liebes, nicht wahr?»

«Ja, natürlich. Alles Gute.»

«Du kommst mir irgendwie geistesabwesend vor», sagte Jack.

Sie lagen im Bett in einem ziemlich schäbigen Hotel in Kent; er hatte für achtundvierzig Stunden Urlaub bekommen, und Clarissa war zu ihm gefahren, um sich mit ihm zu treffen.

Sie hatte sich so sehr darauf gefreut, sich so sehr danach gesehnt, bei ihm zu sein, aber irgend etwas stimmte nicht, und zwar nicht mit ihm, sondern mit ihr. Während sie sich früher ständig nach ihm gesehnt, an ihn gedacht hatte, war sie jetzt mit ihren Gedanken ganz woanders; sie dachte voller Sorge an das, was sie zurückgelassen hatte: Neuankömmlinge, die sich einsam fühlten und in ihrer Abwesenheit der ziemlich schroffen Fürsorglichkeit Mays ausgesetzt waren, ein Fahrrad, das sie zur Reparatur hätte bringen sollen, was sie aber in der Eile versäumt hatte, einen schwierigen Auftrag für den nächsten Tag und die Tatsache, daß sie morgen bis neun Uhr zurück in Portsmouth sein mußte, wozu sie wahrscheinlich einen sehr starken Rückenwind brauchen würde.

«Tut mir leid», sagte sie, küßte ihn und schmiegte sich erneut an ihn. «Es tut mir leid.»

«Worüber denkst du nach?»

«Na ja... du denkst doch gewiß auch mal an andere Dinge. An etwas anderes als an mich, meine ich.»

«Clarissa», sagte er, plötzlich sichtlich gereizt, «das tue ich nicht. Trotz allem, was ich durchgemacht habe, tue ich es nicht. Und es gefällt mir nicht, daß du es tust.»

«Tja, es tut mir leid», sagte sie noch einmal, «aber...»

«Aber was?»

«O Jack, es lohnt sich doch nicht einmal, darüber zu reden. Jack, dies hier kommt mir wirklich lächerlich vor.»

«Mir kommt es leider überhaupt nicht lächerlich vor», sagte er. «Ich bin nicht der Ansicht, daß etwas, was unsere Beziehung gefährdet, lächerlich ist.»

«Jack, wirklich», sagte sie, küßte ihn, bemühte sich, den Konflikt als belanglos darzustellen, «du bist unmöglich. Unsere Beziehung ist doch nicht gefährdet. Es gibt nur ein paar Dinge, die mich beschäftigen. Das ist alles.»

«Was für Dinge?» sagte er. Er setzte sich auf, griff nach seinen Zigaretten und bot ihr eine an.

Sie schüttelte den Kopf. «Ach, Dinge, die mit den Marinehelferinnen zu tun haben.»

«Äußerst wichtig», sagte er. «Dinge, die mit den Marinehelferinnen zu tun haben. Und was machst du im Augenblick, Clarissa? Verteilst du noch immer überall im Land Botschaften?»

«Ja», sagte sie, da sie seine Stimmung nicht richtig erfaßt hatte und sich wünschte, daß er sie verstehen möge, «und morgen muß ich –»

«Ich will es wirklich nicht wissen», sagte er, drückte seine Zigarette aus und wandte sich von ihr ab. «Morgen muß ich wieder in mein Flugzeug steigen und noch mehr junge Männer dazu ausbilden, loszufliegen, um getötet zu werden. Wenn ich aufhören kann, *darüber* nachzudenken, Clarissa, dann sollte man meinen, daß du auch aufhören kannst, über deinen lächerlichen Botendienst nachzudenken.»

«Jack, bitte, red doch nicht so», entgegnete sie, wie immer schokkiert und erschüttert, wenn er sie zwang, sich damit auseinanderzusetzen, was er auszuhalten hatte, womit er jeden Tag leben mußte. «Ich meinte nicht...»

«Ich weiß, was du gemeint hast», sagte er, «und es interessiert mich nicht. Ich werde jetzt schlafen. Ich bin unglaublich müde. Gute Nacht.»

Später lenkte er ein, wandte sich ihr zu, schlief noch einmal mit ihr, diesmal sehr sanft und zärtlich, und bat sie, ihm seinen Ausbruch zu verzeihen, und sie bat ihn, ihre Zerstreutheit zu verzeihen. Aber sie konnte für den Rest der Nacht nicht schlafen, beunruhigt nicht nur über die Veränderungen, die in ihrer Beziehung eingetreten waren, sondern auch über die Entwicklungen, die in ihr selbst stattfanden, und über ihre Unfähigkeit, diese zum Stillstand zu bringen. Und da war noch etwas: Es mangelte ihr an der Bereitschaft, es überhaupt zu versuchen.

Die neue Clarissa gefiel ihr. Ebenso gefiel ihr das Leben der neuen Clarissa, selbst wenn dies für Jack schwierig einzusehen war, denn es erschien ihr sehr viel reizvoller und erfüllter als das alte.

Meine liebe Grace,
zunächst einmal einige beruhigende Nachrichten, über die Du Dich, wie ich glaube, freuen wirst. Ich bin gesund, und es geht mir ausgezeichnet. Wir sind in Ägypten. Wir leben unter einigermaßen annehmbaren Bedingungen, obwohl es natürlich ziemlich heiß ist. Die Stimmung ist gut. Ich habe eine gute Mannschaft, und meine Offizierskameraden sind ebenfalls ausgezeichnete Leute. Natürlich ist es manchmal ermüdend und nervenaufreibend, aber ich bin zuversichtlich, daß wir auf der Seite stehen, die den Sieg davontragen wird.
Ich genieße das Soldatenleben sehr, viel mehr, als ich erwartet hatte. Das Gefühl der Kameradschaft, des Verfolgens eines gemeinsamen Ziels, ohne irgendwelche Zweifel, trotz Entbehrungen, Gefahren und Furcht, ist eine gute Sache. Dies mag für Dich natürlich schwer zu verstehen sein, aber ich kann Dir versichern, daß viele von uns dieselben Gefühle haben. Auf jeden Fall ist Dein Mann in guter Verfassung!
Ich hoffe, es geht Dir gut, mein Liebling, und Du vermißt mich nicht zu sehr. Das Wissen, daß Du dort in England sicher bist und das Feuer des heimischen Herdes hütest, ist für mich, wie ich Dir schon so häufig gesagt habe, ein ständiger Trost! Was mich zum zweiten Thema dieses Briefes bringt. Mutter schrieb mir, Du hättest einige evakuierte Kinder aufgenommen. Sie hat das Gefühl, daß das ein Fehler sei, und ich stimme ihr voll und ganz zu. Du hättest das nicht tun dürfen, ohne Dich zuvor mit mir abgesprochen zu haben, und die Vorstellung, daß Fremde, wie jung und bedürftig sie auch immer sein mögen, in meinem Hause wohnen, mißfällt mir. Natürlich hast Du das Gefühl, eine gute Tat zu vollbringen, und es ist reizend von Dir, daß Du etwas zu den Kriegsanstrengungen beitragen möchtest, aber ich muß Dich dringend bitten, Dir eine andere Aufgabe zu suchen. Wenn ich plötzlich Urlaub bekommen und nach Haus zurückkehren sollte, dann möchte ich mein Heim nicht mit zwei Gassenbuben aus dem East

End teilen müssen! Könntest Du deshalb bitte dafür sorgen, daß sie irgendwo anders hingebracht werden? Ich denke, es gibt viele Leute, die sie gern aufnehmen würden.

Ferner schreibt meine Mutter, daß sie Dich nur sehr selten sieht. Bitte bemüh Dich, sie öfters zu besuchen; mit der zusätzlichen Verantwortung für Florence und das Baby braucht sie alle verfügbare Unterstützung.

Paß gut auf Dich auf, Liebling, und vergiß nicht, daß ich Dich liebe.

Charles

Dieser Brief klärte die Dinge für Grace auf eine Art und Weise, wie sie sich Charles, dessen war sie sich sicher, ganz und gar nicht vorgestellt hatte.

Am Nachmittag fuhr sie mit dem Fahrrad nach The Priory und fand Muriel vor einem kümmerlichen Kaminfeuer sitzend vor.

«Ah, Grace», sagte sie, «ich würde dir gern eine Tasse Tee anbieten, aber Maureen ist oben und ruht sich aus. Ich fürchte, sie nutzt die Lage schamlos aus; sie beklagt sich ständig über ihre Arbeit.»

«Das ist kein Problem, Muriel», sagte Grace und dachte, wenn man auf The Priory noch immer erwartete, daß jede Tasse Tee auf das Drücken eines Klingelknopfs hin serviert wurde, dann war es kein Wunder, daß Maureen sich einmal ausruhen mußte. «Ich wollte eigentlich Florence besuchen. Aber ich dachte, es würde dich interessieren, daß ich heute einen Brief von Charles bekommen habe. Es geht ihm gut, er ist in Ägypten.»

«Ägypten! Was für eine interessante Gegend», sagte Muriel, als würde Charles einen Ferienurlaub im Ausland verbringen.

«Ja, vermutlich. Auf jeden Fall scheint er sehr verärgert zu sein wegen der Kinder, die ich aufgenommen habe. Er ist in diesem Punkt offensichtlich mit dir einer Meinung.»

«Ja, gewiß», sagte Muriel.

«So wie es aussieht, möchte er, daß ich sie wegschicke», sagte Grace.

«Ich glaube, das wäre eine sehr gute Idee.»

«Nun, ich werde sie nicht wegschicken», sagte Grace, «und ich wäre dir dankbar, Muriel, wenn du dich nicht in meine Angelegenheiten einmischen würdest.»

«Nun ja, ich denke, daß du etwas sehr Unrechtes tatest. Du hättest ihn um Erlaubnis bitten müssen – es ist schließlich sein Haus.»

«Muriel, es ist *unser* Haus, nicht seins. Und während Charles fort ist, bin ich diejenige, die entscheidet, was dort geschieht. Aber eigentlich bin ich gekommen, um Florence zu besuchen. Ich wünsche dir einen angenehmen Nachmittag.»

Bevor sie die Tür hinter sich schloß, warf Grace noch einen letzten, verstohlenen Blick auf ihre Schwiegermutter; Muriel starrte ihr mit kreisrund geöffnetem Mund nach.

«Ich fahre nach London, um deinen Vater zu besuchen», sagte Grace zu Florence.

«Warum?» fragte Florence und hievte sich vom Sofa hoch, auf dem sie lag.

«Er klingt sehr... seltsam. Merkwürdig zerstreut und distanziert. Er sagte, es ginge ihm gut, aber...»

«Clarissa hat ihn Weihnachten gesehen», sagte Florence. «Sie hat nichts davon gesagt. Nun ja, außer, daß er schrecklich einsam sei und ein bißchen traurig. Das ist sehr lieb von dir, Grace, aber ist es dort oben nicht furchtbar gefährlich? Und wenn Mutter es erführe, dann wäre sie furchtbar verärgert.»

«Anscheinend sind in letzter Zeit keine Bomben gefallen. Und es ist mir gleichgültig, ob deine Mutter verärgert ist. Ich fahre. Irgend jemand muß sich ja um ihn kümmern.»

Am Morgen, als sie losfahren wollte, klingelte das Telefon. «Grace, hier ist Florence. Ich komme mit dir.»

«Das kannst du nicht, Florence, du kriegst ein Baby.»

«Nach Meinung des Arztes und der Hebamme erst in fünf Wochen. Du sagtest, augenblicklich sei es dort ruhig. Er ist mein Vater, und ich habe über deine Worte nachgedacht. Du hast recht, dir seinetwegen Sorgen zu machen. Ich möchte mitkommen.»

«Deine Mutter wird es nicht zulassen.»

«Tja, sie würde es nicht zulassen, aber sie ist nicht hier. Sie besucht irgendeine alte, kranke Freundin drüben in Wells. Das hat den Ausschlag gegeben. Sie bleibt über Nacht dort. Ich konnte einfach nicht widerstehen. Wir kommen doch morgen wieder zurück, nicht wahr? Wenn sie es herausfindet, dann denke ich mir irgend etwas aus, was ich ihr sagen kann.»

«Tja, ich weiß nicht», sagte Grace zweifelnd.

Sie wollte Florence nicht dabeihaben; sie würde sich damit eine schreckliche Verantwortung aufbürden, und im übrigen fand sie es noch immer sehr schwierig, sich ihr gegenüber freundlich zu verhalten. Zudem war sie sich ganz und gar nicht sicher, ob sie an die Echtheit dieser töchterlichen Liebe glauben sollte. Florence wollte sich wahrscheinlich mit dem anderen Mann treffen, der gewiß der Vater ihres Kindes war.

«O Grace, bitte. Komm doch vorbei und hol mich hier ab. Vermutlich fährst du mit dem Wagen nach Salisbury. Ich möchte wirklich sehr gern mitkommen. Im übrigen sterbe ich hier vor Langeweile. Ich würde ein kleines Abenteuer sehr genießen.»

«Ich glaube nicht, daß es ein Abenteuer werden wird», sagte Grace scharf, «aber in Ordnung. Ich bin in ungefähr einer Viertelstunde bei dir. Wir müssen die beiden Jungen noch bei meiner Mutter absetzen.»

Die Zugfahrt war recht angenehm; sie erreichten gegen Mittag die Waterloo Station. Florence las von Anfang bis Ende der Reise eine Zeitschrift; sie machte nicht den Eindruck, als wäre sie wegen ihres Vaters schrecklich besorgt. Grace sah aus dem Fenster und dachte, wenn Florence irgendwelche geheimen Absichten hätte, dann würde sie sich damit abfinden müssen, daß sie ständig in Begleitung einer Anstandsdame war. Grace hatte das Gefühl, dem armen Robert das schuldig zu sein.

Am Bahnhof stiegen sie in einen Bus und starrten dann während der Fahrt aus dem Fenster, entsetzt über die schweren Bombenschäden.

«Mein Gott», sagte Florence, «was für ein Alptraum. Ich kann gar nicht glauben, daß irgend etwas verschont geblieben ist.»

Als sie jedoch die vornehme Baker Street erreichten, war es dort still und friedlich. Aber niemand antwortete auf ihr Klopfen an Cliffords Tür, auch nicht nach dem dritten Mal.

«Er weiß doch, daß ich komme», sagte Grace verwirrt. «Er hat mir versprochen, hierzusein.»

«Laß es uns mal bei den Nachbarn versuchen.»

Im benachbarten Apartment wohnte eine große, imposante, ziemlich elegant aussehende Frau. Ja, sie kenne Mr. Bennett, ein sehr charmanter Mann, aber er sei in letzter Zeit sehr bedrückt gewesen. Sie habe keine Ahnung, wo er sei, er hätte am Abend zuvor zum Bridge vorbeikommen wollen, sich aber dann entschuldigt. Er sagte, er habe schlimme Kopfschmerzen und werde früh zu Bett gehen.

«Und Sie haben keinen Grund zu der Annahme, daß er krank sein könnte?» fragte Grace. «Er hatte vor achtzehn Monaten einen Herzanfall; wir waren sehr besorgt um ihn.»

«Tja, also ... ich glaube nicht», sagte die Frau. Sie sah aus, als sei ihr die Sache peinlich.

«Wissen Sie», sagte Florence, «ich bin seine Tochter. Wenn es etwas gibt, was ich wissen sollte, dann sagen Sie es mir bitte. Es ist wichtig.»

«Nun ja, dazu kann ich nur sagen, er trinkt ziemlich viel», sagte die Frau. «Wir haben schon überlegt, ob es irgend etwas gibt, was wir tun könnten. Und wenn er Probleme mit dem Herzen hat... tja...»

Grace und Florence fühlten sich plötzlich beide sehr erleichtert. Wenn das das einzige Problem war, dann war es besser in den Griff zu bekommen als der gesundheitliche Zusammenbruch, den Grace befürchtet hatte.

«Gibt es irgendeine Möglichkeit, wie wir hineinkommen könnten?» fragte Florence. «Vielleicht durch ein Fenster im Obergeschoß?»

Die Frau betrachtete sie zweifelnd. «Ich glaube nicht», sagte sie.

«Oh, ich habe nicht von mir gesprochen», sagte Florence. «Meine Schwägerin hier könnte hineinklettern.» Ihre Stimme klang genau wie die von Muriel; Grace warf ihr einen finsteren Blick zu.

«Nein, eigentlich nicht», sagte die Frau. «Sie könnten versuchen, ihn anzurufen. Manchmal schläft er wirklich sehr lange.» Im selben Augenblick kam der Aufzug quietschend im zweiten Stock zum Stillstand. Clifford trat heraus, schwer beladen mit Einkaufstüten von Harrods. «Da seid ihr ja, ihr Lieben», rief er aus, setzte die Tüten zu Boden und breitete die Arme aus. «Wie schön. Wie wunderschön!»

Aber er war nicht mehr der alte. Grace und Florence beobachteten ihn mit Besorgnis, bemerkten, daß er vor und nach dem Mittagessen eine enorme Menge Alkohol trank, schrecklich vergeßlich war – wohin er bestimmte Dinge gelegt hatte, was er machte, wohin er gegangen war – und ausweichende Antworten gab, wenn man ihn nach irgend etwas fragte, vor allem nach seiner eigenen Lebenssituation. Er weigerte sich, irgend etwas Wichtiges zu besprechen; er war anscheinend nur daran interessiert, wo sie ihren Nachmittagstee trinken könnten und ob sie einen Spaziergang machen sollten. Und wenn er nicht redete, zeigte sich eine tiefe Traurigkeit in seinem Gesicht; er strengte sich ungemein an, plauderte, erzählte den neuesten

Klatsch und lachte, aber er hatte ganz offensichtlich mit einer schweren Depression zu kämpfen.

«Daddy», sagte Florence schließlich, «meinst du wirklich, daß es gut für dich ist, wenn du hier bist? In London, jetzt, im Blitzkrieg? Es ist schrecklich gefährlich.»

«Ich weiß, daß es gefährlich ist», sagte er, und sein Gesicht nahm für einen Augenblick einen kummervollen Ausdruck an, «aber ich glaube nicht, daß es sehr viel ausmacht. Oder glaubt ihr das?»

«Aber Daddy, natürlich tut es das.»

«Warum?»

«Tja, wir möchten nicht... daß du getötet wirst. Nicht wahr, Grace? Wir lieben dich, und es ist uns wichtig, was mit dir geschieht.»

«Ich weiß, meine Lieben», sagte Clifford, «und das ist sehr nett von euch. Aber meine Zukunft sieht ein wenig öde aus, meint ihr nicht? Ich kann nicht nach Wiltshire zurück. Die Zeit meiner Berufstätigkeit ist vorbei. Ich habe nur wenige Freunde, und die meisten leben nicht in meiner Nähe. Ich habe nicht sehr viel, für das es sich zu leben lohnt.»

Er lächelte noch einmal und schenkte sich einen sehr großen Whisky ein. Florence und Grace sahen einander an.

«Aber Clifford», sagte Grace. «Du hast doch uns. Und Florence' Baby, auf das du dich freuen kannst. Charles wird eines Tages wieder nach Hause kommen, wenn der Krieg vorbei ist –»

«Grace, meine Liebe, Charles wird mich ganz bestimmt nie wieder treffen und nie wieder mit mir sprechen wollen. Und ich fürchte, von Florence' Baby werde ich nicht viel zu sehen bekommen. Und von euch beiden wohl auch nicht. Nein, ich habe wohl den besseren Teil meines Lebens hinter mir, fürchte ich. Ich sage nicht, daß ich es bedauern würde, denn das tue ich nicht. Aber es macht mich in vielerlei Hinsicht traurig. Sehr traurig. Und deshalb fürchte ich mich vor den Bomben nicht allzusehr. Oh, es tut mir leid», sagte er, da er ihre Besorgnis, ihre Angst spürte. «Ich wollte nicht morbide sein. Hört mal, ich habe noch eine ganze Menge Spaß. Ich besuche fast jeden Tag ein Konzert und gehe häufig in meinen Club. Es ist eigentlich gar nicht so schrecklich. Aber ich kann London nicht verlassen; dies hier ist jetzt mein Leben, und ich hoffe sehr, ihr werdet mir nicht erzählen, daß ich weniger trinken soll, weil ich das wirklich nicht tun möchte. Also, was wollen wir heute abend machen? Uns ins West End stürzen? Dort gibt es eine Menge Restaurants, die noch immer offen sind, ihr würdet bestimmt überrascht sein. Oder sollen wir hier essen? Ich wage zu behaupten, daß ich ein Essen zubereiten könnte.»

«Daddy», sagte Florence vorsichtig, «Daddy, wie sieht es mit dem Geld aus? Es scheint, es ist nicht sehr viel da. Hast du vielleicht irgendwelche Aktien oder so, von denen du ein paar verkaufen könntest?»

«Aktien, meine Süße? Es ist jetzt nicht die Zeit, sie zu verkaufen!» Er schenkte sich noch einen Whisky ein. «Sag deiner Mutter, sie soll sich etwas Geld aus meiner Pensionskasse auszahlen lassen. Ich verbrauche jetzt nicht sehr viel. Nur für dieses Zeug hier», fügte er hinzu und deutete auf die Flasche. «In den Läden gibt es keine Lebensmittel zu kaufen. Ich brauche keine Kleidung. Also kann ich ihr das fragliche Geld überlassen. Ich werde es auf ihr Konto überweisen.»

«Ja, aber –»

«Florence, mein Schatz», sagte er und sah sie plötzlich sehr ernst, sehr eindringlich an. «Wir haben Krieg, weißt du. Selbst deine Mutter muß sich mit dieser Tatsache abfinden. Jeder muß Opfer bringen. Selbst wenn ich noch in Wiltshire leben würde, hätten wir sehr viel weniger Geld. Natürlich kann sie alle Aktien haben, die noch übriggeblieben sind, ich werde an Jacobs schreiben und es ihm mitteilen, aber es werden nicht sehr viele sein. Charles hat natürlich einiges Geld bekommen, Grace. Ich weiß nicht, ob du dich überwinden könntest, Muriel zu helfen. Er hat eine ziemlich große Summe von meinem Vater geerbt; ich vermute, er hat dir davon erzählt.»

«Nein», sagte Grace überrascht, «das hat er nicht getan.»

«Nun ja, jedenfalls sollten daraus gewisse Einkünfte zu beziehen sein. Also wirst du vermutlich über die Runden kommen.»

«Ja. Ja, natürlich. Mach dir meinetwegen keine Sorgen.»

«Ich werde mir deinetwegen immer Sorgen machen, meine Liebe.» Er streckte den Arm aus, tätschelte ihre Hand und sah sie zärtlich an. «Und, Florence, Robert ist ein außerordentlich reicher Mann. Vermutlich hat er für dich entsprechende Vorkehrungen getroffen, was auch immer zwischen euch geschehen sein mag.»

«Ja», sagte Florence leise, «ja, natürlich.»

Sie verließen ihn um fünf Uhr, um zu Florence' Haus zu fahren, und versprachen, um halb sieben zurückzukommen, um mit ihm zusammen zu Abend zu essen. Der Himmel war wolkenverhangen.

«Heute nacht gibt es bestimmt keine Bombenangriffe», sagte Clifford.

«Und können wir hier schlafen?» fragte Florence. «Ich habe keine Lust, in unserem Haus zu übernachten, dort ist es bestimmt eiskalt.»

«Ja, natürlich. Ihr könnt die beiden Schlafzimmer haben, und ich werde mir das Feldbett herausholen.»

«Clifford», sagte Grace mit fester Stimme, «*ich* werde auf dem Feldbett schlafen. Ich bestehe darauf.»

Das Haus in der Sloane Avenue war in gutem Zustand; es war nicht beschädigt, und offensichtlich war niemand dort eingebrochen. Dies war eine angenehme Überraschung. Die Kriminalität in London hatte ungeahnte Ausmaße erreicht; selbst die Toten wurden nicht verschont, die Leichen in gerade ausgebombten Häusern wurden nach Handtaschen, Brieftaschen und Schmuck durchsucht. Florence stand im Salon und betrachtete die mit Tüchern verhängten Möbel, den Kamin, die von den Läden verdunkelten Fenster. «Ich war von diesem Haus so begeistert», sagte sie, «als Robert es kaufte. Jetzt scheint es mir ein Bild aus einem schrecklichen Traum zu sein.»

Grace erwiderte nichts.

Sie gingen früh zu Bett. Florence rief Muriel an und gab vor, von The Priory aus anzurufen; sie sagte, alles sei in bester Ordnung.

Clifford hatte während des Essens, das er selbst zubereitet hatte, zwei Flaschen Wein getrunken, den größeren Teil einer Flasche Whisky und mehrere Gläser Brandy. Es war ihm gelungen, sich bis zuletzt einigermaßen verständlich mit ihnen zu unterhalten; er hatte den neuesten Klatsch erzählt, sich dann nach den Neuigkeiten in Wiltshire erkundigt und großes Interesse an Grace' kleinen Gästen gezeigt – «du mußt sie mal vorbeibringen, damit ich sie kennenlerne» – sowie an ihrer Arbeit bei den Landmädchen. Florence und ihre bevorstehende Niederkunft schienen ihm sehr am Herzen zu liegen. Er schaffte es, allein in sein Zimmer zu gehen, aber man hörte ein lautes Poltern, als er über einen Stuhl stürzte, und ein Aufstöhnen, als er sich auf das Bett fallen ließ. Grace ging zu ihm hinauf und fand ihn voll angekleidet und nahezu bewußtlos, das Gesicht nach unten gewandt.

«Er hätte bei einem Luftangriff niemals die Sirene gehört», sagte sie zu Florence. «Ich halte das für schrecklich gefährlich.»

Florence sah sie nüchtern an. «Ehrlich gesagt, ich glaube, es wäre sogar besser, wenn er sie nicht hörte», sagte sie. «Er scheint mit dem Leben abgeschlossen zu haben.»

Es war zwei Uhr morgens, als Grace aufwachte; Florence stand vor ihr und schüttelte sie heftig an den Schultern. Sie war verwirrt, desorientiert.

«Was ist los? Ein Luftangriff?»

«Nein», sagte Florence und ließ sich schwer auf das Sofa fallen. Grace sah, daß ihre Zähne klapperten. «Nein, ich… Grace, ich glaube, das sind die Wehen.»

«Was? Florence, das kann doch nicht sein.»

«Warum kann es nicht sein?» sagte Florence gereizt. «Was für eine dumme Antwort. Ich bin schwanger!»

«Ja, aber –»

«Sieh mal, Grace, entweder habe ich ins Bett gemacht, oder meine Fruchtblase ist geplatzt.»

«Tut es schon weh?» fragte Grace und bemühte sich, sich aufzusetzen.

«Nein, noch nicht. Mein Rücken tut mir ein bißchen weh. Aber ich glaube, ich sollte lieber ins Krankenhaus. Meinst du nicht?»

Grace war beeindruckt von ihrer Gelassenheit. «Ja. Ja, natürlich meine ich das. Aber in welches?»

«Ich weiß nicht mehr als du», sagte Florence. «Könntest du nicht die Auskunft anrufen?»

«Ja, das ist eine gute Idee. Das mache ich. Und du packst deine Sachen zusammen, Florence. Oder meinst du, wir sollten den Arzt deines Vaters rufen?»

«Ja, vielleicht. Vermutlich ist es kein Notfall. Ich… oooh.» Sie krümmte sich vor Schmerzen.

Grace warf ihr einen nervösen Blick zu. «Tut es weh?»

«Ja. Aber nur ein… wie ein Kneifen. Nichts Ernstes. Bestimmt noch nicht annähernd das, was noch kommen wird.» Sie versuchte zu lächeln. «Ja, versuch mal Daddys Arzt zu erreichen. Die Nummer steht in diesem kleinen Buch hier. Es hat keinen Sinn, ihn selbst zu wecken, vermute ich.»

«Nein», sagte Grace, die bereits einen Blick auf den reglosen, schnarchenden Haufen auf Cliffords Bett geworfen hatte.

Der Arzt nahm den Hörer nicht ab; sie ließ es lange klingeln.

«Wahrscheinlich ist das die Nummer seiner Praxis», sagte Florence und verzog vor Schmerzen das Gesicht.

Grace sah sie ängstlich an. «Ist alles in Ordnung mit dir?»

«Ja. Ja, es geht mir gut. Versuch aber trotzdem die Auskunft anzurufen. Oder vielleicht könnte die Frau nebenan –»

«Nein», sagte Grace. «Besser, wir vergeuden jetzt keine Zeit mehr.»

Von der Auskunft erhielt Grace die Nummer eines Notfalldienstes. Dort wurde ihr aber mitgeteilt, sie hätten sehr wenig Personal, der Himmel kläre sich auf und es stünde möglicherweise ein Luftangriff bevor. «Die Krankenhäuser sind voll, übervoll. Wenn Sie nichts reserviert haben...»

«Aber sie liegt in den Wehen», sagte Grace verzweifelt. «Vorzeitig.»

«Ein Baby zur Welt zu bringen ist keine große Sache. Ich habe letzte Woche zwei geholt, in einem Schutzraum.»

«Aber ich kann nicht, ich meine...»

Der Mann am anderen Ende der Leitung hörte die Angst in ihrer Stimme. «Na gut, ich sehe mal, was ich tun kann. Geben Sie mir Ihre Telefonnummer.»

Eine Stunde später war noch niemand eingetroffen. Florence zählte die Minuten zwischen den Wehen. Grace beobachtete sie ängstlich. Ihr einziges Wissen über Geburten hatte sie aus Büchern; in *Vom Winde verweht* gab es eine recht anschauliche Beschreibung, aber Grace hatte dennoch keine rechte Vorstellung, was sie zu tun hatte.

Sie wollte gerade im Apartment nebenan läuten, als das Telefon klingelte. Es war der Mann vom Notfalldienst. «In fünf Minuten ist jemand bei Ihnen. Wir bringen sie nach St John's in Victoria. Sie haben noch einen Platz frei.»

«Oh», sagte Grace und spürte, wie ihr ein Stein vom Herzen fiel, «recht vielen Dank.»

Aber tatsächlich dauerte es noch eine halbe Stunde, bis der Krankenwagen kam.

Florence spürte, wie ihre Gelassenheit sich verflüchtigte. «Das gefällt mir nicht», sagte sie mit klappernden Zähnen, «es gefällt mir ganz und gar nicht.» Sie hielt Grace' Hand, und wenn die Wehen kamen, die jetzt schmerzhafter waren als zuvor, drückte sie diese sehr fest.

«Okay», sagte der Mann vom Notfalldienst fröhlich, «jetzt bringen wir Sie in den Wagen. Ein nettes, bequemes Bett für Sie, Sie haben wirklich Glück gehabt. Und Sie kommen mit?» fragte er Grace.

«Tja, ich glaube nicht –»

«Natürlich kommt sie mit», fauchte Florence ihn an.

«Aber –»

«Das sollten Sie auf jeden Fall. Vielleicht haben sie wenig Personal dort, man kann nie wissen, was gerade los ist. Sie können vorn mitfahren, und ich setze mich zu Ihrer Freundin nach hinten. Alles in Ordnung soweit?»

«Eigentlich nicht», sagte Florence. Plötzlich krümmte sie sich nach vorn, das Gesicht von Schmerzen verzerrt.

«Wieviel Zeit ist zwischen den Wehen?» fragte der Mann.

«Sie kommen alle... alle fünfzehn Minuten», brachte Florence mühsam hervor.

«Oh, dann haben Sie noch ein paar Stunden vor sich. Kein Grund, sich Sorgen zu machen. Kommen Sie, rein mit Ihnen.»

Grace setzte sich auf den Beifahrersitz. Nachdem sie die Park Lane Road zur Hälfte hinuntergefahren waren, heulte die Sirene.

«Heiliges Kanonenrohr», sagte der Fahrer. «Halten Sie sich fest, Miss. Das wird jetzt ein Rennen zwischen uns und den Deutschen. Alles in Ordnung da hinten, Fred?»

«Ja, es geht schon.»

Der Fahrer stellte das Blinklicht und die Sirene an und trat fest auf das Gaspedal. Während der Himmel sich mehr und mehr mit Donner und Feuer füllte, klammerte Grace sich an ihren Sitz; sie hatte das Gefühl, gestorben und in die Hölle gefahren zu sein. Das einzig Tröstliche war, daß sie sich von dem Zielort des Angriffs zu entfernen schienen, denn der Lärm und die Helligkeit lagen hinter ihnen. Der Krankenwagen fuhr so schnell, daß Grace heftig hin- und hergeschleudert wurde.

Auf den Straßen waren keine Autos zu sehen. Grace warf einen Blick auf den Tachometer; er zeigte sechzig Meilen pro Stunde an.

«Es ist jetzt nicht mehr weit», sagte der Fahrer, «nur noch ein paar Minuten. Heiliger Jesus...» Der Ausruf war die Reaktion auf eine Bombe, die, wie es Grace erschien, unmittelbar hinter ihnen explodiert war, in Wirklichkeit jedoch, wie man ihr sagte, mindestens fünf Meilen von ihnen entfernt eingeschlagen war. Er bog mit quietschenden Reifen, scheinbar auf zwei Rädern, um die nächste Kurve. Zugleich hörte Grace irgendwo im Inneren des Krankenwagens einen Schrei und bemerkte im selben Moment, daß sie selbst es war, die geschrien hatte. Endlich hielt der Wagen an; sie stieg aus und betrachtete mit leisem Abscheu den düsteren Eingang des St John's Hospital.

Die Frau in der Notaufnahme, die eine Art Büroangestellte zu sein schien, zeigte wenig Verständnis.

«Dies hier ist die Notaufnahme, wir sind für Geburten nicht ausgerüstet. In welchem Krankenhaus sollte Ihre Freundin denn niederkommen?»

«In einer privaten Entbindungsklinik in Wiltshire», sagte Florence durch zusammengebissene Zähne hindurch. Sie saß inzwischen in einem Rollstuhl; ihr Gesicht war kalkweiß, und sie umklammerte mit beiden Händen die Armlehnen.

«Tja, dann sollten Sie jetzt eigentlich dort sein.»

«Reden Sie kein dummes Zeug», sagte Florence, «ich bin hier – und ganz bestimmt nicht, weil ich es so will, das versichere ich Ihnen.»

«Schauen Sie», sagte Grace hastig, voller Angst, daß man sie beide auf die Straße setzen würde, wenn Florence allzu unangenehm wurde, «schauen Sie, sie hat starke Schmerzen, man sagte uns, hier würde sich jemand um sie kümmern.»

«Jetzt hören Sie mir mal gut zu», sagte die Frau mit einem verächtlichen Blick, «in den letzten Monaten hatten wir Patientinnen hier, die wirklich Schmerzen hatten. Frauen mit zerquetschten Füßen und Beinen, die stundenlang neben ihrem toten Mann oder ihren toten Kindern gelegen hatten oder unter Ruinen verschüttet waren. Ich kann mich über ein Baby wirklich nicht aufregen, fürchte ich. Sie soll in der Kabine dort warten, ich rufe die Hebamme an. Wir können jeden Augenblick ein paar Verletzte vom Luftangriff hereinbekommen; in dem Fall werden Sie sich wahrscheinlich selbst helfen müssen.»

Grace schob Florence in ihrem Rollstuhl zu der Kabine hinüber, half ihr aufs Bett und bemühte sich, ihrer Stimme einen zuversichtlichen Klang zu geben. «Ich bin sicher, daß es nicht lange dauern wird», sagte sie, «und es ist offensichtlich, daß sie eine Menge zu tun haben.»

«Ja, vermutlich», sagte Florence. «Gott!» Ihre Augen in dem bleichen Gesicht weiteten sich; ihr Körper krümmte sich, und sie umklammerte mit beiden Händen den Rand des Bettes. «Es tut weh», stöhnte sie. «Grace, es tut so verdammt weh.»

Grace, die nicht wußte, was sie sonst tun sollte, versuchte, ihr das Haar glattzustreichen; Florence stieß ihre Hand beiseite. Langsam entspannte sie sich wieder, atmete leichter, bemühte sich zu lächeln. «Es ist sogar noch schlimmer, als ich dachte», sagte sie, «sehr viel schlimmer.»

Eine halbe Stunde später war noch immer niemand in der Kabine aufgetaucht. Sie konnten Bombenexplosionen hören, die Sirenen der Krankenwagen, Schreie und Weinen.

«Um Himmels willen, lauf los und hol jemanden», schrie Florence von einer heftigen Wehe gepeinigt. «Ich kann das nicht aushalten. Du bist verdammt nutzlos, Grace, absolut nutzlos.»

Grace floh in das Chaos der Notaufnahme hinein; Verletzte waren hereingetragen worden, einige weinten und stöhnten, andere waren ganz ruhig und in einem Schockzustand, eingewickelt in Wolldekken, und starrten vor sich hin. Sämtliche Krankenschwestern, sämtliche Ärzte bewegten sich mit grimmiger Entschlossenheit von Trage zu Trage, von Kabine zu Kabine. Grace starrte entsetzt auf die Szene, die sich ihr darbot; nichts, was sie über den Blitzkrieg gehört oder gelesen hatte, hatte sie auf dergleichen vorbereitet.

Es war ein weiterer markerschütternder Schrei aus Florence' Kabine, der ihre Erstarrung löste; sie stürzte zum Schreibtisch hinüber und klopfte schüchtern auf den Arm der Frau. «Bitte... es tut mir wirklich leid... meine Freundin...»

«Was? Oh, das Baby. Ja, wir könnten die Kabine wirklich gebrauchen. Ich ruf noch mal an. Wir haben hier inzwischen schon fünf, alle in den Wehen. Sagen Sie ihr, sie soll sich ein bißchen ruhiger verhalten, okay? Sie macht mehr Lärm als die anderen fünf zusammen.»

«Gibt es... gibt es nicht etwas, was sie nehmen könnte? Gegen die Schmerzen», fragte Grace. «Sie sind ziemlich schlimm.»

«Jetzt hören Sie mir mal gut zu», sagte die Frau, sichtlich um Geduld bemüht. «Wenn sie nach oben kommt, dann werden sie sich um sie kümmern. Im Augenblick wird sie sich, fürchte ich, mit ihrer Lage abfinden müssen. Ich werde versuchen, einen Arzt zu kriegen, der sie sich anschaut.»

Grace kehrte langsam und mit zögernden Schritten zu Florence zurück. Diese lag auf dem Rücken; ihr Kopf rollte von einer Seite zur anderen, und sie stöhnte, weniger laut, aber sehr viel kläglicher als zuvor. Nach einer Weile beruhigte sie sich wieder. «Was haben sie gesagt?» fragte sie.

«Sie sind schon auf dem Weg», sagte Grace.

Mindestens eine weitere Stunde verstrich, bevor ein junger Arzt den Kopf durch den Vorhang steckte. Er grinste Grace fröhlich an.

«Wie geht's ihr? Tut mir leid, daß es so lange dauert; wir haben noch nicht einmal eine Rolltrage übrig. Aber sie kommen jetzt runter, um nach ihr zu sehen. Soll ich sie mir mal anschauen?»

«Ja. Ja, bitte», sagte Grace.

Während er Florence untersuchte, wartete Grace vor der Kabine. Sie hörte einen lauten Schrei, und dann Florence' Stimme: «Seien Sie doch vorsichtig, verdammt!»

Grinsend kam er wieder heraus. «Es geht ihr gut. Es dauert aber noch eine Weile. Der Muttermund ist erst ungefähr sechs Finger erweitert. Sagen Sie, sie soll sich entspannen, wenn die Wehen kommen. Oben werden sie ihr etwas geben. Um Himmels willen...» Er sah eine neue Trage, die gerade hereingebracht wurde: eine schreiende Frau – die Wolldecke, die sie bedeckte, war von Blut durchtränkt. «Ich muß gehen. Viel Glück.»

Was ihnen wie eine endlos lange Nacht erschien, dauerte tatsächlich nur eine weitere halbe Stunde; Florence schwitzte und stöhnte und beschimpfte Grace, in der Zeit zwischen den Wehen klammerte sie sich an sie, flehte sie an, sie nicht zu verlassen, jammerte, sie würde es ohne sie nicht schaffen. Grace bekam mehr und mehr das Gefühl, das alles nicht länger ertragen zu können, als ein Sanitäter mit einer Rolltrage herunterkam.

«Na, da ist ja noch eine. Ich hoffe, sie kann ein bißchen warten; da oben liegen schon Dutzende und schreien sich die Seele aus dem Leib. Die arme Schwester weiß nicht, wohin sie sich zuerst wenden soll.»

Grace sah ihn mit einer düsteren Vorahnung an. Als sie am Fahrstuhl angekommen waren, schrie Florence erneut laut auf. «Gott, o mein Gott», stöhnte sie, «ich halte das nicht aus.»

«Das sagen sie alle», erklärte der Sanitäter fröhlich.

Sie rollten sie in den Fahrstuhl. Florence stieß noch einmal einen markerschütternden Schrei aus, und ihr Gesicht verzerrte sich bis zur Unkenntlichkeit. Grace beobachtete sie ängstlich. «Der... der Arzt sagt, du solltest versuchen, dich zu entspannen. Wenn die Wehen kommen», sagte sie.

«Der Blödmann soll sich doch selbst entspannen», schrie Florence. «O Gott, o Gott...» Plötzlich verkrampfte sich ihr ganzer Körper; sie schien unter einer ungeheuren Anspannung zu stehen und schrie gleichzeitig aus vollem Halse.

«Verdammt», sagte der Sanitäter, «das Kind kommt. Verdammt. Beeilen wir uns ein bißchen.»

«Was heißt das?»

«Es heißt, daß sie das Baby rauspreßt. Kommen Sie, helfen Sie mir mal, das Ding aus dem Lift zu kriegen. Kommen Sie, schnell, wir sind ja schon da.»

Florence ergriff Grace' Hand. «Hilf mir», keuchte sie mit starrem, wildem Blick, «es ist entsetzlich, ich...», und dann verkrampfte sich ihr Körper aufs neue, ein rauher, stöhnender Laut brach aus ihr hervor.

«Kommen Sie», sagte der Sanitäter, «halten Sie durch, hier sind wir ja schon. Schwester, das Kind kommt. Der Kopf ist schon zu sehen.»

«O je», sagte die Schwester ernst, «wir haben kein einziges Bett frei. Sie werden eben warten müssen», sagte sie zu Florence, «während ich Ihnen einen freien Platz suche. Hecheln Sie. Hecheln Sie wie ein Hund. Die machen heute nacht alle ein furchtbares Theater», fügte sie, an den Sanitäter gewandt, hinzu. «Kein bißchen Selbstbeherrschung.»

«Zum Teufel mit Ihnen», schrie Florence, «und mit Ihrer Selbstbeherrschung. Geben Sie mir etwas, irgend etwas. Die haben was von Lachgas gesagt... sie haben gesagt... o mein Gott.»

Und dann folgte ein lautes, entsetzliches Aufheulen und ein scheinbar endlos langes Aufbäumen.

«Braves Mädchen», sagte die Schwester, plötzlich mit ein wenig mehr Mitgefühl, und fühlte sich endlich bemüßigt, aktiv zu werden, «braves Mädchen. Kommen Sie, wir sehen mal nach. Ja, ich kann jetzt den Kopf des Babys sehen. Sie», sagte sie zu Grace, «Sie halten ihr am besten die Hand und versuchen, sie ein bißchen zu beruhigen. Kommen Sie, meine Liebe, tief durchatmen, warten Sie, warten Sie, jetzt hecheln, ja, wie ein Hund. Gut, gut, ja, jetzt pressen, nochmal, kräftig pressen, ich weiß, es tut weh, macht nichts, ganz fest pressen... da! Der Kopf ist da. Warten Sie. Und nochmals... pressen, nochmal, das letzte Mal... da ist es ja, ein hübsches kleines Mädchen. Gut gemacht. Gut gemacht.»

Und Grace, die ängstlich auf das blutige Durcheinander zwischen Florence' Beinen hinuntersah, während sie dort auf dem verdunkelten Korridor auf der Rolltrage lag, konnte ein winziges, perfekt entwickeltes kleines Geschöpf erkennen, an dessen Bauchnabel eine pulsierende Schnur hing, und ihr ganzes Leben lang erinnerte sie sich, wenn sie das Wort Wunder hörte, an jenen Augenblick mit all seinem Blut und seinen Schmerzen. Und während sie hinabschaute, ehrfürchtig und ungläubig zugleich, fühlte sie, wie Florence' Hand in ihre hineinglitt, und hörte sie sagen: «O Grace, danke, vielen Dank. Ohne dich hätte ich das nicht durchgestanden.»

Sie verbrachte den Rest der Nacht auf einem Feldbett in demselben Korridor. Florence und ihre kleine Tochter wurden davongerollt, gesäubert und in einem riesigen Wöchnerinnenzimmer untergebracht.

Grace durfte sie wenige Stunden nach der Geburt besuchen; Florence saß aufrecht in ihrem Bett, hielt das Baby im Arm und strahlte sie an. «Ich werde sie Imogen nennen. Imogen Grace. Wie findest du den Namen?»

«Wunderschön», sagte Grace, die ihn entsetzlich fand.

«Und noch einmal vielen Dank.»

«Das ist schon in Ordnung. Ich habe ja kaum etwas getan.»

«Du hast sehr viel getan. Ich werde es nicht vergessen.»

«Gute Nacht», sagte Grace. «Sie ist wunderschön.»

Selbst in jenem Augenblick konnte sie sich nicht überwinden, Florence zu küssen.

Am nächsten Morgen ging sie wieder ins Wöchnerinnenzimmer. Florence war gerade dabei, Imogen an ihre Brust zu legen. In dem Raum standen vierundzwanzig Betten, in denen gewöhnliche Arbeiterfrauen mit lauten, durchdringenden Stimmen lagen – in jedem Fall eine für Florence völlig unpassende Umgebung. Grace erwartete, daß sie sich sogleich beklagen, etwas Taktloses sagen würde, aber sie meinte: «Es ist wunderbar hier, furchtbar lustig. Viel netter als diese schrecklichen Einzelzimmer.»

Kapitel 14

Frühling – Sommer 1941

Grace holte Clifford am späten Vormittag ab, damit er sich Florence und das Baby anschauen konnte. Florence sah blendend aus.

«Es ist wirklich lustig hier», sagte sie, «ihr könnt es euch überhaupt nicht vorstellen. Ich möchte am liebsten gar nicht wieder weg. Und Imogen ist so lieb, so schrecklich lieb, wirklich, das bravste Baby der ganzen Station. Habt ihr mit Mutter gesprochen? Was hat sie gesagt? Hat sie sich gefreut, kann sie herkommen? Ich kann es gar nicht erwarten, ihr Imogen zu zeigen…»

Grace fragte sich, wann die rosige Blase, in der Florence saß, wohl platzen würde und wie sie es wohl anstellen wollte, es Robert zu beichten. Ob sie wohl Imogens Vater die Geburt seines Kindes mitteilen würde? Plötzlich hatte sie nur noch den einen Wunsch: dem ganzen Chaos zu entfliehen; es erschien ihr allzu belastend und verwirrend.

Sie ließ Florence in London zurück; man war übereingekommen, daß sie und Imogen nach der Entlassung aus dem Krankenhaus bei Clifford wohnen und dann, wenn sie beide kräftig genug wären, nach Hause reisen sollten. Grace mußte zu ihren beiden Jungen zurück, und sie hatte das Gefühl, Florence in ihrer Rolle als perfekte Mutter nicht sehr viel länger ertragen zu können. Es war eine Erleichterung, daß Imogen gesund zur Welt gekommen war und ihr so viel Freude bereitete, aber Grace stand innerlich noch immer auf der Seite Roberts. Sie hoffte, daß sie sich nie mit ihm über das Thema würde unterhalten müssen. Das Baby von Florence' Liebhaber zur Welt bringen zu helfen, war eine Sache, Florence' Mann, den sie so schätzte, anzulügen, war eine andere.

Die Fahrt nach Hause dauerte sieben Stunden; es war eiskalt im Zug, die Beleuchtung war zu schwach, um zu lesen, und die Abteile waren so überfüllt, daß es unmöglich war, den Flur entlangzugehen, um die Toilette aufzusuchen; die Hölle, dachte Grace, war nicht ein Krankenwagen, der während eines Luftangriffs durch London raste, sondern die Great Western Railway.

Mein liebster Giles,
ich hoffe und bete, daß du diesen Brief bald erhalten wirst. Ich habe wunderbare Neuigkeiten. Wir haben eine Tochter bekommen. Sie ist das schönste Baby, das ich je gesehen habe; sie hat blonde Haare und blaue Augen, genau wie ihr Vater! Sie kam ein bißchen zu früh, überraschte mich ganz einfach im Flur eines Londoner Krankenhauses. Fast wäre sie bei einem der Luftangriffe in einem Krankenwagen geboren worden. Eines Tages werde ich ihr eine ganz schön spannende Geschichte darüber erzählen können! Sie wog fast fünfeinhalb Pfund; die Schwester meinte, das sei für ein zu früh geborenes Baby ein sehr gutes Gewicht. Es war alles großartig, natürlich ein bißchen schmerzhaft, aber vor allem so aufregend und wunderbar, was bedeuten da schon die Schmerzen? Meine Schwägerin Grace, die ich eigentlich nie besonders mochte, war mir eine große Stütze; sie war ständig an meiner Seite und hat alles getan, um mich zu trösten und mir zu helfen. Ich bin ihr zu großem Dank verpflichtet.
Imogen trinkt eine Menge und hat bereits 90 Gramm zugenommen. Das scheint dir vielleicht nicht besonders viel zu sein, aber ich kann dir versichern, daß es eine beachtliche Leistung ist. Ich fühle mich hervorragend; man sagte mir, ich könne morgen schon wieder aufstehen. Wenn ich entlassen werde, wohne ich bei meinem Vater, bis ich nach Hause fahren kann.
Oh, Liebling, ich wünschte, du könntest Imogen sehen. Sie ist so wunderschön. Ich verbringe viele Stunden damit, sie einfach nur anzuschauen und an dich und daran, wie sehr ich dich liebe, zu denken. Ich sehne mich so sehr danach, von dir zu hören. Weiß der Himmel, wann du dies hier bekommen wirst, vermutlich warten die Briefe an euch in irgendeinem Hafen. Auf jeden Fall kann ich jetzt, da ich Imogen habe, so lange stark und tapfer sein, wie der Krieg dauert. Ich danke dir für sie. Alles, alles Liebe von mir – nein, von *uns*.
Florence und Imogen

Telegramm an Major Robert Grieg, Gibraltar
Imogen Grace, geboren am 14. Januar; Gewicht: fünf Pfund; beide wohlauf. Liebe Grüße – Florence.

Ich kann nur hoffen, dachte Florence, als sie Clifford beide Briefe übergab, daß Robert sich nicht allzu deutlich an die Zeit im letzten Frühjahr erinnern kann.

Nach dem Gespräch mit Mr. Jacobs hatte Grace ihre Ausgaben sorgfältig überprüft und erkannt, daß sie mit sehr viel weniger Geld auskommen konnte, als sie tatsächlich erhielt, vor allem in Anbetracht der fünfzehn Schillinge für Daniel und David, ihrer legefreudigen Hennen und dessen, was sie jetzt, da der Sommer kam, im Garten ernten konnte. Sie hatte sich inzwischen auch eine Ziege angeschafft. Sie wurde Flossie getauft, da Daniel gesagt hatte, sie sähe wie Florence aus; Grace hatte die Stirn gerunzelt und gesagt, er solle nicht frech werden, aber es war tatsächlich irgend etwas an dem Gesichtsausdruck der Ziege, ihrem langen, seidigen, schwarzen Fell und den staksigen Beinen, was ... nun ja, sie konnte nur hoffen, daß Florence keinen Verdacht schöpfte. Auf jeden Fall sagte Grace zu Mr. Jacobs, sie habe ja das Haus und den Wagen, sie erhalte ihre Benzinration und sie könne mit der Hälfte ihres monatlichen Geldes auskommen, wenn sie sich wirklich bemühte; und dann fragte sie ihn vorsichtig, was, wenn überhaupt irgend etwas, Muriel unternommen habe.

«Bisher noch nichts, Mrs. Bennett. Ich bin ziemlich ratlos.»

«Was ist mit der Pension ihres Mannes?»

«Ich habe nichts von ihm gehört.»

«O je», sagte Grace. «Ich fürchte, er ist augenblicklich nicht ganz er selbst. Er hat versprochen, Ihnen deswegen zu schreiben. Ich werde ihn daran erinnern.»

Sie erreichte Clifford an einem schlechten Tag; er klang eindeutig betrunken. «Mach dir keine Sorgen, Liebes, ich mach das schon. Ich werd alles regeln. Kein Grund, sich Sorgen zu machen», murmelte er und legte den Hörer auf.

Er würde offensichtlich gar nichts unternehmen; Grace rief Florence an, die inzwischen wieder in ihrem Elternhaus wohnte, und sagte, sie müsse Muriel beibringen, daß sie dringend sparen müsse.

«Das macht sie bestimmt nicht», sagte Florence.

«Du mußt sie irgendwie dazu bewegen. Sonst wird sie The Priory verkaufen müssen.»

«Großer Gott», sagte Florence, «und was sollen dann Imogen und ich machen? Vielleicht kann ich eine Weile lang bei dir wohnen.»

Sie schien nicht auf die Idee zu kommen, daß Grace sie möglicherweise nicht in ihrem Haus haben wollte.

«Oh, mein Gott!» sagte Linda. «Ben ist abkommandiert worden.»

«Wohin?» fragte ihre Schwiegermutter.

«Nordafrika.»

«Wann geht er?»

«Ziemlich bald, in etwa vierzehn Tagen. Er ist inzwischen Feldwebel. Was hältst du davon?»

«Er hat auch nicht mehr erreicht als sein Vater», sagte Bens Mutter streng. «Kommt er vorher nach Hause?»

«Nein. Ben hat um Urlaub gebeten, aber das machen sie alle, der wird nur in besonderen Fällen gewährt», antwortete Linda.

«In was für besonderen Fällen?«

«Tja, ich weiß es nicht. Vielleicht die Geburt eines Babys oder so etwas. Es klingt, als dauerte es noch sehr lange. Mein Gott, ich würde ihn so gern wiedersehen. Nur noch ein einziges Mal.»

«Sprich nicht so», sagte Bens Mutter.

Später sah Linda, wie die alte Frau aus dem Fenster blickte; die Tränen rannen ihr die blassen Wangen hinunter. Linda ging zu ihr hinüber und umarmte sie.

Bens Bataillon wurde am 12. Juni nach Afrika verschoben. Linda hatte ihm geschrieben, um ihn zu fragen, ob sie zu ihm fahren und ihn besuchen konnte, hatte aber keine Antwort erhalten; er hatte den Brief offensichtlich nicht bekommen.

Am Abend des 7. Juni, an dem es ganz besonders mild und warm war, fragte Janice Linda, ob sie mit ihr und ein paar anderen Mädchen zu einer Party in Frisco's Club in der Nähe des Piccadilly Circus gehen wolle.

«Janice, ich glaube, ich komme lieber nicht mit», sagte Linda. «Die Alte regt sich ohnehin immer auf, daß ich so viel ausgehe, und ich habe Angst, daß sie es Ben schreiben könnte.»

«Ach, die alte Schachtel», sagte Janice. «Ich bin sicher, daß sie es nicht tun wird. Was könnte sie ihm denn überhaupt berichten? Du hast doch überhaupt nichts Böses getan. Ach fahr doch mit, Linda, es wird dir guttun. Du kommst mir ein bißchen bedrückt vor. Wenigstens für ein paar Stunden.»

«Ja, ein bißchen bin ich es tatsächlich. Bedrückt, meine ich», sagte Linda. «Okay, ich komme für eine Stunde oder so. Vielleicht muntert es mich auf.»

Die Party war sensationell; eine Menge Alkohol, tolle Musik und eine Menge Männer, die sie umschwärmten. Aber um zehn Uhr sagte Linda zu Janice, sie müsse gehen. «Sonst verpasse ich den Bus.»

«Ach was. Warum bleibst du nicht noch ein bißchen? Du siehst munterer aus als in den ganzen letzten Wochen zusammen. Wir können morgen früh zurückfahren. Hier ist es doch gerade so lustig!»

Linda zögerte. Die Versuchung war wirklich sehr groß. Sie amüsierte sich prächtig, und Janice hatte recht, die Party hatte sie wirklich aufgemuntert. Aber schließlich entschloß sie sich dennoch, zu gehen. «Nein, ich glaube, ich sollte jetzt doch lieber zurückfahren. Ich ruf dich morgen früh an.»

In jener Nacht gab es seit längerer Zeit zum ersten Mal wieder einen Luftangriff: eine Landmine fiel auf Chiswick und eine Bombenkette auf Acton. Das kleine Haus, in dem Linda und ihre Schwiegermutter wohnten, wurde getroffen, bevor sie Zeit hatten, in den Schutzraum zu laufen; ihre Leichen wurden unter einem Haufen Schutt gefunden, ihre Hände waren noch immer ineinander verkrallt.

Als Grace von einem ihrer Kontrollbesuche bei den Landmädchen nach Hause fuhr, fragte sie sich, wie lange sie diese Aufgabe noch erfüllen konnte. Es hätte keine Probleme gegeben, wenn sie Muße und reichlich Geld gehabt hätte, aber ihre Arbeit kostete sie sehr viel Zeit, vor allem, da sie ihre Pflichten so ernst nahm.

Grace hatte die Anzahl Stunden, die der Gärtner bei ihr arbeitete, reduziert und pflegte den Garten jetzt weitgehend selbst, und dasselbe galt für Mrs. Babbage und die Hausarbeit. Daniels ständiges Bettnässen machte in der Tat sehr viel Arbeit, und das Kochen schien, in dem Maße, wie es schwieriger wurde, die gewohnten Lebensmittel zu kaufen, immer länger zu dauern.

Sie hatte aber jetzt eine neue Einkommensquelle entdeckt. Eine der Schülerinnen in Miss Mertons Tanzstunde, ein kleines, rosiges Geschöpf namens Elsbeth Dunn, war, so empfand es Grace, ganz ungewöhnlich musikalisch; sie hatte die Kleine überrascht, wie sie eines Tages auf dem Klavier eine selbst erfundene Melodie spielte, und hatte begonnen, ihr nach der Stunde Privatunterricht zu geben.

Nach einigen Wochen war Elsbeths Vater, ein stämmiger, finster aussehender Mann, der sie in seinem Lastwagen von der Schule abholte, auf Grace zugekommen und hatte sie gefragt, ob sie Elsbeth diese Lieder beibringe; Grace hatte die Frage ein wenig nervös bejaht.

«Das ist nicht in Ordnung», sagte er, «nein, ganz und gar nicht in Ordnung.»

«Ja, es tut mir leid, aber sie ist sehr musikalisch», sagte Grace.

«Kann sein. Ich sage ja nicht, daß sie keinen Spaß daran hat, aber es ist nicht in Ordnung, daß Sie es umsonst machen. Deshalb habe ich Ihnen das hier mitgebracht.» Und er langte in die tiefe Tasche seiner uralten, ausgebeulten Tweedhose und zog ein schmuddeliges, in Frühstückspapier eingewickeltes Paket hervor, das mit Gummibändern zusammengehalten wurde.

«Das ist für Sie», sagte er, «Sie sehen aus, als könnten Sie ein paar Kilo zunehmen.»

Und dann war er mit düsterer Miene wieder gegangen; Grace öffnete sehr vorsichtig das Paket und fand darin ein großes Stück Käse: einen wunderbaren, dunkelgelben, fetten Cheddarkäse.

«Da ist ein Telegramm für dich, Florence», sagte Muriel.

Florence hatte im Garten gelegen und Imogen voller Bewunderung angeschaut: ihre dicken, braunen Ärmchen und Beinchen, den blonden Flaum, der auf ihrem Kopf zu sprießen begann, die leuchtendblauen Augen. Robert hatte mehrere Briefe zur Geburt des Babys geschrieben und darin seiner Freude und seinem Stolz Ausdruck verliehen, erklärt, wie sehr er Florence vermisse, sich danach sehne, seine Tochter kennenzulernen, wie sehr er sich auf die Zeit freue, wenn sie wieder zusammensein könnten: raffinierte Briefe, die darauf abzielten, sie in Sicherheit zu wiegen und wieder Macht über sie zu gewinnen.

Florence nahm das Telegramm von ihrer Mutter mit zitternden Händen entgegen und riß es ungeschickt auf.

«O mein Gott», flüsterte sie, «o mein Gott, nein!»

Muriel nahm das Telegramm und las: «Eine Woche Urlaub. 14. Juni zuhause. Alles Liebe euch beiden – Robert.»

Grace war schon fast zuhause; sie hielt den Wagen vor dem Pfarrhaus an, um zu fragen, ob der Pfarrer sie für die Chorprobe am nächsten Tag brauchte.

Der Pfarrer benötigte sie in der Tat, schenkte ihr eine Tasse ziemlich starken Tee ein, fragte sie, wie es den Jungen ginge, ob sie in letzter Zeit von Charles gehört habe und ob sie ihm bei dem Fest helfen könnte. Als sie sich endlich verabschiedete, war es nach ein Uhr mittags.

Als Grace wieder in ihr Auto stieg, wurde sie von einem Armeewagen überholt; in diesen Tagen war so wenig Verkehr auf den Straßen, daß man alles genau registrierte. Wohin der Wagen wohl fahren mochte, an einem so schönen Tag, so weit fort von der nächsten Einheit? wunderte sich Grace und lenkte ihr Auto auf die Hauptstraße. Sie dachte, nicht zum ersten Mal, daß Charles, wenn er wüßte, daß sie seinen kostbaren Wagen fuhr, besonders, ohne richtige Fahrstunden genommen zu haben, wahrscheinlich... sie wollte sich lieber nicht ausmalen, was er tun würde. Sie erschauderte, und dann sah sie, daß der Armeewagen in ihrer Einfahrt stand.

Sie stieg mit weichen Knien aus, lehnte sich gegen ihr Auto und sah, wie ein Mann aus dem Lastwagen stieg, ein Sergeant, wie sie verwirrt feststellte. Er war groß, ziemlich mager, mit großen, dunklen Augen, und er erinnerte sie an jemanden, wenn sie auch im Augenblick nicht wußte, an wen. Er kam mit schweren Schritten auf sie zu, nahm seine Armeemütze ab und reichte ihr die Hand. Sie fühlte sich warm und beruhigend an. Sein schmales, kantiges Gesicht wirkte angespannt. Aber als er sprach, war seine Stimme sanft und ruhig, mit einem Londoner Akzent.

«Mrs. Bennett? Mrs. Grace Bennett?»

«Ja», sagte sie, ohne sich zu bewegen und ohne ihre Hand zurückzuziehen, «ja, das bin ich.»

«Entschuldigen Sie, daß ich Sie störe, Mrs. Bennett», sagte er. «Ich bin Ben Lucas, der Vater von David und Daniel. Könnte ich bitte einen Augenblick hereinkommen?»

Kapitel 15
Sommer – Herbst 1941

Er setzte sich, streckte die langen Beine ein wenig verlegen unter den Küchentisch, schneuzte sich die Nase und sah sie ziemlich hilflos an, während sie ihm eine Bier einschenkte.

«Es tut mir leid», sagte er immer wieder, «es tut mir leid, Mrs. Bennett. Ich wollte nicht –»

«Mr. Lucas, bitte entschuldigen Sie sich nicht. Bitte.»

Was konnte man zu einem Mann sagen, der einem gerade mitgeteilt hatte, daß seine Frau tot war? Der zu einem ins Haus gekommen war und wie ein Soldat sehr steif im Eingangsraum gestanden, sich ein wenig verwirrt umgesehen und dann gefragt hatte, ob seine Jungen da seien. Dann, als sie erwidert hatte, nein, sie seien in der Schule, hatte er gefragt, wann sie zurück sein würden, weil er ihnen etwas zu sagen hatte, und danach, als sie sehr sanft zurückgefragt hatte, was es denn sei, hatte er ihr mitgeteilt, daß ihre Mutter tot sei, getötet in einem Luftangriff zwei Nächte zuvor. Danach hatte er gefragt, ob er sich hinsetzen dürfe, war langsam zum Treppenabsatz gegangen, hatte sich dort hingekauert und sie schweigend angestarrt, die dunklen Augen voller Tränen – sie ähnelten so sehr denen Davids, daß sie das Gefühl hatte, ihn schon sehr lange zu kennen. Sie war zu ihm hingegangen und hatte sich neben ihm gesetzt. Sie hatte ihre Hand sehr sanft auf seinen Arm gelegt, während er sich mit aller Kraft darum bemühte, sich zusammenzunehmen, seine Selbstbeherrschung zurückzugewinnen.

Und nun saßen sie in der Küche, er seufzte tief, lächelte sie schüchtern an und zog sein Taschenbuch hervor.

«Was ist mit… mit Ihrem Fahrer?» fragte sie. «Ob er wohl etwas zu trinken möchte, was meinen Sie?»

«Oh, ja. Vermutlich. Danke. Aber es wäre mir lieber, wenn er nicht… hier…»

«Nein, das ist schon in Ordnung», sagte Grace, «ich werde ihm etwas hinausbringen.»

«Sie sind sehr freundlich. Linda hat mir erzählt, wie nett Sie sind. Und die Jungs mögen Sie. Sie mögen Sie sehr.»

«Ich mag sie auch», sagte sie und lächelte ihn an. «Ich liebe sie.»

Grace war überrascht, sich selbst das sagen zu hören, und fürchtete, es könnte ziemlich übertrieben klingen, aber es schien ihm nichts auszumachen, er lächelte zurück.

Als sie dem Fahrer sein Bier gebracht hatte und wieder in die Küche zurückkam, schien Ben Lucas ein wenig ruhiger zu sein; er stand auf und strich sich das Haar zurück.

«Die Sache ist die», sagte er, «ich muß es den beiden sagen. Und ich weiß nicht, wie. Ich weiß nicht, ob ich es kann. Aber ich muß es tun, nicht wahr?»

«Ja», sagte sie, «das müssen Sie. Es sei denn» – sie wand sich, schreckte innerlich vor der Aufgabe zurück – «es sei denn, Sie möchten, daß ich –»

«Oh, nein», sagte er, «nein, das wäre nicht richtig. Nein, *ich* muß es tun. Wann kommen sie zurück?»

Sie schaute auf ihre Uhr. «Etwa in einer Stunde. Oder ist heute ... ich hoffe, heute ist nicht Mittwoch?»

«Nein», sagte er, und diesmal schien ihm das Lächeln ein wenig leichterzufallen, «nein, heute ist Dienstag. Was ist so schlimm am Mittwoch?»

Seine Art zu reden, seine tiefe, ein wenig langsame Stimme war sehr beruhigend; zwar mochte sie normalerweise den Londoner Akzent nicht besonders, aber aus seinem Munde klang er angenehm, paßte zu seinen höflichen Umgangsformen und seiner zurückhaltenden, ein wenig verlegenen Art.

«Nichts», sagte sie und begann erneut zu lächeln, «außer, daß dann Tanztag ist. In der Schule.»

«David und Daniel tanzen?» sagte er; die Vorstellung schien ihn zu erstaunen.

«Nein, sie selbst nicht. Aber ich spiele beim Tanzunterricht Klavier, und sie warten auf mich.»

«Ja», sagte er, «Linda schrieb, Sie würden David Klavierunterricht geben. Das ist sehr freundlich von Ihnen.»

«Überhaupt nicht. Ich tue es sehr gern. Er ist sehr musikalisch, wissen Sie.»

«Tatsächlich? Na ja, vielleicht hat er es geerbt; mein Vater hat recht gut Geige gespielt.»

«Tatsächlich?» sagte Grace. «Hat er es Ihnen auch beigebracht?»

«Er hat es versucht, aber er hatte nicht sehr viel Zeit, als ich in dem entsprechenden Alter war. Er erlitt im letzten Weltkrieg eine Gasvergiftung; er ist gestorben, als er erst zweiundvierzig war.»

«Wie traurig», sagte Grace, «und Ihre Mutter... ist sie...» und stockte dann voller Entsetzen, sie wußte ja, daß Linda und ihre Schwiegermutter beide in dem kleinen Haus in Acton gelebt hatten.

«Ja», sagte er, da er ihr Schweigen richtig gedeutet hatte, «ja, sie wurde auch getötet, zusammen mit Linda.»

«Also», sagte sie, «möchten Sie, daß ich die Jungen holen gehe? Dann brauchen sie nicht zu... es muß schrecklich sein, zu warten.»

«Nein», entgegnete er. «Es würde sie nur beunruhigen, nicht wahr, und wenn es Ihnen nichts ausmacht, mich hierzuhaben, dann würde ich lieber warten, mich ein wenig mehr sammeln und mir in Ruhe überlegen, was ich ihnen sagen kann.»

«Es macht mir überhaupt nichts aus», sagte sie. «Natürlich nicht.»

David und Daniel stürmten durch die Küchentür ins Haus; sie fragten schon beim Hereinkommen, was das denn für ein Armeewagen sei, der dort draußen stünde; Grace trat auf sie zu und beobachtete, wie sich in ihren Gesichtern zunächst Ungläubigkeit und dann eine unbändige Freude abzeichnete, als sie ihren Vater sahen. Sie stürzten sich beide gleichzeitig in seine Arme; er umfing sie, küßte sie und sagte ihnen, wie sehr sie gewachsen waren und daß sie gut und gesund aussahen. Sie zerrten ihn nach draußen, damit er sich die Hühner, Flossie und Charlotte ansehen konnte. Er warf Grace beim Hinausgehen einen hilflosen Blick zu; sie beobachtete ihn voller Mitgefühl, als er sich auf den Rasen setzte, ein Kind auf jeder Seite, die Arme um sie legte und zu reden begann. Die drei wandten ihr den Rücken zu, aber sie konnte sehen, wie der Kummer sie zunächst nur leicht streifte und dann unbarmherzig packte, wie Daniels kleines, hoffnungsvolles Gesicht zu Ben aufschaute, sich verdunkelte und sich dann zu einem Weinen verzog, sah, wie er den Kopf in den Schoß seines Vaters warf, wie sein kleiner Körper vor Schluchzen bebte und wie David nur einfach dasaß, still vor sich hinstarrte und dann ein wenig von Ben wegrückte, seine Knie umfing und den Kopf in seinen Armen vergrub.

Sie blieben lange dort sitzen. Eine tiefe Stille herrschte in Haus und Garten; selbst Charlotte schien bedrückt zu sein; sie lag, den Kopf zwischen den Pfoten, ein wenig abseits von ihnen. Ben Lucas fragte, ob er die Toilette benutzen dürfte; Grace zeigte ihm das Badezimmer, gab ihm ein Handtuch, ging wieder in die Küche zurück und versuchte zu überlegen, was sie tun könnte, irgend etwas Angemessenes, das nicht gefühllos erschien und Ben Lucas seine schreckliche Aufgabe erleichtern könnte.

Es war inzwischen fast Abend; die Sonne stand über den Hügeln, die Vögel stimmten ihren Abendgesang an, und sie konnte einen Traktor den Feldweg hinauftuckern hören. Vielleicht die Hühner; ja, das war eine gute Idee. Sie nahm die Tüte mit den Abfällen, trat in den Garten hinaus und ging vorsichtig an ihnen vorbei.

«Hallo», sagte sie, «ich werd mal die Hühner füttern.»

Daniel sah sie an und nahm den Finger aus dem Mund. «Unsere Mama ist tot», sagte er.

«Ja», sagte Grace, «ich weiß. Es tut mir so leid.»

«Wieso tut es dir leid», sagte David und funkelte sie mit tränennassen Augen an, «du kanntest sie doch gar nicht, da kann es dir auch nicht leidtun.»

«David!» sagte Ben sanft. «David –»

«Das ist schon in Ordnung», sagte Grace und setzte sich zu ihnen. «Ich kannte sie nicht, David, natürlich nicht, außer durch das, was ihr mir über sie erzählt habt. Aber ich bin deinetwegen sehr traurig. Und wegen Daniel und deinem Daddy.»

David sah sie an, stand dann auf und rannte zum Zaun der Pferdekoppel hinüber; er duckte sich darunter hinweg und lief in die Wiese hinein. Ben wollte aufstehen, um ihm zu folgen, aber Grace legte sanft ihre Hand auf seinen Arm.

«Lassen Sie ihn. Er läuft immer dorthin, wenn das Leben für ihn zu schwierig wird.»

«Sie kennen ihn ziemlich gut, nicht wahr?» sagte er und betrachtete sie aufmerksam. David hatte sich, den Kopf in seiner Armbeuge, wieder an ihn geschmiegt.

«Ziemlich gut. Wir haben acht Monate lang zusammengelebt. Wir kommen sehr gut miteinander aus.»

«Ich finde, die Kinder haben großes Glück, daß sie bei Ihnen sein können», sagte er. «Ich muß leider nach London», sagte er, «mich um die Beerdigung und so weiter kümmern.» Er schaute zu Daniel hinunter, aber dieser schien seine Worte nicht gehört zu haben. «Ich werde es morgen machen müssen.»

«O Gott», sagte Grace und merkte, wie ihr die Tränen in die Augen stiegen, «was wollen Sie jetzt tun?»

«Tja, wir müssen wieder in die Kaserne nach Salisbury zurück. Ich und der Fahrer.»

«Was, heute abend?» fragte Grace, die Augen vor Entsetzen weit aufgerissen. «Sie können… Sie können die Jungen doch nicht so schnell wieder verlassen.»

«Ich könnte vielleicht den Fahrer zurückschicken und dann morgen früh allein nach London zurückkehren. Mit dem Zug. Wenn ich irgendwie zum Bahnhof kommen könnte, ich meine, falls Sie ein Fahrrad oder so etwas haben.»

«Ich habe ein Auto», sagte Grace, «und ich bekomme Benzin für meine Arbeit bei den Landmädchen. Ich werde Sie hinbringen.»

«Das ist wirklich sehr freundlich. Sie sind sehr freundlich. Es wäre vielleicht besser…» fügte er mit einem Blick auf Davids kleine Gestalt am anderen Ende der Wiese hinzu. «Ich könnte in einem Pub übernachten.»

«Sie können hierbleiben», sagt Grace.

«Mrs. Bennett, das geht nicht», sagte er und sah sie an. «Was meinen Sie denn, was die Leute sagen würden, mein Vorgesetzter, Ihr Mann… das könnte ich unter keinen Umständen tun.»

«Ihr Vorgesetzter braucht es nicht zu wissen», sagte Grace mit fester Stimme, «mein Mann ist Tausende von Meilen fort, und die Meinung der anderen ist mir wirklich nicht wichtig. Ich möchte, daß Sie hierbleiben.»

Es war ein schlimmer, trauriger Abend. Die Jungen weigerten sich zu essen. David brachte kein Wort hervor, es war, als würde er innerlich von einem zerstörerischen Zorn zerfressen, und er war, vor allem Grace gegenüber, voller Feindseligkeit. Ben, der ihn zunächst mit Geduld und Sanftmut behandelt hatte, war sichtlich beschämt.

«Es tut mir leid», sagte er zu Grace, als David aus der Küche rannte, die Tür hinter sich zuschlug und die Treppe hinaufpolterte. Daniel war, vom Weinen erschöpft, auf dem alten Küchensofa eingeschlafen.

«Es sollte Ihnen nicht leid tun», sagte Grace. «Mir macht es nichts aus. Man kann ihm wohl kaum wegen irgend etwas Vorwürfe machen.»

«Vielleicht nicht. Ich werde auch wütend, wenn ich traurig bin. Wahrscheinlich hat er das von mir.»

«Sind Sie jetzt wütend?» fragte Grace sanft.

«Im Augenblick nicht. Ich war es. Ich hatte eine kurze Zeit Angst, den Verstand zu verlieren. Aber ich habe mich inzwischen ein wenig beruhigt. Ich gehe am besten mal zu ihm hinauf.»

Sichtlich mitgenommen kam er später langsam wieder die Treppe herunter und ließ sich schwer auf das Sofa fallen. «Er redet einfach nicht mit mir, hat sich unter die Bettücher verkrochen. Armer kleiner Kerl. Ich weiß nicht, wie ich ihm helfen soll, Mrs. Bennett, ich weiß es wirklich nicht.»

«Sie können es auch nicht», sagte Grace, «noch nicht. Niemand kann ihm helfen. Er liebte sie so sehr. Er hat so viel von ihr geredet, mir alles über sie erzählt, wie hübsch sie war, wie lustig...» Sie schaute Ben ein wenig ängstlich an, da sie fürchtete, daß sie das Falsche gesagt haben könnte, aber er lächelte.

«Ja», sagte er, «ja, sie war wirklich sehr lustig. Ein richtiges Energiebündel. Sie und meine Mutter habe sich manchmal ein bißchen gestritten, aber unter der Oberfläche waren sie gute Freundinnen. Sie hielten, wissen Sie, als sie sie fanden...» Und dann brach er zusammen; sein Gesicht verzog sich, und er begann zu schluchzen, laute, schreckliche, tiefe Schluchzer; er starrte vor sich hin und seine Hände ballten sich auf seinem Schoß immer wieder aufs Neue zu Fäusten.

«O Ben», sagte Grace sanft, und ohne nachzudenken legte sie ihren Arm um ihn und zog seinen Kopf an ihre Schulter; er wandte sich ihr zu und klammerte sich weinend an sie, und der kleine Daniel, der noch immer an ihn geschmiegt dasaß, bewegte sich ein wenig, streckte seinen kleinen, mageren Arm aus und sagte: «Wein doch nicht, Dad», und dann saßen sie alle drei da, während der Himmel sich verdunkelte und der Mond aufging.

«Tut mir leid», sagte Ben schließlich, lehnte sich zurück und sah sie an.«Es tut mir leid. Ich konnte nichts dagegen tun.»

«Natürlich konnten Sie das nicht», sagte Grace. «Natürlich nicht. Es macht nichts. Ich war nur froh, daß ich hier war, das ist alles.»

«Ich bin auch froh», sagte er. «Danke.» Er schneuzte sich die Nase und sah auf sein schmutziges Taschentuch hinab.

«Na», sagte Grace, «das sieht ja schlimm aus. Ich hole Ihnen ein sauberes.»

Sie ging hinauf in Charles' Ankleidezimmer, öffnete seine Kommode und nahm ein paar von seinen Taschentüchern heraus, sie waren aus Leinen mit einem gestickten CB am Rand, ein Geschenk von seiner Mutter.

«Hier», sagte sie zu Ben und gab sie ihm. «Nehmen Sie die. Sie werden hier nicht gebraucht. Im Augenblick jedenfalls.»

Er betrachtete sie prüfend. «Sehr vornehm», sagte er. «Dies ist ein ganz schön vornehmes Haus. Und ganz schön groß.»

«Ja, vermutlich ist es ganz schön groß», sagte Grace vorsichtig, «eigentlich zu groß. Deshalb war es so schön für mich, als Daniel und David herkamen.»

«Sie hatten also... sie haben also keine eigenen Kinder? Noch nicht?»

«Nein», sagte Grace, «noch nicht.»

«Wie schade. Sie könnten ihnen Gesellschaft leisten, nicht wahr?»

«Ja. Aber... na ja, man bekommt sie nicht auf Bestellung, oder?»

«Bei uns war das allerdings der Fall», sagte er, «sie kamen sofort, Schlag auf Schlag. David war ein Flitterwochenbaby, und Daniel kam zwei Jahre später, im dem Moment, als wir entschieden, daß es Zeit war.»

«Da haben Sie wirklich Glück gehabt», sagte Grace. Sie bemerkte mit Widerwillen, daß ihre Stimme ein wenig verbittert klang.

Er sah sie prüfend an. «Ist es denn ein Problem?» fragte er. «Sie zu bekommen, meine ich. Für Sie?»

Sie hatte das Gefühl, daß das Gespräch sehr persönlich, sehr intim wurde, aber die Ereignisse, die Gefühle dieses Tages hatten sie und Ben auf seltsame Weise einander nahegebracht.

«Ich weiß nicht recht», sagte sie. «Wir sind... tja, wir sind noch nicht sehr lange verheiratet. Erst zwei Jahre.»

Es folgte ein langes Schweigen, dann sagte er: «Ich bringe diesen kleinen Kerl jetzt mal in sein Zimmer. Wo schläft er?»

«Ich zeige es Ihnen», sagte Grace.

Danach gingen sie alle zu Bett; sie lag die meiste Zeit der Nacht wach und dachte an ihn, der am anderen Ende des Flures lag, und sie hoffte, es gäbe etwas, womit sie seine Schmerzen lindern könnte, und wußte, daß das nicht möglich war.

Sie wachte sehr früh auf, noch vor sechs Uhr, und ging in die Küche hinunter; er war bereits aufgewacht und stand dort, nackt bis auf ein Handtuch, das er sich um die Hüfte geschlungen hatte.

«Es tut mir leid, Mrs. Bennett», sagte er. «Ich wollte mich gerade ein bißchen waschen, ich hoffe, das ist in Ordnung, und dann hörte ich Ihre Hündin winseln, deshalb bin ich heruntergekommen, um sie hinauszulassen.»

«Ja, das ist in Ordnung», sagte sie lächelnd. «Es macht mir wirklich nichts aus. Warum nehmen Sie nicht ein Bad? Es ist reichlich heißes Wasser da.»

«Wollen Sie damit sagen, daß ich eines brauche?» fragte er und lächelte sie an; dieses Lächeln war ungewöhnlich warmherzig, entspannte sein kantiges Gesicht und ließ erstaunlich weiße, wenn auch ein wenig schiefe Zähne aufblitzen.

«Natürlich nicht», sagte sie, «aber –»

«Wahrscheinlich brauche ich tatsächlich eins. Haben Sie wirklich nichts dagegen?»

«Nein wirklich nicht. Ich mache inzwischen Tee.»

Sie sah ihm nach, als er aus der Küche ging; er war braun, schlank und kräftig zugleich, und seine Beine waren lang und muskulös. Er brauchte wirklich ein Bad, bemerkte sie; ein leichter maskuliner Schweißgeruch hing in der Luft. Der Geruch berührte sie in ihrem leeren Haus sehr angenehm.

«David und Daniel schlafen beide noch. Ich muß mit Ihnen über sie reden», sagte er später.

«Ja, natürlich. Sie wollen sie doch ... doch nicht mitnehmen, oder? Ich meine, sie irgendwo anders hinbringen?» Sie bemerkte, daß ihre Stimme so entsetzt geklungen hatte, daß erneut lächelte.

«Ich hoffe, das werde ich nicht tun müssen. Das war es, was ich Sie fragen wollte, weil ich ja wieder weggehen muß. Für eine lange Zeit, vielleicht... nun ja, jedenfalls sehr lange. Könnten Sie sie hier bei sich behalten?»

«Ich möchte sie gern behalten», sagte Grace, «ich würde sie so gern behalten.»

«Es wird wahrscheinlich nicht einfach sein mit ihnen», sagte er. «Jedenfalls eine Weile lang. Es tut mir leid, daß ich nicht hiersein kann, um Ihnen zu helfen.»

«Ich werd's schon schaffen», sagte Grace und dachte ein wenig ängstlich an die tiefe Trauer der beiden Jungen; wie sollte sie sie trösten, ihnen durch ihren Schmerz hindurchhelfen?

«Sie sind so nett», sagte er.

«Das sagen Sie immer wieder», entgegnete Grace lachend.

«Ich sage es immer wieder, weil es wahr ist.» Seine Augen ruhten auf ihrem Gesicht, dunkle, nachdenkliche Augen. «Ich hätte es gestern ohne Sie nicht geschafft.»

«Wissen Sie was», sagte Grace und brach damit das verlegene Schweigen, «Sie sollten das schriftlich festlegen. Mir ein paar Zeilen schreiben. In denen Sie sagen, daß Sie mich für den Rest des Krieges zum Vormund der Kinder ernennen, in der Art. Es könnte sein, daß irgendwelche Beamten vorbeikommen und sagen, daß man die beiden anderswo in Pflege geben wolle. Ich weiß es nicht. Es ist unwahrscheinlich, aber ich würde mich sicherer fühlen!»

«Oh», sagte er, «wenn Sie meinen...»

«Ich glaube, das wäre das beste. Ich hole Ihnen ein Blatt Papier.»

Sie war ein wenig enttäuscht über den förmlichen Ton seines Briefes und haßte sich selbst dafür. *Hiermit ernenne ich für die Dauer des Krieges Mrs. Grace Bennett zum Vormund meiner beiden Söhne David und Daniel Lucas. Benjamin Lucas (Sgt, RE)*

«Ich werde ihn gut verwahren», sagte sie, «in meinem Schreibtisch.»

«Was macht Ihr Mann?» fragte er. «In Friedenszeiten, meine ich.»

«Er ist Anwalt. Und was machen Sie?»

«Oh», sagte er, «nichts Großartiges. Ich bin nur Buchhalter in einem Versicherungsbüro. Aber ich wollte gern Lehrer werden. Das wollte ich wirklich gern.»

«Und was ist passiert?»

«Ich mußte von der Schule abgehen», sagte er, «als mein Vater starb. Aber ich habe die Abendschule besucht, habe gelernt und Prüfungen gemacht. Ich hätte es schaffen können, wenn der Krieg nicht dazwischengekommen wäre.»

«Vielleicht schaffen Sie es trotzdem noch», sagte Grace, beeindruckt von seinem Mut.

«Nein», sagte er. «Jetzt nicht mehr. Es ist zu spät.»

«Es ist nie zu spät», sagte sie mit fester Stimme.

Sie brachten Ben alle zusammen zum Bahnhof; es schien nicht möglich zu sein, die Jungen zur Schule zu schicken. Sie saßen im Auto, ohne ein Wort zu sagen. Als sie am Bahnhof ankamen, klammerte Daniel sich weinend an seinen Vater. David weigerte sich, überhaupt aus dem Wagen zu steigen.

«Also», sagte Grace, als der Zug einlief, «ich hoffe, alles ist... in Ordnung. Soweit es eben möglich ist. Kommen Sie noch einmal zurück, bevor sie ins Ausland gehen?»

«Ich weiß es nicht. Wenn ich kann, komme ich gern. Aber ich glaube es nicht.»

«Ja», sagte sie und reichte ihm die Hand, «dann auf Wiedersehen.»

«Auf Wiedersehen», sagte er und ergriff die ausgestreckte Hand, und plötzlich spürte sie, wie eine tiefe Traurigkeit von ihr Besitz ergriff. Tränen stiegen ihr in die Augen und rannen ihr die Wangen hinunter.

«Es tut mir leid», sagte sie, «wie dumm von mir. Ich bin nur –»

«Ach je», sagte er, «jetzt scheine ich mit dem Trösten an der Reihe zu sein. Weinen Sie nicht, Mrs. Bennett, bitte weinen Sie doch nicht.»

«Bitte nennen Sie mich Grace», sagte sie und lächelte ihn durch ihre Tränen hindurch an, und er sagte, «ja, also gut... Grace. Grace, weinen Sie doch nicht. Und sagen Sie bitte auch nicht, daß es Ihnen leid tut.» Und dann legte er plötzlich seine Arme um sie und zog sie sehr sanft an sich, und sie stand im Sonnenlicht da und fühlte sich seit langer Zeit zum ersten Mal sicher, geborgen und geliebt.

Und als sie mit Daniel dastand und ihn, während er weinte, fest an sich drückte, und Ben Lucas nachwinkte, während der Zug ihn forttrug, hatte sie das Gefühl, daß sie endlich das hatte, worüber alle anderen redeten, eine glückliche Erinnerung, die ihr durch die Einsamkeit und die Angst hindurchhelfen würde.

«Nun ja, ich halte es für ziemlich ungewöhnlich», sagte Muriel. «Gänzlich ungewöhnlich.»

«Was?» fragte Grace.

«Daß man sie dir so einfach aufhalst. Es muß doch jemand anderen geben, der sie nehmen kann, irgendein Heim.»

«Wahrscheinlich gibt es auch jemanden», sagte Grace müde, «aber man hat sie mir nicht aufgehalst. Ich möchte nicht, daß jemand anders sie nimmt.»

«Nun, ich glaube, das ist ziemlich eigenmächtig von dir. Und wenn Charles nach Hause kommt, was wirst du dann tun?»

«Ich hoffe sehr, daß Charles damit einverstanden ist», sagte Grace, «daß ich mich um zwei unglückliche Jungen kümmere, die sonst niemanden auf der Welt haben.»

«Tja, das kommt mir leider ziemlich unwahrscheinlich vor», sagte Muriel. «Wie du weißt, ist er ganz und gar nicht damit einverstanden, daß sie hier sind. Ich glaube –»

«O Mutter!» rief Florence aus, «laß Grace doch endlich in Ruhe. Ich finde es wunderbar, was sie tut. Es ist unendlich lieb von ihr.»

«Aber Florence, es ist Charles' Haus.»

«Im Augenblick ist es offenbar nicht Charles' Haus», sagte Grace und hörte, wie ihre Stimme bedrohlich laut wurde, «es ist meins. *Ich* muß darin leben und mich um alles selbst kümmern. Es ist *mein* Haus. Hör jetzt bitte damit auf, Muriel.»

Muriel sah sie ein wenig unsicher an. «Tja», sagte sie schließlich, «ich hoffe sehr, daß du weißt, was du tust.»

«Ich weiß es», sagte Grace.

Muriel rauschte aus dem Zimmer. Florence sah Grace an und lächelte ihr zu. «Versuch einfach, sie zu ignorieren», sagte sie.

«Danke», sagte Grace, «daß du mich unterstützt hast.»

«Das ist schon in Ordnung. Wie geht es den beiden kleinen Jungen? Sie sind sicher traurig, vermute ich.»

«Ja, sie sind traurig», bestätigte Grace.

Das war eine Untertreibung. Daniel weinte sehr viel, hatte Alpträume, und man sah ihn selten ohne den Daumen im Mund. David war verschlossen und feindselig.

In der ersten Nacht, in der Grace ihn weinen gehört hatte, war sie in sein Zimmer gegangen und hatte vorsichtig ihre Hand auf seine Schulter gelegt; er hatte sie abgeschüttelt und sie wütend angeschrien: «Laß mich in Ruhe! Versuch bloß nicht, meine Mutter zu sein. Du bist nicht meine Mutter, versuch es also erst gar nicht.»

Sie war gegangen, hatte gedacht, daß seine Feindseligkeit in ein paar Tagen nachlassen und er zu ihr kommen würde, um sich trösten zu lassen, aber es waren inzwischen schon drei Wochen verstrichen und sein Gesicht war noch immer wie versteinert; er wollte noch nicht einmal seine Klavierstunden nehmen.

Ben war nicht zurückgekommen. Nachdem er die Beerdigung in die Wege geleitet und daran teilgenommen hatte, sollte sein Schiff auslaufen. Er rief, bevor sie in See stachen, am späten Abend an, hörbar traurig, es ihr sagen zu müssen; Grace war sehr teilnahmsvoll und sagte, den Jungen ginge es gut, sie kämen ganz gut zurecht, er solle sich ihretwegen keine Sorgen machen.

«Ich werde natürlich schreiben», sagte er, «an die beiden. Und an Sie auch, wenn ich darf.»

«Natürlich, ich würde mich freuen», sagte Grace, «und wir werden Ihnen auch schreiben.»

«Okay. Ja... auf Wiedersehen... Grace.» Es fiel ihm schwer, sie beim Vornamen zu nennen, sie lächelte ins Telefon.

«Auf Wiedersehen, Ben. Passen Sie gut auf sich auf.» Und dann hörte sie sich, zu ihrer großen Überraschung, sagen: «Gott segne Sie.»

Das war ganz und gar nicht das, was sie normalerweise sagen würde, aber in diesem Augenblick schien es angemessen zu sein.

Florence stand in der Eingangshalle und hielt Imogen im Arm; vor Angst klapperten ihr die Zähne. In jedem Augenblick würde man das Knirschen der Reifen auf dem Kies hören können, Robert wäre da, und sie würde die Tür öffnen und hinausgehen und ihn begrüßen müssen, im Arm das Kind, von dem er gewiß nicht annehmen konnte, daß es seines wäre.

Sie hatte keine Idee, was sie tun könnte. Sie hätte alles darum gegeben, mit Giles reden zu können, ihn bitten zu können... aber worum eigentlich? Hilfe, Rat, Unterstützung? Versprechungen? Wußte sie denn, was er jetzt fühlte, was sie nach seiner Meinung tun sollten, was mit ihnen geschehen sollte? Sie hatte zwei Monate nach Imogens Geburt einen Brief von ihm bekommen, einen Brief voller Liebe und Zärtlichkeit, in dem er ihr mitteilte, wie sehr er sich über die Geburt seiner Tochter freute. Aber inzwischen wußte sie nicht einmal mehr, ob er noch am Leben war.

Sie änderte täglich, fast stündlich, ihre Entschlüsse: Manchmal war sie bereit, Robert alles zu sagen, ihn um die Scheidung zu bitten, und dann wiederum nahm sie sich vor, es durchzustehen, an seine Liebesbeteuerungen zu glauben und ihm zu verzeihen. Clarissa hatte gesagt, sie müsse ihn verlassen, das sei der einzige Weg, hatte ihr angeboten, anwesend zu sein, wenn sie mit Robert sprechen würde, aber Florence hatte erwidert, sie müsse es selbst durchstehen, es sei ihre Ehe, ihr Leben, ihr ganz persönliches Durcheinander.

Es war Imogen, um deretwillen sie am meisten besorgt war; würde Robert, wenn er wüßte, daß Imogen nicht sein Kind war, seine blinde Wut an ihr auslassen? Es schien unvorstellbar zu sein, daß sie bei ihm bliebe, ihr Kind ihm aussetzte, aber je näher er ihr zeitlich und räumlich kam und je mehr ihre Furcht wuchs, desto mehr schreckte sie vor jeder Konfrontation, jeder Art von Geständnis zurück und entdeckte, daß sie, fast gegen ihren Willen, erneut bereit war, zu lügen, sich ihm zu unterwerfen, ihn zu besänftigen.

Sie hatte sich über Imogens Geburt, das Datum ihrer Empfängnis, natürlich nicht klar geäußert, hatte immer wieder betont, daß sie zu spät geboren sei. Er durfte nicht erfahren, daß das Baby in Wirklichkeit eine Frühgeburt gewesen war. Aber wenn sie ihn ohnehin verlassen wollte, war es dann nicht besser, alles zu gestehen, sich mit ihm den Tatsachen auseinanderzusetzen, wie Clarissa es ihr geraten hatte? Sie war unfähig, eine Lösung zu finden, und begann zu glauben, daß sie auf dem Wege sei, den Verstand zu verlieren.

Und jetzt hörte sie es, das Geräusch auf dem Kiesweg; sie spürte, wie ihr übel wurde, wie die Galle ihr in der Kehle emporstieg; sie rannte den Korridor entlang in die Küche, drückte Imogen in Maureens Arme, kniete sich in der Toilette auf den Boden und übergab sich mit heftigem Würgen, und als es vorbei war, hörte sie, daß er sie aus dem Eingangsraum rief und Muriels Stimme, die sagte: «Sie war gerade eben noch hier, Robert, vor einer Sekunde.»

Sie ging hinaus und lächelte ihn müde an. «Tut mir leid», sagte sie, «die Aufregung war zuviel für mich. Wie geht es dir, Robert?»

«Mir geht's gut», sagte er, «sehr gut», und er sah in der Tat gut aus, schlanker, gesünder, gebräunt, sogar attraktiv. Seine Augen waren wie immer kalt und undurchschaubar, und er beugte sich zu ihr hinunter, um sie zu küssen, und sie mußte sich Mühe geben, nicht vor ihm zurückzuweichen, sich zwingen, ihm die Wange hinzuhalten und die Hand zu nehmen, die er ihr entgegenstreckte.

«Du siehst hübsch aus», sagte er, «aber müde. Und dünn. Sehr dünn, Florence.»

«Nun ja», sagte sie, «das ist schließlich ganz schön anstrengend, für ein Baby zu sorgen.»

«Ah», sagte er, «das Baby. Deshalb bin ich ja hergekommen. Wo ist sie? Wo ist meine Tochter?»

«Oh», stammelte Florence, «ach ja, Imogen. Sie ist in der Küche bei Maureen.»

«Sie hat die Kleine in den Garten gebracht», erklärte Muriel verächtlich, «sie hat geschrien. Wie üblich», fügte sie hinzu, «sie ist leider kein braves Baby, fürchte ich, Robert.»

«Nein, aber sie ist wunderschön», sagte Florence, die selbst in diesem kritischen Moment entschlossen gegen jede Kritik an ihrem Liebling ankämpfte, «und sehr weit für ihr Alter.»

«Natürlich», sagte Robert lächelnd. Sein Blick war noch immer völlig ausdruckslos.

«Sie kann schon sitzen», sagte Florence. Sie fühlte sich jetzt ein wenig sicherer und ging sogleich zu ihrem Lieblingsthema über. «Und sie kann ‹Mum-Mum› sagen, und sie lacht, sie lacht richtig, wenn du sie kitzelst. Sie sieht genau so aus, wie ich in dem Alter ausgesehen habe. Blond, ob du es glaubst oder nicht. Natürlich sind die meisten Babys blond und haben blaue Augen –»

«Florence», sagte er jetzt sehr sanft, «Florence, kann ich sie sehen?»

«Oh, ja... gewiß. Entschuldige bitte. Komm doch mit in den Garten.»

Sie führte ihn hinaus und bemühte sich, die Zähne so fest zusammenzubeißen, daß sie nicht klapperten. Maureen hatte Imogen auf die Wiese gesetzt, sie bemühte sich, grunzend vor Anstrengung, nach einigen Gänseblümchen zu greifen, die jedoch nicht ganz in ihrer Reichweite lagen. Robert bewegte sich nicht, stand einfach nur regungslos da und starrte das Baby an; in seinem Gesicht war keine

Reaktion abzulesen, sein Mund war starr und angespannt. Es war die Hölle, sie konnte es nicht länger aushalten, wollte es ihm sagen, bevor er selbst davon anfinge, und dann Imogen aufheben und davonlaufen. «Robert», sagte sie, «Robert, ich –»

«Sei still», unterbrach er sie, aber sehr sanft, und dann sagte er lächelnd: «Sie ist schön, Florence, wirklich schön. Aber ich finde eigentlich nicht, daß sie dir ähnelt, nicht im geringsten. Ich werde dir sagen, wem sie ähnelt.» Er hielt inne, seufzte und sagte dann: «Es ist jetzt, da ich ein so altes, müdes Wrack bin, wahrscheinlich kaum zu glauben, aber sie sieht genau aus wie ich. Als ich ein Baby war, meine ich. Es ist wirklich ziemlich unheimlich, wie sehr sie mir ähnelt.»

«Mrs. Bennett, ich habe eine Nachricht für Sie.»

«Ja, Mrs. Boscombe?»

«Könnten Sie eine Nummer im Regent's Park anrufen, nicht die übliche, sondern eine gewisse Mrs. Turner Andrews. Sie meinte, es sei wichtig. Ich sagte, ich wüßte nicht, wann Sie zurück sind; die Leute scheinen zu denken, wir hätten hier auf dem Lande alle nichts zu tun.»

«Danke, Mrs. Boscombe. Könnten Sie mir bitte die Nummer geben?»

Grace stand im Eingangsraum und bemerkte plötzlich, wie müde sie war.

«Mrs. Bennett? Nett von Ihnen, daß sie gleich zurückgerufen haben. Sie sagten, ich solle Sie anrufen, wenn etwas vorfiele.» Die Stimme von Mrs. Turner Andrews klang außerordentlich freundlich.

«Ja, natürlich. Gibt es ein Problem mit meinem Schwiegervater?»

Es schien tatsächlich ein Problem zu geben; Clifford hatte getrunken, und zwar sehr viel, aber was noch schlimmer war, er war mehrere Nächte nicht heimgekommen, hatte in irgendwelchen Hauseingängen geschlafen oder einfach auf der Straße. «Letzte Nacht wurde er von einem der Männer der Straßenpatrouille von Selfridges gefunden», sagte Mrs. Turner Andrews, «und so gern ich ihn auch habe, Mrs. Bennett, ich glaube nicht, daß ich eine solche Verantwortung tragen kann.»

«Nein, natürlich nicht», sagte Grace. «Warten Sie. Überlassen Sie die Sache einfach mir. Ich werde mir eine Lösung überlegen und Sie zurückrufen. Und recht vielen Dank für alles, was Sie für ihn getan haben.»

«Meine Liebe, es war mir ein Vergnügen. Ich mag ihn wirklich schrecklich gern, und er ist noch immer ein ganz hervorragender Bridgepartner.»

Grace legte den Hörer auf und ging in die Küche. Die Jungen aßen Butterbrote und lauschten der Kinderstunde am Radio.

«Hallo», sagte Daniel.

«Hallo», sagte Grace. «Hallo David. War's gut heute?»

«War in Ordnung», sagte David schroff.

Manchmal hatte Grace, trotz ihrer zärtlichen Liebe für ihn, das Bedürfnis, ihn zu schütteln.

Sie setzte eine Kanne Teewasser auf und versuchte, darüber nachzudenken, was in aller Welt sie für Clifford tun könnte. Schließlich, mit großem Widerwillen, rief sie Florence an. «Wir haben ein Problem», sagte sie. «Kannst du reden?»

«Äh... im Augenblick nicht», sagte Florence, und ihre Stimme war angespannt und vorsichtig, «Robert ist gerade heimgekommen, und... könnte ich dich zurückrufen?»

«Ja, natürlich», sagte Grace.

«Er ist mit Imogen im Garten. Und mit Mutter. Geht es um Daddy?»

«Ja.»

«Ich verstehe.» Sie begann, irgend etwas zu erzählen, bemüht, das Gespräch in Gang zu halten. «Weißt du, was Imogen heute gemacht hat, Grace? Ich habe ein Spielzeug vorsätzlich außerhalb ihrer Reichweite hingelegt, und sie hat es doch tatsächlich geschafft, sich heranzurobben und es zu ergreifen. Sie ist sehr intelligent, findest du nicht auch?»

«Ja, in der Tat», sagte Grace.

Sie mußte sich eingestehen, daß ihre tief verwurzelte Abneigung gegen Florence sich auch auf Imogen erstreckte. Die blonden Löckchen, die den kleinen Schädel bedeckten, die großen blauen Augen, die helle Haut – all das unterstrich die Tatsache, daß niemand, der seine sieben Sinne beisammen hatte, auf die Idee kommen würde, daß der dunkelhaarige Mann mit der olivfarbenen Haut, mit dem ihre Mutter verheiratet war, der Vater sein könnte.

Florence rief nicht zurück; Grace wunderte sich darüber nicht, sie wollte sich den Alptraum, der jetzt auf The Priory ablief, lieber nicht vorstellen. Es machte ihr im Grunde nichts aus, weil sie ihre Entscheidung ohnehin getroffen hatte: Sie selbst würde Clifford aufnehmen. Irgend jemand mußte es tun, sonst würde er unter einem

Bus enden oder unter einem eingestürzten Haus. Sie machte sich keine Illusionen darüber, wie schwierig es sein würde, und sie wußte, daß eine solche Tat sie Muriel noch weiter entfremden und sie sich dadurch in der Familie noch mehr isolieren würde. Sie schreckte auch ein wenig vor dem Gedanken zurück, was Charles dazu sagen würde; aber Charles war so weit fort und ein so schlechter Briefeschreiber – er kam ihr allmählich wie ein Phantom vor, und ihre Ehe mit ihm schien in weiter Ferne zu liegen. Wenn er nicht damit einverstanden wäre, dann könnte er nach Haus kommen und die Angelegenheiten seines Vaters selbst in die Hand nehmen.

Sie sagte etwas in diesem Sinne zu ihrer Mutter, die, als Grace ihr ihren Plan mitteilte, mit Entsetzen reagierte: «Ich finde, es ist eine schreckliche Idee, Grace, es wird ein furchtbarer Schock für die arme Mrs. ... für Muriel sein. Ich muß sagen, ich finde, es ist äußerst gefühllos von dir, ich weiß nicht, wie du es überhaupt in Erwägung ziehen konntest.»

«Ich kann es in Erwägung ziehen», sagte Grace, «weil ich ihn sehr gern habe.»

«Ich kann mir nicht vorstellen, warum. Und was, meinst du, würde Charles dazu sagen? Dein Vater ist übrigens meiner Meinung: Er findet es ganz und gar nicht richtig.»

«Charles ist nicht hier», sagte Grace ungeduldig, «und was die Demütigung für Muriel angeht: Sie hat im Laufe der Jahre eine ganze Menge getan, um *mich* zu demütigen. Ich hatte gedacht, Mutter, daß du dir vielleicht ein wenig Sorgen um mich machen würdest. Das wäre sehr viel angemessener, denke ich, als all dieses Gerede über Charles und Muriel.»

Clifford war von ihrer Idee nicht begeistert, als sie sie ihm vortrug, und erklärte, das würde ihm im Traum nicht einfallen, er würde für alle eine furchtbare Belastung sein und sich sehr viel lieber in irgendeiner Nacht von einer Bombe in aller Stille ins Jenseits befördern lassen.

«Aber Clifford, du machst allen eine Menge Umstände und Sorgen, vor allem der armen Mrs. Turner Andrews. Im übrigen», fügte sie hinzu und traf ihn damit, wie sie wußte, an einer schwachen Stelle, «bin ich schrecklich einsam und brauche ein bißchen Gesellschaft. Also komm doch einfach. Und wegen Muriel brauchst du dir keine Sorgen zu machen», fügte sie hinzu, «du brauchst sie nicht zu sehen, sie kommt ohnehin nie zum Mill House. Und was all ihre Freunde angeht, auch die von Charles, die sehe ich auch nie.»

Clifford schwieg eine Weile lang, dann sagte er: «Das ist ein großer Verlust für sie, Grace. Sie alle sind es, die dabei etwas verlieren.»

«Tja», sagte Robert, «ich bin ziemlich müde, Schatz. Sollen wir nach oben gehen?»

Er sah sie nachdenklich an. Florence versuchte zu lächeln, während sie merkte, daß sie von Angst und Abscheu überwältigt wurde.

«Ich muß... muß noch ein wenig warten», sagte sie, «aber du kannst ja schon mal vorgehen, du bist sicher sehr erschöpft. Imogen muß noch gestillt werden und –»

«Gut, dann still sie», sagte er, «ich warte. Ich wäre gern dabei.»

«In Ordnung», sagte Florence. Sie ging in die Küche, um die Flasche zu wärmen; bei dem Gedanken, was ihr bevorstand, wurde ihr erneut übel.

Während sie, das Baby auf den Knien, Robert gegenübersaß und angestrengt auf den kleinen Kopf und das winzige Mündchen, das an ihrer Brustwarze saugte, hinunterschaute, dachte sie nicht zum erstenmal an diesen Tag, daß sie am liebsten davonlaufen würde. Sie fürchtete sich vor dem, was er hinter seiner Sanftheit, seiner augenscheinlichen Hingabe und seiner Freude an Imogen verbergen mochte. Sie konnte nicht unterscheiden, ob er die Wahrheit sagte oder ob er sie mit seiner so häufig bewiesenen Verschlagenheit in eine tödliche Falle lockte.

«Wie lange hast du Urlaub?» fragte sie plötzlich, in dem Bemühen, die Spannung zu lockern.

«Sieben Tage», sagte er, «aber ich habe dir noch nicht gesagt, daß ich in dieser Zeit im Kriegsministerium vorstellig werden muß. Möglicherweise werde ich in Schottland stationiert, als Ausbildungsoffizier. Ich habe mich in dieser Richtung in Gibraltar anscheinend besonders hervorgetan; es scheint ein ziemlicher Mangel an guten Leuten zu herrschen. Wäre das nicht wunderbar, Liebling, dann könnte ich dich gelegentlich besuchen.»

«Ja», sagte Florence. Das Wort kam wie ein rauhes, seltsames Flüstern aus ihrem Mund. Aber aus irgendeinem Grunde war sie nicht überrascht; sie hatte im Grunde ihres Herzens immer gewußt, daß er es schaffen würde, dem Schicksal, der Armee, dem ganzen Kriegsgeschehen ein Schnippchen zu schlagen und in ihrer Nähe zu bleiben. Er war so schlau, auf eine so gefährliche Weise schlau.

Sie gingen nach oben; Imogens Kinderbettchen stand in einer Ecke ihres Schlafzimmers.

«Oh», sagte er leichthin, «ich wußte gar nicht, daß wir hier eine... Mitbewohnerin haben.»

«Aber natürlich, Robert. Sie kann nicht allein schlafen.»

«Ich verstehe nicht, warum», sagte er.

«Weil sie noch ein Baby ist.»

«Florence, als meine Schwester ein Baby bekam, schlief es von Anfang an allein in seinem Zimmer. Ich meine wirklich, daß das besser wäre.»

«Robert, das wäre bestimmt nicht besser. Nicht für mich; ich würde mir Sorgen machen und...»

«Für mich wäre es besser», sagte er, und plötzlich war, wenn auch nur schwach, wieder der bedrohliche Unterton in seiner Stimme zu hören. «Ich möchte dich für mich allein haben, Florence. Bitte bring sie in ihr Zimmer zurück. Ich bin sicher, daß das überhaupt kein Problem ist.»

Florence stand neben dem Bett und sah ihn an, die Arme vor der Brust verschränkt; sie versuchte noch immer, den Moment, in dem sie sich neben ihn legen müßte, ein wenig aufzuschieben. Er war nackt; sie fühlte sich steif und eiskalt, trotz der Wärme des Sommerabends.

«Florence, mein Schatz», sagte Robert und streckte den Arm aus, um ihre Hand zu ergreifen, «ich habe dich so vermißt.»

Sie versuchte zu lächeln, hoffte und betete, daß er ihren inneren Widerstand nicht spüren möge. Wie werde ich das durchstehen, fragte sie sich, diese nächste Stunde, wie werde ich sie ertragen? Langsam und vorsichtig streifte sie ihr Nachthemd ab und legte sich neben ihn ins Bett.

«Süße», flüsterte er, «meine süße, süße Florence.»

Er begann, ihre Brüste zu küssen; Florence warf den Kopf zurück und versuchte verzweifelt, sich auf andere Dinge zu konzentrieren, auf die Zweige, die vor dem Fenster im Wind schwankten, die Umrisse der Möbel im Schlafzimmer; sie begann sogar, im Kopf das Alphabet rückwärts aufzusagen.

«Ich liebe dich», sagte er, «ich liebe dich so sehr. Dich und... unser Baby.»

Bildete sie es sich nur ein, daß er eine kurze Pause gemacht hatte, um sie zu warnen, sie wissen zu lassen, daß er sich rächen würde? Sie erschauderte und begann, am ganzen Körper zu zittern. «Nicht», sagte er leise, «du mußt keine Angst haben, Florence. Alles wird gut.»

Und dann lag er auf ihr.

«Entspann dich», flüsterte er, «entspann dich, Liebling. Laß mich in dich hinein; laß mich dich lieben.»

Und dann plötzlich entspannte sie sich tatsächlich, es war das einzige, was ihr zu tun übrigblieb. Und dann geschah es, und es erschien ihr selbst abstoßend und entsetzlich. Gegen ihren Willen, entgegen allen inneren Widerständen begann sie, einen herannahenden Orgasmus zu spüren, obwohl sie versuchte, dagegen anzugehen, und wußte, daß sie sich ihm dadurch auf schreckliche, selbstzerstörerische Weise auslieferte.

Kapitel 16
Winter 1941/42

Ich fühl mich beschissen», sagte Clarissa.

«So siehst du auch aus», sagte May.

«Danke.»

Sie gingen in Erfüllung ihrer täglichen Pflichten um dem großen Platz herum, der von der Königlichen Marine als das Achterdeck bezeichnet wurde; Clarissa hatte einen ziemlichen Kater.

«Was spielt das schon für eine Rolle», sagte May, «wie du aussiehst? Du willst doch nicht auf irgendeine Cocktailparty, oder?»

«Nein, leider spielt es überhaupt keine Rolle», sagte Clarissa müde. «Ich muß ein paar von den Leuten hier den ganzen Weg hinauf bis nach Greenwich fahren, und ich weiß nicht, wie ich es schaffen soll, wach zu bleiben.»

«Warum bist du denn so müde?» fragte May und sah sie prüfend an. «Du bist letzte Nacht doch nicht ausgegangen, oder?»

«Wir... na ja», sagte Clarissa vorsichtig. «Doch. Ein bißchen. Ich war auf... tja, auf einer Party.»

«Wo? Im Kasino?»

«Nein, natürlich nicht. Wo ich doch nur Leitende Marinehelferin bin! Nein, wir... nun ja, wir waren in irgendeinem Privathaus auf einer Party. Einige von uns.»

«Oh, tatsächlich? Und dann?»

«Dann gar nichts», sagte Clarissa gereizt. «Wirklich nicht, May.»

«Okay», sagte May, «tu, was du willst. Ich glaube, du magst diesen Kommandeur. Den neuen.»

«Ja, natürlich mag ich ihn. Er ist charmant und lustig –»

«Und er sieht wirklich gut aus. Du kannst mir nichts erzählen, Compton Brown, ich weiß, wie leicht du schwach wirst, wenn jemand gut aussieht.»

«May», sagte Clarissa würdevoll, «ich bin eine glücklich verheiratete Frau. Wenn jemand gut aussieht, dann bedeutet das noch lange nicht, daß ich mich mit ihm einlasse.»

«Nein», sagte May, «aber es ist wahrscheinlich. Wo ist denn dein Mann augenblicklich?»

«Er ist irgendwo oben in Schottland. Sie sollen sich dort wohl eine Weile lang ausruhen. Er langweilt sich zu Tode. Sie versprechen ihnen ständig, daß sie bald eine Aufgabe bekommen, aber das scheint nicht der Fall zu sein.»

«Verdammt», sagte May, «man sollte meinen, daß er dankbar wäre. Manche Leute sind einfach nie zufrieden.»

Clarissa dachte, während sie zum Wagenpark gingen, voller Wehmut darüber nach, daß sie selbst auch gern mehr leisten würde. Bei dem, was sie augenblicklich tat, hatte sie gewiß nicht viel Abwechslung. Sie war jetzt Fahrerin, war zur Leitenden Marinehelferin ernannt worden und verbrachte die Tage damit, Vorräte und Ausrüstungsgegenstände aufs Land zu transportieren oder, was noch häufiger vorkam, Offiziere und hochrangige Besucher. Sie kam sich wie eine bessere Taxifahrerin vor. Jack fehlte ihr sehr, aber er war gelangweilt und gereizt und fühlte sich durch seine erzwungene Untätigkeit offenbar eingeengt. Es war jetzt sehr viel schwerer, mit ihm zu reden oder auch nur ein wenig zu plaudern; er schien das Leben, das sie führte, zutiefst abzulehnen.

«Du bist kein bißchen besser als Charles», hatte sie ihm einmal voller Wut an den Kopf geworfen. «Oder eigentlich noch schlimmer; er weigert sich, Grace überhaupt zu erlauben, irgend etwas zu tun. Da hast mir gesagt, es wäre in Ordnung, und jetzt unterstützt du mich nicht. Es ist einfach nicht fair.»

«Tja, vielleicht hättest du dann lieber ihn heiraten sollen», sagte Jack mürrisch und fiel dann lange in ein düsteres Schweigen, obwohl sie gleich danach versuchte, ihn mit einer charmanten Bemerkung wieder ein wenig zu versöhnen.

Dann stürzte sie sich mit einem Gefühl der Erleichterung erneut in ihre Arbeit. Trotz der Mühen, der Langeweile, dem überall spürbaren Mangel war sie auf seltsame Weise glücklich, so zufrieden mit ihrem Leben, wie sie es seit sehr langer Zeit nicht mehr gewesen war.

Um zehn Uhr abends traf sie wieder in Portsmouth ein; sie war zu müde, um zu essen oder auch nur einen einzigen klaren Gedanken zu fassen. Sie lag dösend auf ihrem Feldbett, als May hereinkam.

«Du hast einen Brief bekommen. Er scheint nicht von Jack zu sein. Sieht ziemlich offiziell aus.»

«O mein Gott», sagte Clarissa und nahm ihr das Papier aus der Hand. «O mein Gott, May. Halt meine Hand.»

Sie riß den Umschlag auf; die Worte verschwammen ihr vor den Augen, und es fiel ihr schwer, den Inhalt zu erfassen. Jedenfalls schien es kein Telegramm zu sein, keine schlimme Nachricht, sondern nur eine förmliche kurze Mitteilung. «May», flüsterte Clarissa voller Ehrfurcht; «sie haben mich gebeten, mich um eine Beförderung zu bewerben, nach Greenwich zu einem Auswahlkomitee zu fahren … in der nächsten Woche.»

«Und was soll ich ohne dich machen?» fragte May.

«Es geht wohl eher darum, was *ich* ohne *dich* machen soll», sagte Clarissa. «Mensch, May, ich werde Offizier!»

«Nicht zu fassen!» rief May aus. «Die Sache ist dem Mädchen bereits zu Kopf gestiegen. Komm, Compton Brown, wir flößen dir jetzt erst mal einen ordentlichen Schluck Gin ein.»

Ben hatte Grace geschrieben, einen langen Brief aus Nordafrika, in dem er von nahezu unerträglichen Lebensbedingungen berichtete. Er dankte ihr ferner erneut für das, was sie für ihn und die Jungen getan hatte, trug ihr auf, ihnen auszurichten, sie sollten brav sein, und beendete seinen Brief mit der Feststellung, daß die körperlichen Belastungen eine «seelische Betäubung» bei ihm bewirkten, ein gutes Mittel gegen Traurigkeit.

Grace starrte durch einen Tränenschleier hindurch auf den Brief; der Mut und der tiefe Schmerz, die darin zum Ausdruck kamen, berührten sie tief und bewirkten, daß sie sich ihrer Klagen über Langeweile und Einsamkeit schämte. Sie schrieb ihm sofort zurück und berichtete ihm über alles, was ihr in den Sinn kam: daß David weniger bedrückt sei und erneut Klavierstunden bei ihr nehme, daß Daniel sich in der Schule verbessert habe und daß Flossie eines Tages im Dorf spazierengegangen sei, eine Romanze mit einem Ziegenbock am Ende der Straße gehabt habe und jetzt, so hofften sie jedenfalls, werdende Mutter sei. Sie berichtete ihm auch, daß Clifford jetzt bei ihr wohnte, daß beide Jungen ihn sehr gern mochten und seine Gegenwart auf David offenbar eine tröstliche Wirkung hatte. Sie schrieb ihm auch, daß sie in der Schule ein kleines Weihnachtskonzert vorbereite, bei dem ihre Schüler spielen würden. David werde eine einfache Mazurka von Chopin vortragen, die Clifford ihm beigebracht habe, und sei Tag und Nacht damit beschäftigt zu üben. Sie beendete den Brief mit einigen lustigen Geschichten über ihre Landmädchen, überlegte lange, wie sie unterschreiben sollte, und entschloß sich dann für: «Viele herzliche Grüße, Grace», was ihr warm und freundlich erschien, ohne allzu vertraulich zu sein. Als sie den Brief, in dem auch die Seiten lagen, die David und Daniel an ihren Vater geschrieben hatten, zuklebte, wurde sie sich bewußt, wieviel lieber sie an ihn als an Charles geschrieben hatte.

«Ich bin noch nie mit einem Offizier im Bett gewesen», sagte Jack.

«Da bin ich aber froh, das zu hören», sagte Clarissa leichthin. Sie wandte sich um und fuhr mit ihrer Fingerspitze an seiner Schulter entlang. «War es denn anders?»

«O ja, völlig anders. Erstrangig, möchte ich sagen.»

«Ich glaube, ich finde das ein bißchen beleidigend. War die Erfahrung denn vorher derart gewöhnlich?»

«Sie war immer ungewöhnlich. Jedes Mal. Manchmal denke ich, das ist das einzige, das ich in diesem ganzen schrecklichen Durcheinander, das ich mein Leben nenne, noch als sinnvoll empfinde.»

«O Jack, haßt du es denn so sehr?»

«Ja, inzwischen hasse ich es. Langeweile, Sinnlosigkeit, kleine Jungen fortschicken, damit sie abgeschlachtet werden...»

Er hatte das schon zuvor gesagt. Clarissa zuckte zusammen. «Sag das nicht, Jack. Bitte nicht.»

«Warum nicht? Es stimmt doch.»

«Aus deinem Munde klingt es, als wäre es unvermeidlich, getötet zu werden. Aber das ist es nicht.»

«Aber fast.»

«Du bist bisher nicht getötet worden. Und es wird auch in Zukunft nicht geschehen. Das weiß ich.»

«Ich wünschte nur, daß ich es auch wüßte», sagte er und seufzte noch einmal. «Gott, wie sehr ich mir das wünschte.»

Wieder einmal war es Weihnachten, aber diesmal unterschied sich das Fest auf traurige Weise von den vorangegangenen. Sie waren noch immer zusammen, wohnten noch immer in dem Haus, das sie beide liebten, aber zwischen ihnen wurde zunehmend eine Entfremdung spürbar, verursacht durch die Zeit der Trennung, durch Jacks Depression und durch das, was Clarissa bei sich selbst als stetige Weiterentwicklung einstufte. Es ging nicht so sehr darum, was sie eigentlich tat, sondern um die wohltuende Wirkung, die es auf sie hatte, ein klares Ziel im Leben zu haben. Sie hatte sich bemüht, Jack das zu erklären, ihm von ihrem Offiziersausbildungskurs in Greenwich zu erzählen, aber er war mißmutig und schwierig, legte es darauf an, sie mißzuverstehen und fragte sie, ob sie den Krieg als eine

Art Spiel betrachte. Schließlich gab sie es auf und versuchte, wieder in die Rolle der alten Clarissa zu schlüpfen und ihn zu umschmeicheln, worauf sich die Spannung ein wenig legte; sie sagte sich, nach Kriegsende gäbe es noch genügend Zeit, um eine Neueinschätzung vorzunehmen, sich an veränderte Umstände anzupassen und zu überprüfen, wer sie geworden war und wohin ihr Weg sie führen mochte.

Meine liebe Grace,
nur eine kurze Nachricht, um Dir für Deinen Brief zu danken und Dich wissen zu lassen, daß hier alles hervorragend läuft. Die Bedingungen, unter denen wir hier in Ägypten leben, sind nicht allzu schlecht, obwohl die Hitze ziemlich unerfreulich ist. Unser Standort ist mitten in der Wüste; wir schlafen in Zelten auf Lehmboden – gelegentlich besucht uns ein Skorpion. Mach dir keine Sorgen, mein Liebling, denn wenn ich die Bomben und Kanonen und Panzer des Feindes überlebe, dann kann ich gewiß auch mit ein paar Skorpionen fertig werden. Ich denke so viel an Dich und hoffe, Du bist so glücklich, wie man es unter den gegebenen Umständen erwarten kann. Ich bin natürlich enttäuscht, daß du noch immer die beiden evakuierten Jungen im Haus hast, aber wie ich gehört habe, kehren viele dieser Kinder jetzt, da London kaum noch bombardiert wird, nach Hause zurück. Also wird das Problem sich zweifellos von selbst lösen, und zwar, da bin ich ganz sicher, lange bevor ich wieder heimkomme!
Was meinen Vater betrifft, so muß ich gestehen, daß ich da ein wenig zwiespältige Gefühle habe. Ich war zunächst entsetzt, aber dann bekam ich einen Brief von Florence, in dem sie mir sowohl Deine als auch seine Situation beschrieb, und ich konnte einsehen, daß es auch in diesem Fall nur Deine Weichherzigkeit ist, die Anlaß zur Kritik gibt. Seine Anwesenheit scheint in der Tat eine gewaltige Belastung zu sein. Wenn der Krieg vorüber ist und ich wieder zuhause bin und mich selbst um die Dinge kümmern kann, dann werde ich dafür sorgen, daß er in irgendein Heim kommt. Florence schrieb, daß die Geldmittel augenblicklich begrenzt sind und die Finanzierung eines Heimaufenthaltes ziemlich schwierig werden würde. Aber ich kann natürlich nicht ernsthaft in Erwägung ziehen, mit ihm unter einem Dach zu leben, und wenn alles wieder seinen normalen Gang geht, wird er uns wieder verlassen müssen. In der Zwischenzeit bin ich, wenn auch mit einigem Zö-

gern, bereit, sein Verbleiben im Mill House zu tolerieren. In schlimmen Zeiten sind eben schlimme Maßnahmen erforderlich. Ich denke viel an dich und vermisse dich sehr. Bitte schreib mir weiterhin so wunderbare Briefe; sie sind alles, was wir hier draußen haben. Meine Mutter ist ebenfalls eine sehr gute Briefschreiberin, also geht es mir recht gut. Mein Schatz, könntest du mir ein paar Fotos schicken, falls du ein paar neue haben solltest? Florence hat einige von Imogen geschickt, aber sonst keine.
Mit all meiner Liebe
Charles

Als Grace den Brief zu Ende gelesen hatte, fühlte sie sich ein wenig befremdet. Was sie gerade gelesen hatte, war ein Mischung aus echter Zuneigung und einer ziemlich anmaßenden Bevormundung. Hinzu kam, daß er offenbar die Ängste und Probleme, die sich daraus ergaben, daß sie sich um seinen Vater kümmerte, in keiner Weise nachempfinden konnte; er wußte nichts von Cliffords nächtlichem Trinken, seiner Angewohnheit, um drei Uhr nachts ein Bad zu nehmen, und nichts von den Problemen, die sich aus seinem unmäßigen Appetit ergaben, der in keinem Verhältnis zu den verfügbaren Lebensmittelrationen stand. Daß Charles ihr in seinem Brief mitteilte, er werde das Bleiben seines Vaters im Mill House bis zum Ende des Krieges, aber nicht länger tolerieren und bestehe darauf, daß sie die kleinen Jungen wegschickte, machte sie zunächst wütend, bis es sie schließlich eher amüsierte. Es blieb noch genügend Zeit, sich über diese Dinge Sorgen zu machen, bis der Krieg vorbei sein und er tatsächlich nach Haus kommen würde.

Florence wachte auf, weil das Telefon geklingelt hatte. Sie sah auf ihre Armbanduhr: sechs Uhr morgens. Es mußte etwas Wichtiges sein. Sie warf, als sie an dem kleinen Kinderzimmer vorbeiging, einen Blick auf Imogen; sie schlief friedlich, hatte ihre Decken fortgestrampelt und die Ärmchen weit ausgebreitet. Florence lächelte ihr zu und lief hinunter in die Eingangshalle.

«Hallo?» sagte sie.

«Florence?»

Sie hatte das Gefühl, als würde sich der Raum um sie herum zu drehen beginnen. In ihren Ohren dröhnte es, und sie spürte einen würgenden Knoten im Hals. «Ja», sagte sie. «Ja, ich bin es.»

«Liebling, ich bin in England. In Harwich. Ich bin heute abend in

London und habe Urlaub bekommen. Drei Wochen. Kannst du kommen? Oder soll ich zu dir reisen?»

«O mein Gott», sagte Florence, und ihre Beine gaben unter ihr nach, so daß sie sich auf den Boden setzten mußte. «O lieber, lieber Gott.»

«Nein», entgegnete er mit einem Lachen in der Stimme, «nein, nicht Gott, ich bin es, Giles. Giles, der dich liebt.»

«O Giles», flüsterte Florence. «Oh, das kann doch nicht wahr sein.»

«Natürlich ist es wahr. Liebling, du klingst so merkwürdig, so fremd. Ist alles in Ordnung?»

«Ja», sagte sie und schluckte unter großen Schwierigkeiten, «ja, natürlich. Es ist nur der Schock, es geht mir gut.»

«Kannst du hierherkommen? Oder soll ich zu dir kommen? Ich könnte mir einen Reisegutschein besorgen.»

«Nein», sagte Florence, «nein, komm nicht hierher. Ich fahre zu dir. Aber nicht heute ... es geht wirklich nicht. Morgen. Im Haus. Irgendwann abends. Vielleicht mußt du eine Zeitlang auf mich warten. Ich tue, was ich kann.»

«Liebling, ich habe fast zwei Jahre lang gewartet. Dann kann ich es auch noch zwei weitere Tage aushalten. Bist du sicher, daß alles in Ordnung ist? Geht es Imogen gut?»

«Es geht ihr glänzend. Ich werde sie vielleicht mitbringen müssen.»

«Ich möchte, daß du sie mitbringst. Ich liebe dich.»

«Ja», sagte Florence, und sie konnte hören, wie ihre Stimme zitterte, «ja, ich liebe dich auch. Bis morgen also.»

Sie brach in Tränen aus; es waren Tränen der Freude und der Erleichterung. Endlich konnte sie die schreckliche Last ihrer Angst vor Robert mit jemandem teilen, konnte mit jemandem über ihre innere Lähmung und Entscheidungsunfähigkeit reden und durch Giles und seine Liebe wieder Kraft schöpfen. Die letzten Monate waren ein Alptraum. Robert war mittlerweile in Schottland, aber das bloße Wissen, daß er jeden Augenblick auftauchen könnte, bedeutete, daß jeder Schritt im Hause, jeder Telefonanruf, jeder Brief bei ihr eine Gänsehaut hervorrief. Nach jener ersten schrecklichen Nacht hatte sie die Zeit seines Urlaubs irgendwie überstanden und sich ein wenig entspannt; oberflächlich war er liebevoll, einfühlsam, freundlich gewesen, nichts hatte darauf hingedeutet, daß er auch nur den Schatten eines Zweifels hatte, nicht Imogens Vater zu sein. Er hatte ihr die

Flasche gegeben, sie gefüttert und mit ihr gespielt. Und er hatte jede Nacht mit Florence geschlafen, wobei seine Leidenschaft ihr jedesmal stärker und überwältigender erschien, als wollte er sich ihrer erneut mit Haut und Haaren bemächtigen, und jede Nacht war sie zunächst vor ihm zurückgewichen und hatte dann widerwillig auf seine Zärtlichkeiten reagiert. Und als er in seinem Jeep fortgefahren war, hatte sie sich gefragt, ob er sich wohl, wie er es ihr versprochen hatte, wirklich geändert hatte, denn offenbar brauchte sie sich jetzt nicht mehr so sehr vor ihm zu fürchten, und dann erinnerte sie sich an den drohenden Unterton in seiner Stimme, als er ihr befohlen hatte, Imogen aus dem Schlafzimmer zu entfernen, und sie wußte, daß er in Wirklichkeit noch immer derselbe war.

Sie verbrachte den Tag damit, sich auf ihre Fahrt nach London vorzubereiten. Sie erkundigte sich nach den Abfahrtszeiten von Zügen und Bussen, rief die alte Nanny Baines im Dorf an, die ein- oder zweimal auf Imogen aufgepaßt hatte, um zu fragen, ob sie die Kleine für ein paar Tage nehmen könnte, denn es war gewiß besser, wenn sie und Giles allein waren, jedenfalls eine Weile lang; er konnte Imogen ja später kennenlernen. Sie wusch sich die Haare, bügelte ihr einziges gutes Kleid, dachte sich eine Lüge aus, die sie ihrer Mutter auftischen konnte: Sie müsse nach London fahren, da Robert sie schon vor langer Zeit gebeten habe, nach dem Haus zu sehen; im übrigen habe es schon seit Monaten keine Bombardierungen mehr gegeben, London sei in diesen Tagen ebenso sicher wie Wiltshire.

Sie war sehr aufgeregt, vor Freude fast ein wenig zittrig; es war kurz nach dem Mittagessen, als sie bemerkte, daß Imogen sich offensichtlich nicht wohl fühlte, weinte, sobald man sie nicht auf den Arm nahm und sich erstaunlicherweise sogar weigerte, den Vanillepudding zu essen, den sie sonst so sehr liebte.

Der Körper der Kleinen schien ein wenig erhitzt zu sein; Florence maß ein wenig beunruhigt ihre Temperatur und bemerkte mit Schrecken, daß sie fast Fieber hatte. Sie rief den Arzt an, der meinte, der Grund dafür sei wahrscheinlich nur das Zahnen, und ihr sagte, sie solle Imogen lauwarm baden und sie schlafen legen; er werde später vorbeischauen.

Später, das war um sechs Uhr abends; inzwischen ging es Imogen zunehmend schlechter, sie weinte unablässig und ihr kleines Gesicht überzog sich mit einem feinen roten Ausschlag.

«Ich schau mir mal ihren Hals an», sagte der Arzt. «Genau das hatte ich mir gedacht. Masern. Sehr unangenehm. Halten Sie sie ruhig, lassen Sie sie in einem verdunkelten Zimmer, ihre Augen könnten sonst Schaden nehmen, reiben Sie sie mit einem Schwamm und lauwarmen Wasser ab, da Schlimmste wird in ein paar Tagen überstanden sein.»

In ein paar Tagen! Florence' Herz begann wild zu klopfen. Wie konnte sie unter diesen Umständen nach London fahren und ihr Baby zurücklassen, selbst wenn Nanny Baines es zweifellos äußerst gewissenhaft betreuen würde? Auf der anderen Seite mußte sie unbedingt fahren: Giles würde auf sie auf der Treppe des Hauses warten, es gab keine Möglichkeit, ihm eine Nachricht überbringen zu lassen, und sie hatte keine Ahnung, wo er zur Zeit war.

In wilder Panik rief sie Nanny Baines an und fragte sie, ob es ihr möglich war, nach The Priory zu kommen und dort nach Imogen zu sehen. Nanny, die durchblicken ließ, daß die kranke Imogen von ihr ohnehin weitaus besser betreut werden würde als von ihrer Mutter, versprach, sofort rüberzukommen. Erleichtert und zugleich voller Schuldgefühle legte Florence den Hörer auf und ging wieder in Imogens Zimmer. Mittlerweile schlief die Kleine, allerdings sehr unruhig. Kinder erholen sich sehr rasch, sagte sich Florence, am nächsten Morgen wird es ihr wahrscheinlich wieder gutgehen.

Um zwei Uhr nachts ging es Imogen ganz und gar nicht gut. Ihre Temperatur war für kurze Zeit gefallen und dann wieder gestiegen; mit weit aufgerissenen Augen, aber ohne etwas zu sehen, saß sie schreiend in ihrem Bettchen.

Entsetzt rief Florence erneut den Arzt an; er erklärte, bei Masern und dem entsprechenden hohen Fieber seien Halluzinationen nichts Ungewöhnliches, und wiederholte, daß Imogen unbedingt in einem verdunkelten Zimmer bleiben müsse.

«Rufen Sie mich wieder an, wenn die Temperatur noch weiter ansteigt. Und reiben Sie sie in regelmäßigen Abständen mit lauwarmen Wasser ab.»

Die Nacht schien kein Ende zu nehmen. Muriel schlief fest und tief, und Florence war dankbar, daß sie mit ihren Ängsten und ihren quälenden Gedanken an den nächsten Tag allein war. Immer wieder rieb sie den trockenen, vom Fieber erhitzten kleinen Körper mit einem feuchten Schwamm ab; bisweilen fürchtete sie, vor Angst den Verstand zu verlieren. Gegen Morgen schlief die Kleine noch einmal für kurze Zeit ein, wachte dann aber wieder auf und versuchte, aus ihrem Bettchen zu klettern, wobei sie ständig seltsame heisere Laute ausstieß. Florence maß noch einmal ihre Temperatur und stellte fest, daß sie auf vierzig Grad geklettert war. Sie versuchte, ihr ein wenig Wasser einzuflößen, aber Imogen war sichtlich unfähig, zu schlukken, und schrie sogar noch lauter; Florence rief in Panik den Arzt an, der nach zehn Minuten eintraf.

«Scharlach», sagte er, «und zwar, wie es aussieht, im akutem Stadium; der Hals ist angegriffen. Es tut mir leid. Sie muß sofort ins Krankenhaus. Ich werden einen Krankenwagen rufen.»

Imogen wurde auf die Isolierstation gebracht; nicht einmal Florence durfte bei ihr bleiben. Sie stand auf der anderen Seite der Glaswand und sah, wie die Kleine litt, hörte ihre Schreie und bemühte sich verzweifelt, die Ruhe zu bewahren. Die Krankenschwestern hatten wenig Mitgefühl für sie und schickten sie ins Wartezimmer.

Florence wandte sich noch einmal um, um einen letzten Blick auf Imogen zu werfen; diese lag inzwischen erschreckend ruhig in ihrem Kinderbettchen, ihre glasigen Augen starrten in den dämmerigen Raum hinein. Mit einem Gefühl der Verzweiflung, als würde sie durch ihr Fortgehen in den Warteraum im ersten Stock das Kind dem Tode überlassen, wandte sie sich ab. Als sie ein wenig unsicher den Flur hinabblickte, sah sie ein Hinweisschild: «Zur Kapelle». Sie ging ihm nach und betrat einen kleinen, kahlen Raum mit einem Altar und einigen Stühlen. Es schien nur eines zu geben, was ihr zu tun übrigblieb, und sie tat es: Sie fiel auf die Knie und betete. Sie betete unablässig; es schien ihr, als würden mehrere Stunden darüber verstreichen, und so, wie sie es bei anderen Gelegenheiten, in anderen Krisen getan hatte, schloß sie einen Handel mit Gott ab. Wenn er Imogen verschonte, sie am Leben ließ, dann würde sie, Florence, bei Robert bleiben und nie wieder mit Giles sprechen.

An jenem Abend hatte Muriel Florence ins Krankenhaus begleitet; diese saß in stiller Verzweiflung neben ihr im Wartezimmer, während Imogens winziger, zarter Körper um sein Überleben kämpfte. In The Priory klingelte in regelmäßigen Abständen das Telefon, ohne daß jemand den Hörer abnahm; die Anrufe kamen aus London. Wäre Mrs. Boscombe an ihrem Platz gewesen, dann hätte sie helfen und die Nachricht weitergeben können, daß Mrs. Grieg mit ihrem Baby im Krankenhaus sei, und sie hätte die Botschaft entgegennehmen können. Aber Mrs. Boscombes Mann war krank geworden und mußte gepflegt werden.

Um Mitternacht verließ Giles seinen Platz auf der Treppe des Hauses in der Sloane Avenue und gab es auf, von der Telefonzelle am Ende der Straße aus in Wiltshire anzurufen. Er ging langsam und schweren Schrittes zurück zu seiner Kaserne und versuchte, sich selbst davon zu überzeugen, daß Florence' seltsam kühle Reaktion auf seinen Anruf und die Tatsache, daß sie nicht gekommen war und ihm auch keine Nachricht hatte zukommen lassen, nicht bedeuteten, daß sie ihn nicht länger liebte. Aber es wollte ihm nicht gelingen.

Kapitel 17

Frühling – Sommer 1942

Es war nur eine winzige Kleinigkeit, die Florence die Gewißheit vermittelte, daß Gott ihre Gebete erhört hatte: nicht das Lächeln, das die Schwester ihr anstelle des knappen, ängstlichen Nikkens schenkte, als sie auf der Station ankam, und auch nicht die Tatsache, daß Imogen ein wenig freier atmete und ihre Gesichtsfarbe wieder rosiger war. Es war vielmehr die ganz besondere, energische Art der Kleinen, sich gegen die Schwester zu wehren, als diese ihre Windel wechseln wollte. Bis zu jenem Augenblick hatte sie matt und kraftlos dagelegen und nur den Kopf gelegentlich von einer Seite auf die andere gedreht; jetzt ballte sie, während Florence sie beobachtete, plötzlich ihre kleinen Hände zu Fäustchen und versuchte, gegen den Arm zu hämmern, der ihre abgemagerten Beinchen in die Höhe hob. Für Florence war dies ein Augenblick vollkommenen Glücks. Sie stand da, beobachtete ihr kleines, tyrannisches Töchterchen und lachte laut heraus. Die Krankenschwester wandte sich ein wenig gereizt zu ihr um und rang sich ebenfalls ein Lächeln ab. Als dann der Oberarzt kam und Florence mitteilte, daß die Krise vorbei sei, sagte sie nur: «Ich weiß.»

Imogen durfte jedoch erst nach weiteren vierzehn Tagen entlassen werden; nachdem Florence sich genügend gefangen hatte, um ihr Leben neu zu überdenken, wurde sie sich sogar in ihrem übermütigen Glück des schrecklichen Schmerzes bewußt, der sie erwartete. Sie wußte, daß sie nun den Rest ihres Lebens ohne Giles verbringen müßte, daß sie nie wieder von ihm hören und ihn nie wieder sehen, ihn nie wieder berühren und umarmen würde und daß sie auch niemals wieder das Gefühl haben würde, sicher, geliebt und umsorgt zu werden. Giles hatte nicht angerufen: er war überzeugt, daß sie ihn nicht länger liebte. Der kurze Brief, den sie drei Tage nach ihrer Rückkehr aus dem Krankenhaus erhalten hatte, machte das nur allzu deutlich. Und es war sinnlos, ihm zu antworten, denn schließlich hatte sie Gott ein Versprechen gegeben. Sie hatte einen Pakt mit ihm abgeschlossen und würde ihn keinesfalls brechen; wenn sie ihn bräche, so fürchtete sie, dann würde die Kleine ihr am Ende doch noch entrissen werden.

Robert war gekommen, um Imogen im Krankenhaus zu besuchen; es war ihm gelungen, aus dringenden familiären Gründen achtundvierzig Stunden Urlaub zu bekommen. Florence war über seinen Besuch verblüfft und erschrocken zugleich; sie war sich noch immer nicht sicher, ob er das Kind wirklich akzeptierte oder ob seine demonstrative Zuneigung bloß eine Falle war, in die er sie hineinlocken wollte. Er hatte eines Abends aus Schottland in The Priory angerufen, und Muriel hatte ihm mitgeteilt, daß Florence mit Imogen im Krankenhaus sei; zwei Tage später war er dann gekommen, voller Sorge und hilfsbereit, hatte Imogen durch das Glas ihrer kleinen Kabine betrachtet und Florence gedrängt, nach Haus zu fahren und sich auszuruhen und ihn allein im Krankenhaus zurückzulassen. Wider besseres Wissen hatte sie sich von seiner demonstrativ liebevollen Fürsorge beeindrucken lassen; er hatte viele Stunden mit ihr im Wartezimmer verbracht und mit ihr auf dem Flur der Isolierstation gestanden. Ihre Müdigkeit und Erschöpfung wurden jedoch dadurch, daß sie nicht wußte, wo die Wirklichkeit endete und die Täuschung begann, nur noch verstärkt; sie sehnte sich danach, ihm vertrauen zu können, wollte nur zu gern glauben, daß sie doch noch eine richtige Familie würden, aber sie konnte und wagte es nicht.

Ihr Kummer über die Trennung von Giles schien wenig mit ihrer Beziehung zu Robert zu tun zu haben; sie hatte nicht das Gefühl, daß ihre Ehe durch das abrupte Beenden ihrer Liebesbeziehung gesunden würde. Vielleicht würde sie die Dinge eines Tages klarer sehen können; für einen Augenblick blieb ihr nichts anderes übrig, als tapfer einen Schritt nach dem anderen zu tun.

«Guten Morgen, Madam. Schöner Morgen, nicht wahr?»

«Ja», sagte Clarissa lächelnd. «Ein sehr schöner Morgen.»

Sie mochte die Amerikaner, offiziell die militärischen Verbündeten, denen man jetzt überall im Land begegnete, mit ihren lockeren Umgangsformen, ihrem Lächeln – und ihrem Geld. Sie waren alle reich und sexy. Es machte Spaß, mit ihnen zusammenzusein, mit ihnen zu flirten und mit ihnen zu essen; Männer betrachteten die amerikanischen Soldaten mit einer wohlbegründeten Abneigung – im Grunde war es nur blanker Neid, dachte Clarissa. Bisher hatte sie noch keine Frau getroffen, denen sie nicht gefallen hätten. Und in diesen schlimmen Kriegszeiten, als es so schien, als gäbe es keinerlei Fortschritte, als es sogar schwer war, sich daran zu erinnern, was für ein Gefühl es war, Geld, anständiges Essen und anständige Kleidung zu haben, war es schön, Zeit mit Menschen zu verbringen, die dem Leben gegenüber eine sehr viel positivere Einstellung hatten.

Was man von Jack im Augenblick wohl kaum behaupten konnte; wenn sie sich noch einmal würde anhören müssen, wie sehr ihn alles anödete und langweilte, dann, so dachte sie, würde sie gewiß die Geduld verlieren. Sie hatte am Abend zuvor mit ihm telefoniert, und von den zehn Minuten, die sie mit ihm gesprochen hatte, hatte er rund acht Minuten lang nur geklagt und geschimpft. Während der letzten beiden Minuten hatte sie versucht, ihm mitzuteilen, daß sie nach Dartmouth abkommandiert worden war – eine Tatsache, an der er wenig Interesse gezeigt hatte.

Am Ende hatte sie sich nach langen Diskussionen mit ihrer Vorgesetzten für einen Posten in der Verwaltung entschieden; sie würde nach Dartmouth gehen und dort den Aufbau eines Zentrums für die Marinehelferinnen leiten. Sie wußte, daß sie ihre Sache gut machen würde; ihre Talente, vor allem im Bereich der Organisation und Kommunikation, würden ihr gute Dienste leisten. Mehrere der Mädchen hatten sich für einen Posten in Übersee beworben; man benötigte Freiwillige für Singapur, Ceylon und Indien.

Wäre sie nicht eine verheiratete Frau gewesen, dann hätte sie sich ebenfalls für einen solchen Posten beworben – aber sie *war* verheiratet. Leider, dachte sie, schob den Gedanken dann aber schnell wieder beiseite. Mein Gott, wer hätte gedacht, daß die heftige Leidenschaft und die zärtliche Freundschaft, die sie noch vor zwei Jahren für Jack empfunden hatte, sich so schnell in Desinteresse verwandeln würde? Clarissa hatte bemerkt, daß sie all die attraktiven Männer um sie herum sehr viel deutlicher wahrnahm als zuvor und daß sie ein gesteigertes Bedürfnis hatte, mit ihnen zu flirten.

Sie vermißte May mehr als Jack; die liebe May mit ihrer fröhlichen Respektlosigkeit, ihrer Ehrlichkeit, ihrer unermüdlichen Jagd nach Vergnügen. Clarissa würde sie in ein paar Wochen in London treffen; sie konnte es kaum erwarten. Sie fragte sich, ob sie es schaffen würde, auch für May eine Versetzung nach Dartmouth zu bewirken. May war eine sehr tüchtige Autofahrerin.

Sie war an jenem Abend gerade dabei, ihr Büro zu verlassen, als ein Gesicht durch den Türspalt lugte.

«Guten Abend, Dritter Offizier Compton Brown.»

«Guten Abend, Sir.»

Sie begannen beide zu lachen; die Förmlichkeit war ein Spaß, den sie sich miteinander erlaubten. Korvettenkapitän Jerry Fortescue war für eine Weile in Greenwich stationiert und konnte es (wie Jack) kaum mehr erwarten, wieder an vorderster Front zu kämpfen; er war sehr amüsant, und sie mochte ihn. Er gehörte zu jenen seltenen, aber unwiderstehlichen Exemplaren von glücklich verheirateten Männern, die immer zu einem Flirt aufgelegt waren. Er und Clarissa paßten sehr gut zueinander.

«Hast du was vor heute abend?»

«Nein. Eigentlich nicht.»

«Wie wär's dann mit einem Drink? Ich würde gern mal ein bißchen hier rauskommen. Und später findet im Kasino eine Party statt. Es wäre schön, wenn du kommen könntest.»

«Also gut», sagte Clarissa. «Ein Drink wäre wunderbar, Jerry. Aber nur ein ganz kurzer. Dann muß ich zurück. Ich war nicht besonders nett gestern abend zu meinem Mann. Ich muß ihn anrufen und die Sache wieder in Ordnung bringen.»

«Na dann. Aber ich werde natürlich versuchen, dich noch umzustimmen. Ich hol dich in fünf Minuten ab. Ich hab einen Wagen, den ich benutzen kann.»

Das Gasthaus ähnelte eher dem Völkerbund als einer Kneipe. Clarissa stand an der Bar, umgeben von Polen, Norwegern, Kanadiern und Amerikanern und hielt, unbeirrbar lächelnd, ihr wässeriges Bier in der Hand und versuchte zu verstehen, was Jerry Fortescue ihr über den Lärm hinweg zubrüllte. Einige andere Offiziere, mit denen er befreundet war, schlossen sich ihnen an, und sie gab es nach kurzer Zeit auf, sich zu unterhalten.

Der Rauch war sehr dicht; ihre Augen brannten. Sie überlegte gerade, welche Ausrede sie erfinden sollte, um sich möglichst bald verabschieden zu können, als jemand von hinten gegen ihren Arm stieß, so daß sie das ganze Bier über ihre Uniform verschüttete.

«Verdammt», fluchte Clarissa laut. Sie war außerordentlich verärgert; das Jackett war gerade aus der Reinigung gekommen.

«Oh, das tut mir leid, Madam, das tut mir wirklich sehr leid. Bitte erlauben Sie mir...»

Und plötzlich stand er vor ihr und tupfte, sichtlich verlegen, ihren Blazer mit einem Taschentuch ab. Clarissa betrachtete ihn und spürte, wie ihre Gereiztheit sich rasch verflüchtigte.

Ein Amerikaner in einer brandneuen, perfekt gebügelten Uniform mit glattem rotblonden Haar, Sommersprossen, blauen Augen und feinen Gesichtszügen lächelte sie nervös an und schaute dann ängstlich auf das durchweichte Jackett. Er sah so zerknirscht aus, daß sie lachen mußte. Sie nahm ihm das Taschentuch aus der Hand und versicherte ihm, daß es nicht so wichtig sei. Außerdem war er, so dachte sie, beim Abtupfen gefährlich nahe an ihren Busen herangekommen.

«Nein, ehrlich», sagte Clarissa, «es ist wirklich nicht schlimm.» Sie stank nach Bier, die Nässe war bis auf ihre Haut durchgedrungen, und bis Greenwich war es noch ein Fußmarsch von mindestens zwanzig Minuten. Jerry würde jetzt bestimmt noch nicht gehen wollen. Sie lächelte den Fremden an und sagte spitzbübisch lächelnd: «Eigentlich schulden Sie mir dafür die Fahrt nach Hause. Ich würde mich gern umziehen.»

«Aber sicher, und danach bringe ich Sie hierher zu Ihren Freunden zurück. Wäre das in Ordnung?»

«Ja, das ist eine sehr gute Idee. Clarissa Compton Brown», sagte sie und hielt ihm ihre Hand hin. «Guten Tag.»

«Mark Twynam. Hier entlang.»

Er wohne in Washington, erzählte er ihr, sein Vater sei Anwalt und er selbst auch. Er sei zweiunddreißig, verlobt und habe an der Universität von Yale studiert. Er gehörte offenbar, so dachte Clarissa, während sie ihn interessiert betrachtete, zu jener Sorte Amerikaner, die die Oberschicht bildete. Er war Nachrichtenoffizier der Luftwaffe und arbeitete für den amerikanischen Attaché in London.

«Mein Gott», sagte Clarissa, «das klingt ja ziemlich eindrucksvoll. Und was machen Sie im Queen Victoria in Greenwich?»

«Ich hatte eine Einheit in Blackheath besucht. Ihre englischen Pubs gefallen mir, deshalb dachte ich, ich sehe mir auf dem Weg zurück nach London mal ein paar davon an.»

«Verstehe», sagte Clarissa. «Langsam bitte, hier sind wir schon. Ich ziehe mich nur schnell um.»

«Ich warte auf Sie», sagte er, «während Sie sich umziehen. Und dann fahre ich Sie zurück.» Er lächelte sie an. Er hatte ein wunderbares Lächeln, ein wenig schüchtern, aber sehr herzlich; Clarissa ließ sich von einem netten Lächeln immer leicht beeindrucken. Sie warf einen Blick auf Mark Twynams Hände; sie waren groß, aber lang und schmal und, wie sie bemerkte, von Sommersprossen übersät. Wie sein Gesicht. Sehr sympathisch.

«Oh, es ist nicht –» begann Clarissa und stockte dann. Sie hatte sagen wollen, daß es nicht nötig war zu warten, sie wollte zuhause bleiben und ihren Mann anrufen, aber der Gedanke, noch eine Stunde oder länger mit Mark Twynam zusammenzusein, erschien ihr plötzlich sehr viel verlockender, als allein zu bleiben oder sich mit einem übellaunigen Jack am Telefon zu unterhalten. «Danke», sagte sie lächelnd, «dann bis gleich.»

Sie zog sich ein sauberes Hemd und ihr zweites, schäbigeres Jakkett an. «Ich liebe diese Uniformen», sagte Mark Twynam, als sie wieder in seinen Lastwagen einstieg. «So schmuck. Sie sehen alle wunderbar aus.»

«Danke», sagte Clarissa. Sie lächelte ihn an.

«Erzählen Sie mir ein wenig von sich.»

«Oh, da gibt es nicht viel zu erzählen», sagte Clarissa. «Verheiratet mit einem Piloten und –»

«Wo ist er stationiert?»

«In Schottland. Er betet dafür, wieder an die Front zurückkehren zu können.»

«Und beten Sie auch dafür?»

«Ja und nein. Ich mache mir die ganze Zeit Sorgen um ihn, wenn er in der Luft ist. Aber er ist gelangweilt und unglücklich; er tut mir leid.»

«Und wo wohnen Sie, Sie und Ihr Mann, wenn nicht gerade Krieg ist?»

«In London», sagte Clarissa. «In einem süßen, kleinen Haus, das mir schrecklich fehlt.»

«Familie?»

«Nur ein Vater, irgendwo in Schottland. Keine Brüder oder Schwestern. Ich bin ein armes verlassenes Kind.»

«Sie kommen mir nicht allzu verzweifelt vor», sagte er und lächelte sie an. «Haben Sie einen Job, in Friedenszeiten?»

«Nein», sagte Clarissa überrascht. Ob die amerikanischen Mädchen wohl alle arbeiteten? fragte sie sich. Sie hatte gehört, daß sie als sehr emanzipiert und unabhängig galten. «Arbeitet Ihre Verlobte?»

«Nein. Aber sie scheinen mir so... ich weiß nicht recht. Als wären sie daran gewöhnt, die Dinge im Griff zu haben.»

«Nun, da haben Sie genau den richtigen Eindruck von den Marinehelferinnen», sagte Clarissa. «Und es ist lustig, daß Sie das sagen, denn ich bin tatsächlich entschlossen, mir nach dem Krieg eine Arbeit zu suchen. Ich möchte eine Sekretärinnenausbildung machen und dann vielleicht eine Agentur für Sekretärinnen eröffnen, irgend etwas in der Art. Ich könnte es nicht ertragen, wieder nur die Blumen zu versorgen und den Tisch zu dekorieren.»

«Sie genießen den Krieg?»

«Nein», sagte sie. «Nicht den Krieg, aber die Veränderung!»

Sie und Mark nahmen einen Drink, und dann noch einen; der Pub hatte sich mittlerweile ein wenig geleert, und es gelang ihnen, einen freien Tisch zu finden. Sie unterhielten sich angeregt, erzählten sich Geschichten aus ihrem Leben und Kriegsanekdoten. Er war sehr beeindruckt von ihren Erlebnissen als Fahrerin.

«Es klingt wie aus einem Kinofilm. Sie sind wirklich eine ganz besondere Frau», sagte er.

«Ach, ich weiß nicht», sagte Clarissa lachend. «Ich mache es so wie alle anderen in diesem Krieg: Ich tue, was von mir verlangt wird, und mache mir erst hinterher Gedanken darüber.»

«Ja, vermutlich. Ich bin noch nicht lange genug dabei, wissen Sie.»

«Haben Sie Heimweh?»

«Ein bißchen.» Er sah sie nachdenklich an. «Würden Sie irgendwann einmal mit mir zu Abend essen? Um das Heimweh eines einsamen Mannes in der Fremde ein wenig zu lindern?»

«Schon möglich», sagte Clarissa. «Ich kann wahrscheinlich einen Urlaubsschein bekommen. Wo wollen wir uns treffen?»

«Ich kenne nicht viele Restaurants in London», sagte er zögernd, «aber würde Ihnen das Savoy zusagen?»

«Ja, das Savoy wäre nicht schlecht», sagte Clarissa.

Im Savoy, ebenso wie in den meisten anderen Luxushotels in London, schien die Tatsache, daß es Krieg war, unerheblich zu sein. Clarissa und Mark aßen geräucherten Lachs, Hühnchen und Fruchtsorbet und tranken einen sehr guten Bordeaux. In Clarissas Reisetasche war auch eines ihrer Abendkleider von Molyneux gewesen, das sie «für den Fall der Fälle» mit nach Greenwich genommen hatte, und sie hatte sich in der Damentoilette des Savoy umgezogen. Es war ein hautenges, langes Kleid aus schwarzer Spitze über smaragdgrüner Seide, im Rücken sehr tief ausgeschnitten. Und zum ersten Mal seit mehreren Monaten hatte sie sich die Fingernägel lackiert und sich ausgiebig mit ihrem kostbaren Lieblingsparfüm eingesprüht; die bloße Tatsache, daß sie schön aussah und wunderbar duftete, bewirkte augenblicklich, daß sie sich begehrenswert und sexy fühlte. Mark trug seine Uniform und sah ebenfalls sehr sexy aus; nach dem

Abendessen tanzten sie. Sie fühlte sich plötzlich sehr übermütig und freudig erregt; er tanzte wunderbar, seine Bewegungen waren leicht und geschmeidig und er konnte sehr gut führen.

«Es ist unglaublich wichtig, das Tanzen», sagte sie zu Mark, als sie sich hinsetzten, und beugte sich weit vor, so daß er ihr sowohl Feuer geben als auch ihren Brustansatz sehen konnte.

«Warum?»

«Weil...» sagte sie lächelnd und legte ihre Hand über seine, lehnte sich dann zurück und sah ihm aufmerksam ins Gesicht, «weil ein Mann, der schlecht tanzt, auch nicht gut im Bett sein kann.»

«Ich finde, Sie sind eine sehr ungewöhnliche Frau», sagte er und lächelte zurück, ohne auf ihre Bemerkung einzugehen.

«Warum?»

«Ich habe immer gehört, die Engländerinnen wären so... so reserviert.»

«Frigide, meinen Sie», sagte Clarissa leichthin. «Jeder behauptet das, aber wir sind es nicht. Es gibt nichts Aufregenderes als eine englische Marinehelferin, Mark, glauben Sie mir. Wenn ich nicht eine ehrenwerte, verheiratete Frau wäre», fügte sie hinzu und wurde sich mit leichtem Erschrecken bewußt, wie beschwipst sie war, «dann würde ich es Ihnen beweisen.»

«Nicht nötig», sagte er, und sein Blick war jetzt sehr ernst, sehr durchdringend, sehr verwirrend. «Nicht nötig. Ich kann es sehen, daß Sie nicht frigide sind, Clarissa, ich kann es sehen und fühlen. Sie sind eine sehr schöne und aufregende Frau.»

Zwei Tage später aß sie noch einmal mit ihm zu Abend, diesmal im Restaurant Deep Shelter im Hotel Grosvenor. Es war eine der wenigen Nächte dieses Sommers, in denen wieder ein Bombenangriff auf London geflogen wurde, und sie verbrachten die ganze Nacht dort, zusammen mit mehreren Dutzend anderer Gäste.

Aber Jack Compton Brown, der unablässig, bis spät nach Mitternacht und dann wieder früh am Morgen, in Greenwich anrief, um sie zu benachrichtigen, daß er plötzlich abkommandiert worden war, wußte nur, daß sie die ganze Nacht nicht zuhause gewesen war, und flog nach Nordafrika, ohne sich von ihr verabschieden zu können.

«Ich fühle mich schrecklich», sagte Clarissa zu May.

«Wirklich?»

«Ja. Ja, wirklich. Sieh mich nicht so an. Ich war doch bloß in einem Schutzraum. Das ist alles.»

«Ein schöner Schutzraum.»

«Aber wenn es keinen Luftangriff gegeben hätte, dann wäre ich längst wieder zurück in Greenwich gewesen. O May, was mag er wohl gedacht haben?»

Als May in Clarissas großen braunen Augen Tränen sah, streckte sie ihre Hand aus und tätschelte ein wenig unbeholfen Clarissas Arm. «Nun mach dich nicht verrückt, Gräfin. Du hast ihm geschrieben und ihm alles erklärt. Er weiß es also inzwischen. Du hast ja schließlich nichts Unrechtes getan. Oder?»

«Nein. Natürlich nicht. Ich liebe Jack. Er ist mein Mann. Ich würde ihm nie untreu werden.»

«Also», sagte May, «dann ist es ja in Ordnung. Und überhaupt, wenn er in den letzten Monaten nicht ständig schlecht gelaunt gewesen wäre, dann wärst du mit diesem Ami ja ohnehin nicht ausgegangen, oder?»

«Nein, natürlich nicht», sagte Clarissa, und ihre Miene hellte sich auf. «Nein, May, du hast recht. Völlig recht. Tja, weißt du, er, ich meine Mark, hat mich gebeten, in der nächsten Woche noch einmal mit ihm zu Abend zu essen, aber ich denke, ich lehne lieber ab, was meinst du? In Anbetracht dessen, was passiert ist.»

«Und warum?» fragte May. «Das wird dem Major auch nicht weiterhelfen, oder? Wenn du zuhause sitzt und dich selbst bemitleidest. Und was er nicht weiß, macht ihn auch nicht heiß. Ich würde alles so machen wie sonst auch, Gräfin, wenn ich du wäre.»

«Mensch, May», sagte Clarissa, «was sollte ich bloß ohne dich anfangen? Hör zu, du solltest deine Versetzung nach Dartmouth beantragen. Und ich werde deinen Antrag unterstützen. Was hältst du davon?»

«Das könnte lustig werden, glaube ich», erwiderte May.

Im August kam Robert für eine Woche nach Hause. Am Tag, bevor er wieder nach Schottland zurückkehrte, rief er Grace an und fragte sie, ober er sie einmal besuchen dürfe.

«Ich hatte nie die Gelegenheit», sagte er, «dir richtig für das, was du in jener Nacht für Florence getan hast, zu danken. Ich möchte es gern persönlich tun.»

Sie freute sich, weil sie ihn mochte, fühlte sich geschmeichelt, daß er sie besuchen wollte, und lud ihn zum Tee ein. Als er kam, war sie im Garten; es war ein wunderschöner Herbsttag, golden und still.

«Hallo, Grace.» Robert wirkte entspannt und heiter.

Er ging durch alle Räume des Hauses; Clifford, der wußte, daß er kam, hatte ein wenig gereizt erklärt, er würde die Jungen zum Angeln mitnehmen. Es fiel ihm schwer, Verständnis für Florence' Geduld aufzubringen und dafür, daß sie Robert wieder aufgenommen hatte; nachdem er ihre Panik und ihr Entsetzen mit eigenen Augen angesehen hatte, hatte er sie wiederholt gedrängt, die Scheidung einzureichen. Er wußte nicht genau, wer Imogens Vater war; seine angeborene Zurückhaltung und sein eigenes Bedürfnis nach einer geschützten Privatsphäre hinderten ihn daran, Florence über irgendeine vergangene oder zukünftige Beziehung auszufragen. Aber sein gesunder Menschenverstand sagte ihm, daß Robert wohl kaum Imogens Vater sein konnte. Er war sich jedoch bewußt, daß er eine stärkere Abneigung gegen ihn empfand als gegen sonst irgend jemanden. Auf der anderen Seite hatte Grace ihm sehr deutlich klargemacht, daß sie Robert sehen wollte. Ihre Sympathie für Robert, die Tatsache, daß sie Florence' Verhalten in der Vergangenheit mißbilligte und sich weigerte zu glauben, daß Robert gewalttätig war, stellte einen der wenigen Bereiche dar, in denen sie und Clifford ausdrücklich verschiedener Meinung waren, und deshalb war ihm der Angelausflug als die beste Lösung erschienen.

«Es wird nicht lange dauern», hatte er ein wenig verlegen zu ihr gesagt, «ich bin in ein paar Stunden zurück. In Ordnung?»

«Völlig in Ordnung, Clifford», antwortete Grace mit fester Stimme, da sie wußte, was in seinem Kopf vorging, und es etwas lächerlich fand. «Viel Spaß beim Angeln; paß auf, daß Daniel nicht ins Wasser fällt, und versuch mal, wirklich etwas zu fangen. Wir haben kaum noch etwas Eßbares im Haus. Bring uns ein paar Forellen mit.»

Nun, da sie Robert prüfend betrachtete, dachte sie noch einmal, wie wenig glaubwürdig die Geschichten über ihn doch waren. Obwohl sie inzwischen ein wenig Sympathie, wenn nicht gar Zuneigung für Florence empfand, konnte sie sich wirklich nicht vorstellen, daß Robert sie tatsächlich geschlagen haben sollte. Und Florence hatte es selbst auch nie deutlich gesagt. Wenn es wahr wäre, dann würde sie gewiß nicht bei ihm bleiben, dachte Grace. Und es muß schwer für ihn sein, zu sehen, daß Florence sich fast ausschließlich mit Imogen beschäftigt.

«Hallo, Robert», sagte sie jetzt. «Wie schön, dich zu sehen. Du siehst gut aus.»

«Ja», sagte er, «ich fürchte, augenblicklich verlangt der Krieg keine großen Opfer von mir. Ich bin nicht in Gefahr. Aber man hat mir versichert, daß das, was ich tue, nützlich und wichtig sei, also muß ich mich mit meiner Situation abfinden. Was gibt es denn Neues von Charles?»

«Oh», sagte sie, «ich hoffe, es geht ihm gut, denn es ist schon Monate her, daß er zum letzten Mal geschrieben hat. Er scheint eine Menge guter Freunde zu haben...» Ihre Stimme verebbte; es fiel ihr nichts Vernünftiges oder Interessantes zu erzählen ein.

«Machst du dir große Sorgen um ihn?»

«Ja, natürlich. Aber man gewöhnt sich daran, sich ständig Sorgen zu machen.»

«Du machst deine Sache wunderbar», sagte er plötzlich. «Es ist großartig von dir, daß du die beiden kleinen Kerle aufgenommen hast. Es ist bestimmt nicht einfach.»

«Es ist sehr einfach», sagte Grace. «Sie leisten mir Gesellschaft, und sie sind sehr interessant. David ist außerordentlich musikalisch, und Daniel ist sehr intelligent. Clifford hat ihm das Schachspielen beigebracht, er ist wirklich sehr begabt.»

«Ach was, Grace, du bist viel zu bescheiden. Sie machen dir bestimmt auch sehr viel Arbeit, sie sind nicht immer nur lieb und spielen Schach und machen Musik. Manchmal ist es bestimmt nicht leicht mit ihnen, weil sie ihre Familie vermissen und so weiter.»

«Ja, das tun sie natürlich. Vor allem, da ihre Mutter getötet wurde.»

«Sie wurde getötet?»

«Ja. Hat Florence es dir nicht erzählt?»

«Florence erzählt mir nicht sehr viel», bemerkte Robert mit einem grimmigen Lächeln. «Außer von Imogen. Ich liebe die Kleine, aber ich könnte ihrer leicht ein wenig überdrüssig werden. Ich fürchte, sie ist sehr verwöhnt. Wenn der Krieg vorbei ist und ich zuhause bin, dann werde ich sie ein wenig erziehen müssen.»

«Nun ja, ich vermute, da sie so krank war...» sagte Grace, wie immer bemüht, taktvoll zu sein, obwohl sie ihm insgeheim zustimmte.

«Gewiß, und es ist nur natürlich, daß Florence so starke mütterliche Gefühle hat. Aber dennoch ist es dem Kind gegenüber nicht fair. Niemand wird sie später einmal mögen; sie wird nie Freunde finden.»

«Tja», meinte Grace, «vermutlich hast du recht. Sogar Clifford sagte etwas in diesem Sinne.»

«Der gute alte Knabe! Wie geht es ihm? Es tut mir leid, daß ich ihn heute nicht angetroffen habe. Ich finde es wirklich sehr bewundernswert, daß du den Mut hattest, ihn aufzunehmen. Nicht, weil Muriel es mißbilligt, sondern weil Florence sagte, er habe ziemlich viel getrunken.»

«Nein, es ist viel besser geworden», entgegnete Grace. «Sehr viel besser. Die Jungen haben ihm dabei geholfen; sie mögen ihn sehr, und er liebt sie.»

«Ich finde dich wunderbar», sagte Robert und lächelte sie an, «aber wie ich schon sagte: Ich bin eigentlich gekommen, um dir, ganz offiziell, für all das zu danken, was du in der Nacht von Imogens Geburt für Florence getan hast. Du warst einfach großartig; sie hat mehr als einmal gesagt, sie hätte es ohne dich nicht überlebt. Du tust so viel, und du bekommst kaum Unterstützung oder Dank dafür. Ich glaube, es ist sehr hart für dich.»

Grace, die das in letzter Zeit selbst häufig gedacht hatte, fühlte sich verstanden. Sie lächelte ihn an und sagte: «O Robert, du weißt nicht, wie schön es ist, das zu hören. Nicht, daß ich unbedingt Dank dafür haben möchte, aber...»

«Ich verstehe», sagte er. «Vielleicht ein wenig Anerkennung? Ich verstehe dich sehr gut. Ich habe manchmal selbst etwas Ähnliches empfunden. Als...» Er sah sie an und lächelte noch einmal. «O Gott, jetzt werde ich auch noch sentimental. Was ich gemacht habe, ist nichts im Vergleich zu dem, was du tust.»

Grace sagte nichts, sondern sah ihn nur an.

«Vermutlich sollte ich nicht so reden», sagte er, «aber weißt du, Grace, es ist nicht einfach für mich. Ich liebe Florence sehr, und ich merke, daß sie für mich sehr viel weniger empfindet. Es gibt natürlich nichts, was ich dagegen machen kann, aber es tut dennoch weh. Kannst du das verstehen?»

«Ja», sagte Grace. Ihre Stimme war nur noch ein Flüstern; sie wagte es noch nicht einmal, ihn anzuschauen.

«Es war schon immer so», sagte er, «von Anfang an. Ich war so sehr in sie verliebt, und ich wußte, daß sie mich geheiratet hatte, ohne mich wirklich zu lieben.»

Grace schwieg.

«Ich will damit natürlich nicht andeuten, daß sie mich um meines Geldes willen geheiratet hätte, wie einige Leute behauptetet haben, dafür ist sie viel zu stolz und viel zu intelligent. Es ist nur, daß... nun ja, es scheint da ein gewisses Ungleichgewicht zu herrschen. Ich würde für Florence alles tun, wirklich alles, und für Imogen, und manchmal denke ich, daß sie meine Gefühle nicht erwidert.»

«Ich bin sicher, daß sie das tut», sagte Grace.

«Nein, Grace, sie tut es nicht. Das ist mir völlig klar. Nun ja, ich wollte dich nicht mit meiner... Traurigkeit belasten. Es ist nicht fair.»

«Robert, bitte sag so etwas nicht. Ich hasse die Vorstellung...» Sie biß sich auf die Unterlippe, voller Angst, sie könnte etwas ausplaudern, Florence verraten. Schon möglich, daß sie sie nicht mochte, ihr nicht vertraute, aber sie würde ihre Geheimnisse nicht verraten.

«*Welche* Vorstellung, Grace? Was genau wolltest du mir sagen?»

«Nichts, Robert. Nichts.»

«Grace, es wäre mir lieber, wenn ich es erführe. Es wäre leichter für mich, wenn ich wüßte, wo ich stehe. Ob ich wirklich geliebt werde... und nicht nur auf Liebe hoffe. Ich meine, wenn ich beispielsweise den Eindruck hätte, es gäbe jemand anderen, dann würde ich sie lieber verlassen.»

Grace begann, sich mehr und mehr in die Enge getrieben zu fühlen, ohne eine Fluchtmöglichkeit. Ganz offensichtlich suchte Robert nach Antworten, Antworten, die sie ihm sehr wohl geben konnte.

«Obwohl», fuhr Robert fort, «jetzt natürlich auch Imogen da ist. Ich liebe sie so sehr. Ein süßes kleines Ding, nicht wahr? So hübsch. Ein richtiges englisches Röschen. Niemand würde es mir glauben, aber ich war in dem Alter auch blond.»

«Wirklich?» fragte Grace. Dies war ein Alptraum; sie wußte nicht, was sie tun sollte, überlegte, ob sie, um sich aus ihrer mißlichen Lage zu befreien, sagen sollte, sie müsse zur Toilette oder dergleichen. Und dann plötzlich lächelte er und sagte: «Ich würde jetzt gern eine Tasse Tee trinken, Grace.»

«Oh, das tut mir leid», sagte sie. «Ich werde ihn dir sofort machen.»

Sie erhob sich mühsam und ging ins Haus; Robert kam zu ihr in die Küche und sah zu, wie sie den Kessel aufsetzte. Er lehnte sich zurück und lächelte sie an. «Grace...»

«Ja, Robert?»

«Grace, du warst doch dabei, als Imogen geboren wurde, nicht wahr?»

«Ja, gewiß.»

«Sie war... sehr klein, oder?»

«Ja, ziemlich. Sie wog nur viereinhalb Pfund. Warum?»

«Oh... nichts», sagte Robert. «Gestern abend fand ich ihre Karteikarte, die vom Krankenhaus, und dachte, das sei wirklich sehr wenig. Ich fragte mich, ob das wohl ein Irrtum gewesen sei. Ich meine, es ging in jener Nacht offensichtlich sehr hektisch zu, und es war gewiß nicht leicht für die Schwestern –»

«O nein», sagte Grace, «ich glaube nicht, daß das ein Irrtum war. Tatsächlich waren alle ziemlich erstaunt, denn sie meinten, dafür, daß sie fast einen Monat zu früh gekommen war, sei sie eigentlich ziemlich groß.»

«Einen Monat zu früh», sagte Robert. «Ja, natürlich. Das hatte ich überhaupt nicht bedacht. Wie dumm von mir. Danke, Grace.»

Kapitel 18
Herbst – Winter 1942

Clarissa hatte das Gefühl, niemals so glücklich gewesen zu sein wie in jenem Herbst in Dartmouth. Sie liebte die Stadt von dem Augenblick an, als sie sie zum ersten Mal sah, als sie auf der anderen Seite des Flusses in Kingswear aus dem Zug stieg und die Fähre über den Dart bestieg. Die Häuser waren in Zickzacklagen den Hügel hinauf gebaut und blau und beige und grün und weiß gestrichen, und das leuchtendrote Gebäude der Marineakademie stand weit oben an einem Abhang über dem großen natürlichen Hafen, dem Schloß und der Mündung des Dart. Die Luft war salzig, roch nach Meer und war erfüllt von den Schreien der Seemöwen; Clarissa war im oberen Teil der Stadt in einem im gotischen Stil erbauten Gebäude einquartiert, dem Warfleet House. Es war charmant und einladend, hatte weitläufige Zimmer und wunderbare Kamine. Ihr Zimmer lag in einem Seitenteil des Anwesens, mit Blick auf den Warfleet Creek; am Abend stieg sie von ihrem kleinen Büro in der Stadt aus die steilen Straßen bis dort hinauf und hatte zum ersten Mal, seit sie sich den Marinehelferinnen angeschlossen hatte, das Gefühl, sie ginge nach Hause und nicht nur in eine Unterkunft.

Sie hatte ein wunderbares, lustiges Leben: Alle amüsierten sich prächtig. Das College wurde als ein Stützpunkt für die Amerikaner benutzt, und in der Stadt gab es Tausende von ihnen – mit ihrem Geld, ihrem Charme und ihren unglaublichen Schätzen wie Nylonstrümpfen, Parfüm und Zigaretten, Kaugummi und Süßigkeiten. Viele englische Offiziere wohnten in der Stadt oder waren auf Urlaub dort, es wurden massenhaft Feste gefeiert, Bälle im College und noch etwas, was die Amerikaner eingeführt hatten, «Grillparties», bei denen Steaks – ein unglaublicher Luxus – über einem offenen Feuer gegrillt wurden. In den berühmten Pubs von Dartmouth ging es jeden Abend hoch her, und an ihren freien Tagen fuhren sie mit der Fähre zum grünen Dittishambecken hinunter und tranken Bier im *Ship Inn* oder zogen den Glockenstrang am Ende der Mole, wodurch ein Ruderboot herbeigerufen wurde, das einen auf die andere Seite nach Greenway brachte, wo man wunderbare Picknicks machen konnte, oder die schmalen, gewundenen Wasserläufe hinunter zu den Stränden von Torbay.

Clarissa war begeistert, genoß jeden Augenblick, die Arbeit ebenso wie das Vergnügen, und sie mußte in der Tat extrem hart arbeiten, denn sie war nicht nur für die praktischen Verwaltungsangelegenheiten von Warfleet zuständig, sondern mußte sich auch mit den persönlichen Problemen der Marinehelferinnen befassen, für die sie verantwortlich war, mit ihrem Liebeskummer, ihren Urlaubsgesuchen, ihrem Heimweh, ihren Versetzungen. Die Tage, an denen sie häufig zwölf, manchmal sogar vierzehn Stunden arbeiten mußte, vergingen wie im Flug, und trotz der ständig präsenten Gefahr, den gelegentlichen Erschöpfungszuständen und der Tatsache, daß sie Jack vermißte, sich Sorgen um ihn machte und seinetwegen noch immer Schuldgefühle hatte, wünschte sie sich häufig, daß diese Zeit nie zu Ende gehen möge.

Und dann ging sie doch zu Ende.

Grace saß in der Küche und überlegte, welche Weihnachtslieder für das Krippenspiel wohl am geeignetsten wären – nicht zu schwierig für die Kleinen, nicht zu kindlich für die Großen –, als sie das Telefon klingeln hörte. Sie stand auf, um den Hörer abzunehmen, war schon halb den Flur hinuntergegangen, als das Klingeln aufhörte. Clifford, der sich monatelang mehr oder weniger vor dem Telefon versteckt hatte, ging mittlerweile sehr eifrig an den Apparat. Dies war nicht sehr hilfreich, da er beim Übermitteln von Botschaften sehr viel weniger zuverlässig war als Mrs. Boscombe.

Grace eilte in die Eingangshalle und bemerkte, wie Clifford den Hörer sehr langsam auf die Gabel zurücklegte. Er sah sie an, und seine Gesicht war kreidebleich; seine Augen wirkten wie dunkle, gespenstische Höhlen. Charles fiel ihr als erstes ein, und sie spürte, wie ihr die Knie weich wurden, unter ihr nachzugeben drohten; aber er bemerkte ihre Panik und sagte, wie immer liebevoll um sie besorgt: «Nein, es ist nicht Charles» und stand dann reglos da und starrte sei an.

«Wer war es denn, Clifford. Was ist los?»

«Es war Florence», sagte er. Er hatte Mühe, die Worte herauszubringen.

Grace merkte, wie ihr übel wurde. «Doch nicht Imogen?»

«Nein. Nein», sagte er. «Nicht Imogen, es geht ihr gut. Es geht um Jack. Clarissa hat in The Priory angerufen. Sein Flugzeug wurde abgeschossen. Es scheint, daß das Glück ihn jetzt doch verlassen hat.»

«O mein Gott», sagte Grace. «Ist er tot?»

«Nein. Jedenfalls noch nicht. Sehr schwer verletzt. Verbrannt. Das ist alles, war wir im Augenblick wissen. Der arme Junge. Der arme Junge.» Und er setzte sich auf den Stuhl und vergrub das Gesicht in seinen Händen.

Clarissa saß in ihrem Büro in Dartmouth und versuchte zu arbeiten. Es fiel ihr schwer, aber sie mußte sich an etwas festhalten, sich irgendwie ablenken. Sie war nicht nur zutiefst unglücklich und verstört, sondern auch voller Selbsthaß, der wie ein böser Geist von ihr Besitz ergriffen hatte. Die Erinnerung an das Vergnügen und den Spaß, den sie während der letzten Monate gehabt hatte, verstärkte ihre Schuldgefühle. Sie war schrecklich unfreundlich zu Jack gewesen, hatte ihn völlig im Stich gelassen, war, als er das letzte Mal Urlaub gehabt hatte, distanziert und zerstreut gewesen, und in der Nacht, bevor er nach Nordafrika gegangen war, war sie mit einem anderen Mann ausgegangen, hatte sich ferner in ihre Arbeit gestürzt und ihm nur wenige Briefe geschrieben. Und jetzt lag er schwer verletzt im Krankenhaus, würde möglicherweise sterben und mußte denken, sie liebte ihn nicht mehr. Sein Flugzeug war abgeschossen worden, und er hatte darin gesessen, sein Fallschirm war entweder nicht aufgegangen, oder er hatte den Bomber nicht rechtzeitig verlassen können; die Einzelheiten in dem Bericht, den sie von seinem Kommandeur erhalten hatten, waren ziemlich unklar. Aber er war irgendwie geborgen worden, und er atmete und lebte noch; er hatte sich verzweifelt an das Leben geklammert, und inzwischen gab es immerhin ein wenig Hoffnung.

Aber er war erheblich verletzt; sie mußte sich darauf einstellen. Wenn es ihm gut genug ginge, dann würde man ihn zurück nach England fliegen, ins Krankenhaus Addenbrooke's in der Nähe von Cambridge, und ihn dort gesundpflegen. Und dann würde sie ihm gegenübertreten müssen, ihrem armen, entstellten Mann, würde sich seine Verwundungen ansehen und versuchen müssen, ihm die Sicherheit zu vermitteln, daß sie ihn noch immer liebte.

Florence war über die traurige Nachricht zutiefst bestürzt gewesen. Sie mochte Jack gern und fühlte sich Clarissa sehr verbunden; sie hatte sie bisher noch nicht wiedergesehen, aber mit ihr telefoniert, und Clarissas wilder Schmerz hatte ihren eigenen Kummer noch verstärkt.

Florence legte schließlich, das Herz von Mitgefühl schwer, den Hörer auf und dachte an Giles und daran, wie er ihr Verhalten ihm gegenüber wohl aufgenommen haben mochte. Sie hatte ihm nie geschrieben, niemals versucht, ihm irgend etwas zu erklären, es war ihr sinnlos erschienen; jetzt, da sie dasaß, das Telefon anstarrte und ihr die gequälte Stimme Clarissas noch immer in den Ohren klang, dachte sie an Giles, wie furchtbar es wäre, wenn er gefallen wäre mit dem Gefühl, daß sie ihn nicht mehr liebte. Sie entschied, daß sie ihm schreiben und ihm alles erklären würde.

Als sie ins Frühstückszimmer ging, um Schreibpapier zu holen, ertappte sie Imogen dabei, wie sie eine von Muriels kostbaren Porzellanstatuen vom Regal riß und sie mit einem Ausdruck tiefer Befriedigung auf ihrem Gesichtchen gegen den Kamin schleuderte, wo sie mit lautem Geklirr in tausend Stücke zerschellte.

«Mutter, es tut mir leid. Was kann ich mehr dazu sagen?»

«Du könntest das Kind besser beaufsichtigen», sagte Muriel. «Es in seine Schranken weisen.»

«Sie ist in einem schwierigen Alter», sagte Florence matt.

«Florence, jedes Alter ist schwierig. Du scheinst diese Tatsache nicht begriffen zu haben. Ich versichere dir, daß zweiunddreißig, oder wie alt du augenblicklich bist, auch ein ziemlich schwieriges Alter zu sein scheint», fügte sie spitz hinzu.

«Und es ist nicht sehr vernünftig, wertvolle Porzellanstatuen herumstehen zu lassen, wenn ein kleines Kind im Hause ist.»

«Ich war immer der Meinung», sagte Muriel mit fester Stimme, «daß ein Kind sich an die Verhältnisse im Haus anpassen sollte, nicht umgekehrt. Was macht sie denn nun schon wieder, Florence, um Himmels willen, sie hat die Katze am Schwanz gepackt. Bitte greif sofort ein, oder ich werde es tun.»

An jenem Nachmittag stattete Florence Nanny Baines einen Besuch ab.

Nanny Baines war entzückt, daß man ihr das Problem Imogen anvertraute. Seit dem Tag, an dem Florence Imogen in ihr Elternhaus gebracht hatte, hatte sie auf jenen Anruf gewartet und mit Entsetzen zur Kenntnis genommen, daß Florence zunächst darauf bestanden hatte, ihr Kind selbst zu erziehen.

«Ich habe beschlossen, auch etwas beizutragen», sagte Florence jetzt. «Zu den Kriegsanstrengungen, meine ich. Sie berufen jetzt auch Frauen ein, und wenn ich selbst wegen Imogen auch nicht dazugehören möchte, habe ich doch das Gefühl, daß ich einen Beitrag leisten könnte.»

«Und was wollen Sie tun?» fragte Nanny Baines. «Sie wollen doch nicht zu den Marinehelferinnen gehen wie Mrs. Compton Brown? Denn ich glaube nicht –»

«Nein, Nanny, den Hilfsdiensten könnte ich mich nun wirklich nicht anschließen. Ich möchte Imogen keinesfalls so viel allein lassen. Nein, ich werde mir einen Job in einer Fabrik suchen.»

«In einer Fabrik!» rief Nanny Baines aus. Sie sagte nichts weiter, aber sie wunderte sich jetzt nicht mehr darüber, daß Imogen, bei einer Mutter, die bereit war, in einer Fabrik zu arbeiten, derart ungezogen war.

Allerdings erwies es sich als schwierig, Arbeit in einer Fabrik zu finden; die nächste war sehr weit entfernt, und die Busse fuhren mittlerweile sehr selten. Der Plan schien gänzlich undurchführbar. Florence war in Anbetracht dieser Schwierigkeiten den Tränen nahe. Es war Grace, die die Freiwilligen Helferinnen vorschlug. «Mrs. Lacey, meine Vorgesetzte bei den Landmädchen, sagt, sie brauchen noch immer dringend Mitglieder. Die Arbeit wird natürlich nicht bezahlt, aber das dürfte ja kein Problem sein, und du könntest dich dann auch besser um Imogen kümmern.»

Und so kam es, daß Florence sich in Westhorne bei den Freiwilligen Helferinnen bewarb, mit großer Begeisterung aufgenommen und sogleich für die Arbeit in der Kantine eingeteilt wurde.

Florence liebte ihren Job, die Atmosphäre von Fröhlichkeit und Kameradschaft, und es bereitete ihr großes Vergnügen, große Kessel voller Bohnen und graubraunem, faden Fisch zu erhitzen, riesige Mengen Brotscheiben mit Schmalz zu bestreichen und Dutzende von Bechern mit dunkelbraunem Tee zu füllen. Wenn sie nicht in der Kantine beschäftigt war, dann verbrachte sie sehr viel Zeit damit, «Bündel für England» zu packen, Kleiderpakete, vor allem mit Babysachen, die aus Amerika für die armen, ausgebombten Familien herübergeschickt worden waren, die nicht nur kein Heim mehr hatten, sondern auch sonst, außer dem, was sie am Leib trugen, nichts besaßen.

Aber zu ihren Lieblingsaufgaben gehörte es, einen der großen

Lieferwagen dorthin zu fahren, wo gerade ein Luftangriff stattgefunden hatte, und Hilfsgüter an die ausgebombten Familien zu verteilen. Dies konnte sehr gefährlich sein; die Wagen waren häufig zur Stelle, bevor der Angriff wirklich vorbei war, und man mußte so nahe wie möglich an die Gefahrenzone heranfahren. In einem der Wagen wurde Wasser transportiert, in einem anderen Kleidung, in einem Bettzeug, in einem Lebensmittel und in einem weiteren ein Ofen, und dann wartete man auf die Menschen, die nach Nahrung, Kleidung und Schutz suchten.

Jack wurde Anfang Dezember ins Krankenhaus Addenbrooke's überführt. Clarissa stieg voller Angst vor dem, was ihr bevorstehen mochte, in den Zug nach Cambridge. Vor ihrem geistigen Auge sah sie ihn von Kopf bis Fuß in Verbände eingewickelt, mit Infusionsschläuchen an jeder Körperöffnung, und erwartete, daß er sie wütend und voller Feindseligkeit empfangen und sie sogleich aus seinem Zimmer, aus seiner Nähe verbannen würde.

Sie trat nervös an den Rezeptionstisch des Krankenhauses und stellte sich unbewußt schon dort auf einen feindseligen Empfang ein. Eine hübsche junge Krankenschwester riet ihr, zunächst mit dem Militärarzt zu reden, bevor sie Jack aufsuchte.

«Er ist wunderbar, ihr Mann», sagte sie, «so tapfer und fröhlich. Wir finden ihn alle großartig.»

Der Arzt wirkte energisch und teilnahmsvoll zugleich.

«Er ist in mancherlei Hinsicht in sehr guter Verfassung. Er ist erstaunlich fit und war die ganze Zeit sehr tapfer. Er wird sich zweifellos wieder völlig erholen.»

Clarissa fiel ein Stein vom Herzen, und sie lächelte den Arzt an; eine derart positive Nachricht hatte sie nicht erwartet.

«Sie müssen sich aber dennoch darauf einstellen, daß Sie einen Schock bekommen werden. Sein Gesicht ist durch seine Verbrennungen sehr entstellt. Es wird Ihnen möglicherweise schwerfallen, das zu akzeptieren. Wichtig ist vor allem, daß Sie Ihre Gefühle für den Augenblick verbergen. Er hat noch viele Monate schmerzhafter Behandlung und mehrere Operationen vor sich und braucht von Ihnen alle erdenkliche Unterstützung. Es würde seine Genesung sehr behindern, wenn er den Verdacht hätte, Sie fänden sein Aussehen in irgendeiner Weise schockierend.»

«Weiß er denn nicht, wie er aussieht?» fragte Clarissa. «Er muß doch...»

Der Militärarzt sah sie einen Moment lang sehr aufmerksam an, dann sagte er sehr sanft: «Mrs. Compton Brown, den Patienten hier wird nicht erlaubt, einen Spiegel zu besitzen.»

Clarissa ging mit zögernden Schritten in das Zimmer, in dem Jacks Bett stand. Er lag auf Kissen gestützt da; seine beiden Arme steckten in dicken Verbänden. Eines seiner Beine hing in einer Schlaufe.

«Liebling», sagte er, und seine Stimme klang erstaunlich energisch, «Clarissa, mein Schatz. Bist du's wirklich?»

Zwei dicke Tränen rannen ihm die Wangen hinunter. Clarissa trat an sein Bett, lächelte ihm in die Augen, beugte sich vor und küßte ihn auf die Stirn.

«Ja, ich bin's», sagte sie, «Und ich liebe dich.»

«O mein Liebling, ich kann es gar nicht glauben, daß du tatsächlich hier bist. Erst habe ich von dir geträumt, dann habe ich gebetet, daß du kommen mögest. Ich hatte auf ein Wunder gehofft, darauf, daß du zu mir kommen und mir alles erträglicher machen würdest.»

«Das hätte ich auch getan», flüsterte sie, «wenn sie es erlaubt hätten. Ich hätte es bestimmt getan.»

«Ich weiß», sagte er und lächelte. Offensichtlich erschöpft, schloß er eine Weile lang die Augen. Dann sagte er: «Manchmal, wenn es sehr schlimm war, hatte ich das Gefühl, daß du in meiner Nähe warst. Ich sah dich dort stehen, in deiner wunderbaren Schönheit. Dann konnte mir nichts etwas ausmachen, weder die Schmerzen noch alles andere, was so schrecklich war. Ich streckte, wenn sie meine Verbände wechselten oder etwas anderes Unangenehmes taten, die Arme nach dir aus und sagte: ‹Halt mich fest›, weil ich wußte, zusammen mit dir wäre ich fähig, es zu ertragen, und du reichtest mir die Hand, aber bevor ich sie ergreifen konnte, warst du fortgegangen.»

Clarissa senkte den Kopf; auf ihre Hände fielen Tränen. Sie schluckte mühsam. «Typisch ich», sagte sie leichthin, «nie da, wenn ich gebraucht werde.»

«Du bist immer da, wenn du gebraucht wirst. Wenn du es irgendwie ermöglichen kannst.» Er berührte mit seiner verbundenen Hand sanft ihre Wange, der Verband fühlte sich rauh an. Sie zwang sich, seine Hand umzudrehen und sie zu küssen.

Während er ein wenig schlummerte, saß sie an seinem Bett. Später wachte er auf; er war müde, gereizt und stieß die Schnabeltasse von sich, als sie versuchte, ihm eine Suppe einzuflößen. Er durfte augenblicklich nur flüssige Nahrung zu sich nehmen.

«Sie sollten jetzt lieber gehen», sagte die Stationsschwester. «Es ist nicht gut für ihn, wenn er sich zu sehr anstrengt. Aber es geht ihm schon viel besser als vor zwei Tagen, als er ankam. Er ist ein Kämpfer.»

«Ich weiß», sagte Clarissa.

Jack klammerte sich an sie. «Verlaß mich nicht, Liebling. Ich habe solche Angst, dich erneut zu verlieren.»

«Ich verlasse dich nicht», sagte Clarissa, «und ich komme morgen wieder. Mach dir keine Sorgen, Darling. Ich verspreche es dir.»

Und dann mußte sie es aussprechen, mußte es erklären. Sie atmete tief ein und sagte: «Jack, in der Nacht, bevor du abkommandiert wurdest, gab es einen Luftangriff, ich war in einem Schutzraum. Ich könnte es nicht ertragen, wenn du dächtest –»

«O Clarissa», sagte er, und sein Blick hing in verzweifelter Liebe an ihr, «ich wußte, daß es einen guten Grund, eine Erklärung dafür gibt. Ich war ein wenig ärgerlich, das war alles. Du weißt, wie schrecklich leicht ich mich ärgere.»

«Ja», sagte Clarissa und lächelte ihn erneut durch ihre Tränen hindurch an, «ja, Jack. Ich weiß.»

«Du verstehst es nicht», sagte sie, während sie von der lauten, kalten Hotelhalle aus mit Florence telefonierte, und in ihrer Stimme klang tiefer Schmerz mit, «du verstehst es nicht, Florence, es ist furchtbar, ganz schrecklich, ich weiß nicht, wie wir es ertragen sollen. Es ist sein Gesicht, sein schönes Gesicht, er weiß es noch nicht, er ist sich dessen nicht bewußt, es ist einfach nicht mehr da, Florence, es ist kaum noch etwas davon übrig. Es ist alles verbrannt.»

Am nächsten Tag unterhielt sich der Militärarzt länger mit Clarissa.

«Es tut mir leid, Sie nicht besser darauf vorbereitet zu haben», sagte er, «aber es gibt so wenig, was man dazu sagen kann. Es ist trotz allem ein schrecklicher Schock.»

«Ja, es ist entsetzlich», sagte Clarissa. «Ich weiß, wenn er es sähe, dann würde er es vorziehen, tot zu sein.»

«Mrs. Compton Brown, Sie wären überrascht, wenn Sie wüßten, wie häufig die Menschen es *nicht* vorziehen, tot zu sein. Und Ihr Mann ist ein Kämpfer. Wenn er es nicht wäre, dann hätte er das alles ohnehin nicht durchgestanden. Er ist ein tapferer und durch und durch realistischer Mann. Er wird es schaffen.»

«Wozu?» entgegnete Clarissa. «Sagen Sie mir, wozu er es schaffen soll? Ein Leben, in dem jeder ihn abstoßend findet. Er wird nicht einmal fähig sein, vor die Tür zu gehen, ohne daß die Menschen ihn anstarren, ihm ständig ausweichen.»

Sie war gereizt, schrecklich wütend auf den Arzt, da es niemanden gab, auf den sie sonst wütend sein konnte; sie mußte sich sehr zurückhalten, ihn nicht ins Gesicht zu schlagen.

Er war offensichtlich an eine solche Reaktion gewöhnt. «Nicht abstoßend, Mrs. Compton Brown. Ich glaube, das ist ein wenig übertrieben.»

«Das glaube ich nicht», sagte Clarissa. «Mein Mann sah immer extrem gut aus. Jetzt wirkt er abstoßend. Wie kann er überhaupt arbeiten mit einem solchen Gesicht?»

«Was hat er vor dem Krieg gemacht?»

«Er war Börsenmakler.»

«Nun, ich glaube nicht, daß gutes Aussehen eine Voraussetzung für die Arbeit an der Börse ist.»

«Nein», sagte Clarissa, «das ist es nicht. Nicht direkt. Aber wer möchte schon einem Mann am Schreibtisch gegenübersitzen, von dem er den Blick abwenden muß?»

«Mrs. Compton Brown», sagte der Militärarzt, «ich frage mich, ob Sie da nicht vielleicht ein schlimmes Vorurteil hegen gegen die Menschen, von denen Sie behaupten, sie würden Ihren Mann abstoßend finden. Ich denke doch, daß wir alle sehr viel differenziertere Gefühle haben, oder nicht? Ihr Mann wurde bei der Verteidigung seines Landes verwundet. Er war sehr tapfer und hat eine Auszeichnung erhalten. Können Sie nicht darauf vertrauen, daß die Menschen ihm dafür den nötigen Respekt zollen?»

«Major Norris», sagte Clarissa, «ich bin eine durch und durch realistische Frau. Ich glaube, Sie leben in einem Paradies der Narren. Die Leute werden sich nicht länger als ungefähr sechs Monate lang daran erinnern, daß mein Mann verwundet wurde, wie Sie es formulieren, oder vielmehr verstümmelt, wie ich es nenne, während er sein Land verteidigte. Danach... tja, ich weiß es nicht. Hören Sie, ich liebe ihn, sehr sogar. Und ich selbst finde ihn abstoßend. Vermutlich sind Sie jetzt entsetzt, aber ich versuche nur, ehrlich zu sein. Ich möchte ihm helfen, aber ich weiß nicht wie.»

Major Norris sah sie eine Weile lang schweigend an. Dann sagte er: «Ich kann verstehen, wie Sie sich fühlen. Ich weiß, was für ein schrecklicher Schock es für Sie war. Und ich finde Ihre Ehrlichkeit sehr mutig. Aber ich glaube dennoch, daß die Dinge nicht so schlimm sind, wie Sie denken. Außerdem können wir noch sehr viel tun. Wir schicken viele dieser Männer zu Archibald MacIndoe. Sie haben vermutlich von ihm gehört?»

«Nein», sagte Clarissa.

«Er ist Facharzt für kosmetische Chirurgie. Ein hervorragender Mann. Es ist ihm gelungen, Gesichter gänzlich neu aufzubauen.»

Hoffnung durchzuckte Clarissa wie ein Blitzstrahl. «Sie meinen, er könnte tatsächlich Jacks Gesicht wiederherstellen? So wie es war?»

«O nein», sagte Major Norris. «Ich möchte keine falschen Hoffnungen bei Ihnen wecken. Er könnte das, was Sie eben gesehen haben, erheblich verbessern. Aber natürlich gibt es nichts, wodurch das Gesicht Ihres Mannes wieder so hergestellt werden könnte, wie es einmal war.»

Clarissa hatte das Gefühl, als lebe sie in einem entsetzlichen Alptraum; sie besuchte Jack täglich, lächelte ihn an, tat so, als wäre alles in bester Ordnung, zwang sich, ihn zu küssen, ihm zu sagen, daß sie ihn liebte, während sie jedes Mal, wenn sie sein Gesicht mit seinen schrecklichen Entstellungen betrachtete, eine heftige körperliche Übelkeit empfand. Sie hoffte ständig, daß sie sich daran gewöhnen und daß es ihr immer weniger ausmachen würde, und am Ende eines jeden Tages begann sie, es zumindest ein wenig mehr zu akzeptieren. Aber dann, am nächsten Morgen, wenn sie erneut damit konfrontiert wurde, war der Ekel wieder so stark wie zuvor. Sie schämte sich ihrer Gefühle; offensichtlich war sie schrecklich oberflächlich, wankelmütig und frivol. Sie war sicher, daß Grace ganz anders reagiert hätte, wenn Charles dergleichen zugestoßen wäre, und sogar Florence; sie hätten beide durch das physische Bild des Schreckens hindurch auf das geblickt, was wirklich entscheidend war: auf den Menschen, der sich dahinter verbarg.

Am dritten Tag lächelte Jack sie plötzlich an und sagte: «Liebling, es bringt mich ganz durcheinander, daß du hier bei mir bist.»

«Was in aller Welt meinst du damit?» fragte sie leichthin.

«Ich meine, ich sehne mich nach dir. Ich begehre dich. Meine Sinne scheinen nicht im geringsten beeinträchtigt zu sein. Ich hatte gestern abend eine gewaltige Erektion, als ich an dich dachte und daran, wie du aussahst und so wunderbar duftetest, als du in mein Zimmer kamst. Es war in gewisser Weise recht beruhigend. Ich frage mich, ob wir vielleicht –»

«O Liebling, das geht nicht. Wirklich nicht», entgegnete Clarissa rasch. «Die Schwester kann jeden Moment hereinkommen. Und was ist mit den Infusionsschläuchen und den Verbänden?»

Sie mußte sich für einen Moment entschuldigen, sich in den Garten des Krankenhauses setzen und eine Zigarette rauchen. Die Vorstellung, neben Jack im Bett zu liegen, sich von ihm küssen, lieben zu lassen, erschreckte sie so sehr, erfüllte sie mit einem so verzweifelten Widerwillen, daß sie am liebsten fortgelaufen wäre. Und das Schlimmste war natürlich, daß sie sich in all ihrem Unglück so einsam fühlte. Wie konnte sie irgend jemandem sagen, daß sie den Mann, den sie angeblich so sehr liebte, jetzt nur noch abstoßend fand?

Sie kehrte mit einem Gefühl der Erleichterung nach Dartmouth zurück. Dankbar stürzte sie sich wieder in ihre Pflichten, arbeitete bewußt bis zur Erschöpfung, übernahm zusätzliche Aufgaben und Projekte, so daß sie, wenn sie schließlich todmüde ins Bett fiel, wenigstens für ein paar Stunden in den Schlaf flüchten konnte. Aber selbst dann kam sie nicht zur Ruhe; Jacks Gesicht verfolgte sie. Aber selbst das war besser als der andere Alptraum, derjenige, aus dem sie nie mehr aufwachen würde.

Als sie sich am ersten Morgen nach ihrer Rückkehr wieder an ihren Schreibtisch gesetzt hatte, schaute May kurz bei ihr vorbei.

«Schön, daß du wieder da bist, Gräfin. Gestern abend hat jemand nach dir gefragt. Ein gutaussehender Typ namens Henry. Korvettenkapitän Giles Henry, um es genau zu sagen. Er ist gestern hier angekommen. Er behauptet, ihr hättet euch nie getroffen, aber du wüßtest, wer er ist. Wenn du keine Zeit hast, dich um ihn zu kümmern, dann würde ich liebend gern für dich einspringen.»

«Ach du großer Gott», sagte Clarissa. «Weißt du was, May, wir können ihn uns ja teilen.»

«Wenn du ihn erst einmal gesehen hast», sagte May, «dann wirst du ihn bestimmt mit niemandem mehr teilen wollen. Dafür kenne ich dich viel zu gut, Gräfin.»

Es hatte so bezaubernd begonnen: Sie hatte im Offizierskasino angerufen und für Korvettenkapitän Henry eine Nachricht hinterlassen, und er hatte sie für den nächsten Abend auf einen Drink eingeladen.

Und sie war in die Bar gekommen, noch immer erschöpft, noch immer schockiert von der Woche, die sie an Jacks Bett verbracht hatte, und hatte ihn angesehen, und er hatte sie angesehen, und das hatte genügt. Es war nicht Liebe, natürlich keine Liebe, aber eine tiefe gegenseitige Anziehung, die Erkenntnis, daß der andere ganz genau das hatte, was man sich ersehnte, und das Gefühl, daß die Umstände und ihre augenblickliche seelische Verfassung es zuließen, es dem anderen bereitwillig zu schenken, es miteinander zu teilen und zu genießen.

Sie hatten es natürlich eine Weile lang unausgesprochen gelassen, so getan, als ginge es nur um höfliche, freundliche Geselligkeit und darum, einander die Einsamkeit ein wenig zu vertreiben. Sie saßen im Kasino und unterhielten sich: darüber, welch ein glücklicher Zufall sie hier zusammengeführt hatte, was sie erlebt hatten und wie sie sich ihre Zukunft vorstellten. Sie sprachen über Florence und über Jack. Warum schaute sie diesen Mann überhaupt an, begehrte ihn und machte dadurch das Schreckliche für Jack sogar noch schrecklicher? fragte sich Clarissa. Aber er sah wirklich gut aus, ganz ungewöhnlich gut. Er war blond, dunkeläugig und hatte eine tiefe, melodische Stimme und geschmeidige, lässige Bewegungen.

«Wissen Sie», sagte sie, während der dritte Cocktail bewirkte, daß sie sich auf gefährliche Weise selbstsicher und entspannt fühlte, «wir könnten fast Bruder und Schwester sein.»

«Wirklich?» sagte er. «Was für eine interessante Vorstellung.»

«Mein Gott, das klingt so, als hielten Sie das für ein Unglück», erwiderte Clarissa und begann zu lachen. «Ich meinte damit nur, daß wir uns ziemlich ähnlich sehen.»

«Ja, das tun wir», sagte Giles und sah ihr tief in die Augen. Dann lächelte er. «Aber bei Ihnen sieht es besser aus als bei mir.»

«Unsinn», sagte Clarissa, «Sie sehen toll aus, finde ich.»

Plötzlich kam ihr der Gedanke, wie überraschend es doch war, daß Florence die Aufmerksamkeit eines solchen Mannes auf sich gezogen hatte. Mit ihrem dunklen Haar, ihrer blassen Haut und ihrem großen, leicht geöffneten Mund war sie natürlich attraktiv; sie hatte einen wunderbaren Körper und eine ein wenig steife Eleganz, aber niemand hätte sie hübsch nennen können, und mit ihrer brüsken Direktheit war sie auch nicht im üblichen Sinn charmant.

Der Gedanke streifte sie nur ganz kurz; dann verdrängte sie ihn entschlossen. «Sie liebt Sie so sehr, wissen Sie», sagte Clarissa mit fester Stimme, als wollte sie eindeutig klarstellen, daß sie keinerlei Interesse an ihm hatte.

«Ich fürchte, das ist nicht der Fall», entgegnete er, und in seiner

Stimme lag eine tiefe Traurigkeit. «Ich fürchte, sie hat mich ziemlich unwiderruflich aus ihrem Leben hinausgeworfen. Und ziemlich grausam. Ja, so ist es wohl. Sie wissen wahrscheinlich darüber Bescheid.»

«Ja, allerdings», sagte Clarissa. «Ich meine, ich weiß, was sie getan hat. Daß sie Sie an jenem Tag versetzt hat. Es muß schrecklich für Sie gewesen sein, aber –»

«Es *war* schrecklich», sagte er. «Ich habe noch nie etwas so Schreckliches erlebt. Aber… warten Sie, ich hole Ihnen noch einen Drink. Oder haben Sie es eilig?»

Clarissa schüttelte ein wenig matt den Kopf. «Nein. Nun ja, wir haben noch mindestens eine halbe Stunde.»

Während er an der Bar wartete, betrachtete sie seine große, schlanke Gestalt, bemerkte, wie er den Kopf zu ihr umwandte und sie, um sich für die Verzögerung zu entschuldigen, anlächelte, und faßte den Entschluß, ihm, wenn er wieder zu ihr zurückkäme, zu erklären, warum Florence sich an jenem Tag so verhalten hatte. Sie mußte es tun. Bevor die Sache noch weiter ging.

«Hören Sie», sagte sie, als er sich wieder neben sie setzte, und sie bemerkte selbst den drängenden Unterton in ihrer Stimme, als wollte sie sich vor etwas schützen. «Hören Sie, es gibt da etwas, was Sie über Florence wissen müssen. Etwas Wichtiges. Sie konnte sich an jenem Tag nicht mit Ihnen treffen. Es war ihr wirklich nicht möglich. Imogen war krank, sehr krank, sie war im Krankenhaus, aber inzwischen geht es ihr wieder gut, und Florence konnte Sie nicht erreichen, um es Ihnen mitzuteilen. Es war unmöglich.»

«Oh», sagte Giles. Er schwieg eine Weile lang, während er dies in sich aufnahm, dann sagte er: «Sie glauben also, daß sie mich noch immer liebt? Wirklich?»

«Ja», sagte Clarissa mit fester Stimme, «ganz bestimmt. Ich bin sicher, daß sie das tut.»

Gut. Damit hatte sie wohl ihr Ziel erreicht. Jetzt würde sich alles aufklären und zum Guten wenden. Aber ganz so einfach schien die Sache doch nicht zu sein.

«Ich kann das nicht akzeptieren», entgegnete er. «So ganz genügt mir das nicht. Natürlich konnte sie an jenem Tag nicht kommen, wenn Imogen so krank war. Aber sie hätte mir doch hinterher schreiben und alles erklären können, wir hätten einen anderen Zeitpunkt ausgemacht. Aber alles, was von ihrer Seite kam, war Schweigen. Ein entsetzliches Schweigen.»

Clarissa sah ihn an. «Giles», sagte sie unter Aufbietung all ihrer Willenskraft, «Florence hat eine schlimme Zeit durchgemacht, wissen Sie. Ihre Ehe ist einfach furchtbar. Ich bin völlig sicher, sie liebt Sie. Warum schreiben Sie ihr nicht? Oder rufen sie an?»

Na also: Mehr konnte sie nun wirklich nicht tun.

«Nein», entgegnete er, «nein, das kann ich nicht. Ich will es nicht. Ich würde die ganze Sache lieber vergessen. Ich fange gerade an, darüber hinwegzukommen. Im übrigen *habe* ich ihr geschrieben. Sie hat noch nicht einmal geantwortet, was mich nur noch unglücklicher macht. Reden wir doch über etwas anderes – über Sie. Sie und Ihren Jack.»

«Tja, das macht nun wiederum *mich* unglücklich», entgegnete Clarissa leichthin, «warum reden wir also nicht über etwas ganz anderes? Beispielsweise über Ihr Leben vor dem Krieg. Ich liebe diese Erzählungen. Theater, Proben, Premieren ...»

«Hafenanlagen, niedrige Gagen, Matineen für alte Damen», sagte Giles lachend. «Gut. Ich werde Ihnen mal einen Einblick verschaffen. Wie wär's, wenn wir zusammen zu Abend essen?»

Clarissa zögerte. «Nicht heute abend. Tut mir leid.»

«Morgen? Am Donnerstag?»

«Donnerstag paßt mir sehr gut.»

Sie hatte den Kampf bereits verloren.

Jack hatte sein Gesicht gesehen. Er war in einem Zustand tiefster Verzweiflung. Und da war noch etwas anderes. Etwas Häßliches, sehr viel Schlimmeres.

«Es ist der Schock», sagte der Arzt zu Clarissa. Sie war für zwei Tage nach Cambridge hinaufgefahren. «Ein schwerer Schock. Es war entsetzlich für ihn. Er hat sehr schlecht darauf reagiert. Versuchen Sie, ein bißchen geduldig mit ihm zu sein.»

Sie versuchte es. Es war sehr schwierig. Er war abwechselnd wütend und feindselig und dann wieder erfüllt von maßlosem Selbstmitleid.

«Wenn du mich verläßt», sagte er und umklammerte ihre Hand, während ihm die Tränen die Wangen hinunterliefen, «dann werde ich sterben. Ich werde mich umbringen. Es scheint mir die einfachste Lösung zu sein. Bitte, bitte, Clarissa, verlaß mich nicht.»

«Natürlich verlasse ich dich nicht», entgegnete sie und versuchte zu lächeln, ihn zu beschwichtigen. Sie hob seine Hand an ihre Lippen und küßte sie. «Nie. Niemals.»

«Küß mich», sagte er plötzlich, «küß mich. Los doch. Auf den Mund.»

«Jack, ich...» Sie bemühte sich; sie warf einen Blick auf seine Lippen, diese seltsamen, eingezogenen Lippen, versuchte, auch den Rest seines Gesichts anzusehen, und schluckte heftig.

«Los doch», sagte er, «küß mich!»

«Jack, ich...»

Ihr sank der Mut. Plötzlich sprang er auf, wandte ihr den Rücken zu, ging hinüber zur Ecke des Zimmers und blieb dort mit abgewandtem Gesicht stehen. «Ich widere dich an, nicht wahr?» sagte er sehr leise. «Du findest mich abstoßend. Tja, das überrascht mich nicht. Ich finde mich selbst auch abstoßend.»

«Jack, mein Liebling...»

«Sag dieses Wort nicht», zischte er und wandte sich ihr mit wildem Blick zu. «Du kannst es mit Worten nicht wieder in Ordnung bringen, Clarissa. Du fühlst dich angewidert; so ist es eben. Hau ab, fahr zurück nach Dartmouth. Ich will dich hier nicht haben. Raus mit dir! Los, raus mit dir! »

Er schrie und zitterte; sie saß hilflos da und wußte nicht, was sie tun sollte.

«Raus mit dir!» brüllte er in einem gewaltigen Zornesausbruch. «Komm mir nicht in die Nähe!»

Sie verließ das Zimmer, fuhr in ihr Hotel zurück, lag dort fast die ganze Nacht lang wach und versuchte, sich mit dem schrecklichen Alptraum, der jetzt ihr Leben war, auf irgendeine Weise abzufinden. Am nächsten Tag kehrte sie ins Krankenhaus zurück; er weigerte sich, sie zu sehen.

Sie fuhr in einem Zustand tiefster Verzweiflung nach Dartmouth zurück; am nächsten Abend ging sie mit Giles Henry ins Bett.

Sie hatte es natürlich nicht beabsichtigt; sie hatte nur mit ihm reden, sich von ihrem Kummer entlasten wollen.

«Du Arme. Du liebes, armes Kind», sagte er sanft, streckte die Hand aus und berührte ihre Wange. Sie hatten die Stadt verlassen und waren nach Warfleet hinaufgewandert. Es war eine klare Vollmondnacht; die kalte Luft ließ die Sterne heller als sonst erstrahlen.

«O Giles, es ist so entsetzlich. Was soll ich nur machen?»

Ihre Tränen begannen ihre Wangen hinunterzurollen; sie wischte sie ungeduldig weg. Er streckte die Hand aus, tupfte mit einem Finger eine Träne ab und strich sie ihr wieder auf die Haut. Dann neigte er den Kopf zu ihr hinab und küßte sie.

Clarissa war Hunderte von Malen von Dutzenden von Männern geküßt worden, aber nie hatte ein Kuß sie so tief berührt. Denn es lag nicht nur Leidenschaft darin, nicht nur Zärtlichkeit, sondern auch Wärme, Mitgefühl und ein tiefes Verständnis. Sie reagiert sehr langsam; zunächst empfand sie Erleichterung, dann Glück und schließlich ein drängendes, wildes, verzweifeltes Verlangen. Und dann gab es nur noch eins, was zählte: Sie begehrte ihn. Sie vergaß weder Florence, noch hörte sie auf, an Jack zu denken; sie schob sie einfach beide beiseite. Es war Giles, den sie begehrte, Giles mit seinem schönen Gesicht und seinem geschmeidigen Körper; und er begehrte sie, und alles schien so einfach zu sein.

«Es gibt einen Platz, wo wir hingehen könnten», sagte sie sehr ruhig, da sie in seinen Augen sah, daß auch für ihn der richtige Augenblick gekommen war. «Eine kleine Hütte in der Bucht. Wir benutzen sie immer im Sommer, wenn wir uns zum Baden umziehen. Es wird dort ziemlich kalt sein, aber –»

«Wir können einander wärmen», sagte er und sah ihr zärtlich in die Augen.

«Ich werde Giles schreiben», sagte Florence. «Ich habe mich endgültig dazu entschlossen.»

Sie saß mit Grace im Garten des Mill House und betrachtete voller Verzückung Imogen, die an ihren kleinen Ärmchen von Daniel und David hin- und hergeschaukelt wurde. «Die beiden Jungen lieben sie wirklich sehr, nicht wahr?»

«Gewiß», sagte Grace mechanisch. «Äh... was willst du Giles denn mitteilen? Daß du deine Meinung geändert hast?»

«Nein, natürlich nicht», sagte Florence, «weil es nicht der Fall ist.»

«Und warum willst du ihm dann überhaupt schreiben?» fragte Grace ein wenig gereizt. «Unter den Umständen kommt es mir nicht besonders sinnvoll vor.»

«Natürlich ist es sinnvoll», sagte Florence gleichermaßen gereizt. «Du scheinst solche Dinge einfach nicht zu verstehen, Grace. Es geht darum, daß er nicht weiß, warum ich damals nicht gekommen bin. Er denkt noch immer, ich hätte ihn einfach versetzt. Und ich habe auch seinen Brief ignoriert.»

«Und warum hast du das getan?», fragte Grace. «Ich verstehe es tatsächlich nicht, Florence.»

«Ich dachte, es wäre so am besten», sagte Florence. «Ich dachte, wenn er wüßte, daß ich ihn noch immer liebe, daß ich ihn nur fallenließ wegen ... nun ja, wegen Imogen ... dann würde er immer weiter versuchen, mich zu überreden. Und das könnte ich nicht ertragen.»

«Aber warum hast du ihn wegen Imogen fallengelassen?»

«Versprich mir, daß du nicht lachst, wenn ich es dir sage.»

«Das würde ich niemals wagen», sagte Grace.

«Ich ... nun ja, ich habe Gott ein Versprechen gegeben. Ich habe ihm versprochen, wenn er Imogen am Leben ließe, dann würde ich Giles für immer aufgeben. Und er hat Imogen gerettet. Also hatte ich überhaupt keine Wahl, verstehst du?»

«Ja», sagte Grace. Der kompromißlose Mut, den Florence bei diesem einfachen, ein wenig primitiven Handel an den Tag gelegt hatte, beeindruckte sie; sie hatte noch nie so viel Sympathie für Florence empfunden wie in diesem Augenblick. «Ja, das verstehe ich natürlich.»

«Aber in letzter Zeit dachte ich, daß ich ihm schreiben und ihm wenigstens mitteilen sollte, daß ich ihn noch immer liebe. Ihm das zu sagen bedeutet nicht, daß ich mein Versprechen breche. Oder was meinst du?»

«Nein», sagte Grace, «das glaube ich auch nicht.»

Sie hatten nur zwei Wochen; für Clarissa war es eine Zeit, die sie niemals vergessen würde. Ihre Gefühle schwankten zwischen übermütiger Freude und Niedergeschlagenheit, Lachen und Selbstanklage, Vorsicht und Tollkühnheit hin und her. Sie und Giles liebten sich an verschiedenen, völlig unpassenden Plätzen – im Bootshaus, in den eiskalten Wäldern, in ihrem Büro –, und die Angst vor einer Entdekkung verlieh ihrer Lust eine zusätzliche, süße Intensität. May wußte es natürlich; sie hatte es, so sagte sie, von dem Augenblick an gewußt, als sie Giles Henry zum ersten Mal gesehen hatte.

Während die Tage verstrichen und sie einander immer mehr kennenlernten, gefiel ihnen das, was sie einander zu geben hatten, immer besser. Sie machten sich keine Illusionen über Liebe oder eine feste Bindung; es ging ihnen ganz allein um ihre Lust – eine reine, unkomplizierte, egoistische Lust. Sobald Giles' Schiff den Hafen verlassen hätte, wäre alles vorbei. Es würde keine Versprechen, keine Vereinbarungen, keine Pläne geben; sie brauchten sich, so erklärte Giles mit fester Stimme, niemals wiederzusehen.

«Dies war ein einziges Freudenfest», sagte er an ihrem vorletzten Abend, «und ich werde es nie vergessen.»

«Ich auch nicht», erwiderte Clarissa nüchtern. «Ich danke dir von ganzem Herzen dafür. Du hast mir geholfen, die schlimmste Zeit in meinem ganzen Leben zu überstehen. Gott allein weiß, wie ich die kommende Zeit überstehen werde. Aber jetzt habe ich das Gefühl, daß ich es kann. Trotz meiner Schuldgefühle.»

«Ja», sagte Giles. «Wenigstens habe *ich* keine Schuldgefühle.»

Am nächsten Morgen quälten ihn seine Schuldgefühle mehr denn je zuvor.

«Warum?» fragte Giles mit traurigem Blick und heiserer Stimme. «Warum hat sie mir nicht schon früher geschrieben? Ich verstehe es nicht.»

«Gibt sie keinen Grund dafür an?» fragte Clarissa, deren eigene Schuldgefühle durch die Nachricht von Florence' Brief verstärkt wurden, in dem sie Giles mitteilte, daß sie ihn noch immer liebe und ihn um Verzeihung bitte.

«Mich um Verzeihung bitten?» stieß er hervor und strich sich mit einer heftigen Handbewegung das Haar aus dem Gesicht. «Wie kann ich sie jemals darum bitten, mir das, was zwischen uns beiden geschehen ist, zu verzeihen?»

«Jetzt hör mir mal gut zu, Giles», sagte Clarissa mit fester Stimme. «Du wirst Florence nicht um Verzeihung bitten, da sie nicht zu wissen braucht, daß es irgend etwas zu verzeihen gibt.»

«Das verstehst du nicht», sagte er, «sie ist so ehrlich, so direkt, ich könnte es nicht ertragen, wenn eine solche Lüge zwischen uns stünde.»

«Um Himmels willen», entgegnete Clarissa ungeduldig, «was für eine Lüge denn? Was macht es denn überhaupt für einen Unterschied, solange sie es nicht weiß? Was wir hatten, war ein wunderbares Abenteuer. Es hat uns beiden unglaublich geholfen, und morgen wird es nichts weiter sein als eine schöne Erinnerung. Zwei von uns wurden dadurch sehr viel glücklicher. Nun mach um alles in der Welt nicht vier von uns *unglücklich.*»

«Aber du hattest genauso Schuldgefühle wie ich», sagte Giles und sah sie vorwurfsvoll an.

«Natürlich hatte ich die. Und habe sie immer noch. Und außerdem schäme ich mich entsetzlich. Aber wenn wir darüber reden, werden wir die Sache nur noch schlimmer machen. Also, was meinst du, Giles, werden wir unseren letzten Abend zusammen verbringen oder lieber nicht?»

«Tja», sagte Giles, «inzwischen gibt es kein Zurück mehr, nicht wahr? Und ich bin in der Tat unglaublich glücklich. Sie liebt mich noch immer. Und ich werde sie zurückbekommen.»

«Gut», sagte Clarissa und stellte erstaunt fest, daß sie nicht die geringste Eifersucht empfand.

Ihr letzter gemeinsamer Abend war in der Tat erinnerungswürdig.

Clarissa weinte, als sie zusah, wie die *Vigour* aus dem Dart hinausglitt, und sie schickte ein kleines Gebet zum Himmel, nicht nur für seine Sicherheit, sondern daß er es schaffen möge, über ihre gemeinsame Zeit Schweigen zu bewahren, ob er nun Florence zurückgewann oder nicht.

Dann ging sie mit sicheren Schritten zurück in die Stadt und in ihr kleines Büro und wußte, daß es Zeit war, zu ihrem wirklichen Leben zurückzukehren und erneut zu versuchen, den tiefen Abgrund zu überqueren, der sich zwischen ihr und ihrem Mann aufgetan hatte, den sie, wie sie sich bewußt geworden war, noch immer sehr liebte.

«David, ich weiß, daß du keine Lust hast, den Joseph zu spielen, aber ich bin wirklich in der Klemme», sagte Grace. «Herbert Goss hat sich das Bein gebrochen, und es gibt niemanden, der so schnell für ihn einspringen kann. Die Aufführung soll in zehn Tagen stattfinden, und du kennst die Rolle ganz genau. Bitte, David, jetzt sei doch nicht so widerspenstig.»

«Warum kann Herbert denn nicht mit seinen Krücken spielen?» fragte David. «Joseph könnte sich doch auf dem Weg nach Bethlehem das Bein gebrochen haben, als er vom Esel fiel oder so.»

«David, wir können jetzt nicht anfangen, die Weihnachtsgeschichte umzuschreiben», sagte Grace. «Und außerdem wird der arme Herbert bis dahin noch nicht einmal wieder in der Schule sein, denn der Bruch ist ziemlich kompliziert.»

«Und was ist mit Daniel? Er kennt die Rolle genauso gut wie ich.»

«Ich will nicht», sagte Daniel.

«Daniel ist zu klein, sehr viel kleiner als Gwen. Joseph kann doch nicht fünfzehn Zentimeter kleiner sein als Maria.»

«Dann sucht euch doch eine andere Maria. Gwen kann sowieso nicht singen.»

«David, das stimmt einfach nicht. Gwen hat eine sehr schöne Stimme. Ich weiß, du glaubst, ich hätte lieber Eva die Rolle geben sollen» – David lief rot an – «aber sie hat die Maria schon im letzen Jahr gespielt und es wäre einfach nicht fair.»

«Warum denn eigentlich nicht?» widersprach David.

«David, bitte! Es reicht mir jetzt.» Grace verlor nicht oft die Geduld, aber sie war sehr müde, und sie hatte seit einigen Wochen weder von Charles noch von Ben gehört. Die Schlacht von El Alamein, der entscheidende Teil des Feldzugs an der Westfront, war gewonnen. Aber es hatte, wie sie wußte, sehr viele Verletzte und Tote gegeben; ihr gesunder Menschenverstand sagte ihr, daß man sie benachrichtigt hätte, wenn einer von beiden gefallen wäre, aber da sie keinerlei Informationen hatte, machte sie sich ständig Sorgen. «Also, du spielt den Joseph – und damit basta! Da ist der Postbote; geh und hol schnell die Briefe, bevor Charlotte es tut.»

«Ich hole sie», sagte Daniel. Er kam mit einem Brief zurück, der den Stempel der Armee trug.

«Er ist von meinem Dad», sagte er.

Grace riß ihm den Brief aus der Hand, überflog ihn und las ihn dann noch einmal Wort für Wort durch; dann ließ sie sich auf einen Stuhl fallen.

«Du bist so blaß geworden», sagte David. «Geht es Dad nicht gut?»

«Doch», sagte Grace, «es geht ihm gut. Er kommt nach Hause, David. Dein Dad kommt nach Hause.»

«Du siehst so glücklich aus», sagte Daniel.

Kapitel 19
Frühling – Sommer 1943

Ben wurde im Februar per Schiff wieder in die Heimat gebracht; er war bei El Alamein verwundet worden, und seine Verletzungen hatten weder im Lazarett noch von den Militärärzten in Kairo angemessen behandelt werden können. «Der Militärarzt meint, es sei ein ziemliches Kreuz mit mir», hatte er Grace geschrieben. «Ich habe eine Kugel in der Schulter, es scheint nicht sehr ernst zu sein, aber sie steckt in der Nähe meines Rückgrats, der Knochen ist abgesplittert, und sie können sie nicht herausbekommen. Außerdem habe ich eine Wundinfektion und fühle mich nicht besonders gut.»

All dies war eine beträchtliche Untertreibung; wie sich herausstellte, bestand die Gefahr, daß sein Zentralnervensystem dauerhaft geschädigt werden würde, und es bedurfte eines sehr schwierigen chirurgischen Eingriffs. Zudem war die Wunde viele Wochen lang stark entzündet gewesen. Er litt nicht nur beträchtliche Schmerzen, sondern es bestand auch die Gefahr einer Blutvergiftung. Als Grace ihn zehn Tage nach der Operation zum ersten Mal besuchte, war sie über seine physische Veränderung schockiert: Er war stark abgemagert, seine Haut spannte sich über den deutlich sichtbaren Knochen, sie war gelb und dünn wie Pergament, und seine Augen lagen tief in ihren Höhlen.

Als sie sein Krankenzimmer betrat, schlief er. Sie hielt die Blumen in der Hand, die sie im Garten gepflückt hatte, einen üppigen Strauß aus Schneeglöckchen und ersten Schlüsselblumen, und da es im Augenblick nichts für sie zu tun gab, saß sie, den Strauß in ihrem Schoß, eine Weile lang ruhig neben seinem Bett und betrachtete ihn. Nach ungefähr zehn Minuten bewegte er sich, öffnete langsam die Augen und erblickte sie. Einen Moment lang bemerkte sie keinerlei Reaktion; dann lächelte er sein wunderbares, herzliches Lächeln, an das sie sich so gut erinnerte, und sagte nur: «Hallo.»

«Hallo, Ben.»

Beide schwiegen eine Weile lang, und dann sagte er, während sein

Blick sehr aufmerksam über ihr Gesicht wanderte: «Schön, Sie zu sehen.»

«Schön, *Sie* zu sehen», erwiderte sie und fühlte sich plötzlich ein wenig befangen und zugleich auf fast übermütige Weise glücklich. «Wie geht es Ihnen?»

«Beschissen», sagte er, lächelte noch einmal und fügte dann hinzu: «Tut mir leid. Ich bin nicht mehr an weibliche Gesellschaft gewöhnt.»

«Das kann ich mir vorstellen», sagte Grace. «Ich meine, daß Sie sich nicht so gut fühlen. Ist es denn jetzt in Ordnung?»

«Ja», antwortete er und versuchte mit leicht verzerrtem Gesicht seine Position im Bett zu verändern. «Ja, es ist in Ordnung. Ich werde nicht gelähmt sein, und ich werde auch nicht sterben. Ich werde den Arm nie wieder richtig gebrauchen können, aber das kommt mir nicht allzu schlimm vor.»

«Tut es sehr weh?»

«Ziemlich», sagte er, «aber das ist nichts im Vergleich zu dem, wie es vorher war. Sie geben mir hier eine Menge Schmerzmittel, und dann ist es auch nicht so heiß, und es gibt keine Fliegen.»

«Wie lange waren Sie dort im Krankenhaus?»

«Ich war ungefähr zehn Tage im Lazarett und dann mehrere Wochen lang in Kairo in einem Krankenhaus. Ich bin dort zweimal operiert worden, beide Male ohne Erfolg. Und schließlich hat der Chefchirurg sich dieses schreckliche klaffende Loch angeschaut, den Rest wissen Sie. Wie geht es den Jungen?»

«Gut. Sie sind ziemlich gewachsen. Sie wollten heute mitkommen, aber ich habe es ihnen nicht erlaubt. Die Ärzte waren auch dagegen. Vielleicht das nächste Mal, wenn ich komme.»

«Es war bestimmt nicht leicht», sagte er, «hierherzukommen.»

«Es war ein ziemlich langer Weg, aber ich bin sehr früh losgefahren. Ich habe den Wagen genommen. Ich habe Anrecht auf Benzin wegen meiner Arbeit bei den Landmädchen.»

«Haben Sie den MG genommen?»

«Ja.»

«Ein hübscher Wagen. Vermutlich gehört er Ihrem Mann.»

«Ja», sagte Grace und dachte, wie entsetzt Charles wäre, wenn er wüßte, für welche Zwecke sein kostbares Auto benutzt wurde.

«Geht es ihm gut?»

«Ja, soweit ich weiß. Letzte Woche habe ich einen Brief von ihm bekommen. Sie sind jetzt in Tunesien, mit Montgomery.»

«Da hat er aber wirklich Glück gehabt. Nun ja, das hatte ich eigentlich auch. Sehr viel Glück, würden einige Leute sagen. Wahrscheinlich brauche ich jetzt nicht an die Front zurückzukehren.»

«Richtig», sagte Grace. Die Tatsache drang langsam und wie ein wärmender Trost in ihr Bewußtsein. Sie sah auf den Blumenstrauß hinunter, den sie noch immer im Schoß hielt.

«Sie sind hübsch», sagte er. «Sind sie für mich?»

«Ja. Ja, das sind sie. Ich werde mal versuchen, eine Vase aufzutreiben.»

«Danke. Das war sehr freundlich von Ihnen. Fragen Sie die Schwester. Es gibt irgendwo einen Schrank, in dem die Vasen sind.»

Sie ging den Flur der Station hinunter, die Schwester zeigte ihr den Schrank, und sie nahm die einzige Vase heraus, ein großes, häßliches Gefäß, in dem ihr kleiner Frühlingsstrauß kläglich zur Seite kippte. Sie kehrte ein wenig verlegen zu ihm zurück. Die Vorhänge vor seinem Bett waren zugezogen, und sie überlegte nervös und ein wenig unsicher, was dahinter vor sich gehen mochte. Dann trat eine Krankenschwester hervor, die etwas in der Hand hielt, was eindeutig eine Bettpfanne unter einem Tuch war, und zog die Vorhänge mit einem Ruck zurück. Grace setzte sich wieder auf den Stuhl neben dem Bett und vermied es, Ben in die Augen zu sehen; er war offenbar ebenfalls ein wenig verlegen und lächelte sie unsicher an.

Es folgte ein langes Schweigen; es fiel ihr nichts ein, was sie hätte sagen können. Es war ein Fehler gewesen, allein zu kommen, dachte sie, sie kannte ihn nicht gut genug, es gab keine gemeinsame Basis, sie hätte lieber warten sollen, bis sie die Jungen mitbringen konnte; es war arrogant von ihr gewesen, zu denken, sie könnte die Situation in den Griff bekommen, so wie Clarissa solche Dinge in den Griff bekam. Sie dachte gerade, daß sie vielleicht irgendeine Ausrede erfinden und erklären sollte, sie würde das nächste Mal zusammen mit den Jungen wiederkommen, als sie eine Hand spürte, die sich sanft auf ihre legte, und erschrocken aufblickte. Ben sah sie mit ernstem Blick an. Er zögerte und zog seine Hand zurück, aber seine Stimme war gefaßt, freundlich und ganz und gar nicht zögernd.

«Es ist wirklich sehr schön», sagte er, «Sie zu sehen. Und sehr lieb von Ihnen, daß Sie gekommen sind. Ich habe die ganze Zeit an Sie gedacht, Grace. Ihre Briefe haben mir sehr geholfen. Es war so hart, so schwierig. Alles. Aber zu wissen, daß Sie da waren, bei den Jungen, hat mir geholfen, das Ganze zu überleben. Ich wollte … wollte Ihnen das nur sagen.»

«Sie haben es mir schon gesagt», erwiderte sie lächelnd und fühlte sich plötzlich heiter und gelassen, «in Ihren Briefen.»

«Ich weiß. Aber ich wollte es Ihnen noch einmal persönlich sagen. Briefe sind... nun ja, irgendwie aus zweiter Hand. Wissen Sie, was ich meine?»

«Ja, ich weiß es.»

«Erzählen Sie mir von den Jungen», bat er sie und lehnte sich zurück, «erzählen Sie mir von ihnen. Ich möchte alles wissen, jede Einzelheit.»

«Also», sagte sie «fangen wir mal bei David an. Er...»

Sie erzählte von den Jungen, wie intelligent sie seien, wie brav, wie schön es für sie sei, sie bei sich zu haben, berichtete, wie David jeden Tag in allen Zimmern den Kamin anzündete, wie Daniel jeden Morgen und Abend Flossie molk, daß David sich für Musik interessierte, Daniel für das Schachspielen, daß David sich um die Aufnahme ins Gymnasium beworben hatte.

«Sie lieben sie wirklich sehr, nicht wahr?» sagte er plötzlich und lächelte sie an. «Ich kann es noch gar nicht richtig glauben.»

«Ja», sagte sie, «ja, ich liebe sie. Sie bedeuten mir sehr viel.»

«Wie denkt denn Ihr Mann darüber? Macht es ihm etwas aus?»

«Nein, natürlich macht es ihm nichts aus», sagte Grace tapfer. «Warum sollte es ihm etwas ausmachen?»

Ben erwiderte nichts, sondern sah sie nur an. In der Tiefe seiner dunklen Augen lag etwas, was sie verwirrte, ihr Unbehagen bereitete. Sie sah auf ihre Hände hinab, die fest ineinander verschränkt in ihrem Schoß lagen.

«Ich kann es noch gar nicht richtig begreifen, wie freundlich Sie sind», sagte er schließlich und lächelte sie an. «Es gelingt mir einfach nicht.»

Wieder folgte ein Schweigen; sie begann, sich gerade zu fragen, was sie als nächstes sagen, was sie tun könnte, als erneut eine Schwester auftauchte.

«Zeit, daß wir mal nach Ihren Verbänden schauen, Sergeant Lucas. Und dann müssen Sie zum Röntgen. Tut mir leid», sagte sie zu Grace, «aber ich muß Sie jetzt bitten, zu gehen. Sie sind schon sehr viel länger hier als eine Stunde.»

«Ja, natürlich», sagte Grace. Sie stand auf und lächelte ein wenig unsicher. «Auf Wiedersehen, Ben.»

«Danke, daß Sie gekommen sind. Es war wirklich sehr schön für mich; es hat mir alles so sehr erleichtert.»

Während der langen Heimfahrt hörte sie immer wieder seine Stimme, die sagte, wie sehr sie ihm alles erleichtert habe.

Als sie ihn das nächste Mal besuchte, brachte sie David und Daniel mit. Ben sah erheblich besser aus; seine Gesichtsfarbe war sehr viel gesünder, und er hatte sogar ein wenig zugenommen. Die Jungen waren in seiner Gegenwart zunächst ein wenig schüchtern und befangen, aber dann entspannten sie sich, lehnten sich schwatzend und kichernd gegen das Bett und erzählten ihm lustige Geschichten über Clifford, die Schule und Miss Merton.

Im Mai wurde Ben Lucas ins Genesungsheim verlegt. Es befand sich im Lake District. «Ich habe keine Ahnung, was ich danach tun soll. Ich weiß es nicht. An der Front kann man mich mit dem Arm jedenfalls nicht gebrauchen. Vielleicht werde ich eine Ausbildung als Funker machen. Dann könnte ich die Jungen ziemlich häufig sehen. Und Sie auch», fügte er vorsichtig hinzu.

Sie wußte, daß er das nur aus Taktgefühl gesagt hatte, aber es berührte sie trotzdem.

Meine liebste Florence,
ich kann Dir gar nicht sagen, wie wunderbar es war, Deinen Brief zu bekommen. Ich habe ihn wieder und wieder gelesen; zunächst kam es mir vor, als träumte ich. Ja, ich verstehe vollkommen, was Du mir mitteilst, und ja, ich verstehe, daß Du es ernst meinst, aber Du kannst nicht wirklich von mir erwarten, daß ich es dabei belasse und nicht versuche, Dich von Deinem Entschluß abzubringen. Ich liebe Dich so sehr, und ich weiß, daß Du mich liebst, wir haben eine Tochter, und unser gemeinsames Leben könnte vollkommen sein. Florence, Du mußt den Tatsachen ins Auge sehen. Es ist keinesfalls so, daß Du mit einem anständigen und rechtschaffenen Mann verheiratet bist, mit jemandem, mit dem Du mit der Zeit doch noch glücklich werden könntest, wenn Du ständig mit ihm zusammenlebst und versuchst, mich zu vergessen. Er ist ein Tyrann, Florence, und erzähl mir nicht, daß er sich ändern wird, denn das wird er nicht. Und wenn er so tut, als hielte er Imogen tatsächlich für sein Kind, dann darfst du das keinesfalls glauben. Du mußt vorsichtig sein, Liebling, und Du mußt gut für Dich und Imogen sorgen.
Danke, liebste Florence, daß Du mir geschrieben und mir gesagt hast, daß Du mich noch immer liebst. Paß gut auf Dich und Imo-

gen auf; eines Tages werde ich wieder bei Euch sein. Ich liebe Dich.
Giles

Florence hatte den Brief so viele Male gelesen, daß sie das Gefühl bekam, das Papier würde sich dadurch allmählich abnutzen. Nachts legte sie ihn sich unter das Kopfkissen, und tagsüber trug sie ihn ständig bei sich.

«Aber ich kann nicht mit ihm zusammenkommen», sagte sie zu Clarissa, der sie sich anvertraut hatte. «Ich muß bei Robert bleiben; ich muß es einfach.»

«Florence», erwiderte Clarissa streng, «du bist völlig verrückt.»

«Nein, durchaus nicht. Ich habe es Gott versprochen. Wir haben ein Bündnis abgeschlossen. Ich kann es nicht brechen.»

«Der reinste Aberglaube», sagte Clarissa. «Wenn es einen Gott gibt, was ich mehr oder weniger bezweifle, dann wird er einem unschuldigen kleinen Mädchen nichts Schlimmes antun, nur, weil du mit deinem Liebhaber ins Bett gehst.»

«Das verstehst du nicht», sagte Florence.

«Nein, ich verstehe es nicht. Aber ich bin jedenfalls froh, daß du jetzt ein wenig glücklicher bist und daß es dir gelungen ist, auch den armen Giles glücklich zu machen. Hast du irgendwelche Nachrichten von Robert?»

«Nein. Er droht ständig, nach Haus zu kommen, aber er kommt nicht.»

«Reine Taktik», entgegnete Clarissa munter, «das soll nur dazu dienen, dich einzuschüchtern. Florence, wie oft muß ich dir noch sagen, daß er gefährlich ist. Du mußt dich von ihm trennen.»

«Ich kann es nicht», sagte Florence. «Ich kann es ganz einfach nicht. Laß uns also nicht mehr darüber reden. Aber wie geht es dir denn eigentlich, Clarissa? Ich würde gern wissen, was in deinem Leben so passiert. Hier ist es so langweilig. Ich stelle es mir da unten in Dartmouth immer unglaublich schön und gefährlich vor. Es gibt sicher viele gutaussehende Offiziere, die dich aufmuntern.»

«Florence, du hast eine sehr seltsame Vorstellung vom Leben in der Marine», sagte Clarissa fast streng. «Wir müssen schrecklich hart arbeiten.»

«Na ja, jedenfalls scheint es dir ausgezeichnet zu bekommen; du siehst blendend aus. Ich kann mich nicht erinnern, wann du zuletzt so gut ausgesehen hast. Es muß die Seeluft sein.»

«Ja, vermutlich.» Es folgte ein kurzes Schweigen; Clarissa sprang plötzlich auf, zog ihr Zigarettenetui hervor und zündete sich eine Zigarette an. Florence beobachtete sie neugierig.

«Ist irgend etwas nicht in Ordnung?»

«Oh... nun ja, natürlich. Offensichtlich. Jack.» Ihre Stimme klang ungewöhnlich hart, streng. Florence sah sie erschrocken an.

«O Clarissa. Es tut mir leid, daß ich daran nicht gedacht habe. Wie geht es ihm?»

«Er ist schrecklich deprimiert. Aber das Schlimmste ist, daß wir uns ständig streiten. Ich... tja, ich weiß, daß es furchtbar ist, Florence, aber ich finde, er sieht so... so abstoßend aus. Ich kann nichts dafür. Sein Gesicht erschreckt mich. Und er weiß das. Und... nun ja, das ist nicht gerade sehr hilfreich. Er wird in der nächsten Woche in die Klinik von Dr. MacIndoe verlegt, und dann fangen sie mit den kosmetischen Operationen an. Ein großartiger Mann, dieser MacIndoe. Ich kann dir gar nicht sagen, wie sehr er mir bereits geholfen hat. Allein durch seine Worte. Die Männer dort verehren ihn geradezu. Aber was er für Jacks Gesicht tun kann... also, ich weiß nicht...»

Sie hatten eine Art unsicheren Waffenstillstand geschlossen, sie und Jack; sie hatte ihn noch einmal besucht, sich vorgenommen, ganz ehrlich und sehr viel tapferer zu sein, und ihr Abenteuer mit Giles hatte ihr geholfen, ihren Optimismus zurückzugewinnen. Es fiel ihr mittlerweile ein wenig leichter, ihn anzuschauen und ihn anzulächeln, aber es war noch immer sehr qualvoll. Sie konnte sich nicht vorstellen, jemals wieder mit ihm zu schlafen.

Jack Compton Brown war zutiefst deprimiert und hoffnungslos demoralisiert; er fürchtete sich vor der Gegenwart ebenso wie vor der Zukunft und schreckte vor seinem eigenen Anblick im Spiegel ebenso zurück wie vor den Menschen, die bei seinem Anblick zurückwichen. Er war sicher, Clarissa zu verlieren, und mußte nun feststellen, daß er in eine Atmosphäre geraten war, die eher der eines Gemeinschaftsraumes in einer Universität als der einer Krankenstation ähnelte. Die Männer genoßen völlige Freiheit; sämtliche Regeln wurden von ihnen selbst aufgestellt. Sie trugen, was ihnen gefiel, und taten, was ihnen gefiel; es gab kaum festgesetzte Zeiten und keine Beschränkungen für Besuche. In einer Ecke der Station stand ein Faß Bier, das ständig gefüllt war. Die Männer durften nicht nur, sondern wurden sogar dazu ermutigt, in die Stadt zu gehen, sich ein paar

Drinks zu genehmigen, in den Restaurants zu essen, sich einen Kinofilm anzusehen, und die Bewohner der Stadt gewährten dem großartigen Dr. MacIndoe ihre volle und äußerst einfühlsame Unterstützung. Sie starrten die entstellten Männer nicht an, sie zeigten nicht mit dem Finger auf sie und wichen nicht vor ihnen zurück, und sie behandelten sie in keiner Weise so, als wären sie etwas Besonderes. Dies war eine hervorragende Therapie. Die Patienten, alle jung, ungewöhnlich vital und extrovertiert, legten auf der Station oftmals ein recht rüpelhaftes Verhalten an den Tag. Es war nicht ungewöhnlich, daß sie sich gegenseitig Bier über den Kopf schütteten, wenn sie von ihren Ausflügen in die Stadt zu später Stunde stark angeheitert und lärmend wieder in die Klinik zurückkehrten. Aber wenn ein Patient neu dort angekommen war und in Kürze auf den Operationstisch kommen würde, dann wurde er mit Einfühlungsvermögen, Liebe und Freundlichkeit aufgenommen.

Die Krankenschwestern waren alle auch aufgrund ihres guten Aussehens eingestellt worden, und es gehörte zu ihren wesentlichen Aufgaben, den Lebensmut der außerordentlich heißblütigen jungen Männer, die sie zu betreuen hatten, wieder aufzubauen; es kam sehr häufig vor, daß einer der Patienten eine der Schwestern heiratete.

MacIndoes größter Vorzug war seine Ehrlichkeit; er redete niemals um den heißen Brei herum und vermied es konsequent, die Dinge zu beschönigen. Er stand den Männern mit seinem unsentimentalen, gesunden Menschenverstand zur Seite, wenn sie mit ihren Ängsten zu ihm kamen und besprach mit ihnen, was er zu tun beabsichtigte.

Nachdem Clarissa Jack an seinem ersten Tag in dieser Klinik verlassen hatte, saß er still auf seinem Bett und fühlte sich unglücklich und einsam. Er versuchte, sich auf die neue Situation einzustellen und sich darüber klarzuwerden, wie schwer seine eigenen Verletzungen im Vergleich zu denen der anderen Patienten waren. Er hatte Schwierigkeiten, sich an die übermütige Stimmung zu gewöhnen.

Er stand auf und ging in den Waschraum; an den Wänden hingen mehrere Spiegel. Sein Anblick erschütterte ihn. Es war ihm lange erspart geblieben, sich sein Gesicht anschauen und sich dieser Qual aussetzen zu müssen. Jetzt spürte er wieder den vertrauten Ekel und das ebenso vertraute Selbstmitleid. Er setzte sich, den Kopf in die Hände gestützt, eine Weile lang auf die Toilette und ging dann schließlich, als er bereit war, sich seiner Situation zu stellen, auf die Station zurück.

Es war kaum jemand anwesend; der Tag war sonnig und warm, und von draußen hörte man Männer, die herumbrüllten und lachten. Jack fühlte sich unerträglich einsam und vergrub sein Gesicht erneut in den Händen.

Die Tür wurde aufgestoßen, und er hörte, wie jemand hereinkam.

«Hi», sagte eine Männerstimme. «Willkommen im Club.»

«Danke», erwiderte Jack.

«Murray Brooks.»

«Jack Compton Brown», sagte Jack. Er sah noch immer nicht auf, sondern streckte nur eine Hand aus. Dann hob er, ein wenig verwirrt, daß sie nicht ergriffen wurde, den Kopf. Der Mann stand vor ihm und grinste ihn fröhlich an. Nicht nur, daß ihm ein Auge fehlte und ein großer Teil seines Haarschopfes; er hatte keine Hände.

Dies war der Moment, in dem Jack die lange Reise zurück zu sich selbst antrat.

Er schaute auf seine Armbanduhr: Es war zwei Uhr nachts. In zwölf Stunden würde sein Gesicht unter dem Messer liegen. Er fragte sich, ob es der Mühe wert war. Was wäre, wenn es schiefginge, wenn die verpflanzte Haut nicht anwuchs und die Wiederherstellung mißlang? Ihm wurde plötzlich übel, und er stürzte zur Toilette; als er zurückkam, wartete eine der Nachtschwestern an seinem Bett. Sie war besonders hübsch mit ihrem dunkelroten Haar und ihren grünen Augen. Ihr Name war Caroline, und sie erinnerte ihn an Grace.

«Mußten Sie sich übergeben?» fragte sie teilnahmsvoll. «Machen Sie sich keine Sorgen, das geht jedem so. Sie kommen erst am Nachmittag dran, oder? Machen Sie sich keine Sorgen, Jack, es wird alles vorbeigehen.»

«Ach, tatsächlich?» sagte er und bemerkte, wie verbittert seine Stimme klang. «Ist das nicht ein Dauerzustand? Von jetzt an bis in alle Ewigkeit?»

«Also jetzt tun Sie sich selbst leid», sagte sie fröhlich. «Nein, natürlich nicht. Sie werden viel besser aussehen, wenn der Chef mit Ihnen fertig ist. Sie werden es selbst kaum glauben können.»

«Ach tatsächlich?» sagte er noch einmal. «Glauben Sie das wirklich?»

«Ich weiß es. Sie sind in Wirklichkeit kein besonders schlimmer Fall, wissen Sie, Jack. Die Konturen Ihres Gesichts sind vollständig erhalten … nun ja, abgesehen von der Nase. Sie können sehen. Sie haben noch ihre Beine und Arme.»

«Ja, ja, ich weiß. Jetzt machen Sie mir nicht auch noch Schuldgefühle. Bis heute abend hatte sich meine Stimmung etwas gebessert. Jetzt habe ich bloß noch furchtbare Angst.»

«Ja, das ist ganz normal. Auf dieser Station befinden sich die tapfersten Männer Englands, die allesamt schreckliche Angst haben. Möchten Sie eine Schlaftablette?»

«Wäre nicht schlecht.»

«Ich hole Ihnen eine.»

Sie setzte sich auf einen Stuhl und schrieb ihre Berichte, während die Tablette wirkte. Plötzlich, zu seiner eigenen Überraschung, streckte er den Arm aus, um ihre Hand zu ergreifen.

«Danke. Danke, Caroline. Es ist so schön, mal wieder mit einem hübschen Mädchen zu reden», sagte er, mittlerweile ein wenig schläfrig.

«Sie haben eine außergewöhnlich hübsche Frau», entgegnete sie mit fester Stimme.

«Ich weiß. Aber sie ekelt sich vor mir.»

«Natürlich nicht.»

«Doch. Sie kann es nicht ertragen, wenn ich sie berühre.»

«Das ist nicht ungewöhnlich. Zu Anfang», sagte Caroline. «Das kommt wieder in Ordnung. Ganz bestimmt.»

«Woher wissen Sie das?» sagte er.

«Na ja», erwiderte sie und sah ihn nachdenklich an, «aus Erfahrung. Und eins will ich Ihnen sagen, Jack Compton Brown. Ich würde verdammt gern mit Ihnen ins Bett gehen, wenn Sie nicht verheiratet wären.»

Und plötzlich beugte sie sich vor und küßte ihn sehr sanft auf den Mund. «Jetzt schlafen Sie, Jack, und zwar sofort.»

Ohne zu widersprechen schlief er ein.

Die erste Operation war nicht erfolgreich, auch die zweite nicht. Die Hautverpflanzung erwies sich als sehr kompliziert. Clarissa traf ihn in mürrischer Stimmung an.

«Jack, versuch doch, ein bißchen positiv zu sein.»

«O ja», sagte er gereizt, «versuch *du* doch, positiv zu sein. Versuch's doch mal, Clarissa. Ach, laß mich doch in Ruhe. Such dir irgendeinen hübschen Admiral und sei positiv mit ihm. Hau bloß ab hier.»

«Jack –»

«Ich hab gesagt, hau ab», wiederholte er. Sie ging, und er verließ sein Zimmer und schloß sich im Badezimmer ein. Als er zurückkam, saß Murray Brooks auf seinem Stuhl an seinem Bett.

«Du bist ein Arschloch, mein Lieber», sagte er. «Du solltest dich schämen.»

«Danke», sagte Jack. «Wenn ich deine Meinung hören will, werde ich dich danach fragen.»

«Tut mir leid. Wahrscheinlich bin ich nur neidisch. Wenigstens hast du eine Frau.»

«O Gott», seufzte Jack. «Tut mir leid, Murray.»

Murrays Frau hatte ihm kürzlich einen Brief geschrieben, in dem sie ihm mitteilte, daß sie ihn verlassen werde.

Im Laufe der Wochen hellte sich Jacks Stimmung ein wenig auf; nach einer dritten Operation wuchs die verpflanzte Haut über der wieder aufgebauten Nase an.

«Okay», sagte MacIndoe, «wir machen Fortschritte. Jetzt brauchen Sie mal eine Pause. Ich schicke Sie nach Marchwood Park. Dort können Sie was tun, um sich Ihren Lebensunterhalt zu verdienen.»

Marchwood Park war ein Genesungsheim in Hampshire; es gehörte auch eine kleine Fabrik dazu, in der Navigationsinstrumente für die Luftwaffe hergestellt wurden.

«Sie werden mir fehlen», sagte Caroline am Abend, bevor er das Krankenhaus verließ.

«Ich komme ja zurück», erwiderte Jack, «laufen Sie mir nicht mit einem der anderen Patienten davon.»

«Mach ich nicht. Aber was ist mir Ihrer Frau?»

«Sie ist verständnisvoll», sagte Jack.

Er fühlte sich jetzt sehr viel optimistischer, was Clarissa betraf; bei ihrem letzten Besuch hatte sie ihn bei einem Flirt mit Caroline überrascht und war ganz offensichtlich irritiert gewesen. Bevor sie ging, hatte sie ihn geküßt. Noch ein bißchen vorsichtig, aber dennoch auf den Mund.

«Du bist ein verheirateter Mann, Jack Compton Brown», hatte sie sehr streng gesagt, «und ich möchte nicht, daß du das vergißt.»

«Könnte ich wirklich bei Ihnen wohnen? Nur für ein paar Tage?»

«Ben, ich habe Ihnen doch gesagt, daß das kein Problem ist.»

«Vielen Dank. Danach werde ich nach Tidworth versetzt; ich kann es noch gar nicht recht glauben. Aber es wäre nett, ein paar Tage mit den Jungen zu verbringen.»

«Wie geht es Ihnen?»

«Gut. Richtig gut. Was ist mit Ihrem Schwiegervater? Es wird ihn doch nicht stören, oder?»

«Natürlich nicht. Er freut sich darauf, Sie kennenzulernen. Wann kommen Sie?»

«In wenigen Wochen. Ich werde hier in den Zug gesetzt. Und danach könnte ich vielleicht den Bus nehmen.»

«Ich werde Sie abholen», meinte Grace bestimmt.

Es dauerte eine Weile, bis sie ihn entdeckte; auf dem Bahnhof von Salisbury wimmelte es von Soldaten. Sie fürchtete schon, daß er nicht mitgekommen sein könnte, und bat die Jungen, ihn zu suchen. Dann setzte sie sich enttäuscht auf eine Bank.

«Hallo, Grace, hier bin ich.»

Er stand lächelnd vor ihr; er sah inzwischen wieder gut aus, gebräunt und nicht mehr so mager. Sie sprang auf und lächelte zurück. Sie hatte vergessen, wie groß er war; die letzten Male, als sie ihn gesehen hatte, hatte er im Bett gelegen.

«Hallo», sagte sie und streckte Ben die Hand hin. Aber plötzlich schämte sie sich, zog sie zurück und lächelte verlegen. «Tut mir leid, ich wollte nicht so förmlich sein.»

«Sagen Sie nicht, daß es Ihnen leid tut», sagte er. «Mein Gott, das wird wohl noch zu einer festen Gewohnheit von uns.»

«Ja, vermutlich», sagte Grace. Sie wußte nicht, warum, aber der Gedanke, daß sie etwas gemeinsam hatten, erfreute sie.

«Ich kann ihn nirgendwo sehen… o Dad, Dad…» Daniel, ein kleiner, kräftiger Wirbelwind, warf sich in Bens Arme. Ben umfing ihn, zuckte aber zugleich heftig zusammen.

«Vorsichtig, Dan. Es tut mir noch immer ein bißchen weh.»

«Entschuldigung. David!» rief er. «Hier ist er! Bei Grace.»

«Inzwischen heißt sie also Grace, was?» sagte Ben und schmunzelte.

«Dad, kannst du morgen mit uns Fußball spielen? Sir Clifford sagt, er würde auch mitspielen; wir könnten zwei Mannschaften bilden.»

«Ja», sagte Ben, «natürlich, Dan, das wäre toll.»

Es war ein wunderbarer Sommerabend; nach dem Tee saßen sie alle zusammen im Garten. Die Jungen waren ungewöhnlich still; sie waren sichtlich glücklich, wieder mit ihrem Vater zusammenzusein. Sie hatten sich rechts und links neben ihn gesetzt und sahen ihn an, als könnten sie es gar nicht recht glauben.

«Mein Gott, wie schön, daß wir hier zusammen sind», sagte Clifford. «Hören Sie, Mr. Lucas –»

«Ben.»

«Ben. Mögen Sie Whisky? Ich habe dem Besitzer des Hotels drüben in Westhorne eine Flasche abgeluchst.»

«Clifford!» rief Grace, «du bist unmöglich.»

«Ich hätte schrecklich gern einen Whisky», sagte Ben.

«Verdammt nette Jungen», sagte Clifford später zu Ben, als Grace die beiden schließlich überredet hatte, ins Bett zu gehen, und ihnen in ihr Zimmer nachgegangen war, um ihnen vor dem Einschlafen einen Kuß zu geben. «Sie können stolz auf sie sein.»

«Das bin ich auch. Aber es ist vor allem Grace, der das alles zu verdanken ist. Ich habe in den letzten drei Jahren nicht viel für die beiden tun können.»

«Ja, Grace hat sich wirklich sehr um sie gekümmert.»

«Sie ist ein wirklich guter Mensch» sagte Ben. «Ihr Sohn hat großes Glück gehabt, finde ich. Aber ich bin sicher, daß er das weiß.»

«Da bin ich mir nicht so sicher», entgegnete Clifford, «um ganz ehrlich zu sein.» Er war mittlerweile ein wenig betrunken.

«Ich hoffe, daß es ihm... und Ihnen, Sir... nichts ausmacht, daß ich für ein paar Tage hier bin.»

Clifford wandte sich zu ihm um und sah ihn an. «Ich bin glücklich, Sie hierzuhaben. Und Grace auch. Sie hat sich schon seit Wochen darauf gefreut.»

«Tatsächlich?» sagte Ben. «Das ist schön. Das ist wirklich schön.»

Später kehrten sie ins Haus zurück und setzten sich in die Küche. Clifford war mittlerweile auch zu Bett gegangen. Grace stopfte Socken und sagte: «Würde es Ihnen etwas ausmachen, wenn ich das Radio anstelle? Es wird ein schönes Konzert gesendet. Mozart. Mögen Sie Musik, Ben? Aber ich sollte das ja eigentlich wissen.»

«Ja, ich mag sie. Sehr sogar. Aber woher sollten Sie das wissen? Sie wissen ja kaum etwas über mich. Und ich nichts über Sie. Alles, was ich weiß, ist, daß mir das, was ich von Ihnen kenne, sehr gefällt. Und jetzt stellen Sie das Konzert an. Soll ich auch ein paar Socken stopfen? Das haben wir in der Armee gelernt, wissen Sie.»

Er nahm einen Strumpf und ein wenig Wolle, und dann stopften sei zu den Klängen der Zauberflöte die Socken der Kinder. Plötzlich begann sie zu lachen.

«Was ist so lustig?»

«Daß wir beide zusammen Socken stopfen. Es ist so... so häuslich.»

«Es ist nichts Verkehrtes daran, häuslich zu sein», sagte Ben. «Es hält die Welt zusammen.»

Am nächsten Tag sagte er, er würde gern ein wenig spazierengehen. «Das ist etwas, wovon ich immer wieder geträumt habe, da draußen in der Wüste. Ein Spaziergang im Grünen.»

«Wie langweilig!» sagte David. «Total langweilig», sagte Daniel.

«Ich komme mit», sagte Grace. «Clifford, hast du Lust auf einen Spaziergang?»

«Nein», sagte er. «Nein, danke. Ich bin müde. Ich genehmige mir noch einen aus dieser Flasche und mache dann ein Nickerchen.»

«Aber nur einen», sagte Grace. «Komm Charlotte, wir gehen spazieren.»

Sie gingen quer durch das Feld in das Unterholz hinein und dann ein Stück am Bach entlang. Es war kühl unter den Bäumen; das Sonnenlicht flimmerte durch die Zweige. Charlotte stürmte voran und bellte herumwirbelnde Blätter und einen großen Hund an.

«Dummes Ding», schimpfte Grace. «Charles meinte, ich solle mir einen Labrador anschaffen, und manchmal denke ich, daß er recht hatte.»

«Vermissen Sie ihn?» fragte Ben.

Die Frage kam so überraschend, daß sie sie ehrlich beantwortete. «Nein. Eigentlich nicht.»

Dann errötete sie, entsetzt über sich selbst, und sagte: «Das habe ich nicht so gemeint, natürlich vermisse ich ihn, schrecklich sogar, es ist nur, daß...»

«Ich weiß», sagte er.

Sie gingen langsam weiter. Grace hatte das Gefühl, ihm eine Erklärung schuldig zu sein. «Ben –»

«Ist schon gut», sagte er. «Das verstehe ich vollkommen. Tut mir leid. Ich hätte nicht fragen sollen.»

«Entschuldigen Sie sich nicht schon wieder», erwiderte sie. Sie lachten.

«Ich habe ein bißchen das Gefühl», sagte er, «als ob ich Sie schon seit langer Zeit kennen würde.»

«Das tun Sie ja auch.»

«Ich weiß. Ich wollte sagen: Sie kommen mir irgendwie... vertraut vor.»

«Das ist schön», sagte sie. «Ich habe ein ganz ähnliches Gefühl.»

«Gut. Darf ich Sie noch etwas fragen?»

«Ja, diesmal bin ich darauf vorbereitet.»

«Wissen Sie noch, wie er ist, Ihr Mann? Ich meine, wie er wirklich ist?»

«Nein. Nein, eigentlich nicht. Nicht mehr.»

«Das ist mein Problem», sagte er. «Ich weiß es auch nicht mehr. Wie Linda war, meine ich. Ich weiß, daß sie hübsch war, daß ich sie liebte, daß sie mir alles bedeutete, aber ich kann mich nicht an sie erinnern. Nicht daran, wie sie wirklich war. Nicht wie... es war, mit ihr zusammenzusein. Und das bedrückt mich.»

«Mich auch. Ich fühle mich, als beginge ich einen Verrat.»

«Ja.» Er schwieg einen Augenblick lang, dann sagte er: «Können wir auf den Hügel dort drüben steigen?»

«Was? Bis oben hinauf? Ihnen scheint es wirklich wieder besser zu gehen.»

«Ja, das stimmt. Ich bin wieder richtig fit.»

Sie stiegen langsam den Forest Hill hinauf. Dort, wo kein Schatten war, war es sehr heiß. Grace war sich bewußt, daß ihr Gesicht gerötet war; sie konnte den Schweiß auf ihrer Stirn und ihrem Rücken fühlen und dachte, daß sie gewiß sehr unattraktiv aussah. Ben ging voran; sie betrachtete ihn, seine langen Beine, die schmalen Hüften, den dunklen Haarschopf. Seine Bewegungen wirkten sehr beherrscht. Er zog sich das Hemd aus und band es sich um die Taille; sein Rücken war gebräunt und muskulös. Sie erinnerte sich plötzlich an den Morgen in ihrer Küche, als er nur mit einem Handtuch um die Hüften dagestanden und nach Schweiß gerochen hatte, und die Vorstellung verwirrte sie.

Sie erreichten den Kamm des Hügels; er ließ sich abrupt auf den Boden fallen.

«O je. Mir ist ein bißchen schwindelig», sagte er. «Ich hab's, glaube ich, übertrieben.»

«Aber Ben! Hier können wir Ihnen noch nicht einmal ein Glas Wasser besorgen.»

«Es geht gleich wieder. Setzten Sie sich ein bißchen zu mir.»

Sie setzte sich neben ihn und beobachtete ihn ängstlich; nach einer Weile wandte er ihr das Gesicht zu und sah sie an. Seine dunklen Augen waren sehr aufmerksam, sehr ernst; sie hielten ihren Blick gefangen – es war ihr unmöglich, wegzuschauen. Er fühlte sich an wie eine körperliche Berührung, jener Blick, er drang tief in sie ein, und sie spürte, wie ihr ganzer Körper mit einem seltsamen Aufruhr darauf reagierte.

Er lächelte sie an, und sie lächelte nicht zurück, sondern sah ihm nur immer weiter in die Augen; sie kostete den Moment aus, horchte tief in sich hinein. Er hörte auf zu lächeln, streckte die Hand aus und berührte sehr sanft ihren Arm. Und diese sanfte, leichte Hand wanderte ihren Arm immer weiter hinauf und erreichte den Aufschlag ihres Ärmels. Sein Daumen bewegte sich nach innen zu ihrer Achselhöhle und begann, sie dort zu streicheln. Es war eine zutiefst erotische Berührung. Grace war zunächst ein wenig ängstlich und dann bestürzt über die Heftigkeit ihrer Reaktion. «Sie haben wunderschöne Arme», sagte Ben, «wunderschöne, geschmeidige Arme. Sie sind mir gleich aufgefallen, Ihre Arme.»

Merkwürdig, die Worte klangen wohl kaum wie die eines Verliebten. Gewiß nicht besonders romantisch, aber nichts, was Charles zu ihr gesagt hatte, hatte sie jemals so tief berührt. Sie sah ihn weiter unverwandt an. Voller Angst vor dem, was sie sagen, was sie tun könnte.

Und dann, plötzlich, stand er auf. «Es geht schon wieder», sagte er. «Am besten, wir wandern jetzt zurück.»

Grace folgte ihm den Hügel hinunter; sie fühlte sich unsagbar dumm, gekränkt und zurückgewiesen und bemühte sich, ihre Tränen herunterzuschlucken.

Die Jungen und Clifford warteten bereits auf sie und bestanden auf ihrem Fußballspiel; Grace ging in ihr Zimmer hinauf und gesellte sich sehr viel später zum Abendessen zu ihnen. Danach entschuldigte sie sich und erklärte, sie habe Kopfschmerzen. Sie lag stundenlang wach und starrte in die Dunkelheit; sie haßte sich selbst dafür, daß sie den Wunsch hatte, Charles untreu zu werden, und daß sie so befangen gewirkt hatte, und am meisten haßte sie sich deshalb, weil sie nicht Linda war, die er so sehr geliebt hatte und mit der er sich noch immer so sehr verbunden fühlte.

Am nächsten Tag kam Florence vorbei, mit Imogen im Kinderwagen. Ben war mit Clifford im Garten.

«Hallo», sagte sie. «Hallo, Daddy.»

«Hallo, mein Schatz. Na, wie geht es meiner Lieblingsenkelin?»

«Sehr gut», sagte Florence. «Danke.» Sie wandte sich Ben zu. «Guten Tag. Ich bin Florence, Grace' Schwägerin.»

«Ben Lucas. Erfreut, Sie kennenzulernen», sagte Ben und nahm ihre Hand. «Ein hübsches kleines Mädchen. Sie ähnelt Ihnen sehr.»

«Bezaubernd», sagte Clifford mit einem Augenzwinkern. «Gehst du heute nicht zur Arbeit?»

«Nein, ich habe die ganze Woche frei. Ich war ein wenig übermüdet. Wo ist Grace?»

«Drinnen», sagte Clifford.

Grace war in der Küche und bereitete einen Salat zu; sie lächelte Florence ein wenig müde an. «Hallo.»

«Hör mal, Grace», sagte Florence und ignorierte die Begrüßung, «das ist ja wirklich ein attraktiver Mann.»

«Findest du?» erwiderte Grace. «Unter dem Gesichtspunkt habe ich ihn bisher noch gar nicht betrachtet.»

«Grace, mein Gott, selbst du mußt das doch bemerkt haben», sagte Florence. «Schau ihn dir doch mal an; Mellors, wie er leibt und lebt, würde ich sagen.»

«Florence, wovon sprichst du?» entgegnete Grace matt.

«Mellors, du weißt doch, der aus *Lady Chatterley.* Der Wildhüter. Unglaublich sexy. Genau auf jene Art.»

«Auf welche Art?»

«Erdverbunden. Du weißt schon. Eine Frage der Herkunft.»

«Aber ich –»

Aus dem Eingangsraum waren Schritte zu hören; Grace sah Florence an und bemerkte, daß Ben hinter ihr stand. Er wandte sich abrupt ab und ging wieder fort.

«Ben», sagte sie später, als Florence gegangen war. «Bitte sehen Sie mich nicht so an. Es tut mir leid ... was Sie da gehört haben.»

«Das macht nichts», sagte er. «Es war nicht Ihre Schuld.»

«Es macht doch etwas. Sie ist eine dumme, gefühllose Frau. Ich hab sie nie gemocht.»

«Tja, mir hat sie ganz gut gefallen», entgegnete er lachend.

«Was!» rief Grace aus. Sie war völlig erstaunt.

«Ja. Ich fand sie nett. Sehr ehrlich. Übrigens kenne ich die Geschichte von Lady Chatterley und dem Wildhüter. Nicht, daß Sie meinen, ich hätte das Buch nicht gelesen.» Er grinste sie an.

«Lassen Sie das. Machen Sie keine Witze darüber.»

«Warum sollte ich darüber keine Witze machen? Es ist lustig. Und es ist wahr.»

«Was ist wahr?»

«Ich bin ... tja, wie soll man sagen? Nicht so wie Sie. Oder Ihre Schwägerin. Es hat keinen Zweck, das zu verleugnen.» Er begann wieder zu grinsen.

«So eine dumme Kuh», zischte Grace wütend.

«Sie scheinen sie wirklich nicht zu mögen, was?» sagte er.

«Nein, wirklich nicht. Sie hatte einen liebevollen, warmherzigen Mann, aber sie... ach, was soll's.»

«Erzählen Sie's mir.»

«Das kann ich nicht.»

«Nur zu. Ich kann Geheimnisse sehr gut bewahren.»

Grace zögerte. Dann sagte sie: «Er ist nicht der Vater des Kindes. Und er glaubt, er sei es.»

«Ach.»

«Und? Finden Sie das nicht schockierend?»

«Das hängt davon ab», sagte Ben.

«Was soll das heißen?»

«Niemand weiß, was sich in einer Ehe wirklich abspielt. Sie wissen nichts über meine Ehe, und ich weiß nichts über Ihre.»

«Nein. Nein, das stimmt.»

«Hören Sie mal», sagte er, setzte sich auf einen Stuhl und nahm ihre Hand, «es ist gefährlich. Das, was sich zwischen uns entwickelt.»

«Ben –»

«Nein, hören Sie mir zu. Sie sind wunderschön. Ich bin einsam, Linda fehlt mir sehr, und ich könnte mich leicht... Und ich denke, Sie könnten es auch. Aber Ihr Mann ist nicht da, er ist schon lange fort, und Sie wissen nicht, was Sie fühlen. Außer, daß Sie auch einsam sind. Nicht wahr?»

«Ja», sagte Grace. Ihre Stimme klang sehr fremd, ein wenig zittrig.

«Und außerdem bin ich nicht wie Sie oder Ihr Mann oder sonst jemand aus Ihrer Familie. Ich bin... ich bin genau so, wie Florence es sagt. Aus einer anderen Gesellschaftsschicht. Das macht die Dinge noch schlimmer, noch komplizierter. Oder nicht?»

«Ich weiß es nicht.» Dieselbe fremde Stimme.

«Ich weiß es aber, Grace. Ich weiß, daß es so ist.»

«Ben, bitte, ich möchte versuchen, Ihnen zu erklären –» Er hatte einen Finger auf ihre Lippen gelegt.

«Nein, sagen Sie bitte nichts. Was wir haben, ist eine wunderbare Freundschaft, Grace. Sie ist... sie ist etwas ganz Besonderes. Sie bedeutet mir sehr viel.»

«Ja», sagte Grace. «Mir auch.» Es gelang ihr, zurückzulächeln, aber gleich darauf ging sie rasch aus dem Zimmer. Sie war zutiefst unglücklich.

Kapitel 20
Herbst 1943

Clarissa lenkte den Wagen auf den Parkplatz des Krankenhauses und betrachtete sich prüfend im Spiegel. Sie zog sich die Lippen nach und setzte aus reiner Gewohnheit ihren Hut auf. Sie fand, daß sie recht gut aussah, aber ihrer Uniform war sie mittlerweile wirklich überdrüssig. Sobald sie nach Haus käme, würde sie sich umziehen.

Sie sah auf ihre Armbanduhr; es war ziemlich spät, schon nach neun, aber sie hatte unerwartet achtundvierzig Stunden Urlaub bekommen, war von Dartmouth nach London gefahren und hatte sich spontan entschieden, Jack zu besuchen. Also hatte sie sich von ihrer Freundin Bunty Levinson den Wagen ausgeliehen und war damit direkt nach East Grinstead gefahren. Jack würde gewiß glücklich sein, sie zu sehen, und sie könnte sich irgendwo ein Zimmer suchen. Für Marinehelferinnen hatten die Leute immer ein Zimmer frei.

Jack hatte gerade eine weitere, erfolgreiche Serie von Operationen hinter sich; seine Stimmung besserte sich täglich. Clarissa sah natürlich, daß er nicht im entferntesten mehr so aussah wie früher, aber die Fortschritte waren so befriedigend, daß er sie zu einem Abendessen in London – und nicht in East Grinstead – einladen wollte, wenn er das nächste Mal das Krankenhaus verlassen würde. Die Nase ähnelte immerhin einer Nase – natürlich war sie nicht zu vergleichen mit dem feinen, markanten Profil, das er vorher gehabt hatte, aber wenn auch klein und stumpf, es war eindeutig eine Nase, und eine Hautverpflanzung auf der Oberlippe hatte geholfen, einen neuen Mund zu formen. Bei seinem Anblick spürte sie nicht mehr jenen gräßlichen, tiefen Ekel, der ihrem Gesicht so eindeutig abzulesen gewesen war.

Sie freute sich darauf, ihn zu sehen; in der Tat hatte er ihr in der letzten Zeit sehr gefehlt – und das war ein sehr gutes Gefühl. Manchmal wurde sie noch immer ein wenig von Schuldgefühlen geplagt, aber meistens blickte sie auf ihr kleines Abenteuer mit einer distanzierten, fast amüsierten Befriedigung zurück. Ihre einzige Sorge war, daß Giles die Sache anders sehen könnte.

Sie betrat die Station. Als sie den Flur entlangging, hörte sie aus einem Zimmer ein seltsames Geräusch: eine Art rhythmisches Klatschen. Sie zögerte einen Moment und öffnete, da sie fürchtete, einer der Männer könnte irgendwelche Probleme haben, die Tür.

Auf einer fahrbahren Krankenhausliege, die in den kleinen Raum geschoben worden war, lag ihr Mann. Er war nackt, abgesehen von seiner Pyjamajacke, und sein Körper hob und senkte sich über dem einer Krankenschwester, die ebenfalls weitgehend unbekleidet war. Ihr langes rotes Haar lag ausgebreitet auf dem papierbedeckten Kissen, und sie blickte mit ihren grünen Augen verlegen und triumphierend zugleich auf Clarissa.

Die Worte, die in jenem Moment aus ihrem Mund kamen, erstaunten sie, wenn sie sich daran erinnerte, jedes Mal aufs Neue.

«Jack», sagte sie, «steig sofort aus diesem gottverfluchten Bett und zieh dich an. Ich bringe dich jetzt nach Hause.»

«Ich weiß es nicht», sagte sie lachend und küßte sein armes, zerstörtes, plötzlich wunderbar schönes und zärtlich geliebtes Gesicht, während sie sich zufrieden reckte. Ihr Körper war noch immer warm und schwer von der Lust der vergangenen Stunde. «Ich weiß nicht, warum ich dich nicht einfach verlassen habe. Alles, was ich weiß, ist, daß ich dich in diesem Moment mehr als je zuvor in meinem Leben begehrte. Ich mußte dich einfach haben. Anstelle dieses unglücklichen, armen Mädchens.»

«Sie ist weder unglücklich noch arm», sagte Jack. «Sie hat in Wirklichkeit einen sehr reichen Daddy, und sie scheint das Leben auf der Station sehr zu genießen.»

«Das habe ich gemerkt. Wie viele Male hast du sie gehabt?»

«Nicht ein einziges. Bis auf heute.»

«Lügner.»

«Es ist wahr. Aber sie war sehr... lieb zu mir.»

«Das bezweifle ich nicht.»

Und sie dachte zärtlich und dankbar an Korvettenkapitän Giles Henry, der zu ihr sehr lieb gewesen war und sie mit Jack wieder zusammengeführt hatte.

Giles würde wieder nach England zurückkommen. Nicht auf Urlaub, sondern er war für eine längere Zeit abkommandiert worden, mit seinem Schiff, nach Southampton. Er hatte Florence geschrieben und sie angefleht, mit Imogen zu ihm zu kommen. Florence hatte den Brief mit Tränen in den Augen gelesen. Die Sehnsucht nach ihm, verstärkt durch das Wissen, daß sie ihr Versprechen nicht würde brechen können, war überwältigend. Es hatte keinen Sinn, auf den Brief zu reagieren; er würde ihre Antwort niemals rechtzeitig bekommen. Sie würde ihm einfach gegenübertreten und ihn von ihrem Entschluß in Kenntnis setzen. Sie bereute es bitter, wieder Kontakt mit ihm aufgenommen zu haben; sie hätte einfach alles so weiterlaufen und ihn in dem Glauben lassen sollen, daß sie ihn nicht mehr liebte. Jetzt dagegen hatte sie sich der Gefahr ausgesetzt, daß der schreckliche Schmerz erneut aufgewühlt werden würde. Sie war dabei, sich ein neues Leben aufzubauen, sie liebte ihre Arbeit bei den Freiwilligen Helferinnen und plante, sich nach dem Krieg um einen Posten beim Roten Kreuz zu bemühen und möglicherweise eine Ausbildung als Krankenschwester zu machen. Sie wollte sich ein eigenes Leben aufbauen, irgend etwas erreichen, was ihr Selbstachtung und Mut vermittelte und ihr die Kraft gab, besser mit Robert fertig zu werden. Sie war bereit, bei ihm zu bleiben, es noch einmal zu versuchen, und sie fühlte sich mittlerweile recht stark, nicht länger hilflos und gefangen.

Alles, was sie jetzt tun mußte, war, Giles davon zu überzeugen, daß sie zu dem, was sie gesagt hatte, noch immer stand. So schwierig das auch sein mochte.

Meine liebe Grace,
da wir hier ständig sehr beschäftigt sind, nur ein paar kurze Zeilen, um dich wissen zu lassen, daß ich in Italien, gesund und in Sicherheit bin. Du hast gewiß von der Invasion gelesen. Es gab große Verluste, aber mein Schutzengel scheint mir zur Seite gestanden zu haben; ich habe nicht einen einzigen Kratzer abbekommen.
Wir sind dabei, immer weiter vorzustoßen; die Stimmung ist im großen und ganzen optimistisch, der Kampfgeist großartig. Allmählich glaube ich tatsächlich, mein Liebling, daß ich eines Tages wieder bei dir sein werde. Paß gut auf dich auf. Ich liebe dich.
Charles

Es war der erste Brief von Charles, der Grace das Gefühl gab, daß er sie wirklich liebte. Daß seine Worte sie allerdings so wenig berührten, machte ihr Sorgen.

Giles' Schiff erreichte Southampton Ende November. Als er anrief, war Florence gerade dabei, Imogen zu baden.

«Oh, Gott», sagte sie, als sie seine Stimme hörte, «oh, Giles. Giles, bitte, bitte, geh weg. Laß mich in Ruhe.»

«Nein, Florence, das werde ich nicht tun. Ich werde zu dir kommen. Und zwar morgen.»

«Nein. Das darfst du nicht. Das kannst du nicht.»

«Dann mußt du eben zu *mir* kommen. In Ordnung?»

«Nein!»

«Florence, ich habe ein ganzes Jahr lang davon geträumt, von dem Moment an, als ich deinen Brief bekam. Du kannst mir das jetzt nicht verweigern.»

«O Giles, nein. Ich... ich werde zu dir kommen. Sag mir, wo ich dich finden kann.»

«Ich hole dich am Bahnhof ab. Und dann werde ich dich in ein Hotel bringen. Und dich lieben.»

«In Ordnung. Ja, ich komme. Nicht morgen, aber übermorgen. Ruf mich morgen an, und ich sage dir die genaue Zeit.»

«Diesmal wirst du mich doch nicht versetzen, oder?»

«Nein, Giles, bestimmt nicht.»

Nanny Baines war einverstanden, Imogen für ein paar Tage zu nehmen. Florence sagte ihr, sie müsse nach Southampton fahren, um sich um einige ausgebombte Familien zu kümmern.

Florence konnte sich ohne Schwierigkeiten ein paar Tage von ihrer Arbeit bei den Freiwilligen Helferinnen beurlauben lassen; sie hatte sich den Urlaub verdient, denn sie hatte in letzter Zeit sehr hart gearbeitet.

Sie gab Imogen bei Nanny Baines ab und fuhr zum Bahnhof. Kurz nachdem sie The Priory verlassen hatte, rief Robert an, um zu sagen, daß er an jenem Abend auf einen siebentägigen Urlaub nach Hause kommen würde. Muriel, in heller Aufregung, berichtete ihm, was sie wußte: daß Florence in Sachen Freiwillige Helferinnen unterwegs sei.

«Aber sie wird in achtundvierzig Stunden wieder hiersein, Robert.»

«Ist es nicht möglich, ihr eine Nachricht zu senden, sie zurückzuholen?»

«Ich fürchte nein», sagte Muriel mit hörbarer Mißbilligung, «sie nimmt ihre Arbeit leider ziemlich ernst, Robert.»

«Tja», sagte er, «dann muß ich wohl warten, bis sie zurückkommt, oder? Dann übernachte ich am besten heute in London, sehe dort nach dem Haus und komme erst morgen zu euch. Wenn du damit einverstanden bist, Muriel.»

«Völlig einverstanden», erwiderte sie.

Ben konnte für achtundvierzig Stunden im Mill House bleiben; er genoß das Zusammensein mit seinen Söhnen sehr. Danach kam er, wann immer es ihm möglich war; während er den Funkerlehrgang absolvierte, bekam er vergleichsweise häufig Urlaub. Grace freute sich auf seine Besuche. Durch seine lockere, offene Art war es ihm gelungen, die Spannungen, die sich bei seinem ersten Besuch entwikkelt hatten, wieder abzubauen. Er war ein guter, ein sehr guter Freund, ganz genau der Mensch, der ihr in ihrem Leben fehlte. Nicht nur, daß er ihre Leistung zu schätzen wußte, ihr sehr viel half und sich mit den Jungen, die so voller Tatendrang steckten, beschäftigte; er war auch unterhaltsam, interessant und humorvoll. Er und Clifford verstanden sich ausgezeichnet, spielten Schach, machten lange Spaziergänge und tranken eine Menge Whisky. Clifford, der einsam und so lange ohne Gesellschaft gewesen war, war erneut voller Energie und redete sogar davon, sich dem Kirchenchor der St. Andrews-Gemeinde anzuschließen.

«Ich kann nicht immer allem aus dem Weg gehen», sagte er zu Grace, «und ich wage zu behaupten, die meisten haben inzwischen vergessen, warum ich überhaupt verschwunden bin.»

Grace war in dieser Hinsicht nicht ganz so zuversichtlich, aber sie gab vor, der gleichen Meinung zu sein.

Was Ben außerdem noch konnte, war kochen; er übernahm recht häufig das Kommando in der Küche und zauberte die schönsten Gerichte auf den Tisch. Während er arbeitete, saß Grace bei ihm in der Küche und strickte oder nähte oder schrieb die vielen Briefe, die für ihre Arbeit bei den Landmädchen geschrieben werden mußten. Ab und zu warf sie, während im Radio klassische Musik lief, einen Blick zu ihm hinüber und gab sich verbotenen Phantasien hin. Und häufig begegnete er diesem Blick, lächelte und fragte: «Geht's dir gut?», und sie lächelte zurück und nickte.

«Ich muß gehen», sagte Florence, den Kopf an Giles' Brust. «Ich muß zurückfahren.»

«Nein, du mußt nicht. Du kannst später zurück. Im Augenblick ist dein Platz hier bei mir. Ich liebe dich, und du gehörst mir. Und du wirst Robert verlassen und mich heiraten.»

«Giles, das kann ich nicht. Bitte versteh das doch. Ich bin nur hier, weil ich dir sagen wollte, daß ich dich noch immer liebe. Aber ich werde dich nie heiraten können. Ich muß zu Robert zurück.»

«Aber warum, Florence, warum? Ich begreife es einfach nicht.»

«Weil er mein Mann ist», sagte sie nüchtern, «und ich geschworen habe, bei ihm zu bleiben. Er braucht mich.»

«Grace, hier spricht Muriel. Hör mal, Nanny Baines ist krank geworden.»

«Das tut mir sehr leid.»

«Ja, aber die Sache ist die: Sie sollte auf Imogen aufpassen. Florence ist augenblicklich nicht da; sie arbeitet für die Freiwilligen Helferinnen.»

«Ach. Tatsächlich?» erwiderte Grace.

«Ja. Irgendwo in Southampton. Versucht, für irgendwelche Ausgebombten Unterkünfte zu beschaffen. Nun ja, jedenfalls kann ich Imogen unmöglich nehmen. Ich habe extrem viel zu tun, deshalb habe ich Nanny gesagt, du würdest sie abholen und bei dir behalten, bis Florence wieder zurück ist.»

«Aber Muriel, ich –»

«Du hast ja schließlich auch noch die anderen Kinder zu betreuen, also ist es kein Problem für dich. Sie erwartet dich. Bitte beeil dich; der armen Frau geht es gar nicht gut.»

Robert kam gegen Mittag in The Priory an. Er hatte für Muriel eine Flasche Sherry mitgebracht. «Irgendwelche Neuigkeiten von Florence?»

«Nein, aber ich bin sicher, daß sie morgen früh zurücksein wird. Sie hat es versprochen.»

«Ja, natürlich. Und wo ist Imogen?»

«Grace paßt auf sie auf.»

«Wie nett von ihr.»

«Also das ist ja wohl das mindeste, denke ich.»

Robert war gerade dabei, die Zeitung zu lesen, als es an der Tür klingelte. Muriel machte ihren Mittagsschlaf, deshalb ging er selbst hin.

Eine große, imposante Frau in der grünen Uniform der Freiwilligen Helferinnen stand vor ihm und lächelte ihn über einige Wolldekken hinweg an, die sie an ihren gewaltigen Busen preßte. «Hallo», sagte sie, «ich bin Joan Haverford. Von den Freiwilligen Helferinnen. Ist Mrs. Grieg da?»

«Nein», sagte Robert, «nein, sie ist nicht da. Sie ist für die Helferinnen unterwegs. Sie kommt morgen zurück.»

«Ich versichere Ihnen, daß sie ganz bestimmt nicht für die Helferinnen unterwegs ist», entgegnete Joan Haverford streng. «Ich habe ihr zwei Tage Urlaub gegeben. Jedenfalls sind diese beiden Wolldekken für sie. Für die Evakuierten, die neulich abend aus Bristol angekommen sind. Vielleicht könnten Sie sie ihr geben. Recht herzlichen Dank.» Und schon war sie wieder fort.

Als Robert kam, stand Grace gerade in der Küche und kochte eine Suppe; Ben saß am Kamin und las Imogen etwas vor. Clifford und die Jungen waren in der Schule bei den Proben für das Weihnachtskonzert, da Grace Clifford überredet hatte, sie in diesem Jahr zu vertreten.

«Hallo, Robert», sagte sie, nachdem sie auf sein Klopfen hin die Hintertür geöffnet hatte, «was für eine schöne Überraschung.»

Nach seinem letzten Besuch fühlte sie sich unwohl und machte sich Sorgen, weil Florence fort war.

«Tja, weißt du, ich habe plötzlich eine Woche Urlaub bekommen, und ich dachte, ich komme einfach mal vorbei. Florence war leider überhaupt nicht zuhause.»

«Äh… wie schade», sagte Grace. «Möchtest du eine Tasse Tee?»

«Ja, bitte. Wo ist mein Töchterchen? Man hat mir gesagt, sie sei hier. Vielen Dank, Grace, daß du sie genommen hast.»

«Ja, sie ist hier. Sie ist im Wohnzimmer, Ben liest ihr gerade etwas vor.»

«Ben?»

«Ja, er ist ein… Freund von mir. Oder, genauer gesagt, der Vater der beiden Jungen, die ich aufgenommen habe.»

«Ach, tatsächlich?» Robert hob die Augenbrauen, aber dann lächelte er sie an und ging hinaus, um Imogen zu holen. Er kam mit ihr auf dem Arm zurück; sie sträubte sich und zappelte wild, wütend, daß jemand, den sie nicht kannte, sie bei ihrem Spiel gestört hatte. Ben betrat nach ihm die Küche.

«Und… wie findest du sie?» sagte Robert.

«Sie ist wunderhübsch», sagte Grace. «Und sehr aufgeweckt.»

«Ich weiß. Wirklich sehr aufgeweckt. Ich wünschte nur, ich

könnte sie häufiger sehen, sie verändert sich so schnell. Du glaubst doch nicht, daß es ihr irgendwie schadet, daß Florence sie bei Nanny Baines läßt?»

«Absolut nicht», sagte Grace. «Wo ist denn nun der Tee, den du mir versprochen hast?» fragte Robert.

«Ich hol ihn schon, Grace», sagte Ben und ging an den Herd. Robert beobachtete ihn schweigend, während er den Tee einschenkte und die Tassen herumreichte.

«Danke», sagte er. Ein unbehagliches Schweigen erfüllte den Raum.

«Ben war auch in Nordafrika. Wie Charles», sagte Grace mit leiser Verzweiflung.

«Ach. Wirklich?» sagte Robert.

«Ja. Und dann wurde er verwundet und nach England überführt, und jetzt ist er drüben in Tidworth.»

«Grace, ich kann durchaus für mich selbst sprechen», sagte Ben freundlich.

«Die Wunde muß ja ziemlich schlimm sein, wenn Sie deshalb nach Hause zurückgebracht wurden», bemerkte Robert. Er warf Ben einen kalten Blick zu.

«Ja, das war sie auch», erwiderte Ben. «Schulter. Schulter und Rücken. Ich war über sechs Monate im Krankenhaus.»

«Ich verstehe. Und kommen Sie häufig her, um Grace zu besuchen?»

«Gelegentlich», sagte Ben, «um meine Jungen zu sehen. Meine Frau ist bei einem Bombenangriff umgekommen. Grace hat uns alle drei aufgenommen. So, und nun muß ich gehen.»

«Tatsächlich, Ben?» fragte Grace. «So früh?»

«Ja, ich muß morgen um sechs Uhr wieder bei meinem Lehrgang sein. Tut mir leid. Ich werde mal meine Sachen zusammenpacken.»

«Wie ich sehe, benutzen Sie ein Armeefahrzeug», sagte Robert.

«Ja. Ich habe auf dem Wege hierher einige Läden beliefert. Ich habe eine offizielle Erlaubnis; Sie können meinen Kommandeur fragen, wenn Sie wollen.» Grace starrte ihn an. Er war sonst nie feindselig oder unhöflich.

«Um Gottes willen, nein», sagte Robert. «ich bin nur ein wenig überrascht, das ist alles. Also, Imogen, du kommst jetzt mit mir ins Wohnzimmer, ich lese dir die Geschichte vor, die du so gern magst. Ich bin gleich wieder da, Grace.»

«Ja, gut.» Sie folgte Ben in das obere Zimmer. «Was ist los?»

«Nichts.»

«Ben. Irgend etwas ist doch nicht in Ordnung.»

«Es ist Zeitverschwendung, darüber zu reden», sagte er schroff. «Ich fühle mich ohnehin nicht wohl mit ihm – in Anbetracht dessen, was du mir von Florence erzählt hast.»

«Was ist mit den Jungen?»

«Ich fahre auf dem Rückweg an der Schule vorbei, um mich von ihnen zu verabschieden. Und von Sir Clifford auch. Sie werden bestimmt noch lange fortbleiben.»

«Ja, sicher.»

«Also, auf Wiedersehen.» Er zögerte. «Meinst du, es wird keine Probleme geben? Ich... ich kann ihn nicht leiden.»

«Natürlich gibt es keine Probleme. Und *ich* mag ihn, sehr sogar. Er ist immer sehr freundlich zu mir gewesen.» Ihre Stimme klang gereizt.

«Okay. Dann gehe ich jetzt. Ich rufe an. Auf Wiedersehen, Grace. Danke, daß du mich noch einmal aufgenommen hast.»

Ben schlug die Eingangstür hinter sich zu und fuhr mit laut aufheulendem Motor aus der Auffahrt.

Grace kehrte ins Wohnzimmer zurück. Robert saß allein am Kamin. Sie lächelte ihn ein wenig unsicher an.

«Wo ist Imogen?»

«Ich habe sie nach oben gebracht. In ihr Bett. Sie war ohnehin müde.»

«Aber warum denn? Ich glaube nicht, daß sie müde war. Es ist gar nicht ihre Schlafenszeit.»

«Das geht schon. Ich habe ihr ein paar Sachen zum Spielen gegeben. Ich wollte mit dir reden.»

«Oh. Nun ja, aber bitte nur eine Minute, dann muß ich leider –»

«Grace, weißt du, wo Florence ist?»

«Nein», sagte Grace, und ihr Herz begann, unangenehm heftig zu klopfen. «Aber sie ist für die Freiwilligen Helferinnen im Einsatz.»

«Das glaube ich nicht», sagte Robert.

Sie spürte, wie eine heiße Röte ihre Wangen, ihren Hals überzog, und schluckte heftig. «Robert, aber natürlich ist sie das.»

«Nein, das stimmt nicht. Eine Frau von den Helferinnen ist vorbeigekommen und hat gesagt, Florence hätte ein paar Tage Urlaub.»

«Oh», sagte Grace. «Nun ja, vermutlich besucht sie jemanden. Ich hab es wahrscheinlich verwechselt. Clarissa… ja, vielleicht besucht sie Clarissa.»

«Das glaube ich nicht. Glaubst du es etwa? Grace, sieh mich an…»

Grace sah Robert an, und was sie erblickte, gefiel ihr nicht. Er wirkte völlig verändert, seine hellen Augen waren hart wie graue Steine und die sonst so vollen Lippen waren fest aufeinandergepreßt. In seinem Nacken pulsierte eine Ader.

«Grace, weißt du irgend etwas über Florence' Liebhaber?»

«Nein. Natürlich nicht. Ich wußte nicht… das heißt, ich bin sicher, daß sie keinen Liebhaber hat.»

«Ich glaube, du wußtest doch davon. Und ich glaube, du wußtest auch, daß er Imogens Vater ist, oder? Was glaubst du wohl, was *ich* dabei empfinde, Grace, betrogen und darüber hinaus noch für einen Idioten gehalten zu werden?»

«Robert, ich schwöre dir, ich weiß nicht –»

«Hör doch auf, Grace. Du warst doch da, bei Florence, als Imogen geboren wurde. Erzähl mir bloß nicht, du hättest das alles mit ihr durchgemacht, ohne daß sie sich dir anvertraut hätte. Natürlich hat sie das getan.»

«Robert, sie hat es nicht getan», erwiderte Grace. «Ich weiß wirklich nichts über Florence' Privatleben. Ich habe sie ganz bewußt niemals danach gefragt.»

«Ah, so. Tja, ich kann mir vorstellen, Grace, daß du mit ihr unter einer Decke steckst. Daß du sie ermutigt, sie dazu angestachelt und ihr versprochen hast, ihr zu helfen, mich im Hinblick auf das Baby, bei dessen Geburt du anwesend warst, hinters Licht zu führen. Schade, daß du dich das letzte Mal, als ich da war, so sehr verplappert hast.»

«Was soll das heißen?»

«Mir zu erzählen, Imogen wäre zu früh geboren worden. Wo doch Florence sich so bemüht hat, mir einzureden, daß sie zu spät geboren sei.»

«Ich… nun ja, ich hab es wahrscheinlich verwechselt. Ich –»

«O Grace, bitte! Trau mir doch einfach mal ein bißchen gesunden Menschenverstand zu. Ich bin enttäuscht von dir, meine Liebe. Du bist ganz und gar nicht die, für die ich dich gehalten habe. Aber für Florence eine hervorragende Verbündete. Unsere kleine Heuchlerin, so unschuldig und rein. Was für ein Witz!»

«Robert, bitte nicht.»

«Und die ganze Zeit treibst du es mit diesem... Kerl, den du irgendwo in den Slums von London aufgegabelt hast, zusammen mit seinen widerwärtigen Söhnen.»

«Robert, bitte geh jetzt!»

«Stille Wasser sind offensichtlich ganz schön tief. Bevor er ging, hast du dich da noch schnell nach oben geschlichen, um es mit ihm zu treiben, ja? Hast du dich gegen die Wand gelehnt? So machen sie das doch, glaube ich, da, wo er herkommt.»

Grace sprang auf. «Raus hier! Raus aus meinem Haus!»

«*Deinem* Haus. Jetzt ist es wohl schon dein Haus, was? Der arme alte Charles. Nicht nur, daß man ihm Hörner aufsetzt, sondern sein Nebenbuhler ist auch noch ein ganz einfacher Soldat. Nicht einmal ein Offizier. Du großer Gott. Was er dazu wohl sagen würde? Und das alles, während er an der Front ist, um sein Land zu verteidigen.»

«Du bist widerlich», sagte Grace.

«Mag sein», sagte er und ging auf sie zu, packte sie an den Handgelenken und riß sie an sich. «Tja, Grace, schauen wir mal, wem du deine Gunst noch schenken könntest. Ich fand dich immer recht attraktiv.»

«Sie wandte den Kopf ab, aber er drückte sie gegen die Wand und preßte seinen Mund auf ihren. Sie versuchte, um Hilfe zu rufen, aber seine Zunge erstickte ihren Schrei.

«Dann plötzlich trat er ein wenig zurück, sah sie nachdenklich an und lächelte. «Sollen wir nach oben gehen? Dorthin, wo du's mit ihm getrieben hast? Oder sollen wir's hier unten machen, vor dem Kamin? Sex auf dem Fußboden fand ich schon immer ziemlich aufregend, du nicht? Es ist so... primitiv.»

«Robert, bitte geh. Ich... ich möchte nicht –»

«Aber gewiß möchtest du. Nein, wir bleiben besser hier unten; Imogen könnte uns hören.»

Er zog sie rückwärts hinter sich her zu dem großen Läufer vor dem Kamin. Dann hielt er sie mit einer Hand fest und versuchte mit der anderen, ihr Kleid aufzuknöpfen. Er nahm eine ihrer Brüste in die Hand und begann, die Brustwarze zwischen den Fingerspitzen zu drehen.

Grace beugte den Kopf und biß in sein Handgelenk; er grinste sie an und fuhr fort, ihre Brust zu bearbeiten.

«Bitte», flehte sie und begann zu schluchzen, «bitte, Robert, laß mich allein. Geh bitte. Ich werde es niemandem erzählen. Ich schwöre es dir. Geh einfach. Hör mal, Imogen weint, sie –»

«Gut», sagte er plötzlich. «In Ordnung.» Er ließ sie los, trat einen Schritt zurück und sah sie an. «Ich werde dich in Ruhe lassen, wenn es das ist, was du willst.»

Sie starrte ihn an, verblüfft über seinen plötzlichen Sinneswandel.

«Du brauchst mir nur zu sagen, wo Florence ist, Grace. Erzähl mir, wo sie ist. Und bei wem.»

«Robert, ich kann es nicht. Ich habe dir doch gesagt, daß ich es nicht weiß.»

Er hob die Hand und schlug sie seitlich gegen den Kopf; sie war so benommen, so schockiert, daß sie einfach nur stehenblieb und ihn anstarrte.

«Sag mir, wo sie ist», forderte er sie auf. «Du weißt es doch, oder?»

«Nein, ich weiß es nicht.»

Er schlug sie noch einmal, diesmal noch härter; seine Hand traf ihr Auge, das schrecklich zu schmerzen begann.

«Ich glaube doch. Los, Grace, sag es mir.»

Es war wie in einem schrecklichen, obszönen Traum; sie war wie gelähmt, unfähig, klar zu denken. Sie fühlte sich völlig hilflos, isoliert von allen Menschen und allen Dingen. Sie konnte hören, wie Imogen oben weinte und wie irgendwo in der Küche Radiomusik erklang, aber es kam ihr unwirklich vor; das alles spielte sich in einer anderen Welt ab. Sie sah Robert an, und plötzlich lächelte er sein vertrautes, sanftes, freundliches Lächeln, und einen verrückten Augenblick lang hatte sie das Gefühl, daß sie möglicherweise halluzinierte.

«Komm», sagte er, ließ sich auf das Sofa fallen und klopfte mit der Hand auf den Platz neben sich, «komm und setz dich. Du siehst sehr blaß aus, Grace, ist alles in Ordnung mit dir?»

«Ja», sagte sie vorsichtig, «es ist alles in Ordnung.»

«Gut. Tut mir leid, wenn ich dich erschreckt habe. Ich mußte dich einfach danach fragen, mußte versuchen, herauszufinden, wo sie ist. Ich liebe sie so sehr, weißt du. Komm her, komm, bitte, setz dich zu mir.»

Sie starrte ihn gebannt an, setzte sich wie in Trance auf das Sofa, während sie ihr Kleid unter sich zusammenraffte. Er lehnte sich zurück und betrachtete sie.

«Das ist besser», sagte er. «Ich hole dir gleich eine Tasse Tee.»

«Danke», sagte sie sehr vorsichtig, sehr leise.

Vielleicht war die Gefahr jetzt vorüber, und er würde sie gehen lassen, vielleicht schämte er sich. Er wirkte wieder ganz normal und gefaßt. «Robert, ich würde gern nur schnell mal zur –»

«Gleich.» Ein kurzer Moment des Schweigens. «Also», sagte er leise, «wo ist sie?»

«Bitte glaub mir: Ich weiß es nicht.»

Und dann schlug er erneut zu, diesmal auf ihren Unterkiefer; und als sie zurückwich, streckte er die Hand aus und zerrte wild an ihrem Kleid, und diesmal zerriß es, ebenso der Unterrock, und ihre Brüste lagen bloß.

«Du *weißt* es nicht», höhnte er. «Sag's mir. Sag's mir.»

«Ich kann es nicht.»

«Du lügst. Die kleine Hure lügt. Wollen wir doch mal sehen, was mit Huren passiert, ja? Soldatenhuren...»

Er schlug sie erneut ins Gesicht, diesmal so brutal, daß sie zu Boden glitt, und im selben Moment kniete er sich über sie, fummelte an seinem Hosenschlitz und zerrte ihren Schlüpfer herunter. Sie konnte seinen Penis fühlen, der blind gegen ihre Schenkel stieß; sie preßte die Beine zusammen und versuchte, ihn wegzustoßen.

«Mach die Beine breit», sagte er, «los, mach sie breit. Oder ich schlag noch einmal zu.»

Ihr letzter Gedanke, während sie vergeblich versuchte, ihn von sich zu stoßen und dann in eine wirbelnde, schmerzende Dunkelheit versank, war, wie schrecklich sie es bereute, Florence nicht geglaubt zu haben.

«Du dreckiges Schwein! Laß sie los! Steh sofort auf!»

Es war Ben; er hatte Robert mit seinem gesunden Arm am Kragen gepackt und zog ihn hoch, während er zugleich mit dem Knie immer wieder in sein Hinterteil stieß. Dann riß er ihn herum, schleuderte ihn gegen die Wand und versetzte ihm einen Faustschlag ins Gesicht.

Grace saß schluchzend auf dem Boden und versuchte, ihren Rock wieder herunterzuziehen; sie war sich undeutlich bewußt, daß die Jungen in der Türöffnung standen und sie blaß vor Schrecken anstarrten. Clifford sprach im Eingangsraum ins Telefon; er war dabei, die Polizei anzurufen. Und selbst in ihrem Schmerz und Kummer wußte sie, daß dies das Falsche war.

«Clifford, nicht. Bitte tu das nicht.»

Er legte den Hörer wieder auf und sah sie an. «Warum? Warum denn nicht, zum Teufel?»

«Tu's nicht. Bitte.»

Sie schleppte sich langsam und mit schmerzenden Gliedern zum Sofa hinüber und ließ sich, den Kopf in den Händen, darauf fallen. Sie hörte, wie David sagte: «Dad, bitte, hör auf, ihn zu schlagen» und wie Daniel sie anflehte: «Grace, wein doch nicht. Bitte wein doch nicht.»

Clifford kam aus dem Eingangsraum zurück und sagte: «Ben, es ist gut, wenn ich du wäre, würde ich ihn jetzt laufen lassen. Er ist ein Feigling. Er wird jetzt keinen Schaden mehr anrichten.»

Ben ließ eine Hand sinken, aber die andere hielt noch immer Roberts Kehle umklammert.

«Laß ihn los», sagte Grace. «Laß ihn einfach los.»

Robert schüttelte sich wie ein Hund, strich sich das Haar aus dem Gesicht und wischte sich die blutende Nase mit einem Taschentuch ab. Dann sah er Clifford an.

«Weißt du, wo sie ist?» fragte er. «Wo meine Frau ist?»

Clifford schwieg; dann sagte er: «Robert, entweder verläßt du jetzt sofort dieses Haus und kommst nie wieder in unsere Nähe, oder ich schwöre dir bei Gott, daß ich dich ins Gefängnis bringe.»

Robert verließ das Zimmer und dann das Haus; sie hörten, wie sein Jeep aufheulte und dann die Zufahrt hinunterfuhr.

Grace saß noch immer zusammengesunken auf dem Sofa; sie bemerkte, daß Ben sie mit sehr intensivem Blick ansah. Es war nicht nur Sorge, nicht einmal blanke Wut, sondern etwas anderes. Etwas, wovon sie sich augenblicklich gänzlich überfordert fühlte.

«Ich geh mal nach oben», flüsterte sie. «Bitte entschuldigt mich.»

«Soll ich mitkommen?» fragte Daniel, und sie erwiderte: «Nein, Daniel, es ist schon gut. Ben, bitte kümmere dich um Imogen. Sie hat die ganze Zeit geweint.»

«Hat er dir weh getan?» fragte David.

«Nicht sehr. Nein, es ist alles in Ordnung. Wirklich.»

Sie ging mit schweren Schritten aus dem Zimmer, die Arme vor ihrer nackten Brust gekreuzt, und vermied es, Ben in die Augen zu sehen.

Sie blieb sehr lange in der Badewanne liegen und wusch sich den Geruch und die Angst von ihrem Körper ab; dann kletterte sie mühsam heraus, zog sich ein altes Nachthemd an und legte sich zusammengerollt auf ihr Bett. Sie fühlte sich erschöpft, und ihr ganzer Körper schmerzte, nicht nur ihr Kopf, wo er sie geschlagen hatte, sondern jeder einzelne Muskel, jedes Fleckchen Haut.

Es klopfte an der Tür. «Grace?»

«Ja?»

«Ich bin's, Ben. Kann ich hereinkommen? Ich habe dir eine Tasse Tee gemacht.»

«Ja. Komm herein, bitte.»

Sie versuchte, sich aufzusetzen; er trat ein und schloß die Tür hinter sich. «Ist alles in Ordnung?»

«Ja. Es geht mir gut.»

«Dein Auge ist geschwollen», sagte er.

«Ja. Er hat mich geschlagen.»

«Wir sollten den Arzt holen.»

«Nein», widersprach sie ihm heftig, «auf keinen Fall. Es ist alles in Ordnung.»

«Grace –»

«Ich möchte nicht, daß der Arzt kommt. Und auch nicht die Polizei.»

Er setzte sich auf das Bett und nahm ihre Hand. «Ich wünschte, ich hätte ihn umgebracht», sagte er, «wirklich. Dieses Schwein. Dieses dreckige Schwein. Man sollte ihn aufhängen –»

«Ben, bitte –»

«Ich kann es einfach nicht ertragen», sagte er, «mir vorzustellen, was hätte geschehen können, wenn wir nicht zurückgekommen wären.»

«Nein.»

«Hat er... hat er... ich meine...» Seine Stimme verebbte. Er konnte die Frage nicht beenden.

«Nein», sagte Grace mit ausdrucksloser Stimme. «Nein, hat er nicht. Ihr... nun ja, ihr kamt gerade noch rechtzeitig.» Sie lächelte unsicher.

«Gott sei Dank! Gott sei Dank!» Er war ebenfalls blaß und erschüttert. «Hier, trink deinen Tee. Ich habe ein bißchen Honig hineingetan.»

Während sie den Tee trank, stützte er ihren Kopf; dann lehnte sie sich in die Kissen zurück und sah ihn an. «Du mußt es der Polizei melden», sagte er, «damit er ins Gefängnis kommt. Er ist gefährlich.»

«Ich kann es nicht», sagte Grace mit einer Stimme, die so leise und müde war, daß sie sie selbst kaum wiedererkannte. «Ich kann es nicht, weil ich mich so schrecklich fühle... so beschämt.»

«*Du* fühlst dich beschämt? Ich verstehe nicht, warum... wieso...»

«Ich bin sicher, daß Florence sich auch geschämt hat», sagte sie, «ich kann es jetzt sehr gut verstehen. Man fühlt sich irgendwie... verantwortlich. Als wäre es die eigene Schuld, als hätte man es selbst so gewollt.»

«Grace! Wir waren hier, wir haben es gesehen, niemand würde auf eine solche Idee kommen.»

«Aber die anderen bestimmt», sagte sie. «Sie würden bestimmt auf die Idee kommen. Und es wäre schrecklich, entsetzlich für alle, für jeden in der Familie, für die Kinder, für ... Charles.» Sie brachte den Namen nur zögernd hervor, als fiele es ihr schwer, ihn auszusprechen.

«Aber was ist mit dir? Und mit Florence – denkst du auch daran, was er *ihr* antun könnte? Und Imogen?»

«Ich glaube nicht, daß er ihnen etwas antut», sagte sie. «Und ich glaube nicht, daß er zurückkommt – jedenfalls nicht jetzt. Die arme Florence, ich schäme mich, daß ich diese Dinge über sie gedacht und gesagt habe.»

«Du bist verrückt», sagte er plötzlich, und seine Stimme klang wütend. «Ich verstehe das einfach nicht. Grace, bitte, zeig ihn an, sprich mit jemandem darüber.»

«Ich kann es nicht. Ich kann es einfach nicht. Es wäre für die ganze Familie schrecklich. Ich würde immer wieder darüber reden müssen. Wer würde mir überhaupt glauben? Er würde ihnen allen erzählen, daß ich ... nun ja, daß es meine Schuld gewesen sei. Und sie würden ihm glauben. Auch das, was er ihnen über dich erzählt ...»

«Was soll er ihnen denn über mich erzählen?» fragte Ben.

«Er sagte ... nun ja, er sagte, ich hätte offensichtlich mit dir ein ... ach, du weißt schon.»

«Um Himmels willen!» rief er aus. «Du großer Gott!»

«Ist die Vorstellung denn so entsetzlich?» entgegnete Grace und lächelte. Der Tee und die Tatsache, daß der Schock und die Angst ein wenig nachgelassen hatten, bewirkten, daß sie sich etwas benommen fühlte.

«Nein», sagte er und wandte rasch den Blick von ihr ab, «nein, natürlich ist sie das nicht. Das habe ich nicht gemeint.»

Es folgte ein langes, unbehagliches Schweigen. Schließlich sagte sie: «Geht es Imogen gut? Und den Jungen?»

«Die Jungen sind bei ihr. Sie sind ... nun ja, sie sind ein bißchen durcheinander, fürchte ich.»

«O Ben, das tut mir alles so leid», sagte Grace und brach in Tränen aus. Schluchzer stiegen in mächtigen, schmerzlichen Schüben aus ihrer Brust empor, und Tränen rannen ihr übers Gesicht.

«Nicht», sagte er. «Sag das nicht. Du darfst so etwas nicht denken.» Er sah sie an, rückte ein wenig näher an sie heran und legte den

Arm um sie. «Sei ruhig, Liebes. Es ist ja schon gut, alles, alles ist gut, es gibt nichts, gar nichts, weswegen du dir Sorgen zu machen brauchst. Ruhig, meine Liebste, sei ganz ruhig jetzt...»

«Er legte auch den anderen Arm um sie und hielt sie fest; sie fühlte sich im Schutz seiner Arme sicher und vergrub das Gesicht an seiner Brust. Nach und nach versiegten ihre Tränen. Ihr Kopf fühlte sich schwer an und schmerzte, wo Robert sie geschlagen hatte. Aber sie fühlte sich beschützt, geborgen, und sie begann, ein wenig schläfrig zu werden.

«Ich denke, ich sollte mich mal um die Jungen kümmern», sagte er leise und bettete sie wieder sanft in die Kissen. «Ich glaube, sie brauchen mich. Ich werde morgen früh fahren», sagte er. «Aber heute nacht lasse ich dich hier nicht allein.»

«Ben, es geht mir schon wieder gut.»

«Nein», sagte er, «ich möchte lieber hierbleiben. Ich möchte dich beschützen.»

Ben kam sehr viel später noch einmal in ihr Zimmer. Grace konnte keinen Schlaf finden. Sie überlegte gerade, ob sie aufstehen und sich zwei Aspirintabletten holen sollte, als die Tür zu ihrem Zimmer sich öffnete. Sie hatte kein Klopfen gehört; sie wurde einfach geöffnet.

«Grace? Kann ich hereinkommen?» fragte Ben.

«Ja. Könntest du mir zwei Aspirintabletten bringen?»

Er brachte ihr die Tabletten mit einer Tasse Tee. Während sie langsam austrank, sah sie ihn nachdenklich an. Irgend etwas hatte sich zwischen ihnen verändert, war aus dem Gleichgewicht geraten, und sie war nicht sicher, wie es passiert war.

«Die anderen schlafen alle schon?»

«Ja, alle. Sogar Sir Clifford.»

Er streckte die Hand nach ihr aus und berührte ihr geschwollenes Auge. «Dein armes Gesicht. Tut es sehr weh?»

«Ja, ziemlich.»

«Es sieht schrecklich aus.»

Er sah sie an, zögerte und sagte dann vorsichtig: «Ich weiß nicht, was ich getan hätte, wenn er dich tatsächlich vergewaltigt hätte. Ich hätte es nicht ertragen. Ich hätte den Verstand verloren.»

Und dann ging er wieder hinaus und schloß die Tür leise hinter sich.

Grace wußte genau, was er damit sagen wollte, und trotz ihrer körperlichen Schmerzen schlief sie lächelnd ein.

Am nächsten Morgen wachte sie sehr früh auf. Sie fühlte sich steif und wund, und ihr Kopf schmerzte; sie verließ das Bett, ging sehr leise nach unten, machte sich eine Tasse Tee und nahm zwei Aspirintabletten. Und dann setzte sie sich, eingehüllt in ihren Morgenmantel, neben den Ofen und dachte nach.

In den letzten Stunden hatte sich irgend etwas in ihr verändert; sie hatte das Gefühl, ein anderer Mensch zu sein. Sie war nicht sicher, was es war, sie fühlte nur, daß sie sich, trotz allem, was geschehen war, sehr viel stärker fühlte, als habe sie die Dinge jetzt besser im Griff. Roberts gewalttätiger Angriff, der Schock und das Entsetzen, die dieser bei ihr ausgelöst hatte, der Verrat von seiten eines Menschen, von dem sie es ganz und gar nicht erwartet hatte, stellte nun alles in Frage, auch ihre Bereitschaft, sich den Konventionen zu unterwerfen, und hatte ihr auf seltsame Weise den Mut und die Kraft vermittelt, einen Blick hinter die Grenzen zu werfen.

Kapitel 21
Weihnachten 1943

Am nächsten Tag kam Florence, blaß und mit geschwollenen Augen, um Imogen abzuholen; Nanny Baines hatte sie zu Grace geschickt. «Tut mir leid», sagte sie mit tonloser Stimme, «tut mir leid, daß du auf sie aufpassen mußtest.»

«Das ist schon in Ordnung», sagte Grace.

«Du siehst schrecklich aus», sagte Florence geistesabwesend. «Was in aller Welt hast du gemacht?»

«Ich ... weißt du, Florence, ich muß dir leider –»

Florence hörte ihr wie üblich nicht zu. «Imogen siehst so komisch aus», sagte sie. «Was hast du ihr denn bloß angezogen?»

«Einen alten Pullover von Daniel», sagte Grace. «Ich hatte keine sauberen Kleider mehr für sie.»

«Konntest du ihre Sachen denn nicht mal schnell durchwaschen?»

«Nein, Florence», sagte Grace, unwillkürlich gereizt, «das konnte ich nicht.»

«So. Na ja, macht nichts. Grace, ich muß mit dir reden.»

«Oh. Ich wollte auch mit dir reden. Vielleicht sollte ich anfangen. Also, ich –»

Florence unterbrach sie. «Was ich dir zu sagen habe, ist wichtig. Also hör mir bitte zu. Ich weiß, du denkst, daß ich ... daß ich diese Beziehung nicht hätte eingehen sollen. Und du hattest recht, hundertprozentig recht. Ich hätte es tatsächlich nicht tun sollen. Die einzige Entschuldigung, die ich vorbringen kann, ist, daß ich sehr unglücklich war, aber ... tja, fortzulaufen ist natürlich niemals eine Lösung. Tatsache ist: ich war bei ihm, bei Giles, in diesen beiden letzten Tagen.»

«Ja», sagte Grace, «ja, ich weiß.»

«Woher weißt du das?» fragte Florence und starrte sie an.

«Florence, laß mich dir bitte erst einmal erklären –»

«Sofort. Jedenfalls ... es ist ohnehin jetzt nicht mehr wichtig. Ich wollte dir nur sagen, daß ich auf ihn verzichte. Auf Giles, meine ich.

Ich kehre zu Robert zurück. Er hat sich sehr bemüht, einen neuen Anfang zu machen. Er scheint sehr an Imogen zu hängen. Und er war sehr geduldig und treu. Also, genau das werde ich tun.» Sie verstummte und warf Grace einen wilden Blick zu; ihr Gesicht war hart, angespannt, und Tränen standen in ihren Augen.

«Florence», sagte Grace und streckte die Hand nach ihr aus. «Florence, ich möchte dir nur –»

«Nein, fang bitte nicht an, mich zu bemitleiden. Ich verdiene es nicht, und ich kann es nicht ertragen», sagte Florence. «Ich möchte nicht mehr darüber reden, sondern einfach nur mein Leben weiterleben. Ich denke, darum geht es doch, nicht wahr?» Sie zog, in dem Bemühen, ihre Tränen herunterzuschlucken, eine finstere Grimasse, warf den Kopf zurück und schloß die Augen; sie sah aus wie damals, dachte Grace, als sie in den Wehen gelegen hatte.

«Florence –»

«Du siehst wirklich schrecklich aus, weißt du. Was sagtest du, was du mit deinem Gesicht gemacht hättest?»

«Ich habe gar nichts gemacht», erwiderte Grace.

«Na ja, du könntest es ja wenigstens ein bißchen abdecken. Auf jeden Fall –»

«Florence, um Himmels willen, jetzt hör mir bitte einmal zu.»

«Ja, in Ordnung, du brauchst nicht gleich so zu schreien. Ich könnte ein bißchen von diesem Holunderbeerwein vertragen, den du immer gemacht hast.»

«Nein», sagte Grace, «dein Vater hat alles ausgetrunken, wie gewöhnlich, Florence, jetzt setz dich mal einen Augenblick hin und halt den Mund, ja?»

Florence sah sie erschrocken an und setzte sich; Grace berichtete ihr, was geschehen war. Als sie zu Ende gesprochen hatte, stand Florence auf; ihre Augen leuchteten, und ihr Gesicht war gerötet. «Kann ich dein Telefon benutzen?» fragte sie.

«Ja, natürlich.»

Grace hörte, wie sie Mrs. Boscombe bat, sie mit einer Nummer in Southampton zu verbinden, und versuchte dann, nicht zuzuhören, als sie irgend jemandem am anderen Ende der Leitung sagte, sie liebe ihn, sie wolle für immer mit ihm zusammenbleiben und habe nicht die Absicht, ihren Mann je wiederzusehen.

Sie war froh, daß Florence so glücklich war, aber es wäre nett gewesen, dachte sie, wenn sie wenigstens gesagt hätte, es täte ihr leid, und Grace gefragt hätte, ob mit ihr alles in Ordnung war.

Ben würde zu Weihnachten kommen. Grace freute sich wie ein kleines Kind darauf. Sie und die Jungen dekorierten das Haus und gruben im Wald eine winzige Tanne aus und schmückten sie so schön, wie sie konnten.

Geschenke waren wie gewöhnlich ein Problem, aber es gelang Grace, für Daniel auf dem Weihnachtsbasar eine aufziehbare Lokomotive und ein paar Meter Schienen zu kaufen. Die Farbe war abgegriffen und verkratzt, aber sie hoffte, Ben würde das Spielzeug ein bißchen herrichten können. David war ein größeres Problem; sie war ratlos und fast ein wenig verzweifelt, aber als sie den Dachboden nach ein paar Wolldecken durchsuchte, stieß sie auf einen seltsamen Apparat, der auf Charles' Schulkoffer stand. Sie trug ihn zu Clifford hinunter. «Was mag das denn sein?»

«Großer Gott», sagte er und nahm ihn ihr so vorsichtig aus der Hand, als handelte es sich um einen wertvollen Schatz. «Es ist ein altes Radio. Ich hatte ganz vergessen, daß er eines besitzt.»

«Meinst du, daß ich es David schenken könnte?»

«Natürlich. Die Dinger sind wunderbar. Ich erinnere mich noch an das Jahr, als ich es Charles schenkte. Er hat sich so –» Er stockte, und seine leuchtend blauen Augen wurden plötzlich sehr traurig. Grace erwiderte nichts, sondern umarmte ihn nur stumm. Es muß schrecklich sein, dachte sie, einen Sohn zu haben, der nicht nur weit fort und in Gefahr ist, sondern der auch niemals einen Brief schreibt oder sich sonstwie um seinen alten Vater kümmert.

Es war natürlich möglich, daß Charles zu Weihnachten Urlaub bekommen würde; sie wagte nicht, sich einzugestehen, daß sie zwar daran dachte, aber gewiß nicht darauf hoffte. Sie fragte sich und schreckte zugleich zum hundertsten Mal vor der Frage zurück, welche Gefühle sie im Hinblick auf Charles und auf alles andere haben würde, wenn der Krieg vorbei wäre.

Zwei Wochen vor Weihnachten bekam sie einen Brief von ihm. Er war noch immer in Italien und berichtete ihr von dem schrecklichen Chaos, das dort herrschte. Wie immer schrieb er ihr auch, daß er sie liebe und vermisse, und teilte ihr mit, daß er an Weihnachten nicht zuhause sein würde. «Aber vielleicht im nächsten Jahr», schloß er den Brief. «Ich denke, das Ende ist bereits in Sicht.»

Grace verdrängte entschlossen das Gefühl der Erleichterung, daß er keinesfalls unerwartet zuhause auftauchen würde, konzentrierte sich auf die Vorbereitungen für das Fest und versuchte, sich darüber hinaus keine weiteren Gedanken zu machen.

Ben traf am 23. Dezember ein; er kam mit dem Zug, und sie und die Jungen holten ihn ab. Sie hatte ihn seit dem Tag, an dem Robert über sie hergefallen war, nicht gesehen, aber er hatte mehrmals angerufen, um sich zu vergewissern, daß mit ihr alles in Ordnung war und die Jungen sich von ihrem Schock erholt hatten. Das Ereignis war mittlerweile für sie nur mehr ein ferner Alptraum, aber Grace war fest entschlossen, es nicht zu vergessen, sich immer wieder vor Augen zu führen, was es bei ihr bewirkt hatte und was es für sie und ihr Leben bedeutete: einen Wendepunkt. Es war nicht immer leicht, aber es half ihr, das Entsetzliche zu verarbeiten.

Aber jetzt war sie so nervös wie nie zuvor und hatte Angst, daß die Erinnerungen sie wieder überwältigen würden. Geräusche erschreckten sie zutiefst, und sie schloß immer wieder fast zwanghaft die Haustür ab, da sie sich um David und Daniel Sorgen machte.

Die Jungen waren ein paar Tage lang sehr bedrückt gewesen; das Trauma war sehr schwer zu verwinden. Ben hatte sich an jenem Abend mit ihnen zusammengesetzt und sehr sanft mit ihnen geredet. Die Tatsache, daß Grace den Schock anscheinend überwunden und zu ihrer alten Munterkeit zurückgefunden hatte, hatte ihnen ebenfalls beträchtlich geholfen, aber sie hatten dadurch dennoch viel von ihrer Unschuld und ihrem Vertrauen verloren, und Grace wußte dies, und es bekümmerte sie.

Florence war am Tag nach ihrer Rückkehr mit Imogen im Kinderwagen im Mill House aufgetaucht; sie wirkte sehr beschämt.

«Ich kann es selbst nicht glauben, was für eine Egoistin ich bin», sagte sie. «Irgendwann in der Nacht ist es mir plötzlich klargeworden... was du alles für mich getan hast, Grace, und was mein Mann dir angetan hat – und alles, was ich mache, ist, deine Telefonrechnung in die Höhe zu treiben.»

«Ach, sei doch nicht so albern», erwiderte Grace und bemühte sich, so zu tun, als sei ihr ein solcher Gedanke niemals in den Sinn gekommen. «Mir ist ja schließlich nichts passiert.»

«Es hätte aber ganz anders ausgehen können», erwiderte Florence, «und ich fühle mich schrecklich. Es tut mir so leid, Grace, ganz furchtbar leid. Bist du sicher, daß mit dir alles in Ordnung ist? Daß du nicht doch zum Arzt gehen solltest? Oder vielleicht zur Polizei?»

«Nein», sagte Grace, «das... das möchte ich nicht. Es geht mir gut, er hat mich ja nicht... nun ja... es ist ja nichts passiert. Letztlich. Gott sei Dank. Ich möchte nur...»

«... so tun, als wäre es nicht geschehen», sagte Florence nüchtern. «Als wenn ich das selbst nicht am besten wüßte. Die Demütigung, das ist am schlimmsten. Ich fühlte mich so beschmutzt und wertlos. Weißt du, sogar jetzt, da ich mich entschieden habe, mich von ihm scheiden zu lassen, werde ich ihn zu überreden versuchen, Giles als Grund anzugeben. Auf diese Weise geht es rasch über die Bühne. Ich könnte nicht vor dem Richter stehen und darüber reden, was er getan hat. Ich könnte es einfach nicht.»

«Du hast... hast nichts von ihm gehört?» fragte Grace.

«Nein. Ich vermute, er ist entweder in unserem Haus in London oder wieder in der Kaserne. Anscheinend ist er nach The Priory gefahren, hat seine Sachen geholt, meiner Mutter gesagt, er könne nicht länger warten, und ist wieder gegangen. Sie sagte, er sei ihr völlig normal vorgekommen. Er ist wirklich wahnsinnig, weißt du. Das hat Charles schon immer gesagt.»

«Ja», sagte Grace, «das denke ich auch.»

«Tja, wenn es dir wenigstens wieder einigermaßen gutgeht», sagte Florence. Sie sah Grace prüfend an. «Du siehst noch immer schrecklich aus, weißt du. Die Blutergüsse werden mittlerweile gelb. Gott sei Dank, daß Ben dich augenblicklich nicht sehen kann.»

«Florence», sagte Grace und versuchte, unbefangen zu wirken, «Ben ist nichts weiter als ein Freund. Und der Vater von David und Daniel.»

«Okay», sagte Florence, «wenn du meinst. Du kannst dich freuen, einen solchen Freund zu haben, Grace, das ist alles, was ich dazu sagen kann.»

Und jetzt würde er für ein paar Tage zu Besuch kommen, und sie fühlte sich sehr nervös und hatte fast Angst vor der Begegnung.

Er empfand offensichtlich dasselbe. Er kam gezwungen lässig den Bahnsteig hinuntergeschlendert, lächelte sie an, schüttelte ihr, ohne sie richtig anzusehen, die Hand und umarmte die Jungen.

Sie fuhren die dunklen, stillen Straßen entlang nach Haus, ohne ein Wort zu reden. Aber das brauchten sie auch nicht; David und Daniel plauderten fortwährend über Weihnachten, das Schulkonzert, das Footballspiel mit der Schule in Westhorne, bei dem sie mit vier Toren gewonnen hatten, die Tatsache, daß es zum Weihnachtsessen Huhn geben würde, daß Clifford für sich und Ben eine Flasche Whisky besorgt habe, daß sie alle zusammen Gingerbier gebraut hätten, das Haus sehr schön geschmückt sei und – was natürlich am aufregendsten war – daß Charlotte Junge bekäme.

Ben lächelte sie zum ersten Mal an, und sie fühlte sich gleich besser, weniger angespannt.

Clarissa und Jack waren nach Wiltshire hinuntergefahren, um Weihnachten mit Florence zu verbringen. Sie hatte sie gebeten zu kommen, damit das Fest, das ansonsten wohl eher deprimierend ausgefallen wäre, ein wenig fröhlicher würde. Giles hatte keinen Urlaub bekommen. «Ich hatte ja schon jene drei Wochen», schrieb er, «und jetzt liegt noch ein ganzes gemeinsames Leben vor uns. Da werden wir es wohl noch schaffen, noch einmal, ein letztes Mal, das Weihnachtsfest getrennt voneinander zu verbringen.»

«Aber ich bin gar nicht sicher, ob ich es schaffe», hatte Florence zu Clarissa gesagt, «du mußt einfach kommen.»

Am Weihnachtsabend fuhren sie alle zum Tee zum Mill House.

Jack war in bester Stimmung; er würde im Januar in Shropshire wieder seinen Dienst antreten, erneut junge Piloten ausbilden, aber er hoffte, sagte er, daß er selbst auch wieder aktiv werden könnte. Grace betrachtete sein verwüstetes Gesicht und bewunderte seinen Mut. Und ebenso Clarissas; diese saß neben ihm auf dem Sofa und hielt seine Hand, die er um ihre Schulter gelegt hatte. Sie erzählte eine Menge Klatschgeschichten aus London, stellte sich sogar noch mehr als sonst in den Mittelpunkt und schien geradezu wild entschlossen, die anderen auf amüsante Weise zu unterhalten, das Gespräch von allem Nüchternen und Tiefsinnigen abzulenken. Grace bemerkte, daß Ben sehr von ihr angetan war, über ihre Erzählungen herzlich lachte und auf ihre witzigen Bemerkungen sehr schlagfertig einging. Linda war wahrscheinlich so wie Clarissa gewesen, dachte sie, sprühend und geistreich – und zweifellos auch sexy. Sie fühlte sich gereizt und niedergeschlagen zugleich. Im Laufe des Nachmittags wurde sie immer befangener und stiller.

«Also freuen Sie sich darauf, wieder Ihren Dienst antreten zu können?» sagte Ben zu Jack. Er fühlt sich mit den anderen ja offenbar recht wohl, dachte Grace neidisch und haßte sich dafür, da es keinen Grund gab, warum das nicht der Fall sein sollte.

«Ja, sehr», sagte Jack. «Ich habe das Gefühl, als hätte ich in den letzten achtzehn Monaten in einer Art Käfig gesessen.»

«Ich würde alles dafür geben, wieder an die Front gehen zu können», pflichtete Ben ihm bei.

Grace starrte ihn an, ihr war nicht bewußt gewesen, daß er dies empfand.

«Wirklich?» sagte Jack.

«Ich fühle mich da drüben in Tidworth wie ein altes Weib, das nutzlose Signale sendet, während meine Kameraden noch immer dort draußen sind und etwas tun.»

«Aber Ben, die Frauen machen durchaus nichts Nutzloses», sagte Clifford mit fester Stimme. «Schau dir doch nur diese drei an: Sie leisten alle hervorragende Arbeit. Ich bin sehr stolz auf sie.»

«Wir müssen gehen», sagte Florence. «Imogen fällt um vor Müdigkeit. Schaut doch bitte alle mal her, sieht sie nicht süß aus? Sie hat jetzt drei Abende hintereinander ihren Strumpf aufgehängt. Der arme Schatz, dabei habe ich kaum etwas, was ich hineinstecken kann.»

«Ich habe ein bißchen Schokolade für sie», sagte Clarissa, «ich vergaß, es dir zu sagen. Von den Amerikanern. Und ein paar Orangen.»

«Orangen!» rief David, der in einer Ecke gesessen und still zugehört hatte. «Ich mochte Orangen auch immer sehr gern, nicht wahr, Dad? Mama und ich haben immer Wettkämpfe gemacht, wer seine am schnellsten schälen konnte.»

«Dann kriegst du auch eine Orange», sagte Clarissa. «Ich bringe dir ein paar vorbei. Und deinem Bruder und deinem Vater auch. Allen. Grace, mein Schatz, hier sind ein paar Geschenke für euch und ein Fläschchen für morgen zum Weihnachtsessen.»

«Oh, Clarissa, und dabei habe ich überhaupt nichts für euch», sagte Grace bekümmert. Sie fühlte sich erbärmlich, wie eine arme Verwandte.

«Nein, aber du hast uns einen wunderbaren Weihnachtsnachmittag bereitet», sagte Clarissa. «Komm, Jack, Liebling, ich muß noch die Strümpfe aufhängen.»

Als sie fort waren, ging Grace in die Küche. Sie stand am Spülbekken und wusch das Geschirr, als Ben hereinkam.

Er lächelte sie an. «Was für eine komische Frau», sagte er.

«Du scheinst sie aber sehr zu mögen», sagte Grace. Sie wußte, daß es nicht gerade sehr geschickt war, das zu betonen, aber sie konnte sich nicht zurückhalten.

«Ja, ich mag sie. Ich finde sie sehr angenehm. Und offenbar ist sie auch sehr intelligent. Und ihn mag ich auch. Was für ein Mann! All das durchgemacht zu haben... und dann erneut in ein Kampfflugzeug zu steigen!»

«Ja. Ja, er ist sehr tapfer.»

«Was ist los?»

«Nichts.»

«Doch, es ist etwas los. Komm, sag's mir. Du darfst am Weihnachtsabend nicht traurig sein. Das ist verboten.»

«Ach... ich weiß es nicht. Ich bin wahrscheinlich nur müde.»

«Du siehst auch müde aus», sagte er.

«Danke.»

«Sei nicht albern. Deshalb bist du trotzdem hübsch, sehr hübsch. Ich habe dich vorhin genau betrachtet. Dein Haar sah im Licht des Kaminfeuers wunderbar aus.»

«Oh.» Sie wußte nicht, was sie sagen sollte.

Sie schaute auf, und er lächelte sie an. «Du bist manchmal ein bißchen dumm, weißt du», sagte er. «Sehr dumm sogar. Ich geh jetzt und spiele ein wenig mit den Jungen. dann komme ich zurück und helfe dir mit dem Abendessen. Okay?»

«Ja, okay.»

Einige Stunden später, nachdem sie die Strümpfe gefüllt hatte, wollte Grace gerade ins Bett gehen, als sie aus der Küche ein leises Winseln hörte; sie ging hinein und sah Charlotte, die auf der Seite lag und keuchte. Plötzlich hob sie eines ihrer Beine an und preßte etwas Dunkles und Feuchtes hervor.

«O mein Gott», sagte Grace, «es ist ein Welpe.»

Der kleine Hund glitt zu Boden; Charlotte sah ihn an, beschnupperte ihn und leckte das kleine Tier zärtlich ab und schob es mit der Schnauze gegen ihre Zitzen; kaum hatte sie dies geschafft, als ihr Körper sich erneut zusammenkrümmte und ein zweites herausglitt. Sie schien nicht sehr zu leiden und auch keine Schwierigkeiten zu haben, es herauszupressen.

Grace betrachtete sie zärtlich und voller Ehrfurcht. Sie streichelte Charlotte den Kopf, sorgte dafür, daß auch genügend Wasser da war, so wie der Tierarzt es ihr geraten hatte, und bereitete sich auf eine lange Nachtwache vor.

Um zwei Uhr war alles vorbei. Fünf kleine Hunde, zwei von ihnen rostbraun, zwei schwarz-weiß, und einer, der ganz besonders niedlich und winzig war («Dich behalten wir», sagte Grace), rostbraun und weiß, lagen am Bauch ihrer Mutter. Grace legte eine große Wolldecke über sie, sagte Charlotte, daß sie sie liebe und ging zu Bett.

Früh am nächsten Morgen kehrte sie wieder in die Küche zurück.

Charlotte war bereits wach und beschnüffelte ihre Kleinen; sie winselten und fiepten laut. «Sie sind hungrig», sagte Grace streng. «Du mußt sie füttern.»

Einige der Welpen hatten Schwierigkeiten, an die Quelle zu gelangen; Grace kniete nieder und legte sie vorsichtig an die Zitzen. Dann bemerkte sie, daß ein kleiner Hund fehlte. Der kleine Rostbraun-Weiße.

Sie fand ihn in einer Ecke des Welpenkastens, kalt und still. Sie hob ihn empor und hielt ihn in der Hand; sein Fell war seidig, sein Gesicht im Tod erstarrt.

«O je», flüsterte Grace. «O je, das tut mir ja so leid.»

Sie ging näher an den Ofen heran, als könnte die Wärme das arme, kalte Wesen wieder zum Leben erwecken, und streichelte es mit einem Finger; sie kniete noch immer dort, als die Tür sich öffnete und Ben hereintrat.

«Ach du meine Güte», sagte er, «eine Entbindungsstation. Sehr passend für einen Weihnachtsmorgen. Wann ist es denn passiert?»

«Gestern abend», sagte Grace.

Er trat näher und sah lächelnd auf sie hinab.

«Was hast du denn da?»

«Noch eines. Es hat es nicht geschafft.»

«Laß mich mal sehen.» Er schaute erst auf den kleinen Hund und dann in Grace' Gesicht. «Du weinst ja!»

«Ja. Es kam mir so traurig vor. Das arme kleine Ding hat nur so kurz gelebt und ist dann in der Ecke einer großen, kalten Kiste gestorben. Tut mir leid. Es ist albern, deswegen zu weinen, wenn Millionen Menschen sterben. Tut mir leid, Ben.»

Er sah sie an und lächelte. «Ich glaube nicht, daß irgend etwas, was du tust, lächerlich ist», sagte er. Er kniete sich neben sie und tupfte ihr mit dem Zeigefinger die Tränen von der Wange; dann sah er sie aufmerksam an, genau wie an jenem Tag auf dem Hügel. Aber dieses Mal beugte er sich vor und küßte sie. Zunächst sehr sanft und zärtlich, aber dann öffnete er mit seiner Zunge langsam ihre Lippen, und sie kniete einfach da und spürte, wie etwas, was stärker war, als sie es sich je hätte vorstellen können, von ihrem Verstand, ihrem Denken und all ihren Gefühlen Besitz ergriff. Aber er berührte sie noch immer nicht. Und dann schließlich lehnte er sich, noch immer kniend, zurück, betrachtete lange Zeit prüfend ihr Gesicht, so, als hätte er es nie zuvor gesehen, und sagte dann fröhlich, die dunklen Augen leuchtend vor Freude und Zärtlichkeit: «Ja, das wär's dann also. Jetzt habe ich es endlich einmal getan, nicht wahr?»

Gegen Abend war sie geradezu außer sich vor Aufregung und Freude und einer körperlichen Sehnsucht, die zu empfinden sie sich niemals zugetraut hatte. Sie waren danach keinen einzigen Augenblick mehr allein gewesen; sie hatte den ganzen Tag über irgendwie funktioniert, ihre Pflichten erfüllt und kaum gewagt, ihn anzuschauen, während ein starkes, beständiges Sehnen mehr und mehr von ihr Besitz ergriff. Die Jungen waren fast in dem Moment, als er sich von ihr gelöst hatte, in die Küche gepoltert und hatten, überwältigt von Erstaunen und Ehrfurcht beim Anblick der Welpen, laute Schreie ausgestoßen. Wenig später war auch Clifford hereingekommen und hatte sich gutmütig über den Lärm beschwert, und dann hatte sie nach Flossie und den Hühnern sehen und ein großes Frühstück für Charlotte zubereiten müssen, danach folgte das fröhliche Weihnachtsritual, das gemeinsame Frühstück, die Geschenke – Davids Gesicht, als er das Radio sah, und das von Clifford, der ihn beobachtete, war etwas, das sie gewiß niemals vergessen würde –, und schließlich gingen sie zur Kirche und aßen danach zu Mittag.

Nachmittags kamen ihre Eltern. Frank brachte eine Flasche Portwein mit, die ein dankbarer Kunde ihm geschenkt hatte. «Mein Gott», sagte Grace, «an dieser Weihnacht haben wir sogar noch mehr Alkohol als sonst.»

Betty war auffallend still; während sie Grace nach dem Essen beim Abwaschen half, sagte sie: «Ich hoffe, du hast ihn nicht allzu häufig hier, Liebes.»

«Wen?» fragte Grace.

«Mr. Lucas, mein Kind.»

«Nein, er ist in Tidworth stationiert, aber warum sollte er denn nicht hiersein? Er ist der Vater der Jungen, sie haben keine Mutter mehr –»

«Genau, Liebes. Genau das meine ich ja. Was werden die Leute sagen, und was ist, wenn Charles davon erfährt? Er ist dein Mann, Grace, und dies hier ist sein Haus. Und was in aller Welt wird Muriel darüber denken?»

«Ich... weiß nicht, was sie darüber denkt», sagte Grace.

«Tja, ich fürchte, ich kann es mir vorstellen», entgegnete Betty. «Nur allzu gut. Und ich meine, du solltest sehr viel... vorsichtiger sein, Grace. Um Charles' willen. Und um deiner selbst willen.»

Grace schwieg.

«Ich möchte Mr. Lucas nicht kritisieren, Liebes. Er ist natürlich sehr nett. Obwohl er mir ein wenig wie ein ungeschliffener Diamant vorkommt. Schau mich nicht so an, Grace, es ist wahr. Ich habe einfach das Gefühl, daß die Situation sehr gefährlich ist. Dein Vater übrigens auch.»

«Na gut», sagte Grace. «In Ordnung, Mutter, ich werde vorsichtig sein. Mach dir keine Sorgen.»

Nach dem Abendessen, als ihre Eltern gegangen waren, schaltete sie die Lampen aus und zündete die kostbaren Weihnachtskerzen an. David spielte einige Weihnachtslieder auf dem Klavier, und sie saßen da und schauten auf den Baum und die winzigen Flammen, die in der Dunkelheit tanzten.

Daniel kam zu ihr herüber, legte seine Arme um sie und sagte: «Danke, Grace, für ein wunderschönes Weihnachtsfest.» Danach war Glück für sie immer mit der Vorstellung eines warmen, dunklen Raumes verbunden, der erfüllt war von dem Geruch versengter Tannenzweige und erleuchtet von einem Weihnachtsbaum und in dem ein kleiner Junge auf einem verstimmten Klavier spielte.

Schließlich gingen die Jungen ins Bett; Clifford, der über seinem Glas Whisky eingenickt war, hievte sich auf die Füße und sagte: «Wenn ihr mich bitte entschuldigen würdet, meine Lieben, ich muß nach oben. Ich werde auf dem Weg einen Blick auf die kleinen Hunde werfen.»

«Ja, in Ordnung, Clifford, danke», sagte Grace.

«Gott schütze dich, mein Kind», sagte er und beugte sich hinunter, um sie zu küssen. «Und danke für alles. Gute Nacht, Ben.»

«Gute Nacht, Sir Clifford», sagte Ben, und dann sah er Grace von seinem Platz auf dem Sofa aus an und streckte die Arme aus. «Komm!» sagte er, «es ist endlich Zeit, für ein bißchen Zärtlichkeit.»

Sie lachte und ging hinüber, um sich neben ihn zu setzen.

Nach einer Weile fragte er, während er sie fest umschlungen hielt: «Grace? Möchtest du es auch?», und sie antwortete: «Ich weiß es nicht. Ich weiß es wirklich nicht.»

«Dann werden wir es auch nicht tun», sagte er. «Wir tun es, wenn du es weißt, wenn du dazu bereit bist, und selbst wenn das niemals der Fall sein sollte, wäre ich noch immer ein sehr glücklicher Mann.»

«Wirklich?» fragte sie. «Ist das wirklich so?»

«Ja», sagte er, «ja, in der Tat. Ich liebe dich, Grace.»

«Tatsächlich?» entgegnete sie und wagte kaum zu glauben, was sie gerade gehört hatte.

«Natürlich liebe ich dich. Ich liebte dich von dem Moment an, als ich dich zum ersten Mal sah. Ich erinnere mich an alles ganz genau: was du anhattest, wie dein Haar aussah und dein Gesicht. Ich weiß noch genau, was du sagtest, wie freundlich du warst und wie du mich gehalten hast, als ich weinte... nun ja, da war es eben um mich geschehen.» Er lächelte sie an. «Eine lange Rede. Aber wie auch immer, ich weiß, daß ich dich liebe.»

«Aber Ben, du –»

«Ich weiß, was du sagen willst. Nicht so, wie ich sie geliebt habe. Du bist ein ganz anderer Mensch, und ich liebe dich auf eine andere Weise.»

«Ich glaube nicht...» sagte Grace zögernd, «ich glaube nicht, daß ich Charles je geliebt habe.»

«Das darfst du nicht sagen», erwiderte er und sah sie besorgt an.

«Nein, es ist wahr. Ich habe sehr viel darüber nachgedacht. Ich glaube, daß ich dich liebe, und was ich für ihn empfunden habe, ähnelte diesem Gefühl in keiner Weise. In gar keiner Weise.»

«Nun ja», sagte er schließlich, «er ist sehr weit fort, und du hast ihn sehr lange nicht gesehen. Vielleicht hast du es vergessen.»

«Ich habe es nicht vergessen», entgegnete sie. «Ich habe überhaupt nichts vergessen.»

«Mag sein», sagte er. «Das kannst nur du beurteilen.»

«Ja. Und ich weiß ganz bestimmt, daß ich dich liebe. Aber –»

«Ich kenne das Aber», sagte er. «Du bist noch immer mit ihm verheiratet, und er ist noch immer dein Mann, nicht wahr?»

«Ja.»

«Und er ist da draußen und kämpft für dich und für mich. Und du kannst dich nicht einfach von ihm abwenden.»

«Nein. Nein, das kann ich nicht. Nicht ganz. Jedenfalls jetzt noch nicht. Es tut mir leid.»

Sie lagen lange Zeit auf dem Boden neben dem Kaminfeuer, aber sie schliefen nicht miteinander, und dann setzten sie sich wieder auf, und er begann zu erzählen: von seiner Kindheit und Linda. «Ich habe sie so sehr geliebt», sagte er, «und sie liebte mich. Wir haben uns manchmal gestritten, aber sie hat immer wieder Freude in mein Leben gebracht.»

Grace erwiderte nichts; sie war unfähig, etwas zu sagen. Ben lächelte und ergriff ihre Hand. «Ich glaube, ich weiß, was du denkst», sagte er, «aber denk es lieber nicht. Du bist ganz anders als sie, und das ist gut so. Es ist gut, weil ich dich anders lieben kann. Ohne das Gefühl zu haben, untreu zu sein.»

«Ich verstehe», sagte Grace unsicher. Sie dachte nicht nur über Linda nach, sondern auch über Bens Leben, die Entbehrungen, den Mangel an materiellem Reichtum und physischer Schönheit, im Gegensatz zu Charles' luxuriöser Existenz, der in einem großen Haus aufgewachsen und von Köchen und Kindermädchen bedient worden war, der Pferde zum Reiten und Hunde zum Spielen gehabt hatte, gute Kleidung und eine hervorragende Schulbildung, und fragte sich, was solche Einflüsse wohl im Leben eines Menschen bewirken mochten, wie sie ihn prägten. Und sie fragte sich auch, an welcher Stelle sie sich selbst zwischen diesen beiden Extremen befand, wie sie jemand sein konnte, den sie beide liebten – oder zu lieben behaupteten –, beide begehrten. Sie fühlte sich sehr seltsam dabei.

«Was denkst du?» fragte er.

«Oh», erwiderte sie rasch, «ich habe über Charles nachgedacht. Wie verwöhnt er war. daß jemand ihn mal tüchtig mit einer Haarbürste hätte verprügeln sollen, wie deine Mutter es bei dir gemacht hat.»

«Vermutlich haben sie so etwas bei ihm auch gemacht», sagte Ben, «angeblich passiert so etwas in den vornehmen Schulen doch recht häufig, oder?»

«Ja», sagte Grace und erinnerte sich an Laurence' Worte bei der Hochzeit. «Vermutlich. Ja. Nur war es schlimmer als eine Tracht Prügel mit einer Haarbürste. Sehr viel schlimmer.»

«Was meinst du? Andere Jungen? So etwas spielt sich dort sehr häufig ab, oder?»

«Nun ja, darüber weiß ich nichts. Ich... ich vermute, das war möglicherweise der Fall. Ich habe ihn nie gefragt.»

«Warum nicht?»

«Ich konnte es nicht», sagte sie, ehrlich schockiert und überrascht. «Nein. Unmöglich. Solche Dinge hätte ich ihn wirklich nicht fragen können. Zu... nun ja, zu persönlich. Zu privat.»

«Das kommt mir seltsam vor», sagte er. «Sehr seltsam. Daß man jemanden heiratet, mit ihm schläft, und daß es trotzdem bestimmte Dinge gibt, über die man nicht mit ihm reden kann. Linda und ich... bei uns war das ganz anders. Ich kann mir nicht vorstellen, daß es irgend etwas in ihrem Leben gab, was ich nicht wußte oder sie nicht hätte fragen können. Selbst was all diese... nun ja, weißt du, diese Frauensachen anging, wann sie mich begehrte und wann nicht – wir haben einfach über alles gesprochen.»

«Oh», sagte Grace. Sie konnte hören, wie traurig ihre Stimme plötzlich klang, traurig und distanziert. Er streckte die Hand aus und strich ihr sanft das Haar aus dem Gesicht.

«Jetzt hör bitte auf», sagte er lächelnd, «ich würde mich, was dich angeht, genauso fühlen, es gäbe nichts, was ich dir nicht erzählen oder dich nicht fragen könnte. Das war eines der ersten Dinge, die ich an dir liebte. Die Art, wie du dich den Dingen stellst. Hör mal, meine Liebste, wir müssen jetzt ins Bett, oder ich könnte mehr über dich erfahren, als ich sollte. Komm, wir schauen uns mal deine Babies an, ja?»

Sie schlief so glücklich ein, wie sie es nie zuvor für möglich gehalten hatte, sie kostete die Erinnerung an seine Stimme aus, als er sie «meine Liebste» genannt hatte.

Der nächste Weihnachtstag begann wunderbar und ohne jede Trübung. Ben hatte ausgiebig geschlafen, und sie und Clifford hatten einen langen Spaziergang gemacht. Als sie zurückkamen, saß Clarissa am Küchentisch und unterhielt sich mit Ben; sie redete und lachte, den Blick auf sein Gesicht geheftet. Grace war die ganze Zeit so glücklich gewesen, daß sie nicht einmal einen Schatten von Unbehagen verspürte.

«Hallo Clarissa», sagte sie. «Tut mir leid, ich hatte vergessen, daß du kommen wolltest.»

«Ich habe die Orangen mitgebracht und wollte, ehrlich gesagt, Muriel für eine Weile entfliehen. Sie ist verdammt anstrengend, so schrecklich unzufrieden... Oh, tut mir leid, Clifford, ich hatte nicht gedacht –»

«Kein Problem, Clarissa», sagte er, «ich habe schließlich mehr als dreißig Jahre lang mit ihr gelebt, weißt du.» Er lächelte, aber sein Gesicht war traurig, und wenig später entschuldigte er sich, verließ die Küche und machte die Tür sorgfältig hinter sich zu.

«Der arme Schatz», sagte Clarissa reumütig. «Was bin ich doch für ein Trampel. Ich wette, sie fehlt ihm immer noch – trotz allem. Aber ehrlich gesagt, sie hört nie auf; heute morgen fing sie wieder mit Robert an, wie traurig es doch sei, daß er nicht da wäre, und wie sehr er ihr fehle. Grace, weißt du, Florence hat mir erzählt, was geschehen ist, wie entsetzlich es für dich..»

«Ach, das ist ja vorbei», entgegnete Grace rasch. «Und es hat wenigstens ein paar Dinge geklärt.»

«Mein Gott, du bist eine Heilige», sagte Clarissa und sah sie nachdenklich an. «Ich sagte gerade zu Ben, wieviel wir dir alle verdanken und daß wir es ohne dich überhaupt nicht schaffen würden.»

«Nein, das bin ich bestimmt nicht», sagte Grace und dachte, wie langweilig es doch wäre, eine Heilige zu sein. Sofort fühlte sie sich wieder klein und unattraktiv. Niemand, dachte sie, würde auf die Idee kommen, Clarissa eine Heilige zu nennen.

«Tja, wie dem auch sei, ich sollte jetzt wohl besser zurückfahren. Ich habe Jack dort allein gelassen; er mußte Imogen bewundern. Ich hoffe, dieser Giles, der Vater des Kindes, hat extrem viel Geduld.»

«Ja», sagte Grace. «Ich bin sicher, daß er die hat.»

Clarissa küßte sie und sah dann Ben an. «Darf ich Sie auch küssen?» fragte sie.

«Wenn Sie es möchten, ja.»

«Ja, gewiß möchte ich es», erwiderte Clarissa und gab ihm einen Kuß.

Ben begleitete sie hinaus zum Wagen. Als sie den Motor anließ, lehnte er sich zum Fenster hinein und sprach mit ihr. Grace sah ihnen zu und sagte sich, wie wundervoll es doch sei, daß es ihr überhaupt nichts ausmachte.

Und auch danach war alles noch eine Weile lang in Ordnung; sie aßen zu Mittag und saßen dann lange beisammen und lauschten dem Konzert am Radio; Ben spielte mit Daniel und der Lokomotive.

«Ich würde gerne eine von den Orangen essen», sagte Daniel. «Sie ist nett, die Clarissa. Verdammt hübsch.»

«Ja, in der Tat», sagte Ben. «Sehr nett. Und sehr hübsch.» Er zwinkerte Grace über Daniels Kopf hinweg zu; später, als Daniel mit David nach oben gegangen war, um das Radiogerät auszuprobieren, fragte er: «Also war Charles früher einmal mit Clarissa verlobt?»

«Ja», sagte Grace erschrocken. «Ja, das war er. Hat sie es dir heute morgen erzählt?»

«Ja. Ja, das hat sie. Sie hat mir von ihm erzählt.»

«Aha.» Sie hätte keinen Grund dafür angeben können, aber es ärgerte sie, daß die beiden über ihren Mann gesprochen hatten.

«Es scheint, daß er genau so ist, wie ich es mir gedacht hatte», sagte Ben.

«Oh, tatsächlich?»

«Ja. Sehr englisch. Sehr förmlich und korrekt und so weiter.»

«Tja, ist er wohl auch. Das ist aber doch kein Verbrechen, oder? Und außerdem ist er sehr freundlich und großzügig. Und tapfer», fügte sie hinzu.

«Natürlich. Niemand würde das bezweifeln. Sei nicht albern, Liebes.»

Sie schwieg einen Augenblick lang und sagte dann: «Hat sie dir erzählt, warum sie die Verlobung gelöst hat?»

«Ja, gewissermaßen. Sie sagte, es hätte einfach nicht funktioniert.»

«Ach, tatsächlich? Was genau hat sie dir erzählt?»

«Oh, ich weiß es nicht. Clarissa hat ziemlich hohe Ansprüche, nicht wahr?»

«Und ich nicht. Ist es das, was du mir sagen willst?»

«Grace, natürlich nicht. Was ist los mit dir?» Er streckte die Hand aus und streichelte ihr den Kopf; sie wich zurück.

«O je. Sollen wir uns an den Kamin setzen? Es ist niemand da.»

«Nein», sagte sie, «nein, lieber nicht.»

Die Vorstellung, dem Schicksal die Minuten, die Augenblicke der Freude ständig abringen zu müssen, war ihr plötzlich zuwider. Sie war so lange allein, so lange einsam gewesen, sie brauchte einen Menschen, der ständig bei ihr war, jemanden, mit dem sie reden, lachen, sich austauschen konnte. Ben würde dieser Mensch nicht sein. Er konnte es nicht sein.

Er zuckte mit den Achseln. «Okay. Dann werde ich also ein bißchen lesen. Meinst du, das wäre in Ordnung?» Sie wußte, daß er sie nur liebevoll neckte, aber dennoch ärgerte sie sich.

«Um Himmels willen», sagte sie. «Natürlich wäre es in Ordnung.»

Sehr viel später, nachdem alle in einem leicht angespannten Schweigen zu Abend gegessen hatten, kam er zu ihr. «Komm, laß dich in die Arme nehmen. Die Jungen und Sir Clifford schlafen fest. Es wird dir guttun. Ich möchte dir noch einmal sagen, daß ich dich liebe. Der Reiz des Neuen ist noch lange nicht verflogen.»

Sie lächelte ihn halbherzig an, ergriff die Hand, die er ihr hinstreckte, und folgte ihm ins Wohnzimmer. Er setzte sich auf das Sofa, nahm sie in die Arme und sah sie sehr ernst an. «Ich liebe dich wirklich», sagte er, «ich möchte, daß das ganz klar ist.»

«Ich weiß», sagte sie. «Ich weiß.»

«Du siehst so hübsch aus, Grace. Clarissa sagte, ich würde dir guttun, sie habe dich noch nie so hübsch gesehen.»

Grace lehnte sich zurück. «Clarissa hat das gesagt? Was meinte sie damit? Hast du ihr erzählt, daß du … daß wir … »

«Nein, natürlich nicht. Beruhige dich. Sie hat nur gesagt … nun ja, sie hat nur das gesagt. Du kennst sie doch sehr viel besser als ich.»

«Ich mag es nicht, wenn du mit ihr über mich redest», erklärte Grace. «Und auch nicht über Charles. Okay?»

«Ja, okay. Komm, ich möchte dir einen Kuß geben.»

Sie entzog sich ihm und sagte hastig: «Es tut mir leid, Ben, ich fühle mich nicht danach. Jedenfalls nicht im Augenblick.»

Er lehnte sich zurück und sah sie an. «Warum nicht?»

«Ich fühle mich einfach nicht danach.»

«Du weißt nicht genau, was du willst, oder?» sagte er nach einer Pause.

«Ja, ich glaube, ich weiß es nicht. Ich meine, du kannst nicht von mir erwarten, daß ich unter diesen Umständen wirklich glücklich bin. Es ist zu kompliziert. Das kannst du doch bestimmt verstehen.»

«Natürlich kann ich das.»

Sie schwieg. Dann sagte sie: «Vielleicht haben wir das Ganze ein bißchen überstürzt.»

«Wohl kaum.»

Sie fühlte sich gekränkt. «Was soll das heißen?»

«Es soll überhaupt nichts heißen. Nur das, was ich gesagt habe. Ich sagte, ich würde warten, geduldig sein. Und das bin ich auch. Es kommt mir alles ganz einfach vor.»

«Ja, für dich ist es einfach», sagte Grace.

«Ja, das weiß ich auch. Komm her, bitte, ich möchte dich in die Arme nehmen.»

«Nein», sagte Grace, «nein. Es tut mir leid, Ben. Ich gehe ins Bett. Gute Nacht.»

«Gute Nacht», sagte er. Er hatte sich ein Heft der *Picture Post* genommen und sah nicht einmal mehr auf.

Am nächsten Tag ging er; die Stimmung zwischen ihnen war noch immer angespannt. Er war gerade fort, als Grace das knirschende Geräusch von Autoreifen auf dem Kies draußen hörte und aufseufzte; sie wollte am liebsten niemanden sehen. Die Hintertür öffnete sich; es war Clarissa.

«Darling! So ganz allein? Wo ist dein wundervoller Gast?»

«Zur Kaserne zurückgefahren», erwiderte Grace schroff.

«Ich habe gestern meine Jacke hier vergessen», sagte Clarissa, die Schroffheit ignorierend. «Da ist sie ja. Wir wollten gerade losfahren.» Sie sah Grace prüfend an. «Hast du geweint?»

«Nein.»

«Doch, hast du. Was ist los?»

«Nichts», sagte Grace. «Misch dich nicht ein, Clarissa, bitte.»

«Du bist verliebt in ihn, nicht wahr?» sagte Clarissa.

«Nein. Nein, natürlich nicht.»

«Doch. Und er ist verliebt in dich.»

«Hat er... hat er dir das gesagt?»

«Nicht mit Worten, nein. Aber wenn ein Mann jemals verliebt war, dann er. Er redet die ganze Zeit von dir. Er beobachtet dich ständig. Grace, ich bin doch nicht blöd.»

«Ich weiß, daß du nicht blöd bist», sagte Grace mit einem Seufzer. Sie fühlte, daß ihr wieder Tränen in die Augen stiegen und blinzelte ärgerlich. Clarissa legte einen Arm um sie.

«Nicht», sagte Grace, «oder ich fange tatsächlich wieder an zu weinen.»

«Und was ist los?» fragte Clarissa, setzte sich und zündete sich eine Zigarette an.

«O Clarissa, ich weiß es nicht. Ich fühle mich wegen Charles so schlecht. Schuldig. Schrecklich schuldig.»

«Bist du... nun ja, bist du schon mit Ben ins Bett gegangen?»

«Nein», sagte Grace sehr leise, zu niedergeschlagen, um sich durch eine so persönliche Frage brüskiert zu fühlen. «Und das werde ich auch nicht. Ich kann es einfach nicht. Ich habe das deutliche Gefühl, daß es falsch ist.»

«Ich würde sagen, Darling», sagte Clarissa nach einer Pause, «daß du es tun solltest.»

«Was?» fragte Grace. Sie war zutiefst schockiert.

«Ich denke, du solltest mit ihm ins Bett gehen. Schnell. Bring es einfach hinter dich. Hör mal, Grace, du bist in Ben verliebt. Du bist bis über beide Ohren in ihn verliebt. Das kann selbst ein Blinder sehen. Und er in dich. Und das ist es doch, worauf es wirklich ankommt. Das ist es, was deiner Ehe schaden oder nicht schaden wird. Ob du nun wirklich mit ihm geschlafen hast oder nicht, das ist ziemlich unwichtig.»

«Ich kann nicht verstehen, wie du so etwas sagen kannst.»

«Tja, ich habe es einfach gesagt», bemerkte Clarissa. «Machen wir uns also keine Gedanken über das Wie. Sieh mal...» Sie zögerte. «Dies bleibt bitte unter uns. Aber es ist wichtig. In Ordnung?»

Grace nickte.

«Als Jack im Krankenhaus war, als ich ihn zum ersten Mal gesehen hatte, da konnte ich es einfach nicht aushalten. Ich konnte es einfach nicht. Und weißt du, was mich geheilt hat?»

Grace schüttelte müde den Kopf.

«Ich fand ihn mit einer Krankenschwester im Bett. Schatz, schau mich nicht so schockiert an. Dadurch wurde ich mir bewußt, wie sehr ich ihn liebe. Natürlich hat das unsere Ehe nicht zerstört, weil sie auf einem soliden Fundament gebaut war. Ich liebe Jack so sehr, daß sie dadurch überhaupt nicht gefährdet wurde. Verstehst du?»

«Und was ist mit dir?» sagte Grace.

«Was willst du wissen?»

«Würdest du jemals mit... mit jemand anderem ins Bett gehen?»

«Ach, du kennst mich doch», sagte Clarissa leichthin, «ich bin schließlich kein Kind von Traurigkeit. Ein kleines Abenteuer ist immer drin. Unter bestimmten Umständen. Schließlich leben wir alle in einer chaotischen Zeit.» Sie lächelte Grace zu. «Wirklich wichtig ist das, was darunter liegt, Grace. Wen du wirklich liebst. Ich habe den Eindruck, du weißt es nicht so recht. Aber ich muß jetzt gehen. Jack hat schon jetzt furchtbar schlechte Laune, weil ich ihn aufgehalten habe.» Sie umarmte Grace. «Alles Gute, mein Schatz. Ich glaube, dein Ben ist ein Goldstück. Du hast ihn verdient. Auf Wiedersehen. Ein glückliches neues Jahr!»

Clarissas Ratschlag brachte Grace in sogar noch schlimmere Bedrängnis, aber am Ende war es das Schicksal, das ihr die Entscheidung abnahm.

«Iß dein Abendbrot, Daniel», sagte Grace.

«Hab keinen Hunger.»

«Hör mal, Daniel, das hast du gestern auch gesagt. Und dann habe ich dich dabei ertappt, wie du die Speisekammer geplündert hast. Jetzt iß bitte auf.»

«Ich mag nicht mehr», sagte er. «Ich habe Bauchschmerzen.»

Grace sah ihn prüfend an. Er schien in guter Verfassung zu sein, und er hatte den ganzen Nachmittag draußen gespielt. «Dann ist es am besten, wenn du jetzt ins Bett gehst», sagte sie streng. Ihre Unentschlossenheit, ihr Kummer drückten auf ihre Stimmung.

«Aber Grace...»

«Geh ins Bett.»

«Kann ich nicht wenigstens meinen Kakao trinken?»

«Nein. Nicht, wenn du nicht erst dein Abendbrot aufißt.»

Sie ging an jenem Abend selbst früh zu Bett; da sie augenblicklich so schlecht schlief, fühlte sie sich ständig müde. Als sie am Zimmer der Jungen vorbeikam, hörte sie ein leises Stöhnen. Sie stieß die Tür auf. Daniel lag zusammengekrümmt im Bett und hielt die Arme vor dem Bauch verschränkt; als er sie sah, lächelte er sie unglücklich an.

«Geht es dir wirklich schlecht?» fragte Grace erschrocken.

«Ein bißchen. Es tut ziemlich weh.»

«Und er hat eine ganz heiße Stirn», sagte David.

Sie maß seine Temperatur, er hatte Fieber. Erschrocken rief sie den Arzt an. Während sie auf ihn warteten, mußte Daniel sich erbrechen.

Der Arzt diagnostizierte eine Blinddarmentzündung und meinte, Daniel müsse sofort ins Krankenhaus. «Ich bestelle einen Krankenwagen und lasse ihn nach Salisbury bringen; die Sache gefällt mir nicht.»

Daniel begann zu kreischen. «Ich will meinen Dad. Ich will meinen Dad.»

«Daniel, sei nicht albern. Dein Dad ist nicht da, das weißt du doch.»

«Er soll kommen. Er soll herkommen. Ich hasse euch, es tut so weh, mir ist schlecht. Ich will meinen Dad.»

Ohne sich große Hoffnungen zu machen, rief Grace in der Kaserne in Tidworth an. Sie hinterließ die Nachricht, daß Sergeant Lucas' jüngerer Sohn ins Krankenhaus nach Salisbury gebracht worden sei, ihm müsse der Blinddarm entfernt werden, aber es bestünde keine ernste Gefahr. Wenn Sergeant Lucas allerdings ein paar Tage Urlaub bekäme und herüberkommen könnte, so wäre das gewiß hilfreich.

Der Krankenwagen kam recht schnell; bereits gegen zehn Uhr waren sie in Salisbury. Der Krankenhausarzt untersuchte Daniel, erklärte, der Blinddarm müsse sofort entfernt werden, und sagte der jungen Krankenschwester, die neben dem Bett stand, sie solle Daniel für die Operation vorbereiten. Daniel schrie und jammerte ohne Unterbrechung.

«Es wundert mich, daß er so starke Schmerzen hat», sagte die Krankenschwester leise zu Grace. «Und ich muß einen Einlauf bei ihm machen. Glauben Sie, daß er das zuläßt?»

«Gewiß», sagte Grace, aber ihre Stimme klang optimistischer, als sie sich fühlte.

Die Krankenschwester trat mit einem Gummischlauch und einer Schüssel an Daniels Bett und lächelte ihn unsicher an; er hörte ein paar Sekunden lang auf zu schreien. «Wofür ist das denn?»

«Es ist... nun ja, um deinen Bauch leer zu machen», sagte sie.

«Wie?»

Sie schaute Grace hilfesuchend an; Grace nahm Daniels Hand und versuchte nervös, die Wirkungsweise eines Einlaufs zu erklären.

Daniel wurde hysterisch, fing an zu strampeln und stieß die Schwester, den Schlauch und Grace von sich. «Nein! Nein, das will ich nicht, das dürfen die nicht. Laßt mich, laßt mich allein. Ich will meinen Dad, ich will meinen Dad!»

«Ich weiß nicht, was ich machen soll», sagte die Schwester. «Er muß den Einlauf haben, sonst können sie ihn nicht operieren. Daniel, komm, sei ein braver Junge –»

«Nein!» brüllte Daniel. «Nein, nein, nein!»

«Daniel, bitte!» sagte Grace. «Es tut nicht weh, ich verspreche es dir. Bei weitem nicht so sehr wie dein Bauch. Bitte, Daniel, tu's für mich.»

«Nein.»

«Daniel», sagte eine Stimme, «benimm dich. Als ich im Krankenhaus war, mußte ich das auch machen lassen. Die Schwester versucht doch nur, dir zu helfen.» Es war Ben. Daniel gab sofort nach und unterwarf sich gehorsam der unangenehmen Prozedur.

«Der arme Kleine», sagte Grace sehr viel später, als sie, während er noch immer bewußtlos dalag, an seinem Bett saßen.

«Der arme kleine Junge. Ich fühle mich so schrecklich, Ben. Ich war wütend auf ihn und habe ihn einfach ins Bett geschickt, weil er sein Abendbrot nicht gegessen hatte. Ich habe ihm noch nicht einmal erlaubt, seinen Kakao zu trinken.»

«Um so besser», sagte Ben. «Sonst hätte er sich noch viel mehr übergeben müssen. Nun mach dir bitte keine Vorwürfe, Liebes.»

«Gott sei Dank, daß du herkommen konntest. Ich weiß nicht, was sonst geschehen wäre.»

«Ich habe achtundvierzig Stunden Urlaub bekommen.»

«Oh», sagte sie und hoffte, daß sie nicht so verwirrt klang, wie sie sich fühlte.

«Mr. und Mrs. Lucas?» Es war die Stationsschwester.

«Äh... ja», sagte Ben.

«Sie können nicht die ganze Nacht hierbleiben, wissen Sie. Sie sollten eigentlich überhaupt nicht hiersein. Dies ist ein Krankenhaus und kein Hotel.»

«Ja», sagte Grace kleinlaut.

«Ihrem Kleinen geht es sehr gut. Ganz ausgezeichnet. Eine völlig normale Blinddarmoperation. Er schläft jetzt, und morgen früh ist er schon fast wieder gesund. Sie können ihn morgen besuchen, zwischen vierzehn und fünfzehn Uhr.»

«Ja. Aber was ist, wenn er aufwacht und ganz allein ist?»

«Mrs. Lucas, wenn er aufwacht, dann ist er nicht allein. Wir sind hier.»

«Aber vielleicht möchte er, daß... ich bei ihm bin. Wir.»

«In diesem Fall», sagte die Schwester streng, «werden wir ihm sagen, daß sie zwischen vierzehn und fünfzehn Uhr kommen. Ich weiß nicht, wieso das ein Problem sein soll. Er ist nicht ernsthaft krank. Jetzt fahren Sie bitte nach Hause und gehen ins Bett. Das ist das einzig Vernünftige.»

«Aber –»

«Komm, Grace», sagte Ben, «du hast gehört, was die Schwester gesagt hat. Wir sollen ins Bett gehen. Das ist das einzig Vernünftige.»

Er hatte sein Armeefahrzeug vor dem Krankenhaus geparkt und fuhr ein wenig zu schnell die dunklen Straßen entlang. Er schwieg, ebenso wie Grace. Als sie zum Mill House kamen, warteten Clifford und David in der Küche auf sie.

«Mist», murmelte Ben, als sie hineingingen, aber dann lächelte er ihnen zu. «Kein Grund, sich Sorgen zu machen. Dan geht es gut. Wir können ihn morgen alle zusammen besuchen.»

«Das sind ja sehr gute Nachrichten», sagte Clifford. «Da hörst du's David, ich hab's dir doch gesagt.»

«Ehrlich?»

«Ehrlich. Und jetzt gehst du ins Bett. Ich komme und decke dich zu.»

«Okay.»

«Ich leg mich auch aufs Ohr», sagte Clifford. «Ich bin hundemüde.»

Es dauerte eine Stunde, bis es endlich still war im Haus. Ben saß in der Küche, sah Grace an und lächelte.

«Jetzt gibt es schon wieder einen Anlaß», sagte er, «mich bei dir zu bedanken.»

«Das ist schon in Ordnung», sagte Grace.

Es folgte ein langes Schweigen. Dann sagte er: «Wollen wir uns ein bißchen an den Kamin setzen?»

Grace sah ihn an und fragte sich, warum sie so viele Zweifel gehabt hatte. Plötzlich kam ihr alles so einfach vor.

«Nein», sagte sie, «nein. Gehen wir lieber nach oben.»

Zu Anfang, als sie noch Angst hatte und nervös war und nicht glauben konnte, daß sie ihm auf irgendeine Weise genügen würde, redete er sanft auf sie ein, sagte ihr immer wieder, daß er sie liebe, daß sie schön und ihre Haut wunderbar weich sei. Sein Körper war zugleich zärtlich und voller Verlangen, drängend und zögernd, kraftvoll und sensibel; und ihr eigener Körper, der den seinen begehrte und auf ihn antwortete, reagierte ganz und gar nicht so, wie sie ihn kannte, und am Ende war ihr Orgasmus so tief und großartig, wie sie es nie zuvor für möglich gehalten hatte. Während er verebbte und sie ihren Frieden fand, weinte sie süße, traurige Tränen, und das letzte, was sie hörte, als sie in seinen Armen einschlief, war seine Stimme, die ihr zuflüsterte, daß er sie liebe.

Sie wachten früh auf, gingen nach unten, tranken große Becher mit dampfendem, heißen Tee, ständig beobachtet von Charlotte und ihren Welpen, die mit eifrigen Zungen und winzigen, scharfen Zähnen über ihre Füße herfielen. Die jungen Hunde waren inzwischen ziemlich groß geworden und wuselten überall herum, machten überall ihre Geschäftchen und balgten sich – eine unbarmherzige, liebenswerte kleine Truppe, die ihre Mutter zum Wahnsinn trieb. «Ich kann es mittlerweile kaum mehr erwarten, sie fortzugeben», sagte Grace. «Wie ist das möglich, wo sie uns doch so zusammengebracht haben?»

«Ich danke dir für gestern nacht», sagte Ben, lächelte sie an und nahm ihre Hand.

«War denn wirklich alles in Ordnung?» fragte sie. «Ich war so nervös, so ängstlich, daß ich es nicht wirklich schaffen würde... mich dir hinzugeben.»

«Du warst wunderbar», sagte er sehr ernst.

Später fuhren sie zum Krankenhaus, um Daniel zu besuchen, der sehr ängstlich und schwierig war und noch immer ein wenig unter Schmerzen litt. Er empfing sie mit Klagen und Vorwürfen. Dankbar, daß die Besuchszeit vorbei war, gingen sie wieder fort, fuhren aber nicht gleich heim, weil sie dann mit Clifford und David zusammengetroffen wären, sondern machten einen langen Spaziergang im Wald. Es war sehr kalt, aber sie spürten es kaum; es gab so viel zu reden, zu entdecken, zu fragen, zu erzählen. Grace nahm Bens Arm, schmiegte sich an ihn und sagte ihm immer wieder, wie sehr sie ihn liebe, und in diesem Augenblick empfanden sie weder Schuld noch Angst vor der Zukunft; das Glück war zu stark und zu neu, als daß sie irgend etwas anderes hätten fühlen können.

Ben fuhr nach einer weiteren zärtlichen, langen Nacht wieder zurück nach Tidworth und wurde danach sofort nach Yorkshire abkommandiert. Grace versuchte, nachdem er gegangen war, nicht darüber nachzudenken, was mit ihr geschah; sie wollte einfach nur das Glück auskosten, daß sie sich zum ersten Mal, seitdem sie geheiratet hatte, geschätzt, wichtig, sogar begehrenswert fühlte.

Der Winter war ungewöhnlich kalt; über London und anderen Städten lag ständig ein eiskalter Nebel. Das Leben schien jetzt ganz besonders freudlos zu sein. Der Krieg mit seinem Mangel und seinen Entbehrungen schien sich endlos lange hinzuziehen; die allgemeine Niedergeschlagenheit war fast mit den Händen greifbar. Dann, als die Tage ein wenig länger wurden, breitete sich im ganzen Land eine ungute Spannung aus. Es gab Gerede, Gerüchte und handfeste Hinweise darauf, daß die Invasion, auf die man so lange gewartet hatte, nun endlich stattfinden würde.

Grace, die des Krieges so müde war wie jeder andere auch, bemerkte kaum, daß Clifford zunehmend bedrückter wurde, bis sie ihn eines Nachts sehr spät in der Küche rumoren hörte, und, da sie fürchtete, er könnte krank geworden sein, hinunterging, um nach ihm zu sehen. Er saß in seinen Morgenmantel gehüllt neben dem Ofen und trank Whisky; sie ging zu ihm hinüber, umarmte ihn und bemerkte zu ihrem Kummer, daß er Tränen in den Augen hatte.

«Clifford, mein Lieber, was ist? Was ist los?»

Zunächst weigerte er sich, irgend etwas zu erklären, sagte, da er offensichtlich fürchtete, sie zu verletzen, er sei nur einfach ein wenig traurig, und dann plötzlich begann er zu reden. Er fühle sich einsam, sagte er ihr, verzweifelt und abgrundtief einsam. Er vermisse sein altes Leben, seine alten Freunde und – was vielleicht am überraschendsten war – Muriel. «Ich weiß, sie ist schwierig, häufig schroff und unhöflich, ganz und gar nicht nett zu dir. Aber ich habe sie immer sehr gern gemocht. Wir haben über dreißig Jahre lang zusammengelebt, Grace, die beiden Kinder gemeinsam großgezogen und bei uns gehabt, bis sie schließlich heirateten. Das ist eine sehr enge Bindung. Fast unzerstörbar, würde ich meinen.»

«Ja», sagte Grace. Sie saß schweigend da und lauschte Cliffords müder, leiser Stimme, während er redete. Er sagte, er bedaure es schrecklich, alles aufgegeben und Muriel so tief verletzt zu haben.

«Wäre ich noch einmal in der gleichen Situation, dann wäre ich sehr viel klüger.» Er lächelte sie plötzlich sehr liebevoll, sehr sanft an. «Was hätte ich nur ohne dich tun sollen, meine Liebe, ohne dich und die Jungen. Ich weiß es wirklich nicht. Und ich komme dir wahrscheinlich schrecklich undankbar vor. Mach dir nichts draus, dies ist nur das Gejammer eines dummen alten Mannes. Sehr dumm, in der Tat. Tja, ich gehe jetzt ins Bett. Der Schlaftrunk, den ich mir genehmigt habe, müßte für eine ganze Woche reichen. Gute Nacht, Grace.»

«Grace», sagte Florence, «ich weiß, daß es mich nichts angeht, aber hast du ... nun ja, hast du ein Verhältnis mit Ben?»

«Du hast ganz recht», sagte Grace leicht gereizt, «es geht dich wirklich nichts an. Wie kannst du es überhaupt wagen, mich danach zu fragen?»

«Ist ja schon gut», erwiderte Florence, «ich habe wohl kaum das Recht, dich zu kritisieren, was? Ich könnte dich, ehrlich gesagt, nur allzu gut verstehen.»

«Oh», sagte Grace und setzte sich abrupt auf einen Küchenstuhl.

«Nun ja, er sieht sehr gut aus», sagte Florence, «extrem gut sogar. Und Charles ist schon so lange fort. Ehrlich gesagt, Grace, es gibt keinen Grund, so entsetzt dreinzuschauen, schließlich haben wir Krieg. Nichts ist so, wie es einmal war.»

«Nein», sagte Grace. «Clarissa hat auch so etwas gesagt.»

«Na siehst du», erwiderte Florence. «Ich werde niemandem etwas erzählen. Und ganz bestimmt nicht Charles, wenn er wieder heimkommt.»

«Wie bist du ... wie bist du denn überhaupt darauf gekommen?» fragte Grace.

«Oh ... ich hab mich einfach nur so gefragt», antwortete Florence vage.

«Deine Mutter hat nicht ... ist nicht ...?»

«Großer Gott, nein. Es wäre völlig undenkbar für sie, es würde ihr niemals in den Sinn kommen.»

«Warum undenkbar?»

«Nun ja, weil ... weil ...»

«Weil er keine Privatschule besucht hat?» sagte Grace mit gespielter Gelassenheit. «Weil er nicht Offizier ist? Der Klasse der Wildhüter angehört, ja?»

«Ja, etwas in der Richtung», sagte Florence. «Nicht, daß ich selbst ...»

«O nein, Florence, nicht, daß du selbst so etwas denken würdest, oder? Ich bin sicher, daß dein Liebhaber aus den richtigen Kreisen ist. Ben ist in Ordnung für ein paar heiße Nächte, nicht wahr? Aber das ist natürlich alles. Ich meine, es könnte keinesfalls mehr sein, etwas Dauerhaftes, oder?»

«Tja... eigentlich nicht», sagte Florence und sah Grace mit aufrichtigem Erstaunen an. «Auf die Idee würde ich tatsächlich nicht kommen. Wie könnte ich auch? Wie sollte das denn funktionieren? Es sei denn, du würdest in eine ganz andere Gegend ziehen und dort wohnen wollen, wo er herkommt, aber dann würdest *du* wiederum nicht dort hinpassen, oder? Sieh mich nicht so an, Grace, es stimmt doch. Ach, um Himmels willen, dann laß uns eben über etwas anderes reden.»

Grace' Ärger war schon wieder verflogen. Florence war zu ehrlich, zu naiv und durchschaubar, als daß man ihr etwas hätte übelnehmen können. Sie redete so, wie ihr der Schnabel gewachsen war, und im übrigen waren ihre Feststellungen natürlich nicht ganz falsch. Plötzlich erschienen ihr die Schwierigkeiten, die vor ihr liegen könnten, fast unüberwindbar.

«O Gott», sagte Grace laut, «o lieber Gott, was soll nur aus mir werden?»

Aber Gott antwortete nicht. Und es schien niemanden sonst zu geben, den sie hätte fragen können, vielleicht mit Ausnahme von Clarissa, und Clarissa war mittlerweile wieder in Dartmouth und nicht erreichbar.

Aus einem Gefangenenlager in Süddeutschland kam auf dem Wege über das Internationale Rote Kreuz die Nachricht vom Tode eines britischen Offiziers. Die Einzelheiten des Berichts darüber, unter welchen Umständen seine Leiche von Unteroffizier Brian Meredith, der selbst in der Nähe der Grenze gefangengenommen wurde, entdeckt worden war, blieben ein wenig unklar, aber aus dem Armeeausweis ging ohne jeden Zweifel hervor, daß es sich um Major Charles Bennett handelte.

Kapitel 22
Frühjahr 1944

Grace wußte nicht, was sie fühlen sollte. Da waren Schock, Kummer und Trauer, echte Trauer, die sie Gott sei Dank empfand, und daneben Schuldgefühle, daß sie ihm untreu gewesen war, sich in einen anderen Mann verliebt und möglicherweise gerade zu der Zeit mit ihm geschlafen hatte, als Charles unter unvorstellbar schrecklichen Umständen gestorben war. Und schließlich noch, unerwünscht, ununterdrückbar, das schreckliche, verräterische Aufatmen der Erleichterung.

«Auf der Flucht getötet», war die Formulierung, auf die man in dem Telegramm zurückgegriffen hatte, zusammen mit der unvermeidlichen Beileidsbekundung. Weitere Einzelheiten waren nicht zu erfahren. Die letzte Information war die, daß er mit seinem Zug in einer kleinen italienischen Stadt in schwere Straßenkämpfe verwickelt worden war und dann zusammen mit einer Handvoll anderer Männer gefangengenommen und mit einigen bewaffneten Bewachern in einen Lastwagen verfrachtet und abtransportiert wurde, vermutlich in ein deutsches Gefangenenlager. Die chaotische Situation in Italien, wo die Armee sich offiziell den Alliierten ergeben hatte, während große Teile dieser Armee Mussolini noch immer die Treue hielten und an vielen Orten noch immer heftige Kämpfe aufflackerten, bei denen die Städte und Dörfer nach und nach in die Hände der Alliierten fielen, machte es fast unmöglich, genauere Informationen zu erhalten.

Grace erhielt einen Brief von Charles' Kommandeur, in dem dieser sagte, er sei ein sehr tapferer Mann und ein hervorragender Soldat gewesen, sei niemals vor irgend etwas zurückgewichen und habe sich häufig in größte Gefahr begeben. Seine Männer hätten ihn geliebt und bewundert, und er sei bei seinen Offizierskameraden äußerst beliebt gewesen. Sein Tod bedeute einen großen Verlust für die Kompanie und das Regiment, und man habe ihn für einen Orden vorgeschlagen.

Grace las den Brief und fragte sich, wie viele Soldatenwitwen wohl über ähnlichen Briefen geweint haben mochten. Clifford war zutiefst bekümmert; er bemühte sich auf fast rührende Weise, tapfer zu sein, aber sie traf ihn mehrere Male bitterlich weinend an, und er blieb jede Nacht lange auf, trank sehr viel Alkohol, las immer wieder die wenigen Briefe, die Charles ihm geschrieben hatte, und betrachtete die alten Bilder, auf denen dieser zu sehen war. Sie wußte, daß für ihn die tiefe Entfremdung am schlimmsten war, die Tatsache, daß Charles ihn zurückgewiesen und Clifford ihn also ein zweites Mal verloren hatte; aber sie konnte auch sehen, welche Einsamkeit ihn jetzt erwartete, und es quälte sie sehr, daß sie seine Trauer nicht in einer Weise mit ihm teilen konnte, die angemessen gewesen wäre. Nachdem sie die Nachricht erhalten hatte, hatte sie in The Priory angerufen und war am nächsten Morgen zu Muriel gefahren. Diese war tief betroffen und in sich gekehrt und wollte keinerlei tröstende Worte hören, aber zu Grace war sie seltsamerweise sehr freundlich und sanft, nahm ihre Hand, sagte ihr, wie tapfer sie nun sein müsse und erkundigte sich dann unerwarteterweise nach Clifford, ob er es einigermaßen verkrafte.

Florence war völlig fassungslos und tief bekümmert und bekam immer wieder Weinkrämpfe; sie war blasser denn je zuvor, und in ihrem Gesicht zeigte sich tiefe Trauer.

Grace' Eltern kamen vorbei und bemühten sich, ihr Halt und Unterstützung zu geben; ihre Mutter tröstete sie sehr liebevoll und bot ihr sogar an, die Jungen für ein paar Tage zu nehmen, während ihr Vater wie immer sehr besonnen und praktisch war und sich um die Formalitäten kümmerte, die in Zusammenhang mit Charles' Tod zu erledigen waren.

Alle waren sehr freundlich zu ihr. Die Jungen waren übermäßig still und brav, schlichen auf Zehenspitzen durch das Haus, erfüllten all ihre Pflichten, lange bevor man sie dazu aufforderte, und brachten ihr endlos viele Tassen mit ziemlich bitterem, lauwarmem Tee. Sie waren auf eine Weise sensibel und einfühlsam, daß Grace sich immer wieder an Ben erinnert fühlte, schienen genau zu wissen, daß sie Clifford beistehen und trösten mußten, und schlugen ihm immer wieder vor, mit ihm Schach zu spielen, oder sie stellten im Radio ein Konzert für ihn ein oder bestanden darauf, daß er mit ihnen, Charlotte und den beiden übriggebliebenen kleinen rotbraunen Hunden einen Spaziergang machen müsse.

Grace hatte keine Vorstellung, was für eine Art von Beerdigung angemessen wäre, ein Begräbnis im üblichen Sinne war offensichtlich nicht angebracht, aber sie hatte das Gefühl, ein förmlicher Abschied wäre eine Möglichkeit, seiner Trauer offen Ausdruck zu verleihen, eine würdevolle Zeremonie anläßlich seines Todes, die sein Leben abschließen und dessen Bedeutung unterstreichen würde. Sie sprach mit dem Pfarrer, der einen Gedenkgottesdienst vorschlug; die Idee gefiel ihr, gab ihr etwas, worauf sie sich konzentrieren konnte: Sie mußte den Ablauf organisieren und überlegen, welche Musikstücke gespielt und welche Texte gelesen werden sollten. Sie wünschte sich, daß jemand ein paar Worte über Charles sagen würde, hatte aber keine Idee, wer das sein könnte; ihre Wahl wäre normalerweise auf Laurence gefallen, aber der war ebenfalls tot, Clifford wäre mit einer solchen Aufgabe offensichtlich überfordert gewesen, und sie hatte nicht die Absicht, irgend jemanden aus dem alten Freundeskreis zu fragen. Dann fiel ihr Clarissa ein, eine eigenartige, recht unkonventionelle Wahl, denn dies war nicht eine Aufgabe, die normalerweise Frauen übertragen wurde, aber je stärker sie den Gedanken beiseite zu schieben versuchte, desto überzeugender kam er ihr vor. Sie schickte Clarissa ein Telegramm nach Dartmouth, da sie fürchtete, ein Brief würde sie nicht erreichen, und Clarissa telegrafierte zurück: «Bin sehr gerührt; werde versuchen, mich der Ehre würdig zu erweisen. Alles Liebe, Clarissa.»

Eines der größten Probleme war Clifford. Natürlich mußte er an dem Gottesdienst ebenfalls teilnehmen, aber es bestand die Gefahr, daß Muriel sich ihm gegenüber offen feindselig verhalten würde. Schließlich, nachdem Grace mehrere Nächte lang nicht geschlafen und sich vorgestellt hatte, wie Muriel Clifford im Mittelschiff von St. Andrews an die Kehle sprang, sprach sie mit Florence darüber.

«Mach dir keine Sorgen», sagte diese. «Ich werde mit ihr reden. Gewöhnlich tut sie das, was ich sage. Außerdem werden viele ihrer alten Freundinnen da sein; unter den Umständen wird sie bestimmt nichts tun wollen, was peinlich sein könnte.»

Grace war froh, daß es so viel gab, was sie planen und tun mußte; das erleichterte es ihr, nicht über Ben nachzudenken. Wenn sie es doch tat, gewöhnlich nachts, wenn sie im Dunkeln wachlag, dann fühlte sie sich krank, krank vor Schuld und Scham, und zugleich war sie erfüllt von einer tiefen Sehnsucht, die sie mit einer solchen Heftigkeit verdrängte, daß es ihr den Atem verschlug.

Es war ein sonniger, stürmischer Märztag; Grace saß auf der vordersten Kirchenbank, ihre Eltern rechts und links neben ihr, die Jungen und Clifford neben ihren Eltern. Muriel saß ihnen mit Florence und Imogen stocksteif und mit eiserner Miene gegenüber. Clarissa und Jack, beide in ihrer Uniform, saßen hinter ihnen.

In der kleinen Kirche waren eine Menge Menschen. Charles' alter Kreis war in der Tat fast vollzählig versammelt, die Trauernden aus der Generation von Muriel und Clifford ebenso wie Charles' eigene Bekannte, die meisten von ihnen junge Frauen, die alle höflich, wenn auch ein wenig verlegen, zu Grace hinüberlächelten. Außerdem waren mehr Mitglieder der Gemeinde aus allen gesellschaftlichen Schichten gekommen, als zu erwarten gewesen war.

Sie alle waren gekommen, weil sie Grace schätzten und liebten und es ihr auch zeigen wollten. Diese blickte von Zeit zu Zeit in die Runde, und die Anwesenheit der vielen Menschen tröstete und ermutigte sie.

Der Gottesdienst dauerte nicht sehr lange; die Trauergemeinde sang einen Choral, der Pfarrer sprach einige Gebete und hielt eine kurze Predigt, der Chor sang ein Lied, und dann stand Clarissa auf, stieg die Stufen zur Kanzel hinauf, blieb dort einige Augenblicke lang ruhig stehen und ließ ihren Blick über die Trauergemeinde schweifen. Sie war sichtlich bewegt; Tränen standen in ihren Augen, und das Sprechen kostete sie zunächst ein wenig Überwindung. Aber nachdem sie einmal begonnen hatte – und ihre Stimme klang angesichts dieser Aufgabe noch weicher und melodischer als gewöhnlich –, wurde sie mutiger und selbstbewußter, und Grace hörte ihr mit einem Gefühl zu, das an Ehrfurcht grenzte.

«Die meisten von euch», sagte sie, «kannten Charles Bennett. Ihr seid alle gekommen, um ihm die letzte Ehre zu erweisen. Ich kannte ihn sehr gut, in der Tat fast sein ganzes Leben lang, ich hätte ihn um ein Haar sogar geheiratet.» Sie hielt inne, und der Schatten eines Lächelns lag auf ihrem Gesicht. «Daß wir Freunde blieben, obwohl wir am Ende doch nicht heirateten, ist ein Beweis für die positive Einstellung, mit der er an das Leben heranging. Heute sind viele Menschen hergekommen, die ihn liebten: seine Eltern, Muriel und Clifford, seine Schwester Florence und natürlich seine Frau, Grace. Ihnen gilt unser tiefes, aufrichtiges Mitgefühl. Und auch die anderen, die ihn schon als kleinen Jungen kannten, die für ihn sorgten, ihn unterrichteten und ihn aufwachsen sahen, werden seinen Verlust als sehr schmerzlich empfinden. Im Augenblick gibt es so viele Verluste, so viel Schmerz, so viele junge Soldaten, deren Leben im besten Mannesalter ausgelöscht wird. Das macht den eigenen Verlust jedoch nicht leichter erträglich. Aber worum es geht, das ist die Qualität des Lebens. Charles' Leben war wunderbar erfüllt. Er war ein großzügiger Freund, ein fürsorglicher Ehemann, ein großartiger und tapferer Offizier und ein außerordentlich liebevoller Sohn...»

Sie hielt einen Moment inne, da Muriel unvermittelt aufgestanden war. Ihr Gesicht wirkte in seiner tiefen Trauer völlig verändert, geradezu sanft und liebevoll; sie sah Clarissa an, wandte sich dann ab, eilte den Mittelgang hinunter und verließ die Kirche. In dem Bemühen, ruhig zu bleiben und die Selbstbeherrschung zu wahren, hatte sie die Hände zu Fäusten geballt. Nach einigen Sekunden des Schweigens und noch bevor Florence ihr folgen konnte, bemerkte die Trauergemeinde eine Bewegung auf Grace' Bank und hörte danach laut hallende Schritte: Clifford ging ungewöhnlich schnell den Seitengang der Kirche entlang hinter ihr her. Florence wollte sich erheben, aber Jack streckte den Arm aus und drückte sie wieder auf die Bank zurück; danach fuhr Clarissa mit ihrer Rede fort.

«Es gibt nicht sehr viel mehr zu sagen. Aber etwas ist, glaube ich, sehr wichtig. Einige von euch, die heute hier sind, kannten Charles überhaupt nicht und sind wegen Grace gekommen. Ich glaube, sie wird daraus eine Menge Trost schöpfen können, ebenso aus dem Wissen, daß sie in ihrer traurigerweise so kurzen Ehe mit Charles ihm eine sehr liebevolle und gute Frau war. Er war, das weiß ich, sehr stolz auf sie – und mit gutem Grund.»

Ihre dunklen Augen ruhten auf Grace, und dann lächelte sie sie so warmherzig und so teilnahmsvoll an, daß die schwere Last des Kummers und der Schuldgefühle ein wenig von ihr abfiel, und als John Stokes ein Lied anstimmte, und die Anwesenden sich zum Singen erhoben, kniete sie nieder und weinte Tränen der Dankbarkeit und der Erleichterung, daß Charles niemals erfahren hatte, wie schwach sie gewesen war. Das jedenfalls war ihm erspart geblieben.

Und als sie schließlich hinausging und besorgt nach Muriel Ausschau hielt, sah sie etwas Wunderbares und gänzlich Unerwartetes: Muriel stand irgendwo am Rand des Friedhofs, sichtlich noch immer von ihrem Kummer überwältigt, und der Mensch, der sie tröstete, sie in den Armen hielt und ihr zärtlich die Tränen trocknete, war Clifford.

Drei Tage später bekam Grace einen Brief von Ben.

Meine liebe Grace,
die Jungen haben mir geschrieben und mir von Charles' Tod berichtet. Ich weiß, wie unglücklich Du sein mußt, und es tut mir aufrichtig leid. Ich denke an Dich und hoffe so sehr, daß es Dir den Umständen entsprechend gutgeht. Es gibt nichts, was ich für Dich tun kann, aber Du weißt, daß ich immer für Dich da bin.
Mit all meiner Liebe
Ben

«Danke, daß ihr an euren Dad geschrieben habt», sagte Grace. «Das war sehr aufmerksam.»

«Wir dachten, du möchtest, daß er es weiß», sagte Daniel.

«Ja», sagte sie, «das ist richtig.»

Sie schrieb zurück, dankte ihm für seinen Brief und sandte ihm herzliche Grüße – nicht mehr als das. Sie wußte, daß er sie verstehen würde. Danach verbannte sie ihn entschlossen, so, als würde sie etwas zur Aufbewahrung einen langen Winter über in ein Paket pakken, in die dunklen hinteren Bereiche ihres Bewußtseins und ihres Herzens, bis zu der Zeit, wo sie fähig sein würde, darüber nachzudenken, was sie tun würde.

Als sie ihre tiefe Trauer über Charles' Tod ein wenig überwunden hatte, entschloß Florence sich endgültig, sich von Robert scheiden zu lassen. Sie ging in eine Anwaltskanzlei in Salisbury, wo man nichts über ihre Familie wußte und ganz gewiß nichts über Robert; Rechtsanwälte, so fühlte sie instinktiv, hielten so unverbrüchlich zusammen wie Ärzte und würden sich, wo immer nötig, miteinander solidarisieren, und sie hatte große Angst davor, daß Robert im Bunde mit seinen juristischen Kollegen sie selbst und eine kleine, ländliche Anwaltskanzlei völlig an die Wand spielen könnte.

Der Name des Anwalts war Dodds; er hatte ein graues Gesicht und graue Haare und wirkte kompetent und munter. Während sie ihm einige Einzelheiten berichtete, war sein Gesichtsausdruck höflich und leer.

«Ich möchte mich scheiden lassen», sagte sie mit fester Stimme, «wegen Ehebruch.»

«Hat Ihr Mann die Ehe gebrochen?»

«Nein», erwiderte sie, «ich selbst.»

Mr. Dodds zuckte nicht einmal mit der Wimper. «Ich verstehe. Also ist es eigentlich Ihr Mann, der die Scheidung will?»

«Nein», sagte Florence, «ich.»

«Aber er hat seine Bereitschaft zum Ausdruck gebracht, sich scheiden zu lassen?»

Florence zögerte. «Äh ... ja.»

«Das ist natürlich von entscheidender Bedeutung, Mrs. Grieg.»

«Ich verstehe. Tja, natürlich will er es.»

«Und Sie können die notwendigen Beweise erbringen?»

«Ja, das kann ich.»

«Haben Sie jemanden, der bereit ist, für Sie auszusagen?»

«Ja. Der Vater meiner Tochter.»

Mr. Dodds' Gesicht wurde sogar noch ausdrucksloser. «Aha. Und gibt es unwiderlegliche Beweise für jene Beziehung?»

«Nein», sagte Florence. «Ich meine, sein Name steht nicht auf ihrer Geburtsurkunde.»

«Ich verstehe. Nun ja, möglicherweise müssen wir bestimmte medizinische Tests durchführen lassen, wenn wir das Kind als einen Beweis nehmen wollen. Bluttests und so weiter.»

«Ich kann beweisen, daß mein Mann zur Zeit ... ihrer Empfängnis nicht da war.»

«Das könnte hilfreich sein», sagte Mr. Dodds.

«Und was geschieht jetzt?»

«Ich werde Major Grieg schreiben und ihn darüber informieren, daß Sie mich beauftragt haben und mit welcher Absicht. Und dann müssen wir auf seine Antwort warten. Hatten Sie in den letzten Monaten Kontakt mit dem Major?»

«Nicht direkt», sagte Florence.

Zehn Tage später bekam sie einen Brief von Robert.

Meine liebe Florence,

ich habe von Mr. Kenneth Dodds von Dodds & Partner in Salisbury einen sehr ungewöhnlichen Brief erhalten.

Ich möchte Dir mitteilen, daß ich keinesfalls die Absicht habe, mich von Dir scheiden zu lassen; ich liebe Dich viel zu sehr.

Natürlich weiß ich, daß unsere Ehe nicht perfekt war, und ich glaube, wenn wir ehrlich wären, dann müßten wir zugeben, daß wir uns zeitweilig gewiß nicht vorbildlich verhalten haben, aber in einer Ehe geht es, so scheint es mir, im wesentlichen darum, die Schwierigkeiten gemeinsam durchzustehen, und zwar auf der Basis einer gleichberechtigten Partnerschaft. Ich glaube, daß wir noch immer eine gute Basis für ein glückliches Leben zu zweit haben, und ich glaube, wir sollten uns beide gemeinsam um dieses Glück bemühen.

Ich möchte Dir versichern, daß ich Imogen als mein Kind betrachte; ich liebe sie sehr und möchte sie zusammen mit Dir in unserem Heim großziehen. Und ich würde natürlich gern noch mehr Kinder haben. Dieser Krieg bedeutet für alle Beziehungen eine schreckliche Belastung, selbst für die glücklichsten, aber wenn unsere Trennung überhaupt irgend etwas Positives bewirkt hat, dann war es die Erkenntnis, wie sehr ich Dich liebe.

Ich denke, wir wissen alle, daß das Ende des Krieges in Sicht ist; vielleicht noch ein Jahr, und dann können wir wieder in unserem Heim zusammensein und uns gemeinsam eine Zukunft aufbauen.

Wenn Du meine Schwächen akzeptieren und sie mir verzeihen kannst, Florence, dann werde auch ich Dir gewiß Deine Schwächen verzeihen können.

Ich hoffe, daß ich in den nächsten Wochen ein wenig Urlaub bekomme, und dann können wir all dies miteinander besprechen und einen gemeinsamen Weg finden.

Bis dahin verbleibe ich
Dein Dich liebender
Robert

«O mein Gott», flüsterte Florence, ließ den Brief sinken und starrte aus dem Fenster. In ihrer Kehle spürte sie die altvertraute würgende Angst. «O mein Gott, was soll ich nur tun?»

Mehr als alles andere in der Welt wünschte sich Grace, Ben wiederzusehen, aber stärker als je zuvor hatte sie das Gefühl, daß sie sich besser von ihm fernhalten sollte. Sie wurde noch immer von Schuldgefühlen gequält und von einer völlig unlogischen, abergläubischen Furcht, daß sie in irgendeiner Weise an Charles' Tod schuld sei, daß dieser Tod ein Urteil sei, das als Strafe über sie verhängt worden war. Sie schlief schlecht, war tagsüber reizbar und niedergeschlagen und fühlte sich unfähig zu arbeiten. Sie hatte nicht einmal mehr Lust, in der Schule ihre Musikstunden zu geben, und so kam es, daß sie sich zu allem Überfluß auch noch langweilte.

Miss Merton, die den Musikunterricht als eine Art Therapie betrachtete, bat sie, sich zu überlegen, ob sie Pfingsten den Tanz um den Maibaum organisieren wolle; Grace antwortete matt, sie würde es tun, wenn sie die Zeit dazu hätte. Seit Wochen hatte sie nur ein einziges Mal ihre Gefühle wirklich gezeigt: als David Lucas die Nachricht erhielt, daß ihm das Stipendium für den Besuch des Gymnasiums gewährt worden war. In dem Augenblick brach sie in Tränen aus, drückte ihn an sich und sagte: «Dein Vater wird sich so sehr freuen, er wird sich ganz schrecklich freuen.»

Beide, Daniel und David, fragten sie immer wieder, wann Ben sie das nächste Mal besuchen würde; sie sagte ihnen – und bemühte sich, nicht allzu schroff zu klingen –, daß sie keine Ahnung habe und daß er jetzt irgendwo weit fort im Norden Englands sei. Sie wußte, daß sie den Jungen gegenüber nicht fair war, daß sie so dringend wie sonst auch Liebe und Zuwendung brauchten, aber sie war nicht fähig, sie ihnen zu geben; ihre Gefühlsreserven waren erschöpft.

Aber am Ende war es David, der sie aus ihrer Depression herausriß und ihr deutlich vor Augen führte, wie egoistisch sie sich verhielt. Clifford hatte sie eingeladen, an einem Sonntag mit ihr ein Kirchenkonzert zu besuchen, aber Grace hatte erwidert, es täte ihr leid, sie habe wirklich keine Lust auszugehen, er solle statt dessen David mitnehmen.

Später kam David zu ihr. «Das war gemein von dir», sagte er. «Sir Clifford hatte extra Karten für euch gekauft. Er hatte Florence gebeten, sie zu besorgen, um dich damit zu überraschen.»

«Tja, er hätte das lieber nicht tun sollen, ohne mich vorher zu fragen», sagte Grace.

David sah sie an. «Du bist ganz anders als früher», bemerkte er.

An jenem Nachmittag machte sie einen langen Spaziergang. Sie dachte an Charles und sagte sich zum hundertsten, zum tausendsten Mal, daß er wenigstens nie erfahren habe, daß sie ihn betrogen hatte. Sie dachte an Ben und spürte, daß sie ihn noch immer liebte. Und sie dachte an die Nacht, in der Robert über sie hergefallen war und in der sie sich entschlossen hatte, in Zukunft ihr Leben selbst in die Hand zu nehmen und mutiger und aktiver zu werden. Die Alternative, nämlich ständig pessimistisch und zu jedermann unfreundlich zu sein, nützte weder ihr selbst noch ihrem verstorbenen Mann. Sie stand auf dem Hügel, wo Ben an jenem heißen Nachmittag ihren Arm gestreichelt hatte, schaute auf das Haus hinab und dachte an das Glück, das sie dort empfunden hatte, und in diesem Augenblick entschied sie sich, es sich zurückzuerobern.

Als sie nach Hause kam, setzte sie sich an ihren Schreibtisch und schrieb einen Brief an Ben. Er war nicht lang, aber sie brauchte Zeit, um ihn zu formulieren. In dem Moment, als sie ihn abgeschickt hatte, fühlte sie sich besser.

Florence wurde an einem sonnigen Aprilmorgen vom Klingeln des Telefons geweckt; Joan Haverford war am Apparat.

«Florence, wir müssen in einer Stunde ein paar von unseren armen Ausgebombten vom Zug abholen. Gestern nacht sind im Süden Londons ganze Straßenzüge von Bomben getroffen worden. Ich wurde gebeten, zum Zug zu kommen und dabei zu helfen, für einige von ihnen eine Unterkunft zu besorgen. Könnten Sie etwa gegen neun Uhr in Salisbury sein?»

«Ja, natürlich», sagte Florence.

Die zwölf Frauen, die mit ihren Kindern aus dem Zug stiegen, waren, wie die meisten Menschen in einer solchen Lage, mürrisch, schockiert und feindselig.

«Sie sind Ihnen doch bestimmt sehr dankbar», pflegten die Leute zu Florence zu sagen und fanden es unglaublich, daß sie häufig ganz und gar nicht dankbar waren und ihr, da niemand sonst anwesend war, anscheinend an allem die Schuld gaben.

Sie brachten sie in den Wartesaal, der zu diesem Zweck beschlagnahmt worden war, und gaben ihnen heiße Getränke und warme Kleidung.

«Wie lange bleiben wir denn eigentlich hier?» fragte eine junge Frau, die ein kleines Kind an sich drückte. «Ich muß zurück zu meiner Arbeit.»

«Ich weiß es nicht», sagte Florence geduldig, «aber wenn Sie keinen Wohnraum haben, dann können Sie auch nicht zur Arbeit gehen, nicht wahr? Jedenfalls in der nächsten Zeit nicht.»

Das Mädchen sah sie an, verwundert über ihren Oberklassenakzent, beäugte ihr Tweedkostüm, das offensichtlich einmal teuer gewesen war, und sagte: «Tja, für Sie ist das kein Problem.»

«Wo arbeiten Sie denn?» fragte Florence, die Bemerkung ignorierend.

«In einer Fabrik», sagte die junge Frau.

«Und wo ist Ihr Mann?»

«Hab keinen.»

«Ah. Und wessen... wer...?» fragte Florence und wies auf das Baby.

«Was geht Sie das an?» entgegnete das Mädchen.

«Ich muß es wissen, das müssen Sie doch verstehen», entgegnete Florence munter. «Für den Bericht und so weiter. Damit ich eine Unterkunft für Sie finden kann.»

«Sagen Sie ihnen, sie können sich ihre Berichte sonstwo hinstekken», knurrte die junge Frau. Sie schniefte; sie war sichtlich den Tränen nahe. Plötzlich lächelte das kleine Mädchen und streckte die Ärmchen nach Florence aus; es war hübsch, mit riesigen braunen Augen und seidigen Locken.

«Die ist aber süß», sagte Florence. «Wie alt ist sie denn?»

«Neun Monate.»

«Sie ist sehr hübsch. Und wie heißt sie?»

«Mamie», sagte das Mädchen, schlagartig wieder freundlich gestimmt. «Ihr Papa ist Pilot. Wenn der Krieg zu Ende ist, heiraten wir», fügte sie mit mehr Hoffnung als Überzeugung in der Stimme hinzu.

«Wie schön», sagte Florence. «Also, schauen wir mal. Sie brauchen nur vorübergehend eine Unterkunft, nehme ich an, nur bis Sie wieder nach London zurückkehren können. Haben Sie dort jemanden, bei dem Sie wohnen können? Jedenfalls eine Weile lang?»

«Nein, eigentlich nicht», antwortete die junge Frau. «Mein Vater hat mich rausgeschmissen, als... tja, als ich wußte, daß Mamie unterwegs war, und dann habe ich bei meiner Freundin gewohnt, aber sie ist... letzte Nacht umgekommen. Mit ihren drei Kindern.»

Sie brach in Tränen aus. Florence holte ein Taschentuch aus ihrer Tasche und wischte das kleine Gesicht liebevoll sauber. «Jetzt setzen Sie sich da drüben hin», sagte sie. «Ich bringe Ihnen noch eine Tasse Tee und sehe mal, was ich tun kann.»

Am Ende eines langen Vormittags hatten die Freiwilligen Helferinnen für alle Frauen eine Unterkunft gefunden, außer für die junge Frau mit dem kleinen Mädchen.

Florence betrachtete sie nachdenklich. Nanny Baines hatte mittlerweile große Schwierigkeiten, mit Imogen fertig zu werden; sie beklagte sich ständig, und sie brauchte dringend einen Urlaub. Der Haushalt von The Priory war mittlerweile stark vernachlässigt. Und Imogen würde bestimmt Spaß an dem Baby haben.

«Hätten Sie Lust», fragte Florence, «bei mir zu wohnen? Nur für ein paar Wochen?»

«Weiß nicht», sagte die junge Frau. «Und was soll *ich* dafür tun? Was kostet das?»

«Sie brauchen nur ein bißchen im Haus zu helfen und auf meine kleine Tochter aufzupassen, während ich diese Arbeit hier mache. Fünf Tage in der Woche. Es kostet Sie überhaupt nichts. Ich werde Ihnen allerdings auch nicht sehr viel zahlen können. Sie können ein schönes, großes Zimmer haben, und wir haben einen hübschen Garten – oh, und Sie müssen nett zu meiner Mutter sein. Sie ist ein bißchen schwierig.»

Das Mädchen sah sie an und begann plötzlich zu lächeln; sie hatte ein sehr hübsches Lächeln.

«Schlimmer als meine kann sie auch nicht sein», erklärte sie.

Als sie das Mädchen, ihr Name war Jeannette, mit der kleinen Mamie ins Auto einsteigen ließ, merkte Florence plötzlich, wie Panik sie überfiel. Es war ganz und gar nicht typisch für sie, derart spontane Entscheidungen zu treffen; sie wußte nichts über Jeannette, vielleicht war die junge Frau vorbestraft, Mamie war möglicherweise eine kleine Nervensäge und brüllte ständig, und Muriel würde zweifellos einen hysterischen Anfall erleiden. Nun ja, jetzt ist es zu spät, dachte sie. Sie hatte Jeannette unmißverständlich klargemacht, daß dies nur für ein paar Wochen sein würde, und es wäre gewiß nett für Imogen, ein bißchen Gesellschaft zu haben.

«Ich muß nur kurz auf dem Heimweg bei meinem Anwalt hereinschauen», sagte sie zu Jeannette. «Es dauert bestimmt nicht lange.»

«Wir können ihm noch einmal schreiben», sagte Mr. Dodds, «und Ihre Absicht bekräftigen, daß Sie sich von ihm scheiden lassen wollen. Aber Sie sind es, die die Scheidung will. Möglicherweise wird er sich weiterhin weigern.»

«Ja.»

«Ich hatte Sie so verstanden, Mrs. Grieg, daß *er* sich von *Ihnen* scheiden lassen wollte.»

«Ja», sagte Florence, «nun ja, ich dachte, das wäre der Fall.»

«Sie scheinen die Situation falsch interpretiert zu haben. Er hat durchaus das Recht, sich zu weigern. Gibt es denn keinerlei handfeste Beweise, daß Mr. Grieg sich etwas zuschulden hat kommen lassen?»

Er wirkte für seine Verhältnisse recht lebhaft; sein Interesse an der Sache war sichtlich gewachsen. Er ist wahrscheinlich an so komplexe Fälle nicht gewöhnt, dachte Florence, und natürlich klettert sein Honorar ständig weiter in die Höhe. Sie seufzte und sagte vorsichtig: «Nein. Nein, eigentlich nicht.»

«Mrs. Grieg...» Er zögerte. «Mrs. Grieg, ich möchte noch einmal betonen, wie wichtig es ist, daß Sie mir alles sagen. Möglicherweise kann ich, wenn Sie mir weitere Informationen zur Verfügung stellen, eine andere Vorgehensweise vorschlagen. Und natürlich bleibt alles, was zwischen uns gesagt wird, streng vertraulich.»

Er sah sie ernst an; als ihre Blicke sich kreuzten, überzog sich ihr Gesicht mit einer leichten Röte. «Es braucht Ihnen in keiner Weise peinlich zu sein, Mrs. Grieg. Es gibt wenig, was mich überraschen oder schockieren würde, das versichere ich Ihnen.»

Mein Gott, dachte Florence, er meint, Robert sei irgendwie pervers. Er sei homosexuell oder ziehe irgendwelche Frauenkleidung an. Der Gedanke machte sie lächeln.

Dann aber wurde ihr bewußt, daß Robert in der Tat pervers war. Aber auf eine sehr viel gefährlichere Weise. Er würde sie ihr ganzes restliches Leben verfolgen, wenn sie die Wahrheit ans Licht und ihn vor Gericht brächte und dadurch seine Karriere zerstörte. Sie konnte das einfach nicht tun; es war zu gefährlich. Er würde sie überall finden und sich an ihr rächen. An ihr und an Imogen. Wo auch immer sie gerade waren.

«Nein», sagte sie, «es gibt nichts, was ich Ihnen nicht bereits gesagt hätte.»

Muriel war über die Ankunft von Jeannette und Mamie zutiefst entsetzt. «Es tut mir leid, Florence», sagte sie, «ich bin schlicht und einfach nicht bereit, mich damit abzufinden. Es ist schon bedauerlich, daß Grace dieses Gesindel in Charles' Haus wohnen läßt, aber daß ich jetzt auch noch mein eigenes dafür zur Verfügung stellen soll, kann ich nicht akzeptieren. Das Mädchen soll meinetwegen heute nacht hier schlafen, aber morgen früh muß es wieder gehen.»

«Meine Mutter möchte ihr Abendessen in ihrem Zimmer einnehmen», sagte Florence. «Sie ist sehr müde.»

«Sie will wahrscheinlich nicht mit mir an einem Tisch sitzen», erklärte Jeannette fröhlich. «Ihre Kleine ist ganz schön schlau. Die weiß ja schon alle Wörter zu den Kinderliedern – und das in ihrem Alter. Und zählen kann sie auch schon.»

Alle Vorbehalte, die Florence insgeheim noch gehabt haben mochte, waren augenblicklich verflogen.

Sie nahm das Tablett mit Muriels Abendessen, klopfte leise an die Tür und stellte es neben ihrem Bett ab.

«Wirklich, ich kann keinen Bissen runterbringen», sagte Muriel, «was auch immer es sein mag. Ich bin viel zu unglücklich.»

«Es ist irgendeine Suppe», sagte Florence, «die Jeannette gekocht hat. Weiß der Teufel, was sie reingetan hat, aber sie hat überall rumgesucht und ... na ja, sie riecht köstlicher, als irgend etwas, was Cook jemals zustande gebracht hat.»

«Vielleicht probiere ich einen Löffel davon», sagte Muriel, «aber ich bin sicher, daß sie nicht sehr gut ist; diese Leute wissen einfach nicht, was gutes Essen ist.»

Als Florence zurückkam, um das Tablett wieder abzuholen, war die Suppenschüssel leer.

«Sie ist köstlich», sagte Florence zu Jeannette. «Was ist denn eigentlich drin?»

«Vor allem Kartoffeln. Und sonst noch ein paar Kleinigkeiten. Ja, Kochen macht mir wirklich Spaß. Meine Mutter hat im Savoy in der Küche gearbeitet», fügte sie hinzu, «bis sie gefeuert wurde.»

«Weshalb wurde sie gefeuert?» fragte Florence nervös.

«Sie hat ein paar Sachen geklaut.»

«Ich glaube, es wäre besser», sagte Florence, «wenn Sie das meiner Mutter gegenüber nicht erwähnten.»

Mamie brüllte nicht die ganze Nacht, sie brüllte überhaupt nicht, und als Florence am nächsten Morgen zum Frühstück herunterkam, duftete das ganze Haus nach frischem Brot.

«Ich hab gebacken», sagte Jeannette, «es war noch ein bißchen Hefe da.»

Nachdem es drei Tage lang verschiedene köstliche Suppen, Gemüseaufläufe und wunderbare Omeletts gegeben hatte, erklärte Muriel, Jeannette könne bis Ende des Monats bleiben.

«Glaubst du», sagte Grace etwa eine Woche später eines Abends zu Clifford, «daß Charles ein Testament hinterlassen hat? Wenn ja, dann müßte ich es mir mal anschauen. Ich kenne mich in diesen Dingen zwar nicht besonders gut aus, aber ich weiß, daß es verschiedene Punkte gibt, die zu bedenken sind.»

«Ich bin sicher, daß er ein Testament gemacht hat», sagte Clifford. «Es wäre sehr ungewöhnlich für einen Anwalt, wenn er nicht alles in ordentlichem Zustand hinterließe.»

«Tja, weißt du, ich habe überall nachgesehen, auch in seinem Schreibtisch. Wo, glaubst du, könnte es sein?»

«Wahrscheinlich hat er es bei der Bank oder bei einem anderen

Anwalt hinterlegt. Vielleicht sogar in The Priory. Ich... also, ich werde morgen mal kurz rüberfahren. Muriel hat da so einige Probleme mit dem Garten. Ich könnte dort mal seine alten Aktenordner durchsehen, wenn du willst.»

Sein Gesicht war ausdruckslos, und er sah ihr nicht in die Augen. Grace sagte, das sei sehr freundlich von ihm, aber sobald er das Haus verlassen hatte, um einen Spaziergang zu machen, eilte sie zum Telefon und nahm Florence das Versprechen ab, ihr am folgenden Tag Bericht zu erstatten. Was Florence auch tat: «Sie haben wie ein altes Ehepaar zusammen im Garten gesessen. Mutter hat eine ziemlich mißbilligende Miene aufgesetzt und demonstrativ gestrickt, und er hat sie nach einigen Wörtern für sein Kreuzworträtsel gefragt. Himmlisch, würde Clarissa dazu sagen.»

«Es *ist* himmlisch hier», sagte Grace und dachte, wenn Charles' Tod etwas bewirkt hatte, was bis dahin unmöglich erschienen war, die Versöhnung zweier einsamer, unglücklicher alter Menschen, dann war er am Ende doch nicht ganz sinnlos gewesen.

Clifford fand das Testament; der Inhalt war völlig eindeutig: Charles hatte Grace sein gesamtes Vermögen hinterlassen, das Haus ebenso wie seine sämtlichen Wertpapiere und sonstigen Vermögenswerte. Sie sei, so sagte er, jetzt eine Frau, die über beachtliche Mittel verfüge; Grace versuchte, sich innerlich auf diese Tatsache einzustellen und fühlte sich wegen Ben schuldiger denn je zuvor. Schuldig und schrecklich deprimiert.

Sie hatte seit Wochen nichts von ihm gehört und war zu dem Schluß gekommen, daß er wahrscheinlich irgendwohin versetzt worden oder daß er selbst unsicher war, was zu tun wäre; jeden Morgen wartete sie auf den Postboten, wobei sie sogar vor sich selbst so tat, als bliebe sie völlig gelassen, jeden Morgen nahm sie die Briefe, sah sie durch, ignorierte das Zittern ihrer Hände, legte sie auf den Tisch im Eingangsraum, ging nach oben in ihr Schlafzimmer und starrte, täglich bedrückter, hinaus auf die Einfahrt und fragte sich, ob sie ihn jemals wiedersehen würde.

Und dann, eines Morgens, als sie alle Hoffnung bereits aufgegeben hatte, hörte sie plötzlich das knirschende Geräusch von Autoreifen in der Einfahrt, sprang auf, stieß den Becher mit Tee um und rannte ans Fenster.

«Ben!» sagte Grace mit leiser, unsicherer Stimme, und dann lauter: «Es ist Ben!», und im selben Augenblick rannte sie aus dem Zimmer und quer durch den Eingangsraum zur Tür hinaus in seine Arme, und sie standen beide eng umschlungen da, sie auf Zehenspitzen, das Gesicht an seiner Brust vergraben, und er mit dem Kopf zu ihr hinabgebeugt, das Gesicht in ihrem Haar.

«Du meine Güte!» sagte Clifford und betrachtete die beiden nachsichtig, «also hatte ich doch recht.»

Er begrüßte Ben sehr herzlich, und dann sagte er, er habe Lust, einen Spaziergang zu machen, und würde die Jungen von der Schule abholen und ihnen die gute Nachricht überbringen.

«Warum hat es so lange gedauert, bis du gekommen bist?» fragte sie und schaute strahlend vor Glück zu ihm empor. «Warum hast du nicht wenigstens angerufen? Was ist passiert? Ich hatte solche Angst...»

«Ich hatte deinen Brief nicht bekommen», sagte er, «erst vor zwei Tagen. Ich war hier und dort, und dann mußte ich lügen, um überhaupt fortzukommen, ich habe gesagt, daß Dan wieder krank sei. Ich kann nicht lange bleiben.»

«Wie lange?» fragte sie.

«Nur bis morgen», sagte er, «aber du sollst wenigstens wissen, daß ich dich liebe.»

«Ja, ich werde wissen, daß du mich liebst. Und du wirst auch wissen, daß ich dich liebe.»

Sie sah aus dem Fenster und erblickte Cliffords große Gestalt, die sich den Weg hinunter vom Haus entfernte. «Komm», sagte sie und reichte ihm die Hand, «wir haben jetzt ein bißchen Zeit. Genügend Zeit, um dir zu zeigen, wie sehr ich dich liebe.» Und sie führte ihn, ohne ein weiteres Wort zu sagen, nach oben, in ihr Zimmer und in ihr Bett.

«Ihr beiden seid also verliebt?» fragte Daniel.

«Nun... ja. Ja, das sind wir wohl», sagte Ben vorsichtig. Er lächelte Grace zu.

Sie waren zusammen mit Clifford zurückgekommen, waren ins Haus gestürmt und hatten sich in seine Arme geworfen; sie tranken ihren Tee im Garten, denn es war heiß, wirklich heiß für einen Maitag, und dann setzten Ben und Grace sich auf die Bank vor der Balkontür, und er legte seinen Arm um ihre Schultern und lächelte ein wenig befangen in die Runde.

David war sehr still. Grace sah ihn an, und Ben folgte ihrem Blick und sah es ebenfalls.

Nach einer Weile sagte er: «Dave, hast du Lust auf einen Spaziergang?»

«Eigentlich nicht», erwiderte David.

«Aber ich habe Lust dazu. Dann könnten wir Football spielen.»

David warf ihm einen distanzierten Blick zu. «Okay.»

«Ich komm auch mit», sagte Daniel.

«Du solltest doch mit mir nach The Priory fahren», sagte Grace mit fester Stimme.

«Nicht nach The Priory», entgegnete Daniel, «nicht, um Imogen zu sehen!»

«Tja, mag sein, daß sie auch da ist. Aber Jeannette braucht deine Hilfe. Sie hat angerufen. Sie muß ein Kaninchen häuten.»

Daniels Miene hellte sich auf. Kaninchen häuten war etwas, was er sehr gut konnte. «Na gut. Und was machst du, Sir Clifford?»

«Ich habe dort auch eine Verabredung», sagte Clifford, «mit einer Schwarzen Blattlaus.» Er zwinkerte Grace zu.

Ben und David wanderten schweigend über das Feld. Plötzlich sagte Ben: «Also, du gehst im September aufs Gymnasium?»

«Ja.»

«Sehr tüchtig. Freust du dich darauf?»

«Vermutlich.»

«Braver Junge. Ich bin stolz auf dich.»

«Ja. Sicher.»

«Und was macht die Musik?»

«Ist in Ordnung.»

«Willst du noch ein anderes Instrument lernen? Du könntest wahrscheinlich Geige spielen lernen, wie dein Großvater.»

Er zuckte mit den Achseln. «Kann sein. Vielleicht.»

«David.»

«Was?»

«David, sieh mich an.»

David sah ihn an, und Ben sah tiefe Verletztheit, tiefe Feindseligkeit in seinen Augen.

«Was ist? Ist es wegen Grace? Wegen Grace und mir?»

«Nein.»

«Doch, nicht wahr?»

Es folgte ein Schweigen. dann sprudelte es plötzlich aus ihm hervor. «Ich verstehe nicht, wie du so etwas machen kannst. Angeblich hast du Mutter lieb gehabt. Was, meinst du, würde sie sagen, wenn sie es wüßte?»

«Ich glaube», sagte Ben vorsichtig, «sie würde sagen, daß sie sich freut.»

«Warum? Worüber sollte sie sich freuen?»

«Daß ich nicht länger einsam bin.»

«Bist du einsam?»

«Ja, natürlich war ich einsam. Für euch war es nicht so schlimm; ihr hattet Grace, die euch liebte und für euch sorgte. Ich hatte niemanden.»

«Aber du hast Mutter doch geliebt. Wie konntest du sie vergessen?»

«David, hast du sie vergessen?»

«Natürlich nicht.»

«Und ich auch nicht. Ich habe nichts vergessen, was mit ihr zu tun hat. Ich kann mich daran erinnern, wie sie aussah und wie hübsch sie war, wie sie uns zum Lachen brachte, uns alle herumkommandierte, was für leckere Mahlzeiten sie für uns gekocht hat und wie sehr sie uns liebte. Ich habe nichts vergessen. Ehrlich.»

David sagte nichts. Er starrte vor sich hin; sein Blick war leer.

«Sie war ein ganz besonderer Mensch», sagte Ben. «Wir hatten großes Glück, sie zu haben. Aber jetzt ist sie tot, schon seit langem. Wir können sie nicht zurückholen.»

Plötzlich blieb David stehen, setzte sich auf den Boden und vergrub seinen Kopf in seinen mageren Armen. «Sie fehlt mir», sagte er mit erstickter Stimme. «Sie fehlt mir noch immer, wirklich. Ich möchte ihr so vieles erzählen.»

«Mir fehlt sie auch», sagte Ben sanft, setzte sich neben ihn und nahm ihn in seine Arme. «Mir fehlt sie auch noch immer sehr. Und ich liebe Grace nicht, weil ich Linda nicht mehr liebe. Ich liebe sie auch. Ich weiß, daß das für dich schwer zu verstehen ist, aber es ist wahr. Und deine Mutter hätte Grace bestimmt gern gemocht, nicht wahr? Sie hätte sie sehr gern gemocht.»

«Ja», sagte David ein wenig zögernd. «Glaube ich auch. Ja.»

Es folgte ein langes Schweigen, dann sah er zu seinem Vater empor. «Willst du sie heiraten? Grace heiraten?»

«Vielleicht», sagte Ben. «Vielleicht, eines Tages. Wenn das in Ordnung wäre.»

Wieder ein langes Schweigen. Dann sagte David: «Ja, vermutlich.» Er lächelte seinen Vater ein wenig verlegen an. «Ja, das ist in Ordnung.»

Kapitel 23
Frühsommer 1944

Der Frühsommer war unglaublich schön. Die Tage waren warm und sonnig, und jeder sagte, dies sei ein Zeichen, daß der Krieg bald vorbei sein würde. Die Menschen fühlten sich heiterer, unbeschwerter, und sie hörten auf, sich zu beklagen. Grace genoß die schönen Tage und war glücklicher als je zuvor in ihrem Leben; sie hatte den Kopf voller unausgegorener Pläne und bemühte sich zugleich, sich hinsichtlich ihrer Zukunft keine festen Vorstellungen zu machen. Ben war in Tidworth und wußte nicht, wann er wieder Urlaub bekommen würde. Seltsamerweise war sie fast froh, ihn nicht zu sehen. Er liebte sie, und sie liebte ihn; das mußte für den Augenblick genügen. Sie war noch immer verwirrt, fühlte sich noch immer schuldig und trauerte zu ihrer eigenen Verwunderung noch immer um Charles. Auf jeden Fall hatten sie Zeit; sie mußte sich diese Zeit nehmen und sorgfältig damit umgehen.

Clifford wanderte häufig singend oder pfeifend im Haus oder Garten herum und verbrachte mehr und mehr Zeit auf The Priory. Er hatte sich, so wie er es bereits angedroht hatte, dem Kirchenchor angeschlossen, versah regelmäßig seinen Dienst an der Orgel und war ein wenig verspätet und überflüssigerweise der Bürgerwehr beigetreten. Er stand jeden Morgen früh auf, um im Mill House den Garten zu machen, bevor er auf sein schäbiges altes Fahrrad stieg und nach Thorpe Magna und zu Muriel radelte. Er blieb häufig zum Mittagessen oder sogar ein- oder zweimal zum Abendbrot dort, allerdings lockten ihn, so behauptete Florence, Jeannettes Kochkünste wohl ebensosehr wie Muriels Charme. Und Florence selbst war ganz untypischerweise heiter, trieb entschlossen ihre Scheidung voran, wobei ihr Mut durch die Liebesbriefe von Giles gestärkt wurde, die fast täglich eintrafen. Mr. Dodds hatte noch einen weiteren Brief an Robert gesandt, in dem er erneut ihren Wunsch zum Ausdruck brachte, sich von ihm scheiden zu lassen. Wenigstens hatte Robert ihr diesmal keinen Brief geschrieben, in dem er gegen die Scheidung protestierte. Vielleicht hatte er es jetzt endgültig begriffen.

Sie arbeitete abends immer länger für die Freiwilligen Helferinnen, während ihre häuslichen Pflichten fast vollständig von Jeannette übernommen wurden; Mrs. Haverford sagte häufig, sie könne sich nicht vorstellen, wie sie es jemals ohne Florence geschafft hätten. Sie selbst redete mittlerweile so ausführlich und so begeistert über ihre Arbeit wie über Imogen. Sie konnte sich nicht vorstellen, wieder zu ihrem alten Leben mit seiner biederen Häuslichkeit und seinen vielen Dinnerpartys zurückzukehren; sie machte allerlei Pläne, wie sie ihr zukünftiges Leben gestalten wollte, redete einmal davon, sich in der Politik zu engagieren, und erklärte ein anderes Mal, einen Posten als Managerin in der Industrie anzustreben, aber jedenfalls waren all ihre Projekte extrem ehrgeizig.

In Schottland bat Major Robert Grieg seinen Vorgesetzten um ein Gespräch in einer sehr dringenden Angelegenheit.

«Es tut mir leid, Sie damit belästigen zu müssen, Sir, aber ich brauche unbedingt einen vierundzwanzigstündigen Urlaub. Meiner Frau geht es gar nicht gut, sie muß möglicherweise ins Krankenhaus. Es ist… nun ja, es handelt sich um eine Frauensache, Sir. Ich frage mich, ob…»

«Ja. Ja, ich denke, das ließe sich machen, Major Grieg. Nehmen Sie achtundvierzig Stunden, wenn Ihnen das hilft. Ich denke, daß es in den nächsten Tagen ziemlich ruhig sein wird. Vor der Invasion. Sie haben Ihre Sache hier sehr gut gemacht. Tut mir leid, das mit Ihrer Frau.»

«Danke, Sir.»

Robert beschaffte sich eine Reisevollmacht für den nächsten Tag und rief dann einen Freund in London an. «Ich brauche für morgen einen Wagen und etwas Benzin, Bertie, egal, was es kostet. Ich muß sofort nach Wiltshire runterfahren, um meine Frau zu sehen. Hast du da irgendwelche Beziehungen?»

«Robert! Wann hatte ich jemals *keine* Beziehungen?»

«Jeannette», sagte Florence am nächsten Morgen, «ich gehe jetzt. Ich komme nicht vor dem späten Nachmittag zurück, wahrscheinlich sogar später. Ich bin für die zweite Schicht in der Kantine eingeteilt. Ist das in Ordnung?»

«Na klar», antwortete Jeannette fröhlich. «Was ist mit Ihnen, Mrs. B.? Haben Sie heute auch viel Arbeit?»

«Ja, in der Tat», entgegnete Muriel kalt. Sie hatte Jeannette bei verschiedenen Gelegenheiten sehr deutlich darauf hingewiesen, daß sie nicht Mrs. B. genannt werden wollte, aber das hatte nur wenig Wirkung gezeigt.

«Es paßt zu Ihnen», hatte Jeannette gesagt. «Meine Oma wurde früher in der ganzen Straße immer Mrs. B. genannt. Sie erinnern mich an sie, wissen Sie.» Muriel hatte mit einem gequälten Gesichtsausdruck die Augen geschlossen.

«Dann sind Sie also ganz allein, Jeannette», sagte Florence. «Wenn es irgendwelche Probleme geben sollte, dann rufen Sie einfach Grace im Mill House an, ja? Oh... heute nachmittag ist übrigens eine Probe für den Tanz um den Maibaum, Sie wissen ja, sie hat mich überredet, Imogen daran teilnehmen zu lassen. Könnten Sie sie also bitte um drei Uhr zur Schule bringen?»

«Ja. Okay. Und was wollen Sie machen, Mrs. B.?»

«Ich werde mich um die Blumen in der Kirche kümmern, Jeannette. Ich werde fast den ganzen Tag dort sein. Pfingsten ist ein sehr hohes christliches Fest, wissen Sie», fügte sie hinzu, als wäre Jeannette aus einem primitiven Land, in dem man noch nie etwas vom Christentum gehört hatte.

«Ja, das hab ich auch schon gehört. Imogen, nimm Mamie mit nach draußen. Aber paßt auf, daß ihr nicht zu nahe an den Teich geht.»

«Clifford», sagte Grace, «wir haben heute nachmittag in der Schule eine Probe für den Tanz um den Maibaum. Willst du auch kommen? Es wäre gut, wenn du am Klavier einspringen könntest, und Miss Merton braucht ein wenig Hilfe bei der Choreographie. Jeannette bringt die beiden Kleinen vorbei; Florence hat mich erpreßt, Imogen auch daran teilnehmen zu lassen. Es wird bestimmt nett. Zumindest», fügte sie hinzu, «wenn Miss Merton keinen Herzanfall bekommt.»

«Was für eine reizende Idee. Ja, ich würde sehr gern kommen.»

«Gut. Vielleicht könnten wir ein wenig früher rüberfahren, so gegen Mittag, damit du dir die Noten ansehen kannst.»

«Kein Problem.»

Jeannette war im Erdgeschoß und putzte das Badezimmer, als sie ein Motorengeräusch in der Einfahrt hörte. Sie sah aus dem Fenster. Es war ein ziemlich großer Wagen.

Ein Mann stieg aus; er trug eine Uniform. Die Uniform eines Offiziers. Er schaute am Haus empor, schritt dann zur Eingangstür und klingelte. Jeannette ging nach unten und öffnete.

«Guten Morgen», sagte er, nahm seine Kappe ab und lächelte sie an. Er sah sehr gut aus; ein eher südländischer Typ. Allerdings ein wenig zu dunkel für ihren Geschmack.

«Morgen», sagte sie.

«Ist Mrs. Grieg da?»

«Nein, sie ist bei den Freiwillligen Helferinnen.»

«O ja, natürlich, wie dumm von mir. Wann kommt sie zurück?»

«Erst am späten Nachmittag.»

«Oh», sagte er. «Ach du liebe Güte.»

«Warum?»

«Tja, ich dachte... Sie scheint es vergessen zu haben.»

«Was vergessen?»

«Unsere Absprache. Verdammt. Ist Mrs. Bennett hier? Oder macht sie...» Er sah auf seine Uhr. «Ja, vermutlich.»

«Was?»

«Macht sie gerade ihren Mittagsschlaf?»

«Sie scheinen eine Menge über sie zu wissen», sagte Jeannette.

«Nun ja, ich bin schließlich ihr Schwiegersohn. Major Grieg. Der Mann von Mrs. Grieg. Entschuldigung, ich hätte mich vorstellen sollen. Und wer sind Sie?»

«Ich heiße Jeannette. Jeannette Marks. Ich kümmere mich um Imogen und um das Haus und so. Aber jetzt erkenne ich Sie», fügte sie hinzu, «von der Fotografie in Mrs. Bennetts Zimmer.»

«Ach, tatsächlich? Ist das jetzt schon wieder so eine neue Idee... daß Sie auf Imogen aufpassen? Wo ist Miss Baines?»

«Bei sich zuhause vermutlich», sagte Jeannette. «Sie hat es nicht mehr gepackt, Imogen war immer so wild und so.»

«Nun, die Situation ist ziemlich kompliziert», sagte Major Grieg. «Ich kann es gar nicht glauben, daß meine Frau es Ihnen nicht gesagt hat.»

«Mir was nicht gesagt hat?»

«Daß ich Imogen heute nachmittag abholen soll. Sie zum Nachmittagstee zu meiner Mutter bringen.»

«Nein, hat sie nicht. Wo ist sie denn, Ihre Mutter?»

«Oh... nicht weit fort von hier. sie besucht gerade eine Freundin drüben in Salisbury. Ach du liebe Güte. Heute ist ihr Geburtstag, wissen Sie. Sie hat sich so darauf gefreut, Imogen zu sehen.»

«Ja, sicher, das wäre nett, das kann ich verstehen.»

Imogen und Mamie bogen plötzlich um die Ecke des Hauses; Mamie saß in Imogens hölzerner Schubkarre. Ihr kleines braunes Gesicht und ihre Arme waren mit grünem Schleim bedeckt, und sie brüllte herzzerreißend.

«Imogen!» sagte Jeannette. «Imogen, was hast du mit ihr gemacht?»

«Sie ist in den Teich gefallen», erklärte Imogen.

«Imogen, ich hab dir doch gesagt, ihr sollt nicht an den Teich gehen. Also wirklich. Was soll denn dein Dad dazu sagen?»

«Hallo, Imogen, mein Schatz», sagte Robert, beugte sich zu der Kleinen hinab und versuchte, sie ins Gesicht zu küssen. Sie wandte sich ab. «Es ist so traurig», sagte er. «Sie hat mich in drei Jahren ungefähr dreimal gesehen. Das hat der Krieg den Familien angetan. Was ist mit Ihrem Mann?»

«Wir haben noch nicht geheiratet», sagte Jeannette.

«Ich verstehe. Also... ich vermute, Sie werden mir nicht erlauben, Imogen mitzunehmen, oder? Es wäre nur für ein paar Stunden. Ich würde sie zurückbringen, noch bevor Florence... bevor meine Frau wieder heimkommt.»

«Tja, ich weiß nicht», sagte Jeannette. «Ich müßte erst fragen.»

«Also wirklich! Ich bin ihr Vater. Möchten Sie vielleicht, daß ich mich ausweise?»

Er warf ihr einen verletzten, traurigen Blick zu; dann sagte er: «Aber wenn Sie jemanden fragen wollen... das wäre natürlich die korrekte Vorgehensweise.»

«Ja, das könnte ich machen. Aber ich weiß nicht, wen. Mrs. B. ist nie erreichbar. Ich soll die Kleine heute nachmittag ins Dorf bringen, zu irgendeinem Tanz oder so. Aber sie scheint augenblicklich keine besondere Lust zum Tanzen zu haben...»

Sie sah Mamie an, die noch immer brüllte. Es wäre gut, wenn sie sich ein paar Stunden ausruhte, sonst würde sie die fünf Meilen bis Thorpe Magna und zurück gar nicht schaffen. «Wissen Sie was», sagte sie, «ich werd mal die junge Mrs. B. fragen. Sie weiß bestimmt, ob es in Ordnung ist.»

«Oh... in Ordnung. Fein. Ich passe inzwischen auf Imogen auf, ja? Damit Sie Ihre Kleine mitnehmen können.»

«Ja. Okay.»

Mrs. Boscombe teilte ihr gerade mit, daß im Mill House niemand zuhause sei, sie seien alle in die Schule gegangen, als sie hörte, wie der Motor des Wagens angelassen wurde. Erschrocken rannte sie hinaus, aber der Mann saß noch immer da, Imogen neben sich auf dem Beifahrersitz. Die Kleine strahlte sie an. Sie liebte Autos.

«Autofahren», sagte sie. «Brumm-brumm.»

«Mrs. Bennett ist nicht da», sagte Jeannette. «Sie sind alle in der Schule, unten in Lower Thorpe.»

«Also», sagte er, «damit Sie sich keine Sorgen zu machen brauchen, werde ich dort vorbeifahren und Grace fragen, ob Imogen unbedingt dabei sein muß. Und dann fahre ich sie zu meiner Mutter hinüber. Und bringe sie gegen halb vier wieder zurück. Okay?»

«Ja», sagte Jeannette, «ja, okay. Mamie, jetzt halt mal den Mund. Ich komm ja schon.»

Er fuhr langsam davon, mit einem Winken und einem Lächeln. Imogens kleiner blonder Kopf schob sich aus dem Beifahrerfenster.

«Wiedersehen», rief sie, «brumm, brumm.»

Das wird schon in Ordnung sein, dachte Jeannette. Das ist bestimmt völlig in Ordnung. Schließlich ist er ihr Vater..

«Jeannette hat sich wohl verspätet», sagte Grace, «wir müssen ohne sie anfangen. Nun ja, Imogen hätte wahrscheinlich ohnehin nur gestört, fürchte ich. Wenigstens habe ich dann eine Entschuldigung, sie nicht an der Tanzvorführung teilnehmen zu lassen. Sie weiß ja ohnehin überhaupt nicht, was sie machen soll.»

Die Probe verlief genauso chaotisch wie sonst auch; die Kinder gingen alle zur falschen Zeit in die falsche Richtung, und die bunten Bänder an der Spitze des Maibaums ähnelten eher einem verworrenen Wollknäuel als einem ordentlich geflochtenem Zopf.

«Macht nichts», sagte Miss Merton, die in ihrer Verzweiflung philosophisch wurde. «Sie wissen doch, was man sagt, wenn die Generalprobe nicht klappt. Am Pfingstmontag läuft alles bestens, da bin ich ganz sicher. Elspeth, meine Liebe, das war sehr schön. David, mein Schatz, ist alles in Ordnung mit dir?» David hatte hinter dem Klavier merkwürdige Geräusche von sich gegeben, als wenn er sich erbrechen müßte.

«Jetzt haben wir uns eine Tasse Tee verdient, glaube ich», sagte Miss Merton. «Ich werde schon mal im Lehrerzimmer den Kessel aufsetzen. Mr. Bennett, möchten Sie eine Tasse mit uns trinken?»

«Ja, gern», sagte Clifford. «Sehr freundlich von Ihnen. Komm, ich helf dir mal bei diesen Bändern, David. Du hast eine wunderbare Stimme, meine Liebe», sagte er zu Elspeth. «Ein großes Talent. Unser David hier hat mir von deiner Begabung erzählt.»

David wurde feuerrot.

«Gut, dann trinken wir alle eine Tasse Tee», sagte Grace. «Meine Güte, es ist schon fast fünf Uhr. Und danach müssen wir zurück. Ich frage mich, was mit Imogen los ist. Vielleicht war Jeannette der Weg zuviel.»

«Wo ist Imogen?» fragte Muriel.

«Bei ihrer Oma», antwortete Jeannette. «Und ihrem Papa.»

«Bei wem?»

«Ich hab's doch schon gesagt: Bei ihrer Oma.»

«Ihre Großmutter lebt irgendwo im Norden Englands.»

«Nein, heute nicht», sagte Jeannette. «Sie ist in Salisbury.»

«Wie seltsam. Und was sagten Sie über ihren Vater?»

«Ihr Vater ist gekommen, um sie abzuholen», erklärte Jeannette geduldig, warf aber dennoch einen etwas ängstlichen Blick auf die Uhr, die inzwischen kurz vor fünf anzeigte, «zum Nachmittagstee bei ihrer Oma.»

«Aber Roberts Mutter kommt nie in diese Gegend», entgegnete Muriel. «Es muß da irgendein Irrtum vorliegen.»

«Tja, er war aber ganz sicher. Er hat gesagt, sie besucht eine Freundin. Die gerade Geburtstag hätte.»

«Oh», sagte Muriel unsicher. «Nun ja, jedenfalls hat Florence ganz sicher nichts davon gewußt. Ich hoffe nur... sind Sie sicher, daß es ihr Vater war? Major Grieg?»

«O ja, ich hab ihn von der Fotografie in Ihrem Zimmer erkannt», sagte Jeannette. «Er war sehr nett. Und ich war sicher, daß Imogen ihn kannte. Er sagte, sie kämen gegen halb fünf wieder zurück.»

«Das war nicht recht von Ihnen», sagte Muriel streng, «sie einfach gehen zu lassen. Aber ich vermute, daß es in Ordnung ist. Major Grieg ist ein sehr charmanter Mann.»

«Ja», bestätigte Jeannette.

Die kleine Gruppe hatte an diesem warmen Frühlingsabend etwa die Hälfte des Weges zurückgelegt, als Florence' Wagen mit quietschenden Bremsen am Straßenrand hielt; sie sprang heraus, stürzte auf sie zu und umklammerte Grace' Arm wie eine Ertrinkende.

«Grace, Grace!» rief sie, «hast du Imogen gesehen?»

«Nein», sagte Grace, «wir haben sie nicht gesehen. Die beiden Kinder sind überhaupt nicht aufgetaucht. Es tut mir leid, Florence, wir –»

«Robert hat sie nicht vorbeigebracht?»

«Robert! Natürlich nicht. Florence, was in aller Welt ist los? Was ist passiert?»

«Robert hat sie geholt», sagte Florence und brach in ein hysterisches Schluchzen aus. «Er hat sie geholt, Grace, er hat sie mitgenommen, und ich weiß warum, damit ich mich nicht von ihm scheiden lasse, damit ich immer bei ihm bleibe. Was soll ich nur tun, Grace, was soll ich nur tun?»

«O Gott», rief Grace aus, «Florence, er würde ihr doch gewiß nichts –»

«Natürlich würde er das», entgegnete Florence. «Es gibt keinen Grund, warum er so etwas nicht tun würde.»

«Florence, warte. Versuch doch bitte, dich zu beruhigen. Auf diese Weise kannst du Imogen auch nicht helfen. Komm mit uns zum Mill House, wir rufen die Polizei an.»

«Nein, nein, ich muß zurück. Falls es irgendwelche Neuigkeiten gibt. Bitte, Grace, ruf mich sofort an, falls du irgend etwas hörst.»

Sie warf sich wieder in den Wagen, umklammerte das Lenkrad, riß es herum und fuhr mit laut aufheulendem Motor wieder den Hügel hinauf.

«Sie sollte nicht fahren», sagte Clifford. «Nicht in dem Zustand.»

Florence war vor allem fassungslos, daß sie so naiv gewesen war. Daß sie Imogen in der Obhut eines anderen Menschen gelassen und nicht dafür gesorgt hatte, daß sie in Sicherheit war. Wenn sie Jeannette wenigstens gewarnt hätte, daß so etwas passieren könnte. Sie hätte die ganze Zeit bei Imogen bleiben müssen, anstatt mit ihrem Wagen in Wiltshire herumzusausen und ihre Arbeit für die Freiwilligen Helferinnen so furchtbar wichtig zu nehmen. Was in aller Welt würde Giles, würden die anderen sagen, wenn sie hörten, daß Imogen entführt worden war?

Und dann kam ihr ein anderer Gedanke, so erschreckend, so entsetzlich, daß sie von Panik ergriffen wurde, ihr plötzlich alles vor den Augen verschwamm und sie den Wagen anhalten mußte. Warum sollte Robert es dabei belassen, Imogen nur zu entführen? Und wenn er sie verprügelte... oder etwas noch Schlimmeres? Es war nicht unwahrscheinlich. Er war wahnsinnig, und es war ihm durchaus zuzutrauen. Er konnte nicht ernsthaft glauben, daß sie sein Kind war, und wahrscheinlich sah er sie als einen lebenden Beweis für Florence' Untreue an. Wahrscheinlich haßte er ihren bloßen Anblick. Was wäre, wenn er sie gerade in diesem Augenblick verprügelte, ihr etwas Schlimmes antat? Imogen war so klein und verletzlich, sie könnte sich in keiner Weise wehren. Plötzlich sah Florence Imogens kleinen blonden Kopf vor sich, der geohrfeigt und von den Schlägen von einer Seite zur anderen geschleudert wurde, die blauen Augen in hoffnungslosem, hilflosen Entsetzen geweitet; sie sah, wie ihr kleiner Körper auf dem Boden lag, gebrochen, getreten von schweren Männerstiefeln. Sie wälzte sich seitlich aus dem Wagen und erbrach sich in die Hecke hinein.

«Florence? Florence, was in aller Welt ist los? Bist du krank?» Es war Roberts Stimme. Florence drehte sich sehr langsam um, sicher, daß sie unter einer Halluzination litt, und sah ihn am Lenkrad eines großen Wagens sitzen. Er lächelte sie an. Er war allein.

«Robert», kreischte Florence, «Robert, wo ist Imogen? Was hast du mit ihr gemacht?»

«Florence, meine Liebe, bitte beruhige dich doch. Ich habe sie zum Nachmittagstee zu meiner Mutter und deren Freundin gebracht. Sie ist augenblicklich noch bei ihnen. Ich habe es dieser schrecklichen Frau in eurem Haus doch in allen Einzelheiten erklärt, die übrigens für die Betreuung meiner Tochter nicht gerade die passende Person ist.»

«Wo? Deine Mutter ist in Yorkshire? Welche Freundin? Wo ist sie? Ich will sie zurückhaben, jetzt, Robert, sofort.»

«Mein Gott, das ist wirklich absurd», sagte Robert. Seine Stimme klang noch immer sehr gelassen, und er lächelte sie noch immer freundlich an. «Sie ist nur in Salisbury, bei zwei sehr respektablen alten Damen. Sobald wir wieder in The Priory sind, kannst du sie anrufen. Tut mir leid, daß ich ein bißchen zu spät zurückgekehrt bin, aber Imogen hat sich so prächtig amüsiert. Deshalb wollte ich sie ein bißchen länger bei ihnen lassen. Soll ich dich zurückfahren? Du siehst absolut entsetzlich aus.»

Florence folgte Roberts Wagen zurück nach The Priory. Sie hatte solche schreckliche lähmende Angst, daß sie nur noch verschwommen sehen konnte. Sie fühlte sich wie in einem Alptraum.

Muriel wartete auf der Türschwelle. «Gott sei Dank, daß er dich gefunden hat», sagte sie, «es ist wirklich unmöglich, wie eine Verrückte ins Auto zu springen und davonzufahren, Florence.»

«Ich will zum Telefon... ich möchte mit Imogen reden.»

«Florence, es geht ihr gut», sagte Robert. «Wie oft soll ich dir das noch sagen?»

«Ich möchte mir ihr reden.»

«Das kannst du gleich tun. Jetzt gehst du erst einmal hier hinein.» Er schob sie ins Wohnzimmer. Muriel hatte sich aus einem seltenen und in diesem Fall sehr unerwünschten Taktgefühl heraus zurückgezogen. «Setz dich», sagte Robert. «Du siehst schrecklich aus. Ich hole dir einen Drink.»

«Ich will keinen Drink.»

Robert sah sie mit einer Mischung aus Widerwillen und Mitleid an. «Ich glaube doch.» Er ging zur Anrichte, fand eine Flasche Sherry und schenkte ihr ein Glas davon ein. «Los, trink das.»

«Robert, ich möchte es nicht.»

«Trink es, Florence.»

Florence trank den Sherry. Er saß neben ihr und sah ihr zu. «Na also», sagte er sehr leise. «Na also, Florence. Jetzt müssen wir uns mal ein bißchen unterhalten.»

Florence spürte, wie ihr die vertraute, eiskalte Angst das Rückgrat emporkroch. Sie schluckte und umklammerte das leere Glas. «Robert...»

«Sei still und hör mir zu. Hör mir gut zu. Ich möchte keine, ich wiederhole, *keine* Scheidung. Du bist meine Frau, und ich möchte, daß du es auch bleibst. Ich möchte, daß diese ganze absurde Sache fallengelassen wird. Verstehst du mich?»

Sie starrte ihn schweigend an.

«Deshalb möchte ich, daß du dich jetzt hinsetzt und diesem lächerlichen Anwalt schreibst, daß die Angelegenheit abgeschlossen ist. In Ordnung?»

«Ja. Ja, in Ordnung, Robert.» Sie fühlte sich erschöpft, todmüde.

«Ich möchte, daß du es jetzt tust. Ich habe ein paar Bogen Papier und Umschläge für dich bereitgelegt. Da drüben. Auf dem Schreibtisch.»

Florence stand auf, ging zum Schreibtisch hinüber und ließ sich schwer auf den Stuhl fallen.

«Es gibt da noch ein paar Sachen, die zu regeln sind.»

«Ja?»

«Ich möchte nicht, daß dieses ordinäre Mädchen meine Tochter betreut. Ich möchte es einfach nicht. Sie scheint wirklich nicht die passende Person zu sein. Deine Mutter ist mit mir einer Meinung.

Ich möchte, daß sie dieses Haus verläßt, und zwar noch vor Ende dieser Woche. In Ordnung?»

«Ja», sagte Florence und haßte und verachtete sich dafür.

«Gut. Ich freue mich darauf, zu hören, daß sie fort ist. Deine Mutter hat mir versprochen, mich zu benachrichtigen.»

«Kann ich jetzt mit Imogen sprechen?»

«Wenn du den Brief geschrieben und ihn mir gegeben hast.»

Als sie zu Ende geschrieben hatte, sah sie ihn an. «Sonst noch etwas?»

«Eigentlich nicht. Nein. Ich werde meine Mutter und ihre Freundin anrufen, du kannst mit ihr und mit Imogen sprechen, und dann werde ich losfahren und sie abholen.»

«*Ich* werde sie abholen», zischte Florence wütend. «Wenn du glaubst, ich –»

«O nein», sagte er, «ich werde sie zu dir zurückbringen. Was in aller Welt denkst du von mir, daß ich mich mit ihr aus dem Staub mache oder dergleichen? Du machst dich wirklich lächerlich. Nein, ich fühle mich jetzt, in dieser neuen Situation, sehr viel wohler. Wenn ich natürlich in den nächsten Monaten etwas, irgend etwas hören sollte, was darauf hindeutet, daß du dich mir gegenüber nicht völlig loyal verhältst, dann kann ich für nichts garantieren. Es war nicht schwierig, das Kind für ein paar Stunden auszuborgen. Es könnte durchaus sein, daß ich es noch einmal tun möchte. Sogar für ein bißchen länger. Das süße kleine Ding. Ich mag sie erstaunlicherweise gern. Sehr gern sogar. Und ich habe die Vorstellung, daß wir nach dem Krieg noch ein paar weitere Kinder haben werden. Du und ich.»

Sie sprach mit Imogen; die Stimme der Kleinen klang fröhlich, geradezu aufgekratzt. Robert fuhr mit dem Wagen davon und war in weniger als einer Stunde zurück. Imogen stürmte ins Wohnzimmer. «Autofahren», sagte sie. «In Daddys Wagen gefahren.»

Florence saß einige Zeit mit ihr in den Armen ganz still da. Später, nachdem sie sie ins Bett gebracht hatte, schrieb sie an Giles. Sie wußte, wann sie den Kampf verloren hatte.

Kapitel 24
Juni 1944

Major Robert Grieg, der viele Monate lang mit einer streng geheimen und äußerst wichtigen Mission beauftragt gewesen war, konnte endlich, entsprechend seinem vielfach geäußerten Wunsch, wieder in den aktiven Dienst zurückkehren. Er sollte mit seiner Einheit zur Isle of Wight reisen, um dort die letzten Truppenübungen zu absolvieren, und sich auf seine Einschiffung Anfang Juni zu einem unbekannten Ziel vorbereiten. Die Einzelheiten waren geheim, aber die neue Situation war jedermann bewußt, und man stellte sich im ganzen Land darauf ein. Dies war allen Ernstes der Anfang vom Ende des Krieges, die groß angelegte Invasion der Alliierten in Frankreich.

Korvettenkapitän Giles Henry war auf seinem Schiff und wartete in qualvoller Ungeduld auf die Order, nach Frankreich in See zu stechen. Seine Depression war, nachdem er einen Brief von Florence erhalten hatte, in dem sie ihm mitteilte, daß sie ihn nicht länger liebe, so schwarz und abgrundtief, daß er sich nicht vorstellen konnte, daß irgend etwas, was das Schicksal ihm in den Schoß warf, einschließlich seines Todes, ihm nicht willkommen sein würde.

Fliegermajor Jack Compton Brown saß wieder in seinem geliebten Kampfflugzeug, durchquerte für Landungsunterstützungsmissionen den gefährlichen Himmel und nahm damit aktiv an den Vorbereitungen für die große Invasion der Normandie teil. Er war jeden Tag in größter Gefahr, da er sich direkt in der Schußlinie der deutschen Luftwaffe befand. Dies war es, was er erträumt und ersehnt hatte und was ihm in den langen Monaten seines Krankenhausaufenthaltes Kraft gegeben hatte. Er war von einem Gefühl übermütigen Triumphs erfüllt: Er hatte seinen eigenen Krieg gewonnen.

Clarissa wachte am 6. Juni auf und warf einen Blick auf den gespenstisch leeren Hafen von Dartmouth. Sie hatte sich während der vergangenen Monate daran gewöhnt, daß er dicht an dicht besetzt war mit den verschiedensten Schiffen und Landungsbooten, so daß es unmöglich erschien, auch nur ein einziges Schlauchboot dazwischenzuzwängen, und als sie jetzt über ihrem Kopf das endlose Brummen hörte, schickte sie ein heißes Gebet für Jack zum Himmel und stürzte sich dann so eifrig, so hingebungsvoll in ihre Arbeit, daß sie weder Hunger noch Durst noch Müdigkeit verspürte. Sie war dankbar dafür, dankbar für diese Pflichten; sie halfen ihr, ihre Angst zu verdrängen.

Am Morgen des 6. Juni, an einem kalten, stürmischen Tag, hörte sie weit draußen über dem Meer ein lautes Dröhnen. Sie wußte, was es bedeutete. Die Invasion hatte endlich begonnen.

Es war der 19. Juni, und in Frankreich wütete der schlimmste Sturm seit Menschengedenken, vergleichbar wohl nur mit dem, der die Armada vernichtet hatte. Nicht nur, daß die Häfen in Gefahr waren, von den Brechern zerstört zu werden; auch die Männer, die sich dort aufhielten, befanden sich in Lebensgefahr und mußten sich oftmals mit bloßen Händen irgendwo anklammern, um nicht ins Meer gedrückt zu werden. Drei und vier Meter hohe Wellen krachten tagelang gegen die Brücken, und Reparaturarbeiten waren praktisch unmöglich, obwohl man es immer wieder versuchte. Kleine Boote, die einzigen, die man unter diesen Umständen benutzen konnte, patroullierten ständig an den weitgehend zerstörten Hafenanlagen entlang und fischten Soldaten aus dem Wasser.

Robert Grieg war einer der Männer, die diese Aufgabe übernommen hatten; er legte in schwärzester Nacht und bei heulendem Wind einen fast heiteren Mut an den Tag und riskierte immer und immer wieder sein Leben.

Kapitel 25
September 1944

Muriel sah Florence über den Frühstückstisch hinweg an; ihre Nasenflügel weiteten sich vor Entschlossenheit. «Florence, es ist jetzt wirklich Zeit.»

«Wofür, Mutter?» fragte Florence müde. Vor ihr lag ein langer Tag, und sie war am Abend zuvor erst um acht Uhr nach Hause gekommen; sie hatte Kopfschmerzen und ihre Augen brannten.

«Daß dieses Mädchen endlich geht. Zusammen mit seinem Kind. Ich war sehr geduldig.»

«Mutter, du warst überhaupt nicht geduldig. Du hast enorm viele köstliche Mahlzeiten vorgesetzt bekommen, in einem blitzblank geputzten Haus», sagte Florence. «Ich finde es lächerlich, wenn du ernsthaft behauptest, daß man dir Geduld und Opfer abverlangt hätte. Wirklich. Wenn ich an das Elend denke, das ich jeden Tag und jede Stunde sehe. Jeannette gehört mittlerweile zur Familie, ich mag sie sehr gern, und Imogen liebt sie. Ich habe ihr gesagt, sie soll gehen, wenn... nun ja, wenn sie etwas gefunden hat, und bis dahin werde ich sie nicht auf die Straße setzen.»

«Florence, darum geht es doch gar nicht, oder?»

«Ich weiß nicht, was du meinst.»

«Ich glaube doch. Robert besteht darauf, daß sie geht. Andernfalls, so droht er, würde er Imogen aus diesem Haus entfernen.»

«Das kann er nicht», entgegnete Florence scharf. «Zum einen ist er in Frankreich, und zum anderen gibt es keinen Ort, wo er sie hinbringen kann.»

«Seine Mutter würde sie nehmen. Sie hat mir geschrieben und es mir mitgeteilt.»

«Die alte Hexe!» zischte Florence. «Wie kann sie es wagen! Ich hoffe, du hast ihr gesagt, sie soll sich aus unseren Angelegenheiten heraushalten, Mutter, und wenn du es nicht getan hast, dann würde ich gerne wissen warum. Und warum hast du mir das nicht schon vorher mitgeteilt?»

«Florence, wirklich! Es war nett gemeint. Und darum geht es doch auch gar nicht. Robert ist ein willensstarker Mann –»

«Er ist ein Tyrann», bemerkte Florence kalt.

«Das behauptest du immer. Ich selbst habe dafür keinerlei Beweise gesehen!»

«Mutter!» sagte Florence. «Mutter, wirklich. Warum glaubst du, sollte ich...» Sie stockte. Es hatte jetzt keinen Zweck, sich gegen Roberts Wünsche aufzulehnen. Sie mußte sich um Imogens willen mit ihm ein gemeinsames Leben aufbauen, mußte optimistisch und tapfer sein. Es war eine düstere und beängstigende Perspektive, aber es gab keine Alternative. «Ja, in Ordnung», sagte sie matt. «Ich werde heute mit Jeannette reden. Bitte laß mich nur noch –»

«Worüber?» sagte Jeannette, die im selben Augenblick ins Zimmer getreten war. «Wenn es um die Wolldecken geht – ich kann sie bei diesem Wetter leider nicht trocken kriegen. Noch Tee, Mrs. B.?»

«Nein, danke», sagte Muriel mit eiskalter Stimme. «Er war ohnehin reichlich stark, Jeannette, ich ziehe es vor, wenn er sehr hell ist. Ich hatte Ihnen das bereits mehrfach gesagt.»

«Tut mir leid», sagte Jeanette, «irgendwie scheint er nie so hell aus der Kanne zu kommen. Tja, Florence, um was ging es denn? Und – kann ich heute abend Ausgang haben? Ted Miller hat mich ins Kino eingeladen.»

Ted Miller arbeitete am anderen Ende von Thorpe Magna auf einer Farm. Er und Jeannette waren jetzt seit über einem Monat zusammen. Jeannette wurde von den Dorfbewohnern als Inbegriff einer weltgewandten jungen Frau betrachtet, mit ihren wasserstoffblonden Haaren, dem leuchtendroten Lippenstift und ihrer Fähigkeit, einen perfekten Jitterbug aufs Parkett zu legen, und das Vorhandensein von Mamie hatte unweigerlich Anlaß zu den wildesten Gerüchten gegeben, die durchaus nicht nachteilig für sie waren. Ted Miller selbst unterstützte diese Gerüchte... in der Tat war ihm auf unmißverständliche Weise deutlich gemacht worden, daß Jeannette ohne einen Ehering niemals wieder jemanden an sich heranlassen würde.

«Ja, das ist kein Problem», sagte Florence, «natürlich nicht. Ich komme heute früh zurück, aber Jeannette, was ich eigentlich sagen wollte, war, daß... nun ja, die Sache ist die, Jeannette, ich werde Sie bitten müssen...»

Von draußen hörte man das laute Knattern eines Motorrads, dann Schritte, dann ein Klopfen an der Tür.

«Ich gehe schon», sagte Florence dankbar.

Als sie eine Minute später ins Eßzimmer zurückkehrte, war sie bleicher denn je zuvor, ihre Lippen waren verzerrt und fast grau. Sie ließ sich schwer auf einen der Stühle fallen und ließ ihren Blick eine Weile lang schweigend auf Imogen ruhen. Dann sagte sie: «Tut mir leid. Es ist schon gut, Jeannette, ich wollte nichts Wichtiges sagen. Am besten beschäftigen Sie sich jetzt ein wenig mit den Kindern. Ich habe heute ziemlich viel zu tun.»

«Florence», sagte Muriel, «was in aller Welt ist los mit dir?»

«Das war ein Telegramm», sagte Florence, «Robert ist gefallen.»

Sie fühlte sich schrecklich; sie hätte niemals geglaubt, daß sie sich so schrecklich fühlen würde. Schuldgefühle überwältigten sie, machten sie körperlich krank. Sie versuchte, sich vor Augen zu führen, wie er sie geschlagen und eingeschüchtert hatte, versuchte, sich die Schmerzen und die Angst ins Gedächtnis zu rufen, als er sie ins Gesicht schlug, so daß ihr Kopf von einer Seite zur anderen geschleudert wurde, die Panik, als er sie in den Magen getreten hatte, und den schrecklichen Kummer, als sie das Baby verlor. Sie versuchte, sich den psychischen Druck ins Bewußtsein zu rufen, den er seither auf sie ausgeübt hatte, aber sie konnte an nichts anderes denken als daran, daß sie ihn betrogen und einen anderen Mann geliebt, mit ihm geschlafen und dessen Kind zur Welt gebracht hatte.

Er hatte sein Leben in dem großen Sturm verloren; später erfuhr sie, daß er aus dem kleinen Boot hinausgespült wurde, in dem er bei einer Rettungsaktion gesessen hatte, und daß er dann in der Dunkelheit von den hohen Wellen davongetragen wurde. Einige Tage später wurde seine Leiche dann mehrere Meilen weit fort an die Küste geschwemmt. Man sagte ihr, er sei ein Vorbild für seine Männer gewesen, ein hervorragender Soldat und eine große Persönlichkeit. Dadurch fühlte sie sich nur noch schlechter; sie war überzeugt, daß sie selbst für sein Verhalten ihr gegenüber verantwortlich war und daß unter dem schwachen, fehlerhaften Menschen, mit dem sie verheiratet gewesen war, eine gute, warmherzige Seele verborgen gewesen war. Sie hatte Robert geheiratet, obwohl sie wußte, daß sie ihn nicht wirklich liebte, und nun hatte sie ihre gerechte Strafe bekommen. Sie empfand weder Erleichterung, noch hatte sie das Gefühl, daß der Alptraum, in dem sie so lange gefangen gewesen war, vorüber sei; sie spürte nur Reue und, seltsamerweise, eine tiefe Traurigkeit.

Florence mußte nach London fahren, um Papiere und andere Sachen aus dem Haus zu holen. Sie bat Grace, sie zu begleiten.

«Jedes Mal, wenn ich in dieses Haus kommen», sagte Florence, als sie in dem gespenstischen Wohnzimmer standen, in dem die Möbel von Staubüberzügen verhüllt waren, «bin ich erstaunt, daß es noch steht.»

«Es ist ein sehr großes Haus», sagte Grace. «Richtig herrschaftlich.»

«Ja. Ich kann es nicht erwarten, es loszuwerden. Es ist voller schrecklicher Erinnerungen. Und es ist nicht das, was ich mir wünsche.»

«Und was wünscht du dir?»

«Ich weiß es nicht. Ich weiß es wirklich nicht. Aber ich habe das deutliche Gefühl, daß ich jetzt nicht zu Giles rennen und ihm sagen kann, komm zurück, es stimmt alles nicht, ich liebe dich doch noch.»

«Warum nicht?» fragte Grace. «Er liebt dich doch so sehr und ist jetzt bestimmt schrecklich unglücklich.»

«Ich habe das doch schon einmal getan. Und ich kann es nicht wieder tun. Es kommt mir so egoistisch vor.»

«Ich glaube nicht, daß er es so sehen würde», sagte Grace. «Ich glaube, er würde sich einfach nur freuen. Andernfalls denkt er, du liebst ihn nicht. Das ist doch viel schlimmer.»

«Vielleicht. Aber ich vermute, daß es ihm mittlerweile gleichgültig ist. Er hat mit mir so viel durchmachen müssen. Nun ja, im Augenblick ist es ohnehin nicht wichtig», sagte sie plötzlich mit fester, munterer Stimme, «ich habe nicht die geringste Ahnung, wo Giles ist und wie es ihm geht. Ich brauche bloß ein paar Minuten; ich muß nur einige Dokumente heraussuchen. Am besten mache ich mich gleich an die Arbeit.»

Nachdem die beiden Frauen in der Küche ein paar Gläser Rotwein getrunken hatten, gingen sie früh zu Bett. Grace, die keinen Alkohol gewöhnt war, wachte mitten in der Nacht auf und fühlte sich schrecklich; ihr Kopf schmerzte, und ihr Magen rebellierte. Sie lag mit geschlossenen Augen da und wünschte sich, daß der Raum aufhören möge, sich zu drehen. Schließlich schleppte sie sich ins Badezimmer und übergab sich.

Sie kniete neben der Toilettenschüssel und fragte sich verzweifelt, wie in aller Welt sie wieder ins Bett zurückgelangen könnte, als Florence hereinkam. «Ist alles okay? Ich habe gehört, daß du auf bist.»

«Nein», stöhnte Grace, «mir ist schrecklich übel.»

«Komm, ich bringe dich ins Bett zurück und hol dir ein Glas Wasser. Genau das ist es nämlich, was du jetzt brauchst.»

Sie saßen auf der Bettkante, und Florence half Grace, das Wasser zu trinken. Grace zitterte. «Mir ist kalt», sagte sie kläglich.

Florence ging zum Schrank hinüber. «Ich hab noch ein paar alte Jacken und Pullover hier. Mein Gott, ich hatte massenhaft Kleidung. Du liebe Zeit...»

«Was ist?»

«Hier ist noch einer von Charles' Anzügen. Ich wußte gar nicht, daß noch Sachen von ihm hier sind. Auf jeden Fall... zieh dir mal diesen Fuchspelz hier an, Grace, dann wird dir gleich wärmer.»

«Danke», sagte Grace. «Wieso ist denn Charles' Anzug hier?»

«Oh, er hat ihn nur hier aufbewahrt, zusammen mit ein paar Hemden. Für den Fall, daß er sich umziehen wollte und das Apartment in der Baker Street nicht benutzen konnte.»

Grace zog die Pelzjacke an und lehnte sich in die Kissen zurück. Es kam ihr seltsam vor, mitten in der Nacht in einem riesigen Haus in London mit einem Brummschädel im Bett zu sitzen und einen Fuchspelz zu tragen, der nach Mottenkugeln roch.

«Ist Charles häufig hier gewesen?» fragte sie.

«Nein, weil Robert es eigentlich nicht wollte. Aber nachdem Daddy das Apartment in der Baker Street verkauft hatte, haben wir Charles einen Schlüssel gegeben, für Notfälle. Ich glaube allerdings nicht, daß er ihn jemals benutzt hat. Möchtest du vielleicht eine Tasse Tee?»

«Ja, bitte», sagte Grace, «die würde mir jetzt guttun.»

Nachdem Florence nach unten gegangen war, tappte Grace mit unsicheren Schritten zum Schrank hinüber, zog das Jackett des Anzugs vom Bügel und nahm es mit ins Bett. Es roch ebenfalls nach Mottenkugeln. Charles' Jackett im Arm zu halten vermittelte ihr ein seltsames Gefühl; es war etwas aus seiner Vergangenheit, etwas, das ihm gehört hatte. Die Kleidung, die noch im Mill House gewesen war, hatte sie fortgepackt, in eine riesige Truhe; sie wollte sie, sobald sie sich stark genug fühlte, Florence für ihre Obdachlosen geben.

Sie betastete die Taschen: Er hatte in seiner ein wenig zwanghaften Ordnungsliebe jeden Abend seine Taschen durchgesehen und entleert. Aber in jener Nacht hatte er es offenbar doch versäumt; in einer von ihnen war eine Münze, und die andere enthielt ein Taschentuch und eine Straßenbahnfahrkarte. Und in der Brusttasche steckte ein Blatt Papier.

Das Papier war sehr ordentlich doppelt zusammengefaltet. Sie öffnete es ein wenig schuldbewußt; sie hatte das Gefühl, einen Vertrauensbruch zu begehen. Das Papier war sehr alt und in den Falten eingerissen. Hoffentlich ist es wenigstens kein Liebesbrief, dachte sie. Das würde ihre Kräfte im Augenblick wirklich überfordern.

Ein Liebesbrief war es eigentlich nicht. «Charles, Darling», begann der Brief in Clarissas extravaganter, wild geschwungener Handschrift.

> Ich weiß nicht, was ich sonst noch dazu sagen könnte. Außer, da wir unsere Meinung jetzt nicht ändern dürfen und sollten. Meine jedenfalls habe ich nicht geändert. Ich kann es nicht. Was auch immer Du sagst oder zu tun ankündigst. Und außerdem glaube ich nicht, daß Du es auch wirklich so meinst.
>
> Es würde einfach nicht funktionieren, und das solltest Du aktzeptieren. Du mußt es einfach. Ich liebe Dich sehr, aber ich kann Dich nicht heiraten. Abgesehen von allem anderen bin ich Deiner ganz einfach nicht würdig. Und da Du das jetzt so genau weißt, solltest Du Dich eigentlich ein wenig besser fühlen. Du kannst Dich nicht für den Rest Deines Lebens an ein leichtfertiges Mädchen wie mich binden. Deshalb, mein Liebling, sollten wir nicht noch mehr Dummheiten machen. Du suchst Dir jetzt irgendeine nette, hübsche junge Frau – ich weiß, daß Du das schaffen wirst –, die Dich glücklich machen kann. Aber ich kann diese Frau nicht sein. Bitte Charles, gib mich frei. Es gibt wirklich niemand anderen; ich schwöre es Dir. Und auf jeden Fall nicht Monty – das war der reinste Blödsinn, bitte, bitte, glaube es mir. Aber ich weiß, daß wir schrecklich unglücklich würden, wenn wir heirateten. Letztendlich wäre es grausam von mir, wenn ich es zuließe.
>
> Alles Liebe und Gute
> Clarissa

Grace las den Brief wieder und wieder durch; sie fühlte sich sehr verwirrt. Charles war, als seine Verlobung mit Clarissa auseinanderging, offensichtlich völlig außer sich gewesen. Die Geschichte, daß sie beide gleichermaßen zu der Erkenntnis gekommen wären, nicht wirklich zueinander zu passen, kam ihr jetzt nicht mehr besonders überzeugend vor. Und sie paßte auch nicht zu dem ein wenig übertrieben selbstbewußten Charles, den sie gekannt hatte. Und wieso war Clarissa denn eigentlich so ein leichtfertiges Mädchen? Sie sagte immer wieder im Scherz, daß sie eben ein bißchen frivol sei, aber bedeutete das, daß sie Charles tatsächlich untreu gewesen war? Während ihrer Verlobungszeit?

Plötzlich merkte sie, wie sie traurig wurde. Wenn er Clarissa so sehr geliebt hatte, dann war sie selbst zweifellos nur eine Lückenbüßerin gewesen, die Nachfolgerin einer Frau, die er angebetet hatte, die – wie hatte Clarissa es formuliert? – nette, hübsche junge Frau, die ihn glücklich machen würde. Das liebe, hübsche, unterwürfige Mädchen, das ihn angehimmelt hatte. War es das, wonach er gesucht hatte? War das die Erklärung dafür, daß seine Wahl auf sie gefallen war? Anstatt auf eine selbstbewußte junge Frau, die ihn, so wie Clarissa, zurückweisen, Mängel an ihm entdecken und sich jemand anderem zuwenden könnte?

Als Florence mit dem Tee zurückkam, sagte Grace so beiläufig, wie es ihr möglich war: «War Charles eigentlich sehr traurig, als seine Verlobung mit Clarissa auseinanderging?»

«Ja, ziemlich», sagte Florence. «Aber es war eine Entscheidung, die sie beide gemeinsam getroffen hatten. Sie waren beide der Ansicht, daß es nicht funktionieren würde. Warum?»

«Ach... ich wollte es einfach nur wissen», sagte Grace.

Sie lag noch lange wach, dachte über Charles, über sich selbst und über Ben nach und spürte, daß ihre Schuldgefühle ein wenig nachließen.

Kapitel 26
Herbst – Winter 1944

Clarissa, du hast doch wirklich keine Ahnung; du hast Giles doch noch nie gesehen», sagte Florence. Ihr blasses Gesicht war vor Eifer gerötet, ihre dunklen Augen leuchteten. Es gibt Momente, dachte Grace, in denen sie wirklich schön ist.

«Ja, du hast recht», sagte Clarissa, «das ist mir klar, aber –»

«Also versuch nicht, mir zu sagen, was er fühlt oder nicht fühlt, weil es sinnlos ist. Ich weiß nicht, warum alle meinen, sie wüßten so viel besser, was ich tun sollte, als ich selbst.»

«Ja, du hast recht», sagte Clarissa noch einmal. Ihre Stimme klang fast kleinlaut. Für ihre Verhältnisse ganz ungewöhnlich kleinlaut.

«Ich kann ihn diesen Qualen nicht noch einmal aussetzen. Es ist nicht fair. Und ich bin im Grunde noch nicht einmal sicher, daß ich es möchte», fügte sie hinzu, und ihre Stimme klang, wie immer, wenn sie traurig war, ein wenig ärgerlich. «Alles ist so chaotisch, so schrecklich, ich fühle mich wegen Robert furchtbar schlecht. So schuldig und unzulänglich. Also würdet ihr mich bitte in Frieden lassen? Alle beide.»

«Ja, in Ordnung», sagten Grace und Clarissa leise und wie aus einem Munde.

Sie saßen alle drei im Garten von The Priory; es war ein wunderbarer, goldener Septembertag. Clarissa hatte Urlaub und war gekommen, um sie für ein paar Tage zu besuchen. Sie war sehr dünn, sichtlich erschöpft, aber so hübsch, so lebenssprühend wie immer. Grace sah sie mit einer Mischung aus Abneigung und Bewunderung an; die nagende Eifersucht, die Clarissa immer in ihr weckte, war durch die Entdeckung des Briefes, den sie an Charles geschrieben hatte, nur noch gewachsen.

«Wie geht es Jack?» fragte sie in dem Bemühen, das Gespräch von Florence und Giles abzulenken.

«Ausgezeichnet», sagte Clarissa. «Sie haben gerade eine Ruhephase. Ich glaube nicht, daß sein Flugzeug ein zweites Mal vom Blitz getroffen wird, aber ich habe die ganze Zeit eine Garnrolle mit mir herumgetragen, so daß ich auf Holz klopfen konnte, wenn ich an ihn dachte.»

«Clarissa, du machst dich lächerlich», sagte Florence streng. «Oh, da kommt Jeannette mit Imogen. Ich muß noch mit ihr über morgen sprechen; ich werde wahrscheinlich arbeiten müssen.»

Sie stand auf und breitete die Arme für Imogen aus, die wie eine kleine Rakete in sie hineinschoß, ihre Ärmchen um den Hals ihrer Mutter schlang und deren Gesicht mit Küssen bedeckte.

«Sie ist wirklich sehr niedlich», sagte Clarissa und legte den Kopf in den Nacken, um sich das Gesicht von der Sonne bescheinen zu lassen. Sie gähnte. «O Gott, ich bin so müde. Mein armes Gehirn fühlt sich an, als wäre es in Watte gepackt; ich kann kaum arbeiten.»

«Warum ruhst du dich nicht ein bißchen aus?» fragte Grace. «Du hast es dir wirklich verdient. Sie ist auch ziemlich hübsch, nicht wahr? Ich meine Imogen. Sie sieht ein wenig so aus wie Charles, als er ein Baby war.»

«Charles!» sagte Clarissa und lächelte schläfrig in den blauen Himmel hinein. «Das meinst du doch nicht wirklich, oder? Eher wie ihr Papa, würde ich sagen.»

«Du hast ihren Papa, wie du ihn nennst, doch nie kennengelernt», sagte Grace ein wenig gereizt.

«Nein, natürlich nicht», sagte Clarissa. «Aber ich habe Bilder von ihm gesehen. Du nicht?»

«Nein», sagte Grace. «Nie.»

«Ach so. Auf jeden Fall ist es vermutlich nichts Ungewöhnliches, daß sie ein wenig wie Charles aussieht. Ich hatte nur einfach nie darüber nachgedacht. Tja, weißt du, ich sollte wohl lieber ein Bad nehmen, anstatt zu schlafen. Dann bis später.»

«Ja, bis später», sagte Grace.

Sie hätte sich gern ein wenig mit Clarissa über Charles und über den Brief unterhalten, aber dies war offensichtlich nicht der richtige Augenblick.

In Kingswear, auf der anderen Seite der Bucht von Dartmouth, lag May Potter auf ihrer Liege und las in der *Woman & Beauty* einen Artikel darüber, wie man die Haut an den Ellenbogen geschmeidig hält, als ihre Freundin, die leitende Marinehelferin Sally Bishop, hereinkam.

«Ein Anruf für dich. Ein Mann. Gehört bestimmt zu den Spitzen der Gesellschaft. Er klingt betrunken», fügte sie hinzu.

«Ach du lieber Gott», sagte May. «Das hat mir gerade noch gefehlt. Machst du dir jemals Sorgen wegen rauher Haut an deinen Ellenbogen, Sal?»

«Ständig», sagte Sally, «das war für mich fast schlimmer als der Krieg.»

Als sie den Hörer aufnahm, lachte May noch immer. «Unteroffizier Potter», sagte sie.

«May, meine Liebe, ich bin's.»

«Ah. Und hier bin ich. Sie müssen sich schon ein bißchen genauer zu erkennen geben.»

«May, ich bin's, Giles Henry, Clarissas Freund. Sie erinnern sich doch sicher an mich.» Seine Stimme klang traurig.

«Aber ja. Natürlich erinnere ich mich an Sie. Tut mir leid. Es geht Ihnen doch gut, oder?»

«Ja, sehr gut. Ich bin wieder ein paar Tage hier, und dann geht's rauf nach Liverpool. Sagen Sie mir bitte, wo ist Clarissa?»

«Sie hat Urlaub. Sie ist bei ...» Sie stockte. Clarissa hatte ihr versichert, die Affäre sei endgültig vorbei, aber man konnte ja nie wissen. «Sie ist bei ihrer Mutter», sagte sie vorsichtig.

«Bei ihrer Mutter? Ich dachte, ihre Mutter wäre gestorben.»

«Oh, ich glaube nicht», entgegnete May. Verdammt, so ein blöder Fehler. «Das war ihre Schwiegermutter. Auf jeden Fall ist sie zwei Wochen lang nicht hier.»

«O Gott. O Gott, nein.» Seine Stimme klang so verzweifelt, daß sie fast nachgegeben hätte. «Aber vielleicht ruft sie mich an», fügte sie hilfsbereit hinzu. «In dem Fall könnte ich ihr eine Nachricht übermitteln.»

«O May, würden Sie das tun? Wenn Sie es täten, dann würde es mein ganzes Leben verändern.»

Mein Gott, er war genau wie Clarissa; eine männliche Version von Clarissa, dachte May und sagte: «Na, dann schießen Sie mal los. Lassen Sie mich Ihr Leben verändern. Wie lautet die Nachricht?»

«Sagen Sie ihr bitte, daß ich mit ihr reden muß. Über Florence. Und besorgen Sie mir bitte ihre Telefonnummer. Wenn es irgendwie möglich ist.»

«Ja, okay. Wo kann ich Sie erreichen?»

«Hinterlassen Sie eine Nachricht im Offizierskasino. Bis ... bis Donnerstag. Danach bin ich nicht mehr da.»

«Okay.»

«Gott segne Sie, May. Sie sind ein Engel.»

Sie sah auf ihre Uhr: Es war jetzt zu spät, um Clarissa noch anzurufen. Die Nachricht würde auch noch bis zum nächsten Morgen warten können.

«Es tut mir schrecklich leid, Clarissa», sagte Florence beim Frühstück, «aber ich muß leider heute morgen ein paar Stunden arbeiten. Du bist mir doch nicht böse, oder?»

«Darling, kein Problem. Vielleicht fahre ich mal rüber und besuche Grace und ihre beiden süßen Jungen. Ich liebe kleine Jungen.»

«Du magst Jungen sowieso, ob sie nun groß oder klein sind», sagte Florence. «Also, ich komme nach dem Mittagessen zurück.»

Clarissa lieh sich Muriels Fahrrad aus, um zum Mill House hinüberzuradeln; sie kam gerade in dem Augenblick dort an, als Clifford und die Jungen mit ihren Angelruten loszogen.

«Grace ist drinnen», sagte Clifford, «wenn du sie sprechen möchtest. Wie schön du aussiehst, meine Liebe.»

«Heute morgen fühle ich mich auch gut», erwiderte Clarissa. «Schön ausgeruht. Ich habe letzte Nacht wie ein Bär geschlafen.»

«Gut. Wir werden versuchen, dir zum Mittagessen ein paar Forellen mitzubringen. Dann wirst du dich sogar noch besser fühlen.»

Sie gab allen dreien einen Kuß, winkte ihnen nach und ging dann ins Haus.

Grace war nicht unfroh, Clarissa zu sehen; vermutlich, so dachte sie, weil sie sich eigentlich mit ihr über Charles und über die zerbrochene Verlobung unterhalten wollte.

Sie machte Tee und trug die Kanne in den Garten; es war sehr mild und warm, ein wunderbarer Septembertag. Am Morgen war es ein wenig neblig gewesen; jetzt schimmerte die Wiese im goldenen Sonnenlicht. Große Spinnweben hingen am Zaun und in den Rosenbüschen; Flossie versuchte vergeblich, sich daran gütlich zu tun.

«Das dumme Ding», sagte Clarissa liebevoll. «Wie geht es dir, Grace?»

«Gut, danke.»

«Und dem wunderbaren Ben?

«Dem geht es auch gut», sagte Grace ein wenig schroff. «Danke.»

«Schön. Hier ist es himmlisch. Ganz genau das, was ich jetzt brauche. Wenn nur Jack hier wäre, dann wäre alles perfekt.» Sie sah Grace an und lachte. «Eigentlich ist es auch ohne ihn perfekt. Es ist noch immer ziemlich schwierig mit ihm. Sobald er nicht in einem Flugzeug sitzt, fängt er wieder an, sich wegen seines Gesichts Sorgen zu machen.»

«Nun ja, ich vermute, er … o je, das Telefon klingelt. Bitte entschuldige mich einen Moment, Clarissa.»

Es war ein Ferngespräch aus Dartmouth. Die Anruferin wollte Clarissa sprechen, und es klang, als sei sie in Eile. «Es ist für dich», rief Grace durch die geöffnete Terrassentür. «Eine May Potter.»

«Eine meiner Kameradinnen bei den Marinehelferinnen. O Gott, ich hoffe, es gibt da unten nichts Dringendes. Tut mir leid, Grace. Vielen Dank.»

«Geh ins Arbeitszimmer, da ist es ruhiger», sagte Grace. «Mrs. Babbage will gleich mit dem Staubsaugen anfangen.»

Sie ging mit ihrem Tablett und den Teetassen durch den Eingangsraum, als sie bemerkte, daß der Hörer noch immer neben der Gabel lag. Sie ging hinüber, um ihn aufzulegen.

May Potters Stimme war laut, laut und deutlich. Unwillkürlich hörte Grace mit, was gesprochen wurde. Jeder andere hätte es auch getan. «Tja, Gräfin», sagte die Stimme, «rate mal, wer aufgetaucht ist? Wie ein Geschenk, das vom Himmel fällt. Der Kommandeur.»

«Giles!» rief Clarissa aus. «Mein Gott, May, wann ist er angekommen?»

«Gestern, glaube ich.»

«Jedenfalls möchte er sich mit dir treffen. Unbedingt. Behauptet, es würde sein Leben verändern. Ehrlich, Gräfin, er ist genauso wie du.

«Der liebe Junge», sagte Clarissa zerstreut. «Na gut, May, gib ihm diese Nummer hier; ich werde mit ihm reden. Er kann mich bis zum Mittag jederzeit erreichen, sag ihm das. Danach ist Florence hier, dann darf er nicht mehr anrufen, okay? Und richte ihm herzliche Grüße aus.»

«Gut. In Ordnung.»

Grace war gerade dabei, die Teetassen zu spülen, als Clarissa in die Küche kam. Sie wagte es nicht, sich zu ihr umzudrehen.

«Tut mir leid, mein Schatz», sagte Clarissa, «es ging um Marineangelegenheiten. Ich fürchte, später wird noch jemand anders anrufen. In diesen Tagen kann ich nicht einmal ein Bad nehmen, ohne daß jemand mich stört.»

«Wirklich?» fragte Grace. Sie schaute unverwandt in das Spülbekken und schrubbte die Tassen.

«Ja. Ist alles in Ordnung mit dir, Grace? Du klingst so komisch.»

«Ja, danke. Mir geht es gut. Clarissa, können wir mal nach draußen gehen? Ich möchte mit dir reden.»

«Ja, natürlich. Bist du sicher, daß es dir gutgeht?»

«Ja, ganz sicher.»

Sie gingen in den Garten. Grace war noch immer maßlos schokkiert und ließ sich schwer auf einen Gartenstuhl fallen.

«Also... worüber wolltest du mit mir reden?» fragte Clarissa. Sie wirkte jetzt ein wenig unsicher; offensichtlich spürte sie, daß Grace sehr bekümmert war. «Charles», sagte Grace schroff. Sie konnte das Thema Giles nicht anschneiden. Noch nicht.

«Charles? Was ist mit Charles?»

«Warum hast du eure Verlobung gelöst, Clarissa? Was war der eigentliche Grund? Und warum wurde nie offen darüber gesprochen?»

«Grace, mein Schatz, bitte laß uns die Sache nicht noch einmal durchkauen. Ich habe dir doch gesagt –»

«Nein, Clarissa, das hast du nicht. Ich glaube nicht, daß du mir alles gesagt hast. Ich... nun ja, ich habe einen Brief gefunden. In London, in Florence' Haus. Den du ihm geschrieben hast. Mir schien, daß es da noch andere Probleme gab als die Tatsache, daß ihr euch nicht so gut verstandet.»

Es folgte ein langes Schweigen; dann sagte Clarissa: «Nun ja, vermutlich ist es mittlerweile gleichgültig. Ich habe ihm eigentlich versprochen, es niemandem zu erzählen.»

«Was wolltest du niemandem erzählen?» Grace fühlte sich plötzlich sehr nervös.

«Oh, es ist nichts, wovor man sich fürchten müßte. Für ihn war es damals natürlich ein bißchen schlimm, aber eigentlich war es gar nicht so furchtbar. Unsere Beziehung funktionierte nicht. Das habe ich dir ja schon erzählt. Sie funktionierte ganz und gar nicht. Wir kamen einfach nicht mehr miteinander zurecht. Auf jeden Fall bin ich eines Abends mit jemand anderem zum Essen ausgegangen, in London, während Charles hier unten war. Eine völlig... nun ja, fast völlig harmlose Angelegenheit. Es war einfach nur ein alter Kumpel von mir. Aber... tja, du kennst mich ja, mein Schatz, ich kann einer Versuchung zum Flirten nicht widerstehen. Wir waren ein bißchen betrunken, gingen zurück in mein Apartment und... plötzlich kam Charles.»

«Und du warst mit dem Mann im Bett, nehme ich an.»

«Im Bett! Natürlich waren wir nicht...» Clarissa begegnete ihrem

Blick, sah dann zur Seite und errötete. «Ja, okay, wir lagen im Bett. Also gut. Dann kannst du gleich die ganze Geschichte erfahren.»

«Die Sache war die, daß ich seit Wochen versucht hatte, die Verlobung zu lösen. Es gab so vieles, was nicht funktionierte. Aber er wollte es nicht. Er sagte immer wieder, am Ende würde alles in Ordnung kommen, wir hätten nur momentan zu viele Probleme. Ich geriet, ehrlich gesagt, ein bißchen in Panik. Jedenfalls hat jene Nacht die Sache dann entschieden.»

«Tja, das kann ich mir vorstellen.»

«Ich sagte, jetzt würde er mich gewiß nicht mehr heiraten wollen. Und er war völlig verzweifelt und begann, sich wie ein Wahnsinniger zu benehmen und mich zu bedrohen. Er sagte, er würde entweder Monty – das war der Name dieses anderen Typen – erschießen oder sich selbst. Es war schrecklich. Am Ende beruhigte er sich ein wenig, und dann begann er zu weinen. Er bettelte, flehte mich an, ihn zu heiraten, sagte, es sei ihm egal, was ich täte, er würde mir alles verzeihen. Er konnte sich einfach nicht damit abfinden, den Leuten erzählen zu müssen, daß die Verlobung gelöst worden sei; es hatte in der Zeitung gestanden, der Hochzeitstermin war festgesetzt worden, er hatte sich schon seinen Trauzeugen ausgesucht und so weiter. Deshalb schlug ich ihm vor, zu sagen, wir hätten beide gemeinsam beschlossen, die Verlobung zu lösen, und es dabei zu belassen. Er sagte, er werde darüber nachdenken, und ging. Und ich dachte, ich hätte es geschafft.»

«Und – war das nicht der Fall?» fragte Grace.

«Nicht ganz. Am Morgen wurde ein Brief unter meiner Tür durchgeschoben. Er schrieb, er habe darüber nachgedacht und er könne sich nicht mit einer Trennung abfinden. Er liebe mich zu sehr, und wenn ich ihn nicht heiratete, dann würde er sich umbringen. Natürlich wußte ich, daß das Blödsinn war. Aber es zeigte, wie verzweifelt er sich an die Sache klammerte.»

«An dich», erwiderte Grace ruhig.

«Nein, Grace, du hast das Entscheidende nicht mitbekommen. Es ging ihm vor allem um sich selbst.»

«Oh, ich verstehe», sagte Grace unsicher.

«Ja, ich hoffe es. Du siehst nicht ganz überzeugt aus. Aber jeder Mann, Grace, der seine Verlobte mit jemand anderem im Bett findet und es dennoch vorzieht, sie zu heiraten, anstatt die Verlobung zu lösen, ist... ein bißchen... eigenartig. Meinst du nicht auch?»

«Ja», sagte Grace, «ein bißchen komisch. Und es ist ein bißchen komisch von *ihr*, daß sie mit jemand anderem ins Bett geht. Meinst du nicht auch?»

Sie konnte die Härte, die Strenge ihrer Stimme hören und merkte, daß ihr das eine gewisse Befriedigung verschaffte. Sie wollte nicht zulassen, daß Clarissa glaubte, sie, Grace, sei traurig. «Und dann hast du ihn also losgeschickt, damit er sich jemanden wie mich sucht, ja?»

«Was meinst du damit?»

«Daß er sich ein liebes, hübsches Mädchen wie mich sucht, das ihn glücklich machen würde. Ich glaube, das war die Formulierung, die du in deinem Brief benutzt hast. Irgendein dummes, schüchternes, hübsches Mädchen, das dergleichen nie machen würde. Das nie mit einem anderen Mann ins Bett ginge, weil es niemand anderen gäbe, der es wollen würde. Genau so war es doch, Clarissa, nicht wahr? Und ich paßte in dieses Konzept verdammt gut hinein. Die süße Grace, deren er sich sicher sein konnte. Gab es da vielleicht erst noch eine andere, die du ihm vorgeschlagen hast, oder war es ein wenig schwierig, mich zu finden?»

Sie merkte, daß sie gleich weinen würde; Tränen brannten in ihren Augen. Sie fürchtete, sie würde laut zu schluchzen beginnen und sich lächerlich machen. «Und was ist mit Jack, wußte er davon, Clarissa? Hast du ihm gesagt, warum Charles mich gewählt hatte? Es muß ihn doch verwirrt haben, zu wissen, daß er mit dir verlobt gewesen war. Und Florence, ich nehme an, sie wußte...» Plötzlich stockte sie; sie hatte die Sache mit Giles – mit Giles und Clarissa – vorübergehend völlig vergessen.

«Grace, du bist albern», entgegnete Clarissa. «Niemand hat sich gefragt, warum Charles dich gewählt hat; sie konnten alle deutlich sehen, daß er dich liebte, daß du absolut perfekt für ihn warst.»

«Absolut», bestätigte Grace bitter.

«Grace, hör auf, so albern zu sein. Und ganz gewiß hatte Florence keine Ahnung von Charles und mir. Davon, wie traurig er über die Sache war. Sie hat die Story geglaubt, so wie alle anderen auch.»

«Sie scheint ziemlich leichtgläubig zu sein», sagte Grace. «Mir scheint, da hast du ziemlich großes Glück gehabt.»

«Was willst du damit sagen?» Plötzlich war ein Funkeln in Clarissas Augen; ein Funkeln und konzentrierte Aufmerksamkeit. Ihre Wangen waren errötet.

«Ich sagte, du hast Glück, daß sie so leichtgläubig ist.»

«Ich weiß nicht, wovon du redest.»

«Ich habe gerade gehört, wie du am Telefon über Giles geredet hast. Ich konnte es einfach nicht glauben. Nicht Giles, nicht, wo Florence doch deine beste Freundin ist. Es ist –»

«Grace», sagte Clarissa. Sie war jetzt sehr blaß, und Schweißtropfen standen auf ihrer Stirn, «Grace, du verstehst ganz einfach nicht –»

«Ich verstehe es sehr gut», sagte Grace, «sehr, sehr gut. Es paßt alles ganz prächtig zusammen. Ich habe gemerkt, daß Weihnachten etwas... irgend etwas ein wenig seltsam war, du warst... so nervös. Und dann gestern dieser kleine Ausrutscher, daß Imogen wie Giles aussähe. Ich verstehe dich nicht, Clarissa, wirklich nicht. Oder vielleicht verstehe ich dich doch. Auf jeden Fall –»

«Du darfst es Florence nicht erzählen», sagte Clarissa mit sehr leiser Stimme.

«Das werde ich entscheiden», sagte Grace, «nicht du. Ich denke, ich sollte es ihr sagen. Es wäre besser, wenn sie es wüßte.»

«Du redest wie ein Kind», sagte Clarissa, «wie ein arrogantes, selbstgerechtes Kind. Du hast überhaupt keine Ahnung.»

«Ich glaube doch», sagte Grace. Ich sehe, daß du nicht viel besser bist als eine Hure, Clarissa. Daß du niemandem widerstehen kannst, der einen... Schwanz hat.»

Sie stockte. Diese Art zu reden war so wenig typisch für sie, daß sie selbst schockiert war.

Clarissa begann zu lachen. «Grace, Darling. Wie sprichst du nur?»

«Bevormunde mich nicht», erwiderte Grace, sprang auf und versetzte Clarissa eine schallende Ohrfeige. Clarissa sank auf ihren Stuhl zurück; ihre Augen waren vor Schreck weit aufgerissen, und sie hielt die Hand an ihre gerötete Wange.

In diesem Augenblick trat Florence ins Zimmer. «Was zum Teufel geht hier vor?» fragte sie. «Hast du Clarissa geschlagen, Grace? Mein Gott, warum denn nur?»

«Sie hat sich geärgert», sagte Clarissa rasch. «Ich... nun ja, ich habe etwas ziemlich Häßliches über Ben gesagt. Ich hätte das nicht tun dürfen, Grace, bitte verzeih mir.»

Grace war verblüfft über Clarissas Fähigkeit, im richtigen Moment automatisch die richtige Lüge zu erfinden. Sie stand reglos da und starrte auf Clarissa hinab.

«Oh, tatsächlich?» fragte Florence verwirrt. «Ich sage auch ständig Dinge über ihn, über die Grace sich ärgert. Ich habe ihr schon erzählt, wie schwierig es werden würde, wenn sie heirateten, da sie aus so unterschiedlichen sozialen Schichten kommen. Ich weiß nicht, warum du das nicht selbst siehst, Grace. Ich weiß es wirklich nicht. Oh, es klingelt. Ist das ein Anruf für dich? Soll ich hingehen?»

Eine Weile standen Grace und Clarissa bewegungslos da und starrten einander an. «Nein», sagte Grace dann, «nein, ich werde hingehen», und gleichzeitig sagte Clarissa: «Nein, ich werde abnehmen. Vielleicht ist es wieder May Potter aus Dartmouth...» Aber keine von beiden war rechtzeitig am Apparat, denn Mrs. Babbage trat ins Zimmer und sagte, der Anruf sei für Mrs. Compton Brown gewesen. «Ein Herr», sagte sie. «Ein Ferngespräch. Er hat mir keinen Namen genannt; er sagte, sie wüßte schon, um wen es sich handelt.»

«Es war bestimmt Jack», sagte Clarissa. «Bitte entschuldigt mich.»

Als sie zurückkam, lächelte sie und wirkte sehr gelassen; sie hatte ihre gerötete Wange gepudert und hielt Grace die andere hin.

«Es war tatsächlich Jack. Er wollte sich nur ein bißchen unterhalten. Es war nett bei dir», sagte sie zu Grace, «wirklich sehr nett. Tut mir leid, daß ich vorhin so etwas Dummes gesagt habe. Und bitte tu nichts, was du dir nicht vorher genau überlegt hast. Ich glaube, ich fahre jetzt am besten mit Florence zurück. Bis bald.»

Die beiden Frauen stiegen in Florence' Auto. Grace sah Clarissas kleine, gepflegte Hand, die ihr fröhlich aus dem Fenster zuwinkte.

«Grace», sagte Ben, «du hast überhaupt nicht gehört, was ich gesagt habe, oder?»

«Was?» fragte Grace.

«Ich sagte... ach, es ist eigentlich nicht wichtig.» Seine Stimme klang ungewöhnlich gereizt.

«Tut mir leid», sagte Grace. «Es tut mir sehr leid. Ich dachte gerade über etwas ganz anderes nach. Etwas, was mir Kummer macht. Was... was hast du gesagt?»

«Vergiß es. Es ist nicht wichtig.»

«Tut mir leid», sagte Grace noch einmal.

«Was ist denn los? Möchtest du darüber reden?»

Sie schüttelte den Kopf. «Nein, eigentlich nicht. Es ist nicht wichtig.»

«Es scheint aber doch wichtig zu sein.»

«Nein, wirklich nicht.»

«Okay.» Sie schwiegen.

Sie versuchte, sich zu konzentrieren und auf ihn einzugehen. Ben hatte, wie sie wußte, seine eigenen Probleme; er machte sich Gedanken, was er tun würde, wenn der Krieg vorüber wäre, und über David, der Schwierigkeiten hatte, sich im Gymnasium einzugewöhnen, und den die lange Fahrt zur Schule und die vielen Hausaufgaben sehr anstrengten.

«Wenn es um David geht», sagte sie, «dann solltest du dir wirklich keine Sorgen machen. Er ist noch nicht lange dort, und er ist ein intelligenter Junge; er wird es schon schaffen. Aber ich glaube, ich weiß, was dich beschäftigt. Du weißt nicht, was du nach dem Krieg tun willst, nicht wahr? Ich habe auch darüber nachgedacht, Ben. Also, wenn du noch immer daran denkst, die Lehrerausbildung zu machen, dann kannst du die Jungen bei mir lassen, während du aufs College gehst oder was auch immer. Es macht mir überhaupt nichts aus. Im Grunde –»

«Es geht darum, was nach dem Krieg sein wird, ja», sagte er, «aber nicht darum, welchen Beruf ich ausüben werde. Was ich dir zu sagen versuche, ist... du weißt, daß ich dich liebe. Und du liebst mich. Aber wir werden große Probleme haben, wenn wir beisammen bleiben. Glaubst du nicht?»

«Tja... ich weiß es nicht», sagte Grace. Sie fühlte sich plötzlich sehr unsicher. Er würde ihr im nächsten Augenblick sagen, daß es vorbei sei, daß er sie verlassen würde.

«Du *solltest* es aber wissen. Du solltest darüber nachdenken.» Seine Stimme klang besorgt, fast ärgerlich. «Im Augenblick ist alles in Ordnung, jeder spielt seine Rolle, ich komme in dein großes Haus und tue so, als gehörte ich dazu, aber das ist nicht der Fall. Und meine Jungen gehören auch nicht dazu, und sie haben die ganze Zeit gedacht, dieses große Haus hier wäre ihr Zuhause, aber das ist nicht richtig. Was wir tun sollten, nun ja, was wir unbedingt tun müssen, ist, von hier fortzugehen und unser eigenes Leben zu führen. Jedenfalls sobald der Krieg vorbei ist.»

«Oh», sagte Grace matt. «Oh, ich verstehe. Ja.»

«Ich werde wieder arbeiten, und sie sind inzwischen ja älter.»

«Ja, natürlich.»

Es tat ihr so weh, daß sie es kaum ertragen konnte; da war ein wühlender Schmerz irgendwo tief in ihrem Magen. Sie legte ihre Hand darauf, als wenn sie ihn wegschieben könnte. Grace stand auf. «Ben, es tut mir leid, aber ich muß jetzt gehen», sagte sie.

«Wohin?»

«In... in die Kirche. Ich muß dort Klavier spielen.»

Sie wandte sich um und stürzte aus der Küche und nach oben in ihr Schlafzimmer, schlug die Tür hinter sich zu, warf sich auf das Bett und vergrub ihr Gesicht in den Kissen, damit er sie nicht weinen hörte. Es war vorbei, endgültig vorbei, der Krieg würde enden, er würde mit den Jungen fortgehen und sie zurücklassen, und das Ganze wäre nicht mehr als ein charmantes Zwischenspiel gewesen.

Jemand klopfte leise, aber fest an die Tür. Als sie nicht reagierte, wurde erneut geklopft.

«Grace, Liebling, laß mich herein. Ich möchte noch etwas sagen.»

«Du hast schon genug gesagt», rief sie. «Ich glaube nicht, daß ich noch irgend etwas hören möchte.»

«Aber vielleicht möchtest du hören, was ich dir außerdem noch mitzuteilen habe.»

Plötzlich stand sie auf und riß die Tür auf. «Jetzt hör mal gut zu, Ben», fauchte sie ihn an, «vielleicht sollte ich dir ein paar Dinge erklären. Ich hatte immer gedacht – aber offenbar war das ein Irrtum –, daß du ein wenig vernünftiger wärst als die meisten Männer.»

«Es tut mir leid», sagte er. Er stand vor ihr und sah ein wenig unsicher und sichtlich nervös auf sie herab.

«Ja, es sollte dir auch leid tun», sagte sie. «Jahrelang habe ich für die beiden Kinder gesorgt, und es war wirklich sehr schön, es hat mir große Freude gemacht, aber es war harte Arbeit. Du scheinst dir plötzlich große Sorgen um die beiden zu machen. Also bringst du sie am besten sofort von hier weg, bevor die Dinge sich noch weiter verschlimmern. Zunächst in deine Kaserne; vielleicht könnten –»

«Hör auf, so zu schreien», sagte er, streckte seine Hand aus und streichelte sanft ihr Gesicht. «Bitte sei ruhig. Du hast mich völlig mißverstanden. Ich habe nur versucht –»

«Ja, und das ist dir auch hervorragend gelungen», entgegnete Grace. Sie wischte sich mit der Hand über die Augen.

Ben lächelte und gab ihr sein Taschentuch. «Hier, nimm das», sagte er. «Deine Nase läuft.»

«Ach ... hau doch ab!» schrie Grace. «Geh bloß weg von hier. Ich will dich nie wiedersehen.»

«O je», sagte er. «Ich scheine ja ein ziemliches Durcheinander angerichtet zu haben. Ich wollte dich nicht traurig machen. Wirklich nicht.»

«Das hast du aber getan», sagte Grace, «und was dachtest du, welche Wirkung das, was du mir gesagt hast, auf mich haben würde? Daß ich glücklich wäre?»

«Vielleicht wärst du glücklich gewesen», sagte er, «wenn du mich hättest ausreden lassen.»

«Warum? Was hättest du sagen können, was mich glücklich gemacht hätte?»

«Tja», sagte er, «ich wollte dich eigentlich fragen, ob du Lust hättest, mich zu heiraten.»

«Oh», sagte Grace. Sie stand da, starrte ihn an und fühlte sich plötzlich sehr schwach. Sie legte ihre flache Hand gegen die Wand, um sich abzustützen. «Oh, ich verstehe.»

«Aber vielleicht hätte ich es gar nicht versuchen sollen», sagte er, «vielleicht hätte ich wissen sollen, daß die Idee absurd ist. Auf jeden Fall... es tut mir leid, Grace. Es tut mir leid, daß ich dich so traurig gemacht habe. Vielleicht sollte ich lieber –»

«Die Idee ist überhaupt nicht absurd. Sie ist wunderbar», unterbrach sie ihn, streckte die Hand aus und berührte sanft sein Gedicht. «Ich würde dich sehr gern heiraten. Ich würde sehr gern darüber nachdenken.»

«Wirklich?» fragte er, und der traurige Ausdruck wich aus seinem Gesicht und machte einem triumphierenden Lächeln Platz. «Würdest du das wirklich?»

«Ja, das würde ich. Und ich glaube nicht, daß es da viel gibt, worüber ich nachdenken müßte.»

Sie küßte ihn, nahm seine Hand, zog ihn in das Zimmer hinein, schloß die Tür hinter ihm und drehte den Schlüssel herum. «Nur für den Fall», sagte sie, «daß sie zurückkommen.»

«Wo sind sie?»

«Angeln. Mit Clifford.»

Später, als sie erschöpft nebeneinander im Bett lagen, fragte er: «Fühlst du dich jetzt besser?»

«O ja. Natürlich.»

«Manchmal», sagte er und beugte sich zu ihr herüber, um sie zu küssen, «manchmal verstehst du die Dinge wirklich falsch.»

«Ich weiß», sagte sie und seufzte. «Ich nehme mir nicht die Zeit, in Ruhe darüber nachzudenken. Das hab ich noch nie getan.»

«Ich hab's bemerkt.»

«Ben?»

«Ja?»

«Kann ich dir etwas erzählen? Es hat nichts mit uns zu tun. Es geht um etwas, was mich traurig gemacht hat.»

«Natürlich.»

Sie lag im Bett, hielt seine Hand und erzählte ihm von Clarissa. Von Giles und Clarissa. «Was meinst du, was ich machen soll?» sagte sie.

«Nichts», antwortete er. «Überhaupt nichts. Um Gottes willen, Grace, mach am besten gar nichts.»

«Aber –»

«Hör mal», sagte er, «zunächst einmal weißt du nicht, was wirklich passiert ist.»

«Doch, ich weiß es.»

«Liebes, du weißt es nicht. Okay, ich vermute... daß sie zusammen ins Bett gegangen sind.»

«Ben, natürlich sind sie das. Und Florence ist ihre beste Feundin.»

«Grace, warte! Sie sind also zusammen ins Bett gegangen. Na und?»

«Ben, was soll das heißen: na und?» Sie war schockiert.

«Ich meine, das hat nicht viel zu bedeuten. Nicht immer. Du mußt versuchen, die Dinge mal von ihrem Standpunkt aus zu betrachten. Was meinst du, was für ein Gefühl es für Clarissa war, Jack so zu sehen, mit seinem verbrannten Gesicht? Mein Gott, viele Frauen hätten ihn ganz einfach verlassen. Sie ist bei ihm geblieben. Sie liebt ihn. Ich finde, das war sehr tapfer von ihr. Wirklich.»

Sie wandte sich um und sah ihn interessiert an. «Du magst sie sehr gern, nicht wahr?»

«Ja. Ja, ich mag sie. Ich glaube, sie ist tapfer und liebevoll und sehr viel treuer, als du denkst.»

«Treu! Ben, sie weiß überhaupt nicht, was Treue ist.»

«Natürlich weiß sie das. Sie ist nur einfach nicht in... sexueller Hinsicht treu. Sie sammelt Männer wie Trophäen. Auf jeden Fall wäre es sehr schlimm, wenn du jetzt sofort zu Florence rennen und ihr sagen würdest, was Clarissa getan hat. Das darfst du nicht tun, Grace. Unter keinen Umständen.»

«Das wollte ich auch nicht», sagte sie. «Aber irgendwie verabscheue ich Clarissa jetzt. Ich kann ihr nicht mehr vertrauen. Und ich fühle mich schrecklich unwohl, wenn ich mit den beiden zusammen bin.»

«Es gibt Schlimmeres, als sich ein bißchen unwohl zu fühlen», sagte er. «Sehr viel Schlimmeres. Das sollte ich selbst am besten weissen. Gib mir einen Kuß. Und dann zieh dich besser an, denn sonst kann ich für nichts garantieren.»

Sie sprachen mit niemandem darüber; es sei zu früh, meinten sie beide, so kurz nach Charles' Tod. «Ich weiß, es würde vor allem Clifford sehr verletzen, trotz allem», sagte Grace. «Und schließlich haben wir es ohnehin nicht eilig, oder?»

«Ja, verschieben wir es lieber auf später», sagte er. «Vielleicht aufs nächste Jahr. Wenn ich ein bißchen klarer sehe, was meine Zukunft betrifft. Aber ich wollte dich nur wissen lassen, daß ich es möchte. Und ich wollte wissen, daß du es auch möchtest.»

«Ich möchte es auch», sagte sie.

Zum hundertsten, vielleicht zum tausendsten Mal dachte sie, es sei zu perfekt, um wahr zu sein.

Clarissa rief Florence an, um ihr zu sagen, daß sie demnächst ein paar Wochen Urlaub bekäme, und sie zu bitten, sie ein paar Tage in London zu besuchen. «Es wird dir guttun», sagte sie, «mal ein bißchen rauszukommen. Wir könnten mal wieder richtig Spaß haben.»

«Ach, ich weiß nicht», sagte Florence. «Ich habe irgendwie überhaupt keine Energie. Es ist besser, wenn ich hier unten bei Mutter bleibe. Bei Mutter und Grace.»

«Hast du Grace in letzter Zeit häufig getroffen?» fragte Clarissa beiläufig.

«Sie scheint mir aus dem Weg zu gehen. Ich habe wahrscheinlich mal wieder irgend etwas Falsches gesagt. Du weißt, wie taktlos ich sein kann.»

«Ja, sicher, das weiß ich», sagte Clarissa. «Aber auf jeden Fall besuchst du mich mal, Liebes, egal ob du im Augenblick Lust dazu hast oder nicht. Wir telefonieren noch und sprechen darüber, wann der beste Zeitpunkt ist. Bis dann!»

Clarissa legte nachdenklich den Hörer auf die Gabel. Dann nahm sie ihr Notizbuch und begann, darin herumzublättern. Sie griff zum Telefonhörer und rief das Offizierskasino in Liverpool an.

«Könnte ich mal mir dir reden, meine Liebe?» fragte Clifford eines Abends, als die Jungen ins Bett gegangen waren. Sein Gesicht war ein wenig gerötet, und er sah müde aus.

«Ja, natürlich», sagte Grace. «Ich mache uns einen Tee.»

Er trank seinen Tee aus, setzte die Tasse nieder und räusperte sich. Grace lächelte ihn ermutigend an. «Was ist, Clifford? Komm, du kannst mir nichts vormachen, irgend etwas hast du doch.»

«Ja, Liebes, da ist tatsächlich etwas. Ich... nun ja, das heißt, Muriel und ich –»

«Clifford!» rief Grace, sprang auf, ging zu ihm hinüber und schlang die Arme um seinen Hals. «Clifford, ihr wollt also wieder miteinander leben. Ich freue mich so sehr für dich!»

«Tatsächlich? Und du glaubst nicht, daß ich einen schrecklichen Fehler mache?»

«Natürlich nicht. Ich finde es herrlich. Ich freue mich wirklich sehr darüber!»

«O Grace», sagte er, und man konnte seiner Stimme deutlich die Erleichterung anhören, «was für eine wunderbare Frau du doch bist. Ich dachte, daß du vielleicht dagegen wärst.»

«Natürlich nicht. Ich habe es die ganze Zeit gehofft, seit Charles' Beerdigung, als ich dich bei ihr stehen sah. Sie hat dir doch bestimmt verziehen, oder?»

«Soweit Muriel überhaupt jemals etwas verzeiht», sagte Clifford mit einem wehmütigen Lächeln. «Sie bringt die Angelegenheit nie richtig zur Sprache, und ich tue es auch nicht. Natürlich läßt sie immer mal wieder eine Bemerkung fallen, über die Zeit, als ich nicht da war, mich nicht um alles kümmerte, ihr nicht half und so weiter. Aber damit kann ich leben.»

«Du magst sie immer noch sehr, nicht wahr?» fragte Grace.

«O ja», antwortete er. «Ja, ich mag sie noch immer. Das kommt dir vermutlich seltsam vor. Auf jeden Fall möchte ich nicht, daß du denkst, ich würde das, was du für mich getan hast, jemals vergessen. Es war sehr freundlich und unglaublich tapfer, und ich bin dir zu großem Dank verpflichtet. Vielleicht kann ich es eines Tages wiedergutmachen.»

«Es war auch für mich schön, dich hier bei mir zu haben», sagte Grace. «Wirklich, Clifford.»

Als Ben am Wochenende anrief, erzählt sie ihm von Clifford. «Es ist wunderbar; er ist so glücklich. Sie werden wieder zusammenleben. Und das würde bedeuten, wenn... nun ja, im nächsten Jahr oder wann auch immer... werden wir das Mill House für uns allein haben. Für uns und die Jungen. Und das ist doch herrlich.»

«Ja», sagte Ben, «ja, vermutlich.» Er klang ein wenig zurückhaltend. «Entschuldige, Grace, ich muß jetzt Schluß machen. Bis bald.»

Als sie den Hörer auf die Gabel legte, fühlte sie sich irgendwie zurückgewiesen. Zurückgewiesen und ängstlich.

Kapitel 27
Herbst – Winter 1944

Grace und Ben hatten einen Waldspaziergang gemacht und waren dabei, quer über das Feld zum Haus zurückzuwandern.

«Sieht es nicht schön aus?» rief Grace glücklich aus und sah hinüber zum Mill House, das in eine Mulde eingebettet unter ihnen lag. Die Spätnachmittagssonne spiegelte sich in seinen hohen Fenstern, und Rauch stieg empor. «Ich liebe das Haus so sehr. Es ist ein Glückshaus.

«Ja», sagte Ben. Seine Stimme klang seltsam fremd.

Grace sah ihn an. «Was ist? Was ist los?»

«Es ist ein hübsches Haus, ja», sagte er nach einer langen Pause. «Aber ich glaube nicht, daß wir dort bleiben können.»

«Warum denn nicht?» entgegnete sie erstaunt. «Die Jungen betrachten es als ihr Heim, und wir haben keine Probleme mit dem Geld, ich meine, es gehört mir, Charles hat es mir hinterlassen und –»

«Das genau ist der Punkt», entgegnete er. «Es gehört dir. Ganz allein dir. Früher war es Charles' Haus, jetzt ist es deins. Mit mir hat es überhaupt nichts zu tun.

«O Ben, sei nicht albern. Natürlich hat es mit dir zu tun.»

«Nein», sagte er, «das stimmt nicht. Und ich möchte nicht darin leben.»

«Aber warum denn nicht?»

«Weil es nicht mir gehört. Es gehört dir. Wenn wir verheiratet sind, dann werden wir in meinem Haus leben. Das wirst du doch wohl verstehen können, oder?»

«Ben, das ist absurd.»

«Nein», sagte er, «das ist nicht absurd. Es kommt mir ganz vernünftig vor. Es tut mir leid, Grace, das Mill House gefällt mir wirklich sehr, aber ich kann nicht mit dir darin leben. Ich käme mir wie ein Schmarotzer vor. Damit könnte ich mich niemals abfinden.»

«Oh», sagte Grace. «Darüber muß ich erst einmal nachdenken.»

«Nein», sagte Ben. «Du brauchst nicht darüber nachzudenken. Es gibt nichts, worüber du nachdenken müßtest. Wir können uns ein anderes Haus suchen.»

Dies war eine Seite von ihm, die sie nicht kannte. Er war immer so sanft, so verständnisvoll gewesen. Sie war schockiert. Schockiert und traurig. Sie liebte das Mill House sehr und fühlte sich fast körperlich daran gebunden. Und in was für einem Haus würde er denn überhaupt wohnen wollen? In einem wie dem, das er zusammen mit Linda bewohnt hatte: klein, eng, mitten in der Stadt? Plötzlich hörte sie Florence' Stimme, die sagte: Es wird nicht klappen, wenn ihr hier zusammenlebt und wenn du mit seinen Leuten leben wirst. Du wirst nicht zu ihnen passen.

Zum ersten Mal begann sie, darüber nachzudenken, was es bedeutete, einen Mann zu heiraten, der einer ganz anderen sozialen Schicht angehörte als sie selbst. Würde es tatsächlich eine so wichtige Rolle spielen, wie Florence gesagt hatte? War sie tatsächlich im Grunde ihres Herzens ein Snob und machte sich um diese Dinge mehr Sorgen, als sie jemals zugeben würde? Tränen traten ihr in die Augen; sie blinzelte und fühlte zugleich, wie Ben seinen Arm auf ihre Schulter legte.

«Ich weiß, was du denkst», sagte er, «und es tut mir sehr leid. Aber du mußt es auch einmal von meinem Standpunkt aus betrachten, Grace. Ich kann nicht Mr. Grace Bennett sein, ich kann es einfach nicht.»

«Würdest du denn gern von hier fortziehen?» fragte sie. «In eine Stadt... oder so?»

«Nicht in eine Stadt, nicht unbedingt. Obwohl ich eigentlich nicht weiß, was ich auf dem Lande tun könnte. Aber... ja, ich würde gerne von hier fortziehen. Solange wir hier wohnen, Grace, bin ich der ewige Außenseiter. Damit kann ich mich nicht abfinden. Jedenfalls nicht ein ganzes Leben lang. Glaubst du, die Leute hier in der Gegend, deine Freunde, würden mich wirklich akzeptieren?»

«Ich habe keine Freunde hier in der Gegend», sagte sie. «Du weißt, daß ich keine habe.»

Er ignorierte, was sie gesagt hatte. «Glaubst du, daß ich an einer Party teilnehmen könnte, ein Glas Sherry in der Hand, und akzeptieren würde, daß sie mich prüfend anschauen, um zu sehen, ob ich weiß, wie ich mich benehmen und was ich sagen soll? Natürlich kann ich das nicht.»

«Du... du hast noch nie über diese Dinge gesprochen», sagte sie.

«Ich habe es versucht. Ich habe versucht, dich darauf aufmerksam zu machen. Wir haben uns immer etwas vorgemacht, Liebes; wir haben in einer Scheinwelt gelebt. Der Krieg hat alles auf den Kopf gestellt, Klassenunterschiede spielten keine Rolle. Es war einfach nicht wichtig. Aber es wird eine Rolle spielen, Grace. Wenn wir heiraten und wirklich zusammenleben, dann wird es eine Rolle spielen.»

«Aber Ben –»

«Nein, Grace, es tut mir leid. Ich kann hier nicht leben. Wir müssen woanders hinziehen, uns ein Leben nach unseren eigenen Gesetzen aufbauen.»

«Ja, das verstehe ich», sagte Grace leise. Sie wollte über diese Dinge jetzt nicht weiter diskutieren. Sie brauchte Zeit, um sich an diesen Gedanken zu gewöhnen.

Während den nächsten Tagen hatte sie das Gefühl, es geschafft zu haben. Ben hatte recht. Sie erinnerte sich an die vielen Gelegenheiten, als sie sich über Charles' Freunde beklagt hatte, als sie traurig gewesen war, daß man sie von allem ausschloß. Es war sehr egoistisch von ihr gewesen, davon auszugehen, daß er sich so einfach in ihrem Haus und in ihrem Leben zurechtfinden würde; das Mill House war natürlich nichts weiter als ein Haus, wie sie sich immer wieder vor Augen hielt, und sie liebte Ben genug, um den Mut aufzubringen, es zu verlassen. Doch dann erhielt sie einen Brief von ihm.

Liebe Grace,

es gab da noch etwas anderes, worüber ich mit dir reden wollte, aber ich hatte das Gefühl, daß die Sache mit dem Haus dich so traurig gemacht hatte, daß ich es einfach nicht übers Herz bringen konnte. Es geht darum, was ich mit meinem Leben anfangen soll. Ich möchte nicht in meinen alten Beruf zurückkehren. Wie du weißt, war es immer mein größter Wunsch, Lehrer zu werden, und ich habe lange Zeit gedacht, daß ich wirklich versuchen sollte, die Ausbildung zu machen. Aber es wird sehr schwierig werden. Ich müßte mehrere Jahre lang aufs College gehen, und ich habe den Eindruck, daß das nicht realistisch ist. Auf der anderen Seite hat mir in der Armee die Arbeit als Techniker sehr viel Spaß gemacht; ich denke, ich könnte darauf aufbauen. Ich habe mich neulich abend mit einem der Offiziere unterhalten, und es scheint, daß ich vielleicht einen der von der Armee finanziell unterstützten Lehrgänge in einer technischen Hochschule machen könnte. Das

würde jedoch bedeuten, daß ich eine sehr viel längere Zeit in der Armee bleiben müßte. Und das wiederum würde bedeuten, daß du die Frau eines Feldwebels sein würdest und wir möglicherweise häufig umziehen müßten. Bitte, Grace, überlege dir, wie du dazu stehst. Mit all meiner Liebe
Ben

Sie war nicht ganz sicher, was er ihr da eigentlich mitgeteilt hatte; sie wußte nur, daß sie sich plötzlich sehr unsicher fühlte.

Florence fuhr nach London, um Clarissa für ein paar Tage zu besuchen. Clarissa hatte hartnäckig darauf bestanden, daß sie kommen solle. Sie hatte sogar ein Datum festgesetzt, den ersten Freitag im Dezember. «Und ich möchte, daß du mindestens eine Woche lang bleibst. Du kannst Imogen mitbringen, wenn du möchtest, aber es würde dir auf jeden Fall guttun, mal rauszukommen. Ich bin sicher, daß Jeannette sich um sie kümmern wird.»

«Tja, ich weiß es nicht», sagte Florence. «Eigentlich gefällt mir der Gedanke, so lange von ihr getrennt zu sein, überhaupt nicht.»

«Florence, Schatz, wenn du erst einmal hier bist, wird er dir bestimmt gefallen. Wir werden uns prächtig amüsieren und alte Freunde besuchen; es wird genau so sein wie in alten Zeiten, und du kannst auch in der Zeit das Haus zum Verkauf anbieten, wenn du möchtest. Und wir können über deine und meine Zukunft reden. Ich meine, du möchtest doch nicht für immer in The Priory wohnen, oder?»

«Nein, aber ich weiß momentan nicht, ob ich tatsächlich in London leben möchte. Ich habe dort keine Freunde, mit denen ich noch Kontakt hätte. Ich wäre dort oben ein richtiges Landei.»

«Du bist albern», sagte Clarissa. «Und was ist mit all deinen Plänen, in die Politik einzusteigen?»

«Oh, davon bin ich völlig abgekommen. Die Politik wird mich wahrscheinlich ohnehin nicht haben wollen», sagte Florence müde.

«Natürlich will sie das. Du solltest bloß mal hören, was Jack alles plant. Aber das kann er dir ja auch selbst erzählen. Also, bis nächsten Freitag. Keine Ausreden.»

Florence fragte Jeannette, ob sie glaube, eine Woche lang mit Imogen allein zurechtzukommen, und Jeannette antwortete, das sei kein Problem, aber am kommenden Freitagabend habe sie keine Zeit, da Ted sie gefragt habe, ob sie mit ihm zum Tanzen ginge, und sie habe das Gefühl, daß er sich vielleicht mit ihr verloben wolle. Florence teilte Clarissa mit, daß sie erst am Samstag kommen würde, und war sehr überrascht, als Clarissa mit Nachdruck erklärte, das ginge nicht. «Ich habe eine große Dinnerparty arrangiert, Darling, alle freuen sich darauf, dich wiederzusehen. Kann Muriel sie nicht einen Abend lang nehmen?»

Eine Stunde später rief Grace bei ihr an; sie sagte, Clarissa habe sie angerufen, und sie würde die beiden Kinder am Freitagabend gern nehmen, wenn Jeannette dafür am Samstag käme, so daß sie mit Ben zu einem Kirchenkonzert gehen könne. «Dann kannst du an Clarissas Dinnerparty teilnehmen.»

«Ich verstehe nicht, warum alle so viel Interesse daran haben, daß ich zu Clarissas Dinnerparty gehe», sagte Florence gereizt, «als müßte ich unbedingt unter Menschen kommen. Na gut, wenn du es unbedingt möchtest, Grace.»

«Ja, ich möchte es. Unbedingt», sagte Grace.

«Und bring etwas ganz besonders Hübsches zum Anziehen mit», sagte Clarissa. «Es wird eine ganz tolle Einladung. In großer Abendgarderobe. Also bitte, enttäusch mich nicht. Ich möchte, daß du absolut hinreißend aussiehst.»

Sie saß in dem eiskalten Zug, der in Richtung London fuhr, und bemühte sich, ein wenig Vorfreude zu empfinden. Sie konnte sich nicht vorstellen, worüber sie mit Clarissas intelligenten Londoner Freunden reden sollte. Sie würde wahrscheinlich über der Suppe einschlafen; in diesen Tagen fühlte sie sich ständig erschöpft, überwältigt von einem Gefühl der Nutzlosigkeit, das noch nicht einmal Imogen vertreiben konnte. Sie konnte sich auch nicht vorstellen, daß sie jemals wieder Lust hätte, irgend etwas zu tun; alles strengte sie an. Sie war in jeder Hinsicht gescheitert: sie war eine schreckliche Ehefrau gewesen, hatte einen anderen Mann zutiefst unglücklich gemacht und ein außereheliches Kind zur Welt gebracht. Sie hatte keinen Beruf, keine Talente und keine Ausbildung.

Es war sehr freundlich von Clarissa, sie einzuladen, aber Florence war sicher, daß sie es bereuen würde; sie wünschte sich augenblicklich nichts mehr, als daß sie die Einladung abgelehnt hätte. Als der Zug in der Waterloo-Station einlief, hatte sie sich entschieden, zur Sloane Avenue zu fahren, Clarissa von dort aus anzurufen und zu sagen, sie sei krank, eine Migräne oder dergleichen. Aber als sie langsam den Bahnsteig hinunterging, erblickte sie Jack, der sie strahlend anlächelte. Er sah mit seiner kleinen, stumpfen Nase, seiner glänzenden, verpflanzten Haut und den kleinen Augen noch immer sehr fremd aus.

«Du siehst müde aus», sagte er, gab ihr einen Kuß und nahm ihren Koffer. «Hör mal, bitte mach mir keine Vorwürfe, aber Clarissa hat für dich einen Termin beim Friseur gemacht. Sie meint, es würde deine Stimmung ein bißchen heben. Also soll ich dich dorthin fahren und dich hinterher abholen.»

Obschon Florence sehr überrascht war, genoß sie den Nachmittag doch ein wenig. Nach dem Friseur lud Jack sie zum Tee ins Ritz ein. «Mein Gott, das kommt mir allmählich alles ein bißchen komisch vor», sagte Florence lachend.

Die Sandwiches schmeckten ziemlich fade, und die Kuchen waren auch nichts Besonderes, aber die Bedienung war so aufmerksam und höflich wie immer, und der Palmengarten fast so schön wie früher.

Jack erzählte ihr von seinen Plänen. «Ich werde Medizin studieren und mich dann auf kosmetische Chirurgie spezialisieren», sagte er. «Es ist mir egal, wie lange es dauert, es bedeutet, daß ich noch einmal ganz von vorne beginnen muß. Aber der Beruf fasziniert mich, und ich weiß, daß ich es kann. Clarissa sagt, sie will auch unbedingt arbeiten», fügte er hinzu. «Sie und ihre Freundin May wollen zusammen ein Unternehmen gründen.»

Florence starrte ihn verwundert an.

Als sie ankam, war Clarissa nahezu außer sich vor Freude. «Dein Haar sieht himmlisch aus, Darling! Und was willst du anziehen? Zeig's mir mal.»

Sie erklärte, daß das weinrote Jerseykleid, das Florence 1939 gekauft hatte, mit der Rüschenpartie über dem Busen, genau das Richtige sei: «Es ist überhaupt nicht unmodern, aber ich muß dir unbedingt ein Paar Schuhe ausleihen, die da passen einfach nicht, tut mir leid.» Dann befahl sie ihr, ein Bad zu nehmen. «Und komm bitte erst runter, wenn ich dich rufe, es macht mich nervös, wenn ich bei den Vorbereitungen gestört werde. Leg dich eine Weile mit Watte auf den Augen aufs Bett oder so. Und nimm gern ein bißchen von meinem Parfüm, Darling, es steht alles auf meinem Frisiertisch. Wir sehen uns gegen sieben.»

Um achtzehn Uhr dreißig saß Florence vor dem Spiegel und lächelte ihr Bild an. Ihr Haar, zwei Zentimeter kürzer als zuvor, war in sanften Wellen aus ihrer Stirn frisiert und ließ ihr Gesicht sehr viel weicher erscheinen, ihre Augen wirkten durch die dunkle Wimperntusche größer, und ihr Mund war durch den dunkelroten Lippenstift wunderbar sinnlich. Sogar ihr Busen wirkte unter den Rüschen und Falten ihres Kleides voller als sonst. Sie besprühte sich großzügig mit Clarissas Parfüm und schritt, als die Türglocke läutete, langsam ins Wohnzimmer.

Da sie dort eine größere Gruppe erwartet hatte, war sie überrascht, festzustellen, daß es leer war, leer und nur sehr spärlich beleuchtet. Nur eine von Clarissas und Jacks hübschen Tiffany-Tischleuchten brannte, und auf beiden Seiten des Kamins standen Kerzenleuchter, aber der Raum war, abgesehen von dem Kaminfeuer, das tanzende, goldene Lichtflecken an die Wand warf, völlig dunkel.

Sie runzelte ein wenig verwundert die Stirn, setzte sich, da sie nicht recht wußte, was sie tun sollte, auf das Sofa und griff nach ihrem Zigarettenetui. Als sie es aufklappte, hörte sie draußen Schritte und blickte auf. Im Türrahmen erkannte sie die Silhouette eines Mannes. «O Jack», sagte sie erleichtert, «Jack, ich...»

Aber es war nicht Jack, der dort stand; die fragliche Person war zu groß, das Haar zu hell, die Schultern zu schmal. Sie starrte ungläubig auf die dunkle Gestalt, die dort im Türrahmen verharrte; er konnte es nicht sein, schien es aber doch zu sein, es war Giles. Sein Gesicht war sehr ernst, und er betrachtete sie zärtlich von oben bis unten. Die Entfernung zwischen ihnen erschien ihr unendlich groß, unüberwindlich geradezu, aber jetzt kam er langsam auf sie zu und breitete die Arme aus, und sie stand zögernd auf und ging auf ihn zu, und dann fühlte sie, wie er beide Arme um sie legte, fühlte sein Gesicht in ihrem Haar, hörte seine Stimme, die ihren Namen sagte, sehr leise und immer wieder, und dann hörte sie Clarissa, die seltsamerweise sagte: «Wir beide gehen heute abend aus. Wir kommen erst sehr, sehr spät zurück.» Danach hörte sie, wie die Eingangstür zugezogen wurde, und lange Zeit standen sie einfach nur da und bewegten sich nicht.

Kapitel 28
Winter 1944 – Frühjahr 1945

Sieh mal», sagte Grace, «ich bin damit einverstanden, das Mill House zu verkaufen und aus The Thorpes wegzuziehen. Das sind zwei große Zugeständnisse. Aber ich möchte nicht, daß du in der Armee bleibst.»

«Weil du meinst, das sei nicht das Richtige für mich?»

«Ja. Ich glaube, das ist nicht das Richtige für dich.»

«Kann es vielleicht sein, daß du nicht die Ehefrau eines Feldwebels sein möchtest?»

«O Ben, bitte!» sagte Grace. Sie spürte, wie die mittlerweile vertraute Gereiztheit sie wieder überkam. «Trau mir doch einfach mal was Gutes zu. Nein, in der Tat, ich möchte nicht die Frau eines Feldwebels sein. Ich möchte nicht die Frau eines Berufssoldaten sein. So einfach ist das. Ich glaube, daß du ein großartiger Lehrer wärst. Ich glaube, genau das wäre der richtige Beruf für dich.»

«Grace, wir haben das nun schon so viele Male besprochen», entgegnete Ben. «Ich habe noch nicht einmal einen ordentlichen Schulabschluß.»

«Ben, du hast doch die Abendschule besucht, du könntest morgen deinen Abschluß nachmachen, du weißt selbst, daß du es könntest. Du machst es dir einfach unnötig schwer. Und mir machst du ein schlechtes Gewissen.»

Er sah sie an, Zorn funkelte in seinen Augen, aber dann, plötzlich, wurde sein Gesicht wieder weich und sanft, er lächelte sie an. «Tja, vielleicht. Vielleicht tue ich das. Red weiter, bitte.»

«Du könntest es sogar noch in diesem Sommer in die Wege leiten. Es wäre jedenfalls möglich. Du könntest dich erkundigen. Du sagtest, mit deinem Arm sei es schlimmer geworden, auch mit den Kopfschmerzen. Ich glaube, man würde dich ohne Schwierigkeiten als Invalide aus der Armee entlassen. Und ich denke, du solltest wirklich nicht länger Soldat bleiben. Es besteht immerhin die Möglichkeit, daß das Land es mittlerweile sogar ohne dich schaffen könnte.» Sie gab ihm einen Kuß, um zu zeigen, daß sie nur einen Scherz gemacht hatte. Sie mußte in diesen Tagen schrecklich vorsichtig sein.

«Ich glaube nicht, daß ich so einfach gehen könnte», sagte er.

«Hast du mit dem Militärarzt gesprochen?»

«Nein. Aber selbst wenn sie mich entlassen würden, was dann?»

«Dann könntest du dich um einen Studienplatz bewerben.»

«Und wovon sollen wir leben, während ich studiere?»

«Ben, ich habe etwas Geld. Durch den... den Verkauf des Hauses würden wir noch einiges hinzubekommen. Und du bekommst doch auch eine Entschädigung für euer Haus, oder?»

«Nicht genug. Und ich will nicht von deinem Geld leben», entgegnete er. «Ich habe keine Lust, all das ständig von neuem durchzukauen. Ich weiß nicht, warum du es immer wieder zur Sprache bringst.»

«Aber Ben, nicht einmal drei Jahre lang? Das ist wirklich sehr dumm. Und danach kannst du mich für den Rest deines Lebens von deinem Geld leben lassen.»

«Ja... mag sein.» Es schien, als zöge er diesen Gedanken ernsthaft in Erwägung; sie begann, wieder ein wenig Hoffnung zu schöpfen. «Und was meinst du, wann ich mit dem Studium anfangen sollte?

«Vielleicht in diesem Herbst. Warum nicht? Dann ist der Krieg zu Ende.»

«Es ist... es ist schwierig für mich, weißt du. Plötzlich.»

«Ich verstehe nicht, warum», sagte sie und schmiegte sich in seine Arme. «Früher hast du alles so leicht genommen. Ich weiß nicht, warum es plötzlich so schwierig sein soll.»

«Weil es jetzt so nahe bevorsteht», sagte er langsam, «die offizielle Seite, es den Leuten zu sagen, für dich zu sorgen, die Verantwortung für dich zu übernehmen. Für dich und... und unsere Kinder. Ich denke darüber nach, was die Leute sagen werden und wie ich die Dinge am besten hinkriege...»

«Wie *wir* die Dinge am besten hinkriegen», erwiderte Grace.

«Ja, sicher. Wir. Aber ich muß das meiste davon tun.»

«Ben, das stimmt nicht. Es ärgert mich, wenn du das sagst.»

Und dann ging es wieder von neuem los. Sie diskutierten heftig, und manchmal stritten sie sich sogar und empfanden eine unglaubliche Wut aufeinander. Sie dachte an den sanften, freundlichen, umgänglichen Ben, den sie vor einem Jahr gekannt hatte, und fragte sich, was mit ihm passiert war.

«Grace», sagte Daniel. «Stimmt das, daß du dieses Haus verkaufen willst?»

«Tja, schon möglich.»

«Warum?»

«Weißt du –» sie zögerte «– dein Dad möchte… wegziehen.»

«Was, mit uns? Ohne dich?» Er sah sie ängstlich an, verzweifelt, als würde er gleich zu weinen anfangen.

Grace dachte einen Augenblick lang nach. Dann sagte sie: «Nein, nicht ohne mich. Mit mir.»

«Oh. Wollt ihr dann bald heiraten?»

«Ja, vielleicht. Mag sein. Du mußt deinen Dad danach fragen.»

Daniel sprang auf, rannte die Treppe hinauf und rutschte mit lautem Kriegsgeheul das Geländer hinab. Auf dem oberen Treppenabsatz erschien David; er blickte sehr finster drein. Wie Ben, dachte Grace plötzlich.

«Was ist los?» fragte David.

«Grace und Dad. Sie heiraten», antwortete Daniel.

«Daniel, ich –» setzte Grace an.

«Ja, das wußte ich», sagte David kühl. «Dad hat es mir schon erzählt.»

Grace starrte ihn an. «Wann hat er es dir erzählt?»

«Oh, das ist schon lange her. Als er zurückkam, nachdem er so lange fort gewesen war.»

«Oh», sagte Grace ein wenig unsicher.

«Dad hat gesagt, wir müßten hier ausziehen», sagte Daniel.

«Aber warum denn bloß?» fragte David.

«Weiß ich nicht.»

«Ganz schön blöd», sagte David. «Das werd ich ihm mal sagen.»

Als Ben das nächste Mal nach Hause kam, hatten sie einen gewaltigen Streit. David hatte Ben wie angekündigt erklärt, er fände es blöd, wenn sie weggingen. Ben fragte ihn, wer ihm gesagt hätte, daß sie es müßten, und was es ihn überhaupt anginge. David sagte, Grace habe es gesagt und wenn sie heirateten, dann ginge es ihn, David, sehr wohl etwas an. Ben fragte Grace, was ihr einfiele, die Jungen gegen ihn aufzubringen, und Grace erwiderte, das täte sie gar nicht und warum in aller Welt er David erzählt habe, daß sie heiraten würden, da sie doch beide Stillschweigen darüber hätten bewahren wollen. Daniel brach in Tränen aus und erklärte, wenn sie aus dem Mill House fortziehen müßten, dann würde er nicht mitkommen, und

David stürzte aus dem Haus und blieb so lange fort, daß sie sich ernstlich Sorgen um ihn zu machen begannen.

Sie versöhnten sich dennoch wieder, im Bett: in einer seltsamen, äußerst leidenschaftlichen Begegnung. Er trieb sie heftig, wild und unerbittlich zu ihrem Orgasmus, so daß sie am Ende völlig erschöpft war.

Er stellte keinen Antrag auf Dienstuntauglichkeit, da er meinte, dann hätte er keine Chance, ein Stipendium zu bekommen. Er erklärte, die Idee gefiele ihm einfach nicht.

«Aber Ben, wenn deine Schulter wirklich stärker schmerzt als früher, dann wirst du ohnehin nicht in der Armee bleiben können.»

«Tja, ich denke, das sollten sie besser selbst entscheiden», entgegnete er.

«Na gut. Hast du über das, was ich zu dir sagte, noch weiter nachgedacht? Ich meine, Lehrer zu werden?»

«Ja. Und ich möchte es nicht.»

«Lehrer werden? Oder von mir abhängig sein?»

«Beides.»

«Ich weiß, daß das nicht stimmt», sagte Grace, rannte aus dem Zimmer und knallte die Tür hinter sich zu.

Sie sprach mit Florence darüber und überlegte, wie seltsam es doch war: Sie fühlte sich Florence mittlerweile so nahe, daß sie sie bei einer so komplexen, schwierigen Angelegenheit um Rat fragte. Und das machte ihr auch Sorgen – daß sie sich so sehr verändert hatte. Florence zeigte sich teilnahmsvoll, aber zurückhaltend.

«Du hast da wirklich ein Problem, Grace. Ich habe das immer gedacht. Ben ist sehr stolz. Es ist etwas, was du einfach akzeptieren mußt.»

Es schien, als seien sie in einer Spirale gefangen, die immer weiter abwärts führte. Das kleinste Problem trug dazu bei, die Situation zu verschlimmern. Als David zu Ben sagte, er könne wirklich gut erklären und solle am besten Lehrer werden, provozierte er damit wütende Vorwürfe, sie, Grace, habe ihm diese Idee in den Kopf gesetzt. Daß Daniel weinte, weil er Flossie nicht zurücklassen wollte, brachte auch Grace zum Weinen und löste einen so heftigen Groll gegen Ben aus, daß sie es in jener Nacht nicht ertragen konnte, von ihm berührt zu werden. Florence kam voller Begeisterung ins Mill House, um anzukündigen, daß sie und Giles während seines nächsten Urlaubs heiraten würden, und als Grace es Ben erzählte, sagte er ziemlich gelangweilt «oh», schlug aber für ihre eigene Hochzeit keinen Termin vor. Als sie begann, sich hübsche kleine Stadthäuser in Salisbury anzusehen, wurde er wütend. «Wir sollten das zusammen machen», sagte er, «ich möchte nicht, daß du allein die Entscheidungen triffst.»

Erschreckenderweise begann sie immer häufiger, über Charles und ihre Ehe mit ihm nachzudenken, ihn sogar zu vermissen. Sie wollte und konnte Ben nicht vollständig nachgeben, nicht alles in allen Einzelheiten so machen, wie er es wünschte. Sie wußte, daß das falsch wäre. Genau das hatte Charles in seiner Ehe mit ihr verlangt, und es hatte sie wütend und traurig gemacht. Sie war jetzt älter und sehr viel klüger, und sie wußte, daß beide Partner zu einem Kompromiß finden mußten.

«Wie habt ihr beiden, du und Linda, die Dinge denn geregelt?» fragte sie ihn eines Nachts sehr vorsichtig, sehr beiläufig, als er für ein paar Tage zuhause war und sie sich sicherer und einander wieder näher fühlten.

«Ich weiß, warum du mich das fragst», erwiderte er, und sie konnte fühlen, wie er sich, körperlich und emotional, von ihr zurückzog, «und es wäre mir wirklich lieber, wenn du es nicht tätest.»

«Warum?»

«Weil es nicht fair ist. Weder mir noch ihr gegenüber.»

«Aber warum denn nicht, Ben?»

«Weil», sagte er, «wir nicht dieselben Probleme hatten. Darum.» Und er weigerte sich, dies näher zu erläutern. Sie schwieg; dieses Schweigen war es, wovor sie am meisten Angst hatte.

Allmählich und unter großen Qualen begann sie, sich ernstlich zu fragen, ob das, was sie tat, wirklich klug war: geblendet von Liebe, von körperlicher Sehnsucht, von Glück, hatte sie der Realität den Rücken gekehrt. Sie versuchte, ein paar Jahre in die Zukunft hinein zu denken: an die Zeit, wo die erste Freude darüber, mit Ben zusammenzuleben, seine Ehefrau zu sein, verflogen wäre. War das, was sie voneinander trennte, größer, als sie es sich einzugestehen gewagt hatte? Diese neuen Züge, die sie an ihm entdeckt hatte: das Bedürfnis, zu dominieren und als der dominierende Part angesehen zu werden, nicht nur im Hinblick auf sie selbst, sondern auf die ganze Situation, sein fast übertriebener Stolz, sein starker und energischer Wille – war all das eine Folge dessen, daß seine Herkunft sich so sehr von der ihren unterschied? Waren die Schwierigkeiten, die sich durch eine unterschiedliche soziale Herkunft ergaben, in der Tat sehr viel tiefgreifender als das, was sich im Akzent, in der Ausbildung und in unwichtigen Dingen wie bestimmten Redewendungen ausdrückte?

Die Krise wurde, wie es so häufig bei Krisen der Fall ist, durch etwas sehr Geringfügiges ausgelöst. Es war ein Samstagmorgen, und Ben war am Abend zuvor sehr spät im Mill House angekommen; seine Schulter tat ihm weh, und er war müde.

Er sah aus dem Fenster und sagte: «Die Beete müssen unbedingt umgegraben werden.»

«Ich weiß», sagte sie, «Mr. Blackstone konnte diese Woche nicht vorbeikommen.»

«Dann werde ich mich mal selbst darum kümmern.»

«O Ben, bitte laß das. Das ist doch wirklich dumm, wenn deine Schulter dir doch so weh tut. Ich werde es machen. Sobald ich Zeit habe.»

«Nein», entgegnete er. «Ich möchte nicht, daß du es machst.»

«Warum denn nicht?»

Er zuckte die Achseln.

«Ben, warum nicht? Ich schaffe das schon.»

«Mag sein, daß du es schaffst», sagte er, «aber Beete umgraben ist nichts für dich. Es ist keine Frauenarbeit.»

«O Ben, wirklich! Wo doch die Frauen die Arbeit in diesem Land fünf Jahre lang fast allein gemacht haben. Wie kannst du nur so altmodisches Zeug reden?»

«Tja, ich bin eben altmodisch», sagte er, «und ich mag es nicht, wenn Frauen sich mit einem Spaten abquälen müssen.»

Worauf Grace sagte, sie habe noch nie etwas so Dummes gehört, und er erwiderte, sie würde in Zukunft noch sehr viel mehr Dinge hören, die ebenso dumm seien, es wäre am besten, wenn sie sich daran gewöhnte.

«Jetzt wirst du mir wohl gleich auch noch erzählen», sagte sie und versuchte, die Sache ins Scherzhafte zu ziehen, «daß Frauen in die Küche gehören.»

«Was soll denn das heißen?»

«Nichts», sagte Grace rasch.

«Doch, es soll etwas heißen. Du willst damit andeuten, daß das die Dinge sind, die die Männer aus der Arbeiterklasse sagen, nicht wahr? Aber nicht die netten, liberalen Typen aus der Oberschicht, wie Charles und Jack.»

«Charles war nicht liberal, Ben, und mach dich nicht lächerlich.»

«Wenn ich nicht eine Meinung äußern kann, ohne daß du sie sofort mit meiner Herkunft in Zusammenhang bringst», sagte er, «dann weiß ich nicht recht, was wir überhaupt miteinander zu schaffen haben.»

«Ben, du leidest unter Verfolgungswahn. Das habe ich überhaupt nicht gemeint. Und das weißt du auch. Du willst nur einen Streit provozieren, irgendwelche Schwierigkeiten finden.»

«Da bin ich aber froh, daß du mich so gut durchschaut hast», sagte er und ging türenknallend in den Garten.

Grace zitterte, vor Angst ebenso wie vor Wut. Sie hatte gerade den Tisch zuende abgedeckt, als er wieder hereinkam. Sie dachte, er würde sich entschuldigen, aber er sagte: «Weißt du was? Ich denke, ich gehe am besten zurück nach Tidworth.»

«Warum?»

«Weil dieses Wochenende für uns bestimmt nicht angenehm werden würde. Und weil ich ein bißchen nachdenken muß.»

Eine heftige Angst packte sie. «Worüber nachdenken?»

«Über uns. Was wir tun werden.»

Sie vermied es, sich mit ihm auf einen Streit einzulassen; wenigstens daran vermochte ihre Selbstachtung sie zu hindern. Wenig später verließ er das Haus, nachdem er ihr nur einen flüchtigen Kuß auf die Wange gedrückt hatte, und sie hörte erst am Sonntagabend wieder von ihm. Er rief sie an und sagte, es täte ihm leid, er brauche noch ein wenig Zeit, und obwohl er sie liebe, sei er der Ansicht, daß sie beide die Situation möglicherweise nicht richtig eingeschätzt hätten. «Ich werde dir vielleicht schreiben», sagte er. «Es tut mir leid, daß es so gekommen ist. Aber wir müssen uns unserer Sache sicher sein.»

Danach hörte sie eine Woche lang nichts von ihm, und dann kam er, um sie zu besuchen.

Er saß mit gesenktem Kopf im Arbeitszimmer und sagte ihr, so sehr er sie auch liebe, er denke, daß sie alle Entscheidungen im Hinblick auf ihre Zukunft für längere Zeit aufschieben sollten, daß die Dinge sogar noch schwieriger seien, als er zunächst gedacht habe. Grace' Reaktion bewies, daß auch sie einen gewissen Stolz hatte; sie sagte ihm, daß sie auch dieser Meinung sei. Er erklärte, er würde in ein paar Wochen vorbeikommen, um die Jungen zu besuchen; bis dahin sollten sie besser keinen Kontakt miteinander haben.

Nachdem er fort war, ging sie nach oben in ihr Schlafzimmer und lag die ganze Nacht wach auf ihrem Bett. Sie starrte in die Dunkelheit hinaus und konnte nicht glauben, daß ein solches Glück einfach über sie gekommen war und sie dann so rasch wieder verlassen hatte.

Trotz allem erwartete sie, nach einigen Tagen wieder etwas von ihm zu hören. Doch das Telefon schwieg hartnäckig. Kummer und Angst machten sie körperlich krank. Ihr war häufig sehr übel, sie hatte Kopfschmerzen, war träge und erschöpft. Sie war ständig müde, vor allem nach dem Mittagessen, und schlief nach dem Abendessen auf dem Sofa ein.

Ben stand in seinem kleinen Zimmer in der Kaserne in Tidworth und las den Brief von David, in dem er ihm mitteilte, daß es Grace gar nicht gut ginge, sie weine die ganze Zeit und wolle ihr Essen nicht essen; er solle kommen und sie dazu bewegen, zum Arzt zu gehen. Er fühlte sich schuldig und machte sich Sorgen.

Am nächsten Abend traf er im Mill House ein. Grace saß in der Küche und versuchte, sich auf einen komplizierten Brief zu konzentrieren, den eine der Mütter der Landmädchen ihr geschrieben hatte. Als er hereinkam, sah sie auf und errötete.

«Hallo. Was machst du hier?»

«Ich wollte dich besuchen. Das ist alles.»

«Oh.» Er sah ganz anders aus, plötzlich war er nicht mehr der finstere, feindselige Mann, als den sie ihn in der letzten Zeit erlebt hatte. Sie sah ihn verwundert an.

«Eigentlich sollte ich gar nicht hiersein. Wenn sie es wüßten, bekäme ich bestimmt Schwierigkeiten. Aber ich...»

«Laß mich bitte erst diesen Brief zu Ende lesen», sagte sie so kühl, wie es ihr möglich war, entschlossen, ihn nicht merken zu lassen, wie sehr seine Ankunft sie verwirrte. «Die Sache ist ziemlich kompliziert. Und dann hole ich dir einen Drink.»

«Ich möchte keinen Drink», sagte er. «Komm bitte mit ins andere Zimmer, ja? Ich möchte mit dir reden.»

«Okay.» Sie folgte ihm und setzte sich mit einem Gefühl von Panik neben ihn auf das Sofa. Dann atmete sie tief ein, kämpfte ihre Angst nieder und sah ihn ruhig an. Sie würde keinesfalls um seine Liebe betteln, unter gar keinen Umständen.

«Ich habe einen Brief von David bekommen», sagte er unvermittelt. «Er war der Meinung, daß du vielleicht krank wärst.»

«Wieso?»

«Er sagte, du würdest kaum etwas essen und dich sehr schlecht fühlen.»

«Ja, das stimmt ja auch. Aber ich bin bestimmt nicht krank.»

«Er schrieb aber, daß dir ein paarmal übel gewesen sei.»

«Ja, das stimmt.»

Er zögerte, dann sagte er: «Grace, wann hattest du zuletzt deine Periode?»

«Ich weiß es nicht», sagte sie gereizt, «es muß ungefähr... ungefähr...» Ihre Stimme verebbte; sie starrte ihn an, errötete, und ihre Augen wurden sehr hell. «O mein Gott», sagte sie schließlich fast flüsternd.

Plötzlich, wie durch einen Zauber, war alles sehr viel einfacher, Ben sagte, sie müßten schnell heiraten, er wolle keine unehelichen Kinder in der Familie haben. Als er es sagte, lächelte er sie an und küßte sie; er war plötzlich auf eine ruhige, selbstbewußte Weise glücklich.

Er sagte, er habe noch immer die Absicht, das Mill House zu verlassen, aber er wolle auf keinen Fall in der Stadt leben, für Kinder sei es besser, auf dem Lande aufzuwachsen, auf jeden Fall wäre es billiger, und da David sich endlich im Gymnasium eingewöhnt hätte, wäre vielleicht ein Dorf am anderen Ende von Salisbury eine gute Idee. Er sagte auch, er habe sehr viel nachgedacht; der Lehrerberuf sei für einen Familienvater ideal, und wenn Grace wirklich bereit sei, ihn zu unterstützen, solange er auf dem College sei, dann würde er seinerseits sie für den Rest seines Lebens unterstützen. Grace erklärte, damit sei sie einverstanden.

Sie lag im Bett und sah ihn, während er all dies sagte, lächelnd an; sie traute ihrem Glück noch immer nicht. Das Baby schien eine bemerkenswerte Veränderung in ihm hervorgerufen zu haben. Alles war plötzlich wieder im Lot, ihre Schwierigkeiten erschienen nicht mehr unlösbar, seine Selbstachtung war wieder hergestellt. Der Grund für seine plötzliche Wandlung war ihr eigentlich gleichgültig; sie wußte nur, daß sie sehr glücklich war.

«Ich denke, wir sollten ein kleines Fest geben», sagte Grace, «nur ein Familienfest natürlich. Um es allen zu sagen. Und ein wenig zu feiern.»

«Natürlich sollten wir das», sagte Ben. «Ja, okay, wir geben ein kleines Fest, wenn du es möchtest. Bald wird ohnehin das ganze Land feiern.»

«Wie wäre es mit Ostermontag?» fragte sie und begann, ernsthaft Pläne zu schmieden. Sie würden alle kommen können: Clarissa, die schließlich doch ihr geliebtes Dartmouth verlassen hatte und nach Greenwich zurückversetzt worden war, war es leicht, Urlaub zu bekommen; Jack war in Norfolk, aber er sagte, daß nichts ihn davon abhalten würde zu kommen, Giles wollte von Liverpool herunterkommen, und Clifford sagte, er freue sich sehr auf das Fest.

Natürlich lud sie ihre Eltern ein; Betty warf ihr einen zweifelnden Blick zu. «Gibt es irgendeinen besonderen Grund dafür, Liebes?»

Grace zögerte; sie wußte, daß sie es sagen, es hinter sich bringen mußte; es war nicht fair, ihre Eltern in aller Öffentlichkeit mit den Tatsachen zu überfallen, aber sie schreckte davor zurück.

«Ja», sagte sie schließlich. «Ja, es gibt einen Grund dafür.»

Sie nahmen es sehr gut auf; Frank schien ehrlich erfreut zu sein, sagte, er habe Ben schon immer gemocht und er würde sehr glücklich sein, ihm seine Tochter anvertrauen zu dürfen.

Am Abend vor der Party rief Grace in The Priory an; sie wollte Clarissa sprechen. Diese kam sofort an den Apparat; ihre Stimme klang heiter und entspannt, so wie immer.

«Darling! Wie schön, von dir zu hören. Ist alles in Ordnung?»

«Ja. Ja, danke, Clarissa. Ich würde mich gern einmal kurz mit dir unterhalten. Könnten wir ... vielleicht zusammen einen Spaziergang machen?»

«Natürlich. Eine wunderbare Idee. Ich komme bei dir vorbei, ja? Etwa in einer halben Stunde?»

«Ja, das wäre nett», sagte Grace.

«Ich wollte mich nur entschuldigen», sagte sie, als sie die Wiese durchquerten, «weil ich an jenem Tag so ... überheblich war. Das war nicht richtig von mir. Ich ... nun ja, ich habe mit Ben darüber geredet, und er hat mir klargemacht, daß es bei weitem nicht so schlimm war, wie ich dachte.»

«Wie außerordentlich intelligent von ihm», sagte Clarissa nur ein ganz klein wenig spitz, «vor allem, da er gar nicht genau weiß, was passiert ist.»

«Nein, aber er hat mir vor Augen geführt, was du mit Jack alles durchmachen mußtest und daß ihr beide, du und Giles, dachtet, die Beziehung mit Florence wäre zu Ende und ... tja, ich war da wohl reichlich prüde, was diese Sache betraf. Es tut mir leid. Und ich hätte dich nicht ohrfeigen dürfen.»

Clarissa lächelte sie an und nahm ihren Arm. «Darling, vergiß es. Lieb von dir, daß du dich entschuldigt hast. Es ist ja kein Schaden entstanden, und Florence wird es niemals wissen. Also vergessen wir es einfach und konzentrieren uns auf dein himmlisches Baby. Wie soll sie denn heißen? Denn es muß natürlich ein Mädchen werden, nicht wahr? Und du weißt, es würde mich am meisten auf der Welt freuen, wenn ich Patin würde. Was hältst du davon?»

«Ich glaube, das wäre eine gute Idee», sagte Grace und war selbst überrascht, daß sie es wirklich so empfand. «Aber ich muß erst Ben fragen», fügte sie hinzu.

Grace wachte am nächsten Morgen früh auf, schlüpfte leise aus dem Bett, um Ben nicht zu stören, und entschied, sich ein wenig zu verwöhnen und ein Bad zu nehmen. Sie lag in der Wanne und betrachtete mit einer gewissen Ehrfurcht ihre beträchtlich angeschwollenen Brüste, bisher das einzige Anzeichen für ihre Schwangerschaft, als Ben hereinkam. Er rieb sich schläfrig die Augen.

«Du siehst sehr schön aus», sagte er.

«Ich frage mich, ob du das auch noch in fünf Monaten sagen wirst», erwiderte Grace, «wenn ich dick und abstoßend bin.»

«Du wirst nicht dick und abstoßend sein, sondern dick und schön», sagte er und beugte sich zu ihr herab, um sie zu küssen.

Jeannette traf eine Stunde später mit Imogen und Mamie ein, die beide schon jetzt hoffnungslos überdreht waren. «Ted kommt gleich vorbei und holt sie ab», sagte sie. «Er geht ein bißchen mit ihnen spazieren, damit sie beschäftigt sind.»

«Das ist sehr freundlich von ihm», sagte Grace.

«Tja, ich hab ihm gesagt, er muß es von Anfang an so machen, wie ich es auch in Zukunft von ihm erwarte», sagte Jeannette fröhlich, «sonst ist die Sache bereits vorbei, bevor sie richtig angefangen hat.»

«Sehr klug», sagte Ben. «Eine hervorragende Taktik.»

Grace sah ihn an und verzog das Gesicht zu einer Grimasse.

Um elf Uhr tauchten Clarissa und Jack plötzlich auf. «Wir konnten es dort oben nicht länger aushalten», sagte Clarissa «Muriel hat Läuse auf den ersten Rosenknospen entdeckt, und irgendwie scheint es Cliffords Schuld zu sein, er ist jedenfalls hoffnungslos in Ungnade gefallen. Ich weiß nicht, Grace, wie er jemals diesen wunderbaren Hafen hier hat verlassen können. Aber jetzt sag uns bitte, was wir dir helfen können, wir sind nicht gekommen, um bloß hier herumzusitzen, nicht wahr, Jack? Ben, Darling, wie schön, dich zu sehen. Gib mir einen Kuß. Tja, ich habe gehört, daß ihr beiden, du und Jack, studieren werdet, ich finde, es ist einfach zu schön...»

Grace verließ Clarissa lachend, um die Gläser aus dem Schrank zu holen und den Champagner, den sie und Jack mitgebracht hatten, in die Speisekammer zu stellen. Eines der Dinge, die sie sich für ihr zukünftiges neues Heim unbedingt anschaffen wollte, war ein Kühlschrank.

Florence und Giles und Clifford und Muriel kamen gleichzeitig an; Clifford hatte sich bereits sichtlich ein bißchen Mut angetrunken. Muriel reichte Ben ihren Mantel und ihren Hut. «Sie können sie weghängen», sagte sie gnädig, «und ich hätte gern sofort einen Drink. Es war ein schrecklicher Morgen; ich bin völlig erschöpft.»

«In welcher Hinsicht schrecklich?» fragte Ben.

«Oh, es hat mit dem Garten zu tun. Sie würden es wahrscheinlich nicht verstehen, es ist sehr kompliziert. Auf jeden Fall ist es Cliffords Schuld.»

Ben sah Clifford an und zwinkerte ihm zu.

Grace und Ben hatten geplant, ihre Verlobung kurz vor dem Mittagessen bekanntzugeben, wenn das Eis ein wenig gebrochen wäre und jeder ein oder zwei Gläser Alkohol getrunken hätte. Der Tag war so wunderbar warm und sonnig, daß sich alle Gäste im Garten aufhielten. «Ich wünschte, wir könnten diesen Moment einfrieren, ihn für alle Zeiten festhalten», sagte Grace leise zu Ben und betrachtete von ihrem Platz in der Nähe der Terrassentür aus die Gruppe der Anwesenden, all die Menschen, die ihr etwas bedeuteten: Imogen und Mamie, die Jungen, die auf dem Zaun der Pferdekoppel saßen, Ted und Jeannette, die unter der Weide standen und lachten. Florence und Giles saßen im Gras; er hatte seinen Arm um ihre Schultern gelegt. Jack redete sehr ernst auf Muriel ein, Clarissa hatte sich bei Clifford eingehakt und brachte ihn mit einer zweifellos ein wenig anrüchigen Geschichte zum Lachen. «Sieh mal, Ben», sagte sie. «Das ist das Glück. Das Glück für uns alle.»

Ben lächelte zu ihr herab und nahm ihre Hand. «Gib mir einen Kuß», sagte er, «und dann gehen wir hin und erzählen es ihnen.»

Und dann klingelte das Telefon.

Es war Clarissa, die als erste sah, daß mit Grace etwas nicht in Ordnung war. Grace stand bewegungslos, wie versteinert, im Wohnzimmer; ihr Gesicht war schneeweiß und verzerrt und wirkte auf irgendeine Weise sehr alt. Irgend etwas schien schiefgelaufen zu sein. Clarissa hatte die Situation gerade eben erfaßt und wollte zum Haus laufen, als sie sah, wie Grace zusammensackte, so, als hätte sie nicht einen Funken Energie mehr in ihrem Körper, und zu Boden sank. Sie lag reglos da, das rotgoldene Haar wie ein Fächer auf dem Boden ausgebreitet, die Augen geschlossen.

«Was ist los, Grace, was in aller Welt ist los?» rief Florence und stürzte den anderen voran durch die Tür ins Zimmer. «Jack, schnell, ruf den Arzt an, es ist irgend etwas passiert. Giles, hol ein Glas Wasser. Wo ist Ben? Ben, komm her, rasch!»

Und dann bewegte sich Grace und versuchte, sich aufzusetzen; Ben kniete hinter ihr; er hatte den Arm um ihre Schultern gelegt und stützte sie. «Was ist?» fragte er, «ist es das –»

«Nein», erwiderte sie, «nein, das ist es nicht. Es ist alles in Ordnung mit mir.»

«Und wer war das am Telefon?» fragte er. «Bist du deshalb ohnmächtig geworden? Wer war es denn? Waren es schlechte Nachrichten?»

«Es ging um Charles», sagte Grace. «Er lebt.»

Kapitel 29
Sommer 1945

Sie verlor das Baby. Man sagte ihr, es sei der Schock gewesen. Sie lag im Krankenhaus und bemerkte kaum die Schmerzen, so schrecklich war ihr Kummer, als ihr Baby, Bens Baby, aus ihrem Leben entschwand und alles Glück mit sich nahm.

Mehr als alles andere erschreckte sie der Gedanke, daß Charles zurückkommen würde: ein Fremder, der ihr Haus beträte, ihr Leben für sie in die Hand nähme und in ihr Bett käme. In den ersten schrecklichen Stunden, als ihr die Situation nach und nach bewußt wurde, stiegen wilde, tollkühne Pläne in ihr auf. Sie wollte fortlaufen, einfach gehen, dorthin, wo niemand sie finden könnte, oder sie würde zusammen mit Ben fliehen, mit Ben und den Jungen, oder sie würde sich weigern, Charles wiederzusehen, ihm mitteilen, daß sie ihn verlassen würde; sie wollte sich mit ihm treffen und ihm dann sagen, daß sie ihn verließe. Dies alles geschah vor dem Hintergrund von Verwirrung und Verlegenheit. Niemand wußte so recht, was er tun oder sagen sollte. Muriel war überglücklich, ebenso Clifford, Grace konnte das natürlich verstehen, es gab keinen Grund, ihnen deswegen böse zu sein; Florence schien innerlich zerrissen zu sein, sie war um Grace' willen sehr besorgt, trotz ihrer Freude darüber, daß ihr Bruder lebte. Clarissa war ganz einfach schockiert; sie suchte Grace auf, die zitternd in ihrem Zimmer saß, hielt sie lange in den Armen und sagte dann leise: «Ich werde alles, alles tun, was dir helfen könnte.»

Ihre Eltern waren niedergeschlagen, aber zugleich sehr hilfsbereit. «Wir werden die Jungen nehmen, Liebes, so lange, wie es nötig ist», sagte Betty, als sie sie, halb widerstrebend und halb erleichtert, verließen, «und wir werden Ben sagen, er kann kommen und bei uns wohnen, wann immer er es möchte.»

Um drei Uhr nachmittags waren alle gegangen, nachdem sie sich verlegen verabschiedet hatten. Grace kam die Treppe hinunter in ein leeres Haus; die einzigen Spuren, die von der Party geblieben waren,

waren die Blumen. David und Daniel, die nicht verstanden hatten, was geschehen war, und sich gelangweilt hatten, waren inzwischen angeln gegangen; Ben saß auf einem Stuhl und starrte aus dem Fenster.

«Möchtest du reden?» fragte er, und in seiner Stimme schwang neben Besorgnis und Mitgefühl eine seltsame Ungeduld, fast etwas wie Zorn mit. Sie verstand ihn, er war nicht auf sie böse, sondern auf das Schicksal, auf das Leben, daß es ihn mit so etwas konfrontierte.

«Nein», sagte sie, «noch nicht. Ich... wir können es nicht. Noch nicht. Es ist zu kompliziert.»

«Erklär mit noch einmal», sagte er, «wo er ist.»

«In einem Lager der Alliierten, irgendwo in Mitteldeutschland. Sie werden demnächst nach Haus geflogen. Mehr weiß ich nicht. Jedenfalls im Augenblick. Der Mann, der anrief, irgend jemand aus dem Verteidigungsministerium, sagte, er würde sich wieder melden.»

«Aber es besteht überhaupt kein Zweifel daran?» fragte Ben. «Es ist kein Irrtum?»

«Ich... ich glaube nicht, nein.»

«Du bist sehr gefaßt», sagte er.

«Ich weiß. Es wird nicht lange anhalten.»

Es hielt tatsächlich nicht lange an; gegen Abend begann sie, hysterisch zu weinen, sich an ihn zu klammern und ihn anzuflehen, sie mitzunehmen, irgendwohin, weit fort. Und dann setzten plötzlich die Schmerzen ein.

Nach und nach klärte sich, wie der schreckliche Irrtum entstanden war. Charles war bei seiner Flucht nicht allein gewesen, er war, nachdem er aus dem Konvoi entflohen war, mit einem anderen Offizier zusammengewesen, einem Oberstleutnant Barlowe, der durch einen Schuß verwundet wurde und daraufhin starb. Die Einzelheiten waren noch immer nicht ganz klar, aber dies war eindeutig der Punkt gewesen, wo die Verwechslung der Identität der beiden Männer begonnen hatte. Charles, der nicht gewußt hatte, was ihm nach offizieller Einschätzung zugestoßen war, hatte sich langsam und mühselig durch Südfrankreich durchgekämpft, war aber am Ende angeschossen und im Frankreich der Vichy-Regierung gefangengenommen worden. Danach hatte er mehrere Wochen in einem von den Deutschen kontrollierten Krankenhaus gelegen und wurde dann von der zurückweichenden Armee mit nach Deutschland genommen und in verschiedenen Gefangenenlagern untergebracht. Er hatte Briefe geschrieben und versucht, mit seiner Familie Kontakt aufzunehmen, aber keiner der Briefe hatte sein Ziel erreicht. Erst bei Ankunft der Alliierten in Norddeutschland war er in ein Übergangslager gebracht worden und hatte eine Nachricht nach England übermitteln können. Im Augenblick befand er sich auf einem Luftstützpunkt der Alliierten und wartete darauf, nach England geflogen zu werden. Er hatte eine schlimme, eine schreckliche Zeit hinter sich; Grace wußte, daß sie auf jeden Fall dasein mußte, wenn er nach Hause kam. Zumindest das war sie ihm schuldig.

Sie wurde nach ein paar Tagen wieder aus dem Krankenhaus entlassen, war sehr blaß und erschöpft und bemühte sich, tapfer zu sein. Es war nicht nur Charles, an den sie denken mußte, sondern auch Ben und die Jungen; sie durfte sich jetzt nicht aufgeben. Die Jungen waren sehr schwierig, denn sie wußten nicht, was aus ihnen werden würde, und waren laut, ungezogen und ruhelos. Ben mußte wieder nach Tidworth zurück, was Grace ein wenig entlastete. Nach ein paar Tagen nahm sie Florence' Angebot an, die Jungen bei sich aufzunehmen.

«Es wird ihnen hier gutgehen. Jeannette kann für sie kochen, und sie kennen Clifford so gut.»

«Was ist mit deiner Mutter?»

«Ich werde schon mit ihr fertig», erklärte Florence.

Und dann war sie allein, allein mit ihrer Angst. Sie versuchte, nicht zu denken, nicht zu planen und nichts zu fühlen, einfach nur zu warten.

Dann rief er an; er war in Kent, man hatte ihn mit einem britischen Bomberflugzeug hingeflogen.

«Grace?» sagte er. «Grace, Liebling, hallo. Ich bin's. Charles.»

«Hallo», sagte sie. Ihre Stimme klang sehr unsicher; sie hatte Schwierigkeiten, überhaupt einen Ton herauszubekommen. Sie stand im Eingangsraum, umklammerte den Telefonhörer und bemühte sich, ruhig zu bleiben.

«Schatz, ist alles in Ordnung mit dir?»

«Ja», sagte sie, «mir geht es gut. Danke. Und dir?»

«Ach, weißt du, eigentlich ziemlich gut.»

Es folgte ein Schweigen. Was für ein seltsames Gespräch, dachte sie, wie das Gespräch mit einem Geist. Mit dem Geist eines Mannes, mit dem sie verheiratet gewesen war, den sie für tot gehalten und betrogen hatte. Es war schwierig für sie; jedes Gefühl für die Realität schien sie verlassen zu haben.

«Ich dachte, du wärest tot», sagte sie. «Wir alle dachten das.»

«Ja. Ja, das weiß ich mittlerweile auch. Es tut mir leid. Schrecklich leid.»

Wieder folgte ein Schweigen. «Wann wirst du zuhause sein?» fragte sie.

«Morgen, glaube ich. Mein Gott, es kommt mir so unwirklich vor. Ich kann den Zug nach London nehmen und dann nach Salisbury hinunterfahren. Und dann vielleicht mit einem Taxi –»

«Ich hole dich ab», sagte sie.

«Und wie?»

«Mit dem Wagen», sagte sie, überrascht über seine Frage; dann fiel ihr ein, daß er noch nicht einmal wußte, daß sie Auto fahren gelernt hatte. Es hatte sich inzwischen so vieles verändert; wie sollten sie es schaffen, sich gemeinsam an diese Veränderungen anzupassen?

«Liebling, wie tüchtig von dir. Na gut, dann rufe ich dich an, wenn ich in London bin, okay?»

«Ja, tu das.»

«Ich sehne mich so sehr danach, dich zu sehen», sagte er.

Sein Zug würde gegen vier Uhr nachmittags in Salisbury eintreffen, sagte er. Sie machte sich fertig, um ihn abzuholen, bürstete sich das Haar, zog sich ihr respektabelstes Kleid an und legte ein wenig Make-up auf, damit sie nicht ganz so blaß aussähe. Ihr war schrecklich übel.

Der Zug kam natürlich zu spät. Sie wartete auf dem Parkplatz und erinnerte sich an alle die Male, wo sie mit Ben hiergewesen war. Sie saß mit geschlossenen Augen da und versuchte, die Erinnerungen zurückzudrängen. Sie hatte sich eine *Picture Post* gekauft und las nach, was in den letzten Wochen passiert war, der Fall Berlins, der Tod Hitlers, die Kapitulation der deutschen Armee. Doch all das war bedeutungslos, ein Durcheinander von Buchstaben und Wörtern, das keinen Sinn ergab. Sie hörte, wie der Zug einlief, hörte den zischenden Dampf, die kreischenden Bremsen, das Öffnen der Türen und versuchte verzweifelt, sich zu sammeln; dann stieg sie aus dem Wagen und ging zur Sperre, voller Angst davor, ihm Auge in Auge gegenüberzustehen.

Auf dem Bahnsteig drängten sich die Menschen; viele von ihnen waren Soldaten. Sie konnte ihn erst nicht sehen, doch dann erkannte sie ihn: Er war sehr verändert, dünn, ausgemergelt, hinkend, mit bleichem Gesicht, die Wangenknochen schärfer konturiert, das Kinn spitzer, härter, die Augen irgendwie heller. Er erblickte sie und lächelte, winkte und nahm seinen Hut ab; sein Haar war sehr kurz und dunkler als zuvor. Auf der rechten Seite seines Gesichts verlief von der Stirn bis zum Kinn eine tiefe Narbe. Sie zwang sich, zurückzulächeln, zu winken; und dann plötzlich stand er neben ihr, stellte seine Tasche auf den Boden, umarmte sie und hielt sie fest.

«Ich kann es gar nicht glauben, daß du hier bist», sagte er mit tränenerstickter Stimme. «Ich kann es gar nicht glauben, daß ich wirklich zuhause bin.»

Sie fuhr sehr vorsichtig zurück; sie wollte nicht, daß er sich Sorgen um seinen Wagen machte und ihre Fahrkünste kritisierte.

«Du fährst ziemlich gut», sagte er überrascht. «Wann hast du damit angefangen?

«Ach ... das ist schon lange her», erwiderte Grace rasch.

«Wie hübsch hier alles aussieht», sagte er. «Ich hatte vergessen, wie schön England ist. Ich hatte es wirklich vergessen.»

«Wo genau warst du?»

«Liebling, was für eine Frage! Darüber möchtest du jetzt doch bestimmt nichts hören.»

«Doch. Natürlich möchte ich das. Wie kann ich das Ganze auch nur ansatzweise verstehen, wenn du mir nicht –»

«Grace, du kannst es überhaupt nicht verstehen, auch nicht ansatzweise», entgegnete er schroff.

«Oh.»

«Tut mir leid. Ich wollte dich nicht anschnauzen. Aber es ist so schwierig ... nun ja, auf jeden Fall an verdammt vielen verschiedenen Orten, zuletzt in Frankreich, in den Ardennen, und dann in Deutschland.»

Sie sah ihn prüfend an, aber er starrte vor sich hin.

«War es ... sehr schlimm? Oder möchtest du nicht darüber reden?»

«Ich möchte nicht darüber reden. Jedenfalls jetzt noch nicht.»

«Und ... du hinkst. Ist es das Bein, wo du angeschossen wurdest?»

«Ja», sagte er.

«Und die Narbe in deinem Gesicht?»

«Ja, Schatz. Ich sagte, ich möchte nicht darüber reden.»

Als sie Thorpe Magna erreichten, sagte er: «Wie geht es meiner Mutter?»

Sie hatte sich bereits gewundert, daß er sie nicht früher danach gefragt hatte. «Es geht ihr gut. Sehr gut. Dein Vater wohnt wieder auf The Priory.»

«Du lieber Gott. Sie hat ihn wieder aufgenommen. Das ist wirklich außerordentlich großzügig von ihr. Na, das ist dann wenigstens etwas, worüber ich mir keine Gedanken zu machen brauche.»

«Was?»

«Mich mit ihm auseinandersetzen zu müssen.»

«Oh, ich verstehe. Nein. Sie sagten, sie würden dich später sehr gern sehen, aber wenn du müde wärest, dann vielleicht morgen...»

»Ja, natürlich. Man wird sehen. Wie geht es Florence? Und Robert?»

Sie wurde sich plötzlich mit Schrecken bewußt, wieviel er nicht wußte. «Robert ist tot, Charles.»

«Du lieber Gott. Wie traurig. Die arme Florence.»

«Ja», sagte sie. Sie hatte das Gefühl, keine Kraft für Erklärungen – oder für sonst irgend etwas – zu haben.

Sie fuhren weiter; ihre Angst wuchs. Plötzlich sagte er: «Diese... Jungen sind doch nicht zuhause, oder? Du bist sie losgeworden, nicht wahr?»

«Nein», sagte sie, «sie sind nicht da.»

«Gut. Das hat mir ein bißchen Sorgen bereitet, daß ich sie dort vorfinden könnte.»

«Sie sind augenblicklich auf The Priory», sagte sie. Sie konnte sich nicht beherrschen, sie hätte damit noch warten sollen, aber sie war so wütend, so empört, daß er über ihre Jungen, ihre geliebten Jungen in dieser Weise redete. Und das sollte er wissen.

«Was in aller Welt machen sie dort?»

«Irgendwo müssen sie ja schließlich sein, Charles. Sie haben kein anderes Zuhause.»

«Dann wird man ihnen eines suchen müssen», bemerkte er schroff, um dann erneut zu schweigen.

Wenig später näherten sie sich dem Haus, und sie lenkte den Wagen in die Einfahrt. Er lehnte sich zurück und betrachtete schweigend die Fassade des Hauses. Dann stieg er aus und ging zur Eingangstür, sie schloß sie auf, und er ging hinein, durchquerte den Eingangsraum, die Küche, das Wohnzimmer, erkundete das Haus und nahm es wieder in Besitz, ihr Haus, ihren Zufluchtsort. Und dann wandte er sich ihr zu, lächelte und sagte: «Es sieht wunderbar aus, Liebling. Du hast alles so wunderbar gepflegt.»

Grace zwang sich, zurückzulächeln, setzte den Kessel auf, floh dann die Treppe hinauf ins Badezimmer und saß mit geballten Fäusten lange Zeit auf dem Badewannenrand. Sie versuchte, sich zu beruhigen und zu sammeln; als sie wieder herunterkam, wanderte er draußen im Garten umher.

«Ein bißchen vernachlässigt», sagte er, «aber es ist nicht allzu schlimm. Was zum Teufel ist mit dem Rasen da unten los? Sieht aus wie ein gepflügtes Feld.»

«Das waren die Jungen. Da haben sie immer Football gespielt.»

«Ach du lieber Gott», sagte er und versuchte zu lächeln. «Ich sehe, daß die Dinge hier ein bißchen außer Kontrolle geraten sind.»

Sie bereitete sehr früh das Abendessen zu; die Stimmung wurde immer angespannter. Es gab so viel zu sagen, so wenig, das gesagt werden konnte. Sie sprach so munter, wie es ihr möglich war, über ihre Arbeit bei den Landmädchen, über Florence, Clarissa und Jack, aber er war zerstreut und offensichtlich nicht interessiert. Seine Gedanken schienen vor allem bei Robert zu sein, wo und wann er gefallen war, was Florence nun tun würde. Sie schaffte es nicht, ihm von Giles zu erzählen, jener Bereich erschien ihr allzu gefährlich. Er sagte immer wieder, wie großzügig es doch von seiner Mutter sei, Clifford wieder in ihr Haus aufgenommen zu haben. «Ich denke, die Sache mit dieser anderen Frau war wohl nur ein Ausrutscher», bemerkte er. «So etwas kann natürlich passieren.»

Er war nicht einmal an Jack interessiert, an Jack und seinen Verbrennungen und seinen Plänen für die Zukunft. Nur an Robert und Muriel.

Und dann kam der Moment, um ins Bett zu gehen. Sie hatte endlos lange darüber nachgedacht, was sie tun sollte, was sie tun könnte. Der Krankenhausarzt hatte ihr Intimitäten, wie er es formulierte, für mindestens einen Monat verboten, aber wie sollte man einem Ehemann, der vier Jahre lang fort gewesen war, erklären, daß man gerade eine Fehlgeburt gehabt hatte und nicht mit ihm schlafen konnte? Am Ende entschloß sie sich, es einfach über sich ergehen zu lassen. Was auch immer mit ihr geschah, es schien keine große Bedeutung zu haben. Sie legte sich, steif vor Angst, neben ihm ins Bett und sah ihn unsicher an; er beugte sich zu ihr herunter, küßte sie sehr sanft und sagte: «O Grace, Liebling, es war eine so lange Zeit.» Und dann knipste er das Licht aus und begann, sie zu küssen. Auf jene schreckliche mechanische Art, an die sie sich so gut erinnerte.

Sie entschloß sich, hinzuhalten, es dauerte ja nie sehr lange. Im übrigen war er ihr Mann; es gab eine Zeit, wo sie ihn geliebt und begehrt hatte – oder zumindest gedacht hatte, daß sie es täte –, und vielleicht könnte sie es wieder tun. Sie lag da und fühlte, wie seine Hände über ihren Körper wanderten, ihn erforschten, spürte, wie sein Penis steif wurde, wie er sie begehrte, und sie versuchte, sich auf ihren Atem zu konzentrieren und Ben aus ihren Gedanken zu verbannen, aber sie konnte es nicht, es war eine Vergewaltigung, es war wie damals, als Robert über sie hergefallen war. Sie fühlte, wie ein Schrei in ihrer Kehle emporstieg, wußte, daß er herausbrechen würde, wenn Charles nicht aufhörte, wenn sie ihn nicht dazu brächte, aufzuhören. Sie zog sich abrupt von ihm zurück, setzte sich auf, umarmte ihre Knie und murmelte, sie sei noch nicht dazu bereit. Er schaltete das Licht wieder an, und sein Gesicht war hart, seine Augen funkelten vor Zorn.

«Liebling», sagte er, und die zärtliche Anrede kam sichtlich mit einiger Anstrengung heraus, «Liebling, bitte! Ich habe doch gewiß einen etwas liebevolleren Empfang verdient!»

«Charles», entgegnete sie, und sie war selbst schockiert, sich dies sagen zu hören, sie hatte eigentlich beabsichtigt, es noch eine Weile lang aufzuschieben, «Charles, es gibt da etwas, was ich dir sagen möchte.»

Sie berichtete es ihm in einer sehr knappen Version; es schien nicht sinnvoll zu sein, die Dinge weiter auszuführen. Er starrte sie schweigend, mit verzerrtem, kreidebleichem Gesicht an; als sie geendet hatte, stand er auf, zog seinen Morgenmantel an und ging nach unten. Sie wartete eine Weile, und dann folgte sie ihm. Er saß im Wohnzimmer und hatte sich eine Zigarette angezündet; als sie hereinkam, sah er sie nicht an.

«Sieh mal», sagte sie vorsichtig, «wir sollten uns darüber unterhalten. Es gibt –»

«Ich möchte mich nicht darüber unterhalten», sagte er. «Jetzt nicht. Laß mich jetzt allein, bitte.»

Sie wachte sehr früh auf; ihr war kalt, und sie wunderte sich, daß sie überhaupt geschlafen hatte. Sie stand auf, um ihn zu suchen. Er war im Gästezimmer und schlief fest; neben seinem Bett standen ein Aschenbecher mit mehreren Zigarettenstummeln und ein leeres Glas. Sie ging nach unten, räumte das Haus auf und fütterte die Hunde und Flossie.

Grace fiel ein, daß in der Schule «Tanztag» war; sie rief Miss Merton an und sagte, sie könne nicht kommen.

«Das ist völlig in Ordnung, Mrs. Bennett. Ich verstehe vollkommen. Es muß augenblicklich für Sie sehr... sehr hektisch sein», sagte sie, merklich auf die Wahl ihrer Worte bedacht, «jetzt, da Ihr Mann nach Hause gekommen ist. Wie ist es denn in der nächsten Woche?»

«In der nächsten Woche ist es kein Problem», sagte Grace und legte den Hörer auf.

«Was ist kein Problem?» fragte Charles. Er war nach unten gekommen; er sah schrecklich aus.

«Oh... ich spiele in der Schule Klavier. Beim Tanzunterricht. Aber ich habe für heute abgesagt. Weil du hier bist.»

«In der Dorfschule?»

«Ja. Ist irgend etwas verkehrt daran? Ich gebe einigen von ihnen auch Einzelunterricht.»

«Kommen sie hierher?» fragte er. «Ins Haus?»

«Ein paar von ihnen, ja. Ein kleines Mädchen, sie heißt Elspeth Dunn, ist ganz besonders –»

«Ich glaube nicht, daß mir die Idee gefällt», sagte er. «Nicht im Haus. Gib deine Stunden in Zukunft lieber in der Schule.»

«Wir werden sehen», sagte Grace.

«Nein, Grace, wir werden nicht sehen», entgegnete Charles, und zum ersten Mal seit seiner Rückkehr sah er so aus, wie sie ihn in Erinnerung hatte: arrogant und herablassend. «Ich möchte nicht, daß das Haus hier von irgendwelchen Dorfkindern überrannt wird.»

«Von ‹überrannt› kann wohl nicht die Rede sein.»

«Es kommt mir jedenfalls so vor. Dorfkinder, Ausgebombte aus Londoner Slums... Gott soll mir helfen.» Er fuhr mit den Händen durch sein kurzgeschnittenes Haar. «Wir müssen uns unterhalten. So schnell wie möglich.»

«Ja», sagte sie und folgte ihm kleinlaut in die Küche.

«Dieser Mann», sagte er, «die Sache mit diesem Mann...»

«Ja?»

«Wußte... wußte irgend jemand davon? Ich meine, war die Sache allgemein bekannt?»

«Tja... ja und nein.»

«Grace, entweder war es allgemein bekannt oder nicht. Antworte mir bitte!»

Seine Stimme klang wütend; sein Mund war sehr angespannt. Zum ersten Mal hatte sie Angst.

«Nun ja, jeder wußte vermutlich, daß wir... nun ja, daß wir einander sehr nahe standen. Ich meine, es war ziemlich offensichtlich.»

«Aber möglicherweise als Freunde. Ist das möglich?»

«Ich weiß es nicht. Ich glaube nicht. Spielt es denn überhaupt eine Rolle?»

«Es spielt eine große Rolle. Selbstverständlich. Die Frage ist, ob ich zum Gespött der ganzen Gegend werde oder nicht, würde ich sagen.»

Grace starrte ihn an. «Ist es das, was dir am meisten Sorgen macht, Charles? Daß du vielleicht zur Zielscheibe des Spottes werden könntest?»

«Unter anderem, ja. Obwohl das natürlich nicht meine einzige Sorge ist. Man sollte doch meinen, daß du das verstehen kannst.»

«Oh», sagte sie.

«Worauf ich hinauswill», sagte er, «ist folgendes: Haben alle gewußt, daß du... daß du mit ihm geschlafen hast?»

«Ich weiß es nicht», sagte Grace noch einmal. «Wenn sie ein bißchen gesunden Menschenverstand hatten, dann haben sie es wohl gewußt, ja. Ich meine, Florence wußte es... und Clarissa, dein Vater natürlich auch.»

«Was? Florence wußte es? Was zum Teufel hat sie dazu gesagt?»

«Sie... sie... ach, vielleicht solltest du sie das besser selbst fragen», sagte Grace. «Ich möchte dazu nur sagen, daß sie mir eine sehr gute Freundin war. Und ich ihr übrigens auch. Wir haben alle eine Menge durchgemacht, Charles. Wenn du mich ein wenig erzählen ließest, dann würde ich –»

Er unterbrach sie. «Und Clarissa? Sie hat es vermutlich ziemlich amüsant gefunden, oder ? Ihr habt euch beide köstlich amüsiert, was?»

«Charles, bitte hör auf. Du machst die Dinge nur noch schlimmer.»

»Sehr viel schlimmer können sie ohnehin nicht werden», sagte er. «Und was war mit dieser... Schwangerschaft? War das allgemein bekannt?»

«Nein», sagte Grace leise.

«Gott sei Dank.»

Er schwieg einen Augenblick lang und starrte sie wütend an; sie starrte zurück und dachte an ihr Baby, Bens Baby, das sie verloren hatte, das als etwas abgetan worden war, was man glücklicherweise kaschieren konnte, und plötzlich war sie nicht mehr traurig, sondern nun noch schrecklich wütend. Sie sprang auf und schlug Charles mit aller Kraft ins Gesicht; dann trat sie einen Schritt zurück, schockiert über sich selbst, aber noch immer erfüllt von gewalttätiger Wut.

«Hör auf, so mit mir zu reden», sagte sie. «Ich will das nicht. Das Baby war etwas sehr Kostbares für mich; du scheinst das nicht zu verstehen. Du warst vier Jahre lang fort, Charles, und ich war die ganze Zeit allein. Im letzten Jahr dachte ich, du wärest tot. Wir alle haben das gedacht. Ich habe mich nicht wie irgendeine Hure benommen –»

«Bitte benutz nicht solche Worte.»

«Ich werde die Worte benutzen, die mir gefallen», sagte Grace, und ihre Stimme war jetzt ruhiger, «und du wirst mir zuhören. Es tut mir leid, was geschehen ist, furchtbar leid, mehr als ich es mit Worten ausdrücken kann. Natürlich ist es schrecklich für dich, das kann ich verstehen. Es ist schrecklich. Entsetzlich. Aber du mußt auch an mich denken. Ich... ich habe Ben geliebt. Ich wollte ihn heiraten. Ich habe so lange und so intensiv darüber nachgedacht, hatte solche Schuldgefühle, sogar noch, nachdem du... nachdem ich dachte, daß du tot wärest. Denk bitte auch einmal daran, was es für mich bedeutet. Oder es gibt keine Hoffnung, für keinen von uns beiden.»

«Ich mache einen Spaziergang», sagte er.

Als er zurückkam, wirkte er ruhiger; er versuchte sogar, sie anzulächeln. Sie lächelte vorsichtig zurück und bereitete ihm sein Frühstück zu; er aß schweigend einige Scheiben Toast und mehrere Eier, nahm dann ein Bad und zog sich an.

Als er herunterkam, sagte sie: «Warum fährst du nicht nach The Priory hinüber? Sie freuen sich so sehr darauf, dich zu sehen. Vor allem deine Mutter.»

«Ich glaube nicht, daß ich das kann», sagte er schroff, «noch nicht. Ich kann ihnen nicht gegenübertreten. In Anbetracht dessen, daß sie von der ganzen Sache wußten und das Spiel auch noch mitgespielt haben...»

Sie bohrte, da sie sich zwingen wollte, nichts darauf zu erwidern, ihre Fingernägel tief in ihre Handflächen.

«Ich glaube, am meisten enttäuscht bin ich von Florence», fuhr er fort, «daß sie es zugelassen hat. Daß du mit einem anderen Mann zusammen warst. In meinem Haus.»

«Du hast nichts von dem gehört, was ich gesagt habe», erwiderte Grace. Plötzlich überkam sie eine eisige Ruhe; sie ging nach oben und begann, einige Kleidungsstücke in eine Tasche zu packen.

Er folgte ihr die Treppe hinauf und betrat das Zimmer. «Was machst du? Du verläßt mich und gehst zu deinem Soldaten, was?»

«Ich weiß es nicht», sagte Grace. «Ich habe keine endgültige Entscheidung getroffen. Jedenfalls noch nicht. Und ich gehe nicht zu meinem Soldaten, wie du ihn nennst. Das ist es, was dir am meisten weh tut, Charles, nicht wahr? Ein Soldat, nicht einmal ein Offizier. Daß ich mich in einen Soldaten verliebt habe.»

Er ignorierte, was sie gesagt hatte, und fragte: «Wohin gehst du?»

«Ich bin nicht sicher. Wahrscheinlich für ein paar Tage zu meinen Eltern. Um nachzudenken.»

«Um worüber nachzudenken?» fragte er und sah sie verdutzt an.

«Darüber, was ich tun werde.»

«Du meinst, du wirst möglicherweise nicht bei mir bleiben?»

«Nein», sagte sie, «möglicherweise nicht. Ich werde vielleicht das Gefühl haben, daß ich es nicht kann.»

«Ich verstehe dich nicht», sagte er. «Ich verstehe dich einfach nicht. Ich kann nachvollziehen... wie diese Sache passiert ist. Aber jetzt davon zu reden, daß du nicht bleibst... Es ... es ist schrecklich, Grace. Schockierend. Ja, genau. Ich bin schockiert.»

«Wie kannst du schockiert sein?» entgegnete sie.

«Ich bin schockiert, weil du kein Ehrgefühl zu haben scheinst. Weil du nicht das Angemessene zu tun bereit bist. Wir sind verheiratet, Grace. Und du bist meine Frau. Ich habe fünf entsetzliche Jahre hinter mir. Und nun finde ich daheim... o mein Gott, hilf mir.»

Grace setzte sich abrupt auf das Bett. Zum ersten Mal empfand sie ehrliches Mitgefühl für ihn. Sie streckte die Hand aus und ergriff die seine. «Es tut mir leid», sagte sie. «Es tut mir so schrecklich leid. Ich habe nicht das Gefühl, daß ich irgend etwas falsch gemacht hätte, aber es tut mir schrecklich leid für dich.»

Er sah auf ihre beiden ineinander verschränkten Hände hinunter und sagte mürrisch: «Es wäre nicht richtig, wenn du mich verließest. Unrecht und schändlich. Wie ich dir schon sagte.»

Ein wenig später hörte sie, wie er mit seiner Mutter telefonierte.

«Ja», sagte er mit einer völlig normalen Stimme, «ganz hervorragend. Es ist wunderbar, wieder zuhause zu sein. Was? Ja, damit bin ich sehr einverstanden. Ich bin heute ein wenig müde, vielleicht morgen? Zum Mittagessen, ja, danke. Ja, sie würde gewiß auch sehr gern kommen. Wie geht es Vater? Gut. Meine herzlichsten Grüße an ihn. Also, bis morgen. Ist Florence auch da? Ja, ich verstehe. Nein, mach dir bitte keine Sorgen. Ich bin wirklich in sehr guter Verfassung. Ja, du hast recht, das Haus sieht sehr hübsch aus. Wiedersehen, Mutter.»

«Wohin würde ich gern kommen?» sagte Grace.

«Zum Mittagessen. Nach The Priory. Morgen.»

«Das geht nicht. Es tut mir leid. Ich arbeite morgen.»

«Kannst du es nicht absagen?»

«Nein, das kann ich nicht. Du hättest mich fragen sollen, Charles. Und es ist ohnehin besser für dich, wenn du allein fährst.»

Er hatte seine Kleidung ins Gästezimmer gebracht; sie saßen den ganzen Abend schweigend beieinander und lasen. Sie fand im Radio ein Konzert, das sie sich anhören wollte, aber er sagte, er zöge es vor, wenn sie es ausschalten würde. Niemand rief an; es war entsetzlich still im Haus.

Sie kam am nächsten Nachmittag um vier Uhr zurück und fand ihn in der Küche sitzend vor. Er sah erschöpft aus.

«Wie geht es ihnen allen?» fragte sie und legte ihren Aktenordner auf den Tisch. Sie war müde; sie war eine sehr lange Strecke mit dem Fahrrad gefahren, zu einigen Farmen in der Nähe von Westhorne. Sie hätte gern den Wagen genommen, aber er war einfach davon ausgegangen, daß er ihn haben könnte, und es war ihr nicht sinnvoll erschienen, sich darüber zu streiten.

«Oh... soweit ganz gut. Ein ganz schönes Chaos da drüben. Diese gräßliche Frau, ich weiß nicht, wie meine Mutter es mit ihr aushält. Und diese Kinder, völlig undiszipliniert. Florence muß den Verstand verloren haben, daß sie ihr Imogen anvertraut hat.»

«Hast du... hast du die Jungen gesehen?»

«Wen? Oh... ja, ganz kurz. Ganz nett. Sie haben nicht viel gesagt.»

«Nein», sagte Grace.

«Meine Mutter sieht allerdings blendend aus. Und mein Vater scheint sich auch wieder ganz gut eingelebt zu haben. Er ist natürlich sehr gealtert.»

«Ja», sagte Grace. «Er hat schwierige Zeiten hinter sich.»

«Ich bin wirklich nicht der Ansicht», sagte Charles, «daß er irgendwelches Mitgefühl verdient.» Es folgte ein Schweigen. Dann sagte er: «Dieser Giles, was ist das für ein Typ?»

«Bezaubernd», sagte Grace. «Er ist Musiker.»

«Ja, das habe ich verstanden. Er spielte in Nachtclubs, nicht wahr? Sehr ungewöhnlich.»

«Äußerst ungewöhnlich.» Die Ironie in Grace' Stimme entging ihm.

In dieser Nacht bekam Charlotte zum zweiten Mal Junge. Grace saß neben ihr, streichelte sie und redete mit ihr; der Schmerz der Erinnerung war kaum zu ertragen. Diesmal waren es nur vier; alle schwarz-weiß, alle dick und gesund. Keines von ihnen würde sterben, keines wäre zu betrauern.

Am Morgen fragte Charles, ob sie nicht wenigstens zwei von ihnen töten sollten, und sie sagte nein, das sollten sie nicht. Er war sichtlich verärgert, aber er widersprach ihr nicht. Er bemühte sich, sich auf ihre veränderte Persönlichkeit einzustellen, das konnte sie deutlich erkennen.

Für den nächsten Tag hatte er eine Fahrt nach London geplant, er sagte, er habe einen Termin im Verteidigungsministerium und müsse ein paar Dinge regeln. «Was denkst du, was du jetzt tun wirst?» erkundigte sich Grace. «Wirst du wieder in der Kanzlei arbeiten?»

«Ja, natürlich», sagte er, sichtlich erstaunt, daß sie ihn gefragt hatte. «Ich weiß, daß nicht viel davon übrig ist, aber ich kann den Laden bestimmt wieder in Schwung bringen. Was das Londoner Büro betrifft, so bin ich nicht sicher, aber wir werden sehen.»

«Ich dachte, daß ich vielleicht eine Ausbildung als Musiklehrerin mache», sagte sie.

«Was meinst du, Liebling?» fragte er geistesabwesend. Es war das erste Mal, daß er sie Liebling genannt hatte, seitdem sie ihm von Ben erzählt hatte.

«Ich sagte, ich würde gerne eine Ausbildung als Musiklehrerin machen.»

«Aber wozu in aller Welt?» fragte er.

«Weil ich mit meinem Leben etwas Sinnvolles anfangen will.»

«Grace», sagte er, «es gibt jetzt eine Menge Sinnvolles, was du mit deinem Leben anfangen kannst. So wie ich es sehe.»

Er kam aus London zurück und wirkte sehr entspannt. In der Hand hielt er einen großen Blumenstrauß. «Die hier sind für dich», sagte er.

«Oh. Danke. Sie sind wunderschön.» Sie umarmte und küßte ihn rasch.

«Ich habe Clarissa getroffen, als ich dort war.»

«Oh, tatsächlich?»

«Ja. Wir haben uns recht eingehend unterhalten. Ich fühle mich jetzt sehr viel wohler. Ich –» er sah sie verlegen an, «– tja, ich kann verstehen, daß es sehr schwierig für dich ist. Wenn es den Anschein hatte, daß ich es nicht verstünde, nun ja, es war … es war ein kleiner Schock, weißt du. Für mich. Ebenso wie für dich natürlich.»

«Ja, gewiß. Das weiß ich.»

«Der arme alte Jack. Ein solches Gesicht. Schrecklich.»

«Ja.»

«Natürlich habe ich noch ganz andere Fälle gesehen. Im Krankenhaus.»

«Erzähl mir ein bißchen darüber», sagte sie später sehr vorsichtig beim Abendessen, «erzähl mir von dem Krankenhaus. Erzähl mir alles. Es ist noch immer alles so unklar, so schwer zu verstehen.»

Er schien noch immer Hemmungen zu haben, sich aufführlicher zu äußern. Er war in Italien während Straßenkämpfen gefangengenommen worden; das Chaos sei unbeschreiblich gewesen, sagte er. Sie waren einige Tage auf einem Lastwagen in Richtung Norden transportiert worden, und nahe der französisch-deutschen Grenze hatte man angehalten, um eine Pause zu machen, und er und ein anderer Offizier, Colin Barlowe, waren geflohen.

«Es war ungefähr zwei Uhr morgens, es gab da irgendwelche Probleme mit einem anderen Konvoi, der uns überholte, und irgendwie schafften wir es, uns davonzumachen. Barlowe wurde ins Bein geschossen, aber es gelang uns trotzdem, eine ziemlich lange Strecke zurückzulegen. Wir sind drei Tage und drei Nächte lang immer weiter gegangen und hatten mittlerweile praktisch die Grenze erreicht; wir waren furchtbar erschöpft, hungrig und durstig, aber wir dachten, wir hätten wenigstens eine Chance, es zu schaffen. Dann verschlimmerte sich sein Zustand. Seine Wunde infizierte sich, und es ging ihm ziemlich schlecht. Ich wußte nicht, was ich tun sollte. Schließlich fand uns einer der Bauern aus der Gegend; wir hatten uns in einer Scheune versteckt –»

«Was, ein italienischer Bauer?»

«Ja, natürlich», sagte Charles gereizt.

«Entschuldigung.»

«Er war ein guter Kerl, und er sagte, er wolle uns helfen. Er besorgte Wolldecken und versprach, einen Arzt zu holen. In dem Augenblick verließ ich ihn, Barlowe bestand darauf, er sagte, es habe keinen Sinn, daß wir beide es riskierten, noch einmal gefangengenommen zu werden. Nun ja, das stimmte natürlich, und in dem Augenblick hatte es eindeutig den Anschein, daß er wieder gesund werden würde. Jedenfalls dachte ich das.»

Danach war Charles monatelang auf der Flucht gewesen; er war durch Südfrankreich gewandert, hatte in Scheunen und auf Heuhaufen geschlafen, manchmal hatten ihm Sympathisanten geholfen, er hatte sich irgendwie durchgeschlagen, gegessen, was man ihm schenkte oder was er stehlen oder erbetteln konnte. «Gott sei Dank war es Sommer, es war warm, einer der Bauern gab mir ein Paar Stiefel, ein anderer eine Jacke, die ich über meiner Uniform tragen konnte.» Schließlich erreichte er das Frankreich der Vichy-Regierung und wurde dann von der deutschen Armee gefangengenommen. «Dabei habe ich mir dann das geholt», sagte er und zeigte auf sein Gesicht, «und die Sache mit dem Bein.» Er hatte wochenlang im Krankenhaus gelegen und wurde dann unter Bewachung nach Deutschland in ein Gefangenenlager transportiert und danach zweimal zusammen mit der auf dem Rückzug befindlichen Armee verlegt. «Es herrschte ein furchtbares Chaos, es war der reinste Alptraum. Zweimal dachte ich, sie würden uns erschießen, um uns loszuwerden. Wir waren mehrere Dutzend, ständig in Bewegung, und wir gerieten in die schwersten Kämpfe in den Ardennen. Es gab überhaupt keine Möglichkeit, dir eine Nachricht zu senden.»

«Nein, natürlich nicht. Das verstehe ich», sagte Grace. «Und dieser andere Mann? Wie hieß er noch?»

«Barlowe.»

«Offensichtlich ist er gestorben. Und sie dachten, du wärest es.»

«Ja. Ja, das muß er gewesen sein. Daran besteht überhaupt kein Zweifel. Er wurde jedenfalls, soweit ich weiß, in der fraglichen Gegend gefunden, wir waren zusammen geflohen, wir sahen einander nicht ähnlich, und da war diese seltsame Sache mit den Erkennungsmarken. Denn er hatte meine.»

«Das verstehe ich nicht. Wieso hatte er deine?»

«Ich habe keine Ahnung. Ich dachte, meine sei verlorengegangen. Ich habe ihn am Ende mehr oder weniger tragen müssen. Die Kette muß irgendwie gerissen sein. Vielleicht hat sie sich in seiner Kleidung verfangen.»

«Und wo war *seine* Marke?»

«*Ich* hatte sie. Er hatte sie mir gegeben. Wir waren beide der Ansicht, daß ich unbedingt eine haben mußte, falls man mich gefangennähme und für einen Spion hielte. Dann wäre ich erschossen worden. Beide Seiten waren da sehr rigoros.»

«Oh, ich verstehe», sagte Grace. «Also mußte die arme Mrs. Barlowe denken, ihrem Mann ginge es gut. Bis jetzt. Und er sei noch am Leben. Oder wenigstens konnte sie die Hoffnung haben.»

«Leider ja.»

«Also weißt du nicht, was danach mit ihm passiert ist?»

«Nein, natürlich nicht. Aber wie ich schon sagte, als ich ihn verließ, war er sehr gut versorgt, ich dachte, es ginge ihm gut. Der arme Kerl.»

«Uns wurde nur mitgeteilt, daß man dich – ihn – tot aufgefunden habe. Auf der Flucht erschossen. Keine Einzelheiten oder so. Ich verstehe nicht, wieso er auf der Flucht erschossen werden konnte, wenn er von jemandem gepflegt wurde.»

«Grace, es waren die Deutschen mit einem ganzen Jeep voller Gefangener, die ihn fanden, nicht wahr? Da kann man nicht erwarten, daß man genaue Einzelheiten erfährt. Ich glaube nicht, daß du dir vorstellen kannst, was für ein Chaos dort herrschte.»

«Nein, natürlich nicht», sagte Grace kleinlaut. «Aber –»

«Bitte», sagte Charles, «können wir jetzt damit aufhören? Ich bin nicht in der Stimmung für irgendein gottverdammtes Verhör.»

«Tut mir leid», sagte Grace.

In jener Nacht kam er in ihr Zimmer. Sie hatte geschlummert und wachte auf, da er plötzlich vor ihr stand. Das Licht, das aus dem Flur hereinfiel, ließ seine Umrisse deutlich erkennen; auf seinem Gesicht lag ein Ausdruck, der sie erschreckte: Wut und tiefer Kummer zugleich. Sie raffte das Bettzeug um sich zusammen und versuchte, ihrer Stimme einen gefaßten Klang zu geben.

«Kannst du nicht schlafen?» fragte sie.

«Nein», sagte er, und seine Stimme klang schroff, «nein, kann ich nicht.»

Er hatte offensichtlich getrunken; er roch nach Whisky und Zigaretten. Er setzte sich auf das Bett und versuchte, sie zu küssen; sie drehte den Kopf zur Seite.

«Verflucht!» rief er aus, «wie lange muß ich das noch hinnehmen? Also, ich werde es *nicht* hinnehmen, Grace, hörst du? Ich bin nach Hause gekommen, und ich brauche dich.»

Er zerrte die Bettücher fort, schob ihr Nachthemd hoch und fiel über sie her. «Bitte nicht», flüsterte sie, «bitte, bitte nicht.»

«Doch», sagte er, und seine Stimme klang so brutal, daß es sie erschreckte. «Doch, jetzt will ich es.»

Es war sehr rasch vorbei. Er drang in sie ein und hatte nach wenigen Stößen einen Orgasmus; dann rollte er von ihr weg und lag ruhig, das Gesicht von ihr abgewandt, auf der Seite.

«Du scheinst es nicht zu verstehen», sagte er nach einer Weile, «du scheinst keinen Versuch zu machen, es zu verstehen. Ich bin zutiefst entsetzt, Grace. Darüber, was du mir angetan hast. Und darüber, was für ein Chaos ich hier vorfinde.»

«Aber –» sagte sie.

«Nein, fang nicht schon wieder damit an. Ich weiß, daß es nicht deine Schuld ist. Ich weiß, es ist ein Schock für dich. Aber schließlich bist du meine Frau. Hast du denn gar keine Gefühle für mich?»

Sie schwieg.

«Du schockierst mich», sagte er. «Du schockierst mich mit deiner Gefühlskälte. Du mußt in den Jahren, in denen ich fort war, sehr hart geworden sein. Und du hast kein Gefühl mehr für Anstand und Treue. Und keinen Funken Ehre im Leib. Gute Nacht.»

Und dann ging er und ließ sie mit ihren Schuldgefühlen allein.

Der Krieg war vorüber, zumindest der Krieg in Europa. In jeder Straße und in jedem Dorf wurden Feste gefeiert, auf jedem Hügel wurden Freudenfeuer angezündet. Die Verdunklungsvorhänge wurden heruntergerissen und fortgeworfen, und überall im Land war der Jubel groß. Aber für Grace zogen sich die Tage qualvoll in die Länge. Manchmal war sie so unglücklich, daß sie das Gefühl hatte, sie könne es nicht einen Moment länger ertragen, und dann wiederum empfand sie eine Art Frieden, ein dumpfes Gefühl der Akzeptanz. Sie war noch immer deprimiert über ihre Fehlgeburt und zudem verzweifelt einsam. Die Jungen fehlten ihr, und die Landmädchen kehrten wieder nach Hause zurück, ihre einzige Beschäftigung, abgesehen davon, daß sie sich um das stille Haus kümmerte, waren die Tanznachmittage in der Schule und die Musikstunden. Florence verbrachte eine Menge Zeit in London und sah sich Häuser an und Schulen für Imogen. Clarissa, die demnächst aus dem Militärdienst entlassen werden würde, hatte den Kopf voller Pläne für ihre Sekretärinnenagentur. Grace war sich schmerzlich bewußt, daß Clarissa und Florence sich wahrscheinlich sehr häufig sahen und über ihre Zukunft sprachen, daß sie Mitleid mit ihr, Grace, empfanden, aber zugleich nichts für sie tun konnten und sie deshalb aus ihrem dicht gefüllten Terminkalender gestrichen hatten; nicht, daß sie ihnen deswegen böse gewesen wäre, aber ihre Depression wurde dadurch nur noch verstärkt. Und was noch schmerzlicher war: Sie war sich bewußt, daß Ben geduldig auf ihre Entscheidung wartete – die Entscheidung, die zu treffen sie weder die Kraft noch die Fähigkeit hatte.

Clarissa rief genau zum rechten Zeitpunkt an und fragte, ob sie wohl Lust hätte, sie für ein paar Tage zu besuchen.

«Es würde Charles bestimmt nicht gefallen», sagte Grace vorsichtig, voller Schuldgefühle wegen des Grolls, den sie gegen ihn hegte.

«Charles wird es bestimmt verkraften», sagte Clarissa. «Du kommst einfach.» Also fuhr Grace nach London.

«Ich habe den Eindruck, daß du nicht mit Charles zusammenbleiben solltest», sagte Clarissa vorsichtig.

«Tja, im Moment ist es wohl so», sagte Grace nervös, «aber wer sagt, daß es nicht besser werden könnte? Ich weiß, daß ich mich mehr anstrengen müßte», fügte sie hinzu, «aber ich kann es einfach nicht.»

«Einen Drink?» fragte Jack, als sie später in dem kleinen Hintergarten des Hauses saßen.

«Ja, das wäre wunderbar. Ich trinke in letzter Zeit ziemlich viel.» Sie lächelte ihn müde an.

«Das überrascht mich nicht. Es ist sehr hart, was dir passiert ist.»

«Ich bin bestimmt nicht die einzige.»

«Nein, wahrscheinlich nicht.»

«Und denkt doch nur einmal an die andere Frau, diejenige, die dachte, daß ihr Mann am Leben sei, während er in Wirklichkeit tot war. Ich dachte, daß ich sie vielleicht einmal besuche. Meinst du, daß das eine nette Geste wäre?»

«Ja, das wäre sehr nett von dir. Sehr mutig, würde ich sagen, aber auch sehr nett.»

«Tja, ich habe das Gefühl, daß ich es ihr schuldig bin. Ich fühle mich auf irgendeine seltsame Weise verantwortlich. Jack...»

«Ja?»

«Oh... es ist nicht wichtig.»

«Nein, nein, bitte sprich doch weiter. Es gibt da offensichtlich etwas, was dir Kummer macht.»

«Ja, es gibt tatsächlich etwas. Es macht mir keinen Kummer, aber ich finde es eigenartig. Ich dachte immer, das Rote Kreuz würde sehr gute Arbeit leisten, was die Information der Familienangehörigen über Kriegsgefangene betrifft. Dachtest du das nicht auch?»

«Ja, sie haben tatsächlich sehr gute Arbeit geleistet. Auf jeden Fall bei den Gefangenen in Deutschland... die Deutschen haben sich ziemlich korrekt an die Genfer Konvention gehalten. In Japan war das Bild etwas anders, fürchte ich.»

«Ja, natürlich. Aber glaubst du nicht, daß sie uns irgendwie hätten informieren können, wenn Charles so viele Monate in Kriegsgefangenschaft war?»

«Nicht unbedingt, nein», sagte Jack leichthin. «Die Bedingungen, unter denen Charles gefangengehalten wurde, eine zweimalige Verlegung, die Armee, die auch auf dem Rückzug noch kämpfte – o nein, das war das absolute Chaos. Daran ist nichts Eigenartiges, würde ich sagen.»

«Oh, ich verstehe», sagte Grace kleinlaut.

Florence sagte dasselbe wie Clarissa: «Du darfst nicht bei ihm bleiben, wenn du ihn nicht liebst.»

«Tja», sagte Grace, und sie konnte den bewußt kühlen Unterton in ihrer eigenen, merkwürdig fremd klingenden Stimme hören, «was ist Liebe, Florence? Glaubst du, daß ich auch nach ein paar Jahren noch dasselbe für Ben empfinden würde wie jetzt? Charles ist noch immer mein Mann; ich weiß, daß ich bei ihm bleiben sollte. Und er hat eine so schreckliche Zeit hinter sich.»

«Das hat er dir vermutlich erzählt.»

«Ja, das hat er. Und es stimmt doch auch, oder?»

«Ja», sagte Florence. «Vermutlich.»

Sie fuhr nach Hause und fühlte sich erheblich optimistischer. Sie vermutete, daß es ihr einfach gutgetan hatte, mit anderen Menschen zusammenzusein. Charles holte sie vom Zug ab; er küßte sie ein wenig verlegen auf die Wange. «Du siehst besser aus.»

«Du auch», sagte sie und betrachtete ihn prüfend. Es stimmte: er hatte, seitdem er nach Hause gekommen war, ein wenig zugenommen, und sein Haar war gewachsen.

«Ich dachte, wir sollten zum Abendessen ausgehen», sagte er, «ins Grosvenor, du weißt doch, das hübsche alte Hotel.»

«Oh», sagte sie überrascht. «Ja, das wäre nett.»

Das Abendessen war in der Tat sehr gut, nicht ganz der Standard wie vor dem Krieg, aber sehr gut zubereitet und mit einer unerwartet großen Auswahl an Gemüse. Charles bestellte eine Flasche Wein.

Er hatte beschlossen, wieder ins Büro zurückzukehren, und einen sehr erfolgreichen Tag gehabt. «Der alte Jacobs hat die Dinge ein bißchen schleifen lassen», sagte er. «Wohl kaum überraschend. Er ist jetzt in Rente. Ich kann es nicht erwarten, die Zügel wieder in die Hand zu nehmen. Vater scheint darüber auch ziemlich froh zu sein. Also, auf uns beide», fügte er, noch immer ziemlich verlegen hinzu, «auf einen neuen Anfang –»

«Charles, ich kann nicht –»

«Nein, ich weiß. Es tut mir leid. Vielleicht könnten wir auf die Vergangenheit trinken, darauf, was wir hatten. Wärest du damit einverstanden?»

«Ja, damit wäre ich einverstanden», sagte sie. Sie war merkwürdig gerührt.

«Weißt du, ich möchte nur, daß wieder eine gewisse Normalität einkehrt. Daß die Dinge wieder ins Lot kommen. Das ist es, wonach ich mich sehne.»

«Ja. Ja, das kann ich verstehen.»

«Es spricht sehr viel für die alte Ordnung, dafür, dem die Treue zu halten, was du schon immer gekannt hast.»

Als sie zurückkamen, war es kalt im Haus. «Am besten gehen wir sofort ins Bett», sagte er. «Ich bringe dir etwas Heißes zu trinken, wenn du magst», sagte sie.

«Das wäre nett, danke.»

Sie ging ins Gästezimmer; er las. Er sah auf und sagte: «Grace, weißt du ... es tut mir leid, was neulich nacht geschehen ist. Es war nicht richtig von mir. Es wird nicht wieder vorkommen.»

«Nun ja», sagte sie, «es ist verständlich. Wie du ... wie du schon sagtest.»

Sie lag fast die ganze Nacht wach, und am nächsten Morgen stand ihre Entscheidung fest. Sie schrieb einen Brief an Ben.

Kapitel 30

Sommer – Herbst 1945

Der Brief kam fast postwendend, als wenn er es so schnell wie möglich hinter sich bringen müßte.

Meine liebe, liebste Grace,
ich finde es sehr schwierig, mich bei Dir für Deinen Brief zu bedanken, aber ich weiß, daß ich es tun muß. Ich finde es auch sehr schwierig, zu sagen, daß ich Dich verstehe, aber ich tue es. Ich glaube, ich wußte, daß es darauf hinauslaufen würde. Du bist zu ehrlich, zu loyal, um eine andere Entscheidung zu treffen. Ich hätte mir nur gewünscht, ein wenig mehr Zeit mit Dir gehabt zu haben. Es war alles so schön, so wunderbar. Ich werde es nie, niemals vergessen. Ich liebe Dich, Grace, und ich liebe Dich nicht weniger, weil Du Dich jetzt für Deine Ehe entschieden hast. Eher noch mehr. Es muß sehr schwierig für Dich gewesen sein. Ich glaube nicht, daß ich es hätte tun können.
Ich werde jetzt alles tun, womit ich Dir helfen kann. Ich werde nicht ins Haus kommen und auch nicht versuchen, Dich zu treffen. Es ist sehr nett von Deinen Eltern, daß sie die Jungen genommen haben. Ich habe mit meinem Vorgesetzten gesprochen, und es scheint, daß es möglich ist, daß ich hier für sie eine Unterkunft finde. Es wird schwierig für sie werden, aber wenigstens werden wir drei jetzt zusammen sein. Ich bin sicher, daß wir eine Lösung finden werden.
Bisher geht es mir noch nicht allzu schlecht. Ich weiß, daß das noch kommen wird. Im Augenblick scheinst Du noch immer um mich zu sein, und das hilft mir, irgendwie weiterzumachen. Ich sehe Dich vor mir, höre Deine Stimme und weiß, wie Du Dich anfühlst.
Dich zu lieben war etwas sehr Wichtiges in meinem Leben. Ohne diese Liebe wird mein Leben sehr verändert sein, so, als hätte man ein Bein verloren und spürte es noch immer. Ich habe sehr viel Zeit

damit verbracht, mir alles noch einmal ins Gedächtnis zu rufen: die Dinge, die wir gesagt haben, und wie ich dich am Weihnachtsmorgen zum ersten Mal geküßt habe, und den Tag, als ich erfuhr, daß du schwanger warst.

Die Sache mit dem Baby tut mir sehr leid. Du warst so tapfer. Ich saß bei Dir und sah Dich an, und ich wußte, daß ich niemals so tapfer sein könnte, wie Du es in jenen Augenblicken warst.

Sag Sir Clifford, er soll an meiner Stelle auf Dich aufpassen. Er wird mir sehr fehlen, und auch die Jungen werden ihn vermissen; er war uns ein so guter Freund. Es hilft mir, daß ich weiß, daß wenigstens er in Deiner Nähe ist.

Es fällt mir schwer, diesen Brief zu beenden, es fühlt sich an, als würde ich Dich zum allerletzten Mal aus meinen Armen entlassen. Glücklicherweise war ich mir dessen nicht bewußt, als ich Dich wirklich zu letzten Mal in den Armen hielt.

Ich liebe Dich, Grace. Danke für alles, danke dafür, daß es Dich gibt.

Ben

Clifford kam von The Priory mit einigen geschäftlichen Unterlagen für Charles vorbei und fand Grace am Rande der Wiese neben dem Zaun sitzend; sie starrte zum Wald hinüber, Tränen rannen ihr über die Wangen, und in der Hand hielt sie den Brief. Sie sah zu ihm empor, und ihr Gesicht war fast nicht wiederzuerkennen, so sehr war es von Schmerz und Kummer gezeichnet.

Er verstand sofort. «Es ist schon gut», sagte er sanft, «du brauchst nichts weiter zu sagen. Komm, Laß mich dich in die Arme nehmen.»

Er ließ sich mit seinem alten, steifen Körper mühsam im Gras nieder und nahm sie in die Arme; sie klammerte sich an ihn, schluchzend und keuchend, als würde sie ertrinken. Schließlich verebbte das Schluchzen, und sie sagte mit erstickter Stimme: «Ich hätte doch nichts anderes tun können, oder? Nicht wirklich.»

«Nein», sagte er, «nicht wirklich. Du nicht.»

«Uns gefällt es hier nicht», sagte Daniel. «Halt den Mund», sagte David. «Das ist wirklich unhöflich gegenüber Grace' Mutter.»

«Das ist schon in Ordnung», sagte Grace müde. «Ich kann dich verstehen. Sie ist ein bißchen schwierig. Aber sie meint es wirklich gut. Und es ist nur für kurze Zeit. Euer Vater wird bald für euch sorgen. Er will ein Haus mieten, drüben, bei den Kasernen.»

«Und warum können wir nicht bis dahin nach Hause kommen? Mag dein Mann uns nicht, oder was?»

«Natürlich mag er euch», sagte Grace, «aber die ganze Situation ist natürlich ein bißchen ungewöhnlich. Er wußte, daß ich euren Dad heiraten wollte. Daß ich –» sie schluckte «– daß ich ihn liebte. Es wäre sehr schwierig für ihn, euch in seinem Haus wohnen zu lassen. Das könnt ihr doch bestimmt verstehen.»

«Ja, vermutlich», sagte Daniel. Dann sah er zu ihr empor, das kleine Gesicht angespannt, da er sich bemühte, nicht zu weinen. «Aber du fehlst uns. Du fehlst uns so sehr.»

«Ihr fehlt mir auch», sagte Grace, «ihr fehlt mir ganz schrecklich. Aber wir müssen alle tapfer sein. Alle.»

«Was ist denn passiert?» sagte Daniel. «Willst du Dad denn nicht mehr heiraten? Liebst du ihn denn nicht mehr?»

«Ich... kann ihn nicht heiraten», sagte Grace zögernd, «weil ich nicht frei bin, um ihn zu heiraten. Es ist ganz einfach. Ich dachte, ich sei es, aber jetzt bin ich es nicht mehr. Ich muß bei meinem Mann bleiben. Das ist es, was ich tun muß.»

«Liebst du ihn denn? Anstelle von Dad?»

«Ja, ich liebe ihn», sagte Grace und brachte die Worte nur mit großer Mühe hervor, «aber nicht anstelle von eurem Dad, nein. Ganz bestimmt nicht.»

Sie wußte selbst nicht genau, was sie erwartete, als sie es Charles erzählte; sie nahm an, daß sie in irgendeinem Winkel ihres Herzens gehofft hatte, daß er ihr sagen würde, er wolle sie doch nicht zurückhaben, es würde nicht funktionieren, er habe sich entschieden, eine klare Trennung herbeizuführen. Wahrscheinlicher und in der Tat auch angemessener wäre gewesen, wenn er ihr gesagt hätte, wie glücklich er über ihre Entscheidung sei und daß er alles daransetzen würde, sie auch glücklich zu machen. Was sie nicht erwartet hatte, war ein kühles Nicken und ein flüchtiger Kuß auf die Stirn.

«Gut», sagte er und ging wieder zu seinem Stuhl zurück; sie saßen nach dem Abendessen im Wohnzimmer. «Gut.»

«Ja», sagte sie verblüfft, «ich dachte, ich sollte es dir lieber sagen. Sobald ich... mir darüber im klaren bin.»

«In der Tat. Nun, ich brauche dir gewiß nicht zu erläutern, wie froh ich über deine Entscheidung bin. Jetzt können wir gemeinsam die nächsten Schritte planen. Wobei mir einfällt, Liebling, ich werde in ein paar Tagen noch einmal nach London fahren. Ich muß mir ein paar anständige Sachen kaufen, und da sind noch verschiedene andere Dinge, um die ich mich kümmern muß.»

«Oh», sagte sie. Seine Ruhe, seine Distanziertheit verblüfften sie so sehr, daß es ihr den Atem verschlug. «Ich verstehe.»

Er sah zu ihr empor. «Ist alles in Ordnung mit dir?»

«Was? O ja. Ich denke ja.»

«Sieh mal, Grace», sagte er, und seine Stimme klang gleichmütig, «diese ganze Sache war ziemlich scheußlich. Für uns beide. Jetzt ist es, so Gott will, vorbei, und ich denke, je weniger wir darüber reden, desto besser. Auf diese Weise werden wir beide leichter darüber hinwegkommen. Ich weiß, daß du die richtige Entscheidung getroffen hast, und ich glaube, du weißt es auch. Aber ich finde, wir sollten jetzt nicht allzuviel Gerede darum machen. Sieh mal, warum kommst du nicht mit mir nach London? Du könntest ein paar Einkäufe machen, und wir könnten ins Kino oder ins Theater gehen. Das würde dir doch gewiß gefallen, oder?»

«Nein», sagte sie, «ich glaube nicht. Nicht dieses Mal. Danke.»

«Na gut. Dann ein anderes Mal.»

An jenem Abend weinte sie sich in den Schlaf und vergrub den Kopf in ihrem Kopfkissen, um ihr Schluchzen zu ersticken.

«Ich würde im Haus gern ein paar Arbeiten machen lassen», sagte er.

«Was für Arbeiten?»

«Oh... vor allem in der Küche. Es sieht da fürchterlich heruntergekommen aus. Ich würde gern diesen schrecklichen alten Boiler rausnehmen und einen neuen ansetzen lassen und all die Borde herunterreißen und Schränke einbauen lassen. Und wenn wir vielleicht ein bißchen Bezugsstoff besorgen könnten, ich weiß, es ist schwierig, aber es wäre schön, wenn wir die Sessel und Sofas im Wohnzimmer beziehen ließen, findest du nicht? Es sieht alles so schäbig aus.»

«Das habe ich gar nicht bemerkt», sagte sie teilnahmslos und dachte an das Glück, das sie in jenem schäbigen Zimmer, auf jenen schäbigen Sofas empfunden hatte.

«Tja, Schatz, du hast zu lange darin gelebt. Und da wir gerade über das Haus sprechen, Grace, ich finde wirklich, die Hunde sollten jetzt draußen bleiben. Vorzugsweise in einem Zwinger, aber zumindest im Schuppen. Es ist absurd, daß sie alle in der Küche herumrennen.»

Mr. Blackstone wurde bestellt, damit er den Garten in Ordnung brachte. Die Torpfosten wurden herausgerissen, und auf dem Rasen wurden neue Beete gegraben. Charles plante, auch einen Tennisplatz anzulegen. Flossie wurde an Mr. Dunn verkauft. Grace, die niemals gedacht hatte, daß sie den Tag erleben würde, an dem sie auch nur die geringste Sympathie für Flossie empfände, weinte bittere Tränen, als sie in Mr. Dunns Anhänger davongefahren wurde.

Aber wenigstens blieben die Hunde in der Küche.

«Charles», sagte Grace, «meinst du nicht, daß es nett wäre, wenn wir mit Mrs. Barlowe Kontakt aufnähmen? Sie ist wahrscheinlich schrecklich unglücklich, und du könntest ihr wenigstens sagen, was passiert ist.»

«Oh, inzwischen hat sie bestimmt einen ausführlichen Bericht erhalten», sagte er, «und ich bin nicht sicher, daß es eine gute Idee wäre, die alten Wunden aufzureißen.»

«Aber sie hat bestimmt keinen ausführlichen Bericht bekommen, da niemand genau weiß, was passiert ist. Nicht einmal du. Und gewiß würde sie sich freuen, von uns zu hören, daß du der letzte warst, der –»

«Grace», sagte Charles, «das genau ist das Problem. Nicht einmal ich weiß, was passiert ist. Und ich persönlich glaube nicht, daß es ihr in irgendeiner Weise helfen würde, wenn ich plötzlich auf der Bildfläche erschiene. Ich denke, es würde sie nur noch mehr bekümmern. Könnten wir die Sache also jetzt endlich auf sich beruhen lassen?»

Sandra Meredith war gerade beim Einkaufen, als Corporal Meredith endlich wieder heimkam. Es geschah ziemlich häufig, daß Männer nach dem Krieg wieder nach Hause kamen, sich darauf freuten, wie ein Held begrüßt zu werden, aber niemanden dort vorfanden. Anders als die meisten von ihnen hatte Brian Meredith Verständnis dafür. Er war sich bewußt, daß seine Frau nur sehr vage Informationen über seine Entlassung erhalten hatte, und da sie kein Telefon hatte, auch nicht ihre Mutter oder irgendeine ihrer Freundinnen, und schließlich nicht über hellseherische Fähigkeiten verfügte, war es unvernünftig, zu erwarten, daß sie zuhause wäre.

Als sie dann endlich kam, müde, beladen mit schweren Taschen, hinter ihr die kleine quengelnde Deirdre, stand der Kessel auf dem Herd, der Tisch war gedeckt, und Brian saß da und las den *Daily Mirror*, als sei er nie fort gewesen.

«O mein Gott», flüsterte sie, «o mein Gott…»

«Nein», sagte Brian und lächelte sie fröhlich an, «nicht Gott, Dein Mann Brian.»

Sandra ließ all ihre Taschen fallen und stürzte in seine Arme.

«Wer ist denn der Mann?» fragte Deidre mißtrauisch und eifersüchtig.

«Er ist dein Dad, Deirdre», sagte Sandra und weinte und lachte zugleich. «Dein Dad, den du noch nie gesehen hast.»

Sehr viel später, als sie widerwillig aus dem Bett stieg, um nach Deirdre zu sehen und ihnen beiden eine stärkende Tasse Tee aufzubrühen, sagte sie: «Was ist denn das für ein Ring hier, Brian? Der bei deinen Sachen liegt?»

«Oh», sagte er, «ich habe so einen armen Kerl gefunden, der ins Gras gebissen hat. Er starb anscheinend auf der Flucht. Ich dachte, wenn ich jemals wieder heimkäme, würde seine Frau sich über den Ring freuen, deshalb habe ich ihn an mich genommen. Eigentlich hätte ich das natürlich nicht tun dürfen, aber... nun ja, niemand hat es gesehen. Ich dachte, ich versuche mal, ihre Adresse herauszufinden, und schicke ihn ihr. Zur gegebenen Zeit, meine ich.»

«Und wie willst du ihre Adresse herausfinden?»

«Ich habe seinen Namen. Er war bei der Artillerie.»

«Du hast wirklich ein verdammt gutes Herz, nicht wahr?» sagte Sandra und lächelte ihn an.

«Mag sein. Also, Mrs. Meredith, wollen Sie jetzt freiwillig ins Bett zurückkehren, oder soll ich kommen und Sie packen?»

«Wie nett», sagte Charles. «Das ist ja wirklich außerordentlich nett.»

«Was ist denn?»

«Die Darby-Smiths haben uns zum Abendessen eingeladen. Eine riesige Party, große Abendgarderobe. Sie feiern Normans Rückkehr und Dianas Geburtstag. Das wird doch sicherlich amüsant, nicht wahr?»

«Ja», sagte Grace.

«Diana habe ich schon immer gemocht. Sie ist verdammt hübsch und sehr couragiert. Hast du sie häufiger mal gesehen, Liebling, während ich fort war?»

«Nein», sagte Grace. «Überhaupt nicht.»

Sie hatte Charles vorgeschlagen, wieder in ihr gemeinsames Schlafzimmer zurückzukehren. Es schien keinen trifftigen Grund zu geben, es aufzuschieben, und es mußte wohl sein.

Charles war weiterhin nicht gewillt, von seinen Kriegserlebnissen zu erzählen. Er weigerte sich, mit ihr darüber zu reden, außer auf recht unverbindliche Weise. Er hielt das, was es zu berichten gab, in seinem Herzen verschlossen; dies war seine Art, es zu verarbeiten. Sie wußte, daß er schrecklich gelitten hatte und daß es sehr hart gewesen war. Häufig verfiel er von einem Augenblick zum anderen in Schwermut, litt unter Schlaflosigkeit und dann wieder unter Alpträumen. Sie hatte sehr viel Verständnis und Mitgefühl; sie wünschte sich nur, daß er seine Bürde mit ihr teilen und ihr mehr darüber erzählen möge, was er hatte aushalten müssen. Aber er weigerte sich. Und während die anderen Männer beim Abendessen ihre Geschichten zum besten gaben, Geschichten von Schlachten, Gefahren, Gefangenschaft und Flucht, saß er still und fast melancholisch da und ließ sich nur gelegentlich und dann sehr widerwillig einen kurzen Bericht entlocken.

Eines Abends stand er plötzlich im Zentrum der Aufmerksamkeit; das Gespräch kreiste um das, was allgemein seine «große Flucht» genannt wurde, und um den Alptraum, daß er monatelang allein unterwegs war. «Wie hast du es geschafft, geistig gesund zu bleiben?» fragte jemand und Charles antwortete knapp: «Nur unter großen Schwierigkeiten», und dann, als das Lachen verebbte, sagte er: «Es war eigentlich gar nicht so schlimm.»

«Aber warum gerade Spanien?» fragte eine Frau. «Warum sind Sie in Richtung Spanien geflohen? Die Schweiz wäre doch sehr viel näher und leichter zu erreichen gewesen.»

«Die Grenze war sehr scharf bewacht», sagte ein rotgesichtiger Mann namens Mick Dunstan; Grace fand seine Frau ganz besonders unsympathisch. «Nicht wahr, Charles?»

«Ja», bestätigte er, und dann, als das Schweigen anhielt und alle darauf warteten, daß er seine Geschichte zu Ende erzählte, sagte er: «Ich wollte zur Botschaft in Madrid. Sie war – inoffiziell – neutrales Territorium. Jedenfalls hatte ich das gehört. Es gab da eine Möglichkeit, sich auf einem Versorgungslastwagen nach Gibraltar schmuggeln zu lassen.»

«Ja, davon hatte ich auch gehört», sagte Dunstan. «Es gab aber leider nicht sehr viele freie Plätze. Als Oberst hatte man Glück, als Unteroffizier mußte man sehen, wo man blieb.»

«Das ist völliger Blödsinn», entgegnete Charles scharf. «Das hatte damit nicht das geringste zu tun. Tja, es wird spät. Ich hab morgen einen ziemlich harten Tag, Grace, vielleicht sollten wir ...»

«Ja», sagte sie und stand dankbar auf. Er tat ihr leid. Wie konnten sie so unsensibel sein, da er sich doch ganz offensichtlich nicht äußern wollte.

Einige Tage später fragte sie ihn sanft, warum er über seine Erlebnisse nicht reden wollte, nicht einmal mit ihr. «Grace», sagte er, und in seiner Stimme schwang eine unendliche Müdigkeit mit, «es war wirklich die Hölle. Kannst du das nicht verstehen? Ich möchte es nicht noch einmal in Gedanken durchleben; ich versuche, es zu vergessen.»

«Ja», sagte sie, «natürlich. Aber glaubst du nicht, daß es dir helfen würde, darüber hinwegzukommen, wenn du dich einem anderen Menschen öffnen würdest?»

«Mein Gott, hör doch auf mit diesem dummen Gewäsch», schnauzte er sie an. «Du hast keine Ahnung, wovon du redest, und ich finde es ein wenig beleidigend, daß du immer wieder davon anfängst.»

Sex mit Charles war mittlerweile der reinste Alptraum. Sie kam nie zum Höhepunkt. Sie wollte es einfach nicht. Dies wäre ihr als der endgültige Verrat an Ben erschienen. Und im übrigen konnte sie es auch nicht; es gelang ihr jetzt nicht mehr, so leicht und automatisch zu reagieren, wie sie es früher bei Charles getan hatte. Sie täuschte ganz einfach einen Orgasmus vor, um ihn bei Laune zu halten, und versuchte, alle Gedanken aus ihrem Kopf zu verbannen.

Angela Barlowe hatte große Angst, daß sie einen seelischen Zusammenbruch erleiden könnte. Sie hatte sich immer als starke und vernünftige Frau betrachtet und war es auch während des ganzen Krieges gewesen; sie hatte sich um ihr großes Haus, ihre verwitwete Mutter und ihre vier Kinder gekümmert und zudem noch als freiwillige Helferin in dem kleinen Krankenhaus in Cirencester gearbeitet. Sie war immer ruhig und optimistisch geblieben, sogar, nachdem sie gehört hatte, daß ihr Mann, Oberstleutnant Barlowe, Anfang 1944 in Italien gefangengenommen worden war, aber das lange Warten am Ende des Krieges hätte sie in der Tat fast den Verstand gekostet; anfangs war sie voller Hoffnung gewesen, und dann hatte die Angst immer stärker von ihr Besitz ergriffen, bis sie schließlich den Brief des Verteidigungsministeriums erhielt, in dem man ihr mit wohlgesetzten Worten mitteilte, daß es nicht möglich gewesen sei, sie früher zu informieren, und zwar auf Grund einer sehr unglücklichen Verwechslung mit einem anderen Offizier, daß man jedoch inzwischen zweifelsfrei festgestellt habe, daß ihr Mann bei der Flucht aus einer bewachten Wagenkolonne in Italien getötet worden sei. Sie war keine Frau, die zu Groll oder Verbitterung neigte, sondern vielmehr eine fromme Christin, und sie glaubte unbeirrbar an die Güte und Gerechtigkeit Gottes, aber die Tatsache, daß sie über so wenig genaue Informationen verfügte, verwirrte sie zutiefst. Sie versuchte, sich damit abzufinden, es zu verkraften, aber die schrecklichen, quälenden Fragen, wie ihr geliebter Colin gestorben war und wie sehr er gelitten haben mochte, drangen nachts in ihre Träume ein und machten es ihr tagsüber schwer, sich zu konzentrieren.

Sie wußte, daß sie, wenn sie sich nicht auf eigene Faust einige Informationen beschaffte, den Verstand verlieren würde.

Florence und Giles hatten in aller Stille standesamtlich geheiratet; er hatte einen Job als Sänger und Klavierspieler in einer Revue am West End. Florence war unglaublich stolz auf ihn und lud alle ein, sich das Stück anzusehen.

«Du kannst hier übernachten», schrieb sie an Grace, «ich freue mich darauf, dich zu sehen. Clarissa und Jack kommen, und ich habe Mutter und Daddy auch eingeladen. Alles weitere später. Herzliche Grüße an Charles.»

«Ach du großer Gott», sagte Charles. «Müssen wir tatsächlich da hin? Ich hasse solche Aufführungen, und es wäre so entsetzlich peinlich, wenn er nicht gut ist.»

«Ja, wir müssen», sagte Grace, «wenn ich zu den Darby-Smiths mitkomme, dann kannst du auch zur Premiere deines Schwagers mitkommen.»

«Das ist etwas anderes. Etwas völlig anderes.»

«Charles», entgegnete Grace, «es ist überhaupt nichts anderes.»

Clifford sagte, er würde gern hingehen; Muriel erklärte, sie könne leider nicht fort. «Ich habe einfach zu viel zu tun. Ich kann mir gar nicht vorstellen, wie du Zeit dafür finden kannst, Grace. Jetzt, da Charles versucht, seine Kanzlei aufzubauen.» Aber am Ende überredete Clifford sie doch.

Florence und Giles hatten ein sehr hübsches Haus ganz in der Nähe der Walton Street gekauft. «Ist es nicht schön?» fragte Florence und gab Grace einen Kuß, als sie kurz nach dem Mittagessen eintrafen. «Ich bin so froh, dich zu sehen, Grace, aber du siehst wirklich entsetzlich aus.»

«Danke», sagte Grace lachend. «Du änderst dich wohl überhaupt nicht, Florence, was?»

Charles hatte mit Clifford in London einige geschäftliche Angelegenheiten zu regeln; es ging vor allem um das Londoner Büro. Grace und Florence saßen in dem kleinen Garten und warteten darauf, daß das neue junge Kindermädchen Imogen aus der Schule zurückbrachte.

«Ich mußte, was die Kindermädchenfrage anging, einfach nachgeben», sagte Florence, «ich hätte es sonst nicht geschafft, jedenfalls nicht mein neuestes Vorhaben.»

«Was ist dein neuestes Vorhaben?»

«Politik. Lach nicht.»

«Ich wollte gar nicht lachen», sagte Grace.

«Na ja, du hattest dieses halbe Lächeln im Gesicht», entgegnete Florence. «Auf jeden Fall werde ich in der Lokalpolitik anfangen. Ich weiß, daß es nicht leicht werden wird. Ich habe keine Illusionen, ich glaube nur, das wäre eine Möglichkeit, wie ich meine Talente nutzen und etwas Sinnvolles tun kann. Die Sache ist die, daß die Partei wirklich hart kämpfen muß, um wieder an die Macht zurückzukehren. Es ist kaum zu glauben, daß sie Churchill nach all dem, was er für das Land getan hat, aus dem Amt geworfen haben, aber so ist es nun einmal. Also wird es harte Arbeit werden, eine Wahlkampagne von Tür zu Tür. Ich kann es kaum erwarten.»

«Es klingt wunderbar», sagte Grace nachdenklich.

«Und was ist mit dir?»

«Oh... du weißt ja. Es ist noch früh. Ich... wir sind dabei, uns an die Situation zu gewöhnen.»

«Du siehst nicht aus, als wenn du dich daran gewöhnst», sagte Florence.

«Ich möchte nicht darüber reden», erwiderte Grace.

Sie trafen sich mit Clarissa und Jack vor dem Theater. Clarissa sah hinreißend aus; sie trug ein schwarzes Samtkleid mit sanft gerundeten Schultern und einem fast bodenlangen Rock. Florence trug ein sehr schickes, ziemlich enges grünes Jerseykleid mit einem gerafften Oberteil und einer wunderbaren Fuchsstola aus Vorkriegszeiten, an der noch der Kopf und der Schwanz des Tieres erkennbar waren. Grace war sich schmerzlich darüber bewußt, daß sie wieder einmal wie die arme Verwandte vom Lande aussah, in ihrem alten marineblauen Kleid und ihrem Wollmantel, und fühlte sich unglücklich und befangen, bis sie bemerkte, wie einige Leute Jack anstarrten und wie er ihnen fröhlich und entschlossen zulächelte. Vielleicht hätte sie sogar angenommen, daß es ihm nichts ausmachte, wenn sie nicht bemerkt hätte, daß er die Hände in den Taschen seiner Smokingjacke zu Fäusten geballt hatte.

Die Show war nicht besonders gut, aber Giles war ausgezeichnet. Sein Charme ebenso wie sein Talent waren überragend; wenn er auf der Bühne war, dann schien die Musik besser zu sein und der Text weniger banal, und sogar die anderen Schauspieler wirkten talentierter.

Nach der Aufführung nahmen sie alle einen Drink im Umkleideraum, und dann gingen sie zurück zur Walton Street.

«Das war einfach wunderbar», sagte Clarissa. «Was für eine aufregende Abwechslung in unserem langweiligen Alltag, Giles.»

«Du kennst mich doch», sagte er leichthin, «ich bin doch immer schrecklich aufregend.» Er war sehr betrunken; Grace wurde plötzlich sehr unbehaglich zumute.

«O Clarissa, wirklich!» sagte Clifford lachend. «Als wenn man dein Leben in irgendeiner Hinsicht langweilig nennen könnte.»

«Du hast keine Ahnung», entgegnete Clarissa. «May und ich haben heute den ganzen Tag damit zugebracht, die Wände des Schweinestalles zu schrubben, den wir unser Büro nennen. Es war die Sache allerdings wert; es wird sehr schön werden.»

«Wer ist May?» fragte Charles.

«Meine Geschäftspartnerin. Eine Kameradin von den Marinehelferinnen. Wir haben während des ganzen Krieges Seite an Seite gestanden. Daher der Name unserer Agentur: Marissa. Verstehst du?»

«Ja, danke», sagte er schroff. «So weit reicht mein Verstand gerade noch.»

«Und sie hat mich und Giles zusammengebracht, vergiß das nicht», sagte Florence. «Wir hätten sie heute abend auch einladen sollen, Clarissa. Ich hätte mich so sehr gefreut.»

«Ein anderes Mal», sagte Clarissa rasch, ein kleines bißchen zu rasch, dachte Grace und sah sie prüfend an.

«Ich kann noch immer nicht darüber hinwegkommen», bemerkte Florence erschaudernd, «wie leicht wir einander hätten verfehlen können.»

«O nein, das wäre ganz bestimmt nicht passiert», sagte Giles. «Glaubst du wirklich, daß ich dich aufgegeben hätte, ohne es wenigstens noch ein einziges Mal versucht zu haben?»

«Trotzdem, ich finde, es war erstaunlich», sagte Florence, «daß May dich zufällig traf und sich auch noch an deinen Namen erinnerte und dann daran dachte, Clarissa anzurufen.»

«Wartet mal», sagte Charles und runzelte leicht die Stirn, «ich komme überhaupt nicht mit. Was ist passiert?»

«Oh, es war einer dieser seltsamen Zufälle», sagte Giles. «Mein Schiff hatte in Dartmouth angelegt, und ich traf ganz zufällig May Potter im Pub. Und dann begannen wir, miteinander zu plaudern –»

«Und Giles kann wirklich wunderbar plaudern!» sagte Florence liebevoll. «Er redet wie eine Frau, wie Clarissa.»

«Ja, das haben schon viele Leute gesagt», bestätigte Giles, «daß wir wie Bruder und Schwester sind.»

Es folgte ein unbehagliches Schweigen, dann sagte Florence zögernd: «Eine Menge Leute können es eigentlich nicht gesagt haben, Giles. Ich meine, schließlich gibt es wohl nicht viele, die euch zusammen gesehen haben.»

Wieder ein Schweigen, und dann hörte man Grace' Stimme, sehr ruhig und deutlich. «Na, jedenfalls habe *ich* es schon einmal gesagt», bestätigte sie, «und zwar sofort, als ich Giles kennenlernte, nicht wahr? Ich konnte es einfach nicht glauben. Ich seht euch sogar ähnlich. Und –» sie blickte zu Clifford hinüber, der über seinem Whiskyglas eingenickt war «– Clifford hat es auch gesagt. Nicht wahr, Clifford?»

«Was meinst du, Darling?» fragte er, so wie sie es erwartet hatte. «O ja, natürlich.»

«Muriel, meine Liebe», sagte Clarissa, verblüfft über Grace' unerwartete Verschlagenheit, «du solltest den armen Mann ins Bett bringen, denn wir werden ihn gleich tragen müssen, aber wir sind alle nicht mehr nüchtern genug. Ich bin selbst ziemlich müde; vielleicht sollten wir jetzt besser fahren, Jack. Giles, mein Schatz, es war einfach wunderbar. Noch einmal herzlichen Dank, daß du uns eingeladen hast. Darf ich dir einen Kuß geben?»

Und Grace, die Florence ansah und bemerkte, daß diese Clarissa beobachtete, wußte, daß etwas Düsteres auf ihr lastete, ein Schatten auf ihrem Glück.

Später, als Grace in der Küche war und ein Glas mit Wasser volllaufen ließ, kam Florence herein. Sie sah müde und blaß aus.

«Grace», sagte sie, «kann ich dich etwas fragen?»

«Ja, natürlich.»

«Da ist irgend etwas... nun ja, ich glaube, da könnte irgend etwas zwischen Giles und Clarissa sein. Erst hatte ich gedacht, ich würde es mir nur einbilden, Aber sie gehen ein bißchen... komisch miteinander um. Und dann das, was er heute abend erwähnte... daß viele Leute gesagt hätten, sie wären sich ähnlich. Ich meine, es ist doch ziemlich seltsam, daß May seinen Namen wußte, obwohl sie ihn vorher nie getroffen hatte. Und es wäre durchaus möglich, daß sie da unten miteinander ein Verhältnis hatten, weißt du. Was meinst du, Grace? Denn ich glaube nicht, daß ich es ertragen könnte. Nein, das glaube ich wirklich nicht. Ich muß den Menschen vertrauen können; das ist das Allerwichtigste für mich.»

«Ja, ich weiß», sagte Grace.

«Aber dir vertraue ich, Grace. Ich glaube, daß du auch sehr ehrlich bist. Und ich denke, du siehst die Dinge so, wie sie sind. Wenn du also etwas, irgend etwas weißt...»

Grace erschauderte. Florence war jetzt so glücklich, und Grace erkannte, daß es in ihrer Macht stand, sie äußerst unglücklich zu machen, und daß sie sie nur durch eine Lüge davor bewahren konnte.

«Grace!» sagte Florence, «Grace, du weißt etwas, nicht wahr? Du mußt es mir sagen.»

Es folgte ein Schweigen, dann sagte Grace: «Nein, Florence. Ich weiß nichts. Bitte, sei nicht albern. Ich bin an jenem Morgen ans Telefon gegangen und habe mit May gesprochen, und sie wollte mit Clarissa reden, und Clarissa war noch nicht da, sie war unterwegs, deshalb nahm ich die Nachricht entgegen. Und es gibt absolut keinen Zweifel daran, daß sie und Giles sich gerade erst kennengelernt hatten. Sie sagte immer wieder, daß dies wirklich ein sehr seltsamer Zufall sei, und fragte mich sogar, ob ich seinen Namen wüßte, so daß sie ihn überprüfen könne. Also, da hast du's. Jetzt hör bitte auf, dich unglücklich zu machen. Freu dich über Giles und das, was du hast.»

Während sie sprach, spürte sie einen Kloß im Hals, da sie zugleich an Ben denken mußte und daran, was sie selbst nicht mehr hatte. Sie versuchte, nicht zu weinen, aber es gelang ihr nicht; die Anstrengung, die dieser Abend sie gekostet hatte, und die Lüge, die sie gerade erzählt hatte, überforderten sie, sie setzte sich an den Küchentisch und brach in Tränen aus.

«O Gott», sagte Florence, «o Gott, Grace bitte nicht, bitte, bitte nicht, es tut mir so leid, komm, ich schenk dir einen Drink ein, nimm ein Taschentuch, es tut mir so leid.»

«Es wäre besser, wenn ich keinen Alkohol trinken würde», sagte Grace, und ihre Stimme klang vor Kummer und Tränen rauh. «Das letzte Mal, als du mir irgendwann spät in der Nach ein paar Gläser Wein eingeschenkt hast, habe ich mich bis zum frühen Morgen übergeben müssen.»

«Ja, das stimmt. Also, wie wär's dann mit einer Tasse Tee?»

«Mach dir keine Sorgen», sagte Grace, «es geht mir gleich wieder besser. Ich sollte lieber nach oben gehen, sonst kommt Charles herunter. O Gott, ich glaube nicht, daß ich ihm jetzt ins Gesicht sehen kann.»

«Weißt du was», sagte Florence, «du nimmst jetzt erst einmal ein Bad. In dem Badezimmer neben dem Kinderzimmer. Und schläfst dort oben, wenn du möchtest. Da ist ein winziger Raum mit einem Bett. Ich werde Charles sagen, daß du schreckliche Kopfschmerzen hast und er dich allein lassen soll. Das wird er schon machen, wenn ich es ihm sage.»

«Aber Florence», entgegnete Grace und dachte sehnsüchtig an das winzige Zimmer und daran, allein im Bett zu liegen. Sie lächelte durch ihre Tränen hindurch. «Das wäre aber nicht die Wahrheit.»

«Nein, ich weiß», sagte Florence, «aber sogar ich erfinde manchmal kleine Lügen. O Grace, vielen Dank, daß du mit mir geredet hast. Du weißt gar nicht, wieviel besser ich mich jetzt fühle.»

«Gut», sagte Grace.

Als sie in dem kleinen Bett lag, dachte sie darüber nach, was sie getan hatte. Sie hatte gelogen, hatte die Situation mutig unter ihre Kontrolle gebracht und eine eigenständige Entscheidung getroffen. Am Morgen würde sie Clarissa und Giles irgendwie über ihre Lüge in Kenntnis setzen müssen. Und hoffen und beten, daß Florence keine weiteren Fragen stellte. Dies alles war sehr ungewöhnlich für sie. Oder vielleicht auch nicht. Die Veränderungen, die im Laufe der letzten Jahre mit ihr vorgegangen waren, waren sehr tiefgreifend. Sie wußte in der Tat kaum noch, wer sie überhaupt war. Und ganz gewiß nicht, was für ein Mensch noch aus ihr werden sollte.

Beim Frühstück sagte Charles kaum ein Wort; er war ärgerlich, daß sie nicht bei ihm geschlafen hatte und hatte einen schlimmen Kater. Florence und Giles dagegen schienen sehr glücklich zu sein; sie lächelten einander über den Frühstückstisch hinweg an, und gelegentlich ergriff der eine die Hände des anderen. Dies bewirkte, daß Charles sich sichtlich noch unwohler fühlte.

«Was ist mit deiner Musik, Grace?» fragte Giles plötzlich. «Mir fällt ein, daß du mir erzählt hast, du wolltest eine Ausbildung als Musiklehrerin machen.»

«Das war, bevor ich nach Hause kam», sagte Charles. «Dafür wird sie jetzt leider keine Zeit haben, denn –»

«Ja, Giles», sagte Grace und ignorierte, was Charles gesagt hatte, «ja, auf jeden Fall. Ich habe mich dafür beworben. Ich warte auf die Nachricht, was genau eine solche Ausbildung beinhaltet. Aber es gibt in Salisbury eine sehr gute Musikakademie, die möglicherweise für mich genau das Richtige ist.»

«Das wäre doch wunderbar», sagte Giles. «Ein solches Talent; es wäre doch schade, wenn man es nicht nutzen könnte, nicht wahr, Charles?»

«Ja, vermutlich», sagte Charles.

Er und Clifford wollten im Lincoln's Inn einige geschäftliche Angelegenheiten besprechen. «Warum gehst du nicht ein bißchen einkaufen?» sagte er zu Grace. «Kauf dir ein paar neue Kleider. Es täte deiner Garderobe bestimmt gut, wenn sie ein bißchen aufgemöbelt würde.»

«Danke», sagte Grace. Sie fühlte, daß ihr schon wieder die Tränen in die Augen stiegen.

«Also, Liebling, ich –»

«Charles», sagte Florence munter, «warum gehst du nicht einfach? Ich glaube, Grace wird es schon schaffen, sich ein paar Stunden lang allein zu beschäftigen.» Und als sie gegangen waren, fügte sie hinzu: «So ein Idiot! Grace, willst du Charles wirklich –»

«Halt den Mund, Florence», fuhr Grace sie heftig an, «ich möchte nicht darüber reden. Hör mal, ich will zum Verteidigungsministerium fahren. Wie komme ich dorthin?»

Kapitel 31

Winter 1945 – Frühjahr 1946

Was würdet ihr dazu sagen, wenn wir nach Australien auswanderten?» sagte Ben.

«Australien? Mensch, toll», sagte Daniel.

«Weiß nicht», sagte David. «Warum Australien?»

Warum Australien? Weil es einen neuen Anfang bedeuten würde. Weil es so weit entfernt war, daß Grace etwas Unerreichbares, ein unmöglicher Traum werden würde. Weil nicht die geringste Chance bestünde, daß sie sich irgendwo zufällig begegneten. Weil er nicht nachts aufwachen würde und gegen die fast unwiderstehliche Versuchung ankämpfen müßte, aufzustehen und zu ihr zu gehen. Weil Australien ein junges Land war; seine soziale Herkunft wäre bedeutungslos, weil man ihn als das nehmen und akzeptieren würde, was er als Person war und was er leisten konnte. Weil niemand, wirklich niemand, Mitleid mit ihm hätte.

In gewisser Weise war es das Mitleid, das ihn am meisten deprimierte. Sie meinten es gut, die beiden Jungen; sie versuchten, ihn aufzumuntern, ihn zu überreden, mit ihnen auszugehen, und sie schafften es sogar, daß er die Bekanntschaft einiger junger Frauen machte. Und weil sie es so gut meinten, hatte er manchmal das Gefühl, daß er sie nicht enttäuschen durfte, daß er ausgehen, sich betrinken und wieder einmal herzlich lachen sollte. Eines Abends betrank er sich so sehr, daß er sich am nächsten Morgen zusammen mit einem Flittchen aus irgendeinem Pub im Bett wiederfand; an einem anderen Abend kam er erst zu sich, als er seinen klapprigen alten Wagen gegen einen Baum gefahren hatte. Es war ein Wunder, daß er dabei nicht ums Leben gekommen war; alle sagten das, und er wußte, daß das ein Trost sein sollte, aber wenn nicht die Jungen gewesen wären, dann hätte er den Tod als eine Erlösung empfunden.

Die Jungen waren abwechselnd brav und schwierig; nachdem sie alle drei in seiner vorübergehenden Unterkunft in Tidworth eingezogen waren, hatte er sich mit ihnen zusammengesetzt und sehr ehrlich mit ihnen gesprochen. Er sagte ihnen, daß er Grace sehr geliebt habe und sie ihn, aber die Dinge hätten sich leider so entwickelt, daß sie sich hätten trennen müssen. Sie seien beide sehr unglücklich darüber, sagte er, und er wisse, daß er manchmal ziemlich mürrisch und schlecht gelaunt sei, das täte ihm leid, er wolle sich dafür im voraus entschuldigen, aber sie müßten diese Phase alle irgendwie überstehen.

«Kannst du Grace nicht manchmal treffen, damit sie dich ein bißchen aufmuntert?» fragte Daniel. Nein, sagte Ben, das könne er nicht. Das würde die Dinge letztlich nur noch verschlimmern.

«Tja, dann müssen *wir* dich eben aufmuntern», sagte Daniel und umarmte ihn. Und Ben erwiderte seine Umarmung.

Daniel war sehr tapfer, sehr brav; er war noch unglücklicher als David, weil er die Schule hatte wechseln müssen und mehr an Grace gehangen hatte als sein Bruder. Als sie zu ihr kamen, war er erst vier gewesen; seine Mutter war mittlerweile nur noch eine vage Erinnerung. Grace fehlte ihm sehr, aber er bemühte sich, es nicht zu zeigen. Er dachte, dann würde sein Vater sich nur noch schlechter fühlen.

David war vor allem empört und wütend. Er war in der Vorpubertät und stark mit sich selbst beschäftigt. Er konnte nicht verstehen, warum die Erwachsenen mit ihrem Leben so schlecht zurechtkamen. Er hatte Charles von dem Tag an, wo er ihn auf The Priory kennengelernt hatte, zutiefst gehaßt, und wenn er die Tatsache, daß Grace bei ihm bleiben mußte, auch akzeptierte, so konnte er doch nicht verstehen, wie jemand, der so nett und so vernünftig war wie sie, einen so unsympathischen Menschen überhaupt hatte heiraten können. Er hatte zudem das Gefühl – das er aber zugleich zu verdrängen versuchte –, daß sein Vater ein wenig schwach sei. An dessen Stelle, so dachte er, hätte er zumindest einmal den Versuch gemacht, Grace zurückzugewinnen. Er empfand den düsteren Pessimismus, den sein Vater in diesen Wochen ständig an den Tag legte, als sehr deprimierend. Er hatte ihn gefragt, ob er noch immer Pädagogik studieren wolle, und Ben hatte die Frage verneint. David war der Ansicht, daß er wenigstens diesen Plan verwirklichen sollte. Vielleicht war er ein wenig alt dafür, aber er mußte mit dem Rest seines Lebens etwas anfangen und konnte nicht bis zu seinem seligen Ende, wann auch immer das sein mochte, wegen der Sache mit Grace Trübsal blasen. In der Armee zu bleiben war keine schlechte Idee, so dachte David, aber leider hatten sie ihm ja mitgeteilt, daß er dort wegen seiner Schulter keine Zukunft habe.

«Würdest du denn gern nach Australien gehen?» fragte Daniel seinen Bruder.

«Nein», sagte David schroff, «nein, überhaupt nicht. Ich habe gerade eine Menge neuer Freunde gefunden, und ich habe keine Lust, noch einmal von vorn anzufangen.»

«Aber es wäre dort bestimmt schön. Die ganze Zeit scheint die Sonne, und wir könnten jeden Tag an den Strand gehen. Dad ein bißchen aufmuntern und so.»

«Ja, vielleicht. Aber es wird bestimmt nichts daraus werden, genauso wie aus all den anderen Sachen, über die Dad redet.»

«Fehlt Grace dir sehr?» sagte Daniel.

«Ja, klar.»

«Ich weiß, daß Dad sie nicht wiedersehen möchte, aber meinst du, wir könnten uns mal mit ihr treffen?»

«Weiß nicht. Jedenfalls nicht drüben in Thorpe. Ihr schrecklicher Mann würde es nicht erlauben.»

«Nein, aber wir könnten sie vielleicht in Salisbury treffen. Ich werde mal Dad fragen.»

Ben sagte, es sei wahrscheinlich nichts dagegen einzuwenden, wenn es Grace recht wäre.

«Warum schreibst du ihr nicht? Dann könnte sie in Ruhe darüber nachdenken. Aber du weißt, daß ich selbst sie nicht treffen kann, nicht wahr?»

«Klar weiß ich das.»

«Und vielleicht hat sie das Gefühl, daß sie euch auch lieber nicht wiedersehen möchte.»

«Das glaube ich nicht», sagte Daniel.

Grace erkannte Daniels Handschrift sofort; sie steckte den Brief rasch in die Tasche ihres Kleides. Erst später, als Charles das Haus verlassen hatte, las sie ihn, mehrmals hintereinander, und nachdem sie sehr gründlich nachgedacht hatte, schrieb sie zurück und schlug ein Treffen in einem Hotel in Salisbury vor.

«Ich komme heute vielleicht ein wenig später zurück», sagte sie zu Charles. «Ich habe eine zusätzliche Musikstunde.»

Er sah sie an und seufzte. «Ich hoffe, das passiert nicht allzu oft», sagte er. «Als ich dir erlaubte, diese Ausbildung zu machen, hast du mir versichert, daß unser gemeinsames Leben dadurch nicht beeinträchtigt würde.»

«Ach, mach dich doch nicht lächerlich», erwiderte Grace. «Vielleicht komme ich mit dem Bus um sechs Uhr dreißig, anstatt mit dem um sechs. Und übrigens, wenn du nur zustimmen würdest, daß ich ein eigenes Auto bekomme –»

«Grace, wir können uns augenblicklich nicht zwei Autos leisten», sagte Charles, «das habe ich dir doch schon gesagt. Vielleicht wenn die Kanzlei wieder besser läuft.»

Grace unterließ es, ihm zu widersprechen. Sie wußte, daß sein Zögern mit ihren wirtschaftlichen Verhältnissen nichts zu tun hatte; er wollte ihr einfach nicht die Freiheit zugestehen, die ein Auto ihr verschaffen würde. Er hatte keine Ahnung, daß sie niemals richtigen Unterricht erhalten und während des ganzen Krieges seinen Wagen gefahren hatte; sie sparte sich diese Eröffnung für Augenblicke auf, wo sie ihn wirklich schockieren wollte. Charles zu verärgern war eine der wenigen Freuden, die sie ihrer Ehe in diesen Tagen abgewinnen konnte.

Sie hatte für beide Jungen Geschenke gekauft; einen Satz Eisenbahnschienen für Daniel und einen gebrauchten Fotoapparat für David. Für Daniel hatte sie zudem auch noch ein Bild rahmen lassen: Flossie und Charlotte, die nebeneinander auf der Pferdekoppel standen.

Es war über sechs Monate her, daß sie sie zuletzt gesehen hatte; während sie auf sie wartete, klopfte ihr Herz so stark, als träfe sie sich mit Ben.

Sie betraten mit nervösen Mienen die Lounge des Hotels; David stolzierte mit den Händen in den Hosentaschen herein und tat, als pfiffe er ein Lied. Sie stand auf und rief sie.

Daniel stürzte in ihre Arme. «Grace, Grace, wie schön, dich zu sehen!»

«Und wie schön, euch zu sehen. Ich glaube, ihr seid gewachsen. Ja, seid ihr. Ganz bestimmt.»

«Du fehlst uns so sehr», sagte Daniel.

«Ihr fehlt mir auch. Hallo, David.»

«Hallo», sagte er und schüttelte ihr förmlich die Hand.

«David», sagte Grace lächelnd, «du bist ja schon richtig erwachsen. Was macht die Schule?»

«Ist okay, danke.»

«Du bist jetzt im zweiten Jahr, oder?»

«Ja.»

Zunächst waren sie alle ein wenig gehemmt, aber als sie im Speisesaal ihren Tee tranken, entspannten sie sich, begannen zu plaudern und ihr die Neuigkeiten zu berichten: David war in der Footballmannschaft für Jungen unter vierzehn Jahren, Daniel hatte einen Hamster, sie würden bald wieder umziehen, in ein Haus ganz in der Nähe, ihr Dad würde aus der Armee entlassen werden und hatte vorübergehend einen Job in einer Fabrik angenommen.

«Er meinte, wir sollten dir nur sagen, daß es ihm gutginge», bemerkte Daniel vorsichtig. «Das ist alles. Und er möchte wissen, wie es dir geht.»

«Sagt ihm, mir geht es auch gut, ja?»

«Ja.» Er lächelte sie an.

Nach dem Nachmittagstee gingen sie wieder in die Lounge.

«Ich mache in diesem Jahr die Aufnahmeprüfung», sagte Daniel, setzte sich neben sie und schmiegte sich an sie, obwohl er schon ein großer Junge war.

«Ich weiß. Glaubst du, daß du sie bestehen wirst?»

«Weiß nicht», antwortete er.

«Nein», sagte David. Daniel boxte ihn in die Seite. «Aber du wirst sowieso nicht in diese Schule gehen können, wenn wir nach Australien auswandern.»

«Australien!» rief Grace aus. Der Schock war so heftig, daß sie dachte, sie würde ohnmächtig werden. «Ihr geht nach Australien?»

«Vielleicht. Es war Dads Idee. Wir beiden haben aber keine Lust.»

«Ich schon», sagte Daniel, «wenn ich dich sowieso nicht mehr sehen könnte...»

Sie brachte sie zu ihrem Bus. Daniel freute sich unbändig über die Fotografie. «Ich werde sie überall dabeihaben. Sogar in Australien. Vor allem in Australien.»

Als sie an der Haltestelle ihres eigenen Busses wartete, hielt Charles in seinem Wagen neben ihr. Er hupte, lehnte sich aus dem Fenster und sagte ihr, sie solle einsteigen.

«Hallo», sagte sie.

Er schwieg. Dann sagte er: «Was fällt dir eigentlich ein?»

«Wieso?»

«Dich mit den beiden Jungen zu treffen. Ich habe gesehen, wie du sie zum Bus gebracht hast. Ohne mich um Erlaubnis zu fragen.»

«Charles!»

«Es ist mir ernst. Hast du ihren Vater auch gesehen? Ja?»

«Nein!» sagte sie süffisant. «Nein, natürlich nicht. Ich werde ihn niemals wiedersehen. Ich habe es dir versprochen.»

«Ich frage mich, was deine Versprechen wert sind», sagte er.

«Charles, hör auf. Du bist unverschämt.»

«Warum wolltest du sie denn sehen? Warum in aller Welt?»

«Weil sie mir fehlen. Ich liebe sie, und ich –»

«Du liebst sie?» sagte er mit tiefer Verachtung in der Stimme. «Liebst sie? Zwei kleine Straßenjungen. Aus dem Londoner East End. Du –»

«Bitte, Charles, halt den Wagen an», sagte sie mit zitternder Stimme. «Halt ihn sofort an. Oder ich steige so aus.»

«Nein.»

«Charles ...» Sie legte die Hand an die Tür; er sah zu ihr hinüber und bremste abrupt.

«Untersteh dich», sagte sie, «jemals wieder so über die Jungen zu reden. Hast du mich verstanden? Sie waren eine lange Zeit alles, was ich hatte. Ich habe sie sehr geliebt. Ich liebe sie immer noch.»

Es folgte ein langes Schweigen, dann sagte er: «Ich kann einfach nicht glauben, daß du nicht begreifen kannst, warum ich darüber traurig bin. Du kannst jetzt aussteigen, wenn du willst.»

Sie zögerte; schließlich sagte sie: «Nein, es ist schon in Ordnung. Ich bleibe sitzen. Laß uns nach Hause fahren.»

Als sie am Mill House ankamen, spürte sie wieder die altvertrauten Schuldgefühle.

«Es tut mir leid», sagte sie später an jenem Abend zu Charles, nachdem sie gegessen hatten und zusammen im Wohnzimmer saßen. «Ich... ich habe einfach nicht nachgedacht. Natürlich bist du darüber traurig, aber –»

«Es ist schon in Ordnung», erwiderte er kalt, «lassen wir das Thema. Ich nehme deine Entschuldigung an.»

In jener Nacht schlief er mit ihr; wie immer, wenn er traurig war, war er sensibler und einfühlsamer als gewöhnlich. Als es vorbei war, sagte er: «Es tut mir leid, wenn... wenn ich zu heftig reagiert habe. Es war nur, weil... nun ja, weil ich so traurig war. Traurig und schokkiert.»

«Ja, natürlich», sagte sie.

Charles hatte versucht, sie davon abzubringen, weiterhin in der Schule Unterricht zu geben. Er hatte mehrmals gesagt, daß es ihm nicht gefalle und wenn sie schon in einer Schule arbeiten müsse, warum dann nicht in St. Edwin's, der höheren Schule drüben in Westhorne? Grace erwiderte ihm mit fester Stimme, daß sie nicht die

Absicht habe, ihre Zeit auf Kinder zu verschwenden, die ohnehin bereits eine Menge Musik in ihrem Leben hätten; sie würde Miss Merton auch in Zukunft helfen, solange diese sie brauchte.

Eines Tages, als sie gerade nach Haus gehen wollte, sagte Miss Merton: «Ich bin ein bißchen besorgt wegen Elspeth Dunn.»

«Warum?» fragte Grace.

«Wissen Sie, daß sie durch die Aufnahmeprüfung gefallen ist?»

«Ja, das weiß ich. Ich war sehr erstaunt.»

«Ich überhaupt nicht», sagte Miss Merton. «Ihre gesamte Intelligenz fließt in ihre Musik. Sie kann nicht einmal fehlerfrei schreiben. Jedenfalls ist sie jetzt in der höheren Schule, und ich habe gehört, daß es ihr gar nicht gefällt, daß sie dort richtig unglücklich ist. Ich dachte, wenn sie vielleicht weiterhin bei Ihnen Musikunterricht bekäme...»

«Natürlich», sagte Grace. «Ich werde mal zu ihr gehen.»

Als sie kam, war Elspeth gerade nach Haus gekommen und deckte den Tisch für den Nachmittagstee. Als sie Grace sah, errötete sie vor Freude. Sie war noch immer sehr klein und sah noch immer aus, als wäre sie etwa neun Jahre alt; ihr einziges Zugeständnis an die Pubertät waren ein paar Pickel auf ihrer Nase.

«Wie gefällt dir die neue Schule?»

«Ganz gut.»

«Machst du weiter Musik?»

«Nur in der Klasse. Die Lehrerin ist nicht sehr nett.»

«Kein Klavierunterricht?»

«Nein.»

«Das ist aber schade. Weißt du, ich habe mich gefragt, ob du vielleicht einmal in der Woche nach der Schule zu mir ins Haus kommen möchtest. Dann könnte ich dir eine Musikstunde geben. Und du kannst jederzeit kommen und üben, wenn du es möchtest.»

«O Miss!» Elspeths kleines Gesicht lief feuerrot an, und die Pickel waren plötzlich fast unsichtbar. «Das wäre toll, Miss. Aber ich muß meinen Dad fragen.»

«Ich bin sicher, daß es deinem Dad nichts ausmachen würde. Du kannst ihm sagen, daß mir der Käse genauso fehlt wie dir der Unterricht. Er weiß bestimmt, was ich damit meine.»

«Ja, Miss.»

«Das ist aber wirklich sehr nett», sagte Angela Barlowe.

«Was denn, Liebes?» fragte ihre Mutter. Sie saßen heute beide früher als sonst beim Morgenkaffee; Angela hatte Dienst im Krankenhaus, aber erst mußten die beiden Mädchen an ihrer Schule abgesetzt werden. Die Jungen waren beide fort, auf einer Schule in Wellington. Der größte Teil der Schulgebühren wurde von der Armee bezahlt.

«Ich habe einen Brief von Grace Bennett bekommen. Sie ist mit dem Offizier verheiratet, mit dem Colin... nun ja, mit dem er verwechselt wurde. Auf jeden Fall ist der Brief wirklich sehr liebenswürdig. Sie schreibt, sie möchte vorbeikommen und mich besuchen.» Sie sah ihre Mutter an, und ihre Augen wurden feucht; dann sagte sie, während sie sich die Tränen mit der Serviette fortwischte: «Wenn ich nur ein bißchen mehr darüber erfahren könnte, dann würde ich mich sehr viel besser fühlen. Ich muß ihr sofort schreiben.»

Grace und Angela Barlowe kamen überein, daß es am günstigsten wäre, wenn sie sich in London treffen würden.

Grace sorgte dafür, daß Charles nicht erfuhr, daß sie sich mit Angela Barlowe traf; sie wußte, daß so etwas zu den Dingen gehörte, die ihn wütend machten. Sie erzählte ihm, sie wolle Florence und Imogen besuchen. «Sie ist mein Patenkind, und ich habe sie seit ewigen Zeiten nicht gesehen.»

Grace saß im Hotel Charing Cross und wartete auf Angela. Sie war ziemlich nervös; angenommen, Angela wäre wütend und würde es ihr irgendwie übelnehmen, daß ihr Mann tot war, während statt seiner ein anderer lebte und unversehrt nach Hause zurückgekehrt war. Oder vielleicht würde sie darauf bestehen, persönlich mit Charles zu reden, mehr über die Ereignisse zu erfahren – was sollte sie, Grace, dann tun? Sie kam gerade zu dem Schluß, daß sie einen schrecklichen Fehler gemacht habe, als sie fühlte, wie jemand sanft ihren Arm berührte.

«Mrs. Bennett?»

«Ja. Das bin ich. Und Sie müssen Mrs. Barlowe sein.»

«Mrs. Bennett und Mrs. Barlowe, das klingt wie aus einem Musical», sagte Angela Barlowe lächelnd. «Ich heiße Angela.» Sie streckte Grace die Hand hin. Sie schien durchaus keine Furie zu sein: sie hatte helles Haar und ein freundliches, ein wenig erschöpft wirkendes Gesicht. Sie trug ein Kleid, das für den herrschenden Modetrend zu lang war und unter ihrem Mantel hervorschaute, und ihre ziemlich großen Füße steckten in stark abgetragenen Schuhen.

«Und ich heiße Grace. Ich habe für uns beiden Kaffee bestellt; hoffentlich ist es Ihnen recht.»

«Ja, es ist mir sehr recht. Seit ich aufgestanden bin, hatte ich nicht einmal Zeit für eine Tasse Kaffee. Haben Sie Kinder?»

«Nein», sagte Grace traurig, «leider nicht.»

«Kinder sind natürlich wunderbar, ein großes Glück, aber furchtbar anstrengend.»

Es folge ein unbehagliches Schweigen. Der Kaffee wurde gebracht.

«Wie nett, Sie kennenzulernen. Ich weiß nicht recht, was ich Ihnen eigentlich sagen wollte, aber ich dachte, es würde Ihnen helfen, wenn ich Ihnen alles erzähle, was ich weiß. Was leider nicht sehr viel ist. Denn es muß Ihnen alles ein bißchen... unbefriedigend vorkommen. Das kann ich mir jedenfalls vorstellen», begann Grace.

«Es *ist* unbefriedigend», sagte Angela, «und mehr als nur ein bißchen. Und ich bin Ihnen so dankbar. Ja, bitte, tun Sie das, erzählen Sie mir alles, was Sie wissen. Was immer es auch sein mag und wie... nun ja, wie schlimm auch immer. Ich weiß, daß es mir helfen wird, mich besser zu fühlen.»

Grace erzählte ihr, daß Charles und Colin zusammen geflohen waren, daß Colin verwundet wurde und Charles ihm half und daß ein freundlicher Farmer sie aufnahm und einen Arzt holte. «Sehr viel mehr weiß ich leider nicht; ich weiß nur, daß er von einem englischen Soldaten gefunden wurde, aber er war... er war tot. Und ich weiß noch nicht einmal genau, wo er war; vermutlich auf dieser Farm. Vielleicht entschloß sich der Mann, ihn auszuliefern, oder vielleicht mußte er in ein Krankenhaus gebracht werden, aber das war nicht möglich. Die Wunde war sehr schlimm, sagte Charles. Aber wenigstens war er, soweit wir wissen, in guten Händen und wurde am Ende seines Lebens von anderen Menschen betreut. Es tut mir leid, es ist wohl nicht viel, was ich Ihnen da zu berichten habe», fügte sie ein wenig verlegen hinzu.

«Nein, da irren Sie sich», sagte Angela, «ich konnte nie ganz sicher sein, ob der Mann, den sie fanden, Colin war. Ich meine, ich habe mich gefragt, ob er vielleicht auf irgendeine andere, schreckliche Weise umgekommen ist. Oder ob er vielleicht –» sie zögerte «– überhaupt nicht tot ist.»

«Nein, ich glaube... o je, meinen Sie wirklich, daß Ihnen dieses Gespräch hilft?» fragte Grace.

«Ja, das tut es. Es hilft mir sehr. Es gibt nichts Schlimmeres als Ungewißheit.»

«Nun ja, also, ich bin sicher, daß er es war. Ihr Mann, meine ich.

Vor allem, da er die Erkennungsmarke meines Mannes bei sich trug. Das wußten Sie, nicht wahr?»

«Ja, aber es kam mir ein bißchen seltsam vor.»

«Die Sache war die, daß Charles' Erkennungsmarke kaputtging. Er hatte sich bemüht, Ihrem Mann zu helfen, ihn zuletzt mehr oder weniger getragen, und es war sehr schwer voranzukommen. Sie dachten, daß die Marke verlorengegangen sei, aber wahrscheinlich steckte sie irgendwo in seiner Kleidung. Auf jeden Fall bestand Ihr Mann darauf, daß Charles seine Marke nehmen sollte, er sagte, es wäre gefährlich, wenn er keine hätte, falls man ihn für einen Spion hielte.»

«Ja, ich verstehe.»

«Also das ist jedenfalls ein Beweis, daß sie zusammen waren, nicht wahr? Daß er der Mann war, mit dem Charles zusammen war. Es tut mir so leid. So schrecklich leid. Ich fühle mich... in gewisser Weise schuldig.»

«Ach, sagen Sie doch nicht so etwas», entgegnete Angela Barlowe und lächelte ein wenig müde. «Auf jeden Fall haben Sie ein ganzes Jahr lang die Hölle durchgemacht, nicht wahr? Da Sie dachten, daß Ihr Mann tot sei.»

«Oh... o ja», sagte Grace und dachte an jenes Jahr, das eigentlich das glücklichste in ihrem ganzen Leben gewesen war. Wie schrecklich, so überlegte sie, daß Angela Barlowe, die ihren Mann offensichtlich so sehr geliebt hatte, ihn verloren hatte, daß sie beide die Männer, die sie liebten, verloren hatten, sie selbst, weil Charles gesund heimgekommen war.

«Und wissen Sie, wer... wer ihn gefunden hat?» fragte Angela.

«Nicht genau. Ein ganzer Jeep voller Soldaten unter deutscher Bewachung. Sie waren ebenfalls Gefangene und wurden abtransportiert. Sie berichteten, daß sie einen... einen Toten gefunden hatten, und das war wohl der Moment, wo das Internationale Rote Kreuz aktiv wurde und uns informierte.»

«Ich verstehe», sagte Angela.

«Und dann wurde er natürlich ordentlich beerdigt. Von den Deutschen. Anscheinend waren sie sehr korrekt, was diese Dinge betraf, und hielten sich streng an die Genfer Koventions.»

«Ja, ich weiß. Und anscheinend werde ich auch irgendwann informiert werden, wo das... das Grab ist. Also beginnt der Nebel, sich allmählich zu lichten. Ihr Mann hat nicht genau gesagt, wo das war? Diese Farm? Wo er Colin verlassen hat?»

«Nein. Nein, leider nicht. Aber es war sehr nahe an der italienisch-französischen Grenze.»

«Das hilft mir nicht sehr viel weiter, fürchte ich. Ich dachte, wenn ich den Namen einer Stadt oder eines Dorfes wüßte, dann könnte ich irgendwann hinfahren, ich meine, irgendwann in der Zukunft, und die genaue Stelle zu finden versuchen, vielleicht sogar den Farmer, der ihm geholfen hat, und mich bei ihm bedanken. Das kommt Ihnen vermutlich sehr dumm vor.»

«Nein, überhaupt nicht», sagte Grace. «Ich werde meinen Mann fragen, aber ich glaube nicht, daß er es weiß. Es tut mir leid.»

Sie fragte Charles bewußt beiläufig, ob er wohl wüßte, wo die Farm sich befand, auf der er Colin zurückgelassen hatte, aber er antwortete, so wie auf alle Fragen, die mit seinen Kriegserlebnissen zu tun hatten, nur sehr vage. «Ich sagte dir doch: Ich habe keine Ahnung. Drei Tage lang ständig auf der Flucht, die meiste Zeit im Dunkeln. Woher sollte ich es denn wohl wissen? Und warum fragst du überhaupt?»

«Oh... ich dachte nur, daß der Farmer vielleicht etwas gesagt hätte. Was ein Hinweis darauf gewesen wäre, wo ihr euch befandet.»

«Nein, hat er nicht.»

Später, als sie darüber nachdachte, fand sie es ein wenig seltsam, daß Charles den Farmer nicht gefragt hatte, wo er sich eigentlich befand und in welche Richtung er weitergehen müßte. Aber sie hatte nicht den Mut, die Sache noch einmal zur Sprache zu bringen.

«Es tut mir leid», sagte sie zu Angela Barlowe, «er kann es Ihnen wirklich nicht sagen. Er weiß es nicht.»

«Das macht nichts. Es war sehr nett von Ihnen, daß sie sich so viel Mühe gemacht haben. Ich würde Ihren Mann wirklich gern einmal kennenlernen und ihm dafür danken, was er für Colin getan hat. Wie auch immer das Ende gewesen sein mag, er hat sich offensichtlich sehr bemüht, ihm zu helfen. Warum besuchen Sie mich nicht beide einmal... vielleicht an einem Sonntag, zum Mittagessen? Sie können auch über Nacht bleiben, denn das Haus ist ziemlich groß.»

«Das wäre sehr nett», sagte Grace vorsichtig, «aber der Weg zu Ihnen ist sehr weit, und es könnte im Augenblick ein wenig schwierig werden, da das Benzin noch immer rationiert ist. Aber vielen Dank, daß Sie uns eingeladen haben, das ist sehr freundlich von Ihnen.»

«Ich glaube, ein Bett für die Nacht und eine Mahlzeit wiegen nicht auf, was Ihr Mann für Colin getan hat», sagte Angela, «und ich würde ihn wirklich gern einmal kennenlernen. Wenn Sie es sich also anders überlegen oder wenn Sie irgendwo in der Gegend von Cirencester sind, dann benachrichtigen Sie mich bitte.»

«Ja, auf jeden Fall», sagte Grace.

«Hast du mit der Frau schon einmal Kontakt aufgenommen?» fragte Sandra Meredith.

«Mit welcher Frau?»

«Mit der, deren Mann du gefunden hast. Tot. Du weißt doch, Brian, der, dessen Ring du an dich genommen hast.»

«Nein, hab ich nicht», sagte er, «und ich habe deshalb die ganze Zeit ein schlechtes Gewissen. Ich weiß allerdings nicht richtig, wie ich es anfangen soll, um ehrlich zu sein. Wie ich die Adresse herausfinden kann. Dem Verteidigungsministerium wird das, was ich getan habe, möglicherweise nicht gefallen.»

«Du brauchst es ihnen ja nicht zu erzählen», sagte Sandra. «Sag nur, daß du die Adresse haben möchtest. Du hast doch seine Nummer und seinen Namen, nicht wahr?»

«Den werde ich nie vergessen», sagte Brian Meredith mit einem leisen Schaudern. «Er ... tja, er war nicht an dem Tag gestorben. Und wohl auch nicht erst eine Woche zuvor.»

«O Brian, bitte hör auf», sagte Sandra, «mir wird gleich schlecht.»

Brian Meredith entschloß sich, noch am selben Abend an das Verteidigungsministerium zu schreiben.

Die Frau im Australia House war sehr nett und hilfsbereit. Sie sagte, sie sei sicher, daß Ben und die Jungen gute Chancen auf eine Einbürgerung hätten; sie gehörten genau zu den Leuten, die in dem Land willkommen wären. Sie gab ihnen eine Menge Broschüren mit und einige Formulare, die auszufüllen waren. Sie würden natürlich Referenzen brauchen, sagte sie, und ein Gesundheitszeugnis und den Nachweis, daß sie ein wenig Geld besaßen, aber das wäre kein Problem, oder? Sie sagte, es würde wahrscheinlich sehr schwierig werden, einen Platz auf einem Schiff zu bekommen, und es wäre besser, bis zum folgenden Jahr zu warten, wenn all die Soldaten wieder daheim wären, ganz zu schweigen von ihren Bräuten und Verlobten, von denen es Hunderte, wenn nicht Tausende gebe. Ben sagte, er wolle nicht gern ein Jahr lang warten.

«Nun», sagte sie, «dann wäre es am besten für Sie, wenn Sie ein Flugzeug nehmen. Vielleicht eine der alten Sunderlands. Das wäre doch auch ein tolles Abenteuer für Ihre Jungen, nicht wahr?»

«Ich weiß nicht, was die Jungen dazu sagen werden», erwiderte Ben, «aber mir kommt es ziemlich aufregend vor.»

Sydney sei eine sehr schöne Stadt, sagte sie, aber wenn sie sich ein wenig mehr wie zuhause fühlen wollten, dann sollten sie doch lieber Melbourne wählen; jedenfalls solle er jetzt erst einmal nach Hause gehen und darüber nachdenken.

Da Ben ein sehr trauriges Weihnachtsfest hinter sich hatte und der tiefe Schmerz noch immer anhielt, hatte er das Gefühl, daß es nichts gäbe, worüber er noch lange nachdenken müßte. Er begann, die Formulare auszufüllen und einige Referenzen zusammenzustellen.

Kapitel 32
Frühjahr 1946

Charles hatte Grace gesagt, er wolle mit ihr reden. Sie wußte, was das bedeutete. Es bedeutete, daß er etwas Wichtiges auf dem Herzen hatte. Sie hatte sogar eine ziemlich genaue Vorstellung, was das war, und schreckte davor zurück.

Sie hatte recht.

«Ich glaube, es ist Zeit», sagte er eines Abends vorsichtig nach dem Abendessen, «daß wir anfangen, eine Familie zu gründen.»

«Oh, tatsächlich? Aber...»

«Grace, ich sehe kein Aber. Wir sind seit fast sieben Jahren verheiratet.»

«Nun ja, nicht so ganz», sagte sie.

«Was meinst du damit?»

«Ich meine, du warst wenigstens fünf davon nicht da.»

«Das ist doch Haarspalterei», entgegnete er und lächelte ein wenig grimmig. «Tatsache ist, daß wir vor fast sieben Jahren geheiratet haben, und mir scheint, daß dies eine ausreichend lange Wartezeit ist. Ich bin fast vierzig, Grace, und das ist bereits reichlich spät, um zum ersten Mal Vater zu werden. Ich weiß natürlich, daß das mit dem Krieg zusammenhängt, auch damit, daß ich es zunächst nicht wollte, aber ich finde wirklich, daß wir lange genug damit gewartet haben.»

«Ja, ich verstehe», sagte sie. Sie konnte selbst die Teilnahmslosigkeit in ihrer Stimme hören.

«Liebling! Bitte versuch doch, ein bißchen mehr Begeisterung für die Vorstellung aufzubringen! Möchtest du denn keine Kinder?»

Nicht deine Kinder, dachte Grace, nein, das möchte ich wirklich nicht. Die Vorstellung, daß Charles' Kind in ihr wachsen, immer mehr Macht über ihren Körper gewinnen würde, bewirkte, daß es ihr übel wurde. Sie wollte fortlaufen, nicht nur vor Charles, sondern vor allem, was sie erwartete.

«Ja, doch, natürlich», sagte sie und versuchte zu lächeln. «Natürlich. Es ist nur, daß...»

«Ja?»

«Nun ja, du weißt doch, daß ich sagte, ich brauchte noch ein wenig Zeit und –»

«Grace, du hattest eine Menge Zeit. Wenn du auf jene Geschichte anspielst... ich war extrem geduldig, glaube ich, und es liegt nun wirklich sehr lange zurück.»

«Charles –»

«Grace, bitte! Du hast offensichtlich vergessen, daß dies zu deinen ehelichen Pflichten gehört.» Er lächelte noch einmal, diesmal das selbstsichere, triumphierende Lächeln, das sie am meisten haßte. «Die Ehe ist schließlich dafür da, daß man gemeinsam Kinder zeugt. Und abgesehen davon wirkt es allmählich ein bißchen seltsam. Die Leute werden denken... Also, geht das in Ordnung, Liebling?»

«Ja, natürlich«, sagte Grace und zwang sich, zurückzulächeln. Sie ging davon aus, daß sie es ihrerseits noch ein bißchen länger hinauszögern könnte. Er schien nie zu merken, ob sie ihr Pessar eingelegt hatte oder nicht.

«Gut, also das wäre geregelt. Oh, noch etwas. Ich würde gern so bald wie möglich eine große Dinnerparty geben. Ich denke, das könnte sehr nett werden. Wir sind in letzter Zeit soviel eingeladen worden, und wir scheinen mit den Gegeneinladungen nie so richtig nachzukommen. Würdest du dir also darüber mal Gedanken machen, Liebling?»

«Gut, ich werde das, aber –»

«Grace», sagte Charles, «du hast dich beklagt, daß keiner unserer Freunde während des Krieges viel Zeit für dich gehabt hätte. Nun, wundert dich das, da du dich kein bißchen bemühst, ihnen entgegenzukommen? Also, wenn du bitte eine Gästeliste zusammenstellen würdest, ich werde sie mir dann später anschauen. Ich gehe jetzt ein bißchen spazieren. Ich muß mich bewegen. Im Büro hat es ein Problem gegeben; ich brauche ein wenig frische Luft.»

«Was für ein Problem?» fragte Grace.

«Nichts, was dich besonders interessieren würde. Kümmere dich lieber um die Gästeliste; du kannst mir im Augenblick am meisten helfen, wenn du ein paar wichtige Leute einlädst.»

«Ja, in Ordnung», sagte Grace kleinlaut.

Später, als sie ins Bett kam, beugte er sich zu ihr hinüber und küßte sie auf den Mund. Das Herz wurde ihr schwer. Offensichtlich beabsichtigte er, seine Pläne zur Gründung einer Familie sofort in die Tat umzusetzen.

«Ich liebe dich wirklich», sagte er, «und ich wünsche mir so sehr, daß wir zusammen Kinder haben.»

Sie lächelte flüchtig.

«Du liebst mich doch auch, nicht wahr?» fragte er.

«Ja. Ja, natürlich. Das weißt du doch.»

«Dann sag es.» In seiner Stimme schwang ein seltsamer Unterton mit. Sie erschrak.

«Du weißt doch, daß ich es tue.» Sie hatte es, jedenfalls seitdem er zurückgekommen war, nicht geschafft, ihm zu sagen, daß sie ihn liebe.

«Ich weiß, daß du mir niemals sagst, daß du es tust.»

«Charles –»

«Sag es», forderte er sie auf, und er klang wütend. «Sag es, Grace. Jetzt.»

«Ich … ich tue es», sagte sie sehr leise.

«Sag: ‹Ich liebe dich.›»

«Ich liebe dich.»

«Du denkst doch nicht mehr an ihn, oder?» fragte er. «An … an jenen Mann. Es ist vorbei, nicht wahr? Er ist fort, oder?»

«Sei nicht albern, Charles. Du weißt doch, daß er fort ist. Ich sehe ihn nie, niemals. Ich habe dir doch gesagt, daß ich –»

«Aber du denkst noch immer an ihn, nicht wahr? Los, gib es zu. Ich weiß, daß du es tust. Ich spüre es.»

«Charles, bitte.»

«Hör auf damit», sagte er, drückte sie auf die Matratze und schob ihre Schenkel mit dem Knie auseinander, «hör auf, an ihn zu denken, ständig in Erinnerungen zu schwelgen. Ich werde dich dazu zwingen, verstehst du? Hast du verstanden?»

«Ja, Charles, in Ordnung. Ich habe verstanden.»

Der Sex war nie widerlicher gewesen; sie hatte das Gefühl, daß Ben in diesem Bett körperlich anwesend war, sie ihn betrog und daß sie ganz nahe davor war, Charles zu hassen.

«Und nimm dieses blöde Pessar heraus, ja?» sagte er, als er von ihr wegrollte. «Ich spüre, daß es da ist. Immer. Glaub nicht, daß ich es nicht merken würde.»

Sie schlief ein, wachte sehr viel später auf und bemerkte, daß er nicht mehr da war; am Morgen fand sie ihn im Gästezimmer.

«Es tut mir leid», sagte er, als sie mit seiner Tasse Tee hereinkam, «wie es letzte Nacht gelaufen ist. Sehr leid. Es ist nur, weil … weil ich dich so sehr liebe.»

«Das ist schon in Ordnung», sagte sie.

«Ja? Tatsächlich? Ist es das wirklich?» In seinen Augen lag ein bittender, fast verzweifelter Ausdruck.

Wieder wurde sie von Schuldgefühlen überwältigt. «Ja, ganz bestimmt.»

«Ich weiß, daß ich mich sehr, sehr viel glücklicher fühlen werde, wenn wir ein Kind haben. Gib mir einen Kuß.»

Sie gab ihm rasch einen Kuß und verließ das Zimmer. Später machte sie einen Spaziergang mit den Hunden und fragte sich, wie sie überleben sollte.

Sie entschloß sich, sich mit ganzer Kraft auf die Party zu konzentrieren. Eine Dinnerparty zu organisieren war natürlich nicht gerade das, wozu sie wirklich Lust hatte, aber sie würde wenigstens ihre Ruhe und weniger Schuldgefühle haben. Charles hatte ihr gesagt, sie solle ein großes Zelt mieten und die Lieferanten für Speisen und Getränke informieren; er plante offensichtlich eine größere Sache.

«Meine Mutter kann dir mit der Gästeliste helfen», sagte er. «Ich möchte, daß niemand ausgelassen wird, keiner von meinen alten Freunden, und auch niemand, der, während ich fort war, ganz besonders freundlich war.»

Grace sagte nicht, daß niemand besonders freundlich gewesen sei; sie wußte, daß sie sich damit nur noch mehr Probleme schaffen würde.

«Charles, ich habe eine Idee, was die Speisen und Getränke angeht», sagte sie. «Jeannette, du weißt doch, die junge Frau, die Florence half, diejenige, die Ted Miller geheiratet hat, sie ist eine wunderbare Köchin, sie könnte ein phantastisches Buffet machen. Sie eröffnet übrigens gerade ein Geschäft für –»

«Grace», sagte Charles, und in seinem Gesicht zeigte sich Empörung, «die Frau ist für diese Aufgabe wirklich in keiner Weise geeignet. Und ich möchte nicht, daß sie sich in diesem Haus aufhält. Sie ist frech und schlampig, sie würde wahrscheinlich dieses fürchterliche Kind mitbringen und –»

«Clarissa hat sie für ihre Party in London engagiert», sagte Grace. Sie lächelte ihn unschuldig an. «Sie hat ein Abendessen für fünfzig Personen gemacht. Es war anscheinend ein großer Erfolg.»

Charles starrte sie kalt an. Dann sagte er: «Such dir jemand anderen, ja?» und ging in sein Büro.

Muriel las die Gästeliste.

«Tja, es sind offensichtlich mehrere Leute vergessen worden», sagte sie und ließ durchblicken, daß sie damit bereits gerechnet hatte, «aber ich kann dabei natürlich helfen. Ich bin froh, daß Charles so vernünftig war, mich um meine Unterstützung zu bitten. Ich werde eine zweite Liste aufstellen und sie ihm geben. Aber sag ihm vor allem, daß er die Wilsons und auch die Hardings auf keinen Fall vergessen darf. Beide sehr wichtig.»

«Ja, in Ordnung. Mach ich.»

Muriel sah sie an. «Geht es dir auch wirklich gut? Du siehst sehr blaß aus.»

«Mir geht es gut», sagte Grace. «Ein bißchen müde. Ich habe meine Tage.»

«Oh», sagte Muriel. Ihr Gesicht überzog sich mit einer leichten Röte; sie mochte es nicht, wenn über solche Dinge gesprochen wurde. Das war einer der Gründe, warum Grace es getan hatte. Der andere war, daß Muriel nicht denken sollte, daß sie schwanger sei. Sie wußte, daß ihre Schwiegermutter sie ständig beobachtete und mit einiger Ungeduld darauf wartete. Sie selbst hatte eine panische Angst davor; bis jetzt hatte sie Glück gehabt, aber es würde nicht ewig so weitergehen.

«Ich habe ihr geschrieben», sagte Brian Meredith, «dieser Dame. Wegen des Ringes.»

«Oh, gut», sagte Sandra. «Das ist gut. Sie wird sich bestimmt sehr freuen. Wo wohnt sie denn?»

«In Wiltshire. In der Nähe von Salisbury. Ich dachte, ich bringe ihn ihr, wenn sie es möchte. Mit der Post möchte ich ihn lieber nicht schicken.»

«Das wirst du nicht tun, Brian Meredith», entgegnete Sandra. «Der Weg ist sehr weit, denk bitte an die Fahrtkosten.»

Sie war schwanger und nicht ungeteilt glücklich darüber; sie würden sehr sparen müssen, jetzt, da noch ein weiterer Esser hinzukam, und der Gedanke an zusätzliche Ausgaben machte sie nervös. «Sag doch, daß sie nach London kommen soll, sie hat bestimmt eine Menge Geld. Wie lautet ihre genaue Anschrift?»

«Das Mill House. Thorpe St Andrews.»

«Na siehst du», sagte Sandra, als würde dies die Sache endgültig klären.

Grace fühlte sich durch Brians Brief sehr gerührt. «Sehr geehrte Mrs. Bennett», begann er,

ich hoffe, Sie werden mir verzeihen, daß ich Ihnen einen solchen Brief schreibe. Ich habe in meinem Besitz einen Ring, der Ihrem verstorbenen Mann gehörte. Ich bin der Soldat, der Ihren Mann gefunden hat. Ich habe ihn ihm abgenommen, weil ich dachte, es wäre schön, wenn Sie ein Erinnerungsstück an ihn hätten. Ich hoffe, daß Ihnen das recht ist und Sie nicht schockiert sind. Ich wollte den Ring nicht mit der Post schicken, aber ich würde mich gern einmal mit Ihnen treffen – London wäre für mich am günstigsten, wenn Ihnen das ebenfalls recht wäre – und ihn Ihnen geben. Sie können mir an die oben genannte Adresse schreiben.
Mit freundlichen Grüßen
Brian Meredith

«Ist das nicht rührend», sagte sie zu Charlotte, die immer bei ihr saß, wenn sie ihre Post las, und sich häufig die leeren Umschläge schnappte und sie im Garten zerfetzte. «Das muß ja wirklich ein sehr netter Mann sein.»

Sie dachte eine Weile lang darüber nach und entschied dann, daß es besser wäre, wenn sie selbst sich mit Mr. Meredith treffen würde, und nicht Angela Barlowe, obwohl der Ring natürlich deren Mann gehörte. Man konnte ja nie wissen – einige der Einzelheiten, die Mr. Meredith zu berichten hatte, könnten sehr schmerzlich für sie sein. Wenigstens würde sie jetzt ganz genau erfahren, wo Colin Barlowe die letzten Stunden seines Lebens verbracht hatte. Es gab absolut keinen Grund, so entschied sie, Charles darüber zu informieren.

Am Abend vor der großen Party, als Grace sich im Zelt den Plan für die Tischordnung noch einmal ansah und dachte, wie wunderbar problemlos bisher doch alles gelaufen sei, kam Charles zu ihr heraus und fragte sie, wo sich seine Smokingjacke befinde.

«In der Reinigung, Charles, ich hab es dir doch gesagt.»

«In welcher Reinigung?»

«Townsend's. In Salisbury.»

Und warum nicht in der Reinigung in Shaftesbury?»

«Weil ich im Augenblick nur selten nach Shaftesbury komme.»

«Dann wirst du sie eben abholen müssen», sagte er, «weil ich leider überhaupt keine Zeit habe.»

«Charles, das geht nicht. Nicht morgen. Ich kann nicht den ganzen Weg nach Shaftesbury fahren. Du kannst doch gewiß –»

«Nein», sagte er, «das kann ich nicht. Ich habe den ganzen Tag Besprechungen. Warum in aller Welt hast du sie nicht heute abgeholt?»

«Weil ich heute nachmittag eine Vorlesung hatte, und danach war die Reinigung geschlossen. Heute ist Mittwoch, da schließen die Läden früher als sonst.»

«O Gott», sagte er, «ich muß also extra nach Salisbury fahren, um meine Smokingjacke abzuholen, weil du eine Vorlesung hattest?»

«Charles, das ist doch Blödsinn. Du hast den Wagen, du bist in einer halben Stunde dort; es ist nicht fair, mir einen Vorwurf daraus zu machen, daß ich eine Vorlesung besucht habe.»

«Ich mache dir in der Tat einen Vorwurf daraus», sagte er. «Daß du diese Ausbildung machst, paßt mir ganz und gar nicht. Sie raubt dir alle Zeit und Energie, du bist ständig erschöpft, und ich wäre nicht erstaunt, wenn sie nicht außerdem noch ein Faktor wäre, der dich daran hindert, schwanger zu werden.»

«Charles, wirklich!» rief Grace aus. «Das ist absurd. Es ist doch erst eine ganz kurze Zeit her, daß du ... daß wir entschieden haben ... ich kann doch nicht –»

«Es ist mehrere Monate her», sagte Charles. «Und ich finde, dieser Blödsinn mit deiner Ausbildung hat jetzt lange genug gedauert. Ich möchte, daß die Sache allmählich ein Ende hat. Du wirst sowieso keine Zeit zum Unterrichten haben, wenn du ein Kind hast; die ganze Idee ist absurd. Ich war anfänglich damit einverstanden, als du ... nun ja, in der ersten Zeit, nachdem ich nach Hause gekommen war. Aber jetzt werde ich der Sache allmählich müde, ebenso, daß sie für alles als Entschuldigung herhalten muß. Ich meine, du solltest ihnen sagen, daß du in Zukunft nicht mehr teilnimmst. Ist das klar?»

«Ja», sagte Grace, «das ist völlig klar. Danke. Aber ich werde es nicht tun.»

«Du mußt es aber», sagte Charles. «Es ist ziemlich teuer. Ich könnte einfach aufhören, die Gebühren zu bezahlen. Verstanden? Also, wenn ich meine Smokingjacke selbst abholen muß, dann werde ich jetzt noch ein wenig arbeiten müssen. Ich schlafe im Gästezimmer. Gute Nacht, Grace.»

Die Party war ein großer Erfolg. Alle sagten das. Das Zelt sah prächtig aus, die Blumen waren wunderschön, und der Chefkoch, der von London heruntergekommen und extrem teuer war, hatte hervorragende Arbeit geleistet. Sie stand auf der Schwelle des Mill House und sah, wie sie wußte, sehr hübsch aus in ihrem neuen blaßblauen Satinkleid mit fast bodenlangem Rock. Die Leute trafen nach und nach ein, die meisten von ihnen kannte sie nicht. Grace setzte sich beim Abendessen wie in Trance nacheinander an alle Tische, plauderte mit allen und war mit ihren Gedanken nur zur Hälfte dabei.

«Dies ist wunderbar, meine Liebe», sagte Clarissa, «ein wirklicher Triumph. Charles hat mir gerade erzählt, wie hervorragend du diese großartige Party organisiert hast. Er ist so stolz auf dich, Grace.»

«Tatsächlich?»

«Ja», sagte sie, und ihr Gesicht wirkte sehr ernst, «ja, das ist er. Er liebt dich wirklich, Grace. Sehr sogar. Ich weiß ... nun ja, ich weiß, daß es hart ist, aber –»

«Es ist so hart», sagte Grace, «daß ich die meiste Zeit noch immer nicht weiß, wie ich es ertragen soll.»

Sie stand neben dem Buffet und stellte ein wenig halbherzig einen Dessertteller für Muriel zusammen, als Jack zu ihr herüberkam. Er lächelte sie an. «Eine sehr schöne Party. Wie tüchtig du doch bist.»

«Eigentlich nicht», sagte Grace, «ich habe nur ein paar tüchtige Leute gefunden, die es für mich gemacht haben.»

«Das ist auch eine Kunst», sagte er, «Dinge zu delegieren. Es ist ganz und gar nicht leicht. Komm, ich helf dir mal. Geht es dir auch gut? Du siehst ein bißchen blaß aus.»

«Es geht mir gut», sagte Grace.

«Weißt du was», sagte er, «du gehst jetzt mal ein bißchen an die frische Luft. Ich werde dir deinen Teller hinausbringen.»

«Er ist für Muriel», sagte Grace.

«Dann werde ich ihn ihr bringen. Also, raus mit dir, laß dir ein bißchen frische Luft um die Nase wehen.»

Sie saß auf der Schaukel und versuchte, ihren Kopf von Erinnerungen zu befreien, Erinnerungen an andere Gelegenheiten, wo sie auf der Schaukel gesessen hatte, als Jack zu ihr zurückkam.

«Ich muß doch mal nachschauen, wie es dir geht», sagte er, «schließlich will ich ja Arzt werden.»

«Wirklich, es geht mir gut», sagte sie, «mach dir um mich keine Sorgen, Jack.»

«Aber ich mache mir Sorgen um dich», sagte er, «wir tun es beide, Clarissa und ich. Wir glauben, daß du ein wunderbarer Mensch bist.»

«Was für ein Blödsinn», sagte Grace, aber seine Freundlichkeit, seine Fürsorge machten sie plötzlich sehr traurig, «ich habe wirklich großes Glück.»

«Nun ja, es ist alles relativ», entgegnete er nach einer langen Pause, «natürlich hast du in mancherlei Hinsicht Glück. Und ich natürlich auch. Aber trotzdem bin ich manchmal wütend. Feindselig gegenüber anderen. Das ist schließlich nur menschlich, oder?»

«Ja», sagte Grace, überrascht, daß er plötzlich so offen mit ihr redete; er war sonst immer so fröhlich und zuversichtlich. Sie bemerkte, daß er ein wenig betrunken war. «Ja, vermutlich ist es das.»

«Wenn ich nicht meine Arbeit hätte», sagte er, «dann würde ich bestimmt durchdrehen. Jedenfalls denke ich das manchmal. Klar habe ich Glück, daß ich studieren kann. Und natürlich, daß ich Clarissa habe. Sie war ... ja sie war großartig. Für sie war es auch nicht immer leicht.»

«Nein», sagte Grace. Sie fühlte sich plötzlich ein wenig nervös, hatte das altvertraute Gefühl, daß die Dinge außer Kontrolle geraten waren und sie sich auf einem gefährlichen Terrain befand.

«Ich hätte sie um ein Haar verloren, weiß du», sagte er, «damals. Es war hart für sie. Schrecklich hart.»

«Ja.»

«Du wußtest es, nicht wahr?»

«Ich wußte was?»

«Die Sache mit Giles. Mit Clarissa und Giles.»

«Jack, ich weiß nicht, worüber du –»

«Grace, meine Liebe, ist ja schon gut. Natürlich wußtest du es. Ich bin schließlich nicht blöd. Ich habe gemerkt, daß du an jenem Abend diese Affäre, die die beiden hatten, sehr geschickt kaschiert hast; das war lieb von dir. Und auch sehr verantwortungsbewußt. Ich war beeindruckt. Es fällt dir nicht leicht, jemanden zu täuschen, nicht wahr?»

«Nein», sagte sie sehr leise.

«Es ist in Ordnung», sagte er, «ich verstehe. Ich wußte, daß es da jemanden gab, und es fiel mir nicht schwer, herauszufinden, wer es war. Und ich habe ihnen schon vor langer Zeit verziehen. Ich weiß, daß es Clarissa gutgetan hat, ihr geholfen hat, sich mit mir abzufinden. Mit mir und dem Gesicht. So denke ich darüber, weißt du. *Das* Gesicht. Nicht mein Gesicht.»

«O Jack, es tut mir so leid.»

«Das braucht es nicht. Es geht nur darum, daß Florence es niemals erfahren darf. Und natürlich haben Clarissa und ich es niemals erwähnt. Es gibt in jeder Ehe Bereiche, die man besser niemals betritt, meinst du nicht auch? Aber ich wollte dir schon seit langem danken, für das, was du für uns alle getan hast. Ich wünschte, wir könnten dir auch einmal helfen.»

«Ihr helft mir ja schon», sagte Grace, hob spontan ihr Gesicht zu ihm empor und küßte ihn zärtlich, fast sehnsüchtig auf den Mund.

«Danke», sagte er sanft. «Danke. Für den Kuß, meine ich. Es passiert mir nicht allzu häufig, daß eine hübsche Frau das tut. Komm, wir sollten besser zurückgehen.»

Später tanzte sie mit einem Mann namens Reggie, den sie nie zuvor getroffen hatte, der ihr aber mehrfach versicherte, wie schön es sei, sie wiederzusehen.

«Der alte Charles sieht sehr viel besser aus», bemerkte er, «ich habe ihn bestimmt ein halbes Jahr lang nicht gesehen. Er muß im Krieg eine schreckliche Zeit durchgemacht haben. All diese vielen Monate, in denen er allein war und sich immer verstecken mußte, um dann am Ende doch wieder gefangengenommen zu werden – es ist schon unerträglich, es sich überhaupt vorzustellen.»

«Ja», sagte Grace.

«Und dann eine so schlimme Verletzung und so viele Monate in Gefangenenlagern – mein Gott, ich weiß nicht, wie er das alles hat aushalten können, ohne den Verstand zu verlieren. Er hat einen Orden bekommen, habe ich gehört. Für die Sache in Italien.»

«Ja.»

«Sie müssen sehr stolz auf ihn sein.»

«Oh, das bin ich auch», sagte Grace mechanisch.

Als sie in jener Nacht im Bett lag, Charles sich bei ihr entschuldigte (und ein wenig halbherzig seine Forderung zurückzog, daß sie ihre Ausbildung fallen lassen solle) und ihr für die gelungene Party dankte, da hatte sie das Gefühl, daß sie an einem Wendepunkt angekommen war, daß sie sich jetzt wenigstens vorstellen konnte, zur Ruhe zu kommen und glücklich zu werden. Sie dachte lange an Jack, an seinen Mut, auch schwierige und schreckliche Dinge zu akzeptieren, wenn sie nicht zu ändern waren; wenn er es könnte, dann würde sie es gewiß auch können. Und schließlich würde sie am Ende doch noch die Ehefrau werden, die Charles sich wünschte: Sie würde Partys geben, hübsch aussehen und das Richtige sagen. Möglicherweise war es nicht das, was sie eigentlich wollte, aber war das wirklich so schlimm? Und im übrigen – wie konnte sie überhaupt daran denken, ihn zu verlassen, ihren Mann, den Kriegshelden?

Kapitel 33
Anfang Mai 1946

Charles hatte ein Pferd gekauft. Oder vielmehr ein halbes Pferd. Muriel habe die andere Hälfte bezahlt, sagte er. «Du meinst, dir gehören die Hinterbeine?» bemerkte Grace mit eisiger Stimme. Sie konnte sich nicht daran erinnern, jemals so wütend gewesen zu sein. Zunächst einmal darüber, daß er, wie sie wußte, eine so hohe Summe für ein Pferd ausgegeben hatte, während sie seit Monaten vergeblich darum bat, ein Auto zu bekommen, und zweitens, daß er die Sache zusammen mit seiner Mutter geplant hatte, ohne sie darüber zu informieren.

Selbst Clifford zeigte sich beiden gegenüber so kritisch, wie es ihm möglich war, als er sagte: «Macht nichts, Schatz, ich schenke dir ein halbes Auto, wenn du willst.»

Das Pferd war ein englisches Vollblut, außerordentlich schön, eine rotbraune Stute namens Lara. Grace hatte panische Angst vor ihr; sie war noch sehr jung, und ihr voriger Besitzer hatte sie als «reizbar» beschrieben. «Sie haben da ein richtiges Kraftpaket gekauft», hatte er zu Charles gesagt, während dieser zusah, wie sie auf der Koppel herumgaloppierte, nachdem sie aus dem Pferdetransporter herausgelassen worden war. «Ich weiß, daß Sie Freude an ihr haben werden. Natürlich muß man sich darüber im klaren sein», fügte er zu Muriel gewandt hinzu, die herübergekommen war, um bei der Ankunft des Pferdes dabeizusein, «daß man sie erst einmal richtig einreiten muß. Sie werden es zunächst nicht leicht mit ihr haben.»

«Oh, er wird bestimmt mit ihr fertig werden», entgegnete Muriel. «Und das Reiten wird ihm so viel Freude machen. Er hat sich so sehr danach gesehnt, wieder ein Pferd zu haben. Aber nachdem er geheiratet hatte, stand dies leider ganz außer Frage.»

«Muriel», sagte Grace, die nicht bereit war, diesen Seitenhieb einfach hinzunehmen, «Charles hatte kein Pferd, weil er im Krieg war. Er war ja überhaupt nicht hier.»

«Nun ja, das war vermutlich auch ein Faktor», gestand Muriel mißmutig ein.

Lara war in der Tat zu schwierig für Charles. Selbst Grace konnte das deutlich erkennen. Die Stute war unglaublich stark, manchmal geradezu bösartig und sehr schreckhaft. Sie scheute ständig, nicht nur vor Traktoren und Autos, sondern auch vor Vögeln, Kaninchen und dem Wind in den Hecken. Aus irgendeinem Grunde haßte sie Kühe; sie dazu zu bewegen, an einer Kuhweide vorbeizugehen, war fast unmöglich. Charles mußte absteigen und sie führen, während sie ihn tänzelnd quer über die Straße zog. Sie hatte die unangenehme Angewohnheit, ständig durchzugehen, und war Charles zweimal davongelaufen, zudem hatte sie eine bestimmte Art, zweimal hintereinander zu buckeln, so daß sie, wenn sie ihn nicht beim ersten Mal abwarf, es fast unweigerlich beim zweiten Mal schaffte.

Charles ließ sich dadurch nicht abschrecken; Grace begann allmählich, ihn für seinen Mut zu bewundern. Er ritt jeden Morgen ganz früh aus und weigerte sich, Lara nachzugeben. Am Ende der ersten Woche war er am ganzen Körper mit Blutergüssen übersät und hatte sich das Handgelenk verstaucht.

«Du mußt ein bißchen Pause machen, bis das alles nicht mehr so weh tut», sagte Grace, nachdem der Arzt, der ihm eine elastische Binde angelegt hatte, gegangen war.

«O nein», entgegnete er, «das kann ich nicht machen, dann wird sie sogar noch übermütiger. Ich muß täglich mit ihr arbeiten.»

«Übermütig!» sagte Grace. «Meinst du wirklich, daß man es so bezeichnen kann?»

Sie hatte an Brian Meredith geschrieben und ihm mitgeteilt, daß sie ihn gern irgendwann im nächsten Monat in London treffen würde und ihm für seine Freundlichkeit sehr dankbar sei. Sie schlug drei Termine vor und sagte, daß jeder von den dreien ihr gut passen würde, und wenn er sie *tagsüber* (sie unterstrich dieses Wort) anrufen wolle, dann könnten sie besprechen, welcher ihnen beiden am besten zusagen würde. Sie machte keinen Versuch, ihm zu erklären, daß der Ring eigentlich Colin Barlowe gehört habe. Es wäre sehr viel einfacher, es dann zu tun, wenn sie ihn sah.

Nach zehn Tagen hatte er noch immer nicht geantwortet; sie war ein wenig erstaunt und schickte ihm noch einmal einen kurzen Brief, falls er den ersten nicht bekommen haben sollte.

Daniel hatte die Prüfung für das Gymnasium bestanden. Er wollte es Grace unbedingt mitteilen. «Ohne Grace hätte ich es nie geschafft», sagte er, «ohne Grace und Sir Clifford. Ich möchte es ihnen beiden sagen.»

«Tja, dann schreib es ihr», sagte Ben, «aber ich weiß nicht, ob sie sich noch einmal mit euch treffen kann.»

Grace hatte den Jungen einen kurzen, traurigen Brief geschrieben, in dem sie ihnen mitteilte, daß sie sie wahrscheinlich eine lange Zeit nicht würde sehen können. Sie schrieb, sie sei zu sehr mit ihrem Musikstudium beschäftigt. Beide waren sehr traurig gewesen; Ben hatte die Botschaft zwischen den Zeilen gelesen und gewußt, was das eigentliche Problem war. Er versuchte, es ihnen zu erklären.

«Ich vermute, ihr Mann ist eifersüchtig. Das ist verständlich. Er möchte nicht, daß sie sich mit euch trifft, weil er denkt, dann will sie mich vielleicht auch wiedersehen.»

«Ja, wahrscheinlich will sie das auch», sagte Daniel nüchtern, «dich würde doch jeder wiedersehen wollen.»

Ben umarmte ihn. «Ja. Vielen Dank. Es wäre schön, wenn du recht hättest.»

«Fehlt sie dir auch so sehr, Dad?»

«Schrecklich», sagte Ben, «manchmal so sehr, daß ich denke, ich könnte es nicht aushalten. Schreib ihr, Daniel. Oder schreib vielleicht an Sir Clifford und bitte ihn, es ihr zu sagen; das ist vielleicht besser.»

«Ich wünschte, ich könnte das Gymnasium besuchen», sagte Daniel wehmütig, «ich wünschte, wir könnten hierbleiben und ich könnte auf diese Schule gehen.»

«Ich weiß, daß du dir das wünschst, Daniel. Aber wir haben die Sache doch schon so viele Male besprochen, und ich glaube immer noch, daß das die beste Lösung ist. Auszuwandern, meine ich.»

Sie hatten für den 27. Mai ihren Flug nach Melbourne gebucht.

Während er verschiedene Dinge aussortierte und zusammenpackte, fand er ein Buch, das Clarissa ihm geliehen hatte: eine Sammlung von Kurzgeschichten von O'Henry; sie hatte damals gesagt, sie wisse genau, daß sie ihm gefallen würden. «Clarissa», stand auf dem Deckblatt, «du bist die tollste Story von allen. Mit all meiner Liebe, Jack.»

Er mußte das Buch unbedingt zurückschicken, aber er wußte ihre Adresse nicht. Er schrieb ihr einen kurzen Brief und einen weiteren an Sir Clifford in The Priory, in dem er ihn bat, das Schreiben an sie weiterzuleiten.

Eine Woche später schrieb Clarissa:

Mein lieber, lieber Ben,
wie schön, von Dir zu hören, und vielen Dank für das Buch. Das war sehr lieb von Dir; ich hatte schon danach gesucht.
Ich kann es kaum ertragen, daran zu denken, daß Du so weit fortgehen wirst. Aber ich verstehe es natürlich. Ich glaube, das ist eine sehr vernünftige Idee. Und für die Kinder wird es wunderbar sein.
Grace macht ihre Sache sehr gut. Es ist hart für sie, und sie ist sehr, sehr tapfer.
Lieber Ben, wie ich sehe, werdet Ihr den Zug von der Victoria Station nehmen. Ich bestehe darauf, daß Ihr die Nacht vom 26. auf den 27. Mai hier verbringt. Es wird sehr viel bequemer für Euch sein, als am selben Tag den ganzen Weg von Salisbury bis zum Flughafen zurückzulegen, und außerdem können wir uns dann richtig verabschieden. Florence möchte Euch natürlich auch noch einmal sehen und sendet Euch herzliche Grüße. Sie ist jetzt Stadträtin, und Giles spielt in einem wunderbaren neuen Musical mit. Zweite Hauptrolle! Imogen ist im Kindergarten, und das tut ihr, unter uns gesagt, ganz außerordentlich gut. Von mir ist auch etwas Neues zu berichten: Ich werde Mama! Wie findest Du das? Es paßt überhaupt nicht zu mir, oder? Aber Jack und ich sind beide ganz aus dem Häuschen. Das Baby wird einfach mit ins Büro kommen, da ich unter gar keinen Umständen aufhören kann. Wir stecken bis über beide Ohren in Arbeit und sind dabei, in größere Räume umzuziehen.
Jack hat sehr viel Freude an seinem Medizinstudium und hat seine ersten Examen glänzend bestanden.
Meine allerbesten Grüße, lieber Ben. Die Betten werden am 26. Mai für Euch gemacht sein. Ausreden werden nicht akzeptiert!
Clarissa

Ben lächelte ein wenig müde und setzte sich hin, um Clarissa zu schreiben, daß er ihr Angebot annähme.

Grace las Daniels Brief und brach in Tränen aus. Sie schrieb ihm postwendend einen langen Brief und schickte ihn zusammen mit einem großen Kasten Ölfarben in Tuben weg, die er sich, wie sie wußte, schon lange gewünscht hatte:

Die Farben müssen auf jeden Fall mit nach Australien, ebenso wie das Bild von Charlotte und Flossie. Und wir werden ein letztes Mal zusammen Tee trinken. Ihr habt geschrieben, Ihr würdet am 27. Mai fahren. Wie wäre es mit dem Vierundzwanzigsten? Das würde mir sehr gut passen, und Ihr wäret dann noch nicht ganz und gar mit Packen beschäftigt. Wenn ich nichts von Euch höre, dann treffe ich Euch beide um vier Uhr nachmittags am gleichen Ort wie letztes Mal.

Brian Meredith hatte eine Magengrippe. Es ging ihm inzwischen ein wenig besser, aber er fühlte sich noch immer sehr schwach. Der Arzt sagte, er solle lieber noch eine Woche zuhause bleiben.

«Was Sie brauchen, ist ein bißchen frische Landluft», sagte er.

«Schön wär's», erwiderte Brian.

Aber das Thema Landluft erinnerte ihn an Mrs. Bennett und die Tatsache, daß er ihren Brief noch nicht beantwortet hatte. Einer der Termine, den sie vorgeschlagen hatte, war bereits verstrichen, und der nächste wäre bereits in wenigen Tagen.

«Am besten rufe ich sie mal an», sagte er zu Sandra.

«Denk an die Kosten», entgegnete sie. «Du solltest ihr lieber schreiben.»

«Ja, okay», sagte er. Plötzlich krampfte sich sein Magen wieder so heftig zusammen, daß er sich krümmte. Eine Stunde später lag er wieder im Bett; Mrs. Bennett war fürs erste vergessen.

«Ich werde mal ausreiten, Liebling», sagte Charles und legte die Sonntagszeitung auf den Tisch. «Ich komme in einer Stunde wieder zurück. Vielleicht ruft Mutter an; sie möchte unbedingt sehen, wie Lara sich macht. Möglicherweise könnte sie zum Mittagessen vorbeikommen, denn Vater spielt heute Golf.»

Grace war dabei, ein Hühnchen für das Mittagessen zu stopfen, ein ziemlich kleines allerdings. Sie wußte, was Charles' Vorschlag bedeutete: Muriel würde ihren Anteil davon essen und den von Grace noch dazu. «In Ordnung», sagte sie seufzend.

Charles hörte den Seufzer und funkelte sie wütend an. Als er zu ihr herüberkam, um ihr einen flüchtigen Kuß auf die Wange zu drükken, wandte sie den Kopf ab.

Elspeth erschien gegen elf Uhr, um Klavier zu üben. Grace lauschte den Tonleitern, sah in den sonnenbeschienenen Garten hinaus und fühlte sich ruhiger; als Elspeth fertig war, gab sie ihr eine Tasse Kakao und sagte ihr, sie solle sich doch zu ihr in den Garten setzen.

«Wie geht's in der Schule? Besser?»

«Ach ja, ganz gut, Miss.»

«Wirklich? Du klingst nicht allzu begeistert.»

»Nein, eigentlich nicht», sagte Elspeth und lächelte sie ein wenig unsicher an. «Die meisten Mädchen sind schrecklich, und der Unterricht ist furchtbar langweilig.»

«Ich habe über dich nachgedacht», sagte Grace. «In St. Felicia's wurde ein Stipendium für Musikschüler ausgeschrieben. Das ist die große Schule, weißt du, auf der anderen Seite von Shaftesbury. Ich denke, du solltest dich darum bewerben. Wenn du einverstanden bist, werde ich mal mit deinem Vater darüber reden.»

«Oh, ich weiß nicht, Miss», sagte Elspeth zweifelnd. «Ich bin schon durch die andere Prüfung gefallen.»

«Ja, ich weiß, aber dabei ging es auch nicht um Musik. Ich glaube, du hast eine wirklich gute Chance, das Stipendium zu bekommen. Wenn du ein paar Minuten wartest, dann schreibe ich ihm einen Brief und schlage es ihm vor. Wir müssen uns aber ein bißchen beeilen, denn die Prüfung ist schon in vierzehn Tagen. Ich weiß es nur deshalb, weil ich in meiner Musikakademie davon gehört habe. Sag ihm, er soll mich heute anrufen, wenn er die Idee gut findet.»

«Ja, in Ordnung, Miss.»

Als Elspeth gegangen war, schenkte sie sich ganz uncharakteristischerweise einen Drink ein und setzte sich damit auf die Terrasse. Sie fühlte sich ein wenig nervös, vermutlich weil Muriel ohne Clifford zum Mittagessen kommen würde. Sie würde stundenlang dabeisitzen, sich Gespräche über Pferde anhören und Mutter und Sohn wie eine dumme Dienstmagd bedienen müssen.

Charles war bereits sehr lange fort; sie hoffte, daß ihm nichts passiert war. Früher oder später würde er gewiß von diesem Pferd stürzen und sich etwas brechen. Im Haus klingelte das Telefon; sie ging hin, um den Hörer abzunehmen.

Es war Peter Roberts, einer von Charles' Reitkameraden; Charles sei auf einen Drink vorbeigekommen, sagte er, habe angenommen, daß sie sich Sorgen mache, und ihn gebeten, sie anzurufen. Er sei mittlerweile auf dem Weg nach Hause und würde wahrscheinlich in etwa einer halben Stunde dort eintreffen.

«Danke», sagte Grace und legte den Hörer auf. Sie wollte gerade in die Küche und sich weiter um das Mittagessen kümmern, als sie in der Entfernung Charles und Lara sah, die bewundernswert langsam von Thorpe Hill herübertrabte. Er verschwand vorübergehend hinter den Bäumen, und dann sah sie ihn auf dem Pfad, der am Waldrand entlangführte, in Richtung Pferdekoppel reiten. Es sah sehr romantisch aus, wie auf einem Aquarell; die Sonne ließ Laras Fell aufleuchten, ihr Schweif schwang hin und her und vertrieb die Fliegen, und hinter ihnen schimmerten hellgrün die Frühlingswälder. Und dann geschah es.

Irgend etwas – niemand würde jemals herausfinden, was es gewesen war – erschreckte Lara; Grace sah, wie sie heftig scheute und dann zweimal hintereinander buckelte, und als sie selbst dadurch Charles nicht aus dem Sattel werfen konnte, begann sie, zur Pforte der Pferdekoppel zu galoppieren. Sie spannte all ihre Kräfte an, machte einen gewaltigen Sprung, landete ungeschickt und stolperte; wäre sie nicht gestolpert, dann wäre alles in Ordnung gewesen. Aber es war das Stolpern, das Charles schließlich aus dem Sattel warf, er schoß über ihren Kopf hinweg nach vorn und schlug sehr unglücklich auf dem Boden auf. Lara, die sich nun endlich beruhigt hatte, stand da und beschnupperte ihn; wahrscheinlich fragte sie sich, warum er sich nicht erhob und wieder aufstieg, so, wie er es in der Vergangenheit so viele Male getan hatte. Oder warum er sich überhaupt nicht mehr bewegte.

Kapitel 34
Ende Mai 1946

Alles, was Grace dachte, als sie über die Pferdekoppel rannte – wobei sie diesmal ihre Angst vor Lara völlig vergaß – war, daß sie in dem Moment, bevor Charles aus dem Haus gegangen war, ihr Gesicht abgewandt und sich geweigert hatte, sich von ihm küssen zu lassen. Und das letzte, was er getan hatte, war, sie anrufen zu lassen, damit sie sich keine Sorgen zu machen brauchte.

Vielleicht war dies jetzt die Strafe. Dafür, daß sie ein so schlechter Mensch war.

Sie stand da und sah auf ihn hinab; er lag auf dem Boden, stumm und still wie ein Stein. Sie fragte sich, ob er tot sei oder vielleicht gelähmt, um dann den Rest seines Lebens in einem Rollstuhl verbringen zu müssen. Das wäre wahrscheinlich noch schlimmer. Sie wollte ihn lieber nicht berühren – sie wußte, daß es gefährlich war, einen Menschen, der einen Unfall gehabt hatte, zu bewegen. Aber sie mußte unbedingt wissen, ob er überhaupt noch lebte. Sie sank auf die Knie und legte ihre Hand vorsichtig an seinen Hals, um seinen Puls zu fühlen. Aber sie spürte nichts. Großer Gott… er war tot.

Sie sah sich verzweifelt um und fragte sich, was sie tun sollte. Drüben in der Zufahrt konnte sie Muriels Wagen sehen. Sie winkte ihr mit beiden Armen und dachte, daß dies das erste und wahrscheinlich letzte Mal wäre, daß sie sich freute, sie zu sehen. Muriel duckte sich unter dem Geländer durch und rannte auf sie zu.

«Was ist? Was ist passiert?»

«Es ist Charles, er.. er…»

«Ich sehe, daß es Charles ist», sagte Muriel, «aber was ist passiert? Selbst du müßtest doch –»

«Tut mir leid», sagte Grace und dachte, daß selbst Muriel ihr wohl kaum die Schuld daran geben konnte, daß Charles von seinem Pferd abgeworfen worden war. «Lara ist über den Zaun gesprungen und gestolpert, und dann ist er heruntergefallen. Ich kann den Puls nicht fühlen, ich glaube… ich glaube…»

Muriel kniete neben Charles nieder, legte ihre Hand an seinen Hals und betastete ihn an verschiedenen Stellen. Grace sah gequält zu.

«Was zum Teufel macht ihr da?» fragte plötzlich eine ärgerliche Stimme.

Er habe sich das Bein gebrochen und eine leichte Gehirnerschütterung erlitten, sagte Dr. Hardacre. Er wurde mit einem Krankenwagen abtransportiert, dem Grace und Muriel in Muriels Wagen folgten, weil sein Bein gerichtet werden mußte, und kam am nächsten Tag wieder nach Hause. Als er in das Haus getragen wurde, betrachtete Grace ihn mit düsteren Vorahnungen. Charles war ein schrecklicher Patient. Er hatte Schwierigkeiten, die Krücken richtig zu benutzen, und die meiste Zeit lag er auf dem Bett und überschüttete Grace mit Vorwürfen. Er klagte nicht über seine Schmerzen, die gewiß erheblich waren, aber er beklagte sich über alles andere: Langeweile, Unbequemlichkeit, die Hitze, das Essen, die Bücher, die Grace ihm brachte, die Radioprogramme der BBC, die Arbeit, die sich auf seinem Schreibtisch stapelte, das Bellen der Hunde, die Tatsache, daß Grace es nicht schaffte, mit Lara fertig zu werden. Lara war das kleinste Problem; sie wurde auf die Farm zurückgeschickt, woher sie gekommen war; der Rest war schwieriger.

Grace hatte für Charles ein Bett im Wohnzimmer aufgeschlagen, damit er durch die offenen Terrassentüren die warme Sommerluft genießen konnte, aber er beklagte sich, daß er dort keine Ruhe fände. Sie verlegte das Bett in sein Arbeitszimmer. Er sagte, das sei etwas besser, da sich dort ein Telefon befinde und er mit dem Büro telefonieren könne, aber nach einigen Tagen erklärte er, er könne wegen des Telefons keine Ruhe finden und Grace müsse beim ersten Klingeln an sein Bett eilen, um den Hörer abzunehmen. Wenn sie zur Toilette ging oder auch nur in den Garten, um die Wäsche aufzuhängen, nahm sie zuvor den Hörer von der Gabel. Da die Anrufe ohnehin fast immer für ihn waren, erschien ihr das Ganze als eine schreckliche Zeit- und Energieverschwendung, aber er hatte offensichtlich ein besseres Gefühl, wenn die Anrufe von ihr entgegengenommen wurden.

Was das Essen betraf, so tat sie ihr Bestes, aber es war nicht möglich, ihn zufriedenzustellen: Er sagte, er brauche Fleisch, damit er wieder zu Kräften komme, aber nach wenigen Mahlzeiten beklagte er sich, daß es, da er sich kaum bewege, zu schwer sei; sie brachte ihm dann Käse und Eier, aber er erklärte, er bekäme davon Verstopfung.

Er verlangte nach Süßigkeiten, aber Zucker wurde noch immer rationiert, und er hatte großen Appetit auf Brot, welches Grace selbst machte, das von ihm aber als ungenießbar zurückgewiesen wurde, weil es angeblich nicht durchgebacken sei.

«Bitte meine Mutter, dir ihr Rezept zu geben; ihres schmeckt viel besser.»

Grace wußte, daß Muriel in ihrem ganzen Leben kein einziges Brot gebacken hatte, aber sie schwieg. Das Rezept, das sie am Ende ausprobierte, war das von Jeannette, und deren Brot war in der Tat köstlich.

Es konnte nicht schlafen, und er erklärte, durch das Lesen bekäme er Kopfschmerzen; Grace bot ihm an, ihm vorzulesen, aber nach dem ersten Kapitel beklagte er sich, daß die Geschichte zu langweilig sei und er nicht die Geduld habe, sie sich zu Ende anzuhören.

Nach der zweiten Woche hätte sie ihn am liebsten erdrosselt.

Mr. Dunn war einverstanden, daß Elspeth die Aufnahmeprüfung für St. Felicia's machte. Elspeth konnte nicht im Mill House üben, solange Charles dort war, deshalb hatte Grace Miss Merton gefragt, ob Elspeth in der Schule üben dürfe.

«Du kannst jeden Tag, bevor du nach Hause gehst, dort ein bißchen Klavier spielen», sagte sie zu Elspeth, «und danach, wenn du fertig bist, gibst du bei Miss Merton den Schlüssel ab.»

«Danke, Miss. Was meinen Sie, was ich spielen sollte? Das Stück von Mozart oder das von Haydn?»

«Beide», sagte Grace mit fester Stimme. «Sie wollen wenigstens zwei Stücke hören, auch deine Tonleitern, und ich denke, du solltest ein Lied spielen, das du selbst komponiert hast, das Wiegenlied, weißt du? Es zeigt, wieviel Talent du hast. Okay? Sie werden mich benachrichtigen, wann du kommen sollst, um welche Uhrzeit und so, weil ich deine Lehrerin bin. Und ich werde dich hinbringen. Die Prüfung ist am 25. Mai. Schau nicht so ängstlich drein, Elspeth, ich weiß, daß du deine Sache sehr gut machen wirst.»

«O je», sagte Brian Meredith, der endlich wieder völlig genesen war, «ich habe noch immer nicht mit Mrs. Bennett Kontakt aufgenommen. Morgen ist der letzte Termin von den dreien, die sie vorgeschlagen hat. Was soll ich machen, Sandra?»

«Dann mußt du sie wohl anrufen. Soll ich es für dich tun? Ich muß ohnehin ins Dorf.»

«Nein, das ist schon in Ordnung. Es ist besser, wenn ich es mache. Sie scheint sehr nett zu sein. Was denkt sie jetzt bloß von mir? Ich muß sowieso mal raus.»

«Gehst du wirklich wieder zur Arbeit?» fragte Sandra. «Ich bin froh, wenn ich dich endlich nicht mehr im Haus habe.»

«Das meinst du doch nicht im Ernst.»

«Nein, eigentlich nicht», sagte sie und gab ihm einen Kuß. «Du wirst mir fehlen.»

«Ich muß ein paar Lebensmittel einkaufen», sagte Grace, «wir haben überhaupt keine Vorräte mehr.»

«Kannst du die Sachen nicht ins Haus liefern lassen?»

«Nein, das geht nicht, Charles. Es gibt augenblicklich kaum Händler, die die Lebensmittel ins Haus liefern. Ich bleibe nicht lange fort, und wenn du ein Problem hast, dann brauchst du nur den Hörer in die Hand zu nehmen, und deine Mutter ist in zehn Minuten hier. Aber ich bin ohnehin in einer Stunde zurück.»

Die Nummer, die Brian wählte, um Mrs. Bennett zu erreichen, war lange besetzt; die Frau in der Telefonvermittlung war sehr teilnahmsvoll.

«Sie war schon den ganzen Nachmittag besetzt.»

«Es handelt sich doch nicht um eine Störung, oder?»

«Ich weiß es nicht. Ich bin nur vorübergehend hier.»

«Ach du großer Gott», sagte Brian.

«Ist es dringend? Ich weiß, daß Mrs. Boscombe, die normalerweise die Vermittlung macht, eine Nachricht weitergibt, wenn es wirklich dringend ist.»

«Mein Gott», sagte Brian, «das wäre hier in London undenkbar.»

«Ja, vermutlich», sagte die Dame in der Vermittlung.

«Sagen Sie mir mal Ihren Namen, und dann versuche ich es noch einmal. Kann man Sie zurückrufen?»

«Nein, das geht nicht. Mein Name ist Meredith. Brian Meredith. Ich kann mich nicht mit Mrs. Bennett treffen, das ist die Botschaft. Ich werde wieder anrufen.»

«Gut. Das habe ich aufgeschrieben. Ach, wer hätte das gedacht, jetzt klingelt es. Bleiben Sie bitte am Apparat.»

Am anderen Ende der Leitung hörte Brian eine Männerstimme; sie klang ziemlich unfreundlich. «Nein», sagte der Mann, «sie ist nicht da. Wer will sie denn sprechen?»

«Hier spricht Brian Meredith.»

«Hören Sie, wenn Sie jemand aus dem College sind oder wenn es um irgendein Musikstipendium geht, dann möchte ich wirklich nicht –»

«Nein, ich bin nicht jemand aus dem College», sagte Brian und steckte noch zwei weitere Pennies in den Apparat. Er fühlte sich durch den strengen Befehlston seines Gesprächspartners ein wenig verunsichert; die fünf Jahre, die er in der Armee gedient hatte, hatten ihre Spuren hinterlassen. «Tut mir leid, Sir, ich habe eine Verabredung mit Mrs. Bennett, aber ich kann sie nicht einhalten. Es tut mir sehr leid. Ich war krank.»

«Was für eine Verabredung? Worum geht es denn eigentlich?» Die Stimme klang jetzt noch ungehaltener. «Mit einem Arzt oder so?»

«Nein, nicht mit einem Arzt. Es ist ein wenig schwierig zu erklären, Sir.»

«Dann strengen Sie sich mal ein bißchen an. Ich habe Besseres zu tun, als mit Ihnen irgendein Ratespiel zu spielen.»

«Ja, Sir. Selbstverständlich. Ich habe etwas für sie, etwas, was ihrem verstorbenen Mann gehörte. Etwas, was er... nun ja, was er verloren hatte. Im Krieg. Und was ich seitdem aufbewahrt habe, Sir.»

Es folgte ein Schweigen, dann sagte die Stimme: «In welchem Regiment waren Sie?»

«Fallschirmjäger, Sir.»

«Und wie kommt es, daß Sie etwas von... von Major Bennett in Ihrem Besitz haben?»

«Ich war der Mann, der ihn fand, wissen Sie. In Frankreich. Nach seinem... nachdem er...»

Es folgte ein langes Schweigen, dann sagte der Mann am anderen Ende der Leitung: «Und worum genau handelt es sich?»

Man hörte wieder den kurzen, schrillen Piepston; Brian hatte nur noch zwei Pennies in der Hand. Er steckte sie in den Apparat. «Ich muß Schluß machen, Sir, ich habe kein Geld mehr.»

«Geben Sie mir Ihre Nummer. Ich rufe sie zurück.»

«Das geht nicht, Sir, ich rufe von einer öffentlichen Telefonzelle an. Könnten Sie bitte Mrs. Bennett sagen, daß ich ihr schreiben und einen anderen Termin mit ihr ausmachen werde?»

«Das hat überhaupt keinen Sinn», erklärte der Mann. «Tut mir leid. Sie ist verreist. Für ein längere Zeit. Sie war krank. Hören Sie, schicken Sie es ihr, was auch immer es ist. Ein Brief, sagten Sie?»

«Nein, das habe ich nicht gesagt, Sir.»

«Und? Was ist es?»

«Ein Ring, Sir. Ein Siegelring.»

Wieder ein langes Schweigen, und dann die kurzen, schrillen Piepstöne. «Mein Gott», sagte die Stimme, «dann schicken Sie ihn doch mit der Post. Ich kann mir ohnehin nicht vorstellen, warum Sie ihn an sich genommen haben. Äußerst ungewöhnlich. Aber belästigen Sie Mrs. Bennett nicht länger damit. Ich werde mich um die Sache kümmern. Verstanden?»

«Ja, Sir. An wen soll ich ihn schicken, Sir?»

«An mich. Mein Name ist Jacobs. Michael Jacobs. An diese Adresse hier. Und ich hätte gern Ihre Adresse und –» Die Verbindung brach ab.

Das ist offensichtlich Mrs. Bennetts neuer Liebhaber, dachte Brian und legte den Hörer auf. Seine Stimme klang eindeutig so, als wenn er nicht besonders freundlich wäre. Brian entschloß sich, mit dem Abschicken des Ringes ein wenig zu warten. Es gab immer noch die Möglichkeit, daß Mrs. Bennett selbst mit ihm Kontakt aufnahm.

«Möglicherweise wird man irgendwelche Sachen fürs Büro an diese Adresse hier schicken», sagte Charles an jenem Abend. «Einiges davon ist an Jacobs adressiert. Sicher, er ist im Ruhestand, aber er bekommt noch immer Post. Wenn du mir die Sachen dann bitte sofort geben würdest, ja? Komm bitte nicht auf die Idee, die Post zu öffnen.»

«Ja, natürlich», sagte Grace. «Es würde mir nicht im Traum einfallen, irgendeinen deiner Briefe zu öffnen. Das weißt du doch. Und ich bin mir sicher, daß du auch keinen von meinen öffnen würdest.»

«Nein. Nein, natürlich nicht.»

«Hat übrigens John Stokes heute nachmittag angerufen? Wegen der Musik am Samstag?»

«Nein. Es hat niemand angerufen.»

«Dann muß ich ihn wohl anrufen. Charles, ist alles in Ordnung mit dir? Du siehst so komisch aus.»

«Nein. Mir geht es hervorragend. Ich habe bloß die Nase voll davon, hier herumzuliegen und mich zu langweilen.»

Am nächsten Morgen rief der Leiter der Musikschule St. Felicia's wegen Elspeths Aufnahmeprüfung an.

«Ich wollte Sie nur warnen. Wir verlangen von allen Kindern, ein Musikstück auswendig vorzutragen. Und dann müssen noch einige Tonleitern gespielt werden. Kann ich Ihnen gerade mal durchgeben, um welche es sich handelt, so daß Elspeth sie üben kann?»

«Ja, natürlich», sagte Grace, «ich muß nur ein Blatt Papier holen. Könnten Sie bitte einen Moment lang am Apparat bleiben, während ich –»

«Grace!» brüllte Charles aus dem Arbeitszimmer. «Kannst du bitte sofort kommen? Ich habe den verfluchten Tee verschüttet.»

«O je», seufzte Grace und durchwühlte ihre Handtasche nach etwas, irgend etwas, worauf sie schreiben könnte. Sie fand den Brief von Brian Meredith und schrieb hastig: «B-moll, G-Dur... ja, hab ich notiert. Recht herzlichen Dank. Bis nächste Woche dann. Auf Wiedersehen.»

Sie legte den Brief in ihre Tasche zurück und ging ins Arbeitszimmer. Charles funkelte sie wütend an; von seiner *Times* tropfte der Tee. Sie bemühte sich, ihn auf angemessene Weise zu bemitleiden.

Während sie die *Times* abtupfte, warf sie einen Blick auf das Datum. Der 20. Mai. Noch genau eine Woche, bis Ben und die Jungen ihre Reise nach Australien antreten würden.

Nach dem Mittagessen schlief Charles ein. Sie beschloß, die Zeit zu nutzen und einen Spaziergang zu machen. Sie rief die Hunde und ging mit ihnen quer über die Pferdekoppel; wie schön, dachte sie, daß Lara nicht dort ist. Aber die Stute würde wohl bald wieder dasein; Grace hatte versucht, Charles zu überreden, sie zu verkaufen, aber er wollte nichts davon hören.

Sie ging weiter, als sie ursprünglich beabsichtigt hatte; auf dem Rückweg sah sie, wie der Schulbus am Weg hielt. Elspeth stieg aus und winkte ihr zu.

«Elspeth! Heute morgen hat mich jemand wegen deiner Prüfung angerufen. Du mußt noch einige Tonleitern üben. Wenn du jetzt mit mir kommst, dann können wir sie mal durchgehen. Okay?»

Elspeth nickte. «Wie geht es David?» fragte sie beiläufig, während sie die Auffahrt hinaufgingen. «Ich höre überhaupt nichts mehr von ihm. Er sagte, er würde mir schreiben, aber...»

Ihre Stimme klang verzweifelt. Grace lächelte sie an.

«Oh... Er ist sehr gewachsen. Und hat schrecklich viel zu tun. Sie wollen nach Australien auswandern, weißt du», fügte sie hinzu und versuchte, ihrer Stimme einen beiläufigen Klang zu geben. «Er wird dir wahrscheinlich von dort eine Postkarte schicken.» Ich muß ihm sagen, daß er das unbedingt tun soll, dachte sie, wenn ich ihn kurz vor seiner Abreise sehe.

«Australien! O je. Das ist ja so weit weg. Dann werde ich ihn bestimmt nie wiedersehen.»

«Ich weiß es nicht», sagte Grace. «Wenn du eine berühmte Konzertpianistin bist, kannst du dort mal Konzerte geben.»

«Ja, Miss», sagte Elspeth mit einem Lächeln.

Charles war in die Küche gehumpelt; er saß mit eisernem Gesicht am Tisch und aß Brot mit Marmelade. «Ich war schrecklich hungrig», sagte er. «Wo zum Teufel warst du?»

«Ich bin nur spazierengegangen. Ich habe Elspeth mitgebracht, sie macht in der nächsten Woche ihre Aufnahmeprüfung. Ich würde ihr jetzt gern ein wenig Unterricht geben, Charles.»

«Ja, aber könntest du mir erst einmal eine Tasse Tee machen? Ich habe furchtbaren Durst.»

«Ja, natürlich. Also, Elspeth», sagte sie und nahm ihre Tasche, «ich habe aufgeschrieben, um welche Tonleitern es sich handelt, du kannst gleich damit anfangen... Das ist aber seltsam. Ich hätte schwören können, daß der Brief hier drinnen war.»

Sie schaute sich verwirrt in der Küche um. «Charles, hast du vielleicht einen Umschlag aus meiner Tasche genommen?»

«Nein, natürlich nicht. Was für einen Umschlag?»

«Einen kleinen braunen. Ich habe mir ein paar Notizen darauf gemacht.»

Sie hoffte, er habe den Brief nicht gelesen. Es spielte eigentlich keine große Rolle, aber... Sie sah ihn prüfend an, aber er saß da und las mit gerunzelter Miene seine Zeitung. «Weißt du Grace, ich habe Besseres zu tun, als deine Tasche zu durchsuchen.»

«O je», sagte sie, «ich frage mich... also Elspeth, bitte übe erst einmal deine anderen Tonleitern, und ich suche inzwischen...»

«Muß das jetzt sein?» fragte Charles. «Ich würde wirklich gern eine Kleinigkeit essen, es ist bereits nach fünf.»

«Ja, es muß sein», sagte Grace mit fester Stimme, «und es dauert nicht lange. Nun ja, ungefähr eine Viertelstunde. Wenn ich nur die blöde Liste finden könnte.»

Während sie den Tee zubereitete, sah sie plötzlich den Brief; er lag auf dem Fußboden, unter dem Küchentisch. Er war wahrscheinlich aus ihrer Tasche gefallen, als sie ihr Portemonnaie herausgeholt hatte.

Elspeth hörte, wie Mr. Bennett Mrs. Bennett aus dem Arbeitszimmer rief und ihr befahl, ihm eine Tasse Tee zu machen. Sie dachte gerade, wie häßlich er zu seiner Frau war, als er auf seinen Krücken zu ihr hereingehumpelt kam und ihr einen Brief gab.

«Bitte steck diesen Brief für mich ein, ja?» sagte er. «Er ist sehr wichtig. Es handelt sich um eine Überraschung für Mrs. Bennett. Deshalb erwähne ihn bitte ihr gegenüber nicht.»

«Jawohl, Mr. Bennett», sagte Elspeth und schob den Brief in ihre Tasche.

«O je», sagte Brian Meredith. «Ach du großer Gott. Ich hatte schon befürchtet, daß so etwas passieren würde.»

«Was ist denn?» sagte Sandra.

«Wenn ich diesem Mann bloß nichts erzählt hätte. Diesem Mann am Telefon. Schau dir das hier mal an, Sandra.»

Er schob ihr einen Brief hinüber; der Briefkopf lautete: Bennett & Bennett, Anwaltskanzlei, Bell Street, Shaftesbury.

«Ich dachte, Mr. Bennett wäre tot», sagte Sandra.

«Ja, sicher, ist er auch, dies hier ist nur die Firma. Der Brief ist von diesem Mr. Jacobs, mit dem ich gesprochen habe. Ich habe dir doch erzählt, er –»

«Sei still, Deirdre», sagte Sandra. «Ich lese gerade einen Brief. Iß dein Ei auf, überall auf der Welt gibt es Menschen, die am Verhungern sind; sie wären froh, wenn sie ein Ei hätten. Oh, ich würde mir darüber keine Gedanken machen, Brian. Sie können dir nichts anhaben. Du bist ja jetzt nicht mehr in der Armee.»

«Nein aber ...» Er nahm den Brief wieder an sich und las ihn noch einmal durch.

Sehr geehrter Mr. Meredith,
bezugnehmend auf unser Telefongespräch vor ein paar Tagen möchte ich noch einmal wiederholen, daß Sie mit Mrs. Bennett unter keinen Umständen noch einmal Kontakt aufnehmen sollten. Abgesehen davon, daß ihr das gewiß Kummer bereiten würde, könnte es für Sie selbst äußerst unangenehme Folgen haben. Sie sollten sich darüber im klaren sein, daß es völlig illegal war, etwas aus Major Bennetts Besitz an sich zu nehmen, und daß Sie kein Recht hatten, das zu tun. Vor einem Gericht könnte dies als Diebstahl ausgelegt werden.
Da ich sicher bin, daß Sie derart unangenehme Folgen nicht wünschen, senden Sie mir bitte den Ring an die obige Adresse, zusam-

men mit einer schriftlichen Versicherung, daß die ganze Angelegenheit, soweit es Sie betrifft, damit abgeschlossen ist.
Darüber hinaus möchte ich noch einmal betonen, daß jeder Versuch, mit Mrs. Bennett Kontakt aufzunehmen, einen ungünstigen Einfluß auf Ihren Fall haben würde.
Mit freundlichen Grüßen
Michael Jacobs

«O je», sagte Brian Meredith noch einmal.

«Am besten tust du, was er sagt», bemerkte Sandra, «aber mach dir keine Sorgen, Brian, Sie können dir wirklich nichts anhaben.»

Sie hoffte, daß ihre Stimme sicherer klang, als sie sich fühlte.

«Und wir werden jeden Tag ein Picknick am Strand machen», sagte Daniel und versuchte, so zu tun, als freue er sich tatsächlich darauf, «und Dad sagt, die Leute sind wirklich sehr nett.»

«Jetzt halt mal einen Moment den Mund, Daniel», sagte David. «Grace möchte eigentlich gar nichts darüber hören.»

«Doch», erwiderte Grace. Aber sie lächelte David zu, um ihm zu zeigen, daß sie seine Rücksichtnahme zu schätzen wußte. Er war sehr sensibel, sehr einfühlsam. Genau wie... Nun ja, sie hatte immer gewußt, daß er es war.

«Wie auch immer. Wie geht es Sir Clifford?» fragte David.

«Sehr gut. Er läßt euch herzlich grüßen. Und er hat mir das hier für euch mitgegeben.» Sie holte zwei Päckchen hervor und gab jedem von ihnen eines.

«Mensch, toll!» sagte Daniel.

«Wahnsinn!» sagte David.

Es waren zwei Brieftaschen; Brieftaschen für Erwachsene, aus Leder, Grace konnte sich nicht vorstellen, wie Clifford an sie herangekommen war. Sie lächelte die Jungen an. «Toll, nicht wahr?»

«Ja, richtig toll. Wir hatten gedacht, daß er vielleicht mitkommen würde, Sir Clifford.»

«Nein, er ist bei... bei meinem Mann», sagte Grace und dachte liebevoll an Clifford, der, nachdem sie ihn darum gebeten hatte, nicht nur gekommen war, um Charles an diesem Nachmittag Gesellschaft zu leisten, sondern ihm auch erzählt hatte, daß ein paar Dokumente aus dem Büro in London eingetroffen seien, um die Charles sich dringend kümmern müsse.

«Sie sind zwar eigentlich schon seit ein paar Wochen da», hatte er gesagt und Grace zugezwinkert, «aber ich hätte sie wirklich nicht so lange liegenlassen sollen. Einige der Fälle sind ziemlich komplex. Und es dauert ziemlich lange, sie durchzuarbeiten. Grüß die beiden Lausbuben von mir.»

«Wir übernachten bei Clarissa», sagte David, «wir und Dad. Am letzten Abend, bevor wir losfliegen.»

«O tatsächlich?» sagte Grace und versuchte, sich den Anschein zu geben, als würde es ihr überhaupt nichts ausmachen, als würde die siedendheiße Eifersucht sie nicht überfluten, als ließe der Gedanke, daß Ben und die Jungen einen Abend mit Clarissa verbrachten, mit ihr lachten, scherzten und plauderten, von ihr umarmt und geküßt wurden, sie völlig kalt. «Tja, das wird bestimmt nett für euch. Sagt ihr... also, sagt ihr, daß ich sie bald besuchen komme.»

«Ja. Okay.»

«Und? Habt ihr schon alle eure Sachen gepackt?»

«Fast. Daniel ist uns keine große Hilfe. Er scheint keine Lust zum Packen zu haben», sagte David. «Einige von seinen Sachen liegen noch immer in der Gegend herum.»

«Das mach ich schon noch.»

«Machst du nicht.»

«Mach ich.»

«Jetzt hört mal auf, ihr beiden. Was für Sachen?»

«Vor allem die Sachen, die du mir geschenkt hast», sagte Daniel. «Das Foto von Flossie und Charlotte, die Farben und ... na ja, das ist alles.»

«Und deinen alten Teddy» sagte David.

«Ja, den hat Mum mir geschenkt.»

«Und die komische schwarze Puppe, die Grace dir geschenkt hat.»

«Und du hast das Foto von dir und Elspeth am letzten Schultag noch nicht eingepackt.»

«Oh, da fällt mir etwas ein», sagte Grace, «David, bitte versprich mir, daß du Elspeth aus Australien eine Postkarte schickst. Sie vermißt dich...»

«Schau mal, wie er aussieht», rief Daniel. «Er ist knallrot.» Er preßte eine Hand auf sein Herz und schlug die Augen theatralisch zur Decke empor.

«Jetzt sei nicht so frech, Daniel. Na ja, jedenfalls macht sie morgen ihre Prüfung. Die Prüfung für das Musikstipendium. Ich denke, sie wird sie bestehen.»

«Ja. Okay», sagte David. Sein Gesicht war noch immer feuerrot.

«Willst du sie nicht grüßen lassen?» sagte Daniel. «Ihr alles Gute wünschen?»

«Nein», sagte David.

«Das ist aber nicht sehr nett», sagte Grace.

Wenig später mußte Grace sich von ihnen verabschieden. «Ich muß gehen», sagte sie und bemühte sich, ihrer Stimme einen entschlossenen Klang zu geben. «Also, seid brav, ja? Seid ganz brav. Und schreibt mir oft. Und... sagt eurem Dad, daß...»

«Daß du ihn noch immer liebst?» fragte Daniel hoffnungsvoll.

«Nein. Nein, das darfst du ihm nicht sagen. Sagt ihm nur, daß ich hoffe, daß sich alles zum Guten wenden wird.»

Als sie heimkam, sagte sie Charles, sie habe Migräne und würde ins Bett gehen, und bat Clifford, ihm sein Abendessen zuzubereiten.

«Und du willst gar nichts?» fragte Clifford sanft, da er an ihrem blassen Gesicht ablesen konnte, wie unglücklich sie war – und auch den Grund dafür wußte.

«Nein», sagte sie. «Nein, danke, Clifford. Ich will nichts, jedenfalls nichts, was du mir beschaffen könntest. Tut mir leid.»

Sie wandte sich ab und lief ohne ein weiteres Wort die Treppe hinauf.

Am Morgen fühlte sie sich fast heiter; sie vermutete, weil sie den quälenden Abschied hinter sich gebracht hatte. Sie hatte ihnen Adieu gesagt, sie waren fort – jedenfalls fast –, und sie konnte davon ausgehen, daß sie jetzt endgültig aus ihrem Leben verschwunden waren. Sie mußte davon ausgehen: sie hatte keine andere Wahl.

Charles war nervös und ärgerlich, daß sie schon wieder fortging, um Elspeth zu ihrer Prüfung zu begleiten, ungeduldig wegen seines Beines, das zu schmerzen aufgehört hatte und jetzt unter dem Gips unerträglich juckte.

«Sieh mal, Mrs. Babbage kommt heute morgen vorbei, um nach dir zu sehen. Ich werde ihr sagen, sie soll dir eine von ihren extralangen Stricknadeln mitbringen, damit du dich unter dem Gips kratzen kannst. Also», sagte sie dann, «bist du bereit, Elspeth?»

«Ja, ich glaube, Miss. So einigermaßen.»

«Gut. Also, Charles, ich bin in ein paar Stunden zurück. Ich werde dir aus dem Büro deine Post mitbringen. Und Mrs. Babbage wird für dich kochen, wenn du früh zu Mittag essen willst. Ach du großer Gott...»

Es war das Telefon: die Stimme von Mrs. Boscombe. «Mrs. Bennett, meine Liebe, eine Nachricht für Sie. Nun, eigentlich für Elspeth. Von David, dem guten Jungen. Er hat mir gesagt, ich solle ihr viel Glück wünschen. Er hat es schon früher versucht, aber er ist nicht durchgekommen. Ich vermute, der Major hat sehr viel zu tun.»

«Oh, wie lieb von ihm», sagte Grace und ihre Augen füllten sich mit Tränen. «Und wie nett von Ihnen, Mrs. Boscombe.»

«Tja, ich werde diesen Job wohl nicht viel länger machen», sagte Mrs. Boscombe. «Hier wird demnächst alles auf Automatik umgestellt.» Ihre Stimme klang empört.

«Ach», sagte Grace, «das tut mir aber leid.»

«Das ist doch wirklich nicht in Ordnung, oder? Jedenfalls nicht für diese Gegend. Oh, da fällt mir ein, Mrs. Bennett, ich habe vor ein paar Tagen einen Zettel mit einer Nachricht für Sie gefunden, die an meinem freien Tag hereingekommen war. Haben Sie sie erhalten, meine Liebe? Von einem Mr. Meredith.»

«Von wem?» fragte Grace.

«Mr. Meredith, jedenfalls ist das der Name, der auf dem Zettel steht. Er kann sich nicht mit ihnen treffen, aber er meldet sich wieder. Wissen Sie, worum es sich handelt?»

«Ich glaube schon», sagte Grace sehr langsam. «Ja, danke, Mrs. Boscombe. Äh... wann war das denn, Ihr freier Tag?»

«Am letzten Donnerstag. Wünschen Sie Elspeth auch von mir alles Gute, ja?»

Grace legte den Hörer sehr sanft wieder auf die Gabel. Sie zwang sich, Elspeth anzulächeln. «Das war eine Botschaft. Von David. Er wünscht dir alles Gute. Ist das nicht nett?»

«David?» fragte Elspeth. «David Lucas? Wirklich?»

Grace hatte sie noch nie so aufgeregt gesehen.

Sie saß draußen im Flur und hörte zu, wie Elspeth wunderschön spielte; ihre Gedanken überstürzten sich. Donnerstag. An dem Tag, als sie einkaufen gegangen war und Charles mit Nachdruck erklärt hatte, daß niemand für sie angerufen habe. Tja, vielleicht hatte er geschlafen. Oder vielleicht war Mr. Meredith nicht durchgekommen. Charles' Telefongespräche dauerten immer endlos lange. Ja, das war wahrscheinlich der Grund. Aber dann war da auch noch die etwas verwirrende Geschichte mit dem Brief von Mr. Meredith, der nicht in ihrer Handtasche gewesen war und den sie dann unter dem Tisch gefunden hatte. Sie hatte ihn so sorgfältig zurückgelegt, die Innentasche sogar mit dem Reißverschluß geschlossen gehabt. Briefe pflegten nicht von selbst aus solchen Taschen herauszufallen. Aber warum sollte Charles denn wegen einer solchen Sache lügen? Es sei denn, er wollte nicht, daß sie sich mit Mr. Meredith traf.

Jedenfalls konnte sie ihm noch nicht einmal schreiben und ein anderes Treffen vorschlagen. Wahrscheinlich war es am besten, wenn sie Charles nicht beunruhigte, da es ihn so sehr störte.

Elspeth kam strahlend aus dem Prüfungsraum. «Egal, ob ich nun bestanden habe oder nicht», sagte sie, «es war richtig schön. Ich mußte auch singen. Sie sagte, wir werden in ein paar Tagen benachrichtigt.»

«In ein paar Tagen, die uns ziemlich lang vorkommen werden», sagte Grace und lächelte sie an. «Weißt du was, Elspeth, wenn es dir nichts ausmacht, dann fahren wir über Salisbury zurück. Ich muß ein paar Sachen aus dem Büro meines Mannes holen.»

Die Sekretärin bei Bennett & Bennett hatte einen Stapel Post für Charles. «Und dies hier ist für Mr. Jacobs. Aus London. Offensichtlich jemand, der nicht weiß, daß er in Rente ist. Möchten Sie es mitnehmen, Mrs. Bennett?»

«Ja», sagte Grace, «ich nehme es mit. Danke.»

Als sie heimkam, war Mrs. Babbage bereits gegangen. Charles lag mit schmerzverzerrtem Gesicht auf dem Sofa.

«Sie hat mir einen scheußlichen Salat gemacht und mir nichts zu trinken gegeben. Wirklich, Grace, ich war sehr geduldig, aber –»

«Tut mir leid», sagte Grace. Sie floh in die Küche und legte im Vorbeigehen den Stapel Post auf den Stuhl im Flur. Was für ein Tag! Wenigstens lenkte er sie von den Gedanken an gestern ab – und an übermorgen.

Sehr viel später, als Charles ein Nickerchen machte, ging sie ziemlich müde hinaus in den Garten. Es war ein wunderschöner Tag; ganz plötzlich war, wie es häufig geschieht, der Sommer gekommen, der Himmel war blau, im Lavendel und im Geißblatt summten die Bienen, die Luft war erfüllt von Vogelgezwitscher. Obwohl sie sich sehr bemühte, es nicht zu tun, dachte sie an Ben und die Jungen, die nur noch achtundvierzig Stunden in England sein würden.

Plötzlich tauchte Charlotte neben ihr auf und zeigte ihr voller Stolz etwas, was sie im Maul trug; ein halb aufgerissenes Päckchen. «Das ist aber sehr ungezogen», sagt Grace streng. «Dafür bist du eigentlich schon zu groß. Und es gehört deinem Herrn. Jetzt gib es mir aber. Ach du lieber Gott...» Und dann verstummte sie und öffnete vorsichtig, sehr vorsichtig das kleine Paket. Zunächst zog sie das Seidenpapier auseinander, dann zerteilte sie die Watte, und schließlich konnte sie sehen, was es war: ein Ring, ein goldener Siegelring, in den die Buchstaben CB eingraviert waren.

Und dann lag da noch ein Brief, der, obwohl ein wenig aufgeweicht, noch durchaus lesbar war. Ein Brief mit der Unterschrift Brian Meredith.

Sehr geehrter Mr. Jacobs,
hiermit schicke ich Ihnen wie vereinbart den Ring zurück. Es tut mir sehr leid, ich wollte natürlich nichts Unrechtes und gewiß nichts Illegales tun. Ich versichere Ihnen, daß ich mit Mrs. Bennett nicht noch einmal Kontakt aufnehmen werde, und hoffe, daß sie bald wieder gesund sein wird.
Mit vorzüglicher Hochachtung
Brian Meredith

«O Gott», sagte Grace laut. «O mein Gott.»

«Ach du liebe Güte», sagte Sandra. «Es ist ein Telegramm. Ich hoffe, es ist nicht wegen Mum.»

Sie schlitzte den Umschlag auf und las den Inhalt. «So, so», sagte sie, «ich fand den Brief ohnehin ziemlich seltsam. Keine Antwort», sagte sie zu dem Telegrammboten, «vielen Dank.»

Sie ging wieder ins Haus zurück und setzte sich; sie hatte einen ziemlichen Schrecken bekommen. Er reichte aus, um möglicherweise das Baby in Gang zu setzen. Tja, wenn Mrs. Bennett morgen kommen wollte, dann sollte sie wohl besser das Haus ein bißchen auf Vordermann bringen. Was in aller Welt würde Brian sagen, wenn sie es ihm erzählte?

«Charles, ich bin morgen den ganzen Tag in Salisbury», sagte Grace munter.

«Du bist was?»

«Ich bin morgen in Salisbury. Ich habe zwei sehr wichtige Vorlesungen. Mrs. Babbage hat versprochen, vorbeizukommen.»

«Das geht nicht», entgegnete er, «das kannst du einfach nicht machen. Das ist wirklich zu rücksichtslos. Ich werde hier allmählich verrückt, und ich finde, daß du, jedenfalls in diesen Wochen, deine Ausbildung mal sausen lassen solltest.»

«Tut mir leid, Charles. Wenn ich diese Vorlesungen versäume, dann falle ich durch meine Prüfung.»

Er sah sie an, und seine Augen wirkten in dem weißen Gesicht sehr hart. «Du triffst dich doch nicht noch einmal mit diesen Jungen, oder?»

«Nein», sagte Grace, «ich verspreche es dir. Ich werde mich nicht mit den Jungen treffen.»

«Ich kann diese Babbage nicht noch einmal ertragen, Grace. Sie ist ein Alptraum.»

«Dann schlage ich dir vor, daß du deine Mutter anrufst und sie fragst, ob sie vorbeikommen und dich versorgen kann», sagte Grace. «Ich habe keine Zeit, jetzt noch etwas anderes zu arrangieren. Es tut mir wirklich leid, Charles. Aber es ist sehr, sehr wichtig.»

Grace saß im Zug, starrte aus dem Fenster und hoffte, daß ihre Fahrt nicht vergeblich sein möge.

Brian Meredith wohnte in Paddington. Die Gegend war von der Waterloo Station leicht mit der Untergrundbahn zu erreichen. Sie blieb an einem Blumenstand stehen und kaufte einen kleinen Strauß für Mrs. Meredith. Jedenfalls nahm sie an, daß es eine Mrs. Meredith gäbe. Und wenn nicht, dann würde Mr. Merediths Haus wahrscheinlich ohnehin eine kleine Verschönerung brauchen können.

Sie erreichte das Haus kurz vor zwölf und klopfte an die Tür. Ein hübsches kleines Mädchen mit blonden Locken öffnete.

«Hallo», sagte Grace, «ist deine Mama da?»

Ein zweites, größeres Mädchen mit Locken, die nur ein bißchen dunkler waren, tauchte hinter der Kleinen auf. Sie war schwanger. «Ja?» sagte sie.

«Sie sehen genau wie Ihre Tochter aus», sagte Grace lächelnd und hielt ihr die Hand hin. «Guten Tag, ich bin Grace Bennett.»

«Sandra Meredith. Freut mich, Sie kennenzulernen. Sie wollten mit Brian sprechen?»

«Ja. Er ist vermutlich nicht da. Es war dumm von mir, ich habe überhaupt nicht daran gedacht, daß er zur Arbeit gegangen sein könnte, aber –»

«Nein, aber er wird ungefähr um halb drei wieder zurücksein», sagte Sandra. «Er hat diese Woche Frühschicht.»

«Ja, in Ordnung. Soll ich noch einmal wiederkommen?»

«Sie können auch hier warten, wenn Sie möchten.» Sie machte die Tür weit auf; Grace lächelte und trat ein.

In dem kleinen Haus war es ziemlich dunkel, aber es war perfekt aufgeräumt und blitzsauber.

«Was für ein hübsches Haus», sagte Grace. «Oh, wie dumm von mir … diese Blumen sind für Sie.»

«Danke», sagte Sandra. «Sehr freundlich von Ihnen. Möchten Sie vielleicht einen Tasse Tee?»

«Ja, gerne.»

«Setzen Sie sich», sagte Sandra und deutete auf das Vorderzimmer.

«Danke», sagte Grace. Sie ließ sich schwer in einen Sessel fallen; mit einem Mal fühlte sie sich sehr erschöpft.

Gillian Waters von Bennett & Bennett in Shaftesbury hatte einen sehr schwierigen Klienten am Apparat gehabt; sie hatte sich bemüht, ihn zu beschwichtigen, aber ohne großen Erfolg. Sie beschloß, darauf zu achten, daß sie immer das Richtige sagte; da der junge Mr. Bennett nicht da war und der neue junge Teilhaber ständig bei Gericht zu sein schien oder mit irgendeinem Klienten zu tun hatte, hatte sie mehr und mehr das Gefühl, daß man sie mit allem allein ließ; zwar gefiel ihr das, aber die Verantwortung war beträchtlich.

«Mr. Bennett», sagte sie, nachdem Charles nach einer längeren Wartezeit den Hörer abgenommen hatte, «Mr. Bennett, ich hatte gerade Mr. Morton am Apparat, er hat sich Sorgen wegen seinem Vertrag gemacht. Ich sagte ihm, es gäbe keinen Grund zur Beunruhigung, und ich habe auch Mr. Rogers angerufen, um sicherzugehen, daß alles seinen guten Gang nimmt, aber ich dachte, ich sollte einmal nachfragen …»

Charles sagte ihr, daß alles in Ordnung sei, aber daß es dennoch richtig von ihr gewesen war, sich noch einmal zu vergewissern, und fügte dann hinzu, daß sie eine Menge Briefe zu schreiben habe; vielleicht wäre es am besten, wenn er ihr die dringenderen gleich am Telefon durchgeben würde. «Ich hoffe, daß ich nächste Woche wieder im Büro bin und daß wir dann den Rest erledigen können.»

«Gut, Mr. Bennett. Oh, übrigens, wegen dem Paket, das gestern gekommen ist, adressiert an Mr. Jacobs … Ich hoffe, es war richtig, daß ich es an Sie weitergeleitet habe, aber offensichtlich gibt es jemanden, der nicht weiß, daß er in Rente gegangen ist.»

«Paket?» fragte Charles. «Was für ein Paket?»

«Oh, ein kleines Paket mit einem Londoner Stempel. Ich habe es Ihrer Frau gegeben, da sie sagte, sie würde es Ihnen aushändigen. Mr. Bennett, sind Sie noch da?»

Die Sekretärin an der Musikschule von Salisbury sagte Mr. Bennett, es täte ihr sehr leid, aber sie könne seiner Frau leider keine Nachricht übermitteln, und da Mr. Bennett äußerst ungehalten wurde, erklärte sie ihm mit bewunderungswürdiger Geduld, daß da wohl ein Irrtum vorliegen müsse, Mrs. Bennett habe heute überhaupt keine Vorlesungen.

Die beiden Stunden, in denen sie in dem ziemlich spießigen Wohnzimmer der Merediths saß, schienen sich endlos lange zu dehnen; Grace wollte aber nicht gehen, ehe Brian Meredith nach Hause käme. Schließlich kam er, fünfzehn Minuten zu spät; er stürzte zu ihr herein und wirkte ein wenig nervös, schüttelte ihr die Hand und bat sie, ihn zu entschuldigen, daß er sich ein wenig frisch machen könne.

«Es ist sehr freundlich von Ihnen, daß Sie sich so viele Umstände machen», sagte Grace, als er sich schließlich ihr gegenüber in einen Sessel setzte, «ich weiß das wirklich sehr zu schätzen.»

«Ich hoffe, es gibt wegen dieser Sache keine Probleme», sagte er. Der Brief von Mr. Jacobs hat mir wirklich einen Schrecken eingejagt.»

«Ich versichere Ihnen, daß es keine geben wird. Mr. Jacobs hat die Sache falsch verstanden. Äh... wie kam es, daß Sie überhaupt mit ihm in Kontakt getreten sind? Mit Mr. Jacobs, meine ich?»

«Ich habe die Nummer gewählt, die Sie mir gegeben hatten, und er war am Apparat. Ich... nun ja, ich habe tagsüber angerufen, so, wie Sie es mir geschrieben hatten.»

«Ja, natürlich. Es lag da eine dumme Verwechslung vor. Die Sache ist die, Mr. Meredith, ich wollte Ihnen nur noch einmal persönlich danken. Es war wirklich sehr freundlich, was Sie getan haben. Und Sie... nun ja, ein paar Sachen fragen.»

«Ja, Mrs. Bennett?»

«Ich... habe mich gefragt, wo genau Sie ihn gefunden haben. Den... den fraglichen Mann. Sehen Sie, wir dachten lange Zeit, daß er auf der Flucht erschossen worden sei, mein Mann, aber... nun ja, ich wollte nur einfach alles darüber erfahren. Bitte.»

«Ja, ich verstehe. Also, es war in Italien, aber es ist unmöglich, zu sagen, wo genau. Wir wurden nach Deutschland transportiert; wir waren gefangengenommen worden. Es war ziemlich nah an der französischen Grenze, und ich erinnere mich, daß wir durch eine kleine Stadt namens Brianca fuhren. Ich weiß genau, daß sie so hieß, weil der Name so ähnlich lautete wie mein eigener.»

«Ja, natürlich. Aber das Dorf, wo Sie... Major Bennett fanden... Erinnern Sie sich noch an irgendwelche Einzelheiten?»

«Es war kein Dorf, Mrs. Bennett, überhaupt kein Dorf. Es war weit weg von jeder menschlichen Behausung.»

«Oh, ich verstehe. Aber dort war doch ein Bauernhof, oder? Ich meine, es gab irgendwelche Anzeichen dafür, daß Menschen in der Nähe waren?»

«Nein, nichts. Es war irgendwo mitten auf dem Lande, es gab dort, wie ich schon sagte, weit und breit kein Haus. Nun ja, jedenfalls nicht, soweit ich es erkennen konnte.»

«Aber... Mr. Meredith, wo war Major Bennett denn eigentlich? Als Sie ihn fanden?»

«Er war... tja, Mrs. Bennett, ich möchte Sie nicht traurig machen...»

«Sie machen mich nicht traurig», sagte Grace mit fester Stimme. «Ich habe es schon immer wissen wollen. Bitte erzählen Sie es mir. Alles, woran Sie sich erinnern können.»

«Tja, dort... dort lag er eben, wissen Sie. In einem... in einer Art Graben.»

«Oh», sagte Grace. Sie sah Brian Meredith an. Er schien plötzlich weit fort zu sein; seine Stimme klang laut und hallend. «Oh, ich verstehe. Also... gab es keine Anzeichen dafür, daß irgend jemand sich um ihn gekümmert hat? Daß irgend jemand ihn versorgte?»

«Nein, leider nicht. Ich weiß nicht, wie das hätte der Fall sein sollen. Wie ich schon sagte, er war meilenweit von irgendeiner menschlichen Behausung entfernt.»

«Ja. Ja, ich verstehe. Und warum... daß heißt, woher wußten Sie, daß er es war? Major Bennett, meine ich.»

«Nun, es war die Erkennungsmarke, wissen Sie.»

«Trug er sie um den Hals?»

«Nein, nicht um den Hals. Aber er hielt sie in der Hand. Mrs. Bennett, soll ich Ihnen eine Tasse Tee bringen? Sie sehen ziemlich blaß aus.»

«Ja», sagte Grace. «Ja, bitte tun Sie das.»

«Sie sieht furchtbar aus», sagte Brian Meredith leise zu Sandra, als er in die Küche kam, um den Kessel aufzusetzen.

«Ihr Süßen!» rief Clarissa, riß die Tür auf und umarmte alle drei zugleich: Ben, David und Daniel. «Ihr Süßen, wie schön, euch zu sehen. Meine Güte, ihr beiden Jungen seid so groß geworden. David, ich kann dich kaum von deinem Vater unterscheiden. Aber bitte, schaut mich nicht so an. Ich sehe schrecklich aus, dieser dicke Bauch. Kommt rein, ich habe eure Zimmer schon vorbereitet, Jack wird gleich heimkommen. Oh, wie schön, daß ihr gekommen seid! Ich habe mich schon so lange darauf gefreut, ich kann es euch gar nicht beschreiben. Ich hatte gehofft, daß Florence hiersein würde, aber Giles hat irgendeine wichtige Probe in Cambridge und natürlich mußte sie ihn begleiten. Also müßt ihr euch mit uns beiden begnügen.»

Als Grace nach Hause kam, wartete Charles bereits auf sie. Alles war außerordentlich aufgeräumt, der Tisch zum Abendessen gedeckt, der Kamin im Wohnzimmer brannte, und der Duft eines gebratenen Huhns zog durch das Haus.

Als sie die Haustür öffnete, humpelte er aus seinen Krücken in den Eingangsraum. «Hallo?» sagte er. «Hattest du einen guten Tag?»

«Ja, danke», sagte Grace.

«Gut. Meine Mutter ist herübergekommen; sie hat sehr gut für mich gesorgt. Sie hat uns beiden sogar ein warmes Abendessen gemacht.»

«Schön.»

«Möchtest du einen Drink?»

«Ja. Ich glaube, ich brauche einen.»

«Ich habe den Gin schon aus dem Schrank geholt», sagte er. «Ist das okay?»

«Ja, danke. Laß uns ins Wohnzimmer gehen.»

Sie trank ihren Drink in langsamen Schlucken; sie hoffte, daß es kein Fehler sei, Alkohol zu trinken. Sie konnte es sich nicht leisten, verwirrt oder benebelt zu sein.

«Ich war gar nicht in Salisbury», sagte sie schließlich.

«Ich weiß. Ich habe im College angerufen.»

«Aha. Nun ja, jedenfalls habe ich Brian Meredith besucht.»

«Wen?»

«Unteroffizier Meredith, um es genau zu sagen, der den Mann fand, von dem sie dachten, daß du es seist, und den du einzuschüchtern versuchtest, Charles. Du weißt schon, wen.»

Er schwieg.

«Ein bißchen hinterhältig von dir, finde ich», sagte sie, «so ein netter Mann, so freundlich und darauf bedacht, das Richtige zu tun. Er hat es nicht verdient, daß man ihm einen so üblen Streich spielt. Nun ja, jedenfalls habe ich ihm gesagt, daß er sich keine Sorgen zu machen braucht.»

«Du hattest kein Recht, das zu –»

«Wenn ich du wäre, dann würde ich lieber nicht über Recht und Unrecht reden», sagte sie und lauschte voller Erstaunen ihrer eigenen Stimme, dieser kühlen und selbstsicheren Stimme. «Also, würdest du mir bitte sagen, was wirklich passiert ist? Mit dem armen Unteroffizier Barlowe?»

«Ich hab's dir doch schon erzählt», erwiderte er.

«Nein, hast du nicht. Du hast mir eine Menge Lügen erzählt. Jedenfalls glaube ich, daß es Lügen waren. Ich glaube, es *müssen* Lügen gewesen sei. Was ist passiert, Charles?»

«Zum Teufel, ich hab's dir doch schon erzählt», sagte er noch einmal. «Er war verwundet und bekam Fieber. Ich half ihm, so gut ich konnte. Wir kamen zu dieser Farm, der Farmer bot uns an, uns zu helfen, nahm ihn auf, sagte, er würde einen Arzt holen –»

«Wo hat er ihn hingebracht?»

«In ... nun ja, in eines der Nebengebäude.»

«Nicht in sein Haus?»

«Nein, nicht in sein Haus, das hätte er nicht riskiert. Das wäre gefährlich gewesen. Für ihn, meine ich.»

«Ja, vermutlich. Aber Barlowe war doch ganz bestimmt irgendwo in Sicherheit, oder? In irgendeiner Behausung?»

«Ja. Wie oft soll ich es dir noch sagen?»

«Ich weiß es nicht. Bis wir zum Kern der Wahrheit vorstoßen, vermute ich. Und wie ist es dann nach deiner Meinung möglich, daß Barlowe in einem Graben gefunden wurde? Irgendwo weit weg von jeder menschlichen Behausung?»

«Ich habe keine Ahnung», sagte er. «Nicht die geringste Ahnung. Vielleicht geriet er in Panik, lief fort, versuchte, erneut zu fliehen».

«Ich dachte, er konnte zu dem Zeitpunkt gar nicht mehr laufen? Ich dachte, du hättest ihn mehr oder weniger tragen müssen?»

«Tja, vielleicht hatte sich inzwischen ein Arzt um ihn gekümmert, vielleicht ging es ihm besser, ich weiß es nicht. Mein Gott, Grace, ich war zu dem Zeitpunkt doch gar nicht bei ihm.»

«Nein», sagte sie, «das warst du nicht. Da warst inzwischen schon viele Meilen fort. Mit Barlowes Erkennungsmarke. Ich weiß immer noch nicht genau, wie das passieren konnte, aber ich vermute, das werde ich auch noch erfahren. Also, wirst du mir sagen, was geschah, Charles? Oder soll ich es dir sagen?»

«Am besten sagst du es mir», entgegnete er, «da du so verdammt schlau bist.»

«Gut», erwiderte sie, «ich sage es dir. Aber ich werde erst einmal deine Eltern holen, damit sie zuhören können. Ich meine, sie sollten es hören, was du, ihr heldenhafter Sohn, tatsächlich getan hast. Was du deinem Freund und Waffenbruder angetan hast. Und wenn du es mir nicht selbst verrätst, dann werde ich auch ein paar anderen Leuten sagen, was ich vermute. Deiner Schwester und deinen Freunden hier in der Gegend, deinen wunderbaren Freunden, die so nett zu mir waren, während du fort warst. Vielleicht erfährt auch jemand von der Lokalzeitung davon. Und dann ist da noch Colin Barlowes arme Witwe. Sie wäre ziemlich traurig, wenn sie wüßte, was ich vermute. Ich meine, es ist natürlich nur eine Theorie, das ist mir klar. Aber Mr. Meredith erinnert sich sehr deutlich daran, was geschehen ist. Fangen wir bei deinen Eltern an. Ich werde sie mal anrufen und...»

«Das wirst du doch wohl nicht ernsthaft zu tun beabsichtigen», entgegnete er, und in seinen Augen, in seinem Gesicht zeigte sich die nackte Panik, «das würdest du ihnen doch nicht sagen. Du könntest sie... nicht derart verletzen und schockieren.»

«Natürlich wäre das nicht meine Absicht, nein. Vor allem nicht deinen Vater, den ich so sehr liebe und der dich so sehr liebt. Ich erinnere mich eigentlich nicht, daß du dich besonders um ihn gekümmert hast, als Muriel ihn verstoßen hatte und er Hilfe brauchte. Das blieb mir überlassen. Du hast mir damals jeden Kontakt mit ihm verboten. Auf jeden Fall würde ich es ihnen sagen, wenn ich es müßte. Aber ich möchte es wirklich einfach nur wissen. Um meiner selbst willen, damit ich selbst Klarheit habe. Was ist passiert, Charles?»

«Wenn ich es dir sage», fragte er, und seine Stimme klang matt, heiser, «wirst du es dann nicht weitersagen? Versprichst du mir das?»

«Ja», sagte sie, «ich verspreche es dir.»

Es war genau so gewesen, wie sie gedacht hatte, wie sie es sich auf der langen und quälenden Rückreise von London ausgemalt hatte. Charles hatte Barlowe immer stärker als eine Belastung empfunden, hatte gesehen, daß der Mann seine Flucht hoffnungslos behinderte, wenn nicht gänzlich unmöglich machte, und daß er, wenn er ihn in ein Krankenhaus brächte, selbst wieder gefangengenommen würde. Und deshalb hatte er ihn allein zurückgelassen. «Ich habe es ihm so bequem wie möglich gemacht, ich habe ihm einen Becher Wasser aus einem Bach geholt. Und ich wollte zu ihm zurückkehren, aber...»

«Und die Erkennungsmarke? Wie ist das passiert?»

«Ich hatte meine verloren.»

«Charles, red keinen Blödsinn. Du hattest sie nicht verloren, Colin Barlowe trug sie ja bei sich. Ich glaube nicht...» Und dann plötzlich fiel ihr das Gespräch bei irgendeinem Abendessen wieder ein, wo jemand gesagt hatte, je höher der Rang, desto besser seien die Chancen gewesen. Sie sah Charles an, der mit wachsbleichem Gesicht dasaß und sie anstarrte. «Du hast sie genommen, nicht wahr? Du hast seine genommen. Und ihm deine eigene gegeben. Und dabei wußtest du ganz genau, daß du wahrscheinlich nicht zurückkommen würdest.»

«Nein, nein», sagte er. «Nein, das stimmt nicht. Ich habe sie nicht genommen. Ich sagte dir doch: Er hat darauf bestanden, er meinte, daß es besser für mich wäre, wenn ich seine nähme, falls ich geschnappt würde.»

«Aber du sagtest doch, du hättest deine verloren.»

«Tja, weiß du... wahrscheinlich hat er sie gefunden.»

Es war leichter, ihm zu glauben; sie *wollte* ihm glauben. «Also gut», sagte sie müde, «red weiter.»

Und dann, so erzählte er ihr, wurden aus den Stunden Tage, und er hatte niemanden gefunden, der ihm helfen würde, niemanden, dem er vertrauen konnte, und er hatte keine Ahnung mehr gehabt, wo er überhaupt war. Entweder hatte jemand Barlowe mittlerweile gefunden, oder er war bereits gestorben. Es erschien kaum sinnvoll, den Versuch zu machen, noch einmal zurückzukehren.

«Dich selbst einer Gefahr auszusetzen?» fragte Grace.

«Du hast kein Recht, mich zu kritisieren. Du hast überhaupt keine Ahnung, wie es war. Durch was für eine Hölle ich gegangen bin. Jahrelang nur Kampf, Gewalt und Terror. Freunde zu verlieren, Kameraden zu verlieren, niemals eine Pause, kein Lichtblick, keine Hoffnung, daß es jemals enden würde. Und du, du hast hier in England gesessen und ein bißchen Krieg gespielt, warst die gute Fee für einen Haufen Landmädchen, hast irgendwelche Straßenjungen in mein Haus geholt, mit deinem Soldaten geschlafen und glaubst jetzt, das Recht zu haben, mich zu kritisieren.»

Sie schwieg; dann sagte sie: «Ich fürchte, du verstehst es nicht.»

«Ich verstehe es aber», sagte er, «du hast diese... diese Sache über mich herausgefunden. Und dadurch werde ich in deiner Vorstellung plötzlich zu einem schrecklichen Bösewicht. In deinen Augen bin ich jetzt ein pechschwarzes Ungeheuer. Keine Grauschattierungen mehr, nicht wahr, Grace? Nur noch schwarz und weiß. Und früher war ich in deinen großen, unschuldigen Augen ein Heiliger, und jetzt bin ich schwarz, schwarz wie die Hölle. O ich verstehe sehr gut. Ich verstehe.»

«Nein», sagte sie, «du verstehst es nicht. Was ich verurteile, Charles, was ich wirklich unerträglich finde, ist die Tatsache, daß du so hartnäckig gelogen hast. Mir gegenüber Tugenden wie Ehre und Pflichtbewußtsein zu predigen, während du .. nun ja, tatest, was du getan hast. Wenn du ehrlich gewesen wärest, wenn du mir erzählt hättest, was geschehen ist, dann wäre ich sicherlich schockiert gewesen, aber ich hätte mich bemüht, es zu verstehen. Wie es geschah, warum es geschah. Ich weiß, wie schrecklich der Krieg für dich war; er ist mir klar, wie sehr du gelitten hast. Aber du hast dich mir nicht anvertraut. Du hast mir niemals etwas anvertraut, was dich persönlich betraf, nicht wahr? Ich würde wirklich gern wissen, warum du mich geheiratet hast, Charles.»

«Das würde ich auch gern wissen», sagte er, und in seiner Stimme schwang Bitterkeit und Wut mit. «Im Rückblick kann ich es mir beim besten Willen nicht mehr erklären. Tja, ich hoffe nur, dein Soldat hatte mehr Spaß mit dir als ich. Um seinetwillen.»

«Charles», sagte Grace, «sei vorsichtig. Sei sehr vorsichtig.»

«Was ich nicht verstehe», sagte Ben, dessen Zunge durch ein paar Gläser von Jacks bestem Whisky gelockert war und der nach dem Abendessen in Clarissas Wohnzimmer saß und seine langen Beine ausstreckte, «ist, warum sie ihn überhaupt geheiratet hat. Und warum er sie geheiratet hat.»

Sie waren allein, die Jungen waren ins Bett gegangen, und Jack saß in seinem Arbeitszimmer und lernte für seine Prüfung.

«Ich glaube, ich kann dir beide Fragen beantworten», sagte Clarissa. «Mein Gott, war das ein Blitz? Himmel, ich hoffe, das Unwetter wird deine aufregende Reise nicht behindern, Ben. Sie hat ihn geheiratet, weil er ihr imponierte, weil sie zutiefst von ihm beeindruckt war. Er sah unglaublich gut aus, weißt du, war sehr charmant und ziemlich reich und sehr viel älter als sie. Sie war sehr jung, kaum zwanzig, glaube ich, und hatte sehr, sehr wenig Lebenserfahrung. Und nachdem sie einmal auf der Schiene war, mußte sie natürlich immer weiterfahren.»

«Ja, vermutlich. Aber warum hat sie –»

«Charles hat immer das Bedürfnis, die Situation unter Kontrolle zu bekommen», sagte Clarissa, «das ist der Grund, warum ich ihn nicht geheiratet habe. Ich hätte mich nie mit ihm verloben sollen, aber er war da und es machte Spaß, mit ihm zusammenzusein, ich habe mich damals ständig mit irgendwelchen Männern verlobt, du kannst es dir gar nicht vorstellen. Ich habe wenigstens vier Verlobungen wieder gelöst. Aber es hätte ihn tatsächlich fast umgebracht, als ich ihm sagte, ich würde ihn nicht heiraten. Vor allem deshalb, weil er es nicht ertragen kann, wenn er eine Niederlage erleidet und die Leute meinen, es könnte irgend etwas mit ihm nicht in Ordnung sein. Er war sehr viel wütender über die Demütigung als darüber, daß ich ihm sagte, daß ich ihn nicht liebe. Und ich glaube, das Risiko, daß so etwas noch einmal passieren könnte, konnte er einfach nicht eingehen. Er dachte, Grace sei schwach; ein hübsches, unschuldiges kleines Ding, das alles tun würde, was er ihr befahl. Und sie war unglaublich hübsch – ist es immer noch – und süß und charmant und die ideale Ehefrau für ihn. Ben, schau doch nicht so traurig drein. Und er wußte, daß sie niemals das machen würde, was ich tat, ihn im Stich lassen, so daß er in den Augen der anderen lächerlich wirkte. Selbst jetzt nicht.»

«Ich weiß», sagte Ben. «Deshalb habe ich auch niemals versucht, sie umzustimmen.»

«Ich habe mich entschlossen, dich zu verlassen, Charles», sagte Grace, «das ist im Moment so etwa das einzige, dessen ich mir sicher bin.»

«Sei nicht albern», sagte er, «natürlich wirst du mich nicht verlassen. Bloß wegen dieser Sache.»

«Nein, nicht bloß wegen dieser Sache. Du hast überhaupt nicht zugehört, was ich gesagt habe, nicht wahr?»

«Tja, warum denn also?»

«Weil du mich nicht verstehst und in keiner Weise zu schätzen weißt, was ich bin. Wir haben überhaupt keine richtige Beziehung. Du möchtest eine Frau, die ganz anders ist als ich, und ich werde niemals diese Frau für dich sein können. Ich verlasse dich nicht wegen dem, was du Colin Barlowe angetan hast. Nun ja, jedenfalls ist das nicht der eigentliche Grund. Es hat mir nur irgendwie deutlich gemacht, wie du mich die ganze Zeit behandelt hast.»

«Grace», sagte er, und in seiner Stimme schwang jetzt die nackte

Panik mit, «Grace, bitte geh nicht. Ich kann ohne dich nicht leben, ich brauche dich.»

«Nein, das tust du nicht», sagte sie, «das ist es ja, was ich dir die ganze Zeit zu sagen versuche. Hör mir gut zu, Charles, vielleicht kannst du etwas lernen. Du brauchst mich überhaupt nicht. Du brauchst nichts von dem, was ich dir geben könnte. Wenn ich glaubte, daß das der Fall wäre, dann würde ich weiterkämpfen, und ich möchte sogar behaupten, daß wir am Ende ganz glücklich werden könnten. Aber du brauchst mich nicht, und das kann ich nicht ertragen.»

«Also wirst du es jetzt vermutlich in alle Welt hinausposaunen, was? Und wahrscheinlich macht dir das auch noch Spaß; ihnen zu erzählen, was für eine Ratte ich bin, wie ich einen Freund in der Stunde seiner Not verließ.»

«Charles –»

«Ich weiß nicht, warum du so sicher bist, daß man dir glauben würde», sagte er. «Ich kann alles widerlegen, was dieser idiotische Unteroffizier erzählt hat.» Seine Stimme klang plötzlich zuversichtlicher. «Wer würde ihm eher glauben als mir?»

«Wahrscheinlich niemand», sagte Grace. «Das ist eben der Punkt. Ich würde bestimmt vielen Menschen sehr viel Kummer bereiten, wenn sie es wüßten, so daß es mir nicht im Traum einfallen würde, irgend jemandem die Wahrheit zu sagen. Im Gegenteil, ich werde der netten Mrs. Barlowe wahrscheinlich schreiben, ihr den Ring schicken und ihr sagen, daß jemand, der ihren Mann betreut und gepflegt hat, ihn mir anonym zugeschickt habe.»

«Und das willst du tun?» fragte er. Das, was du weißt, benutzen, um mich für den Rest meines Lebens damit zu quälen? Mich damit erpressen, ja?»

«Nein», sagte Grace, «nein, darum geht es nicht. Aber ich kann nicht mehr mit dir leben. Ich kann es einfach nicht.»

«Aha», sagte er, «jetzt kommen wir zum Kern der Sache. Du willst mit fliegenden Fahnen zu deinem Soldaten überlaufen, ist es das?»

«Darüber habe ich noch nicht einmal nachgedacht», erwiderte sie. «Er wird ohnehin nach Australien gehen. Sein Flugzeug geht morgen früh. Ich werde ganz bestimmt nicht mit ihm fliegen können. Und ich weiß nicht, ob er es überhaupt wollen würde.»

Sie saß einen Moment lang schweigend da und dachte über diese Tatsache nach. Sie war so müde, so erschöpft, daß sie keine Vorstellung hatte, was aus ihr werden würde, wenn sie Charles verlassen hätte. Sein Haus, dachte sie, war immer nur sein Haus gewesen, niemals ihres.

«Und was soll ich den Leuten sagen?» fragte er. Er wirkte mittlerweile erheblich unsicherer.

«Was für eine Rolle spielt es denn schon, was man den Leuten erzählt?» erwiderte Grace. «Sag ihnen, was du willst, es ist mir wirklich ziemlich egal. Deine Freunde halten ohnehin nichts von mir. Sag doch einfach, ich sei fort, ich hätte dich verlassen. Deine Mutter wird denken, daß das zu erwarten war; sie wird vermutlich erleichtert sein. Ich werde deinem Vater irgendeine tröstliche Halbwahrheit erzählen. Da brauchst dir wirklich keine Sorgen zu machen, Charles. Du kannst dich von mir scheiden lassen und eine andere, passendere Frau heiraten, die reiten kann und Cocktailpartys gibt.» Sie konnte deutlich sehen, daß die Vorstellung ihm durchaus gefiel. «Du liebst mich überhaupt nicht, nicht wahr?» fragte sie. «Du hast mich nie geliebt.»

«Eigentlich nicht», sagte er, selbst überrascht über diese Entdeckung, «nein, ich glaube nicht, daß ich dich jemals geliebt habe.»

Grace lag auf dem Sofa; sie fühlte sich erschöpft, und ihr war kalt. Charles war in seinem Arbeitszimmer, dessen Tür er abgeschlossen hatte.

Immer wieder hatte sie Anfälle von heftigem Zittern; vermutlich war sie in einer Art Schockzustand. Es war ein wenig so wie damals, als sie erfahren hatte, daß Charles am Leben war. Bevor sie das Baby verloren hatte. Bens Baby.

Sie sah sich im Zimmer um. In jedem Winkel jedes Zimmers hingen Erinnerungen, einige von ihnen waren schön, andere wiederum schrecklich, und alle bedeuteten so viel mehr als nur Wände und Fußböden, Backsteine und Mörtel.

Und nun mußte sie das Haus verlassen; sie konnte nicht bleiben. Sie mußte fortgehen, es hinter sich lassen, jeden Teil ihres Lebens, den sie hier in diesen Wänden gelebt hatte, und noch einmal von neuem anfangen. Und das noch nicht einmal zusammen mit Ben.

Wenn sie diese Entdeckung nur früher gemacht hätte. Aber jetzt war es zu spät. Und im übrigen, fragte sie sich, war sie wirklich ganz sicher, daß Ben sie noch immer wollte? Nach diesem langen, qualvollen Jahr. Er hatte ihr nicht einmal einen kurzen Brief geschrieben, um sich von ihr zu verabschieden. Sie konnte nicht davon ausgehen, daß er sie so sehr vermißte wie sie ihn.

«Fehlt Grace dir noch immer so sehr?» fragte Clarissa.

«Ja, natürlich», antwortete er, «sie fehlt mir schrecklich. Ihre Erscheinung, ihre Stimme, wie sie sich anfühlt. Ich glaube nicht, daß ich jemals darüber hinwegkommen werde.»

«O Ben», sagte Clarissa, und in ihren dunklen Augen schimmerten Tränen, «o Ben, glaubst du denn nicht, daß du jetzt noch –»

«Nein», sagte er heftig, «nein, das glaube ich nicht. Ich kann es nicht. Wir haben es einander versprochen. Sie ist so... gradlinig, Clarissa. Und tapfer. Und es wäre falsch von mir; es würde die Dinge für sie nur noch verschlimmern. Im übrigen», sagte er mit einem gequälten Lächeln, «woher soll ich wissen, daß sie mir gegenüber noch immer dieselben Gefühle hegt? Es ist jetzt ein ganzes Jahr her; sie hat sich wahrscheinlich wieder an... ihn gewöhnt.»

Clarissa sah ihn an und dachte daran, wie Grace gesagt hatte: «Es ist so hart, daß ich noch immer nicht weiß, wie ich es ertragen soll», und dann traf sie eine Entscheidung, von der sie hoffte, daß sie sie nicht ein Leben lang bereuen würde.

«Ich meine, du solltest sie anrufen und dich von ihr verabschieden», sagte sie. «Es ist ein paar zusätzliche Tränen wert. Du würdest es ewig bereuen, wenn du es nicht tätest.»

Ben sah sie lange an; dann sagte er : «Das könnte ich nicht. Und was wäre, wenn *er* den Hörer abnähme?»

Clarissa dachte einen Augenblick lang nach. Dann sagte sie: «Du könntest Clifford als Verbindungsmann benutzen.»

Charlotte winselte; sie haßte es, allein in der Küche zu sein. Grace ging zu ihr hinein und gab ihr einen Keks. Das machte ihr zu ihrer Überraschung bewußt, daß sie selbst ziemlich hungrig war. Sie nahm sich ein Stück Brot und bestrich es mit Honig. Es war Brot, das sie selbst gebacken hatte. Sie entschloß sich, danach spazierenzugehen; das würde vielleicht ihre Kopfschmerzen vertreiben und ihr helfen, ihre Gedanken zu ordnen. «Los, komm», sagte sie zu Charlotte, «wir gehen nicht sehr weit.»

«Ich glaube, ich muß bald ins Bett», sagte Clarissa. «Dieses kleine Wesen macht mich schrecklich schläfrig. Wenn es ein Junge ist, dann werde ich ihn Benjamin nennen. Was würdest du davon halten?»

«Ich würde denken, daß du mir schmeicheln willst», sagte Ben und lächelte sie an. «Aber wenn du es tätest, dann würde ich mich freuen. Du wirst mir fehlen, Clarissa.»

«Und ihr werdet mir auch fehlen. Alle drei.» Sie lehnte sich in das Sofa zurück und sah ihn an. «Diese Jungen sind unglaublich süß. Ich habe gerade zu ihnen hinaufgeschaut: Daniel schläft fest und hat ein großes, gerahmtes Bild von Charlotte und Flossie unter seinem Kopfkissen. Es muß schrecklich unbequem sein.»

«Das macht er jede Nacht», sagte Ben.

«Tja, wie ich schon sagte, Darling, Zeit, ins Bettchen zu gehen. Gute Nacht und süße Träume.»

«Gute Nacht», sagte Ben. «Und danke für alles.»

Er verließ das Zimmer; Clarissa hatte noch nie jemanden gesehen, der so einsam wirkte. Sie empfand tiefes Mitleid mit ihm.

Grace kehrte zurück ins Haus und fand Charles in der Küche vor. Er lächelte sie unsicher an; er war offensichtlich ihr gegenüber noch immer sehr mißtrauisch.

«Mein Vater hat angerufen, während du nicht da warst», sagte er. «Er wollte mit dir sprechen, sagte, es sei dringend, wollte mir aber nicht sagen, worum es ging. Kannst du ihn zurückrufen?»

«Ja, natürlich», sagte Grace. «Danke.»

Clarissa war dabei, Kissen aufzuschütteln und Zeitungen fortzulegen, als sie sich plötzlich daran erinnerte, daß sie May anrufen mußte. In letzter Minute war ein Auftrag hereingekommen, und es war niemand da, den sie schicken konnte. Sie nahm den Hörer ab und wählte Mays Nummer. Die Leitung war tot. Das Gewitter, sagte die Dame von der Vermittlung, sei schuld daran.

Dann würde sie eben morgen ganz früh ins Büro gehen müssen, um May Bescheid zu sagen.

«Clifford, ich bin's, Grace. Was ist los, gibt es irgendein Problem?»

«Nein», sagte er, «nein, eigentlich nicht. Ben hat mich angerufen.»

«Oh», sagte Grace und setzte sich abrupt auf einen Stuhl. «Was … was hat er gesagt?»

«Er sagte, er wolle sich nur verabschieden und dir sagen, daß er dich noch immer sehr liebt. Das ist alles.»

«O Clifford», sagte Grace, «mein Gott. Jetzt ist es zu spät.» Und sie brach in Tränen aus.

«Tja», sagte Clifford, und sie spürte, daß er Schwierigkeiten hatte, sich zu entscheiden, was genau er sagen wollte. «Er ist noch immer bei Clarissa, weißt du.»

Also war es doch nicht zu spät. Noch nicht. Ganz und gar nicht zu spät. Sie verabschiedete sich von Clifford, legte den Hörer auf und schloß die Tür des Arbeitszimmers.

«Es tut mir leid», sagte die Dame von der Vermittlung, «die Verbindung ist gestört. Nichts zu machen. Die meisten Leitungen in der Gegend sind gestört.»

«Das kann nicht sein», sagte Grace. «Das... ach, egal.» Sie könnte Florence anrufen. Florence hätte bestimmt nichts dagegen. Die beiden waren immer schrecklich lange auf.

«Könnten Sie Sloane 543 versuchen? Bitte?»

«Bleiben Sie bitte am Apparat.» Sie mußte endlos lange warten. «Es tut mir leid, es scheint niemand ans Telefon zu gehen.»

«Könnten Sie es noch einmal versuchen?»

Noch einmal mußte sie endlos lange warten.

«Es tut mir leid. Keine Antwort.»

O Gott. Er würde denken, daß sie es noch nicht einmal versucht hätte. Er hatte sich von ihr verabschieden wollen, wartete wahrscheinlich auf ihren Anruf und dachte, daß es ihr nicht wichtig sei. Daß sie ihn nicht liebe. Er würde zur anderen Seite des Globus reisen, und dies war ihre letzte Chance, ihre allerletzte Chance, ihm zu sagen, daß sie ihn auch noch immer liebte, und sie konnte es nicht tun. Nun ja, sie mußte es, sie mußte es ganz einfach. Sonst würde sie es sich selbst niemals verzeihen, und er würde ihr auch niemals verzeihen. Sie sah auf ihre Uhr. Halb elf. Einen Moment lang überlegte sie, ob sie einfach den Wagen nehmen und nach London fahren sollte, aber dann dachte sie, wenn sie den ersten Zug nach London nähme, dann würde sie sehr viel schneller und sicherer dort ankommen. Sie konnte sich vom Bahnhof bis zu Clarissas Wohnung ein Taxi nehmen und etwa um acht Uhr morgens dort ankommen und Ben treffen. Ihn noch einmal sehen. Und wenn auch nur, um ihm Adieu zu sagen.

In Clarissas Haus, in der Nacht vor der großen Reise, schliefen David und Daniel sehr unruhig. Ben lag wach und starrte hinaus in den Nachthimmel; der Wind hatte die schweren Gewitterwolken fortgeblasen, und tief treibende Wolkenfetzen glitten über den Halbmond. Er dachte an Grace, bereute fast, daß er sie angerufen hatte, und wünschte sich verzweifelt, daß sie ihn zurückrufen möge. Und sei es auch nur, um sich zu verabschieden.

Es gab nur eines, was Grace wirklich Sorgen machte, als sie um vier Uhr morgens die Treppen hinunterschlich: Charlotte. Einen Moment lang überlegte sie, sie mitzunehmen, aber dann verwarf sie die Idee: Clifford würde sich um den Hund kümmern. Es würde ihm gewiß nichts ausmachen. Sie konnte nicht mit nach Australien reisen – abgesehen von allem anderen hatte sie kein Ticket. Sie könnte am nächsten Tag zurückfahren, um Charlotte zu holen. Oder noch heute, ein wenig später.

Sie schrieb einen kurzen Brief an Clifford, in dem sie ihn bat, den Hund abzuholen, und ihm erklärte, daß sie fortgegangen sei, um sich von Ben zu verabschieden. Dann steckte sie ihn in einen Umschlag, um ihn unter der Eingangstür von The Priory durchzuschieben. Danach schrieb sie noch eine Nachricht für Charles, in der sie ihm mitteilte, daß sein Wagen am Bahnhof von Salisbury und die Schlüssel beim Stationsvorsteher seien, und ließ sie auf dem Küchentisch liegen. Und dann ging sie. Sie hatte große Angst gehabt, daß er aufwachen und hören würde, wie sie den Wagen anließ, bis sie sich bewußt wurde, daß er nichts dagegen tun konnte, außer zuzusehen, wie sie die Straße hinunter- und dann davonfuhr. Der Gedanke machte sie lächeln.

Der Frühzug verließ Salisbury um fünf Uhr und sollte gegen halb acht in London ankommen. Grace war völlig erschöpft und schlief in der Ecke des Abteils ein, nachdem sie den Schaffner gebeten hatte, sie an der Waterloo Station aufzuwecken.

«Mach ich, meine Liebe», hatte er gesagt. «Und jetzt ruhen Sie sich erst mal ein bißchen aus.»

«Bestimmt», sagte sie und fiel in einen tiefen Schlaf.

«Wir werden dieses Haus spätestens um acht Uhr verlassen», sagte Ben mit fester Stimme zu den Jungen. «Wir müssen herausfinden, wie wir von der Victoria Station zur Küste hinunterkommen. Außerdem müssen wir unser ganzes Gepäck schleppen, deshalb können wir es uns nicht leisten, in letzter Minute loszufahren. Alles klar?»

«Ja, okay», sagten sie.

«Also, dann wascht euch jetzt, und dann kommt ihr herunter und eßt euer Frühstück. Clarissa wartet darauf, sich von euch zu verabschieden; sie muß in ihr Büro.»

«Sie sieht ein bißchen komisch aus, so dick und so», sagte Daniel.

«Ich finde, sie sieht wunderbar aus», sagte Ben.

Als Clarissa sich von ihnen verabschiedete, weinte sie.

«Ich weiß nicht, wie ich es ertragen soll», sagte sie. «Also, ich möchte gern Briefe und Fotos, vergeßt das nicht. Und wenn ich als erfolgreiche Geschäftsfrau genügend Geld gemacht habe, dann besuche ich euch. Vielleicht eröffne ich in Sydney sogar eine Zweigstelle.»

«Ja, genau. Das machst du», sagte Ben. Er umarmte und küßte sie. Es erinnerte ihn daran, wie er Grace geküßt hatte, und er wurde plötzlich traurig. Sie sah zu ihm empor und lächelte verständnisvoll.

«Es wird schon alles gut mit ihr», sagte sie, «ich werde auf sie aufpassen.»

«Sag ihr, daß ich sie liebe», bat er sie, «sag ihr, daß ich sie immer lieben werde.»

«Mach ich. Ach du lieber Gott, ich muß los. Jack, Darling, schließ bitte ab, wenn du gehst, okay?»

«Ja, Clarissa. Dazu reicht mein Verstand noch, daß ich nicht vergesse, die Eingangstür anzuschließen.»

An der Waterloo Station versuchte Grace noch einmal, bei Clarissa anzurufen; das Telefon funktionierte noch immer nicht. Sie rannte zum Taxistand hinüber. «Campden Hill Square, bitte. Rasch.»

Es war bereits sieben Uhr vierzig.

«Von hier aus wird es ziemlich lange dauern, Madam. Um ehrlich zu sein, es ist besser, wenn Sie die Untergrundbahn nehmen. Notting Hill Gate.»

«Ja, in Ordnung. Danke.»

«Also gut», sagte Ben, «ich glaube, jetzt haben wir alles. Daniel, was ist los?»

«Ich muß noch auf die Toilette, Dad.»

«Okay, beeil dich.»

«Ja, mach ich. Ich hab aber ziemliche Bauchschmerzen.»

Seit seiner Blinddarmentzündung hatte Daniel ständig irgendwelche Ängste, was seinen Bauch betraf.

«Ja, dann geh.»

Fünf Minuten später war Daniel noch immer nicht wieder unten. Ben schaute auf die Uhr; es war zehn nach acht. «David, los, geh noch oben und sag, er soll sich um Gottes willen beeilen.»

David kehrte mit wütendem Gesicht zurück. «Jetzt sagt er, ihm wäre schlecht.»

«O Gott», stöhnte Ben. «Gut, ich gehe selbst nach oben.»

Die Untergrundbahn blieb im Tunnel stecken; sie hing fast fünfzehn Minuten lang fest und machte tuckernde Geräusche, gefolgt von hohen Pfeiftönen und dann wieder Tuckern. Grace dachte, wenn sie jemals in ihrem Leben nahe daran gewesen war, jemanden zu ermorden, dann war es jetzt in diesem Moment, und zwar den Mann, der neben ihr saß und ihr seine ganze Lebensgeschichte erzählte, die in ihrer Gesamtheit aus einer Serie von Fahrten mit der Untergrundbahn von seinem Haus ins Büro und wieder zurück zu bestehen schien. Er beschrieb ihr auch in allen Einzelheiten, was er in den Beeten seines Schrebergartens anpflanzte und erntete.

«Nehmt lieber ein Taxi», sagte Jack. «Ich rufe die Zentrale an. Das Telefon scheint seit ein paar Minuten wieder zu funktionieren.»

«Ich wußte nicht, daß es außer Betrieb war», sagte Ben, starrte ihn an und spürte, wie sich eine schwere Last von seinem Herzen hob.

«Ja, seit gestern abend war die Leitung tot», sagte Jack. «Anscheinend durch das Gewitter.»

«Großer Gott. Ja, bitte, könntest du uns eines rufen?»

«Campden Hill Square, bitte», sagte Grace zu dem Taxifahrer.

«Von hier aus lohnt es sich kaum, einen Wagen zu nehmen, Madam.»

«Ist mir egal. Bringen Sie mich einfach hin, ja?»

«Geschafft», sagte Ben, als das Taxi endlich losfuhr. «Genau im richtigen Moment. Aber es ist auf jeden Fall besser so. Wenigstens müssen wir nicht mit dem Bus zum Bahnhof fahren. Und jetzt werden wir den Zug bestimmt noch rechtzeitig erreichen. Ehrlich, Daniel, du und dein Bauch. Ihr habt mich gerade mindestens ein Pfund gekostet.»

«Tut mir leid, Dad. He, hast du das gesehen. Fast hätten wir das andere Taxi da gestreift, das uns entgegenkam.»

«Grace! Was für eine Überraschung», sagte Jack. «Clarissa ist leider schon zur Arbeit gegangen.»

«Ist … ist Ben noch hier?»

«Nein, tut mir leid. Er ist vor ungefähr fünf Minuten losgefahren. Er hat ein Taxi genommen.»

«Ein Taxi. O Gott. Wann startet das Flugzeug?»

«Ungefähr um zwei. Sie waren ohnehin ziemlich spät dran. Deshalb haben sie das Taxi genommen. Der Zug fährt um neun Uhr vom

Bahnhof ab. Wenn du versuchen willst, sie noch einzuholen, dann komme ich natürlich mit, aber ich glaube nicht –»

«O nein!» rief Grace. Sie setzte sich auf die Stufen und brach in Tränen aus.

«Daniel, was zum Teufel ist denn jetzt schon wieder los?»

«Das Foto, Dad. Das Foto von Charlotte und Flossie. Ich habe es in der Toilette vergessen.»

«Du hast was?»

«Ich habe es in der Toilette vergessen. Ich hatte es bei mir, und als ich dann zur Toilette gehen mußte, habe ich es mitgenommen. Dann hast du mich so angebrüllt, und ich habe es dort vergessen. Ich muß es haben, Dad. Ich muß es unbedingt haben.»

«Das kannst du nicht.»

«Ich muß aber.»

«Daniel, ich werde es bestimmt nicht riskieren, daß wir wegen einem Foto unser Flugzeug verpassen. Das ist doch lächerlich. Wir können Clarissa bitten, es uns nachzuschicken.»

«Dad, Grace hat gesagt, ich müßte es immer bei mir haben.»

«Daniel, nein.»

Daniel begann, heftig zu protestieren; er kreischte und brüllte und stieß mit den Füßen gegen den Vordersitz.

Der Taxifahrer sah in seinen Rückspiegel. «Was ist los, junger Mann?»

«Mein Sohn hat etwas vergessen.»

«Es klingt, als wäre es ziemlich wichtig. Wissen Sie, Sie haben noch genügend Zeit», sagte der Taxifahrer. «Bis neun sind Sie sicher dort.»

«Nein», sagte Ben mit fester Stimme.

Unglücklicherweise hatte Daniel diesen Wortwechsel mit angehört. «Dad, mir wird schon wieder schlecht, ich muß mich übergeben, es kommt, es kommt, gleich muß ich spucken…»

«Okay», sagte Ben erschöpft zu dem Taxifahrer, «dann fahren wir eben wieder zurück.»

«Kann ich bitte dein Telefon benutzen, Jack?» fragte Grace. Sie war über sich selbst erstaunt, daß sie überhaupt daran dachte, aber sie mußte plötzlich unbedingt wissen, ob Elspeth ihre Prüfung bestanden hatte. Das würde bedeuten, daß wenigstens etwas an diesem schrecklichen Morgen erreicht worden war.

«Ja, natürlich. Geh bitte in mein Arbeitszimmer.»

«Danke. Eine meiner Schülerinnen hat gerade eine Aufnahmeprüfung gemacht, und man sagte uns, daß das Ergebnis heute morgen feststünde.»

Grace hatte sich gerade mit St. Felicia's verbinden lassen, als sie ein energisches Läuten der Türglocke hörte. Wahrscheinlich der Postbote oder irgendein Lieferant, nahm sie an. Es klingelte noch einmal. Vielleicht sollte sie hingehen. Jack ist sicher noch zuhause, dachte sie, aber vielleicht…

«Mrs. Bennett?» fragte die Stimme des Musikschulleiters von St. Felicia's.»

«Ja. Hier spricht Grace Bennett.»

«Mrs. Bennett, ja, ich habe die Ergebnisse hier vorliegen…»

Schon wieder läutete die Türglocke. Die Lieferanten hier in London schienen sehr viel ungeduldiger zu sein als die in der Provinz. Tja, dann würden sie eben warten müssen.

«Ja?» sagte sie. «Ja, bitte, sprechen Sie weiter.»

«Gute Nachrichten, Mrs. Bennett. Es wird Sie sicher freuen, zu hören, daß Elspeth das Stipendium bekommen hat. Ich habe natürlich an ihren Vater geschrieben, aber ich bin sicher, Sie würden gerne…»

Dies war wirklich sehr seltsam; sie hätte schwören können, daß sie Daniels Stimme im Eingangsraum hörte. Aber das konnte doch nicht sein. Nein, wahrscheinlich war es nur Einbildung; sie war einfach schrecklich nervös und erschöpft. Es war Jacks Stimme, sie konnte sie jetzt hören. Sie zwang sich, sich wieder auf Elspeth und das Stipendium zu konzentrieren.

«Oh, das freut mich aber sehr», sagte sie. «Danke…»

Sie hörte, wie jemand hinter ihr die Tür öffnete. Sie vermutete, daß es Jack sei.

«Danke», sagte sie noch einmal in den Apparat, «und es tut mir leid, daß ich –»

Und dann fühlte sie erstaunlicherweise eine Hand auf ihrer Schulter, die sich sehr sanft zu ihrem Nacken heraufteastete und ihn streichelte; und als sie dann versuchte, sich umzudrehen, um zu sehen, wer es war, obwohl sie doch ahnte, wer es war, zugleich aber nicht wagte, es sich wirklich vorzustellen, hörte sie eine leicht amüsierte, sehr zärtliche und sehr liebevolle Stimme.

«Sag nicht, daß es dir leid tut.»

Epilog
Juni 1948

Normalerweise hätte Grace natürlich nicht gerade den *Tatler* gelesen, aber es war das einzige, was gerade zur Hand war, während sie geduldig auf die Untersuchung bei ihrem Arzt in Dublin wartete – nur um sich zu vergewissern, daß sie und Ben zu ihrer großen Freude der kleinen Kate Lucas noch einen kleineren Bruder oder eine kleinere Schwester hinzufügen würden. Sie nahm die Zeitschrift und begann, sie durchzublättern – und da sah sie sie, eine ganze Seite, mit vielen Fotos, auf der über die Hochzeit von Major Charles Bennett mit der ehrenwerten Caroline Pennington berichtet wurde, die im Park des schönen Anwesens Somerset gefeiert worden war, dem Elternhaus der Braut.

Sie hatte natürlich davon gewußt, Florence und Clarissa hatten ihr vor und nach dem Ereignis geschrieben, sogar Charles selbst hatte ihr einen steifen kleinen Brief geschickt, in dem er sie informierte, aber es war faszinierend, die Fotos zu sehen. Alle Anwesenden genau zu betrachten, so, als wäre man selbst dabei, ein unsichtbarer Beobachter, fast wie ein Geist. Sie war über die Nachricht außerordentlich erfreut gewesen, nicht der kleinste Schatten eines mißgünstigen Gedankens war in ihrem Kopf; sie empfand Charles gegenüber keinerlei Groll, wie sie erfreut feststellte, und Caroline war für ihn eindeutig eine außerordentlich passende Braut, hübsch, lebhaft, eine wunderbare Köchin und eine ausgezeichnete Reiterin, vielleicht ein wenig zu jung, aber das würde ihm gefallen, es würde seiner Eitelkeit schmeicheln und seinem Bedürfnis entgegenkommen, alles unter Kontrolle zu haben. So viel passender, als sie selbst es gewesen war, dachte Grace und betrachtete Carolines strahlendes Gesicht und ihre Gestalt mit dem üppigen Busen; Caroline würde all das tun, worin sie so traurig versagt hatte, würde mit ihm reiten, Gäste für ihn bewirten und ein wichtiges und unverzichtbares Mitglied der Gemeinde werden – und ihn zweifellos innerhalb eines Jahres mit einem Sohn und Erben beglücken.

Charles sah in seinem Cutaway außerordentlich gut aus, dachte sie, trotz seiner Narbe, und obwohl die Trauung selbst in einem Standesamt stattgefunden hatte, hatten sie ihren Bund auch noch in der Kirche segnen lassen.

Es waren vier kleine Brautjungfern in Rüschenkleidchen erkennbar und vier Pagen in weißer Seide, die alle sehr brav in die Kamera lächelten, außer einem kleinen Mädchen – Imogen –, das finster die Stirn runzelte. Und dann war da noch ein Bild der Eltern, die rechts und links neben dem Brautpaar standen. Muriel wirkte sehr selbstzufrieden; sie war sichtlich glücklich, daß Charles endlich ein Mädchen geheiratet hatte, daß wenigstens annähernd gut genug für ihn war. Clifford sah sehr munter aus, und Lord und Lady Pennington schienen ebenfalls sehr glücklich zu sein.

Und dann war da noch Clarissa, die in ihrem Kleid im «New Look» hinreißend aussah, und der gute Jack, der sehr aufrecht neben ihr stand und sein entschlossenes Lächeln lächelte. «Kriegsheld Jack Compton Brown», lautete die Bildunterschrift, «der in Kürze sein Medizinstudium beenden und sich dann auf plastische Chirurgie spezialisieren wird.» Wie tapfer er war – tapferer als alle anderen. Ben hatte gesagt, er würde sie gern einmal einladen, Jack und Clarissa; es wäre so nett, sie wiederzusehen.

Nun, das wären dann natürlich drei Gäste, denn außerdem war da noch die bildhübsche kleine Vanessa, Clarissas Töchterchen, und wahrscheinlich noch ein uniformiertes Kindermädchen, eine richtige kleine Truppe. Aber schließlich war das Haus groß genug, ihr hübsches graues Steinhaus in dem kleinen Dorf ganz in der Nähe von Dublin, das Clifford ihnen gekauft hatte, der liebe Clifford; sein gutes altes Gesicht war vor Entschlossenheit gerötet, als er ihr den Scheck überreichte: «Nicht nötig, es irgend jemandem zu erzählen, mein Schatz, niemandem, nicht einmal Ben, wenn du es nicht möchtest, eine kleine Erbschaft, würde ich sagen, vielleicht von dieser netten alten Tante, die in Schottland, die während des Krieges starb ...»

Sie hatte befürchtet, daß Ben dies nicht glauben würde und möglicherweise mißtrauisch wäre, aber er hatte es ohne nachzufragen akzeptiert, wahrscheinlich, weil er so dankbar war. Sie hatten zu dem Zeitpunkt erhebliche finanzielle Verpflichtungen gehabt, er selbst hatte seine Lehrerausbildung erst zur Hälfte absolviert, Kate war unterwegs gewesen, Daniel und David gingen mittlerweile beide aufs Gymnasium, was ständig irgendwelche Ausgaben mit sich brachte, und Bens sämtliche Ersparnisse waren für die nicht benutzten Tickets nach Australien draufgegangen. Ben hatte schließlich die Idee gehabt, nach Irland zu ziehen, was eine glänzende Idee gewesen war, weit weg von allem Klatsch und Skandal, die Häuser waren viel billiger, die Menschen offen und freundlich und die Landschaft so schön.

Und da war auch Giles unter den Hochzeitsgästen, der wirklich außerordentlich gut aussah; sie hatte sämtliche Rezensionen seines jüngsten triumphalen Erfolgs gelesen, er war der Hauptdarsteller in einem modernen Musical. Er war in allen größeren Provinzstädten auf Tournee gegangen, bevor das Stück im West End auf die Bühne kam; es ging das Gerücht um, daß sie auch nach Dublin kommen würden, was wirklich wunderbar wäre, Florence hatte versprochen, ihr definitiv Bescheid zu sagen – «ich werde auch kommen, wenn meine Wahlkampagne es zeitlich zuläßt, aber ich habe eine reale Chance, diesmal reinzukommen, natürlich nur auf lokaler Ebene, und das hat selbstverständlich Priorität. Ich kann dich ja ohnehin jederzeit besuchen.»

Grace kam zu dem Schluß, daß Taktgefühl für eine politische Karriere keine wesentliche Voraussetzung war.

Sie sah auf ihre Uhr; sie hatte inzwischen eine lange Zeit gewartet. Sie hatte an diesem Nachmittag drei Schüler; wenn sie nicht in zwanzig Minuten hier fertig wäre, käme sie zu spät. Nicht, daß es eine allzu große Rolle spielen würde, Bridget, die auf Kate aufpaßte, während sie unterrichtete, würde der betreffenden Schülerin ein Stück Kuchen und ein Glas Limonade bringen. Gott, eine Schwangerschaft schien einem jedesmal ein bißchen den Verstand zu rauben. Das war eigentlich der Grund dafür, daß sie so sicher war, wieder schwanger zu sein: Es begann schon lange, bevor ihr wirklich übel wurde – eine Unfähigkeit, sich sogar an ihren eigenen Namen und ihre Adresse zu erinnern, geschweige denn an die von jemand anderem.

«Mrs. Lucas? Tut mir leid, daß wir Sie warten lassen mußten. Sie sind jetzt an der Reihe.»

Grace stand auf. «Es macht wirklich nichts, daß ich warten mußte. Ich bin ganz zufrieden.»

«Das ist aber schön. Es gibt so viele Frauen, die sich immer gleich schrecklich aufregen. Sie sehen sehr glücklich aus, Mrs. Lucas, wenn ich Ihnen das so sagen darf.»

«Danke», sagte Grace.

Sie ging in den Behandlungsraum und ließ die Zeitschrift auf dem Tisch liegen. Sie hatte einen Moment lang daran gedacht, sie mit nach Hause zu nehmen, um sie Ben zu zeigen, aber den Gedanken dann wieder verworfen. All das war ein Teil eines anderen Lebens, auf das sie beide immer seltener zurückblickten. Es war die Gegenwart, auf die es ankam, die Gegenwart und die Zukunft, sie beide und ihre Kinder. Die Vergangenheit war ein anderer Bereich, zwar nicht mehr gefährlich und nicht mehr verboten, aber man sollte ihn wohl am besten ruhen lassen.